세월

The Years

세월

버지니아 울프

김영주 옮김

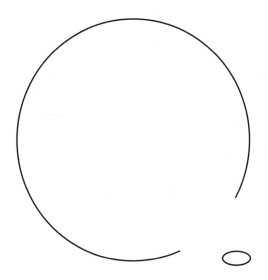

솔

울프 전집을 발간하며

왜 지금 울프인가? 1941년 3월 28일 양쪽 호주머니에 돌을 채워 넣고 우즈 강에 투신 자살한 작가 버지니아 울프의 전집을 이역만리 한국에서 왜 지금 내놓는가?

20세기 초라면 울프에 대한 모더니스트로서의 위상 정립 작업이 필요했을 수도 있다. 또한 1980년대라면 1970년대 이후 서구에서 활발하게 진행된 페미니즘 논의와 연관시켜 페미니스트로서의 위치 설정 작업이 필요하다고 할 수도 있다. 울프는 누가 뭐래도 페미니스트이다. 울프의 페미니즘은 비록 예술이라는 포장지에 곱게 싸여 있기는 하지만 나름대로 격렬한 것이다. 그럼에도 불구하고 페미니즘은 절대로 울프 문학의 진수도 아니며, 전부는 더더욱 아니다.

그녀의 문학은 한마디로 말해서 인간주의 문학이다. 사랑을 설파한 문학, 이타주의利他主義를 가장 소중히 여긴 고전 중의 고전이 그녀의 문학이다. 모더니즘, 페미니즘, 사회주의와 같은 것들은 그녀가 목적지를 향해 나아가는 도중에 잠깐씩 들른 간이역에 불과하다. 궁극적인 목적지는 인본주의라는 정거장이었다. 그동안 그녀는 모더니즘의 기수라는 훤칠한 한 그루의 나무로, 또는 페미니즘의 대모代母라는 또 한 그루의 잘생긴 나무로 우리의 관심을 지나치게 차지하여 우리가 크고도 울창한 숲과 같은 이 작가의 문학 세계를 제대로 보지 못하는 경향이 없지 않았다. 이제는 바야흐로 이 깊은 숲을 조망할 때가 온 것으로 믿는다. 지금 우리가 울프를 다시 읽어야 하는 이유가 여기에 있다.

이 전집이 울프를 바로 이해하는 데 도움이 되고, 나아가 읽는 이의 정서를 순화하는 데 작은 도움이 되었으면 한다.

울프 전집 간행위원회

차례

1880년

변덕스러운 봄이었다. 날씨는 시시각각 바뀌고, 푸른빛과 자줏빛을 띤 구름이 대지 위로 흘러갔다. 시골에서는 농부들이 걱정스러운 눈빛으로 들판을 바라보았고, 런던에서는 사람들이 하늘을 올려다보며 우산을 펼쳤다가 접곤 했다. 그러나 사월에는 으레 날씨가 그런 법이었다. 화이트리 백화점[1]과 아미 앤 네이비 백화점[2]에 있는 수천 명의 점원들은 계산대 너머에 서 있는 주름장식이 달린 드레스 차림의 귀부인들에게 곱게 포장된 상품 꾸러미를 건네며 그렇게 말했다. 웨스트 엔드에서는 쇼핑객들이, 이스트 엔드에서는 회사원들이 끝없는 행렬을 이루어 거리를 행진하고 있었다. 어떤 까닭에서든지, 예를 들어 편지를 부치려고 잠깐 멈춰 서거나, 피커딜리에 있는 클럽의 창가에 멈춰 선 사람들에게는 마치 영원히 행진하는 대상의 무리들처럼 보였다. 사륜마차, 무개 사륜마차, 이륜마차의 흐름도 끊임없이 이어지고 있었

1   1863년에 윌리엄 화이트리William Whiteley에 의해 설립된 백화점.
2   1871년 영국에서 육해군 장교들을 위한 구매조합상점으로 시작한 백화점.

다. 런던의 시즌[3]이 시작된 것이다. 좀 더 조용한 거리에서는 거리의 악사들이 끊어질 듯 희미한, 대체로 구슬픈 피리 가락을 내고 있었다. 여기 하이드 파크의 나무 위에서, 또 여기 세인트 제임스 파크[4]에서 지저귀는 참새들의 노랫소리와 이따금 갑작스레 터져 나오는 개똥지빠귀의 구애하는 울음소리가 피리 가락을 놀리듯 어우러지며 울려 퍼졌다. 광장의 비둘기들은 나무 꼭대기 위를 날아다니며 나뭇가지 두어 개를 떨어뜨리고, 늘 방해받아 끊어지는 자장가를 되풀이해서 나지막하게 읊조렸다. 오후가 되자 마블 아치[5]와 앱슬리 하우스[6]의 입구는 허리께를 부풀린 각양각색의 드레스를 입은 부인네들과 카네이션을 꽂은 프록코트 차림에 단장을 든 신사들로 막혀버렸다. 이곳에 공주[7]의 행차가 지나가자 신사들은 모자를 벗어 예의를 표했다. 길게 이어진 주택 지구의 지하실에서는 모자를 쓰고 앞치마를 두른 하녀들이 차를 준비했다. 지하실에서부터 계단을 돌고 돌아 위층으로 올려 보내진 은제 찻주전자가 탁자 위에 놓이고, 버몬지와 혹스톤 지구[8]에서 아픈 이들의 상처를 돌보았던 손길로 아가씨들과 나이 든 노처녀들은 찻숟가락 가득 차를 조심스럽게 하나, 둘, 셋, 넷 헤아렸다. 해가 지자 수백만 개의 작은 가스등불이 공작새의 깃털에 새겨진 눈동자처럼 유리장 안에서 펼쳐졌지만, 여전히 어둠이 거리 위에 드넓게 남아 있었다. 가스등의 불빛과 석양빛이 섞인 빛

---

3 의회와 법원 및 사교계가 열리는 4월에서 7월까지의 기간.

4 하이드 파크는 런던 내에서 가장 넓은 왕립공원이며 세인트 제임스 파크는 가장 오래된 왕립 공원임.

5 존 내쉬John Nash에 의해 1827년 건립된 아치형 건축물로 하이드 파크의 북동쪽에 있음.

6 하이드 파크 가장자리에 있는 웰링턴 공작의 거주지로 런던 1번지로 알려져 있음.

7 1901년에 왕위에 오른 에드워드 7세와 결혼한 알렉산드라 공주.

8 19세기 런던의 빈민가 지역.

이 라운드 폰드와 서펜타인 호수[9]의 잔잔한 물 위를 똑같이 비추었다. 저녁 만찬을 위해 나선 이들은 이륜마차를 타고 다리를 건너다가 잠시 이 멋진 광경을 바라보았다. 마침내 달이 떠올랐다. 달은 반짝이는 동전처럼, 이따금 조각구름에 가려 흐려지긴 했지만, 고요함과 엄정함, 거의 완전한 무심함을 담고 빛나고 있었다. 탐조등의 불빛처럼 천천히 돌면서, 차례차례 하늘을 가로지르며 며칠이 가고 몇 주가 지나고 몇 해가 지났다.

아벨 파지터 대령은 자신의 클럽[10]에서 점심 식사를 마친 후 이야기를 나누고 있었다. 가죽 안락의자에 앉아 그와 이야기를 나누는 이들은 그와 같은 부류의 사람들이었다. 전직 군인이었거나 공무원이었다가 이제는 은퇴한 이들은 오래된 농담이나 옛날 이야기를 하면서 인도, 아프리카, 이집트에서의 과거를 되살리다가 곧이어 자연스럽게 현재에 대한 이야기로 돌아왔다. 어떤 자리에 임명될 것인가 혹은 어떤 자리에 임명될 수 있을 것인가에 대한 이야기였다.

셋 중 가장 젊고 가장 말쑥한 사람이 갑자기 몸을 앞으로 숙였다. 어제 그는 점심을 함께……. 여기서 그의 목소리가 낮아졌다. 다른 사람들이 그에게로 몸을 굽혔다. 아벨 대령이 가벼운 손짓으로 커피 잔을 치우고 있던 하인을 물러가게 했다. 머리가 희끗희끗하고 벗겨지기 시작한 세 사람의 머리가 잠시 동안 가까이 모여 있었다. 곧이어 아벨 대령이 자신의 의자에 다시 물러앉았다. 엘킨 소령이 이야기를 시작할 때 모두의 눈빛에 떠올랐던 궁금증 어린 눈빛이 아벨 대령의 얼굴에서 완전히 사라졌다. 그는

---

9 각각 켄싱턴 가든과 하이드 파크에 있는 연못.
10 피커딜리에 많이 모여 있는 신사들의 회합 장소.

마치 지금도 동양의 강렬한 햇빛에 눈이 부시기라도 한 듯 짙고 푸른 눈을 가늘게 뜨고 여전히 먼지가 들어가기라도 한 것처럼 눈가를 찡그리고 있었다. 갑자기 떠오른 어떤 생각에 그는 다른 이들이 하고 있는 이야기에 아무 관심이 없었다. 실제로 그는 불쾌해졌다. 그는 일어나 창밖으로 피커딜리를 내려다보았다. 손에 여송연을 쥔 채로 그는 합승마차, 이륜마차, 사륜마차, 짐마차, 포장이 쳐진 사륜마차의 꼭대기를 내려다보고 있었다. 그의 태도는 마치 더 이상 상관하지 않겠어, 라고 말하는 듯했다. 밖을 바라보며 서 있는 동안 붉은빛이 도는 그의 잘생긴 얼굴에 우울함이 자리 잡았다. 불현듯 어떤 생각이 그에게 떠올랐다. 물어봐야 할 것이 있었다. 하지만 그가 몸을 돌렸을 때, 그의 친구들은 가고 없었다. 그 작은 무리는 해산했다. 엘킨은 이미 서둘러 문을 나서고 있었다. 브랜드는 다른 사람에게 말을 걸려고 자리를 떴다. 아벨 대령은 하려고 하던 말을 입에 담아두고 피커딜리 서커스가 내려다보이는 창가로 다시 돌아섰다. 북적이는 거리의 인파는 누구나 한결같이 목적지를 눈앞에 두고 있는 것처럼 보였다. 누구나 다 약속시간을 지키려고 서두르고 있었다. 사륜마차를 탄 부인네들조차 이런저런 볼일로 피커딜리 서커스를 빠르게 달려가고 있었다. 사람들이 런던으로 돌아오고 있었다. 돌아온 시즌을 위해 자리를 잡는 것이다. 하지만 그에게는 그런 시즌이 없을 것이었다. 그에게는 할 일이 아무것도 없었다. 그의 아내는 죽어가고 있었지만, 죽지는 않았다. 오늘은 좀 더 나아졌지만, 내일은 더 나빠질 터였다. 간호사가 새로 오기로 했다. 그렇게 삶이 지속되었다. 그는 신문을 집어 들고 넘기다가 쾰른 대성당[11]의 서쪽 면이 나

---

11 독일 라인 강변에 있는 도시 쾰른에 있는 성당. 1248년부터 1510년에 거쳐 미완성으로 건립되었으며 1880년에 원안대로 완성되었다.

온 사진을 보았다. 그는 신문을 다른 신문들이 있는 곳에 던졌다. 조만간—이건 그가 아내가 죽었을 때를 에둘러 부르는 말이었다—런던을 떠나리라. 그는 생각했다. 그리고 시골에서 살리라. 그런데 그땐 집이 문제였다. 아이들도 있었다. 게다가 또……. 그의 표정이 바뀌었다. 조금 덜 불만스러워 보였지만 약간 남의 눈을 피하는 듯 거북해 보였다.

어쨌든 그에겐 갈 곳이 있었다. 다른 사람들이 잡담을 나누는 동안 그는 마음 뒤편에 그 생각을 품고 있었다. 몸을 돌려 다들 떠난 것을 보았을 때, 그건 그가 자신의 상처에 가볍게 두드려 바르는 향유였다. 그는 미라를 보러 갈 것이었다. 미라는 최소한 그를 보면 반가워할 것이었다. 그래서 그는 클럽을 나섰을 때, 바쁜 듯이 보이는 사람들이 가고 있는 이스트로 향하지도 않았고 자신의 집 애버콘 테라스가 있는 웨스트로 향하지도 않았다. 대신 그는 그린 파크를 지나 웨스트민스터[12]로 향하는 힘든 길로 접어들었다. 풀밭은 푸르렀고 나뭇잎들이 피어나기 시작하고 있었다. 새 발톱처럼 작고 푸른 싹들이 나뭇가지에서 돋아나고 있었다. 도처에 활기가, 생기가 돌고 있었다. 공기에서는 맑고 상쾌한 내음이 났다. 하지만 아벨 대령은 잔디도 나무도 보지 않았다. 코트의 단추를 단단히 채우고 곧장 앞을 바라보며 그는 공원을 지나갔다. 하지만 웨스트민스터 사원[13]에 이르자 걸음을 멈추었다. 그는 이 일의 이 부분을 전혀 좋아하지 않았다. 거대한 규모의 사원 아래 놓인 좁은 거리에 다다를 때마다, 창문에 노란색 커튼과 카드가 걸려 있는 우중충한 작은 집들이 늘어선 거리, 머핀을 파는 남자가 언제나 종을 울리고 다니는 듯하고 아이들이 소리를

---

12 국회의사당.
13 1532년에 세워진 사원으로 왕위즉위식이나 국장이 치러지는 곳.

지르면서 보도 위에 그려진 하얀 분필선을 넘나들며 한 발로 깡충깡충 뛰어다니는 거리에 다다를 때마다, 그는 언제나 멈춰 서서 오른쪽을 살피고 왼쪽을 살핀 다음 재빨리 30번지로 걸어가 초인종을 울렸다. 고개를 푹 숙인 채 기다리는 동안 그는 문을 똑바로 쳐다보았다. 그는 이 현관 계단에 선 채 남들 눈에 띄는 것을 원하지 않았다. 건물 안으로 들어설 허락을 받기 위해 기다리는 것도 좋아하지 않았다. 심즈 부인이 그를 안으로 들여 맞이하는 것도 좋아하지 않았다. 건물 안에서는 언제나 냄새가 났다. 뒤뜰에 있는 빨랫줄에는 언제나 더러운 옷가지들이 널려 있었다. 그는 퉁명스럽게 무거운 걸음걸이로 계단을 올라가서 거실로 들어섰다.

그곳에는 아무도 없었다. 그가 너무 일찍 온 것이다. 그는 마땅치 않아 하면서 그는 방 안을 둘러보았다. 방 안에는 자질구레한 물건들이 너무 많이 흩어져 있었다. 휘장이 쳐진 벽난로 앞, 부들풀 위에 막 내려앉으려는 물총새가 그려진 가리개 앞에 몸을 곧게 펴고 서 있는 동안 그는 어색했을 뿐만 아니라 자신의 몸집이 너무 크다는 느낌을 받았다. 위층에서 부산스럽게 이리저리 움직이는 발걸음 소리가 들려왔다. 누군가 그녀와 함께 있는 것일까? 귀를 기울이며 그는 자신에게 물었다. 바깥 거리에서 아이들이 소리를 질러대고 있었다. 이건 추악하고, 비열하고, 은밀한 일이었다. 조만간, 그는 자신에게 말했다…… 하지만 문이 열리고 그의 정부인 미라가 들어섰다.

"오, 보기, 당신이군요!" 그녀가 외쳤다. 그녀의 머리 모양이 몹시 흐트러져 있었다. 그녀는 다소 부스스해 보였다. 하지만 그녀는 그보다 훨씬 젊은 데다가 그를 보곤 정말로 반가워한다고 그는 생각했다. 작은 개가 그녀를 보고 팔짝팔짝 뛰어올랐다.

"룰루, 룰루." 한 손으로는 작은 개를 잡고, 다른 한 손으로는 머리를 매만지며 그녀가 외쳤다. "이리 와서 보기 아저씨가 널 볼 수 있도록 하렴."

대령은 버들가지로 엮은 삐걱거리는 의자에 자리를 잡았다. 그녀가 그의 무릎 위에 개를 올려놓았다. 개의 한쪽 귀 뒤에 습진 자국으로 보이는 붉은 반점이 있었다. 대령은 안경을 꺼내 쓰고 개의 귀를 들여다보려 몸을 숙였다. 그의 옷깃이 목과 닿는 곳에 미라가 입을 맞추었다. 그러자 그의 안경이 떨어졌다. 그녀는 안경을 집어 개에게 씌웠다. 오늘은 이 나이 지긋한 남자가 기운이 없다고 그녀는 느꼈다. 그가 그녀에게는 결코 말하지 않는 가정생활과 클럽의 그 신비스러운 세계에서 무언가가 잘못된 것이었다. 그녀가 머리를 만지기도 전에 그가 왔고, 그건 성가신 일이었다. 하지만 그의 마음을 다른 데로 돌리는 것이 그녀의 의무였다. 그래서 그녀는 비록 뚱뚱해지고 있기는 했지만, 여전히 탁자와 의자 사이를 미끄러지듯이 다닐 수 있었으므로 여기저기로 돌아다니며 벽난로 가리개를 치우고 그가 그녀를 만류하기 전에 불을 지피기 힘든 셋집 벽난로에 불을 지폈다. 그러고서는 그가 앉은 의자의 팔걸이에 걸터앉았다.

"오, 미라!" 거울에 비친 자신의 모습을 힐끗 쳐다보고는 머리핀을 빼내며 그녀가 말했다. "그대는 얼마나 깔끔하지 못한 여자인지!" 그녀는 동그랗게 말아 올렸던 긴 머리가닥을 풀어서 어깨 위로 늘어뜨렸다. 비록 나이가 마흔 가까이 되었고, 사실대로라면 베드포드에 있는 친지들에게 맡겨 놓은 여덟 살짜리 딸을 둔 여자였지만, 그녀의 머리카락은 아직 아름다운 금빛이었다. 머리카락이 제 무게에 따라 저절로 늘어뜨려졌고 그것을 보고 있던 보기는 몸을 숙여 그녀의 머리카락에 입을 맞추었다. 손풍금이

거리 아래에서 연주되기 시작하자 아이들이 모두 그쪽으로 몰려가서 주위가 갑작스레 조용해졌다. 대령이 그녀의 목덜미를 쓰다듬기 시작했다. 그는 두 손가락이 없는 손으로 그녀의 목과 어깨가 이어지는 곳까지 더듬어 내려갔다. 미라는 바닥으로 몸을 미끄러뜨려 그의 무릎에 등을 기대었다.

그때 계단에서 삐걱거리는 소리가 났다. 누군가가 마치 자신의 존재를 그들에게 경고하듯 문을 두드렸다. 미라는 바로 머리카락을 모아 핀을 꽂고 일어나 문을 닫고 나갔다.

대령은 다시 꼼꼼하게 개의 귀를 살펴보기 시작했다. 이게 습진인가? 습진이 아닌가? 그는 붉은 반점을 살펴보고 개를 바구니에 세워놓고는 기다렸다. 바깥 계단참에서 길어지는 속삭임이 그에게는 유쾌하지 않았다. 마침내 미라가 돌아왔다. 그녀는 걱정스러운 표정이었다. 그리고 걱정거리가 있어 보일 때 그녀는 나이 들어 보였다. 그녀는 쿠션과 덮개 아래로 손을 넣어 무언가를 찾기 시작했다. 가방을 찾고 있어요. 그녀가 말했다. 가방을 어디다 두었더라? 이 잡동사니 속에서 찾기가 쉽지 않겠다고 대령은 생각했다. 그녀가 소파 구석에 있는 쿠션 아래에서 찾아낸 가방은 홀쭉하고, 초라해 보이는 것이었다. 그녀는 가방을 거꾸로 뒤집었다. 그녀가 가방을 흔들자, 손수건 몇 장과 구겨진 종잇조각들과 은화와 구리동전들이 쏟아졌다. 1파운드짜리 금화 한 닢이 분명 여기 있었을 텐데. 그녀가 말했다. "어제 분명 갖고 있었는데." 그녀가 중얼거렸다.

"얼마라고?" 대령이 말했다.

1파운드, 아니, 1파운드 8실링 6펜스였다고, 세탁에 관해 무어라고 중얼거리며 그녀가 말했다. 대령은 자신의 작은 금빛 케이스에서 금화 두 닢을 꺼내어 그녀에게 주었다. 그녀가 그것을 받아들고 나갔고 계단참에서 속삭임이 더 이어졌다.

"세탁이라고……?" 방 안을 둘러보며 대령은 생각했다. 그 방은 비좁고 지저분했다. 하지만 그녀보다 훨씬 나이가 많은 터에 그가 세탁에 관해 묻는 것은 적절치 않은 일이었다. 그녀가 다시 돌아왔다. 그녀는 방을 가로질러 와서는 바닥에 앉아 그의 무릎에 머리를 기댔다. 마지못해 약하게 타오르고 있던 불길이 꺼져버렸다. "내버려 두지." 그녀가 불쏘시개를 집어 들자 그가 성마르게 말했다. "꺼지게 돼." 그녀는 불쏘시개를 내려놓았다. 개가 코 고는 소리를 냈다. 손풍금 소리가 들려왔다. 그의 손이 그녀의 목덜미를 오르내리며, 길고 숱 많은 머리카락 안팎을 어루만지기 시작했다. 다른 집들과 너무 바짝 붙어 있는 이 작은 방에 어스름이 곧 찾아왔다. 그리고 커튼은 반쯤 드리워져 있었다. 그는 그녀를 가까이로 당겨 목덜미에 입 맞추었다. 두 손가락을 잃은 손이 목덜미와 어깨가 만나는 아래쪽으로 더듬어 내려가기 시작했다.

갑작스러운 빗줄기가 보도를 세차게 내려치자 분필로 그린 칸들을 깡충거리며 넘나들던 아이들도 집으로 흩어졌다. 어부들이 쓰는 모자를 멋을 부려 머리 뒤쪽에 쓰고 보도 연석을 따라 몸을 흔들며, 활기차게 "받은 복을 세어보아라, 주의 크신 복을 네가 알리라—"[14]라고 읊조리던 나이 지긋한 거리의 악사는 옷깃을 세우고 술집 현관으로 몸을 피한 후 마저 명했다. "받은 복을 세어보아라, 하나하나 모두를." 잠시 후 태양이 다시 빛나자 노면의 물기가 걷혔다.

"아직 끓지 않네." 찻주전자를 쳐다보며 밀리 파지터가 말했다.

---

14 〈세상 모든 풍파 너를 흔들어When Upon Life's Billows〉라는 미국 찬송가의 후렴구.

그녀는 애버콘 테라스 저택의 전면에 있는 거실의 둥근 탁자 앞에 앉아 있었다. "전혀 끓을 것 같지 않아." 그녀가 되뇌었다. 돋을 새김된 장미문양이 거의 다 지워진 구식의 놋쇠 주전자였다. 놋쇠 주전자 아래에서 희미한 불꽃이 위아래로 일렁였다. 그녀 옆에 있는 의자에 등을 기대고 앉아 있던 여동생 델리아도 불꽃을 바라보고 있었다. "끓기는 하겠지?" 잠시 후 그녀는 대답을 기대하지 않는 것처럼 무심히 물었다. 밀리는 대답하지 않았다. 그들은 노란 심지에서 타오르는 미약한 불꽃을 바라보며 말없이 앉아 있었다. 마치 다른 사람들이 곧 오기로 되어 있는 듯 여러 개의 찻잔과 접시들이 놓여 있었다. 그러나 그 순간에는 그들뿐이었다. 방은 가구로 가득 차 있었다. 그들 맞은편 네덜란드풍의 진열장 선반에는 푸른색 도자기가 놓여 있었다. 사월의 저녁 햇살이 유리 위 이곳저곳에 밝은 얼룩을 만들고 있었다. 벽난로 위에는 흰 모슬린 드레스를 입고 무릎 위에 꽃바구니를 얹고 있는 붉은 머리의 젊은 여자의 초상화가 그들을 내려다보며 웃고 있었다.

밀리는 머리에 꽂았던 머리핀을 빼 불꽃을 키우려고 심지를 여러 가닥으로 풀기 시작했다.

"소용없을 거야." 그녀를 바라보면서 델리아가 성가신 듯 말했다. 그녀는 초초해하고 있었다. 모든 것이 참을 수 없을 만큼 오래 걸리는 듯했다. 그때 크로스비가 들어와 주방에서 주전자의 물을 끓여 올까 묻자 밀리는 됐다고 말했다. 어떻게 하면 이 자질구레하고 시시껄렁한 일들을 끝낼 수 있을까, 탁자 위를 칼로 가볍게 두드리며 언니가 머리핀으로 씨름하고 있는 약한 불길을 바라보면서 그녀는 혼자 생각했다. 주전자 안에서 각다귀의 울음소리 같은 소리가 나기 시작했다. 바로 그때 문이 다시 활짝 열리고 뺏뺏한 분홍 원피스를 입은 어린 소녀가 들어왔다.

"내 생각에는 보모가 널 깨끗한 원피스로 갈아입혀야 할 것 같구나." 어른스러운 태도를 흉내 내며 밀리가 엄격하게 말했다. 마치 나무를 타고 올랐던 듯 그녀의 원피스에는 녹색 얼룩이 져 있었다.

"그건 아직 세탁장에서 오지 않았어." 어린 소녀인 로즈가 무뚝뚝하게 말했다. 그녀는 탁자를 쳐다보았지만 아직 차를 마실 수 없음이 분명했다.

밀리가 다시 머리핀을 심지에 댔다. 델리아는 뒤로 기대어 어깨 너머로 창밖을 바라보았다. 그녀가 앉은 곳에서는 정문 계단을 볼 수 있었다.

"저기 마틴이 오네," 그녀가 우울하게 말했다. 문이 쾅 하니 닫히고 홀에 있는 탁자 위에 책들이 털썩 놓이더니 열두 살 난 소년 마틴이 들어왔다. 그는 초상화 속 여인과 같은 붉은 머리를 갖고 있었다. 그의 머리칼은 온통 헝클어져 있었다.

"가서 단정하게 하고 오렴." 델리아가 엄격하게 말했다. "시간은 많으니까. 아직 주전자의 물이 끓지도 않았어." 그녀가 덧붙였다.

그들은 모두 주전자를 바라보았다. 흔들리는 놋쇠 주전자 아래 약한 불길이 일렁일 때마다 주전자는 여전히 희미하고 우울한 소리를 내며 노래하고 있었다.

"빌어먹을 주전자." 재빨리 돌아서며 마틴이 말했다.

"어머니는 네가 그런 말을 쓰는 것을 좋아하시지 않을 거야." 밀리가 나이 든 사람처럼 그를 나무랐다. 그들의 어머니가 오랫동안 병석에 있었으므로 두 자매는 동생들을 대할 때면 어머니가 아이들을 대하는 태도를 흉내 내는 것이 버릇이 되어 있었다. 문이 다시 열렸다.

"아가씨, 쟁반……," 열린 문을 발로 지탱하며 크로스비가 말했다. 그녀는 손에 환자식을 담은 쟁반을 들고 있었다.

"쟁반?" 밀리가 말했다. "이번에는 누가 쟁반을 가지고 올라갈 거지?" 다시금 그녀는 아이들을 잘 다루고 싶어 하는 더 나이 든 사람의 태도를 취하고 있었다.

"로즈, 너는 안 돼. 이건 너무 무거워. 마틴에게 들라고 하렴. 그리고 너도 함께 들어가도록 해. 하지만 오래 있으면 안 돼. 엄마에게 네가 무엇을 하고 있었는지 말씀드리도록 해. 그리고 주전자…… 주전자……."

그녀는 다시 머리핀으로 심지를 건드렸다. 뱀 모양으로 생긴 주둥이에서 엷은 증기가 칙 하고 올랐다. 처음에는 간헐적으로, 그리고 점차로 점점 더 세지다가 계단에서 발걸음 소리가 들려온 순간 증기가 주둥이에서 힘차게 분출했다.

"끓는다!" 밀리가 소리쳤다. "끓어!"

모두들 말없이 먹었다. 네덜란드풍 장식장 유리를 비추는 빛의 변화로 보아 해가 구름 속으로 들락날락하는 듯했다. 때때로 오목한 접시가 짙은 푸른빛으로 빛나다가는 검푸른색이 되었다. 빛은 다른 방에 있는 가구 위에도 은밀하게 내리비쳤다. 여기에 패턴이 있네. 여기엔 선명한 부분이 있고, 어딘가에는 아름다움도 있고, 어딘가에는 자유도 있지. 델리아는 생각했다. 어디에서인가, 그녀의 생각이 이어졌다. 그는 ― 하얀 꽃을 꽂고……. 그때 홀에서 단장 짚는 소리가 들려왔다.

"아빠다!" 밀리가 경고하듯 외쳤다.

즉시 마틴은 아버지의 팔걸이의자에서 꿈틀거리며 빠져나오고 델리아는 등을 세우고 바로 앉았다. 밀리는 곧바로 나머지 찻잔들과 어울리지 않는, 장미꽃이 흩뿌려진 문양의 커다란 잔을 앞으로 옮겼다. 대령은 문 앞에 서서 다소 사납게 그들을 살펴보았다. 그는 작고 파란 눈으로 뭔가 잘못을 찾아내려는 것처럼 그들을 둘러보았다. 지금 당장은 어떤 잘못도 찾을 수 없었지만, 그는 화가 나 있었다. 그가 말을 하기도 전에 그들은 아버지가 화가 나 있음을 알고 있었다.

"지저분한 불량꼬마로군." 로즈의 곁을 지나갈 때 대령은 로즈의 귀를 꼬집으며 말했다. 로즈는 얼른 원피스의 얼룩을 손으로 가렸다.

"엄마는 괜찮으시니?" 커다란 팔걸이의자에 견고한 덩어리인 양 털썩 몸을 내려놓으며 그가 말했다. 그는 차를 싫어했다. 그렇지만 그는 언제나 예전에 그의 아버지가 썼던 오래된 커다란 찻잔으로 차를 조금 마셨다. 그는 찻잔을 들어 올려 의례적으로 한 모금 들이마셨다.

"그런데 너희들은 오늘 무엇을 했지?" 그가 물었다.

그는 탁하지만 빈틈없어 보이는 시선으로 주변을 둘러보았다. 다정할 수도 있는 눈길이었으나, 지금은 무뚝뚝했다.

"델리아는 음악 수업을 들었고, 저는 화이트리 백화점에 다녀왔어요ㅡ" 밀리는 마치 배운 것을 암송하는 어린아이처럼 말을 시작했다.

"돈을 쓰느라고, 어?" 그녀의 아버지가 날카롭게 말했다. 하지만 언짢은 목소리는 아니었다.

"아니에요, 아빠. 말씀드렸잖아요. 시트를 잘못 보내왔어요."

"그리고 넌, 마틴?" 딸의 말을 자르고 파지터 대령이 물었다. "언제나처럼 학급에서 맨 밑바닥인 게냐?"

"상위예요!" 이때까지 참고 있기 어려웠던 양 불쑥 말을 내뱉으며 마틴이 큰 소리로 외쳤다.

"흠, 정말이냐." 그의 아버지가 말했다. 그의 침울함이 다소 누그러졌다. 그는 바지주머니에 손을 넣어 은화 한 줌을 꺼냈다. 아버지가 2실링짜리 은화에서 6펜스짜리 은화를 애써 골라내는 것을 아이들은 지켜보았다. 인도 반란[15] 때 오른쪽 손가락 두 개를 잃은 후 근육이 수축되어서 그의 오른손은 늙은 새의 발톱을 닮아보였다. 그는 한참을 더듬거렸다. 하지만 그는 언제나 자신에게 상해가 없는 척했으므로 그의 자녀들도 감히 그를 돕겠다고 나설 수 없었다. 절단된 손가락의 반질반질한 마디마디는 로즈를 매혹했다.

"옛다, 마틴." 아들에게 6펜스짜리 은화를 건네면서 그가 드디어 말했다. 그리고 난 후 다시 차를 한 모금 마시고 콧수염을 문질러 닦았다.

"엘리너는 어디 있지?" 침묵을 깨려는 듯 그가 마침내 말했다.

"그로브[16]에 가는 날이에요." 밀리가 그에게 일깨워주었다.

"오, 그로브에 가는 날이로군." 대령이 중얼거렸다. 그는 마치 찻잔 속 설탕 덩어리를 부숴버리려는 듯이 빙글빙글 휘저었다.

"다정한 레비 가의 사람들," 델리아가 주저하며 말했다. 아버지가 가장 아끼는 딸이었지만 그녀는 아버지가 지금과 같은 기분일 때 자신이 어느 만큼이나 과감하게 나설 수 있는지 확신할 수 없었다.

그는 아무 말도 하지 않았다.

15 1857년 인도 벵골에서 영국의 동인도 회사에 고용된 인도인 용병들을 중심으로 일어난 반영 항쟁. 최초의 인도민족항쟁이었으나 영국군의 진압으로 무굴제국의 멸망으로 이어졌으며 영국은 인도를 직접 통치하게 되었다. 영국측의 입장에서는 세포이 반란the Sepoy Mutiny 또는 인도 반란the Indian Mutiny으로 불렸으며, 인도의 입장에서는 세포이 항쟁 혹은 인도 항쟁the Indian Rebellion of 1857이라고 불린다.

16 런던 서부에 있는 리슨 그로브Lisson Grove로 19세기 런던의 대표적인 빈민가.

"버티 레비는 한쪽 발가락이 여섯 개래요." 로즈가 갑자기 목소리를 높여 말했다. 다들 웃었다. 하지만 대령은 모두의 웃음을 자르고서는 여전히 먹고 있는 마틴을 쳐다보며 말했다. "어서 가서 숙제를 하도록 해라, 내 아들아."

"차를 다 마실 때까지 두세요, 아버지." 밀리가 다시금 나이 든 사람의 태도를 흉내 내며 말했다.

"새로 온다던 간호사는?" 탁자 모서리를 두드리면서 대령이 물었다. "도착했더냐?"

"네……." 밀리가 대답하기 시작했다. 그러나 그때 현관에서 부스럭거리는 소리가 나더니 엘리너가 들어왔다. 그들 모두가 안도했다. 특히 밀리가 그러했다. 고맙게도, 이제 엘리너가 있어. 속으로 생각하면서 그녀는 다툼을 진정시켜 화해시켜주고 그녀 자신과 가족들 간의 생활에서 일어나는 여러 팽팽한 긴장의 순간과 불화를 완충해주는 언니를 바라보았다. 그녀는 언니를 숭배했다. 언니가 얼룩덜룩한 책 꾸러미와 검정색 장갑 두 짝을 들고 있지만 않았더라면, 그녀는 언니를 여신이라 부르고 언니의 몫이 아닌 아름다움과 옷을 부여했을 것이었다. 나를 보호해줘, 언니에게 찻잔을 건네며 그녀는 생각했다. 무슨 이유에서인지 기분이 언짢은 아버지에게 내가 기죽어 있는 동안에도 언제나 하고 싶은 대로 다 하는 델리아에 비해, 소심하고 위축되고 미숙한 어린아이인 나를! 대령을 엘리너를 보고 미소를 지었다. 벽난로 앞에 깔린 깔개 위에 있던 붉은 털을 가진 개도 위를 올려다보고는 마치 그녀가 나중에 손을 씻더라도 뼈다귀를 하나 건네주는 그런 마음에 쏙 드는 여자들 중 한 사람인 것을 알아차렸다는 듯이 꼬리를 흔들었다. 그녀는 스물두 살가량의 만딸로 예쁘지는 않았지만 건강했고, 비록 지금은 지쳐 있었지만 대체로 쾌활했다.

"늦어서 죄송해요." 그녀가 말했다. "어쩔 수 없었어요. 그럴 생각은 아니었는데." 그녀는 아버지를 바라보았다.

"내가 생각보다 일찍 나섰다." 서둘러 그가 말했다. "모임이 —" 그는 말을 멈췄다. 미라와 또 말다툼이 있었다.

"너의 그로브는 어떻더냐. 어?" 그가 덧붙였다.

"오, 그로브요." 그녀가 말을 되풀이했다. 그때 밀리가 그녀에게 뚜껑이 덮인 접시를 건넸다.

"지체되었어요." 먹기 시작하면서 엘리너가 다시 말했다. 그녀가 먹기 시작하면서 분위기가 가벼워졌다.

"이제 우리에게 말해주세요, 아버지." 대령이 가장 귀여워하는 딸인 델리아가 대담하게 말했다. "무엇을 하셨는지. 어떤 모험을 하셨나요?"

그렇게 말한 것이 잘못이었다.

"나 같은 늙은이들에게 모험이란 없는 법이다." 대령은 침울하게 말했다. 그는 찻잔 안쪽 면에 설탕 조각을 비벼 부수었다. 그러고는 곧 자신의 퉁명스러움을 후회하는 듯했다. 그는 잠시 곰곰이 생각에 잠겼다.

"클럽에서 옛 친구 버크를 만났지. 너희들 중 하나를 저녁 식사에 데리고 오라더구나. 로빈이 돌아왔다지, 휴가라더군." 그가 말했다.

그가 차를 들이켰다. 차 몇 방울이 끝이 뾰족한 그의 수염에 떨어졌다. 그는 큼직한 실크 손수건을 꺼내어 성마르게 턱을 닦았다. 낮은 의자에 앉아 있던 엘리너는 먼저 밀리의 얼굴에서, 그리고 델리아의 얼굴에서 뭔가 이상한 표정을 감지했다. 둘 사이에 적대감이 느껴졌다. 하지만 그들은 아무 말도 하지 않았다. 그들은 줄곧 먹고 마시고 있었다. 마침내 대령이 잔을 들어 찻잔이 비워진 것을 보고는 쨍그랑 소리가 나게 내려놓았다. 차를 마시는 의식이 끝난 것이다.

"자, 아들아, 그만 가서 예습을 하렴." 그가 마틴에게 말했다.

마틴은 접시를 향해 뻗으려던 손을 거두었다.

"어서 가거라." 대령이 단호하게 말했다. 마틴은 일어나 마치 그의 여정을 늦추려는 것처럼 의자와 탁자마다 손을 뻗어 마지 못해 끌면서 지나갔다. 그러고는 등 뒤로 쾅 소리가 나게 문을 닫았다. 대령은 벌떡 일어나 팽팽하게 단추를 잠근 프록코트 차림으로 그들 사이에 똑바로 섰다.

"나도 나가봐야겠다." 그가 말했다. 하지만 그는 마치 마땅히 갈 곳이 없는 것처럼 잠시 멈춰 서 있었다. 그는 마치 어떤 지시를 내리고 싶은데 막상 그 순간에 아무런 지시도 생각해낼 수 없는 것처럼, 그들 사이에 꼿꼿이 서 있었다. 이윽고 그가 생각해냈다.

"너희 중 누가 기억하고 있었으면 좋겠구나," 그가 누구에게랄 것 없이 딸들에게 말을 건넸다. "에드워드에게 편지를 써서…… 엄마에게 편지를 쓰라고 해라."

"예." 엘리너가 대답했다.

그는 문을 향해 가기 시작했지만 곧 멈추었다.

"그리고 엄마가 언제 나를 만나고 싶어하는지 내게 알려주렴." 그가 말했다. 그리고 난 후 그는 잠시 가만히 있다가 막내딸의 귀를 살짝 잡아당겼다.

"지저분한 불량꼬마로군." 로즈의 앞치마에 묻은 녹색 얼룩을 가리키며 그가 말했다. 로즈가 손으로 얼룩을 가렸다. 문 앞에서 그는 다시 멈추었다.

"잊지 말거라," 손잡이를 더듬으며 그가 말했다. "잊지 말고 에 드워드에게 편지를 쓰도록 해라." 마침내 그가 손잡이를 돌리고

서는 사라졌다.

모두가 말이 없었다. 분위기가 뭔가 굳어 있군, 엘리너는 느꼈다. 그녀는 탁자 위에 내려놓았던 작은 책들 중 한 권을 집어 들고 무릎 위에 펼쳤다. 그러나 그녀는 책을 보지는 않았다. 그녀의 시선은 방의 좀 더 먼 곳에 멍하니 고정되어 있었다. 뒷마당의 나무에는 꽃봉오리가 피어나고 있었다. 관목 덤불에도 작은 이파리들이, 작은 귀 모양으로 생긴 이파리들이 돋고 있었다. 태양이 변덕스럽게 빛나고 있었다. 태양은 구름에 가려졌다 나왔다 하더니 지금은 환하게 비추고 있었다. 지금은—

"엘리너 언니," 로즈가 생각을 방해했다. 로즈는 묘하게도 아버지처럼 자세를 취하고 있었다.

"엘리너 언니," 언니가 주의를 돌리지 않자, 그녀는 낮은 목소리로 다시 불렀다.

"으음?" 그녀를 쳐다보며 엘리너가 말했다.

"램리 상점에 가고 싶어." 로즈가 말했다.

뒷짐을 쥐고 서 있는 로즈는 아버지와 꼭 닮아 보였다.

"램리 상점에 가기에는 너무 늦었어." 엘리너가 말했다.

"일곱 시 전에는 닫지 않아." 로즈가 말했다.

"그럼, 마틴에게 함께 가자고 물어보렴." 엘리너가 말했다.

어린 소녀는 문 쪽으로 천천히 움직였다. 엘리너는 회계장부를 다시 집어 들었다.

"혼자 가면 안 된다, 로즈. 혼자 가면 안 돼." 로즈가 문에 다다르자 회계장부 너머로 올려다보며 그녀가 말했다. 말없이 고개를 끄덕이며 로즈가 사라졌다.

그녀는 이 층으로 올라갔다. 어머니의 침실 밖에서 잠시 멈추고 문밖 탁자 위에 놓인 물병, 커다란 컵, 뚜껑 덮인 사발 주변에 떠도는 듯한 시큼하고도 달큰한 냄새를 들이마셨다. 다시 한 층 더 올라가 공부방 밖에서 멈추었다. 마틴과 다퉜으므로 그녀는 들어가고 싶지 않았다. 그들은 처음에는 에릿지와 현미경 때문에 싸웠고, 그다음에는 옆집 핌 양의 고양이를 쏘는 문제로 싸웠다. 그러나 엘리너 언니가 그에게 같이 갈 수 있는지 물어보라고 했다. 그녀는 문을 열었다.

"안녕, 마틴―" 그녀가 말을 꺼냈다.

그는 책상 위에 책을 펼쳐 세워놓고 그리스어인지 라틴어인지를 중얼거리며 앉아 있었다.

"엘리너 언니가―" 말을 꺼내며 그녀는 그의 얼굴이 얼마나 홍조를 띠고 있는지, 그리고 마치 종잇조각을 구겨 동그랗게 만들려고 하는 것처럼 종잇조각을 손에 꽉 움켜쥐고 있는지를 알아차렸다. "오빠에게 물어보라는데……" 말을 시작하며 그녀는 용기를 내어 등을 문에 기대고 섰다.

엘리너는 의자에 기대앉았다. 햇살이 이제 뒷마당에 있는 나무 위에 내려앉았다. 봉오리들이 부풀어 오르기 시작하고 있었다. 봄볕이 비치자 당연하게도 낡은 의자 덮개가 드러났다. 엘리너는 아버지의 커다란 팔걸이의자에 아버지가 머리를 기대곤 하는 곳에 거무스름한 얼룩이 져 있음을 알아차렸다. 하지만 여기에는 의자가 어찌나 많은지―레비 부인이 사는 그 침실에 비하면 여긴 얼마나 널찍하고 바람이 잘 통하는지―. 그런데 밀리와 델리아는 모두 말이 없었다. 저녁 식사 문제였었지, 그녀는 기억해냈다. 누가 가기로 했더라? 둘 다 가고 싶어 했었지. 그녀는 사람들이 "따님 한 분을 데리고 오세요"라고 말하지 않았으면 했다. 그들 모두를 한데 묶는 대신에 "엘리너를 데리고 와요"라거나 "밀리를 데리고 오세요"라거나 "델리아를 데려와요"라고 말해주었으면 했다. 그러면 아무 문제도 없을 터였다.

"그럼," 델리아가 갑작스레 말했다. "나는 이만……."

그녀는 마치 어디론가 가려는 것처럼 일어섰다. 그러나 멈춰 서더니 거리가 내다보이는 창가로 천천히 걸어갔다. 건너편의 집들에는 한결같이 집 앞에 작은 정원이 있었다. 똑같은 계단, 똑같은 기둥, 똑같은 내닫이창이 있었다. 하지만 이제 어스름이 깔리자 집들은 어둑어둑한 빛 속에서 유령처럼 보이거나 비현실적으로 보였다. 램프마다 불이 밝혀지고 건너편 거실에 불빛이 반짝였다. 그러고는 커튼이 쳐지고 그 방은 시야에서 가려졌다. 델리아는 거리를 내려다보며 서 있었다. 하층 계급의 여자가 유모차를 밀고 가고 있었다. 한 노인이 뒷짐을 쥔 채 휘청거리며 걷고 있었다. 그러고는 거리가 텅 비었다. 잠시 인적이 끊겼다가 이륜마차 한 대가 딸랑딸랑 소리 내며 길을 따라 내려오고 있었다. 델리아는 잠시 동안 궁금해졌다. 마차가 우리 집 앞에서 설까 아닐까? 그녀는 더 열심히 지켜보았다. 그러나 실망스럽게도 마부가 고삐를 잡아당기자 말이 멈춰 서버렸다. 두 집 아래에서 마차가 멈춘 것이었다.

"누군가 스테이플턴 가족을 방문하나 봐." 모슬린 차양을 열어젖혀 잡고서 그녀가 뒤를 향해 말했다. 밀리가 다가와 그녀 옆에 섰다. 그들은 함께 실크 모자를 쓴 젊은 남자가 마차에서 내리는 것을 차양 사이로 지켜보았다. 그가 손을 뻗어 마부에게 차비를 치렀다.

"쳐다보다 들키지 마." 엘리너가 경고조로 말했다. 그 젊은 남자는 계단을 성큼성큼 올라가 집 안으로 사라졌다. 현관문이 닫히고 마차는 떠나갔다.

그러나 한동안 두 소녀는 거리가 내다보이는 창가에 서 있었다. 집집마다 정원에는 노란색과 보라색의 크로커스가 피어 있었다. 아몬드나무와 쥐똥나무 가지 끝이 푸르렀다. 갑작스럽게 바람이 거리에 휘몰아쳐 종잇조각이 보도를 따라 바람에 쓸려 다녔다. 마른 먼지가 작은 소용돌이를 이뤄 뒤를 따랐다. 지붕 너머로 붉고 변덕스러운 런던의 석양이 온 창문들을 금빛으로 물들였다. 봄날 저녁에는 격렬함이 서려 있었다. 이곳 애버콘 테라스에서조차도 빛이 황금색에서 검은색으로, 검은색에서 황금빛으로 바뀌고 있었다. 차양을 내리면서 델리아가 돌아서서 거실 안쪽으로 오다가 갑자기 말했다.

"오, 맙소사!"

책들을 다시 집어 들었던 엘리너가 성가신 듯 올려다보았다.

"팔 곱하기 팔은……" 그녀는 소리 내어 말했다. "팔 곱하기 팔은 얼마더라?"

그 자리를 표시하려고 펼친 장부 위에 손가락을 댄 채, 엘리너는 동생을 쳐다보았다. 머리를 뒤로 제치고 불타오르는 석양빛에 붉은 머리를 물들인 채 그곳에 서 있는 델리아가 순간적으로 도전적이고, 심지어 아름답게 보였다. 그녀 곁에 선 밀리는 잿빛에다가 아무 특징도 없어 보였다.

"여길 봐, 델리아." 엘리너가 장부를 덮으며 말했다. "기다리기만 하면 돼." 그녀는 하고자 했던 말을 차마 할 수 없었다. '엄마가 돌아가실 때까지.'

"아니, 아니, 아니," 두 팔을 펼치며 델리아가 말했다. "희망이 없어……" 그녀가 말하기 시작했다. 그러나 그녀는 곧 말을 멈추었다. 크로스비가 들어왔기 때문이었다. 크로스비는 쟁반을 들고 있었다. 그녀는 찻잔과 접시와 칼, 잼이 든 병, 케이크 접시와 빵과 버터를 담은 접시들을 하나씩 하나씩 짜증스러울 정도로 쨍그랑거리며 쟁반에 옮겼다. 그리고서는 균형을 잘 잡아 조심스럽게 쟁반을 앞으로 들고는 방을 떠났다. 잠시 정적이 흘렀다. 그녀가 다시 들어와 탁자 덮개를 접고 탁자를 옮겼다. 또다시 침묵이 감돌았다. 잠시 후에 그녀는 실크로 갓을 씌운 등 두 개를 들고 돌아왔다. 그녀는 등 하나를 앞쪽 방에, 다른 하나는 뒤쪽 방에 놓았다. 그러고 나서 그녀는 값싼 신발을 신은 채로 삐걱거리는 소리를 내며 창가로 가서 커튼을 쳤다. 커튼은 황동 쇳대를 따라 익숙한 달가닥 소리를 내며 미끄러졌고 곧 모든 창문은 깔끔하게 주름 잡힌 자줏빛의 두툼한 플러시 천으로 가려졌다. 크로스비가 양쪽 방의 커튼을 모두 쳤을 때, 깊은 침묵이 거실에 내려앉았다. 바깥세상이 두텁게, 그리고 완전하게 단절된 것 같았다. 이웃한 거리 저 멀리에서 거리 행상인의 목소리가 나지막하게 들려왔다. 합승마차를 끄는 묵직한 말발굽 소리가 길을 따라 서서히 타가닥 타가닥 들려왔다. 마차 바퀴가 길 위를 굴러가는 소리가 한동안 들려왔다. 그러고 나서는 모든 소리들이 잦아들었고 완전한 침묵이 찾아왔다.

등 아래로 두 개의 동그란 노란 불빛이 비췄다. 엘리너는 한쪽 등 아래로 의자를 당기고 고개를 숙인 채로 하던 일을 계속했다. 셈 더하는 것은 그녀가 워낙 하기 싫어하는 일인지라 언제나 제일 마지막까지 미뤄 놓았다. 입술을 옴찔거리며 여덟에 여섯을 더하거나, 다섯에 넷을 더하면서 그녀는 연필로 종이 위에 작은 점들을 찍어나갔다.

"자!" 그녀가 마침내 말했다. "다 됐네. 이제 엄마한테 가봐야겠다."

그녀는 장갑을 집으려고 몸을 숙였다.

"아니야," 펼쳐놓았던 잡지를 옆으로 던져놓으며 밀리가 말했다. "내가 갈게……."

뒤쪽 방에서 서성이고 있던 델리아가 갑자기 불쑥 나섰다.

"난 아무 할 일도 없어," 그녀는 짤막하게 말했다. "내가 갈게."

그녀는 한 계단 한 계단 아주 천천히 이 층으로 올라갔다. 물병과 유리잔 등이 놓여 있는 탁자가 문밖에 있는 침실 앞에 이르러 그녀는 멈췄다. 병환으로 인한 시큼하고도 달큰한 냄새에 살짝 욕지기가 났다. 그녀는 억지로 자신을 방 안으로 밀어 넣을 수가 없었다. 복도 끝에 난 작은 창을 통해 그녀는 연푸른 하늘에 플라밍고 색깔의 곱슬 구름이 떠 있는 것을 볼 수 있었다. 거실의 어스름 속에 있었던 그녀는 눈이 부셨다. 한동안 그녀는 빛으로 그곳에 고정된 것 같았다. 그때 위층에서 아이들의 목소리가 들려왔다. 마틴과 로즈가 다투고 있었다.

"그럼 관둬!" 로즈가 말하는 것이 들렸다. 문이 쾅 하고 닫혔다. 델리아는 잠시 가만히 있었다. 그러고 나서 그녀는 숨을 깊이 들이쉬며 타는 듯 붉은 하늘을 한 번 더 바라보고 나서 침실 문을 두드렸다.

간호사가 조용히 일어선 후 손가락을 입술에 대더니, 방을 나갔다. 파지터 부인은 잠들어 있었다. 한 손을 뺨 아래에 댄 채 베개 더미 사이에 누워 있는 파지터 부인은 마치 잠 속에서조차 자질구레한 장애물들이 자신의 앞길을 가로막고 있는 세상을 헤매고 있기라도 한 듯 희미하게 신음 소리를 냈다. 그녀의 얼굴은 불룩하니 부어 묵직해 보였다. 피부는 갈색 반점들로 덮였고 한때

붉었던 머리카락은 이제 군데군데 마치 계란 노른자에 담그기라도 한 듯 이상한 노란색을 띠고 있는 부분을 제외하고는 하얗게 세었다. 결혼반지만 남기고 모든 반지를 뺀 손가락들만이 그녀가 질병이라는 사적인 세계로 들어섰음을 보여주는 듯했다. 그러나 그녀는 죽어가고 있는 것처럼 보이지 않았다. 그녀는 마치 삶과 죽음 사이의 경계에서 영원히 머무를 것처럼 보였다. 델리아는 그녀에게서 어떤 변화도 볼 수 없었다. 그녀가 자리에 앉았을 때 모든 것이 그녀 안에서 밀물처럼 밀려드는 듯했다. 침대 옆 길고 좁다란 거울에 하늘 한 조각이 비춰졌다. 거울은 한동안 붉은빛으로 반짝였다. 화장대가 환하게 비춰졌다. 빛이 은제 병들과 유리병 표면을 비추었다. 모든 것이 사용되지 않는 물건들의 완벽한 질서를 드러내고 있었다. 저녁 이맘때에도 병실은 비현실적으로 청결하고 고요했으며 정돈되어 있었다. 침대 옆 작은 탁자에는 안경과 기도서, 그리고 은방울꽃이 꽂힌 화병이 있었다. 꽃들조차 비현실적으로 보였다. 바라보는 것 외에는 달리 아무 할 일이 없었다.

그녀는 콧잔등이 밝게 그려진 조부의 노란 빛이 도는 초상화를 바라보았다. 제복을 입은 호러스 숙부의 사진도, 그 오른쪽에 있는 십자가 위의 여위고 뒤틀린 형상도 바라보았다.

"하지만 믿지 않으시잖아요!" 잠든 어머니를 바라보면서 그녀는 야멸차게 말했다. "죽고 싶지 않잖아요."

그녀가 죽기를 그녀는 바랐다. 연약하고 쇠약해졌으나 영원할 것처럼 베개 더미 사이에 누워 있는 어머니는 모든 삶에 장애물, 방해물, 훼방꾼이었다. 그녀는 일말의 애정, 연민의 감정을 불러일으키려고 애썼다. 예를 들면, 그해 여름, 그녀는 자신에게 말했다. 시드머스에서 어머니가 정원 계단에서 나를 불렀을 때……

하지만 그녀가 돌이켜보려고 하는 순간 그 장면은 희미해졌다. 물론 다른 장면도 있었다. 프록코트 단추 구멍에 꽃을 꽂고 있던 남자.[17] 하지만 그녀는 침대에 누울 때까지는 그것에 대해 생각하지 않기로 했었다. 그럼 무슨 생각을 해야 하지? 콧잔등이 밝게 그려진 할아버지? 기도서? 은방울꽃? 아니면 거울? 해는 이미 졌다. 거울은 어두웠고 이제는 어두침침한 하늘의 일부만이 비치고 있었다. 그녀는 더 이상 저항할 수 없었다.

"단추 구멍에 하얀 꽃을 꽂고 있지," 그녀는 상상하기 시작했다. 몇 분 정도의 시간이 걸렸다. 크고 넓은 방이어야 해. 종려나무가 늘어서 있고 그들 아래층은 사람들의 머리로 가득 차 있어. 마법의 주문이 듣기 시작했다. 그녀는 기분이 좋아지고 감정적으로 흥분되는 유쾌한 상태에 젖어들기 시작했다. 그녀는 연단 위에 있었다. 청중이 엄청나게 많았고 모두가 손수건을 흔들며 외치거나 휘파람을 불고 있었다. 그때 그녀가 일어섰다. 온통 흰색 차림으로 그녀는 연단 한가운데에서 일어섰다. 파넬 씨가 그녀 곁에 있었다.

"나는 자유의 이름으로 말합니다," 그녀가 양손을 내밀어 펼치며 말하기 시작했다. "정의의 이름으로……." 그들은 나란히 서 있었다. 그는 매우 창백했으나, 그의 검은 눈은 반짝이고 있었다. 그가 그녀에게로 돌아서 속삭였다…….

갑자기 상상이 끊겼다. 파지터 부인이 베개에서 몸을 일으켰던 것이다.

"여기가 어디지?" 파지터 부인이 외쳤다. 종종 잠에서 깨어날 때 그녀는 놀라고 당혹스러워했다. 그녀가 손을 들어 올렸다. 마

---

17 찰스 스튜어트 파넬(Charles Stewart Parnell, 1846~1891), 아일랜드 자치를 주장한 아일랜드의 정치인이자 독립운동가.

치 도움을 청하는 것처럼 보였다. "여기가 어디지?" 그녀가 다시
물었다. 한동안 델리아도 당혹스러웠다. 어머니는 어디에 계셨던
걸까?

"여기예요, 엄마! 여기!" 그녀가 격하게 말했다. "여기, 어머니 방
이에요."

그녀는 이불에 손을 얹었다. 파지터 부인이 불안한 듯 그 손을
움켜잡았다. 마치 누군가를 찾는 것처럼 그녀는 방을 둘러보았
다. 그녀가 딸을 알아보는 것 같지는 않았다.

"무슨 일이지?" 그녀가 말했다. "여기가 어디지?" 그리고 난 후
그녀는 델리아를 보았다. 그리고 기억해냈다.

"오, 델리아, 내가 꿈을 꾸고 있었구나." 반쯤 변명하듯이 그녀
가 중얼거렸다. 그녀는 창밖을 바라보며 한동안 누워 있었다. 가
로등에 불이 켜지고 있었다. 갑자기 부드러운 불빛이 바깥 거리
에 쏟아졌다.

"날이 좋았지……." 그녀가 주저하며 말했다. "오늘……." 그녀
는 무슨 날이었는지 기억할 수 없는 것처럼 보였다.

"예, 정말 날이 좋았어요, 엄마." 델리아는 기계적인 쾌활함을
띠며 따라 말했다.

"…… 오늘……." 그녀의 어머니가 다시 기억하려 애썼다.

오늘이 무슨 날이지? 델리아는 기억해낼 수 없었다.

"……딕비 숙부의 생일이야." 파지터 부인이 마침내 생각해냈다.
"그에게 전해주렴, 내가 얼마나 기쁜지 말해주렴."

"그렇게 말씀드릴게요." 델리아가 말했다. 그녀는 숙부의 생
일을 잊고 있었다. 그러나 그녀의 어머니는 이런 일들에는 꼼꼼
했다.

"유제니 숙모―" 그녀가 말을 시작했다.

그러나 그녀의 어머니는 화장대를 쳐다보고 있었다. 밖에서 비치는 가로등 불빛에 하얀 천이 무척이나 하얗게 보였다.

"깨끗한 탁자 덮개라!" 파지터 부인이 언짢아하며 낮게 중얼거렸다. "비용 말이다, 델리아, 비용 — 그것 때문에 걱정이구나 —"

"괜찮아요, 엄마." 델리아가 멍하니 말했다. 그녀의 시선은 조부의 초상화에 고정되어 있었다. 그녀는 궁금했다. 도대체 왜 저 화가는 할아버지의 코끝에 흰색 물감을 문질렀을까?

"유제니 숙모가 엄마께 꽃을 가져왔어요." 그녀가 말했다.

무슨 까닭인지 파지터 부인은 기뻐하는 듯했다. 생각에 잠긴 듯한 그녀의 눈길이 잠시 전에 세탁 비용을 떠올리게 했던 깨끗한 탁자 덮개에 머물러 있었다.

"유제니 숙모······." 그녀가 말했다. "잘 기억하고 있지," 그녀의 목소리가 좀 더 생기 있고 낭랑해졌다. "약혼이 발표되던 날이었지. 우리 모두는 정원에 있었단다. 편지가 한 통 왔어." 그녀는 잠시 멈추었다. "편지가 왔어." 그녀가 되뇌었다. 그런 후 그녀는 한동안 더 이상 말이 없었다. 예전의 기억을 더듬고 있는 듯했다.

"그 어린 사내아이가 죽었어, 하지만 그것 말고는······." 그녀는 다시 말을 멈췄다. 오늘은 더 쇠약해지신 듯하네. 델리아가 생각했다. 그러자 예기치 않은 기쁨이 불현듯 그녀를 꿰뚫고 지나갔다. 평소보다 더 앞뒤가 맞지 않게 말씀을 하시네. 어느 남자아이가 죽었다는 거지? 어머니가 말을 잇기를 기다리면서 그녀는 이불의 실의 꼬임을 세기 시작했다.

"예전에는 사촌들이 여름이면 모두 모이곤 했단다." 어머니가 갑자기 말을 이었다. "호러스 숙부 말이지······."

"유리 눈알을 한 숙부 말이지요." 델리아가 말했다.

"그래. 목마를 타다가 눈을 다쳤단다. 숙모들은 모두 호러스를 좋아했어. 그들이 이렇게 말하곤 했었지……" 긴 침묵이 이어졌다. 그녀는 정확한 낱말을 찾으려 애쓰는 듯했다.

"호러스가 오거든…… 잊지 말고 그에게 식당 문에 대해 여쭤보렴."

왠지 모를 즐거움이 파지터 부인을 채우는 듯했다. 실제로 그녀는 웃기도 했다. 오래전에 있었던 식구들 간의 농담을 생각하시고 있나 봐. 미소가 잠깐 어른거리다가 스러지는 것을 지켜보며 델리아는 추측했다. 완전한 침묵이 내려앉았다. 그녀의 어머니는 눈을 감은 채 누워 있었다. 반지 하나만 끼고 있는 손, 희고 쇠약한 손을 이불 위에 얹은 채였다. 침묵 속에서 그들은 벽난로의 석탄이 푸쉭 소리 내는 것과 거리의 행상인이 길에서 웅얼거리는 소리도 들을 수 있었다. 파지터 부인은 더 이상 말이 없었다. 그녀는 미동조차 없이 누워 있었다. 그리고 그녀가 숨을 깊게 내쉬었다.

문이 열리고 간호사가 들어왔다. 델리아는 일어나 방을 나왔다. 여기가 어디지? 석양에 분홍빛으로 물든 흰 물병을 쳐다보며 델리아는 자문했다. 잠시 동안 그녀는 삶과 죽음의 경계 지역에 있었던 듯했다. 내가 어디에 있는 거지? 분홍색 물병을 바라보며 그녀는 되물었다. 모든 것이 낯설어 보였기 때문이었다. 그때 위층에서 물이 세차게 쏟아지는 소리와 마루를 쿵쾅거리며 딛는 발걸음 소리가 들렸다.

"이제 왔구나, 로지." 로즈가 들어서자 재봉틀의 물레에서 눈을 들며 보모가 말했다.

육아실에는 불이 환하게 밝혀져 있었다. 탁자 위에는 갓을 씌우지 않은 등이 있었다. 매주 세탁물을 가지고 오는 C 부인은 한 손에 찻잔을 들고 팔걸이의자에 앉아 있었다. "바느질거리를 가져오렴, 착하지," 로즈가 C 부인과 악수를 하자 보모가 말했다. "그렇지 않으면 아버님의 생신에 맞춰 제때 끝내지 못할 거야." 그녀가 탁자 위를 치우며 덧붙였다.

로즈는 탁자 서랍을 열고 아버지의 생일에 맞춰 붉고 푸른 꽃 문양의 수를 놓고 있던 신발주머니를 꺼냈다. 아직 연필로 밑그림을 그린 꽃송이 여러 다발을 수놓아야 했다. 그녀가 탁자 위에 펼쳐놓고 살펴보기 시작하자 보모는 커비 부인의 딸에 대해 C 부인에게 하던 말을 다시 시작했다. 하지만 로즈는 듣고 있지 않았다.

그럼, 나 혼자 가야겠어. 신발주머니를 펼치며 로즈는 마음먹었다. 마틴이 나와 함께 가주지 않는다면, 나 혼자라도 갈 거야.

"거실에 작업 상자를 두고 왔어요." 로즈가 큰 소리로 말했다.

"그럼, 가서 가져오렴," 보모가 말했지만, 주의를 기울이지는 않았다. 그녀는 식료품 장수네 딸에 대해 C 부인에게 하고 있던 이야기를 계속하고 싶었다.

이제 모험이 시작된 거야. 까치발로 살금살금 야간 육아실로 가면서 로즈는 스스로에게 말했다. 이제 탄약과 식량을 갖춰야 해. 보모의 현관 열쇠를 빼내야 하는데. 그런데 그건 어디 있지? 도둑 걱정에 현관 열쇠는 매일 밤마다 새로운 곳에 숨겨졌다. 손수건 상자 아래거나 어머니가 물려주셨다는 금 시곗줄을 보관해 둔 작은 상자 안일 터였다. 여기 있네. 이제 총과 총알을 갖췄어. 자신의 서랍에서 자기 지갑을 꺼내며 로즈는 생각했다. 두 주 동안 버틸 식량도 충분해. 모자와 코트를 팔에 걸치면서 그녀는 생각했다.

그녀는 살그머니 육아실을 지나 계단을 내려갔다. 공부방 문 앞을 지날 때 그녀는 주의 깊게 귀를 기울였다. 까치발로 걸으면서 마른 나뭇가지를 밟거나 발밑에 잔가지가 부러지지 않도록 조심해야 한다고 자신에게 타일렀다. 어머니의 침실 문 앞을 지나며 그녀는 다시 멈추고 귀를 기울였다. 사방이 조용했다. 그런 후 계단참에 잠시 서서 홀을 내려다보았다. 깔개 위에서 개가 잠들어 있었다. 들킬 위험은 없어. 홀이 비어 있어. 거실에서 웅얼거리는 여러 목소리가 들려왔다.

그녀는 아주 조심스럽게 현관 자물쇠를 돌리고 거의 달칵 소리도 나지 않게 등 뒤로 문을 닫았다. 모퉁이를 돌아 나올 때까지 아무도 그녀를 보지 못하도록 벽에 바짝 몸을 붙였다. 싸리나무 아래 모퉁이에 이르러서야 그녀는 똑바로 섰다.

"나는 파지터 기병대의 파지터," 손을 휘두르며 그녀는 말했다. "구출하러 달려간다!"

결사적인 임무를 띠고 밤을 틈타 포위된 요새로 말을 달려가는 거야, 그녀는 자신에게 말했다. 그녀는 지갑을 쥔 손으로 주먹을 꽉 쥐었다. 장군님께 직접 전할 비밀 전갈이야. 모두의 목숨이 여기에 달려 있어. 영국기가 중앙탑 위에서 여전히 휘날리고 있군—램리 상점이 중앙탑이었다. 장군이 망원경을 눈에 갖다 대고 램리 상점 지붕에 서 있었다. 모두의 목숨이 적진을 뚫고 그들에게 달려가는 그녀에게 달려 있었다. 이제 그녀는 사막을 가로질러 말을 달려 질주하고 있었다. 그녀가 속보로 달리기 시작했다. 어두워지고 있었다. 거리의 가로등에 불이 밝혀지고 있었다. 가로등 점등사가 작은 뚜껑 문 안으로 막대기를 올려 넣어 불을 켜고 있었다. 집집마다 정원의 나무들이 보도 위에 일렁이는 그림자망을 이루었다. 보도는 그녀 앞에 드넓고 어둡게 펼쳐져 있었다. 그리고 건널목이었다. 건너편 가게들이 섬처럼 옹기종기 모인 곳에 램리 상점이 있었다. 사막을 건너고 강을 건너기만 하면 그녀는 안전했다. 권총을 든 팔을 휘두르며 그녀는 말에 박차를 가하고 멜로즈 가를 질주했다. 그녀가 우편함을 지나 달려갈 때 가스등 아래에서 갑자기 한 남자의 모습이 나타났다.

"적이다!" 로즈는 자신에게 외쳤다. "적이다! 빵!" 그의 곁을 지나갈 때 권총 방아쇠를 당기면서 그녀는 그의 얼굴을 정면으로 바라보며 외쳤다. 무서운 얼굴이었다. 희고, 피부가 벗겨졌으며 얽은 자국이 있었다. 그는 곁눈질로 그녀를 보며 음흉하게 웃었다. 그녀를 멈추려는 것처럼 그가 팔을 벌렸다. 그가 거의 그녀를 잡을 뻔했다. 그녀는 황급히 그를 지나쳤다. 경기가 끝났다.

그녀는 다시 그녀의 모습으로 돌아왔다. 언니의 말을 거스르고 실내화를 신은 채 램리 상점으로 안전하게 달아난 어린 소녀로.

건강해 보이는 램리 부인이 신문을 접으면서 계산대 뒤에 서 있었다. 그녀는 2페니짜리 시계, 공구카드세트, 장난감 배와 값싼 문구류 상자 사이에서 무언가 즐거운 것을 생각하고 있었던 듯했다. 그녀가 미소를 짓고 있었던 것이다. 그때 로즈가 벌컥 문을 열고 들어섰다. 그녀는 미심쩍은 듯이 올려다보았다.

"안녕, 로지!" 그녀가 외쳤다. "무엇을 찾고 있지, 귀여운 아가씨?"

그녀는 여전히 신문 더미에 손을 얹고 있었다. 로즈는 숨을 고르며 서 있었다. 무엇을 사러 왔는지 그만 잊어버렸던 것이다.

"창가에 진열되어 있는 오리 상자요." 로즈가 마침내 기억해냈다.

램리 부인이 그걸 가지러 뒤뚱거리며 갔다.

"너처럼 어린 소녀가 혼자 밖에 나오기에는 너무 늦지 않았니?"

마치 그녀가 언니의 말을 거스르고 실내화를 신은 채 나온 것을 알고 있는 것처럼 로즈를 바라보며 그녀가 물었다.

"잘 가요, 귀여운 아가씨, 그리고 집으로 뛰어가렴." 로즈에게 꾸러미를 건네며 그녀가 말했다. 아이는 문 앞에서 망설이는 것처럼 보였다. 매달려 있는 호롱불 아래 놓인 장난감들을 쳐다보며 그녀는 서 있었다. 그리고 난 후 그녀는 마지못해 떠났다.

내가 장군님께 직접 전갈을 전했어. 다시 바깥 보도에 서자 그녀는 혼잣말을 했다. 그녀는 팔 아래에 끼고 있던 상자를 옮겨쥐면서 말했다. 이게 바로 전리품이야. 난 반란군 대장의 머리를 들고 승리에 차서 돌아가고 있어. 그녀 앞에 펼쳐진 멜로즈 가를 살펴보며 그녀는 자신에게 말했다. 말에 박차를 가하고 질주해야 해. 그러나 이야기가 더 이상 이어지지 않았다. 멜로즈 가는 멜로즈 가로 남아 있었다. 그녀는 거리를 내려다보았다. 그녀 앞에 빈 거리가 길게 펼쳐져 있었다. 나무들이 떨며 보도 위에 그림자를 드리우고 있었다. 가로등이 띄엄띄엄 꽤 거리를 두고 늘어서 있고 그 사이사이에는 어둠이 고여 있었다. 그녀는 빠른 걸음으로 걷기 시작했다. 가로등을 지날 때 갑자기 그녀는 그 남자를 다시 보았다. 그는 가로등 기둥에 등을 기대고 있었다. 가스등 불빛이 그의 얼굴 위에 일렁였다. 그녀가 지나갈 때 그는 입술을 오므렸다 내밀었다 했다. 그가 고양이 울음소리 같은 소리를 냈다. 그러나 그녀 쪽으로 손을 뻗지는 않았다. 그의 손은 옷의 단추를 열고 있었다.

그녀는 그를 지나쳐 도망쳤다. 그가 자신을 쫓아오는 소리가 들린다고 그녀는 생각했다. 그가 보도를 터벅터벅 걷는 소리가 들려왔다. 그녀가 달려가는 동안 모든 것이 흔들렸다. 현관 계단을 뛰어 올라가서 자물쇠에 열쇠를 꽂고 현관문을 여는 동안 분홍색, 검은색 점들이 그녀의 눈앞에서 아롱거렸다. 그녀는 소리가 나거나 말거나 개의치 않았다. 아무라도 나와서 그녀에게 말을 걸어주기를 바랐다. 그러나 아무도 그녀의 소리를 듣지 못했다. 홀은 비어 있었다. 개는 깔개 위에서 잠들어 있었다. 응접실에서는 아직도 여러 목소리가 웅얼거리고 있었다.

"불길이 붙으면," 엘리너가 말하고 있었다. "너무 뜨거울 텐데."

크로스비가 석탄을 커다란 검은 더미로 쌓아 올렸다. 깃털 같은 노란 연기 한 줄기가 우울하게 석탄 더미를 휘감으며 피어오르고 있었다. 석탄이 타기 시작했고 그렇게 되면 너무 뜨거울 터였다.

"간호사가 설탕을 훔치는 것을 볼 수 있다고 하시던걸. 벽에 비친 그림자를 볼 수 있다는 거야." 밀리가 말하고 있었다. 그들은 어머니에 대해서 이야기하고 있었다.

"그런데 에드워드 말이야," 그녀가 덧붙였다. "편지 쓰는 것을 잊어서."

"그러고 보니 잊고 있었네." 엘리너가 말했다. 그녀는 에드워드에게 편지를 써야 하는 것을 기억해야 했다. 그러나 저녁 식사 후에나 시간이 있을 것이다. 그녀는 편지를 쓰고 싶지 않았다. 말을 하고 싶지도 않았다. 그로브에서 돌아오면 언제나 여러 가지 일들이 한꺼번에 일어나고 있다는 느낌이 들었다. 말들이 마음속에 계속 떠올라 맴돌았다. 이런저런 말과 장면들. 그녀는 새하얀 머리를 가발처럼 두툼하게 늘어뜨리고 칠을 한 지 오래된 그릇처럼 주름진 얼굴로 침대에서 베개로 몸을 받치고 앉아 있던 레비 부인을 생각하고 있었다.

"그들은 내게 잘해주었어요, 내가 기억하는 이들이지요. 내가 가난한 과부 세탁부였을 때 마차를 타고 다녔던 이들이지요 —"

이 말을 하며 그녀는 나무뿌리처럼 비틀린 하얀 팔을 뻗었다. "그들은 내게 잘해주었어요, 내가 기억하는 이들이지요……." 불길을 쳐다보면서 엘리너는 레비 부인의 말을 따라해보았다. 그때 양복점에서 일하는 딸이 들어왔었지. 그녀는 달걀만큼이나 커다란 진주를 달고 얼굴에는 화장을 하고 있었어. 그녀는 놀랄 만큼 아름다웠어. 그러나 그때 밀리가 조금 움직였다.

"생각하고 있던 중이야," 충동적으로 엘리너가 말했다. "가난한 사람들이 우리보다 더 즐겁게 살고 있다고."

"레비네 말이야?" 별생각 없이 밀리가 말했다. 그러더니 그녀의 얼굴이 밝아졌다.

"레비네 이야기를 해줘." 그녀가 덧붙였다. 엘리너의 '가난한 일가들'—레비, 그럽, 파라비치니, 츠빙글러, 콥—에 대한 이야기를 듣는 것을 밀리는 언제나 즐거워했다. 하지만 엘리너는 "가난한 사람들"이 마치 책 속에나 있는 사람들인 양 그들에 대해 이야기하는 것을 좋아하지 않았다. 그녀는 암으로 죽어가고 있는 레비 부인에게 대단히 경탄하고 있었다.

"오, 그들이야 늘 여전하지." 그녀가 날카롭게 말했다. 밀리가 그녀를 쳐다보았다. 엘리너 언니가 '시무룩'하다고 그녀는 생각했다. "조심해, 엘리너가 시무룩해 있어. 오늘이 그로브에 가는 날이잖아." 가족들은 놀리곤 했다. 엘리너 자신도 민망하기는 했지만, 언제나 그로브에 다녀오고 나면 왠지 화가 났다. 한꺼번에 여러 가지 생각으로 머리가 복잡했다. 캐닝 플레이스와 애버콘 테라스, 이 방과 그 방. 거기에는 좁고 무더운 방에 나이 든 유태인 여자가 침대에 앉아 있고 이곳에 돌아오면 어머니가 병환 중이시지. 아버지는 무뚝뚝하시고, 델리아와 밀리는 저녁 파티 때문에 다투고 있어……. 그러나 그녀는 자신을 다독였다. 동생에게 즐겁게 들려줄 만한 이야기를 하려고 애써야 했다.

"레비 부인이 방세를 마련했더군. 놀랍게도 말이야." 그녀가 말했다. "릴리가 돕고 있어. 릴리는 쇼디치에 있는 양복점에 일자리를 구했어. 진주니 뭐니 하는 거로 치장을 하고 돌아왔더군. 그들은 화려한 장식을 정말 좋아해, 유태인들 말이야." 그녀가 덧붙였다.

"유태인들?" 밀리가 말했다. 그녀는 잠시 유태인들의 취향을 생각해보는 듯하더니, 곧 그 생각을 떨쳐버린 듯했다.

"그래," 그녀가 말했다. "번쩍거리지."

"그녀는 정말로 아름다워." 릴리의 붉은 뺨과 하얀 진주를 생각하며 엘리너가 말했다.

밀리는 미소를 지었다. 엘리너 언니는 언제나 가난한 사람들을 옹호할 거야. 밀리는 엘리너야말로 자신이 알고 있는 사람 중 최고라고, 가장 현명하고, 가장 훌륭한 사람이라고 생각했다.

"언니는 그곳에 가는 것이 다른 무엇보다도 좋은가 봐." 그녀가 말했다. "내가 볼 때 언니는 언니 뜻대로 할 수 있다면 그곳에 가서 사는 것도 좋아할걸." 작게 한숨을 내쉬며 그녀는 덧붙였다.

엘리너가 의자에서 몸을 조금 움직였다. 물론 그녀에게도 꿈이 있고 계획이 있었다. 하지만 그녀는 그것에 대해 상의하고 싶지 않았다.

"결혼을 하면 그렇게 할 거야?" 밀리가 말했다. 그녀의 목소리에 투정과 푸념이 묻어났다. 만찬, 버크 씨네 만찬. 엘리너는 생각했다. 그녀는 밀리가 언제나 대화를 결혼으로 몰고 가지 않으면 했다. 그들이 결혼에 대해 무엇을 알고 있다는 말인가? 그녀는 혼자 생각했다. 그들은 너무 집 안에만 머물러 있어. 그녀는 생각했다. 그들은 자신들의 영역 밖에 있는 사람은 아무도 만나지 않아. 그들은 여기에 갇혀 있지. 매일 매일……. 그래서 그녀가 그렇게 말했던 것이다. "가난한 사람들이 우리보다 더 즐겁게 지내." 각종 가구와 꽃과 병원 간호사들까지 갖춘 거실로 들어서면서 불현듯 그런 생각이 들었던 것이다……. 그녀는 다시 생각을 멈추었다. 혼자 있게 될 때까지, 밤에 양치질을 할 때까지 기다려야 했다. 다른 사람들과 함께 있을 때에는 동시에 두 가지를 생각하는 것을 자제해야 했다. 그녀는 불쏘시개를 집어 들고 석탄을 톡톡 쳤다.

"이것 좀 봐! 정말 아름다운걸!" 그녀가 외쳤다. 석탄 더미 위에서 불길이 재빠르게, 멋대로 춤을 추었다. 어릴 적에 화로에 소금을 던져 만들곤 하던 그런 불꽃이었다. 그녀가 다시 석탄을 건드리자, 황금빛 눈동자 같은 불꽃 눈보라가 일제히 굴뚝으로 날아올라갔다. "기억하니?" 그녀가 말했다. "우리가 했던 소방관 놀이를? 모리스와 내가 굴뚝에 불을 냈던 것을?"

"그래서 피피가 아버지를 부르러 갔었지." 밀리가 말했다. 그녀는 말을 멈추었다. 현관에서 소리가 났던 것이다. 단장 끄는 소리. 그리고 누군가 코트를 벗어 걸고 있었다. 엘리너의 눈빛이 밝아졌다. 모리스구나, 맞아. 그녀는 그가 내는 소리로 알 수 있었다. 이제 그가 들어오고 있어. 문이 열리자 그녀는 미소를 띠고 둘러보았다. 밀리가 벌떡 일어났다.

모리스가 그녀를 제지하려 했다.

"가지 마—" 그가 말했다.

"싫어," 그녀가 큰 소리로 말했다. "난 갈 거야. 가서 목욕을 해야겠어." 그녀는 내쳐 덧붙였다. 그리고 그들을 떠났다.

모리스는 그녀가 떠난 빈 의자에 앉았다. 그는 엘리너가 혼자 있어서 흐뭇했다. 둘 다 한동안 말이 없었다. 그들은 노란 연기 기둥과 석탄 더미 위 여기저기서 재빠르게, 제멋대로 춤을 추는 작은 불꽃을 바라보고 있었다. 그러다가 그가 언제나처럼 물었다.

"엄마는 어떠셔?"

아무 변화가 없다고 그녀가 그에게 말했다. "더 많이 주무시는 것만 빼고." 그녀가 말했다. 그는 이마를 찌푸렸다. 소년다운 모습이 없어지고 있네. 엘리너는 생각했다. 법정 업무의 최악은 기다려야 하는 것이라고 누구나 말했다. 모리스는 샌더스 커리의 조수 일을 하고 있었다. 하루 종일 법원 근처에서 서성이고 기다리는 것은 따분한 일이었다.

"커리 씨는 잘 계시니?" 그녀가 물었다. 커리 씨는 성마른 사람이었다.

"좀 시무룩해." 모리스가 우울하게 말했다.

"하루 종일 무엇을 했니?" 그녀가 물었다.

"특별한 건 없었어." 그가 대답했다.

"여전히 에반스 대 카터 사건이야?"

"응." 그가 짤막하게 대답했다.

"어느 쪽이 이길까?" 그녀가 물었다.

"물론, 카터지." 그가 대답했다.

왜 '물론'이냐고 누나가 묻고 싶었던 걸까? 하지만 누나는 요전 날에 뭔가 우스꽝스러운 말을 했었지, 누나가 주의를 기울이고 있지 않았음을 드러내는 어떤 말을. 누나는 이것저것 뒤섞어 혼동하길 잘해. 예를 들면, 관습법과 다른 법의 차이가 뭐였지? 라고 물었더랬지. 그녀는 아무 말도 하지 않고 있었다. 그들은 침묵 속에 앉아 불길이 석탄 위에서 노니는 것을 바라보았다. 재빠르고 제멋대로인 초록색 불꽃이었다.

"누나는 내가 줄곧 엄청난 바보였다고 생각해?" 그가 불쑥 물었다.

"병환과 에드워드와 마틴의 수업료에 — 아버지가 다소 형편이 어려우실 텐데." 그가 눈썹을 찌푸렸다. 그녀가 보기에 그가 소년다운 모습을 잃어가고 있다고 여기게끔 하는 모습이었다.

"물론 그렇지 않아." 그녀가 힘주어 말했다. 그가 실업계에 들어선다는 것은 물론 말도 되지 않는 일일 것이었다. 그에게는 법에 대한 열정이 있었다.

"너는 언젠가는 대법관이 될 거야." 그녀가 말했다. "분명히 그럴 거야." 그가 웃으며 머리를 저었다.

"정말이라니까." 그렇게 말하며 그녀는 예전에 그가 학교에서 돌아와 모든 칭찬과 상은 에드워드가 받고 모리스는 말없이 앉아 있을 때 그를 바라보곤 했던 것처럼 그를 바라보았다. 아무도 그에 대해서는 법석을 부리지 않는 동안 묵묵히 음식을 먹어치우던 그의 모습이 지금도 그녀의 눈에 선했다. 그를 바라보고 있는 동안에도 그녀는 의구심이 들었다. 대법관이라고 말했는데, 수석재판관이라고 말했어야 했던 것일까? 그녀는 어느 것이 어느 것인지 기억할 수가 없었다. 그래서 그가 에반스 대 카터 사건을 그녀와 함께 논하지 않으려는 것이다.

그녀 또한 농담일 때만 제외하고는 그에게 레비 일가에 대해 말한 적이 없었다. 예전에 그러던 것처럼 함께 나눌 수 없다는 것이 자란다는 것의 가장 나쁜 점이야. 그녀는 생각했다. 그들은 이제 만나면 예전처럼 이런저런 일들에 대해 이야기를 나눌 시간이 없었다. 그들은 늘 사실들, 사소한 사실에 대해 말했다. 그녀는 불 쑤시개질을 했다. 갑자기 요란한 소리가 방 안에 울려 퍼졌다. 크로스비가 현관에 있는 종을 울린 것이었다. 그녀는 마치 황동으로 된 희생자에게 앙갚음을 하는 야만인 같았다. 거친 소리의 물결이 방 안에 울려 퍼졌다. "맙소사, 옷을 갈아입으라는 소리군." 모리스가 말했다. 그는 일어나서 몸을 폈다. 팔을 들어 한동안 머리 위로 뻗쳐 올렸다. 그가 한 가족의 아버지가 되었을 때 딱 이런 모습일 거라고 엘리너는 생각했다. 그가 팔을 내리고 방을 나갔다. 그녀는 잠시 생각에 잠긴 채 앉아 있다가 몸을 일으켰다. 무엇인가 기억해야 했었는데? 그녀는 스스로에게 물었다. 에드워드에게 편지 쓰는 것이었지. 어머니의 책상으로 건너가면서 그녀는 생각했다. 이제 내 책상이 되겠지. 그녀는 은제 촛대와 조부를 그린 세밀화, 소매상인의 책자—그중 한 권에는 금 도금된 소가 찍혀 있었다—와 등에 붓을 지고 있는 얼룩바다코끼리 조각상을 바라보며 생각했다. 바다코끼리 조각상은 마틴이 어머니의 지난 생신에 선물했던 것이었다.

크로스비는 모두가 내려오기를 기다리면서 식당 문을 열어두고 있었다. 은 식기류를 닦은 보람이 있다고 그녀는 생각했다. 반짝이는 칼과 포크들이 식탁을 빙 둘러 놓여 있었다. 크로스비 자신이 매일 먼지를 털고 닦았던 단단한 물건들, 이를테면 조각 장식된 의자들, 여러 점의 유화, 벽난로 위 선반에 놓인 단검 두 자루, 그리고 음식을 얹어 두는 멋진 탁자를 모두 갖춘 방은 저녁에 가장 근사해 보였다. 낮에는 고기 요리 냄새가 나고 서지 천으로 된 커튼이 드리워져 있지만, 저녁이면 불이 환하게 밝혀져 반투명해 보였다. 파란색과 흰색 바탕에 자잘한 꽃무늬가 있는 모슬린 드레스를 예쁘게 차려입은 젊은 아가씨들과 디너 재킷을 말쑥하게 걸친 신사들이 줄지어 들어오자 이들은 정말 멋진 가족이라고 그녀는 생각했다. 그녀는 대령을 위해 의자를 빼주었다.

그는 항상 저녁에 가장 근사해 보였다. 그는 저녁 식사를 즐기고 있었다. 어떤 이유에서인지 침울함이 가셔 있었다. 그는 유쾌한 기분이었다. 그의 아이들도 이를 알아차리자 기분이 고조되었다.

"예쁜 드레스를 입었구나." 자리에 앉으며 그가 델리아에게 말했다.

"이 오래된 거요?" 파란색 모슬린 드레스를 쓰다듬으며 그녀가 말했다.

그녀는 기분이 좋을 때의 아버지에게서 풍겨나는 부유함, 편안함, 매력을 특히 좋아했다. 사람들은 늘 그녀가 아버지를 닮았다고들 했고 때때로 그녀는, 예를 들면 오늘 밤 같은 때, 아버지를 닮았다는 것이 좋았다. 디너 재킷 차림의 그는 발그레한 혈색에 깔끔하고 온화해 보였다. 아버지가 이런 기분일 때면 그들은 다시 아이들이 되어 흥이 나서 가족 간에 통하는 농담을 하며 별 이유 없이도 모두 웃었다.

"엘리너가 시무룩하군." 아버지가 아이들에게 윙크를 하며 말했다. "오늘이 그로브에 가는 날이었지."

모두들 웃었다. 엘리너는 아버지가 개, 로버에 대해 말하고 있다고 생각했다. 실제로 그는 에저턴 부인에 대해 말하고 있었다. 스프를 건네며 크로스비도 웃음을 참느라 온통 얼굴에 주름이 잡혀 있었다. 때때로 크로스비는 대령이 하도 웃겨서 돌아서거나 음식을 얹어 놓은 탁자에서 무언가 하는 척해야 했다.

"오, 에저턴 부인—" 스프를 먹기 시작하며 엘리너가 말했다.

"그래, 에저턴 부인 말이다." 아버지가 말하며 에저턴 부인에 대한 이야기를 계속했다. "그녀의 금발머리가 전부 진짜는 아니라는 말이 있었지."

델리아는 아버지의 인도 이야기를 듣기 좋아했다. 그가 하는 인도 이야기들은 명쾌하고도 낭만적이었다. 그 이야기들에서는 아주 더운 여름 밤에 매스 재킷[18] 차림으로 커다란 은제 트로피가 한가운데 놓인 식탁에서 저녁을 먹는 장교들의 분위기가 풍겨났다.

우리가 어렸을 적에는 아버지가 항상 이랬었는데. 그녀는 생각했다. 그녀의 생일이면 아버지가 모닥불을 뛰어넘곤 하던 것이 기억났다. 그녀는 아버지가 얇게 저민 고기를 왼손으로 능숙하게 접시에 옮겨 담는 것을 지켜보았다. 그녀는 아버지의 결단력을, 그의 상식을 존경했다. 고기 조각을 접시에 담으면서 그가 말을 이었다. "아름다운 에저턴 부인에 대해 말하다 보니 생각나는구나. 내가 배저 파크스 이야기를 너희들에게 한 적이 있던가―."

"아가씨," 엘리너 뒤에 있는 문을 열고 크로스비가 속삭이며 말했다. 그녀는 엘리너에게 귓속말로 몇 마디 속삭였다.

"내가 가볼게." 엘리너가 자리에서 일어나면서 말했다.

"뭐냐, 왜 그러는 거지?" 중간에 말을 멈추고 대령이 말했다. 엘리너가 방을 나섰다.

"간호사의 전갈이에요." 밀리가 말했다.

이제 막 고기를 먹으려던 대령은 손에 포크와 나이프를 쥐고 있었다. 그들 모두가 나이프를 쥔 채 동작을 멈췄다. 아무도 식사를 계속하려 하지 않았다.

"자, 어서들 먹자." 불쑥 고기를 썰기 시작하며 대령이 말했다. 그에게서 유쾌함이 가셔 있었다. 모리스가 주저하며 감자를 먹기 시작했다. 그때 크로스비가 돌아왔다. 그녀는 연푸른 눈빛에 다급한 기색을 담고 문가에 서 있었다.

---

18 1880년대 중반 영국 해군 장교들이 열대지방에서 군용 디너 재킷으로 착용한 겉옷으로 여밈 없이 허리길이에 몸에 꼭 맞게 입는 것이 특징이다.

"무슨 일이지, 크로스비? 무슨 일인가?" 대령이 말했다.

"마님이 더 위독하신 듯합니다." 기묘한 흐느낌이 담긴 목소리로 그녀가 말했다. 모두가 자리에서 일어났다.

"모두 기다리세요. 제가 가서 볼게요." 모리스가 말했다. 모두가 그를 따라 홀로 나왔다. 대령은 아직도 냅킨을 손에 쥐고 있었다. 모리스가 위층으로 뛰어 올라갔다. 잠시 후에 그가 다시 내려왔다.

"엄마가 의식을 잃었어요." 그가 대령에게 말했다. "프렌티스를 불러올게요." 그는 모자와 코트를 잡아채듯 움켜 들고 현관 앞 계단을 뛰어 내려갔다. 그들은 어찌할 바를 모르고 홀에 선 채로 그가 휘파람을 불어 택시를 부르는 소리를 들었다.

"애들아, 저녁을 마저 먹어라." 대령이 단호하게 말했다. 하지만 정작 그 자신은 냅킨을 손에 쥔 채로 거실을 서성였다.

'때가 왔어.' 델리아는 속으로 말했다. '때가 온 거야!' 이루 말할 수 없는 안도감과 흥분이 그녀를 사로잡았다. 아버지는 이 거실에서 다른 거실로 오락가락하고 있었다. 그녀는 아버지를 따라 들어갔지만 그를 피했다. 그들은 너무 똑같았다. 서로 어떻게 느끼고 있는지 알고 있었다. 그녀는 거리를 내다보며 창가에 서 있었다. 소나기가 지나간 참이었다. 거리가 비에 젖어 있고 지붕에 물기가 어려 빛나고 있었다. 먹구름이 하늘을 가로질러 흘러가고 있었다. 나뭇가지들이 거리의 가로등 불빛 속에 위아래로 흔들리고 있었다. 그녀 안에서도 무언가가 위아래로 흔들리고 있었다. 알지 못하는 무언가가 다가오고 있는 것만 같았다. 그때 뒤에서 들려오는 눈물을 삼키는 소리에 그녀는 돌아보았다. 밀리였다. 밀리는 꽃바구니를 든 흰 옷 입은 소녀의 초상화 아래 벽난로 선반 옆에 서 있었다. 눈물방울이 그녀의 뺨을 타고 천천히 흘러내렸다. 델리아가 그녀 쪽으로 움직였다. 그녀에게 다가가서 어깨에 팔을 둘러야 한다고 생각했지만 그럴 수가 없었다. 진짜 눈물이 밀리의 뺨에 흘러내리고 있었던 것이다. 그러나 그녀의 눈은 메말라 있었다. 그녀는 다시 창 쪽으로 돌아섰다. 거리는 텅 비어 있었다. 나뭇가지들만이 가로등 불빛 속에 위아래로 흔들리고 있었다. 대령이 이리저리 서성거렸다. 한번은 탁자에 부딪히더니 "제길!" 하고 내뱉었다. 그들은 위층에서 움직이고 있는 발걸음 소리를 들었다. 웅얼거리는 목소리도 들려왔다. 델리아는 창 쪽으로 돌아섰다.

이륜마차 한 대가 거리를 달려 내려왔다. 마차가 멈추자마자 모리스가 뛰어내렸다. 의사 프렌티스가 그의 뒤를 따랐다. 그는 곧장 위층으로 올라갔고 모리스는 거실에 있는 식구들과 합류했다.

"왜 저녁 식사를 마저 하지 않는 거냐?" 대령이 서성거리길 멈추고 그들 앞에 꼿꼿이 선 채로 무뚝뚝하게 말했다.

"오, 의사가 간 다음에요." 모리스가 성마르게 말했다.

대령이 다시 서성거리기 시작했다.

그러다가 그가 서성거림을 멈추고 뒷짐을 진 채 벽난로 앞에 섰다. 그는 마치 응급상황에 대처할 준비를 하고 있듯이 긴장된 표정이었다.

우리 둘 다 연기를 하고 있군요. 아버지를 훔쳐보며 델리아는 혼자 생각했다. 하지만 아버지가 저보다 더 잘해내고 있어요.

그녀는 다시 창밖을 내다보았다. 비가 내리고 있었다. 빗줄기는 가로등 불빛 속을 가로지를 때면 은빛의 긴 줄기 속에서 반짝였다.

"비가 오네요." 낮은 목소리로 그녀가 말했지만, 아무도 대답하지 않았다.

마침내 계단에 발걸음 소리가 들리고 의사 프렌티스가 들어왔다. 그는 가만히 문을 닫고는 아무 말도 하지 않았다.

"어떤가?" 그를 마주보며 대령이 말했다.

한동안 긴 침묵이 이어졌다.

"어떤가 말일세." 대령이 물었다.

의사 프렌티스는 살짝 어깨를 들어 올렸다.

"괜찮으실 겁니다," 그가 말했다. "한동안은요." 그가 덧붙였다.

델리아는 그의 말에 머리를 한 대 세게 얻어맞은 듯이 느꼈다. 그녀는 의자의 팔걸이에 주저앉았다.

그러니까 당신은 죽지 않을 거군요. 나무 등치 위에 균형을 잡고 있는 소녀를 바라보며 그녀가 말했다. 그 소녀는 딸을 향해 악의에 찬 미소로 억지웃음을 짓고 있는 듯했다. 당신은 죽지 않을 거군요, 영원히, 영원히! 그녀는 어머니의 초상화 아래에서 두 손을 모아쥐며 외쳤다.

"이제, 저녁 식사를 계속할까?" 거실 탁자에 떨어뜨렸던 냅킨을 집어 들며 대령이 말했다.

딱한 일이야, 저녁 식사가 망쳐졌네. 크로스비는 주방에서 고기요리를 다시 내어오며 생각했다. 고기는 죄 말라버렸고 감자요리는 윗부분이 갈색으로 딱딱하게 굳어버렸다. 그녀는 촛불 하나가 갓까지도 그슬리고 있는 것을 보며 대령 앞에 음식 접시를 내려놓았다. 그런 후 그녀는 문을 닫고 나갔고 그들은 저녁을 먹기 시작했다.

집 안이 온통 조용했다. 계단 아래 깔개 위에서는 개가 자고 있었다. 병실 문밖은 모두 조용했다. 마틴이 잠들어 있는 침실에서 희미하게 코 고는 소리가 들려왔다. 주간 육아실에서 C 부인과 보모가 아래층 홀에서 나는 소리에 중단했던 저녁 식사를 다시 시작했다. 로즈는 야간 육아실에서 잠들어 있었다. 그녀는 머리 위로 담요를 단단히 덮어쓰고 몸을 동그랗게 말고서는 한참 동안 깊이 잠들어 있었다. 잠시 후 그녀가 몸을 뒤척이더니 양팔을 밖으로 뻗었다. 칠흑 같은 어둠 속에서 무엇인가 엄습해왔던 것이다. 타원형의 하얀 형상이 마치 줄에 매달린 듯 그녀 앞에 매달려 있었다. 그녀는 반쯤 눈을 뜨고 쳐다보았다. 그것은 회색 반점들이 있는 거품처럼 생겨났다가는 꺼지곤 했다. 그녀는 잠에서 완전히 깼다. 짧은 줄에 매달려 있는 것처럼 어떤 얼굴이 그녀 가까이 어른거리고 있었다. 그녀는 눈을 감았다. 하지만 회색과 흰색, 보랏빛이 도는 얽은 자국이 있는 그 얼굴은 여전히 거품처럼 생겼다 사라졌다 하면서 거기에 있었다. 그녀는 옆에 있는 큰 침대를 잡으려고 손을 뻗었다. 그러나 침대는 비어 있었다. 그녀는 귀를 기울였다. 복도 건너 육아실에서 나는 나이프 달칵거리는 소리와 재잘거리는 목소리가 들렸다. 그러나 그녀는 다시 잠들 수 없었다.

그녀는 들판에 울타리를 친 우리 안에 모여 있는 양떼를 생각하려 했다. 양떼가 한 마리 한 마리 울타리를 뛰어넘는다고 상상했다. 양떼가 울타리를 뛰어넘을 때마다 그녀는 수를 세었다. 한 마리, 두 마리, 세 마리, 네 마리가 울타리를 뛰어넘었다. 그런데 다섯 번째 양이 뛰어넘으려 하지 않았다. 양이 돌아서서 그녀를 쳐다보는 것이었다. 길고 좁은 양의 얼굴은 회색이었다. 양의 입술이 움직였다. 그것은 우체통 옆에 서 있던 남자의 얼굴이었다.

그리고 그녀는 그 얼굴과 더불어 홀로 있었다. 눈을 감아도 거기에 얼굴이 있었고, 눈을 떠도 여전히 얼굴이 거기에 있었다.

그녀는 침대가 일어나 앉아 큰 소리로 외쳤다. "보모! 보모!"

사방이 쥐죽은 듯 조용했다. 옆방에서 나던 나이프와 포크를 달각거리던 소리도 멈춰 있었던 것이다. 그녀는 혼자서 무서운 어떤 것과 함께 있었다. 그때 복도에서 발을 끄는 소리가 들렸다. 점점 더 가까이 다가왔다. 그 남자였다. 그의 손이 문에 닿았다. 문이 열렸다. 불빛이 비스듬히 들어와 세면대를 가로질렀다. 물병과 대야를 환히 비추었다. 이제 그 남자가 실제로 방 안에 그녀와 함께 있었다⋯⋯. 그러나 그것은 엘리너였다.

"왜 자지 않고 있니?" 엘리너가 말했다. 그녀는 촛불을 내려놓고 이불을 정돈하기 시작했다. 침대보와 이불이 온통 뭉쳐져 있었다. 그녀가 로즈를 바라보았다. 로즈의 눈은 초롱초롱했고 뺨은 붉게 물들어 있었다. 왜 그러지? 아래층 어머니의 방에서 움직이는 소리에 잠이 깬 걸까?

"무엇 때문에 잠이 깬 거지?" 그녀가 물었다. 로즈는 다시 하품을 했다. 하지만 하품이라기보다는 한숨이었다. 로즈는 엘리너 언니에게 자신이 보았던 것을 말할 수 없었다. 엄청난 죄책감이 들었다. 왠지 그녀는 자신이 보았던 얼굴에 대해서 거짓말을 해야 했다.

"나쁜 꿈을 꾸었어." 그녀가 말했다. "무서웠어." 그녀가 침대에 일어나 앉아 불안한 듯 이상하게 몸을 떨었다. 왜 그러지? 엘리너는 다시 의아해했다. 마틴과 다투었던 것일까? 핌 양의 정원에서 또 고양이들을 쫓아다녔던 걸까?

"또 고양이들을 쫓아다녔니?" 그녀가 물었다. "가엾은 고양이들,"

그녀가 덧붙였다. "네가 싫어하는 만큼 고양이도 싫어할 거야." 그녀가 말했다. 그러나 그녀 자신도 로즈의 두려움이 고양이와는 아무 상관이 없다는 것을 알고 있었다. 로즈는 손가락을 꽉 움켜쥐고 있었다. 그녀는 기묘한 눈빛으로 앞을 응시하고 있었다.

"무슨 꿈이었어?" 침대 자락에 앉으며 그녀가 물었다. 로즈가 그녀를 가만히 쳐다보았다. 언니에게 말할 수는 없었다. 하지만 어떻게 해서든지 엘리너 언니가 그녀 곁에 머물러 있도록 해야 했다.

"방에서 어떤 남자의 기척이 난다고 생각했어." 마침내 그녀가 말했다. "도둑 말이야." 그녀가 덧붙였다.

"도둑이라고? 여기에?" 엘리너가 말했다. "하지만, 로즈, 어떻게 도둑이 육아실에 들어올 수 있겠어? 아빠도 계시고, 모리스도 있는데. 아빠와 모리스가 절대로 도둑이 네 방에 들어오지 못하게 할 거야."

"그렇지," 로즈가 말했다. "아빠가 그를 죽이고 말걸." 그녀가 덧붙였다. 그녀가 불안스레 몸을 떠는 데에는 무언가 이상한 점이 있었다.

"그런데 다들 무얼 하고 있었어?" 불안해하며 그녀가 말했다. "아직도 자러 가지 않았던 거야? 밤이 많이 깊지 않았어?"

"우리가 무얼 하고 있었느냐고?" 엘리너가 말했다. "거실에 모두들 앉아 있었지. 아직 그리 늦지 않았어." 그녀가 말할 때 희미한 소리가 방 안에 울려 퍼졌다. 바람의 방향이 맞을 때면 세인트 폴 성당의 종소리를 들을 수 있었다. 부드러운 울림이 공기를 맴돌며 퍼졌다. 한 번, 두 번, 세 번, 네 번, 엘리너가 여덟, 아홉, 열을 세었다. 종소리가 그렇게나 금방 멈추어서 그녀는 놀랐다.

"거봐, 이제 겨우 열 시야." 그녀가 말했다. 그녀도 시간이 훨씬 더 늦었다고 여겼었다. 그러나 마지막 타종 소리가 공기 중에 흩어졌다. "그러니까 이제 자도록 해." 그녀가 말했다. 로즈가 그녀의 손을 와락 움켜잡았다.

"가지 마, 엘리너 언니, 아직 가면 안 돼." 로즈가 그녀에게 간청했다.

"얘기해봐, 무엇이 무서운 거니?" 엘리너가 말을 시작했다. 분명히 로즈가 무언가를 감추고 있다는 확신이 들었다.

"내가 보았어……." 로즈가 말을 시작했다. 로즈는 언니에게 진실을 말하려고, 우체통 옆에 있던 남자에 대해서 말하려고 무척 애를 썼다. "내가 보았거든……." 로즈가 되뇌었다. 그러나 이때 문이 열리고 보모가 들어왔다.

"오늘 밤 로즈가 왜 그런지 모르겠네요." 부산스럽게 들어서며 그녀가 말했다. 그녀는 다소 죄책감을 느꼈다. 그녀는 다른 하인들과 안주인에 대해 잡담을 하느라 아래층에 머물러 있었던 것이다.

"보통은 잠을 잘 자요." 침대 쪽으로 다가오면서 그녀가 말했다.

"이제 보모가 왔네." 엘리너가 말했다. "침대로 오고 있어. 그러니까 넌 이제 무섭지 않겠지, 그렇지?" 그녀는 이불을 잘 덮어주고 로즈에게 입 맞추었다. 그녀는 일어나서 촛불을 들었다.

"잘 자요, 보모." 방을 떠나려 돌아서며 그녀가 말했다.

"잘 자요, 엘리너 아가씨." 동정심이 담긴 목소리로 보모가 말했다. 아래층에서 그들은 안주인이 그리 오래 가지 못할 거라는 이야기를 하고 있었기 때문이었다.

"돌아누워서 자야지, 아가야." 로즈의 이마에 입 맞추며 그녀가 다정하게 말했다. 곧 어머니를 여읠 어린 소녀가 가엾게 여겨졌기 때문이었다. 그런 후 그녀는 노란색 서랍장 앞에 속치마 차림으로 서서 소맷부리를 잇는 은단추를 풀어내고 머리핀을 빼내기 시작했다.

"내가 보았어……." 엘리너가 육아실 문을 닫으면서 로즈의 말을 따라했다. "내가 보았어……." 로즈는 무엇을 보았던 걸까? 무언가 무서운 것, 무언가 숨겨진 것. 그런데 무엇이었을까? 그것은 로즈의 긴장된 눈빛 뒤에 숨겨져 있었다. 그녀는 손에 든 촛불을 살짝 기울였다. 그녀가 알아차리기 전에 촛농 세 방울이 윤이 나게 닦인 굽도리널에 떨어졌다. 그녀는 촛불을 바로 세워 들고 계단을 내려갔다. 내려가면서 그녀는 귀를 기울였다. 정적이 감돌았다. 마틴은 잠들어 있었다. 어머니도 잠들어 있었다. 방마다 문 앞을 지나 계단을 내려갈 때 무엇인가 무겁게 그녀를 짓누르는 듯했다. 그녀는 멈춰 서서 홀을 내려다보았다. 막막함이 그녀를 엄습했다. 내가 어디에 있는 거지? 육중한 문틀을 쳐다보며 그녀는 혼자 물었다. 저건 뭐지? 그녀는 마치 공허함 속에 혼자 있는 듯했다. 그러나 내려가야 했다. 자신의 짐을 져야 했다. 그녀는 마치 항아리를, 흙으로 빚은 항아리를 머리에 이고 있는 것처럼 두 팔을 살짝 들어 올렸다. 그러고는 다시 멈추었다. 그녀의 눈동자에 사발의 테두리가 새겨졌다. 그 안에 물이 들어 있었다. 그리고 누르스름한 무언가도. 개밥그릇이구나. 그녀는 깨달았다. 개밥그릇에 들어 있는 유황이었다. 개는 계단 아래에 몸을 동그랗게 말고 누워 있었다. 그녀는 조심스레 잠든 개의 몸을 넘어서 거실로 들어갔다.

그녀가 들어서자 그들 모두가 올려다보았다. 모리스는 손에 책을 들고 있었지만 읽고 있지 않았다. 밀리는 바느질감을 손에 들고 있었지만 바느질을 하고 있지는 않았다. 델리아는 의자에 기대앉아 아무것도 하고 있지 않았다. 그녀는 잠시 머뭇거리며 서 있었다. 그러다가 그녀는 책상을 향해 돌아섰다. "에드워드에게 편지를 써야지." 그녀가 중얼거렸다. 그녀는 펜을 들었으나, 망설였다. 그녀는 펜을 들고 책상 위에 종이를 반듯이 폈을 때 눈앞에 에드워드를 떠올리면서 그에게 편지를 쓰기가 어렵다는 것을 알게 되었다. 그의 두 눈은 지나치게 가까이 몰려 있었다. 그가 로비에 있는 거울 앞에서 자신이 다니는 대학의 문장을 솔질하는 모습은 그녀의 눈에 거슬렸다. 그녀는 그를 '닉스'라는 별칭으로 불렀다. "사랑하는 에드워드에게." 이번에는 '닉스' 대신에 '에드워드'를 선택하며, 그녀는 쓰기 시작했다.

모리스가 읽으려고 애쓰던 책에서 고개를 들어 올려다보았다. 엘리너가 펜을 긁적이는 소리에 그는 신경이 곤두섰다. 그녀는 쓰기를 멈추었다가 다시 써내려갔다. 그러더니 그녀가 손으로 머리를 받쳤다. 그녀는 온갖 걱정거리를 지고 있었다. 그렇다고 해도 그는 그녀가 성가셨다. 엘리너는 언제나 질문을 하고서는 대답은 결코 듣지 않았다. 그는 자신이 들고 있던 책을 다시 쳐다보았다. 하지만 애써 책을 읽으려고 하는 것이 무슨 소용이 있겠는가? 감정이 억눌린 분위기가 그는 마음에 들지 않았다. 누구든 할 수 있는 것은 아무것도 없었다. 그렇지만 그들은 모두 감정을 억누른 채 그곳에 앉아 있었다. 밀리의 바느질도, 여느 때처럼 의자에 기대앉아 아무것도 하지 않고 있는 델리아도 그의 신경을 곤두서게 했다. 그는 비현실적인 감정이 감도는 분위기 속에 이들 여자들과 더불어 좁은 우리에 갇혀 있는 것이었다. 그리고 엘리너는 계속 쓰고, 쓰고, 또 쓰고 있었다. 쓸 말이 전혀 없는데도 말이다. 하지만 이때 그녀가 봉투에 침을 바르고 우표를 가볍게 문질러 붙였다.

"내가 부쳐줄까?" 책을 내려놓으며 그가 말했다.

그는 마치 할 일이 생겨 기쁜 듯 일어섰다. 엘리너는 정문까지 함께 가서 그가 우체통에 간 동안 문을 열고 서 있었다. 조용히 비가 내리고 있었다. 축축하고 포근한 공기를 들이마시며 문가에 선 채로 엘리너는 보도 위에 흔들리는 기이한 나무 그림자를 바라보았다. 모리스는 모퉁이를 돌아 그림자 진 곳으로 사라졌다. 엘리너는 모리스가 어렸을 적에 책가방을 들고 학교에 갈 때면 문가에 서 있곤 했던 것을 생각했다. 그녀는 그에게 손을 흔들곤 했었다. 그러면 그는 모퉁이까지 가서는 언제나 돌아서서 그녀에게 손을 흔들었다. 그들이 모두 자란 지금은 그만두게 된 사소하지만 별난 의식이었다. 그녀가 기다리며 서 있는 동안 그림자들이 흔들렸다. 잠시 후 그가 그림자 속에서 모습을 드러냈다. 그는 거리를 따라오더니 계단으로 올라섰다.

"아마 내일이면 그가 받아보겠지." 그가 말했다. "두 번째 배달 때까지는 말이야."

그가 문을 닫고 고리를 걸기 위해 몸을 숙였다. 고리가 달그락거리는 동안 그녀는 오늘 밤에 더는 아무 일도 일어나지 않으리라는 사실을 그들 둘 다 받아들인 것으로 여겼다. 그들은 서로 눈을 피했다. 둘 중 누구도 오늘 밤 더 이상의 감정에 휩쓸리기를 바라지 않았다. 그들은 거실로 돌아갔다.

"이제," 엘리너가 주변을 둘러보며 말했다. "난 자러 갈 생각이야. 무슨 일이 있으면 간호사가 종을 울리겠지." 그녀가 말했다.

"우리도 모두 가는 게 좋겠어." 모리스가 말했다. 밀리는 자수를 놓던 바느질감을 말기 시작했다. 모리스가 벽난로의 재를 긁어내기 시작했다.

"무슨 난로가 이 모양인지 —" 그가 신경질적으로 소리쳤다. 석탄들이 죄다 서로 붙어 있었다. 석탄 불길이 맹렬하게 일었다.

갑자기 종이 울렸다.

"간호사야!" 엘리너가 소리쳤다. 그녀는 모리스를 쳐다보았다. 그러고는 서둘러 방을 나섰다. 모리스가 그녀를 뒤따라갔다.

하지만 무슨 소용이 있어? 델리아는 속으로 생각했다. 이번에도 거짓 경보일걸. 그녀는 일어섰다. "간호사일 뿐이야." 놀란 안색으로 일어서고 있던 밀리에게 그녀는 말했다. 그녀가 또다시 울 수는 없을걸. 그녀는 생각했다. 그리고 그녀는 전면에 있는 거실로 걸어나갔다. 촛불들이 벽난로 선반 위에서 타고 있었다. 촛불 빛이 어머니의 초상화를 환하게 밝혀주었다. 델리아는 어머니의 초상화를 힐끗 쳐다보았다. 흰 옷을 입은 그 소녀가 무심한 미소를 띠고 자기 자신의 임종이라는 오랫동안 지체되어 온 사건을 주관하고 있는 듯했다. 그 소녀의 딸은 그 무심한 미소에 격분했다.

"엄마는 죽지 않을 거잖아요 — 엄마는 죽지 않을 거잖아요!" 초상화 속의 어머니를 쳐다보며 그녀는 비통하게 말했다. 종소리에 놀란 아버지가 방으로 들어왔다. 그는 우스꽝스러운 술이 달린 붉은색 끽연 모자를 쓰고 있었다.

하지만 아무 소용없어요, 델리아는 아버지를 쳐다보며 속으로 말했다. 그녀는 그들 둘 다 점점 차오르는 흥분을 가라앉혀야 한다고 느꼈다. "아무 일도 일어나지 않을 거예요, 아무 일도." 아버지를 바라보며 그녀가 말했다. 그러나 그때 엘리너가 방으로 들어섰다. 그녀는 몹시 창백했다.

"아빠는 어디 계시지?" 주위를 둘러보며 그녀가 말했다. 그녀는 아버지를 보았다. "오세요, 아빠, 오세요." 손을 뻗으며 그녀가 말했다. "엄마가 돌아가시려고 해요…… 그리고 아이들은," 그녀가 어깨 너머로 밀리에게 말했다.

작고 하얀 반점 두 개가 아버지의 양쪽 귀 윗부분에 나타나는 것을 델리아는 알아차렸다. 그의 눈동자가 움직이지 않았다. 그는 마음을 다잡았다. 그가 그들을 지나 계단으로 뚜벅뚜벅 걸어갔다. 그들은 모두 작은 행렬을 이루어 그의 뒤를 이었다. 개가 그들을 따라 이 층으로 오르려는 것을 델리아는 알아차렸다. 하지만 모리스가 개를 살짝 때려 제지했다. 대령이 제일 먼저 침실로 들어갔다. 그리고 엘리너가, 그다음에 모리스가, 그다음으로 마틴이 실내가운을 걸치며 그 뒤를 따랐다. 그다음에 밀리가 숄로 감싼 로즈를 데리고 들어갔다. 그러나 델리아는 다른 사람들 뒤에서 주춤거렸다. 그 방에는 사람들이 너무 많아 그녀는 문지방에서 더 들어갈 수가 없었다. 그녀는 건너편 벽을 등지고 서 있는 두 간호사를 볼 수 있었다. 그중 한 명이 울고 있었다. 바로 그날 오후에 온 간호사인 것 같았다. 그녀가 선 자리에서는 침대가 보이지 않았다. 그러나 그녀는 모리스가 무릎을 꿇고 있는 것을 볼 수 있었다. 나도 무릎을 꿇어야 할까? 그녀는 망설였다. 복도에서는 그러지 않아도 되겠지. 그녀는 마음을 정했다. 그녀는 시선을 돌렸다. 그녀는 복도 끝에 있는 작은 창문을 보았다. 비가 내리고 있었다. 어딘가에 있는 불빛에 빗방울들이 반짝였다. 한 방울 한 방울씩 유리창을 따라 흘러내렸다. 빗방울들이 흘러내리다 멈추었다. 빗방울 하나가 또 다른 빗방울과 합쳐져 다시 흘러내렸다. 침실에는 무거운 침묵만이 흘렀다.

이것이 죽음인가? 델리아는 자문했다. 잠시 동안 무엇인가가 그곳에 있는 듯했다. 물로 이루어진 벽이 갈라지는 듯했다. 두 벽이 갈라진 채로 있었다. 그녀는 귀를 기울였다. 완전한 침묵이었다. 이어서 침실에서 어떤 기척이, 발을 끄는 소리가 나더니 아버지가 비틀거리며 밖으로 나왔다.

"로즈!" 그가 외쳤다. "로즈! 로즈!" 그는 두 주먹을 꽉 쥔 채 팔을 앞으로 내밀었다.

아버진 정말 잘 해내시네요. 그가 그녀 곁을 지나갈 때 델리아가 그에게 말했다. 마치 연극 속의 한 장면 같았다. 그녀는 빗방울이 여전히 떨어지는 것을 매우 냉정하게 지켜보았다. 흘러내리던 빗방울이 다른 빗방울과 만나 합쳐져서 유리창 아래까지 굴러내려갔다.

비가 내리고 있었다. 가는 비가 부드럽게 뿌리듯 내려 보도가 미끄러웠다. 우산을 펴는 것이 좋을까, 마차를 불러야 할까. 극장에서 나서던 이들은 별빛이 흐릿해진 포근하고 희뿌연 하늘을 올려다보면서 고민했다. 땅에, 들판이나 정원에 비가 내린 곳에서는 흙냄새가 피어올랐다. 빗방울이 풀잎에 매달려 있기도 했고 야생화 봉오리 안에 가득 담겨 있다가 산들바람이 일어 흩어지기도 했다. 산사나무 아래나 생울타리 아래에서 비를 피하는 것이 나을까. 양떼가 묻고 있는 듯했다. 소들은 이미 회색 들판에 나와 어슴푸레한 생울타리 아래에서 몸에 빗방울을 묻히며 졸린 듯 우물거리며 풀을 뜯어 먹고 있었다. 여기 웨스트민스터에도, 저기 래드브로크 그로브에도 비가 지붕 위마다 떨어지고 있었다. 넓은 바다에서는 수백만 개의 뾰족한 침이 마치 샤워기의 셀 수 없을 만큼 많은 물줄기처럼 푸른 괴물을 찔러댔다. 깊이 잠든 대학 도시의 거대한 원형 지붕 위로, 솟아오른 첨탑들 위로, 납틀 색유리 창문이 있는 도서관 위로, 지금은 갈색 삼베 장막에 가린 박물관 위로 빗방울이 살포시 미끄러져 내렸다. 여러 개의 발톱이 달린 괴물 석상들, 그 환상적인 웃음을 머금고 있는 입가에 이르러 빗방울은 수천 개의 기이하게도 들쭉날쭉한 모양으로 펼쳐졌다. 술집 밖의 좁은 길을 지나던 한 취객이 욕설을 뱉었다. 산고를 치르던 여자들도 의사가 산파에게 말하는 것을 들었다. "비가 오는군요." 옥스퍼드의 여러 종들이 일제히 울리면서 기름바다에서 헤엄치는 느린 돌고래들처럼 몸을 뒤집고 또 뒤집으며 듣기 좋은 주문을 사변적으로 읊조렸다. 가는 비가, 조용히 내리는 비가 주교관을 쓴 머리 위에도, 맨머리 위에도 공평하게 쏟아졌다. 비의 신이, 만약 그런 신이 있다면, 이렇게 생각하고 있는 듯했다. 현자들에게만, 위대한 자들에게만이 아니라 모든 숨 쉬는 것들에게, 우적우적 씹는 이들이거나 오물오물 씹는 이들이거나, 무지한 이들이거나 불행한 이들이거나, 똑같은 그릇을 수없이 만들어내는 가마에서 땀 흘려 일하는 이들이거나, 왜곡된 학문을 통해 열광적인 정신을 품는 이들이거나, 그리고 뒷골목의 존스 부인에게나, 그들 모두에게 나의 혜택이 나누어지게 하라.

옥스퍼드에 비가 내리고 있었다. 비는 조용히, 꾸준히, 물받이 홈통을 따라 투닥투닥, 졸졸졸 소리를 내며 내렸다. 에드워드는 창밖으로 몸을 기울여 대학 정원에 있는 나무들이 내리는 비에 희끄무레해진 것을 아직 볼 수 있었다. 나무 부스럭거리는 소리와 비 듣는 소리를 제외하곤 완전히 고요했다. 젖은 땅에서는 축축한 흙냄새가 피어올랐다. 온통 어둠에 잠겨 있는 대학 여기저기에 등불이 밝혀져 있었다. 꽃이 피고 있는 나무 위로 불빛이 내리비추는 한 모퉁이에는 옅은 노란 빛이 도는 둔덕이 있었다. 잔디가 물처럼 흐르는 듯한 어슴푸레함 속에 어우러졌다.

에드워드는 길고 만족스러운 숨을 들이쉬었다. 온 하루 중에서 그는 서서 정원을 내다보는 이 순간을 가장 좋아했다. 그는 다시 시원하고 축축한 공기를 들이마시고는 기지개를 켠 다음 방으로 돌아섰다. 그는 정말 열심히 일하고 있었다. 그의 하루는 지도교수의 조언에 따라 한 시간, 그리고 반 시간별로 나뉘었다. 그래도 다시 시작해야 하는 시간까지는 아직 오 분이 남아 있었다. 그가 탁상등을 켰다. 푸른 불빛 때문에 다소 창백하고 야위어 보였지만 매우 잘생긴 얼굴이었다. 윤곽이 뚜렷한 이목구비와 손가락으로 초승달 모양으로 쓸어 올린 금발머리를 지닌 에드워드는 벽의 띠 장식에 새겨진 그리스 소년처럼 보였다. 그가 미소를 지었다. 내리는 비를 바라보며, 그는 아버지가 지도교수와의 면담을 끝낸 후—그때 나이 지긋한 하보틀이 말했었다. "아드님에겐 가능성이 있습니다."—그 자신의 아버지가 대학에 다녔을 당시 사용했었던 방들을 찾아가 보겠다고 어찌나 고집을 부렸었는지를 생각하고 있었다. 문을 열고 쳐들어갔을 때 그들은 톰슨이라는 이가 무릎을 꿇고 풀무로 불을 피우고 있는 것을 보았었다.

"내 아버지가 바로 이 방들을 썼었다오." 대령이 해명하듯 말했었다. 그 젊은이는 얼굴을 몹시 붉히고 말했었다. "괜찮습니다." 에드워드는 미소를 지었다. "괜찮습니다." 그는 그 말을 따라했다. 이제 시작할 시간이었다. 그는 등불을 좀 더 높게 했다. 등불을 더 높게 올리자 주변이 어두침침하게 둘러싸인, 밝은 빛으로 이루어진 원 속에 그의 과제물이 뚜렷하게 드러났다. 그는 교재들과 그 앞에 펼쳐진 사전들을 바라보았다. 시작하기 전에는 언제나 회의가 들었다. 만약 실패한다면 그의 아버지는 몹시 낙담할 것이다. 그의 마음은 정해졌다. 아버지는 그에게 오래된 좋은 포트와인을 열두 병이나 보내주었다. "길을 떠나는 사람에게 출발을 기념하는 술잔 삼아서." 그는 그렇게 말했다. 그러나 결국 마샴이 지원을 했고, 버밍햄 출신의 작고 영리한 유태인 청년도 있었다—하지만 이제 시작해야 했다. 옥스퍼드의 종들이 차례로 느릿느릿한 종소리를 공기 중으로 퍼뜨리기 시작했다. 종소리는 마치 무거운 공기를 밀어내고 소리를 울려야 하는 듯이 묵직하게, 고르지 않게 울렸다. 그는 그런 종소리를 좋아했다. 그는 마지막 종이 칠 때까지 귀를 기울였다. 그러고는 의자를 책상 앞으로 당겼다. 시간이 제법 지나 있었다. 그는 이제 일을 해야만 했다.

그의 눈썹 사이에 패인 곳이 깊어졌다. 그는 읽으면서 인상을 찌푸렸다. 그는 읽고 주석을 달고 다시 읽었다. 모든 소리가 사라졌다. 그는 앞에 있는 그리스어 외에는 아무것도 보지 않았다. 그러나 읽고 있는 동안에 머리에 점차 열이 올랐다. 그 자신도 자신의 이마 안에서 무엇인가 재빨라지고 팽팽해지는 것을 의식하고 있었다. 그는 문구를 하나하나 정확하게, 확실하게 이해했다. 책의 여백에 간략한 주석을 기입하면서, 그는 자신이 전날 밤보다 각 문구를 더 정확하게 이해하고 있음을 알아차렸다. 지나칠 만한 하찮은 어휘들이 이제 의미의 차이를 드러내어 그 의미가 바뀌었다. 그는 또 다른 주석을 덧붙였다. 바로 그것이 그 의미였다. 문구를 정확히 이해하는 자신의 능숙한 능력에 그는 흥분에 찬 전율을 느꼈다. 바로 그랬다. 군더더기도 없고 온전했다. 그러나 그는 엄정해야 했다. 정확해야 했다. 그가 작은 글씨로 휘갈겨 쓴 주석조차도 인쇄된 것처럼 선명해야 했다. 그는 이 책으로 눈을 돌렸다가는 저 책을 들여다보았다. 그러고 나서 그는 눈을 감은 채 새겨보기 위해 몸을 뒤로 젖혔다. 그는 어떤 것도 모호한 채로 남겨둘 수 없었다. 시계종이 치기 시작했다. 그가 귀를 기울였다. 계속해서 시계종이 쳤다. 그의 얼굴에 새겨졌던 주름들이 느슨해졌다. 그가 뒤로 기대앉았다. 몸의 근육들이 이완되었다. 그는 책에서 고개를 들어 어둠 속을 올려다보았다. 마치 달리기 경주를 마치고 난 후 잔디 위에 몸을 부리고 드러누운 것처럼 느껴졌다. 그러나 그는 잠깐 동안 여전히 달리고 있는 것 같았다. 책 없이도 그의 정신은 계속해 나갔다. 그의 정신은 저 혼자서 아무런 장애물 없이 순수한 의미의 세계 속으로 여행을 계속했다. 하지만 서서히 그 의미를 잃어 갔다. 책들이 벽의 서가에 꽂혀 있었다. 그는 크림색의 벽장식을 보았다. 푸른 화병에 꽂힌 양귀비 한 다발도. 마지막 종소리가 울렸다. 그는 한숨을 내쉬며 자리에서 일어났다.

그는 다시 창가에 섰다. 아직도 비가 내리고 있었지만 흰 빛은 사라지고 없었다. 군데군데 윤기 나는 젖은 잎을 빼고는 정원은 이제 온통 어두웠다. 꽃이 피고 있던 나무의 노란 둔덕도 사라졌다. 대학 건물들이 정원 주위에 낮게 엎드려 있었다. 군데군데 붉은 얼룩이나 노란 얼룩이 번진 듯이 보이는 곳은 커튼 뒤에서 등불이 타오르고 있는 곳이었다. 비 때문에 살짝 흔들리는 듯 보이는 하늘을 배경으로 예배당이 웅크린 듯한 모습을 드러내고 있었다. 하지만 더 이상 고요하지는 않았다. 그는 귀를 기울여보았다. 특별한 소리는 없었다. 그러나 그가 밖을 내다보며 서 있을 때 그 건물 전체가 생기를 띠고 웅성거렸다. 갑작스럽게 웃음소리가 일어났다. 그러고는 피아노를 뚱땅거리는 소리, 그러고는 무언지 모를─일부는 찻잔인 듯─달그락거리고 덜컹거리는 소리. 그리고 다시 비 듣는 소리와 홈통에 물이 빨려들면서 나는 투닥투닥, 졸졸졸 하는 소리가 이어졌다. 그는 방 안으로 돌아섰다.

공기가 이미 서늘해졌다. 불이 거의 꺼져 가고 있었고, 단지 조그만 불씨만이 회색 재 아래에서 타올랐다. 마침 그는 아버지의 선물을, 그날 아침에 온 포도주를 기억해냈다. 그는 작은 탁자로 가서 포트와인을 한 잔 따랐다. 그는 술잔을 불빛에 비추어 들어 올리며 미소를 지었다. 그는 다시 아버지의 손을 떠올려보았다. 술을 마시기 전에 언제나 술잔을 불빛이 비치는 쪽으로 들어 올리곤 하던, 손가락 대신 두 개의 매끄러운 마디가 있는 아버지의 손을.

'예사롭게 총검으로 놈의 몸을 가를 수는 없는 법이지.' 그는 아버지가 하던 말을 기억했다.

"그리고 술을 마시지 않고서 시험을 보러 갈 수는 없지." 에드워드가 말했다. 그는 잠시 망설였다. 그는 아버지를 따라하며 술잔을 불빛에 들어 올렸다. 그러고는 한 모금 마셨다. 그는 앞에 있는 탁자에 술잔을 내려놓았다. 그는 다시 『안티고네』[19]로 시선을 돌렸다. 그는 읽었다. 그리고 마셨다. 그러고는 읽고 다시 마셨다. 부드러운 열기가 목덜미에서 척추를 따라 퍼져 나갔다. 포도주가 그의 머릿속에 있는 작은 문들을 밀어 활짝 열어젖히는 듯했다. 그리고 그것이 포도주인지 글귀들인지, 아니면 둘 다인지 알 수 없지만, 빛나는 조개껍데기가 보랏빛 연기 속에 만들어지더니 그 속에서 어느 그리스 소녀가 걸어 나왔다.[20] 그런데 그녀는 영국인이었다. 그녀는 대리석과 수선화 사이에 서 있었다. 그런데 그녀는 모리스 벽지와 서랍장 사이에 서 있었다. 그의 사촌 키티, 그가 지난번에 학장 사택에서 저녁을 먹을 때 보았던 모습대로였다. 그녀는 안티고네이자 키티였다. 여기 책 속에. 그리고 저기 방에. 보라색 꽃처럼 환하게 빛나며 일어선 그녀. 아니야, 절대로 꽃처럼은 아니야. 그가 외쳤다. 왜냐하면 어느 소녀가 똑바로 서 있

19 그리스 아테네의 시인 소포클레스Sophocles의 비극.
20 이탈리아 화가인 산드로 보티첼리Sandro Bottocelli의 그림 「비너스의 탄생」에 나타난 이미지.

다면, 웃고 숨을 쉬며 살았다면, 그건 바로 그가 지난번에 학장 사택에서 저녁을 먹었을 때 그녀가 입고 있었던 희고 푸른 드레스 차림의 키티였다. 그는 창으로 가로질러 갔다. 나무들 사이로 붉은 광장이 보였다. 그 사택에서 파티가 열리고 있었다. 그녀가 누구에게 이야기하고 있는 걸까? 무슨 말을 하고 있는 걸까? 그는 책상으로 되돌아갔다.

"이런, 제길," 그가 연필로 종이를 쿡 찌르면서 외쳤다. 뾰족한 끝이 부러졌다. 그때 문을 두드리는 소리가 났다. 위엄 있는 두드림이 아니라 스쳐가는 두드림이었다. 들어오려는 사람이 아니라 지나가던 사람이 두드리는 소리였다. 그가 가서 문을 열었다. 충계 위쪽 난간 너머로 몸을 내밀고 있는 덩치 큰 젊은 남자의 형상이 어렴풋이 보였다. "들어오게." 에드워드가 말했다.

덩치 큰 젊은 남자가 천천히 계단을 내려왔다. 그는 대단한 거구였다. 그의 퉁방울눈은 책상 위에 놓인 책을 보자 근심스러운 기색을 띠었다. 그는 책상 위에 놓인 책들을 바라보았다. 그리스어 책이었다. 하지만 어쨌든 포도주도 있었다.

에드워드가 포도주를 따랐다. 깁스 옆에 서자 그는 엘리너가 '까다롭다'고 부를 만한 사람처럼 보였다. 그 자신도 대비가 된다고 느끼고 있었다. 잔을 들어 올린 그의 손은 깁스의 크고 붉은 앞발에 비해 여자아이의 손 같았다. 깁스의 손은 밝은 주홍색으로 그을려 있었다. 그건 마치 날고기 덩어리와도 같았다.

그들이 함께 공유하는 화제는 사냥이었다. 그들은 사냥에 대해 이야기를 나누었다. 에드워드는 뒤로 기대앉아 깁스가 떠들게 두었다. 깁스의 이야기를 듣고 있는 것, 영국의 시골길을 말을 타고 달리는 이야기를 듣는 것은 아주 즐거웠다. 그는 9월에 있었던 새끼여우사냥에 대해 이야기하고 있었다. 그리고 서툴지만 쓸 만한 말에 대해서도. "스테플리네로 올라가는 길 오른편에 있는 농장을 기억하나? 그리고 그 예쁘장한 소녀도?" 그가 말하고 있었다. 그는 눈을 찡긋했다. "안타깝게도 사냥터 관리인과 결혼했다네." 에드워드는 그가 포도주를 꿀꺽 삼키는 것을 바라보고 있었다. 그때 깁스는 자신이 얼마나 이 저주스런 여름이 끝나기를 고대하고 있는지에 대해 말하고 있었다. 그러고 나서 그는 스패니얼 암캐에 대한 오래된 이야기를 하고 있었다. "9월에 자네도 와서 우리와 함께 지내도록 하세." 그는 아직도 이야기를 계속하고 있었다. 그때 깁스가 듣지 못했을 만큼 조용히 문이 열렸다. 그리고 또 다른 남자가, 완전히 다른 부류의 남자가 미끄러지듯이 들어왔다.

들어온 사람은 애슐리였다. 그는 깁스와는 정반대였다. 크지도 작지도 않았고 금발도 검은 머리도 아니었다. 그렇다고 그가 눈에 띄지 않는 것은 아니었다. 오히려 그 반대였다. 부분적으로는 그가 몸을 움직이는 방식 때문이었다. 그는 마치 고양이처럼 보이지 않는 더듬이나 수염으로 의자와 탁자가 발산하는 어떤 영향력을 감지할 수 있는 듯이 움직였다. 그는 주의 깊게, 신중하게 의자에 몸을 내려놓고 책상을 쳐다보더니 책을 들어 한 행을 절반가량 낭독했다. 깁스가 문장 중간에 그를 멈췄던 것이다.

"잘 있었나, 애슐리." 그가 다소 무뚝뚝하게 말했다. 그는 기지개를 켜더니 대령의 포트와인을 한 잔 더 따랐다. 이제 유리병이 비었다.

"미안하군." 애슐리를 힐끗 바라보며 그가 말했다.

"나 때문에 다른 포도주를 열지는 말게." 애슐리가 재빨리 말했다. 그의 목소리는 어딘가 편치 않은 것처럼 약간 쇳소리가 났다.

"오, 하지만 우리도 좀 더 마시고 싶다네." 대수롭지 않다는 듯이 에드워드가 말했다. 그가 술을 가지러 식당으로 갔다.

"제길, 이렇게 거북해서야." 포도주 병들 사이로 몸을 숙이면서 그는 생각했다. 포도주를 고르면서 그는 좋지 않은 느낌에 생각에 잠겼다. 그것은 애슐리와의 또 다른 말다툼을 의미했다. 그는 이번 학기에만 벌써 두 번이나 깁스에 관하여 애슐리와 말다툼을 벌였었다.

그는 포도주 병을 들고 방으로 돌아가 그들 사이 등받이가 없는 낮은 의자에 앉았다. 그는 코르크 마개를 따고 포도주를 따랐다. 그가 그들 사이에 앉자, 두 사람 모두 그를 경탄하듯이 바라보았다. 그는 엘리너가 항상 놀려대는 그 허영심으로 우쭐해졌다. 그는 자신에게 와 닿는 그들의 눈길을 즐겼다. 게다가 자신이 그 둘 다와 사이가 좋다는 생각이 들자 그는 흡족했다. 그는 깁스와는 사냥에 대해, 애슐리와는 책에 관해 이야기를 나눌 수 있었다. 그러나 애슐리는 단지 책에 관한 이야기를 하고, 깁스는 — 그는 미소를 지었다 — 여자에 관한 이야기만 할 뿐이었다. 여자들과 말들에 관해서. 그는 세 개의 잔에 포도주를 따랐다.

애슐리는 조심스럽게 한 모금씩 마셨고, 깁스는 크고 붉은 손으로 잔을 들고는 벌컥벌컥 들이켰다. 그들은 경주에 대해 이야기를 나누었다. 그러고는 시험에 관한 이야기를 했다. 그러자 애슐리가 책상 위에 펼쳐진 책들을 바라보며 말했다.

"자넨 어때?"

"나는 어림도 없어." 에드워드가 말했다. 그의 태연함이 흔들렸다. 그는 시험을 무시하는 척했지만 다만 허세일 뿐이었다. 깁스는 이에 속았지만, 애슐리는 그를 꿰뚫어 보았다. 그는 에드워드가 이런 식으로 사소한 허세를 부릴 때면 종종 알아차렸다. 하지만 에드워드의 이런 면이 애슐리에게는 더 사랑스러웠다. 그가 얼마나 아름다워 보이는가. 그는 생각하고 있었다. 금발머리에 불빛을 받으면서 그들 사이에 앉아 있는 그는. 마치 그리스 소년처럼. 강하지만 어떤 면에서는 연약하여 그의 보호를 필요로 하면서.

그는 깁스와 같은 야만족에게서 구출되어야 해, 그는 격분하며 생각했다. 에드워드를 바라보며 그는 생각했다. 항상 맥주 냄새와 말 냄새를 풍기는 이 투박한 야만인을 에드워드가 어떻게 참아낼 수 있는지를—지금도 그는 깁스가 하는 이야기를 듣고 있었다—애슐리는 이해할 수 없었기 때문이었다. 그가 들어섰을 때 그는 그들이 나눈 말의 끄트머리를 듣고 화가 치밀었다. 그들이 모종의 계획을 함께 세웠음을 드러내는 말이었다.

"그럼, 그 늙은 말에 대해서는 내가 스토리에게 알아보겠네." 이제 깁스는 마치 그가 들어오기 전에 하던 그들끼리의 비밀스러운 이야기를 마무리하듯 말하고 있었다. 질투가 경련처럼 애슐리를 훑고 지나갔다. 이를 감추고자 그는 손을 뻗어 책상 위에 펼쳐진 책을 집어 들었다. 그는 그 책을 읽는 척했다.

자신에게 모욕을 주려고 그러는 것이라고 깁스는 느꼈다. 애슐리가 자신을 덩치 큰 야만인으로 생각하고 있다는 것을 그는 알고 있었다. 저 치사한 사기꾼이 들어와서 대화를 망쳐버리고서는 깁스 자신을 조롱거리 삼아 잘난 척하고 있는 것이었다. 좋아. 그는 가려고 했던 참이었지만 이제는 남아 있을 작정이었다. 그는 애슐리를 괴롭혀줄 참이었다. 그는 어떻게 해야 할지 알고 있었다. 그는 에드워드를 향해 계속 말을 이어나갔다.

"자네가 괜찮다면, 대충 지내게 될 거라네." 그가 말했다. "우리 가족들은 스코틀랜드에 올라가 있게 될 거야."

애슐리가 사납게 책장을 넘겼다. 그렇다면 그들끼리만 있게 될 거라는 말이었다. 에드워드는 이 상황을 즐기기 시작했다. 그는 악의적으로 그에 맞춰주었다.

"좋아," 그가 말했다. "하지만 난 바보짓은 하지 않을 거라는 걸 알아둬야 해."

"오, 단지 새끼 사냥일 뿐이야." 깁스가 말했다. 애슐리가 책장을 다시 넘겼다. 에드워드가 책을 쳐다보았다. 책은 거꾸로 들린 채였다. 하지만 그가 애슐리를 쳐다보았을 때 벽의 장식용 패널과 양귀비꽃을 뒤로하고 있는 그의 머리에 시선이 닿았다. 그는 얼마나 점잖아 보이는가, 깁스와 비교하면서 에드워드는 생각했다. 그리고 얼마나 아이러니한가. 그는 애슐리를 무척 존경했다. 깁스의 매력은 이제 사라졌다. 그는 스패니얼 암캐에 대한 똑같은 이야기를 또다시 늘어놓고 있는 것이다. 내일은 한바탕 말다툼이 벌어지겠군. 그는 슬그머니 시계를 보면서 생각했다. 열한 시가 넘었다. 그리고 그는 아침 식사 전에 한 시간 정도 공부를 해야만 했다. 그는 남아 있는 포도주를 마저 삼키고 몸을 쭉 펴고는 보라는 듯이 하품을 하고 일어섰다.

"나는 그만 자야겠네." 그가 말했다. 애슐리가 호소하듯이 그를 쳐다보았다. 에드워드는 그에게 끔찍한 고문을 가할 수 있었다. 에드워드가 조끼의 단추를 풀기 시작했다. 그는 완벽한 몸매를 갖추고 있어. 그들 사이에 서 있는 그를 바라보며 애슐리는 생각했다.

"하지만 자네들은 서두르지 말게." 다시 하품을 하며 에드워드가 말했다.

"술을 마저 들도록 하게." 애슐리와 깁스가 함께 술을 마시는 광경을 생각하자 그는 웃음이 났다.

"원한다면 술은 저기에 얼마든지 있다네." 옆방을 가리키고 나서 그는 그들을 떠났다.

'둘이서 싸우도록 내버려 두는 거야.' 침실 문을 닫으면서 그는 생각했다. 그 자신의 싸움은 곧 닥쳐올 터였다. 애슐리의 얼굴 표정으로 그는 알고 있었다. 애슐리는 질투가 매우 심했다. 그는 옷을 벗기 시작했다. 그는 돈에 대해서는 다소 인색한 편이었기에, 거울의 양쪽 옆에 두 뭉치로 자신이 가진 돈을 가지런히 두었다. 그는 조심스레 코트를 접어 의자에 걸쳐두고, 거울에 자신을 비춰보고는 그의 누이가 싫어하는 반쯤 무의식적인 동작으로 머리를 쓸어 올렸다. 그러고는 귀를 기울였다.

밖에서 쾅 하는 문소리가 났다. 둘 중 한 명이 가버린 것이다. 깁스거나 애슐리거나. 하지만 한 명은 아직 남아 있군. 그는 생각했다. 그는 열심히 귀를 기울였다. 거실에서 누군가가 서성이는 소리가 들렸다. 매우 재빠르게, 매우 단호하게, 그는 방문을 잠갔다. 다음 순간 손잡이가 움직였다.

"에드워드!" 애슐리가 말했다. 그의 목소리는 낮고 침착했다.

에드워드는 아무 대답도 하지 않았다.

"에드워드!" 손잡이를 달각거리며 애슐리가 말했다.

날카롭고 호소하는 듯한 목소리였다.

"잘 가게." 에드워드가 단호하게 말했다. 그는 귀를 기울였다. 잠시 아무 소리가 없었다. 그리고 문이 닫히는 소리가 들렸다. 애슐리가 간 것이다.

"세상에, 내일은 어떤 싸움이 벌어질는지." 창문으로 다가가 아직도 내리는 비를 내다보면서 에드워드가 말했다.

학장 사택에서의 파티가 끝났다. 가운을 늘어뜨려 입은 숙녀들이 문간에 서서 부드럽게 비를 뿌리는 하늘을 올려다보았다.

"저게 나이팅게일인가요?" 관목 속에서 지저귀는 새 소리를 들으며 라펜트 부인이 말했다. 그러자 나이가 지긋한 처피 — 위대한 앤드루스 박사 — 가 반구형의 머리를 보슬비 속에 드러낸 채, 수염이 텁수룩하고 강인해 보이지만 호감을 주지는 않는 얼굴을 치켜들고 그녀의 뒤에 서서 웃음을 터뜨렸다. 그건 개똥지빠귀였다오. 그가 말했다. 그 웃음소리는 웃고 있는 하이에나처럼 돌담에 반사되어 울려 퍼졌다. 그러자 라펜트 부인은 수 세기 동안 내려온 전통이 가르친 대로 손을 저으며 마치 학문의 전당 출입구 위를 가로지르는 가로대를 장식한 분필 표식 중 하나를 침해하기라도 했던 것처럼 발걸음을 뒤로 물렸고, 신학과 교수의 부인인 래섬 부인이 앞서가도록 신호를 하면서 그들은 빗속으로 걸어 나갔다.

사택의 기다란 거실에 그들은 모두 서 있었다.
"처피가 — 앤드루스 박사 — 여러분들의 기대에 부응했다니 정말 기뻐요." 멀론 부인이 정중하게 말하는 중이었다. 그곳의 거주인들은 그 위대한 박사를 '처피'라고 불렀다. 미국인 방문객들에게 그는 앤드루스 박사였다.

다른 손님들은 모두 떠났다. 그러나 미국인인 하워드 프립 부부는 그 사택에 머무르고 있었다. 하워드 프립 부인이 앤드루스 박사가 완벽하게 매력적이었다고 말하고 있었다. 그리고 교수인 그녀의 남편은 그 대가에게 똑같이 공손하게 무엇인가를 말하고 있었다. 딸인 키티는 약간 뒤에 서서 그들이 이야기를 빨리 끝내고 잠자리에 들기를 고대했다. 하지만 그녀는 어머니가 모두 물러나도 좋다는 신호를 줄 때까지 서 있어야 했다.
"그래요, 처피는 오늘 정말 멋졌어요." 그녀의 아버지는 처피를 사로잡은 자그마한 미국인 숙녀에게 넌지시 찬사를 보내며 말을 이었다. 그녀는 작고 활기찼으며, 처피는 숙녀들이 작고 활기찬 것을 좋아했다.

"저는 그의 책들을 정말로 좋아한답니다." 그녀는 기묘한 콧소리로 말했다. "하지만 저는 저녁 식사 때 그의 옆자리에 앉는 기쁨을 갖게 되리라고는 기대하지 않았어요."

그가 말할 때 침을 튀기곤 하는 것이 당신은 정말로 좋았나요? 키티는 그녀를 바라보며 의아해했다. 그녀는 눈에 띄게 예쁘고 쾌활했다. 다른 모든 여자들은 그녀 옆에서는 볼품없고 침울해 보였다. 어머니만은 예외였다. 곱슬곱슬한 흰머리를 단단히 말아 올리고 벽난로 철망 위에 발을 올려놓은 채 서 있는 멀론 부인은 유행 따위는 거들떠보지도 않았다. 반대로 프립 부인은 유행에 민감했다.

하지만 그들이 그녀를 비웃었어. 키티는 생각했다. 그녀는 옥스퍼드의 숙녀들이 프립 부인의 미국식 표현에 눈썹을 치켜 올리는 것을 보았다. 그러나 키티는 그녀의 미국식 표현들을 좋아했다. 그녀에게 익숙한 것들과는 전혀 달랐다. 그녀는 미국인, 진짜 미국인이야. 하지만 아무도 그녀의 남편을 미국인으로 여기지는 않을걸. 키티는 그를 바라보며 생각했다. 위엄 있어 보이는 주름진 얼굴과 염소수염에다 외국 훈장인 양 셔츠 앞자락에 안경의 검은 리본을 가로질러 두른 그는 어딘가의 대학에서 온 어느 교수라고 할 수도 있을 거야. 그녀는 생각했다. 그는 어떤 특징적인 억양도 없이, 최소한 미국식 억양이 없게 말했다. 하지만 그 역시 어딘가 달랐다. 그녀가 손수건을 떨어뜨렸다. 그는 재빨리 몸을 구부려 그것을 집어 올려 지나치게 정중하게 인사를 하며 그녀에게 건네주었다. 그녀는 부끄러워졌다. 그녀는 고개를 숙이고 손수건을 받으며 수줍게 그 교수에게 미소 지었다.

"정말 고맙습니다." 그녀가 말했다. 그는 그녀를 어색하게 만들었다. 프립 부인 옆에서 그녀는 평소보다 더 덩치가 크게 느껴졌다. 릭비 가문 특유의 붉은색을 띤 그녀의 머리카락은 한시도 제대로 매끈하게 늘어뜨려져 있지 않았다. 프립 부인의 머리카락은 아름답고 윤기 나고 단정해 보였다.

하지만 이제 멀론 부인이 프립 부인을 돌아보며 말했다. "자, 숙녀 여러분?" 그녀가 손을 흔들었다.

그녀의 행동에는 어딘가 권위가 있었다. 마치 그녀가 여러 번 그렇게 해왔고 매번 사람들이 그녀의 말에 복종해왔던 것처럼. 그들은 문을 향해 움직였다. 오늘 밤 문가에서는 작은 의례가 있었다. 프립 교수가 키티의 손에 입을 맞출 때만큼은 아니지만, 몸을 한껏 낮춰 멀론 부인의 손에 입을 맞추고는 그들을 위해서 문을 활짝 열어주었던 것이다.

'그는 너무 지나쳐.' 지나가는 동안 그녀는 속으로 생각했다. 숙녀들은 각자의 초를 손에 들고 넓고 나지막한 계단을 한 줄로 올라갔다. 그들이 올라갈 때 캐서린 대학의 전 학장들의 초상화가 그들을 내려다보았다. 한 계단 한 계단 올라갈 때마다 어두운 금빛 윤곽 안의 얼굴들 위로 촛불이 일렁거렸다.

이제 그녀가 멈춰 서서 저 사람이 누구냐고 묻겠지. 키티는 뒤따라가며 생각했다.

그러나 프립 부인은 멈추지 않았다. 키티는 그 점에 대해 그녀에게 좋은 점수를 주었다. 대부분의 방문객들과 견주어 볼 때 그녀가 더 나아. 키티는 생각했다. 그날 아침만큼 그녀가 보들리 도서관[21]을 빨리 둘러본 적은 없었다. 실제로 그녀는 약간의 죄의

---

21 옥스퍼드 대학교의 중앙도서관.

식을 느꼈다. 그들이 원했다면, 둘러볼 만한 좋은 곳이 많이 있었다. 그러나 한 시간도 채 되지 않아서 프립 부인은 키티를 돌아보며 콧소리이긴 하지만 매력적인 목소리로 말했던 것이다.

"자, 귀여운 아가씨, 내가 보기에 아가씨는 관광에 살짝 싫증이 난 것 같군요. 우리 저기 활 모양의 내민 창이 있는 오래된 빵집에 아이스크림을 먹으러 가면 어떨까?"

그래서 그들은 보들리 도서관 순례를 해야 할 시간에 아이스크림을 먹고 있었다.

이제 행렬은 첫 번째 층계참에 이르렀고 멀론 부인은 언제나 특별한 손님이 사택에 머무를 때면 묵게끔 하는 유명한 방의 문 앞에서 걸음을 멈추었다. 그녀는 문을 열면서 좌중을 둘러보았다.

"엘리자베스 여왕도 잠을 자지 않은 침대예요." 그들이 커다란 침대의 네 개의 기둥을 바라볼 때 그녀는 늘 하곤 하는 농담을 하며 말했다. 벽난로에는 불이 타오르고 있었다. 손잡이가 있는 물병이 치통을 앓고 있는 늙은 여자처럼 둘둘 싸여 있었다. 그리고 화장대 위에 촛불이 밝혀져 있었다. 그런데 그 방이 오늘 밤따라 왠지 낯설다고 어머니의 어깨 너머로 바라보며 키티는 생각했다. 침대 위에 잠옷 가운이 펼쳐져 녹색과 은색으로 빛나고 있었다. 그리고 화장대에는 여러 개의 작은 항아리와 병, 그리고 분홍색으로 얼룩진 큼직한 분첩이 놓여 있었다. 그랬던 것일까? 그럴 수 있었던 것일까? 프립 부인이 정말 화사해 보이고 옥스퍼드의 부인네들이 그렇게 우중충해 보였던 까닭은 프립 부인이 — 하지만 멀론 부인이 말했다. "필요한 건 다 있나요?" 부인이 대단히 정중하게 말을 했기에 키티는 멀론 부인도 그 화장대를 보았다고 생각했다. 키티는 손을 내밀었다. 놀랍게도 프립 부인은 손을 잡는 대신 그녀를 끌어당겨 그녀에게 키스했다.

"그 모든 볼거리들을 보여주어서 정말 고마워요." 그녀가 말했다. "그리고 잊지 말아요, 미국에 와서 우리와 함께 지내기로 한 것 말이에요." 그녀가 덧붙였다. 그녀는 보들리 도서관을 보여주기보다 아이스크림을 먹는 것을 분명히 더 좋아했던 이 덩치 크고 수줍음 많은 소녀를 좋아했다. 그리고 그녀는 왠지 그 소녀에게 연민을 느꼈다.

"잘 자라, 키티." 문을 닫으며 그녀의 어머니가 말했다. 그리고 그들은 형식적으로 서로 뺨을 갖다 댔다.

키티는 이 층에 있는 자기 방으로 올라갔다. 그녀는 아직도 프립 부인이 키스했던 자리를 느낄 수 있었다. 키스는 그녀의 뺨에 엷은 홍조를 남겼다.

그녀는 문을 닫았다. 방이 몹시 갑갑했다. 따듯한 밤이었지만, 그들은 언제나 창문을 닫고 커튼을 쳐두었다. 그녀는 창문을 열고 커튼을 열었다. 여느 때처럼 비가 내리고 있었다. 은빛 빗줄기가 정원에 있는 어두운 나무들을 가로지르고 있었다. 그리고 그녀는 신발을 벗어던졌다. 큰 덩치의 가장 나쁜 점이 바로 그거였다. 신발이 언제나 너무 꽉 끼었다. 흰 공단 신발은 특히 그랬다. 그리고 그녀는 드레스의 후크를 풀기 시작했다. 어려운 일이었다. 후크가 너무 많은 데다, 모두 다 등 쪽에 달려 있었다. 하지만 마침내 그녀는 흰 공단 드레스를 벗어 의자 위에 곱게 놓았다. 그러고 나서 머리를 빗기 시작했다. 최악의 목요일이었다고 그녀는 생각했다. 아침에는 둘러보기, 점심에는 사람들과 식사, 대학생들과의 차, 그리고 저녁에는 만찬이라니.

하지만, 머리카락 사이로 빗을 잡아당기며 그녀는 결론지었다.

이제 끝났어, 이제 끝났어.

촛불이 깜박거렸고, 모슬린 커튼이 흰 풍선처럼 부풀어올라 거의 불꽃에 닿을 뻔했다. 그녀는 놀라며 눈을 떴다. 그녀는 속옷 차림으로 촛불을 켜놓은 채 열린 창가에 서 있었다.

"누군가 들여다볼 수도 있어." 불과 며칠 전에 그녀의 어머니가 그녀를 나무라며 말했었다.

촛불을 오른쪽에 있는 탁자로 옮기며 그녀가 말했다. 자 이제, 아무도 들여다볼 수 없을 거야.

그녀는 다시 머리를 빗기 시작했다. 하지만 아까와는 달리 앞쪽이 아닌 옆쪽에서 불빛이 비추고 있어서 그녀는 다른 각도에서 자신의 얼굴을 바라보게 되었다.

내가 예쁜가? 빗을 내려놓고 거울을 들여다보며 그녀는 자신에게 물었다. 그녀의 광대뼈는 너무 튀어나와 있었다. 그리고 두 눈은 서로 너무 멀리 떨어져 있었다. 그녀는 예쁘지 않았다. 아니, 그녀는 덩치가 커서 불리했다. 프립 부인은 나를 어떻게 생각할까? 그녀는 궁금했다.

그녀가 나에게 키스했어, 기쁨으로 뺨이 다시 붉어지는 것을 느끼며 그녀는 갑자기 기억을 되살렸다. 그녀가 나에게 함께 미국으로 가자고 청했지. 그러면 얼마나 재미있을까! 그녀는 생각했다. 옥스퍼드를 떠나 미국에 가면 얼마나 근사할까! 그녀는 덤불 같은 복슬복슬한 머리카락 사이로 빗을 잡아당겼다.

그러나 종들이 언제나처럼 소란을 일으키고 있었다. 그녀는 종소리를 싫어했다. 그녀에게는 언제나 우울한 소리로 들렸다. 게다가 하나가 그치면 다른 하나가 시작되었다. 한 종소리에 이어 다른 종소리가, 한 종소리 위에 다른 종소리가 겹쳐 끊임없이 울려대어서 마치 영원히 끝나지 않을 것 같았다. 그녀는 열하나,

열둘 하고 세었다. 그리고도 종소리가 계속 이어졌다. 열셋, 열 넷…… 가랑비가 내리는 축축한 공기 속에서 시계는 반복해서 시간을 알렸다. 늦은 시간이었다. 그녀는 양치질을 시작했다. 세 면대 위에 있는 달력을 보고 그녀는 목요일 장을 찢어내어 마치 '목요일이 지났어! 목요일이 지났어!'라고 말하듯이 동그랗게 구겼다. 커다란 붉은 글자로 된 금요일이 그녀 앞에 있었다. 금요 일은 좋은 날이었다. 금요일에 그녀는 루시에게 교습을 받았다. 그리고 롭슨 집안사람들과 차를 마시기로 되어 있었다. "자신의 일을 찾은 자에게 축복이 있을 지니." 그녀는 달력에 있는 글귀를 읽었다. 달력은 언제나 일방적으로 말을 하는 듯해. 그녀는 자신 의 일을 마치지 않았다. 그녀는 일렬로 꽂혀 있는 파란색 전집을 바라보았다. 『앤드루스 박사가 쓴 영국 헌법사』 제3권에 종잇조 각이 끼워져 있었다. 그녀는 루시와의 교습을 위해 그 장을 마저 읽어야 했다. 하지만 오늘 밤에는 불가능했다. 그녀는 오늘 밤 너 무 피곤했다. 그녀는 창문을 향해 돌아섰다. 대학생 기숙사에서 커다란 웃음소리가 들려왔다. 그들은 무엇 때문에 웃고 있을까. 창가에 선 채로 그녀는 궁금해했다. 그들이 정말로 즐거워하고 있는 것처럼 들렸다. 사택에서 차를 마실 때면 그들은 결코 그렇 게 웃지 않아. 웃음소리가 잦아들 때 그녀는 생각했다. 베일리올 출신의 작은 남자는 손가락을 비틀며 앉아 있었지. 손가락을 비 틀며 말이야. 그는 말을 하려고도 하지 않았지만 가려고도 하지 않았어. 그녀는 촛불을 불어서 끄고 잠자리에 들었다. 시원한 침 대보 안에서 몸을 쭉 뻗으며 그녀는 생각했다. 그래도 나는 그가 좋던걸, 손가락을 비틀기는 해도. 토니 애슈턴이라면, 나는 좋아 하지 않아. 베개를 뒤척이며 그녀는 생각했다. 그는 언제나 에드 워드에 대해 그녀에게 캐물으려고 하는 듯했다. 엘리너는 에드워드를 '닉스'라고 부르지. 그녀는 생각했다. 그의 두 눈은 너무 가까이 몰려 있어. 좀 멍청이랄까, 그녀는 생각했다. 개미가 래섬 부인의 치마에 들어갔었던 지난번 소풍 때 그는 그녀를 줄곧 따라다녔었다. 그때 그는 줄곧 그녀 곁에 있었다. 하지만 그녀는 그와 결혼하기를 원치 않았다. 그녀는 학자의 아내가 되어 옥스퍼드에서 영원히 살고 싶은 마음은 없었다. 안 돼, 안 돼, 안 돼! 베개 위에서 돌아누우며 그녀는 하품을 했다. 가랑비가 내려 무겁게 가라앉은 공기 사이로 느릿느릿 움직이는 알락돌고래처럼 울려 퍼지는 때늦은 종소리를 들으며 그녀는 한 번 더 하품을 하고는 잠이 들었다.

밤새도록 내리는 비로 들녘에는 옅은 안개가 피고 물받이홈통마다 투닥투닥, 졸졸졸 소리가 났다. 정원에는 이제 막 꽃을 피운 라일락과 나도싸리 덤불 위로 빗방울이 떨어졌다. 빗방울은 도서관의 납빛 돔 위로 부드럽게 흘러내려 웃고 있는 괴물 돌장식의 입에서 흩뿌려졌다. 빗방울은 버밍햄 출신의 유태인 청년이 머리에 젖은 수건을 걸치고 벼락치기로 그리스어를 공부하고 있는 방의 창가에도 스며들고, 멀론 박사가 대학의 역사에 대한 기념비적인 저서의 한 장을 쓰느라 밤늦게까지 앉아 있는 방의 창가에도 스며들었다. 키티의 창문 밖 사택의 정원에서도 빗줄기는 삼 세기 전에 왕들과 시인들이 그 아래 앉아 술을 마셨던, 그러나 지금은 반쯤 기울어져 중간을 말뚝으로 버티어 놓은 늙은 나무로 흘러내렸다.

"우산은요, 아가씨?" 다음 날 오후에 집을 나섰어야 하는 시간보다 좀 늦어서야 외출하려는 키티에게 우산을 내밀며 히스콕이 말했다. 바깥 공기가 차가웠다. 흰색과 노란색의 외투를 입고 방석을 들고 강으로 향하는 한 무리를 보게 되자, 그녀는 오늘은 자신이 배에 앉아 있지 않을 거라는 사실에 기뻤다. 오늘은 파티가 없어, 오늘은 파티가 없어. 그녀는 생각했다. 하지만 늦었다고 시계가 그녀에게 경고하고 있었다.

그녀는 값싼 붉은색 빌라들이 있는 곳까지 걸어갔다. 아버지는 너무나 싫어해서 피해 가려고 언제나 에둘러 가곤 하는 빌라들이었다. 그러나 크래덕 양이 살고 있는 곳이 그 값싼 붉은 빌라 중하나였기에 키티에게는 그 집들에 낭만적인 분위기가 서려 빛나고 있는 것처럼 보였다. 새로 세워진 교회 옆의 모퉁이를 돌아 크래덕 양이 실제로 살고 있는 집의 가파른 계단을 보자 그녀의 심장이 빠르게 뛰었다. 루시가 매일 이 계단을 오르내렸지. 저건 그녀의 창문이야. 이건 그녀의 종이지. 그녀가 잡아당기자 종이 불쑥 튀어나왔다. 그러더니 종은 다시 들어가지 않았다. 루시의 집에서는 모든 것이 곧 망가질 것 같았다. 하지만 그 모든 것이 낭만적이었다. 우산꽂이에 루시의 우산이 있었다. 그것 역시 다른 우산들 같지 않았다. 손잡이가 앵무새의 머리 모양으로 되어 있었다. 그러나 그녀가 가파르고 윤이 반짝반짝 나는 계단을 올라갈 때 그녀의 가슴 속에는 흥분이 두려움과 뒤섞였다. 또 한 번 그녀는 숙제를 게을리했던 것이다. 이번 주에도 그녀는 또 '거기에 마음을 두지' 않았던 것이다.

"그녀가 오고 있군!" 크래덕 양은 펜을 손에 든 채 생각했다. 그녀의 코끝이 빨갰다. 눈 주위가 누르스름하고 움푹 꺼져 있어서 부엉이 같아 보이는 데가 있었다. 종이 울렸다. 그녀가 펜을 붉은 잉크에 담갔다. 그녀는 키티의 수필을 교정하고 있었다. 이제 그녀는 층계에서 나는 키티의 발걸음 소리를 들었다. "그녀가 오고 있어!" 그녀는 펜을 내려놓고 숨을 고르며 생각했다.

"정말 죄송해요, 크래덕 선생님." 자신의 물건들을 내려놓고 책상 앞에 앉으며 키티가 말했다. "하지만 집에 손님들이 머무르고 있었어요."

크래덕 양은 무언가에 대해 실망할 때면 늘 그러듯이 손으로 입을 가볍게 문질렀다.

"그렇군. 그래서 이번 주에도 아무것도 하지 못했단 말이로군." 그녀가 말했다.

크래덕 양은 펜을 들어 붉은 잉크에 담갔다. 그러고는 앞에 있는 수필로 눈길을 돌렸다.

"이건 교정을 볼 가치도 없어." 그녀는 펜을 허공에 멈춘 채로 말했다.

"열 살 먹은 아이도 이걸 부끄러워할 거야." 키티가 얼굴을 빨갛게 붉혔다.

"그런데 이상한 것은," 교습이 끝났을 때 크래덕 양이 펜을 내려놓으며 말했다. "네가 아주 독창적인 생각을 갖고 있다는 점이야."

키티의 얼굴이 이번에는 기쁨으로 빨갛게 물들었다.

"그렇지만 넌 그걸 이용하지 않고 있어." 크래덕 양이 말했다. "어째서 그걸 이용하지 않는 거지?" 그녀가 멋진 회색 눈으로 키티를 바라보며 덧붙였다.

"알고 계시겠지만, 크래덕 선생님," 키티가 열성적으로 말을 시작했다. "저의 어머니께서 —"

"음…… 음…… 음……." 크래덕 양이 그녀의 말을 중단시켰다. 멀론 박사가 키티의 자신감을 위해 그녀에게 돈을 지급하는 것은 아니었다. 그녀는 일어섰다.

"내 꽃들을 좀 보렴." 자신이 키티에게 너무 심하게 모욕감을 주었다고 느끼면서 그녀가 말했다. 탁자 위에 화분이 있었다. 파랗고 하얀 야생화가 두툼하게 깔린 초록색의 축축한 이끼 속에 꽂혀 있었다.

"내 여동생이 황야 지대에서 이걸 보내주었지." 그녀가 말했다.

"황야 지대라고요?" 키티가 말했다. "어디 황야 지대 말인가요?" 그녀는 몸을 굽혀 조심스럽게 작은 꽃들을 만져보았다. 그녀는 얼마나 사랑스러운가, 크래덕 양은 생각했다. 그녀는 키티에게 감상적이었던 것이다. 그러나 내가 감상적이어서는 안 되지, 그녀는 스스로에게 말했다.

"스카버러 황야." 그녀는 소리 내어 말했다. "이끼에 물을 너무 많이 주지 말고 적당한 습도를 유지한다면 이 꽃들은 몇 주라도 피어 있을 거야." 꽃을 바라보며 그녀가 덧붙였다.

"지나친 습도가 아니라 적당한 습도를 유지하는 것이라면," 키티가 미소 지었다. "옥스퍼드에서는 쉬운 일이지요. 이곳에서는 언제나 비가 내리잖아요." 그녀는 창문을 바라보았다. 비가 부드럽게 내리고 있었다.

"제가 만일 저 위에 산다면 말이에요, 크래덕 선생님—" 우산을 집어 들며 그녀가 말을 시작했다. 그러나 그녀는 말을 멈추었다. 교습은 끝났다.

"그 삶이 매우 지루하다는 걸 알게 될 거야." 그녀를 바라보며 크래덕 양이 말했다. 그녀는 망토를 입고 있는 중이었다. 망토를 입고 있을 때 그녀는 확실히 아주 사랑스러워 보였다.

"내가 네 나이였을 때에," 선생이라는 자신의 역할을 떠올리며 크래덕 양이 말을 이었다. "네가 지금 가진 기회를 가질 수 있었다면, 네가 만나는 사람들을 만나고, 네가 아는 사람들을 알 수 있었다면 난 무슨 일이라도 했을 거야."

"처피 영감님 말씀이세요?" 학식이라는 빛에 대한 크래덕 양의 깊은 존경을 떠올리며 키티가 말했다.

"이런 불손한 아가씨 같으니!" 크래덕 양이 타이르듯 말했다. "그는 이 시대의 가장 위대한 역사가야!"

"글쎄요, 저에게는 역사에 관해 말씀하시지 않아요." 키티는 무릎 위에 놓였던 묵직한 손에서 땀이 배어났던 것을 떠올리며 말했다.

그녀는 주저했다. 하지만 교습은 끝났다. 또 다른 학생이 올 것이다. 그녀는 방을 둘러보았다. 반짝거리는 교습용 책들이 쌓인 더미 위에 오렌지가 담긴 접시가 있었다. 비스킷이 들어 있음직해 보이는 상자도 있었다. 이 방이 그녀의 유일한 거처일까? 키티는 궁금했다. 숄이 던져진 저 울퉁불퉁해 보이는 소파에서 주무시는 걸까? 거기에는 거울도 없었다. 모자를 다소 한쪽으로 치우치게 눌러쓰면서 키티는 크래덕 양이 의복 따위는 대수롭지 않게 여긴다고 생각했다.

그러나 크래덕 양은 젊고 사랑스러운 데다 훌륭한 남자들을 만날 수 있다는 건 얼마나 멋진 일인가를 생각하고 있었다.

"저는 롭슨 일가 댁에 차를 마시러 갈 거예요." 키티가 손을 내밀며 말했다. 넬리 롭슨은 크래덕 양이 가장 아끼는 학생이었다. 넬리야말로 학습의 의미를 아는 유일한 학생이라고 그녀는 말하곤 했다.

"걸어서 갈 거니?" 그녀의 옷차림을 보면서 크래덕 양이 말했다. "잘 알겠지만, 좀 멀지. 링머 거리로 내려가서 가스 공장을 지나서지."

"네, 걸어갈 거예요." 손을 흔들며 키티가 말했다.

"그리고 이번 주에는 열심히 공부하도록 노력할게요." 그녀는 애정과 존경을 가득 담은 눈으로 크래덕 양을 내려다보며 말했다. 그러고 나서 그녀는 그녀의 로맨틱한 감정으로 환하게 빛나는 유포 덮인 가파른 층계를 내려갔다. 그러고는 앵무새 손잡이가 있는 우산을 바라보았다.

멀론 박사의 말을 인용하자면 '가장 훌륭한 업적'을 이뤄냈으며 모든 것을 자기 힘으로 해낸 교수의 아들이 프레스트위치 테라스의 뒤뜰—뒤뜰이라지만 파헤쳐진 작은 장소에 불과한 곳에서 닭장을 수리하고 있었다. 쾅, 쾅, 쾅, 그는 썩은 지붕에 널빤지를 대고 있었다. 그의 손은 아버지의 손과는 달리 희고 손가락도 길었다. 그는 이런 일을 자신이 직접 하는 것을 좋아하지 않았다. 하지만 그의 아버지는 일요일이면 장화를 수선했다. 망치가 내려왔다. 그는 종종 나무쪽을 갈라지게 하거나 밖으로 튀어나오는 길고 반짝이는 못에 망치질을 하고 있었다. 나무가 썩어 있기 때문이었다. 그는 암탉 역시 싫어했다. 그는 빨갛고 반짝거리는 눈으로 말똥말똥 그를 쳐다보는 그 우둔한 가금, 그 깃털뭉치들이 싫었다. 그들은 땅을 파헤쳤다. 게다가 상상할 수 없을 정도로 많은 곱슬거리는 깃털들을 꽃밭 여기저기에 남겨놓았다. 그러나 거기에선 아무것도 자라지 않았다. 닭을 키우면서 어떻게 다른 사람들처럼 꽃을 키운다는 말인가? 종이 울렸다.

"제기랄! 어떤 늙은 여자가 차를 마시러 오는군." 그가 망치를 치켜든 채 말하고는 못 위를 내리쳤다.

키티는 층계에 서서 싸구려 레이스 커튼과 파란색과 주황색 유리창을 바라보며 그녀의 아버지가 넬리의 아버지에 대해 무슨 말을 했는지를 기억하려고 애썼다. 그때 어린 하녀가 나와서 그녀를 맞이했다. 하녀를 따라 들어간 방에 잠시 서 있는 동안 키티는 생각했다. 내가 너무 크구나. 그곳은 물건들로 가득 찬 비좁은 방이었다. 게다가 나는 너무 잘 차려입었어. 벽난로 위에 걸린 거울에 비친 자신을 보면서 그녀는 생각했다. 그때 그녀의 친구인 넬리가 들어왔다. 그녀는 땅딸막했다. 그녀는 커다란 회색 눈에 금속테 안경을 썼고 입고 있는 작업복은 타협을 모르는 정직한 분위기를 한층 두드러지게 했다.

"우리는 뒤에 있는 방에서 차를 마시고 있었어." 그녀가 키티를 위아래로 훑어보며 말했다. 그녀는 무엇을 하고 있었을까? 왜 그녀는 작업복을 입고 있을까? 이미 차가 준비되어 있는 방으로 그녀를 따라가면서 키티는 생각했다.

"만나서 반갑구나." 롭슨 부인이 어깨 너머로 보면서 격식을 차려 말했다. 하지만 누구도 그녀를 만났다고 해서 기뻐하는 것 같지 않았다. 두 어린아이가 이미 음식을 먹고 있었다. 버터를 바른 빵조각이 그들의 손에 쥐어져 있었지만, 그들은 버터 바른 빵을 손에 든 채로 키티가 자리에 앉는 모습을 지켜보았다.

방 전체가 한눈에 들어오는 듯했다. 방은 비어 있으면서도 비좁았다. 탁자가 지나치게 컸다. 진한 녹색의 플러시 천을 씌운 의자들이 놓여 있었다. 하지만 거친 천으로 된 탁자보는 가운데가 기워져 있었다. 그리고 찻잔은 화려하고 조악한 붉은 장미꽃 문양이 있는 싸구려였다. 그녀의 눈에는 불빛이 유별나게 밝았다. 바깥 정원에서 망치 소리가 들려왔다. 그녀는 정원을 내다보았다. 정원이래야 화단도 없이 다 파헤쳐진 흙이 덮인 뜰이었다. 정원 끝자락에 헛간이 있고 망치 소리는 거기서 들려오고 있었다.

이들은 모두 정말 작구나. 키티는 롭슨 부인을 바라보며 생각했다. 롭슨 부인의 어깨 바로 아래 즈음에 다구들이 놓여 있었다. 그러나 그녀의 어깨는 튼실했다. 그녀는 학장 사택의 요리사인 비그 같았지만 더 건장했다. 키티는 롭슨 부인을 잠시 바라보고는 탁자보 아래로 살그머니, 재빨리 장갑을 벗기 시작했다. 그런데 왜 아무도 말을 하지 않을까? 그녀는 초초해하며 생각했다. 어린아이들은 놀라서 엄숙해진 표정으로 그녀에게 시선을 고정하고 있었다. 그들은 올빼미 같은 시선으로 노골적으로 그녀를 위아래로 훑어보았다. 다행히도 그들이 키티에 대해 무언가 못마땅한 것을 표현하기 전에 롭슨 부인이 그들에게 차를 계속 마시라고 날카롭게 말했다. 그러자 버터를 바른 빵이 천천히 그들의 입으로 다시 올라갔다.

왜 아무 말이라도 하지 않는 걸까? 키티가 넬리를 바라보며 다시 생각했다. 그녀가 막 입을 열려고 했을 때 현관에서 우산 긁히는 소리가 났다. 그러자 롭슨 부인이 쳐다보며 딸에게 말했다.

"아빠 오셨다!"

곧 키가 작은 남자가 종종걸음으로 들어왔다. 키가 아주 작아서 그가 입은 재킷은 이튼 교복 재킷이어야만 할 것 같고 옷깃도 둥근 깃이어야 할 것처럼 보였다. 게다가 그는 학생마냥 매우 굵은 은시곗줄을 차고 있었다. 그러나 그의 눈빛은 예리하고 강렬했으며 콧수염은 뻣뻣했다. 그는 특이한 억양으로 말했다.

"만나서 반갑구나." 그가 말하면서 그녀의 손을 자신의 손 안에 꽉 쥐었다. 그는 자리에 앉고는 턱 아래에 냅킨을 걸쳤다. 묵직한 은시곗줄이 뻣뻣하고 흰 냅킨에 가려서 보이지 않았다. 쾅, 쾅, 쾅. 정원 헛간 쪽에서 망치 소리가 들려왔다.

"조에게 차가 준비됐다고 전하렴." 뚜껑 덮인 접시를 들고 온

넬리에게 롭슨 부인이 말했다. 뚜껑이 치워졌다. 실제로 이들은 차 마시는 시간에 튀긴 생선과 감자를 먹는구나. 키티는 생각했다.

그러나 롭슨 씨가 깜짝 놀랄 만큼 파란 눈을 그녀에게 돌렸다. '아버지는 어떠신가, 멀론 양?' 키티는 그가 이렇게 말하리라 기대했다.

그러나 그는 말했다.

"루시 크래덕과 함께 역사를 읽고 있다지?"

"예." 그녀가 대답했다. 그녀는 그가 루시 크래덕이라고, 마치 그녀를 존중하는 것처럼 말하는 방식이 좋았다. 많은 학자들은 그녀를 비웃었다. 그녀는 또한 그가 지금 그녀에게 느끼게 했던 것처럼, 자신이 이름없는 사람의 딸이라고 느끼게 되어 좋았다.

"역사에 관심이 많은가?" 그가 생선과 감자를 먹으며 말했다.

"아주 좋아해요." 그녀가 말했다. 엄중하게 그녀를 직시하는 그의 선명한 푸른색 눈길에 그녀는 말하고자 했던 것을 매우 간단하게 대답하게 되었다.

"하지만 저는 굉장히 게을러요." 그녀가 덧붙였다. 이때 롭슨 부인이 다소 엄격하게 그녀를 바라보며 두꺼운 빵조각을 칼끝에 꽂아 건네었다.

어쨌든 그들의 취향은 엉망이군. 그녀는 고의적이라고 느껴지는 냉대에 대한 복수 삼아 말했다. 그녀는 맞은편 벽에 걸린 그림에 시선을 모았다. 금박을 입힌 무거운 액자 속에 든 유화로 그린 풍경화였다. 그림의 양쪽에는 붉고 푸른 일본식 접시가 있었다. 모든 것이 보기 흉했고 특히 그림들이 그랬다.

"우리 집 뒤쪽에 있는 황무지란다." 그녀가 그림을 쳐다보는 것을 보고 롭슨 씨가 말했다.

그가 요크셔 지방의 어조를 쓴다는 사실은 키티에게 충격을 주었다. 그림을 보면서 그는 자신의 말씨가 더욱 두드러지게 말했다.

"요크셔 지역인가요?" 그녀가 말했다. "저희도 그쪽에서 왔어요. 제 말은 저희 어머니의 가문이 그렇다는 뜻이에요."

"네 어머니의 가문이라면?" 롭슨 씨가 말했다.

"릭비 집안이지요." 그녀가 말했다. 그러고는 약간 얼굴을 붉혔다.

"릭비?" 롭슨 부인이 올려다보며 말했다. "내가 결혼하기 전에 릭비라는 이름의 아가씨를 위해 일했다우."

롭슨 부인은 어떤 종류의 일을 했던 걸까? 키티는 의아했다. 샘이 설명했다.

"아내는 요리사였지, 물론 양, 우리가 결혼하기 전에 말이야." 그가 말했다. 그는 마치 자랑스럽다는 듯이 다시 억양을 높였다. 서커스에서 말을 타던 증조부가 있었다고 말하고 싶은 충동을 그녀는 느꼈다. 그리고 결혼한 숙모는…… 그러나 롭슨 부인이 그녀를 가로막았다.

"홀리 집안사람들," 그녀가 말했다. "두 명의 노부인네 말이야. 앤 아가씨와 마틸다 아가씨." 그녀는 좀 더 다정하게 말했다.

"하지만 그들은 이미 오래전에 죽었을 게 틀림없어." 그녀는 결론지었다. 그녀는 처음으로 의자에 등을 기대고 차를 저었다. 키티는 그녀가 농장의 늙은 스냅이 차를 젓듯이 계속 동그라미를 그리며 차를 젓는다고 생각했다.

"조에게 우리가 케이크를 남겨놓지 않을 거라고 말해라." 롭슨 씨가 울퉁불퉁해 보이는 덩어리에서 한 조각을 잘라내며 말했다. 그러자 넬이 한 번 더 방 밖으로 나갔다. 정원에서 나던 망치

소리가 멎었다. 문이 열렸다. 눈의 초점을 롭슨 가족의 왜소함에 알맞게 맞추고 있었던 키티는 놀라움에 사로잡혔다. 그 작은 방에서 그 젊은이는 거대해 보였다. 잘생긴 젊은이였다. 나뭇조각이 머리에 붙어 있었기 때문에 그는 들어오면서 손으로 머리를 빗었다.

"우리 조야." 롭슨 부인이 그들을 소개하며 말했다. "가서 주전자를 가져오렴, 조." 그녀가 덧붙였다. 그런 일에 익숙한 것처럼 그는 즉시 나갔다. 그가 주전자를 들고 다시 돌아왔을 때 샘이 닭장에 대해서 그를 놀리기 시작했다.

"우리 아들이 닭장 하나 고치는 데 시간이 오래 걸리는구나." 그가 말했다. 장화와 닭장을 고치는 데 관한, 키티로서는 이해할 수 없는 가족들만의 농담이었다. 그녀는 아버지의 농담에도 불구하고 차분히 음식을 먹고 있는 그를 지켜보았다. 그는 이튼 출신도, 해로우 출신도, 럭비 혹은 윈체스터[22] 출신도 아니었다. 그는 책을 파고들지도 않았고 조정을 열심히 하지도 않았다. 그는 그녀에게 카터 농장의 일꾼으로 있던 알프를 떠오르게 했다. 알프는 그녀가 열다섯 살이었을 때 건초더미 그늘 아래서 그녀에게 키스했었다. 그때 카터 영감이 코뚜레를 꿴 소를 몰고 나타나서 말했다. "그만두지 못해!" 그녀는 다시 시선을 내렸다. 만약 조가 그녀에게 키스한다면 좋을 거라고, 에드워드가 키스하는 것보다 더 좋을 거라고 그녀는 불현듯 생각했다. 그녀는 잊고 있던 자신의 외모를 떠올렸다. 그녀는 그가 좋았다. 그래, 나는 그들 모두를 정말 좋아해. 그녀는 속으로 말했다. 정말로 아주 많이. 그녀는 마치 자신이 유모를 따돌리고 혼자 뛰쳐나오기라도 한 것처럼 느껴졌다.

22 영국의 명문기숙사립학교들.

그때 아이들이 앞다투어 의자에서 내려갔다. 식사가 끝났다. 그녀는 탁자 아래서 장갑을 더듬어 찾기 시작했다.

"이걸 찾으세요?" 조가 바닥에서 장갑을 집어 올리며 말했다. 그녀는 장갑을 받아서 손에 구겨 쥐었다.

그녀가 문간에 서 있을 때 그는 그녀에게 재빨리 부루퉁한 눈길을 던졌다. 눈에 띄는 미인이야. 그는 속으로 말했다. 하지만, 세상에, 꽤나 젠체하는군!

차를 마시기 전에 그녀가 거울을 들여다보았던 그 작은 방으로 롭슨 부인이 그녀를 안내했다. 그 방은 물건들로 가득 차 있었다. 대나무 탁자들과 황동 경첩이 달린 벨벳 책들이 있었고, 벽난로 위 선반 위에는 대리석으로 된 검투사 조각상들이 놓여 있었다. 그리고 그림들이 많이 있었다…… 멀론 부인이 딱히 게인즈버러[23]의 그림이라고 확신할 수는 없는 게인즈버러의 그림을 가리킬 때와 똑같은 몸짓으로 롭슨 부인이 명문이 새겨진 커다란 은쟁반을 보여주고 있었다.

"이 쟁반은 남편의 제자들이 그에게 준 것이란다." 롭슨 부인이 거기에 새겨진 명문을 가리키면서 말문을 열었다. 키티는 문구의 철자를 따라 읽기 시작했다.

"그리고 이것은……." 그녀가 다 읽고 나자 롭슨 부인은 틀에 담겨 벽에 걸려 있는 원고처럼 보이는 문서를 가리키며 말을 이었다.

그러나 이때 시곗줄을 만지작거리며 뒤에 서 있던 샘이 앞으로 나서며 뭉툭한 두 번째 손가락으로 사진사의 의자에 앉아 있어 오히려 실물보다 크게 보이는 나이 든 여자의 사진을 가리켰다.

---

23 토마스 게인즈버러(Thomas Gainsborough, 1727~1788), 영국의 초상화가이자 풍경화가.

"우리 어머니시지." 그가 말했다. 그는 말을 멈추고는 기묘하고 나지막하게 껄껄 웃었다.

"어머니시라고요?" 키티가 좀 더 자세히 보려고 몸을 숙이며 말했다. 가장 좋은 옷을 차려입고 경직된 자세를 취하고 있는 그 뚱뚱한 늙은 부인은 지극히 평범했다. 그러나 그가 찬사를 기대하고 있음을 키티는 느꼈다.

"어머니를 무척 많이 닮으셨군요. 롭슨 씨." 이것이 그녀가 찾아낼 수 있었던 말의 전부였다. 아닌 게 아니라 그들은 똑같이 억세어 보이는 외양과 똑같이 꿰뚫어 보는 듯한 시선을 지니고 있었다. 그리고 그들은 둘 다 매우 평범했다. 그는 기묘하고 나지막하게 껄껄댔다.

"네가 그렇게 생각하다니 기쁘구나." 그가 말했다. "우리 모두를 키우셨지. 우리 중 어느 누구도 어머니에게는 상대도 되지 않았지." 그는 다시 예의 그 기묘하고 나지막한 웃음소리를 냈다.

그리고 그는 방에 들어와 작업복 차림으로 그곳에 서 있던 딸에게로 돌아섰다.

"누구도 상대가 되지 않았지." 넬의 어깨를 쥐며 그가 되풀이했다. 할머니의 초상화 아래 아버지의 손을 어깨에 얹은 채 넬이 서 있을 때, 키티는 갑작스런 자기 연민에 휩싸였다. 내가 만약 롭슨 집안과 같은 사람들의 딸이었더라면, 그녀는 생각했다. 그리고 북쪽 지방에서 살았더라면 — 하지만 그들은 그녀가 돌아가 주었으면 하는 것이 분명했다. 이 방에서는 아무도 앉지 않았다. 모두가 서 있었다. 아무도 그녀에게 더 머무르라고 권하지 않았다. 그녀가 그만 가봐야겠다고 말했을 때 그들은 모두 그녀를 따라 작은 현관으로 나왔다. 그녀는 그들 모두가 하던 일을 계속하고 싶어 한다고 느꼈다. 넬은 부엌으로 가서 찻잔들을 씻을 참이고, 조는 그의 닭장으로 돌아갈 참이었다. 아이들의 어머니는 아이들을 재울 참이었다. 그리고 샘은, 그는 무엇을 할까? 그녀는 학교에 다니는 소년처럼 묵직한 시곗줄을 차고 서 있는 그를 바라보았다. 그녀는 손을 내밀며 생각했다. 당신은 내가 지금껏 만나본 남자들 중 가장 멋진 사람이에요.

"만나게 되어서 정말 기쁘구나." 롭슨 부인이 위엄 있게 말했다.

"곧 또 찾아오길 바란다." 그녀가 내민 손을 꼭 잡으며 롭슨 씨가 말했다.

"오, 기꺼이 그러겠어요!" 한껏 힘을 주어 그들의 손을 잡으며 그녀가 외쳤다. 그녀가 그들을 얼마나 존경하는지 그들이 과연 알고 있을까? 그녀는 말하고 싶었다. 그녀의 모자와 장갑에도 불구하고 그들이 그녀를 받아들여 줄까? 그녀는 물어보고 싶었다. 그러나 그들은 모두 하던 일을 하러 떠나려 하고 있었다. 그리고 나는 집에 가서 저녁 만찬에 맞춰 옷을 차려입어야 해. 그녀는 어린 염소가죽으로 만든 옅은 빛깔의 장갑을 손에 쥐고 정면 계단을 걸어 내려가며 생각했다.

태양이 다시 빛나고 있었다. 젖은 보도가 반짝거렸다. 돌풍이 주택가 정원에 있는 아몬드나무의 젖은 가지를 흔들었다. 잔가지와 꽃송이들이 휘날리며 보도 위에 떨어져 내려앉았다. 그녀가 건널목에 잠시 서 있는 동안 그녀 자신도 익숙한 환경에서 벗어나 두둥실 하늘 높이 떠다니는 듯했다. 그녀는 자신이 어디에 있는지 잊어버렸다. 파랗게 활짝 열린 공간으로 펼쳐진 하늘이 이곳의 거리와 집들을 내려다보는 것이 아니라, 바람이 황무지를 쓸고 지나가고 양떼가 회색 털을 너풀거리며 돌담 아래 옹기종기 쉬고 있는 탁 트인 시골 지역을 내려다보고 있는 듯했다. 그녀는 구름이 황무지 위를 지나가는 동안 황무지가 밝아졌다 어두 워졌다 하는 모습을 거의 볼 수 있었다.

그러나 단 두 걸음 만에 그 낯선 거리는 그녀가 익히 알고 있는 거리가 되었다. 그녀는 다시 바닥이 포장된 골목에 와 있었다. 거 기에는 푸른 도자기와 놋쇠로 된 숯불 다리미를 파는 골동품 상 점들이 있었다. 그리고 다음 순간 그녀는 둥근 지붕과 첨탑들이 있는 그 유명한 구불구불한 길로 나왔다. 태양이 거리를 가로질 러 넓은 줄무늬를 그리며 내려쬐고 있었다. 거기에는 길거리 마 차와 차양을 친 가게들과 서점들이 있었다. 바람을 안고 부풀어 오른 검은 가운을 입은 노인들, 찰랑거리는 분홍색, 파란색 드레 스를 입은 젊은 여인들, 옆구리에 허리받이 쿠션을 끼고 밀짚모 자를 쓴 젊은 청년들이 있었다. 그러나 잠시 동안 이 모든 것들이 그녀에게는 진부하고 하찮은 데다 공허하게 느껴졌다. 책을 옆구 리에 끼고 모자와 가운을 걸친 평범한 대학생들이 어리석어 보 였다. 그리고 과장된 특징들을 지닌 거들먹거리는 노인들은 마치 괴물 석상처럼 조각이라도 된 듯이 중세적으로, 비현실적으로 보 였다. 그들은 모두 분장을 하고 역할극을 하고 있는 사람들 같다 고 그녀는 생각했다. 이제 그녀는 자기 집 문 앞에 서서 집사인 히 스콕이 벽난로 망에서 발을 떼고 잰걸음으로 계단을 올라오기를 기다렸다. 그가 우산을 받아들며 늘 하듯 날씨에 대해 중얼거리 는 동안 그녀는 생각했다. 어째서 당신은 사람처럼 말할 수 없는 거죠?

열린 창문과 열린 문들을 통해 부드러운 잔디와 가로누운 나 무와 색 바랜 무명 커튼을 바라보면서 그녀는 계단을 올라갔다. 천천히, 마치 무거운 저울추가 그녀의 발에 매달려 있기라도 한 것처럼. 그녀는 침대 가장자리에 털썩 주저앉았다. 방 안 공기가 매우 갑갑했다. 청파리가 윙윙거리며 맴돌았다. 아래 정원에서 잔디 깎는 소리가 났다. 멀리서 비둘기들이 꾸르륵거렸다—두 마리 잡아, 태피. 두 마리 잡아. 두 마…… 그녀의 눈이 반쯤 감겼다. 자신이 마치 어느 이탈리아 여관의 테라스에 앉아 있는 것 같았다. 그곳에는 거칠거칠한 압지 위에 용담[24]을 누르고 있는 그녀의 아버지도 있었다. 아래쪽의 호수가 찰랑이며 물결이 반짝였다. 그녀가 용기를 내어 아버지에게 말했다. "아버지……." 그가 안경 너머로 매우 상냥하게 그녀를 올려보았다. 그의 엄지와 검지 사이에는 작고 파란 꽃이 들려 있었다. "저는 말이죠……." 그녀가 앉아 있던 난간에서 미끄러지며 말문을 열었다. 그러나 이때 종이 울렸다. 그녀는 일어서서 세면대로 건너갔다. 넬이라면 어떻게 생각할까? 윤이 나게 아주 잘 닦인 놋쇠 주전자를 기울여 뜨거운 물에 손을 담그며 그녀는 생각했다. 또다시 종이 울렸다. 그녀는 화장대로 건너갔다. 바깥 정원에서 흘러들어오는 공기는 중얼거림과 꾸르륵거리는 소리로 가득 차 있었다. 나무 부스러기, 빗을 집어 들고 머리를 빗으며 그녀가 말했다. 그는 머리카락에 나무 부스러기를 달고 있었지. 하인 한 명이 머리 위에 양철 접시 더미를 이고 지나갔다. 비둘기들이 꾸르륵거렸다. 두 마리 잡아, 태피. 두 마리 잡아……. 그러나 저녁 식사 시간을 알리는 종이 울렸다. 그녀는 잠깐 동안에 머리를 올려 핀을 꽂고, 드레스의 후크를 채운 다음 그녀가 어렸을 적 성급히 서두를 때에 그랬던 것처럼 손바닥으로 난간을 쓸어내리며 미끄러운 계단을 달려 내려갔다. 이미 다들 모여 있었다.

24 종 모양의 파란색 꽃이 피는 야생화.

그녀의 부모님은 홀에 서 계셨다. 키가 큰 남자가 그들과 함께 있었다. 그의 가운은 뒤로 젖혀져 있었고 마지막 남은 햇살 한 가닥이 그의 온화하면서도 근엄한 얼굴을 비추고 있었다. 누구였지? 키티는 기억해낼 수 없었다.

"이런!" 그가 감탄하며 그녀를 올려다보고 소리쳤다.

"키티가 아닌가, 그렇지?" 그가 말했다. 그러더니 그는 그녀의 손을 꼭 잡았다.

"이렇게 많이 컸군!" 그가 외쳤다. 그는 마치 그녀가 아니라 그 자신의 과거를 쳐다보는 것처럼 그녀를 바라보았다.

"나를 기억하지 못하지?" 그가 덧붙였다.

"칭가치국!"[25] 그녀가 어린 시절의 기억을 떠올리며 소리쳤다.

"이제 그는 리처드 노튼 경이란다." 그녀의 어머니가 자랑스러워하듯 그의 어깨를 살짝 두드리며 말했다. 그리고 그들은 돌아섰다. 신사들은 연회장에서 식사하기로 예정되어 있었다.

생선이 싱싱하지 않군. 키티는 생각했다. 음식은 반쯤 식어있었다. 네모나도록 얇게 썬 빵도 구운 지 오래되었다고 그녀는 생각했다. 프레스트위치 테라스의 생기와 활기가 여전히 그녀의 눈에, 귀에 선했다. 그녀는 주위를 돌아보면서 학장 사택의 도자기 그릇과 은제 식기가 훨씬 더 멋지다는 점을 인정했다. 그 일본식 접시와 그림은 끔찍했다. 그러나 덩굴줄기가 늘어져 있고 캔버스 천이 갈라진 거대한 유화들이 있는 이 식당은 너무 어두웠다. 프레스트위치의 그 방은 빛으로 가득했다. 꽝, 꽝, 꽝 하는 망치 소리가 여전히 그녀의 귀에 울렸다. 그녀는 차츰 희미해져 가는 정

---

25 제임스 페니모어 쿠퍼(James Fanimore Cooper, 1789~1851)의 소설에 나오는 미국 인디언 추장.

원의 녹음을 바라보았다. 그녀는 수천 번째로 그 나무가 이도저도 아닌 대신에 가로눕거나 바로 서거나 했으면 좋겠다는 어린아이 같은 소원을 되뇌었다. 이제 비는 내리지 않았지만, 바람이 월계수나무의 도톰한 이파리들을 흔들 때마다 바람 따라 하얀 소나기가 정원 여기저기에 내리는 것 같았다.

"알아차리지 못했니?" 갑자기 멀론 부인이 그녀에게 물었다.

"무엇을 말이에요, 엄마?" 키티가 되물었다. 그녀는 주의를 기울이고 있지 않았다.

"생선에서 나던 이상한 맛 말이야." 어머니가 말했다.

"모르겠던걸요." 그녀가 말했다. 멀론 부인은 집사에게 하던 말을 계속했다. 접시가 바뀌었다. 또 다른 요리가 들어왔다. 그러나 키티는 배가 고프지 않았다. 그녀는 자기에게 주어진 초록색 단과자 하나를 베어 물었다. 그런 후 어젯밤의 파티에서 남은 음식들로 숙녀들을 위해 차려진 조촐한 만찬이 끝나자 그녀는 어머니를 따라 거실로 갔다.

그들만 있기에는 너무 큰 방이었지만 그들은 언제나 그곳에 앉아 있곤 했다. 초상화들이 빈 의자들을 내려다보고 있는 듯했고, 빈 의자들은 그림들을 올려다보고 있는 듯했다. 백 년 전에 그 대학을 지배했던 늙은 신사는 낮에는 사라지는 듯했으나 등불이 켜지면 되돌아왔다. 그 얼굴은 평온하고 확고하고 미소를 짓고 있었으며, 액자만 두른다면 그대로 벽난로 위에 걸릴 수도 있을 법한 멀론 박사와 신기하게도 닮았다.

"이따금 조용하게 저녁을 보내는 것도 좋지." 멀론 부인이 말하고 있었다. "물론 프립 부부가……." 그녀가 안경을 쓰고 『타임스』 지를 집어 드는 동안 그녀의 말소리가 점점 흐려졌다. 이때가 그 날의 일을 마친 다음 그녀가 갖는 휴식과 회복의 시간이었다. 그녀는 신문의 칼럼들을 대충 훑어보며 하품을 참았다.

"그는 정말 매력적인 사람이더군." 그녀는 출생과 부고란을 보면서 무심히 말했다. "아무도 그를 미국인으로 보지는 않을 거야."

키티는 자신이 하던 생각들을 떠올렸다. 그녀는 롭슨 가족들을 생각하던 중이었다. 그녀의 어머니는 프립 부부에 관해 말하고 있었다.

"그리고 전 그녀도 역시 좋던걸요." 그녀가 별생각 없이 말했다. "사랑스럽지 않던가요?"

"흠…… 내가 보기에는 약간 지나치다 싶게 꾸며 입었더라만." 멀론 부인이 냉담하게 말했다. "게다가 그 억양은—" 그녀는 신문을 훑어보며 말을 이었다. "난 간혹 그녀가 무슨 말을 하는지 거의 이해할 수 없더라."

키티는 입을 다물었다. 이런 점에서 그들은 달랐다. 수많은 것들에 대해 그랬던 것처럼.

갑자기 멀론 부인이 고개를 들었다.

"그래, 오늘 아침에 내가 비그에게 말했던 바로 그거야." 신문을 내려놓으며 그녀가 말했다.

"무엇 말이에요, 엄마?" 키티가 말했다.

"이 사람 말이다, 사설에 나온." 멀론 부인이 말했다. 그녀는 손가락으로 사설을 가리켰다.

"'세상에서 제일 좋은 고기와 생선과 닭고기가 있다고 해도, 우리는 그걸 활용할 수 없을 것이다. 우리에게는 그걸 요리할 사람이 없기 때문이다.'" 그녀가 읽어 내려갔다. "내가 오늘 아침에 비그에게 했던 바로 그 말이란다." 그녀는 짧고 나지막한 한숨을 내쉬었다. "사람들에게, 이를테면 저 미국인들에게, 깊은 인상을 남기고자 할 때면, 꼭 무엇인가 잘못되곤 하지. 이번 경우에는 바로 생선이었어." 그녀는 바느질감을 찾느라 뒤적였고 키티는 신문을 집었다.

"바로 그 사설이란다." 멀론 부인이 말했다. 그 사설의 필자는 그녀가 생각하고 있는 것을 거의 언제나 그대로 말해서 그녀에게 위안이 되었고, 그녀가 보기에는 점점 더 나쁘게만 바뀌고 있는 세상에서 안도감을 주었다.

"'학교 출석을 전면적으로 엄격하게 강화하기 이전에는⋯⋯?'" 키티가 소리 내어 읽었다.

"그래, 그거야." 멀론 부인이 바느질 상자를 열어 가위를 찾으며 말했다.

"'⋯⋯어린이들이 충분히 요리를 경험했다. 요리의 질은 형편없다 하더라도 이런 경험을 통해 어린이들은 입맛을 계발하고 어렴풋이 지식을 얻었다. 그들은 이제 읽고 쓰고 셈하고 뜨개질을 하는 것 외에는 아무것도 보지도 않고 하지도 않는다.'" 키티가 소리 내어 읽었다.

"맞아, 맞아." 멀론 부인이 말했다. 그녀는 라벤나에 있는 묘비[26]에서 베껴온 도안대로 과일을 쪼아 먹는 새들 무늬를 수놓고 있던 긴 자수천을 펼쳤다. 여분의 침실에 쓸 거였다.

사설은 격식을 차린 유려한 문체로 키티를 지루하게 했다. 그녀는 어머니의 흥미를 끌 만한 자잘한 소식을 찾아 신문을 뒤적거렸다. 멀론 부인은 일하고 있을 때 누군가 그녀에게 이야기를 해주거나 큰 소리로 읽어주는 것을 좋아했다. 저녁마다 그녀는 자수를 놓았고 이는 저녁 식사 후의 대화를 즐겁고 조화롭게 했다. 무언가를 말하고 한 땀을 뜨고, 도안을 보고 다른 색깔의 명주

---

26 테오도리크 대제의 묘비로 이탈리아 중북부에 있는 비잔틴제국 시대의 주요 도시인 라벤나에 있는 산타폴리나레 성당에 있다.

실을 골라 다시 한 땀을 떴다. 때때로 멀론 박사가 시를, 포프나 테니슨을 낭송했다. 오늘 밤에는 키티가 그녀에게 이야기를 들려주었으면 했다. 그러나 그녀는 키티와 있는 것이 어려워지고 있다는 것을 점점 더 의식하게 되었다. 왜 그럴까? 그녀는 딸을 바라보았다. 무엇이 잘못되었을까? 그녀는 알 수 없었다. 그녀는 짧고 낮게 한숨지었다.

키티는 신문을 넘겼다. 양들이 디스토마에 걸렸고, 터키인들은 종교의 자유를 원하고, 총선거가 실시되었다.[27]

"글래드스턴 수상이⋯⋯" 그녀가 입을 열었다.

멀론 부인은 없어진 가위를 찾고 있었다. 가위가 없어져서 그녀는 다소 짜증이 났다.

"누가 또 가위를 가져갔지?" 그녀가 말했다. 키티는 바닥에 엎드려 가위를 찾아보았다. 멀론 부인은 바느질 상자 안을 뒤지고 있었다. 잠시 후 그녀는 쿠션과 의자 틀 사이에 손을 집어넣어 가위뿐 아니라 오래전에 잃어버렸던 자개 박힌 종이 자르는 칼을 찾아냈다. 이것들을 찾아내자 그녀는 짜증이 났다. 엘렌이 쿠션들을 제대로 털지 않았음이 입증된 것이다. "가위가 여기 있구나, 키티." 그녀가 말했다. 그들은 말이 없었다. 이제 그들 사이에는 언제나 긴장감이 감돌았다.

"롭슨 댁에서의 파티는 즐거웠니, 키티?" 그녀가 다시 자수를 놓기 시작하면서 물었다. 키티는 대답하지 않았다. 그녀는 신문을 넘겼다.

"어떤 실험이 있었대요." 그녀가 말했다. "전깃불을 가지고 하는 실험이었대요." 그녀가 읽기 시작했다. "'매우 밝은 빛이 갑자기 쏟아졌고, 이는 바다를 가로질러 암벽에 이르기까지 엄청난

27 1880년 4월 16일자 『타임스』에 수록된 기사들.

불빛을 발한 것으로 보였다. 사방이 마치 대낮처럼 환해졌다.'"[28] 그녀가 멈췄다. 그녀는 여러 척의 배에서 나오는 밝은 빛이 거실 의자 위를 비추는 것을 보고 있었다. 그러나 그때 문이 열리고 히 스콕이 쟁반에 쪽지를 받쳐 들고 들어왔다.

멀론 부인은 그것을 집어 들고 아무 말 없이 읽었다.

"회신은 없네." 그녀가 말했다. 어머니의 목소리를 듣고 키티는 무슨 일이 일어났음을 알아차렸다. 그녀는 쪽지를 손에 든 채 앉 아 있었다. 히스콕이 문을 닫고 나갔다.

"로즈가 죽었어!" 멀론 부인이 말했다. "사촌 로즈가."

그 쪽지가 그녀의 무릎 위에 펼쳐진 채로 놓여 있었다.

"에드워드에게서 온 거야." 그녀가 말했다.

"로즈 이모가 돌아가셨다고요?" 잠시 전만 해도 그녀는 붉은 바위를 비추는 환한 빛을 생각하고 있었다. 지금은 모든 것이 우 중충해졌다. 아무도 움직이지 않았다. 침묵이 흘렀다. 눈물이 어 머니의 눈에 차올랐다.

"아이들이 한창 엄마를 필요로 하는 때인데." 바늘을 자수 천에 찔러넣으며 그녀가 말했다. 그녀는 아주 천천히 천을 말아 올리 기 시작했다. 키티는 『타임스』를 접어 바스락거리는 소리가 나지 않도록, 천천히 작은 탁자 위에 내려놓았다. 그녀는 로즈 이모를 단지 한두 번 보았을 뿐이었다. 그녀는 어색함을 느꼈다.

"내가 약속을 기록하는 수첩을 가져오렴." 마침내 그녀의 어머 니가 말했다. 키티가 그것을 가져왔다.

"월요일에 있을 만찬을 미뤄야겠다." 멀론 부인이 수첩을 훑어 보며 말했다.

---

28 1880년 4월 16일자 『타임스』에 수록된 기사로 처음으로 영국 함선에서 지브롤터 암벽을 향
   해 사용한 탐조등에 대한 내용.

"그리고 수요일에 있을 래섬 가의 파티도요." 키티가 어머니의 어깨 너머로 들여다보며 중얼거렸다.

"모든 것을 다 연기할 수는 없지." 어머니가 날카롭게 말하자 키티는 꾸지람을 들었다고 느꼈다.

그러나 여기저기에 편지를 써야 했다. 그녀는 어머니가 부르는 대로 받아 적었다.

왜 저 아이는 모든 약속을 미루고 싶어 하는 거지? 멀론 부인은 받아쓰고 있는 딸을 지켜보면서 생각했다. 왜 저 아이는 이제 나와 함께 외출하는 것을 즐거워하지 않는 거지? 그녀는 딸이 건네준 쪽지들을 훑어보았다.

"왜 너는 여기서의 일들에 좀 더 관심을 두지 않는 거니, 키티?" 그녀는 편지들을 밀어놓으며 화가 난 목소리로 말했다.

"사랑하는 엄마—" 키티는 늘 하던 언쟁을 자제하며 입을 열었다.

"하지만 네가 하고 싶은 게 뭐냐?" 그녀의 어머니가 고집스럽게 물었다. 그녀는 자수거리를 밀쳐놓았다. 꼿꼿하게 앉아 있는 그녀는 단호해 보였다.

"네 아버지와 나는 단지 네가 하고 싶은 일을 하길 바랄 뿐이다." 그녀가 말을 이었다.

"사랑하는 엄마—" 키티가 다시 말했다.

"네가 나를 돕는 게 지루하다면 아버지를 도울 수도 있을 게다." 멀론 부인이 말했다. "요즈음에는 네가 도통 아버지에게 오지 않는다고 일전에 말씀하시더구나." 어머니가 아버지의 대학의 역사서 집필을 지칭하는 것임을 키티는 알고 있었다. 그는 그녀에게 그를 도와달라고 제안했었다. 그녀는 잉크가 다섯 세대에 걸친 옥스퍼드의 학자들 위로 흘러넘치는 것을 다시 눈앞에 떠올렸다. 그녀가 서투르게 팔로 스치는 바람에 잉크를 넘어뜨려 아버지가 정교한 필체로 여러 시간 동안 썼던 글을 망쳐버렸던 것이다. 그리고 아버지가 압지를 대면서 예의 그 정중하면서도 조롱하는 어투로 했던 말이 떠올랐다. "자연은 네가 학자가 되도록 계획하지는 않았구나, 귀염둥이야."

"저도 알고 있어요." 그녀가 죄진 듯 말했다. "제가 최근에는 아빠에게 간 적이 없다는 것을요. 하지만 언제나 무슨 일이 —" 그녀는 머뭇거렸다.

"당연히," 멀론 부인이 말했다. "네 아버지와 같은 지위에 있는 사람이라면……." 키티는 말없이 앉아 있었다. 그들 둘 다 말없이 앉아 있었다. 그들은 모두 이런 사소한 말다툼을 싫어했다. 그들 모두 이런 장면이 되풀이되는 것이 싫었다. 그러나 그들로서도 어쩔 수 없는 듯했다. 키티는 일어나 자신이 쓴 편지들을 집어 홀에 내다놓았다.

저 아이가 원하는 게 뭘까? 멀론 부인은 고개를 들어 무심히 그림에 시선을 둔 채 자문했다. 내가 저 애 나이였을 때……. 그녀는 생각했다. 그러고는 미소를 지었다. 오늘 같은 봄날 저녁에 외떨어진 요크셔의 집에 앉아 있던 것을 그녀는 얼마나 잘 기억하고 있는지. 수 마일이나 떨어진 길에서 들려오는 말발굽 소리도 들을 수 있었지. 그녀는 침실 창문을 활짝 열고 정원의 어두운 관목들을 내려다보면서 "이것이 삶인가?" 하고 외쳤던 것도 기억할 수 있었다. 그리고 겨울에는 눈이 내렸지. 정원 나무에서 눈 떨어지는 소리가 아직도 그녀 귓가에 생생했다. 그리고 지금 키티는 옥스퍼드에 살면서 모든 것의 한가운데에 있지.

키티가 거실로 되돌아오면서 살짝 하품을 했다. 그녀가 손을 얼굴로 들어 올리는 몸짓에 그녀도 모르게 피로한 기색이 드러나는 것을 그녀의 어머니가 알아차렸다.

"피곤하니, 키티?" 어머니가 말했다. "오늘은 정말 긴 하루였지. 얼굴이 창백해 보이는구나."

"엄마도 피곤해 보이세요." 키티가 말했다.

축축하고 무거운 공기를 가르고 종소리가 연달아 서로 포개지며 울렸다.

"그만 자렴, 키티." 멀론 부인이 말했다. "저런! 벌써 열 시를 치는구나."

"엄마는 주무시지 않을 거예요?" 앉아 있는 그녀 옆에 서면서 키티가 말했다.

"네 아버지가 아직 오시지 않는구나." 멀론 부인이 안경을 다시 쓰며 말했다.

키티는 어머니를 설득하려 드는 것이 소용없음을 알고 있었다. 그것은 그녀의 부모님의 생활에서 신비로운 의식의 일부였다. 그녀는 허리를 굽혀 어머니에게 의례적으로 키스했다. 그것은 그들 간의 애정을 서로에게 드러내는 유일한 표시였다. 그러나 그들은 서로를 아주 좋아했다. 그러면서도 그들은 언제나 다투었다.

"안녕, 잘 자거라." 멀론 부인이 말했다.

"네 장밋빛 안색이 시드는 것을 보고 싶지 않단다." 이번에는 딸을 껴안으며 그녀가 덧붙였다.

키티가 나간 후 그녀는 조용히 앉아 있었다. 로즈가 죽었어. 그녀는 생각했다. 그녀 자신과 비슷한 또래인 로즈였다. 그녀는 편지를 다시 읽었다. 에드워드에게서 온 편지였다. 그리고 에드워드는 키티를 사랑하고 있지. 그녀는 곰곰이 생각했다. 하지만 키티가 그와 결혼하기를 내가 원하는지는 모르겠군. 바늘을 집어 들면서 그녀는 생각했다. 아니, 에드워드와는 안 돼……. 젊은 래스웨이드 경이 있지…… 그라면 괜찮은 혼인이 될 거야. 그녀는 생각했다. 키티가 부자가 되기를 바라서도 아니고, 신분에 관심을 두어서도 아니야. 바늘에 실을 꿰면서 그녀는 생각했다. 그런 게 아니라, 그라면 그녀가 원하는 것을 줄 수 있어……. 그게 무엇일까? ……기회. 한 땀씩 뜨기 시작하면서 그녀는 결론지었다. 그리고 그녀의 생각은 다시 로즈에게로 향했다. 로즈가 죽었다. 그녀 또래인 로즈가. 우리들이 황무지로 소풍을 갔던 날 그가 그녀에게 처음으로 청혼한 것이 분명해. 그녀는 생각했다. 어느 봄날이었다. 그들은 풀밭에 앉아 있었다. 그녀는 선명한 붉은 머리 위에 꿩의 깃털이 달린 검은 모자를 쓰고 있던 로즈를 떠올릴 수 있었다. 그들이 황무지로 소풍을 갔던 그날, 그 당시 스카버러에 주둔하고 있던 아벨이 예기치 않게 말을 타고 왔을 때 빰을 붉힌 로즈가 눈부시게 예뻐 보이던 모습을 그녀는 지금도 떠올릴 수 있었다.

　애버콘 테라스에 있는 집은 몹시 어두웠다. 봄꽃 향기가 진하게 났다. 여러 날 동안 홀 탁자 위에는 화환이 수북이 쌓였다. 꽃들은 차양이 전부 내려진 어둑함 속에서 어슴푸레 빛났다. 홀은 온실에서 풍기는 짙은 향기로 가득했다. 화환들이 연달아 도착했다. 넓은 금빛 꽃술을 품은 백합도 있고, 꿀로 끈적끈적한 얼룩무늬 꽃대가 달린 꽃들도 있었다. 흰 튤립, 흰 라일락, 모든 종류의 꽃들이, 벨벳처럼 두꺼운 꽃잎이 달린 꽃들도 있고 투명하고 종이처럼 얇은 꽃잎이 달린 꽃들도 있었지만, 흰색이었다. 꽃송이와 꽃송이가 맞닿도록 둥글게, 혹은 타원형으로, 혹은 십자 모양으로 묶여 있어서 거의 꽃처럼 보이지 않았다. 화환마다 검은색으로 테두리를 두른 카드가 꽂혀 있었다. '브랜드 소령 부부가 깊은 조의를 표하며.' '엘킨 장군 부부가 애정과 조의를 표하며.' '수잔이 친애하는 로즈에게.' 카드마다 몇 마디의 조문이 씌어 있었다.

영구차가 문 앞에 도착하자 종이 울렸다. 심부름하는 소년이 한 아름의 백합을 더 들고 나타났다. 그는 홀에 서 있는 동안 모자를 들어 올렸다. 남자들이 관을 들고 계단을 내려오고 있었기 때문이었다. 짙은 검정색 옷을 입은 로즈가 보모의 신호를 받고 앞으로 나아가 들고 있던 작은 제비꽃 다발을 관 위에 떨어뜨렸다. 그러나 꽃다발은 화이트리에서 나온 남자들이 관을 비스듬히 어깨에 짊어지고 환한 햇살이 비치는 계단을 내려올 때 흔들리면서 미끄러져 떨어졌다. 가족들이 그 뒤를 따랐다.

밝은 햇살이 내려쬐이다가 그림자가 지나가곤 하는 변덕스런 날씨였다. 장례식은 걷는 속도로 시작되었다. 밀리와 에드워드와 함께 두 번째 마차에 탄 델리아는 건너편 집들이 조문의 뜻으로 차양을 내렸지만 한 하녀가 훔쳐보고 있는 것을 알아차렸다. 그녀가 보기에는 다른 이들이 그녀를 본 것 같지는 않았다. 그들은 어머니를 생각하고 있었다. 큰 길에 다다르자 장례행렬은 속도를 빨리했다. 묘지까지는 한참을 가야 했기 때문이었다. 차양이 트인 틈을 통해서 델리아는 개들이 놀고 있는 것을 보았다. 어느 거지가 노래하고 있는 것이 보였다. 영구차가 지나가는 동안 사람들은 모자를 들어 올렸다. 그러나 델리아 일행이 탄 마차가 지나갈 즈음이면 모자들은 다시 제 위치로 돌아갔다. 사람들은 활기차게, 무관심하게 거리를 따라 걸어갔다. 상점들은 이미 봄철 의

류들로 화려했다. 여자들은 길을 가다 멈춰 서서 상점의 창문 안을 들여다보았다. 그러나 우리들은 여름 내내 검은색 옷만 입어야 할 거야. 델리아는 에드워드가 입은 칠흑같이 검은 바지를 보며 생각했다.

그들은 마치 이미 장례식에 참석하고 있기라도 한 것처럼 의례적인 짤막한 말 이외에는 거의 말을 하지 않았다. 웬일인지 그들의 관계도 변했다. 마치 어머니의 죽음이 새로운 책임감을 그들에게 부과하기라도 한 듯이 그들은 좀 더 사려 깊어지고 약간은 중요 인물이 된 듯했다. 그러나 다른 사람들은 어떻게 행동을 해야 할지 알고 있는 데 반해, 애써 노력을 해야 하는 사람은 그녀뿐이었다. 그녀 자신은 바깥에 남아 있고 그것은 아버지도 마찬가지라고 그녀는 생각했다. 마틴이 차를 마시다가 갑자기 웃음을 터트렸을 때, 그러다가 웃기를 멈추고 죄스러워하는 듯한 표정을 지었을 때, 그녀는 만약 우리가 정직하다면 아빠는 바로 저렇게 할 거라고, 나는 저렇게 해야 한다고 느꼈다.

그녀는 다시 창밖을 내다보았다. 또 다른 남자가 모자를 벗어 올렸다. 프록코트를 입은 키가 큰 남자였다. 그러나 그녀는 장례식이 끝날 때까지는 파넬 씨에 대하여 생각하지 않을 것이다.

마침내 그들은 묘지에 도착했다. 관을 따르는 작은 무리 중에 섞여 교회로 걸어 올라갈 때, 그녀는 자신이 일반적이고도 엄숙한 감정에 압도되어 있다는 사실을 발견하고 안도했다. 사람들이 교회 양쪽에 서 있었고, 그녀는 자신에게 쏟아지는 그들의 시선을 느꼈다. 그리고 예배가 시작되었다. 사촌이기도 한 목사가 성경을 읽었다. 첫 몇 마디가 유난히 아름답게 귓전에 울렸다. 아버지 뒤에 서 있던 델리아는 그가 얼마나 자신을 단단히 추스르며 어깨를 펴고 있는지를 알아차렸다.

"나는 부활이요 생명이니."

며칠 동안 꽃향기로 가득한 어두침침한 집 안에 갇혀 있었던 탓에 목사의 거침없는 그 말은 그녀를 영광으로 충만하게 했다. 그녀는 진정 그렇게 느낄 수 있었다. 이것이야말로 그녀가 자신에게 말했던 것이었다. 그러나 그때, 사촌인 제임스가 계속 읽어내려가는 동안 무엇인가가 슬며시 빠져나갔다. 감각이 희미해졌다. 그녀는 이성적으로 따라갈 수 없었다. 그러나 설교의 중간 즈음에 익숙한 아름다움이 다시 터져 나왔다. "그리고 아침에는 초록빛이다가 이윽고 자라나 저녁이면 잘려 시들어버리는 풀잎처럼 갑자기 사라지나니." 그녀는 그 말의 아름다움을 느낄 수 있었다. 또다시 그것은 마치 음악과도 같았다. 그러나 이제 사촌 제임스는 마치 자신이 하는 말을 전혀 믿지 않는 것처럼 서두르는 듯했다. 그는 지혜에서 무지의 세계로, 믿음에서 의심의 세계로 옮겨가는 듯했다. 그의 목소리도 바뀌었다. 그는 그가 입고 있는 성직복처럼 빳빳하게 풀을 먹여 다림질이라도 된 것처럼 말쑥해 보였다. 그런데 그는 도대체 무슨 말을 하려고 하는 것일까? 그녀는 이해하기를 단념했다. 이해를 하거나 말거나 둘중 하나일 뿐이라고 그녀는 생각했다. 그녀의 마음은 정처 없이 흘러갔다.

하지만 다 끝날 때까지는 그에 관한 생각을 하지 않을 거야. 연단에서 그녀 옆에 서서 모자를 들어 올렸던 키 큰 남자를 마음 속에 떠올리며 그녀는 생각했다. 그녀는 시선을 아버지에게로 고정했다. 그녀는 그가 커다란 흰 손수건을 눈가에 대고 살짝 누른 다음 다시 주머니에 넣는 것을 지켜보았다. 그가 다시 손수건을 꺼내어 눈가에 갖다 대었다. 그때 말소리가 그치자, 그는 마침내 손수건을 주머니에 넣었다. 그리고 그들은 모두 다시 관 뒤에 작은 가족 행렬을 이루었고 양쪽에 있던 검은 옷차림의 사람들이 다시 일어나서 그들을 지켜보면서 그들이 먼저 지나가도록 한 다음 그 뒤를 따랐다.

나뭇잎 향기를 실어오는 부드럽고 축축한 바람을 다시 얼굴에 쐬자 그녀는 안도감이 들었다. 그러나 다시 밖에 나오자 이런저런 것들이 그녀의 눈에 띄기 시작했다. 그녀는 검은 장례용 말들이 어떻게 땅을 긁고 있는지를 보았다. 말들은 노란 자갈 위에 발굽으로 작은 구덩이를 파고 있었다. 그녀는 장례용 말들이 벨기에에서 왔으며 매우 사납다는 이야기를 들었던 것이 기억났다. 정말 사나워 보인다고 그녀는 생각했다. 말의 검은 목덜미는 거품으로 얼룩져 있었다. 그러나 그녀는 자신을 추슬렀다. 그들은 한 줄, 혹은 두 줄로 흩어진 채 구덩이 옆에 새로 쌓인 노란 흙더미에 도달할 때까지 걸어갔다. 그리고 그녀는 묘지꾼들이 뒤로 조금 물러난 채 삽을 들고 서 있는 것을 보았다.

정적이 감돌았다. 사람들이 연이어 도착했다. 어떤 사람들은 조금 높은 곳에, 또 어떤 사람들은 조금 낮은 곳에 자리를 잡았다. 그녀는 가난하고 초라해 보이는 어떤 여자가 주변을 배회하는 것을 보고 그녀가 옛날 하인이었는지 생각해내려고 했지만 그녀의 이름을 떠올릴 수가 없었다. 그녀의 숙부, 즉 아버지의 동생인 딕비 숙부가 무슨 신성한 그릇처럼 자신의 실크 모자를 두 손으로 들고 엄숙한 예법의 이미지 그대로 그녀의 맞은편에 서 있었다. 몇몇 여자들이 울고 있었다. 그러나 남자들은 울지 않았다. 남자들은 한결같은 자세를 취하고 있고 여자들도 다른 자세를 똑같이 취하고 있음을 그녀는 주시했다. 이윽고 모든 것이 다시 시작되었다. 장중한 음악이 모두를 꿰뚫듯 울려 퍼졌다. "여자의 몸을 빌려 태어나신 그분." 의식이 새로 시작되었다. 다시 한 번 그들은 한데 모여 하나가 되었다. 가족들은 무덤가에 더 가까이 모여들어 관을 응시하고 있었다. 청동 손잡이가 달린 윤기 나는 관은 영원히 흙 속에 묻힐 거였다. 영원히 묻히기에는 너무 새것으로 보였다. 그녀는 무덤 안을 내려다보았다. 거기에, 그 관 안에 어머니가 누워 있었다. 그녀가 그토록 사랑했고 또 미워했던 여자. 눈이 부셨다. 그녀는 기절할까 봐 두려웠다. 그러나 그녀는 지켜보아야만 했다. 그리고 느껴야만 했다. 그녀에게 주어진 마지막 기회였다. 흙더미가 관 위로 떨어졌다. 견고하게 빛나는 관의 표면 위로 자갈 세 개가 떨어졌다. 흙과 자갈이 떨어지는 동안 그녀는 영원한 어떤 것에 대한 느낌, 죽음과 혼합된 삶, 생명이 되는 죽음의 느낌에 사로잡혔다. 지켜보고 있는 동안 그녀는 참새들이 점점 더 빠르게 지저귀는 소리를 들었고 먼 곳으로부터 점점 더 크게 들려오는 바퀴 소리를 들었기 때문이었다. 삶이 점점 더 가까이 다가오고 있었다……

"당신께 진심으로 세 번의 감사를 드리나이다." 목소리가 말했다. "이제 죄 많은 이 세상의 질곡으로부터 우리의 자매를 당신께서 기쁘게 구원하심에 —"

거짓말! 그녀가 마음속으로 외쳤다. 얼마나 지독한 거짓말인가! 그는 그녀가 진정으로 느꼈던 단 하나의 감정을 앗아갔다. 그녀가 진정으로 이해했던 그 한순간을 그가 망쳐버린 것이다.

그녀는 고개를 들었다. 그녀는 모리스와 엘리너가 나란히 있는 것을 보았다. 그들의 얼굴이 흐려졌다. 그들의 코가 빨갰다. 그들의 뺨에는 눈물이 흐르고 있었다. 그녀의 아버지는 너무 경직되고 굳어 있어서 그녀는 충동적으로 크게 웃어버리고 싶었다. 아무도 저렇게 느낄 수는 없다고 그녀는 생각했다. 그는 지나치게 과장하고 있는 거야. 우리 모두 그 어떤 것도 느끼고 있지 않아. 그녀는 생각했다. 우리는 모두 그런 척하고 있는 거지.

그때 다들 움직이기 시작했다. 집결하려던 시도가 끝난 것이었다. 사람들이 이리저리 흩어져 걸어갔다. 이제 행렬을 이루려는 시도 같은 것은 없었다. 작은 무리들이 한데 모였다. 무덤 사이에서 사람들은 다소 은밀하게 악수를 나누고 미소까지 지었다.

"이렇게 와주셔서 정말 고마워요!" 에드워드가 연로한 제임스 그레이엄 경과 악수를 하면서 말하자, 그는 에드워드의 어깨를 가볍게 두드렸다. 그녀도 가서 그에게 고맙다는 인사를 해야 할까? 무덤들을 사이에 두고 있어서 그렇게 하기가 어려웠다. 차츰 상복을 입은 채 무덤들 사이에서 분위기가 가라앉은 아침나절의 파티를 벌이는 양상으로 되어갔다. 그녀는 주저했다. 이제부터 무엇을 해야 할지 그녀는 알 수 없었다. 그녀의 아버지는 줄곧 걷고 있었다. 그녀는 뒤를 돌아보았다. 묘지꾼들이 앞으로 나섰다. 그들은 화환들을 솜씨 좋게 쌓아 올리고 있었다. 아까부터 근처를 서성이던 그 여자가 그들과 합세해서 카드에 적힌 이름들을 읽느라 몸을 숙이고 있었다. 장례식이 끝났다. 비가 내리고 있었다.

1891년

가을바람이 잉글랜드 전역에 불었다. 바람이 나뭇잎을 잡아채면 울긋불긋해진 나뭇잎들이 팔랑거리며 떨어지거나 바람을 타고 넓은 곡선을 그리며 우아하게 나부끼다 내려앉았다. 도회지에서는 거센 바람이 모퉁이를 돌아 나오다 여기서는 누군가의 모자를 벗겨 날리기도 하고 저기에서는 어느 여자의 머리 위로 베일을 높이 휘날리게 했다. 돈이 활발하게 유통되었다. 거리는 사람들로 북적거렸다. 세인트 폴 성당 부근에 있는 사무실의 경사진 책상에서는 사무원들이 괘선지 위에 펜을 멈추고 있었다. 휴가가 끝난 뒤에 다시 일로 돌아가는 것은 어려운 일이었다. 마게이트, 이스트본과 브라이턴[1]에서 그들은 구릿빛으로 그을렸다. 참새와 찌르레기들은 세인트 마틴 성당의 처마 주위에서 불협화음으로 지저귀며 지팡이나 둥글게 만 문서를 들고 의회 광장에 서 있는 매끄러운 동상들의 머리를 하얗게 만들었다. 항구로 승객을 실어 나르는 기차 뒤로 불어오는 바람에 해협이 출렁이고, 프로방스의 포도송이가 흔들리고, 지중해에 떠 있는 배에 등을

---

1 영국 잉글랜드 남동부에 위치한 항구도시들로 전통적으로 영국 바닷가 휴양지.

대고 누워 있던 게으른 어부 소년은 몸을 굴려 일어나 밧줄을 잡아챘다.

그러나 잉글랜드에서도 북쪽은 날이 추웠다. 래스웨이드 백작 부인이 된 키티가 남편과 그의 스패니얼종 개와 함께 테라스에 앉아 있다가 망토를 끌어당겨 어깨를 감쌌다. 그녀는 언덕 꼭대기를 바라보았다. 거기에는 예전 백작이 세운 돌고래 형상의 기념비가 있어 바다에 나가 있는 배들에게 표식이 되었다. 숲에는 안개가 자욱했다. 테라스 위 손이 닿을 만큼 가까이 있는 돌로 만든 여인상들의 항아리에는 진분홍색 꽃이 담겨 있었다. 강으로 이어지는 긴 화단에 피어 있는 불꽃처럼 붉은 다알리아 사이로 푸른 연기가 가늘게 피어올랐다. "잡초를 태우나 봐요." 그녀가 큰 소리로 말했다. 그때 창문을 두드리는 소리가 나더니 분홍색 실내복을 입은 그녀의 어린 아들이 얼룩무늬 말을 손에 들고서 넘어질 듯 걸어 나왔다.

둥그스름한 붉은 언덕과 가파른 골짜기가 바다 공기를 품고 있는 데번셔[2]에서는 아직도 나무마다 나뭇잎들이 무성했다. 너무 울창하군. 아침 식사를 하면서 휴 깁스가 말했다. 사냥을 하기에는 너무 울창해. 그가 말했다. 그의 아내 밀리는 그가 모임에 가도록 두고 떠났다. 그녀는 팔에 바구니를 끼고 아이 가진 여자의 걸음걸이로 몸을 흔들며 잘 손질된 울퉁불퉁한 산책로를 걸어 내려갔다. 과수원 담장 위에는 노랗게 익은 배가 이파리를 밀어 올리며 탐스럽게 부풀어 오른 채 매달려 있었다. 그러나 말벌들이 먼저 왔었다. 껍질에 생채기가 나 있었다. 과일에 손을 댄 채 그녀는 잠시 멈췄다. 탕, 탕, 탕 소리가 먼 숲에서 들려왔다. 누군가 사냥을 하고 있었다.

2 영국 잉글랜드 남서부에 있는 주.

대학 도시마다 첨탑들과 원형 지붕들 위로 연기가 베일처럼 널려 있었다. 여기 괴물 석상의 입안에 숨 막히도록 가득 차기도 하고 저기에서는 노랗게 벗겨진 벽에 들러붙어 있기도 했다. 에드워드는 활기차게 늘 하던 산책을 하면서 냄새와 소리와 색깔에 주목했다. 인상이란 것이 얼마나 복합적인 것인가. 이 모든 인상들을 충분히 압축하는 시인은 별로 없어. 하지만 그리스어나 라틴어로는 그 대조를 요약해내는 어떤 싯구가 있을 거야. 그는 이런 생각을 하다가 래섬 부인이 지나가자 모자를 들어 올려 인사했다.

　　법원의 중정에서는 나뭇잎들이 판석 위에 바싹 마른 채 뒹굴고 있었다. 모리스는 유년시절을 회상하며 자신의 집무실로 가는 길에 발에 채이는 나뭇잎들 사이로 발을 끌며 걸었다. 나뭇잎들이 배수로를 따라 모서리를 위로 한 채 흩어졌다. 켄싱턴 가든에는 나뭇잎들이 아직 밟히지 않은 채 널려 있었다. 어린아이들이 바삭한 나뭇잎맥을 바스러뜨리며 달려가다가 한움큼 퍼올리기도 하고 굴렁쇠를 굴리며 안개 낀 거리를 달려 내려가기도 했다.

　　시골 언덕을 넘어 질주하면서 바람이 거대한 고리 모양의 그림자를 흩날리면 그 거대한 고리는 마을 잔디밭에 이르러 곧 움츠러들었다. 그러나 런던에서는 복잡한 거리 탓에 구름도 폭이 좁았다. 안개가 강변의 이스트 엔드에 짙게 깔렸다. "고철 파세요, 고철." 안개 탓에 남자들이 외치는 소리가 멀리 있는 듯 들렸다. 그리고 교외에서는 오르간 소리가 나지막하게 났다. 마지막 남은 제라늄 몇 송이가 아직 숨어 있는 담쟁이덩굴에 덮인 담 모퉁이 뒤뜰마다 낙엽이 쌓아 올려져 있고 날카로운 송곳니를 가진 불꽃들이 낙엽을 삼켜버리고 있었기에, 바람이 불자 연기가 거리로, 아침에 열어놓은 거실 창문으로 들어갔다. 한 해가 시작되는

시월이었다.[3]

엘리너는 펜을 손에 든 채 책상 앞에 앉아 있었다. 정말 신기하네. 그녀는 펜 끝으로 마틴의 바다코끼리 등에 달린, 잉크로 부식된 짧고 뻣뻣한 털 조각을 건드리며 생각했다. 저것이 이렇게 오랫동안 남아 있다니. 저 단단한 물체는 그들 모두보다 더 오래도록 남을 것이다. 설령 그녀가 그것을 내다 버린다고 해도 그것은 어딘가에 여전히 남아 있을 것이다. 그러나 그녀는 그것을 결코 내다 버리지 않았다. 그것도 다른 것들의 일부분이기 때문이었다. 예를 들자면 그녀의 어머니……. 그녀는 압지 위에 사방으로 빛줄기가 뻗어 나가는 점을 하나 그렸다. 그러고는 고개를 들었다. 뒤뜰에서 잡초를 태우고 있었다. 연기 한 줄기가 피어올랐다. 코를 찌르는 매캐한 냄새가 풍겨왔다. 그리고 나뭇잎들이 지고 있었다. 거리에서 손풍금이 연주되고 있었다. "아비뇽 다리 위에서,"[4] 그녀가 음악에 맞춰 흥얼거렸다. 그다음이 어떻게 되더라? 피피가 지저분한 플란넬 조각으로 귀를 닦아주며 부르곤 하던 노래였는데.

"론, 론, 론, 에 프롱, 프롱, 프롱." 그녀가 흥얼거렸다. 그때 선율이 멈췄다. 풍금 소리가 더 멀어져 갔다. 그녀는 펜을 잉크에 담갔다.

"삼 곱하기 팔은," 그녀가 중얼거렸다. "이십사." 그녀는 확신에 차서 말했다. 그녀는 펼친 쪽의 아래쪽에 숫자를 적어 넣은 후 그 붉고 푸른 작은 책자들을 모두 챙겨 아버지의 서재로 가지고 갔다.

---

3   9월 29일 성 미카엘 축일 이후 대학 및 법원이 활동을 재개하는 10월을 지칭한다.
4   프랑스 동요 〈아비뇽 다리 위에서Sur le pont d'Avignon〉

"우리 살림꾼이 납시었군!" 그녀가 들어서자 그가 기분 좋게 말했다. 그는 가죽 안락의자에 앉아서 분홍빛이 도는 경제신문을 읽고 있었다.

"우리 살림꾼이 납시었어." 그가 안경 너머로 올려다보며 되풀이했다. 아버지가 점점 더 느려지고 있다고 그녀는 생각했다. 그런데다 그녀는 서두르고 있었다. 그래도 그들은 아주 잘 지내고 있었다. 그들은 거의 오누이 같았다. 그가 신문을 내려놓고 책상 앞으로 다가섰다.

하지만 아빠, 서둘러주셨으면 좋겠어요. 그녀는 그가 수표책을 넣어두는 서랍을 신중하게 열쇠로 여는 모습을 지켜보며 속으로 생각했다. 그렇지 않으면 저는 늦고 말 거예요.

"우유가 아주 비싸군." 그가 금 도금이 된 장식용 송아지로 수표책을 톡톡 치며 말했다.

"예. 시월의 계란이지요." 그녀가 말했다.

그가 아주 신중하게 수표를 쓰는 동안 그녀는 방 안을 둘러보았다. 벽난로 옆에 말 재갈이 걸려 있는 것을 제외하면 신문 더미와 서류 보관함이 있는 그 방은 마치 사무실처럼 보였다. 그리고 그가 폴로 대회에서 받은 은컵이 있었다. 그는 아침나절 내내 이곳에서 경제신문을 읽고 자신이 한 투자에 대해 생각하며 앉아 있는 것일까? 그녀는 궁금했다. 그가 쓰던 것을 멈췄다.

"그런데 너는 이제 어디 가려는 게냐?" 그가 희미하게 짓궂은 미소를 지으며 물었다.

"위원회에요." 그녀가 말했다.

"위원회라." 그가 안정되고 육중한 필체로 서명을 하며 그 말을 받았다. "그래, 네 주장을 내세워라. 다른 사람들 의견에 밀리지 말고, 넬." 그는 회계장부에 숫자를 기입했다.

"오늘 오후에 저와 함께 가실 거예요, 아빠?" 그가 숫자 써넣기를 마칠 때 그녀가 말했다. "모리스가 맡은 소송인 줄 알고 계시지요? 법원에요."

그가 고개를 저었다.

"아니다. 세 시에 시내에 볼일이 있단다." 그가 말했다.

"그럼 점심 때 뵐게요." 그녀가 나가려는 동작을 취하며 말했다. 그러나 그가 손을 들어 올렸다. 그는 뭔가 말할 게 있었지만 망설이고 있었다. 그의 얼굴선이 점점 더 중후해지고 있음을 그녀는 알아차렸다. 그의 콧등에는 작은 실핏줄들이 있었다. 그는 점점 더 얼굴색이 지나치게 붉어지고 육중해지고 있었다.

"딕비네 집에 들러볼 생각이다." 마침내 그가 말했다. 그는 일어나서 창가로 걸어갔다. 그가 뒤뜰을 내다보았다. 그녀는 조바심이 일었다.

"나뭇잎들이 지는구나!" 그가 이제야 알아차린 듯 말했다.

"네, 사람들이 잡초를 태우고 있어요." 그녀가 말했다.

그는 한동안 연기를 바라보며 서 있었다.

"잡초를 태운다고." 그가 되풀이하고는 잠시 입을 다물었다.

"매기의 생일이란다." 마침내 그가 말을 꺼냈다. "내 생각에 말이다, 그 아이에게 작은 선물을 가져다주었으면 싶은데……" 그가 말을 멈췄다. 그녀가 선물을 사다 주기를 바란다는 뜻임을 그녀는 알고 있었다.

"무엇을 주고 싶으세요?" 그녀가 물었다.

"글쎄다." 그가 모호하게 말했다. "뭔가 예쁘장한 것으로, 네가 잘 알잖냐……. 그 아이가 달고 다닐 수 있는 것으로 말이다."

엘리너는 잠시 생각해보았다. 그녀의 어린 사촌 매기가 일곱 살이던가 여덟 살이던가?

"목걸이? 브로치? 그런 것이요?" 그녀가 재빨리 물었다.

"그래, 그런 것 말이다." 그녀의 아버지가 다시 의자에 자리 잡고 앉으며 말했다. "예쁜 것으로, 그 아이가 달고 다닐 수 있는 것으로. 네가 잘 알고 있겠지." 그가 신문을 펼치며 그녀에게 가볍게 고개를 끄덕여 보였다. "고맙다, 사랑하는 딸아." 그녀가 방을 나설 때 그가 말했다.

홀 탁자 위에 크고 작은 방문 카드가 담긴 은쟁반—그 가운데 몇 개는 귀퉁이가 접혀 있기도 했다—과 대령이 실크 모자를 닦아 광택을 낼 때 쓰는 보라색 플러시 천 조각 사이에 외국에서 온 얇은 봉투가 놓여 있었다. 봉투 구석에는 커다란 글자로 '잉글랜드'라고 적혀 있었다. 엘리너는 서둘러 계단을 뛰어 내려가며 지나치다가 그것을 집어 가방 속에 넣었다. 그런 후 그녀는 한가로우면서도 빠른 독특한 걸음걸이로 테라스를 달려 내려갔다. 길모퉁이에 이르자 그녀는 멈춰 서서 걱정스러운 얼굴로 거리를 내려다보았다. 다른 차량들 가운데에서 그녀는 어느 커다란 형상을 구별해냈다. 다행히도 그것은 노란색이었다. 다행히도 그녀는 타야 할 승합버스를 잡아탈 수 있었다. 그녀는 버스를 소리쳐 불러 타고는 위층으로 올라갔다. 가죽 앞치마로 무릎을 덮으며 그녀는 안도의 한숨을 내쉬었다. 이제 모든 책임은 운전사에게 달려 있었다. 그녀는 긴장을 풀고 부드러운 런던의 공기를 들이마셨다. 그녀는 즐거운 마음으로 둔탁한 런던의 소음에 귀를 기울였다. 지나쳐 가는 거리를 내다보며 그녀는 마차와 버스가 모두 제 갈 곳을 염두에 두고 빠르게 지나가는 광경을 즐기며 보았다. 그녀는 여름이 지난 시월에 들어서 왕성한 활기로 가득 찬 삶으로 돌아오는 것이 좋았다. 그녀는 데번셔에서 깁스 일가와 함께 머물렀었다. 다 잘되었어. 그녀는 휴 깁스와 결혼한 동생을 생각하면서, 아기들과 함께 있는 밀리를 떠올리면서 생각했다. 그리고 휴는― 그녀는 미소 지었다. 그는 커다란 흰 말을 타고 돌아다니며 송아지 새끼들을 흩어지게 했다. 그러나 그곳에는 나무도, 소도 너무 많고 작은 언덕도 너무 많다고, 수많은 언덕들 대신에 커다란 동산 하나가 있으면 더 좋을 거라고 그녀는 생각했다. 그녀는 데번셔를 그다지 좋아하지 않았다. 그녀는 서류로 채워진 가방을 들고 노란 버스 꼭대기에 앉아 모든 것이 시월에 다시 시작하는 런던에 돌아온 것을 기뻐했다. 버스가 어느새 거주 지역을 벗어나 있었다. 집들이 바뀌고 있었다. 주택들이 상점으로 바뀌고 있었다. 여기가 그녀의 세계였다. 여기가 그녀의 활동 범위 안이었다. 거리는 혼잡했다. 여자들이 장바구니를 들고 무리지어 상점을 드나들고 있었다. 거기에는 마치 당까마귀떼가 들녘에서 오르내리며 무리지어 날아다니는 것처럼 관습적이고 리듬감이 있는 무엇인가가 있었다.

그녀 또한 일터로 가는 길이었다. 그녀는 손목시계를 돌렸지만 시계를 보지는 않았다. 위원회 다음에는 듀퍼스, 듀퍼스 다음에는 딕슨, 그리고 나서 점심, 그다음에 법원⋯⋯. 점심을 먹고 두시 삼십 분에 법원이지. 그녀가 되뇌었다. 버스가 베이스워터 길을 달려갔다. 거리들이 점점 더 초라해졌다.

아무래도 듀퍼스에게 그 일감을 주지 말았어야 했어. 그녀는 혼잣말을 했다. 그녀는 그녀가 여러 채의 집을 지었던 피터 거리를 생각하고 있었다. 지붕이 또 새고 있고 개수대에서는 악취가 풍겼다. 그러나 이때 버스가 멈추고 사람들이 타고 내렸다. 버스는 다시 달려갔다. 하지만 저런 큰 회사들 가운데 하나로 가는 것보다는 그와 같은 하찮은 사람에게 그 일을 주는 것이 낫지. 그녀는 한 대형 상점의 커다란 판유리창을 보면서 생각했다. 작은 상점들 옆에는 언제나 대형 상점들이 나란히 붙어 있었다. 그것이 그녀에게 수수께끼였다. 어떻게 저 작은 상점들은 생활을 꾸려갈 만큼 운영될 수 있을까? 그녀는 의아해했다. 그런데 만약 듀퍼스가……. 그녀는 생각하기 시작했다. 그때 버스가 멈춰 섰다. 그녀는 주위를 둘러보고는 자리에서 일어났다. "……만약 듀퍼스가 나를 윽박지를 수 있다고 생각한다면." 그녀가 계단을 내려가며 말했다 "잘못 생각하고 있다는 것을 그는 곧 알게 될 거야."

그녀는 석탄 찌꺼기로 다져진 길을 따라 회합이 열리기로 한 아연 철판 창고로 빠른 걸음으로 걸어 올라갔다. 그녀는 늦고 말았다. 거기에는 사람들이 이미 와 있었다. 휴가 이후에 그녀가 참석하는 첫 회합이었고 모두 그녀에게 미소를 지어 보였다. 저드는 인사의 뜻으로 입에 물고 있던 이쑤시개를 빼기까지 했다. 그녀는 내심 흐뭇했다. 이제 우리 모두 다시 모였구나. 그녀는 자리를 잡고 탁자 위에 가져온 서류들을 내려놓으며 생각했다.

그러나 그녀는 그녀 자신이 아니라 '그들'을 의미한 것이었다. 그녀는 존재하지 않았다. 그녀는 중요한 인물이 전혀 아니었다. 그러나 그곳에 있는 그들은— 브로켓, 커프넬, 심즈 양, 램스던, 포터 소령과 래젠비 부인 모두 특별했다. 조직을 지지하는 소령, 겸손함을 풍기는 심즈 양(전직 방적공). 래젠비 부인이 자신의 사촌인 존 경에게 편지를 써보겠다고 제안하자 예전에 상점을 운영하다 은퇴한 저드는 이에 대해 그녀를 타박하고 있었다. 그녀는 자리에 앉으며 미소를 지었다. 미리엄 패리쉬가 편지들을 소리내어 읽고 있었다. 그런데 왜 당신은 굶주리고 있는 거냐고 엘리너는 들으면서 물었다. 그녀는 전보다 더 여위어 있었다.

편지가 낭독되는 동안 그녀는 방 안을 둘러보았다. 무도회가 이곳에서 열렸었다. 빨갛고 노란 색종이로 만든 꽃줄이 천장을 가로질러 느슨하게 걸려 있었다. 웨일스의 공주인 알렉산드라 공주의 컬러 사진은 노란 장미 고리로 모서리가 장식되어 있었다. 가슴께에 바닷물 빛깔인 진초록색 리본이 달려 있고, 살찐 노란 개가 무릎 위에 앉아 있었으며, 알알이 엮인 진주가 어깨 너머로 늘어뜨려져 있었다. 그녀는 평온하고 무심한 분위기를 풍기고 있었다. 그들끼리 의견이 분열되는 것에 대한 묘한 논평이라고 엘리너는 생각했다. 그것은 래젠비 일가는 숭배하고, 심즈 양은 경멸했으며, 저드는 눈썹을 치켜뜨고 이빨을 쑤시면서 바라보는 그 어떤 것이었다. 그에게 아들이 있었더라면 대학에 보냈을 것이라고 전에 그가 그녀에게 말했었다. 그러나 그녀는 정신을 다잡았다. 포터 소령이 그녀의 의견을 물었던 것이다.

"자, 파지터 양," 그들 둘은 사회적 지위가 비슷했기에 그녀를 끌어들이며 그가 말했다. "당신은 아직 의견을 제시하지 않았군요."

그녀는 자신을 가다듬고 그에게 자신의 의견을 전했다. 그녀는 견해를, 매우 확고한 견해를 갖고 있었다. 그녀는 목청을 가다듬고 말하기 시작했다.

피터 거리를 뒤덮으며 피어오르던 연기가 집들 사이의 좁은 틈 사이에서 짙어져 촘촘한 회색 베일을 드리우고 있었다. 그러나 길 양쪽의 집들은 선명하게 잘 보였다. 거리 중간에 있는 두 채를 제외하고 집들은 모두 똑같았다. 점판암 지붕을 덮은 누르스름한 회색 상자 모양이었다. 아무 일도 일어나지 않고 있었다. 어린아이 몇이 거리에서 놀고 있었고 고양이 두 마리가 배수로에 있는 무엇인가를 앞발로 뒤집고 있었다. 어떤 여자가 창문 밖으로 몸을 내밀고 무엇인가 먹을 것을 찾아 샅샅이 뒤지는 것처럼 거리를 이쪽저쪽으로, 위아래로 탐색하고 있었다. 그녀의 두 눈은 맹금의 눈처럼 탐욕스럽고 욕심 사나워 보이면서도 허기를 풀어줄 먹잇감이 전혀 없다는 듯이 부루퉁하고 졸린 듯했다. 아무 일도 일어나지 않았다. 아무 일도. 그녀는 여전히 게으르고 불만에 찬 눈길로 거리를 위아래로 내다보고 있었다. 그때 이륜마차가 모퉁이를 돌아왔다. 그녀는 그것을 지켜보았다. 마차는 길 건너편 집 앞에 멈춰 섰다. 그 집은 창틀이 초록색이고 문에 해바라기가 찍힌 명판이 걸려 있어서 다른 집들과는 구분되었다. 납작한 트위드 모자를 쓴 작은 체구의 남자가 내리더니 그 문을 두드렸다. 거의 만삭인 여자가 나와서 문을 열었다. 그녀는 고개를 젓고 거리를 위아래로 살펴보더니 문을 닫고 들어가버렸다. 그 남자는 기다렸다. 말도 고삐를 늘어뜨리고 고개를 숙인 채 참을성 있게 서 있었다. 하얀 얼굴에 턱이 여러 겹이고 아랫입술이 선반처럼 툭 튀어나온 또 다른 여자가 창가에 나타났다. 두 여자는 나란히 창문에 몸을 기대고 그 남자를 지켜보았다. 그는 안짱다리였다. 그는 담배를 피우고 있었다. 그들은 함께 그에 대해 무언가 말을 주고받았다. 그는 마치 누군가를 기다리는 것처럼 거리를 이리저리 서성거렸다. 그는 곧 담배를 내던졌다. 그들은 그를 지켜보았다. 그가 다음에 무슨 일을 할까? 말에게 먹을 것을 주려나? 그러나 이때 회색 트위트 치마에 코트를 입은 키 큰 여자가 황급히 모퉁이를 돌아 나왔다. 그러자 그 작은 남자가 몸을 돌려 손을 모자에 대고 인사했다.

"늦어서 미안해요." 엘리너가 외치자 듀퍼스는 언제 봐도 반가운 친근한 미소를 지으며 모자에 손을 올렸다.

"천만에요, 파지터 양." 그가 말했다. 그녀는 항상 그가 그녀를 평범한 고용주라고 느끼지 않기를 바랐다.

"자, 점검해 봅시다." 그녀가 말했다. 그녀는 이런 일이 싫었지만 해야 할 일이었다.

아래층에 하숙 든 톰스 부인이 문을 열었다.

오, 이런, 앞치마를 두른 그녀의 옷매무새를 보고 엘리너는 생각했다. 내가 그렇게 말했는데도 또 아기가 태어나겠군.

그들은 그 작은 집의 이 방 저 방으로 들어갔다. 톰스 부인과 그로브스 부인이 그들 뒤를 따랐다. 여기저기 갈라지고 얼룩져 있었다. 듀퍼스는 손에 1피트짜리 자를 들고 석고 벽을 가볍게 두드렸다. 가장 나쁜 점은, 내가 그를 좋아하지 않을 수 없다는 거야. 그녀는 톰스 부인이 이야기를 하도록 내버려 두고서 생각했다. 그것은 주로 그의 웨일스 억양 때문이었다. 그는 매력적인 악당이었다. 그가 뱀장어만큼이나 유연하게 잘 빠져나간다는 것을 그녀는 알고 있었다. 하지만 그가 그렇게 말을 할 때면, 그녀에게 웨일스의 골짜기들을 생각나게 하는 노래하는 듯한 가락으로 말을 할 때면……. 그러나 그는 모든 점에서 그녀를 속여왔다. 회반죽을 바른 곳에 손가락을 찔러 넣을 수 있을 만한 구멍이 있었다.

"저걸 보세요, 듀퍼스 씨. 저기—" 몸을 숙이고 손가락으로 그곳을 찌르며 그녀가 말했다. 그는 연필을 빨고 있었다. 그녀는 그가 일하는 마당에 함께 가서 그가 널빤지와 벽돌들을 재는 모습을 보는 것을 좋아했다. 그녀는 사물에 대한 그의 기술적 표현들, 그가 사용하는 약간 거친 말들을 좋아했다.

"이제 위층으로 갑시다." 그녀가 말했다. 그녀에게는 그가 마치 받침접시에서 빠져나오려고 애쓰는 파리처럼 보였다. 듀퍼스와 같은 소규모 고용주들은 앞으로 어떻게 될지 불확실했다. 그들은 자신들을 이끌어 올려 그들 시대의 저드가 되어 아들들을 대학에 보낼 수도 있을 것이다. 아니면 반대로 그들은 몰락해 버릴지도 몰랐다. 그에게는 아내와 다섯 아이들이 있었다. 그녀는 상점 뒤편에 있는 방바닥에서 무명실 타래를 가지고 노는 아이들을 본 적이 있었다. 그리고 그녀는 늘 그들이 그녀에게 들어오라고 청해주기를 바랐다…… 그러나 여기 맨 위층에는 나이 든 포터 부인이 몸져누워 있었다. 그녀가 문을 두드렸다. 그녀는 크고 쾌활한 목소리로 외쳤다.

"들어가도 될까요?"

아무 대답이 없었다. 그 나이 든 여자는 귀가 들리지 않았다. 그래서 그들은 안으로 들어갔다. 그녀는 여느 때처럼 아무것도 하지 않으면서 침대 한 귀퉁이에 기대어 몸을 지탱하고 있었다.

"이 방 천장을 살펴보게 하려고 제가 듀퍼스 씨를 데리고 왔어요." 엘리너가 큰 소리로 말했다.

나이 든 여자가 그녀를 올려다보면서 커다랗고 지저분한 원숭이처럼 손으로 머리털을 고르기 시작했다. 그녀는 사납고 의심스러워하는 눈길로 그들을 쏘아보았다.

"저 천장이에요, 듀퍼스 씨." 엘리너가 말했다. 그녀는 천장에 있는 노란 얼룩을 가리켰다. 그 집은 불과 오 년 전에 지어졌다. 그런데도 죄다 수리해야 할 곳 투성이었다. 듀퍼스가 창문을 열고 밖으로 몸을 내밀었다. 마치 이들이 자기를 해치려 한다고 의심하는 듯 포터 부인은 엘리너의 손을 꽉 잡았다.

"우리는 이곳의 천장을 살펴보려고 왔어요." 엘리너는 아주 큰소리로 다시 말했다. 그러나 그 말은 아무 의미도 전달하지 못했다. 그 늙은 여자가 흐느끼는 듯한 탄식을 터뜨렸다. 그녀가 하는 말은 반은 탄식에, 반은 욕설인 주문이 되었다. 신이 그녀를 거둬

주시기를. 매일 밤 신에게 그녀를 죽게 해달라고 빈다고 그녀는 말했다. 그녀의 자식들은 모두 죽었다.

"아침에 잠에서 깨면……." 그녀가 말하기 시작했다.

"자, 자, 포터 부인." 엘리너가 그녀를 달래보려고 애썼다. 그러나 그녀의 두 손은 단단히 움켜잡혀 있었다.

"난 신에게 나를 데려가 달라고 기도한다우." 포터 부인이 말을 이었다.

"낙수 홈통에 있는 나뭇잎 때문이에요." 듀퍼스가 머리를 다시 안으로 밀어 넣으며 말했다.

"그리고 그 고통은—" 포터 부인이 자신의 손을 쫙 폈다. 그녀의 손은 울퉁불퉁하고 비틀린 나무뿌리처럼 마디지고 주름투성이였다.

"자, 자," 엘리너가 말했다. "하지만 저기가 새잖아요. 저건 단지 나뭇잎 때문만은 아니에요." 그녀가 듀퍼스에게 말했다.

듀퍼스는 다시 머리를 밖으로 내밀었다.

"우리가 부인을 좀 더 편안하게 해드릴 거예요." 엘리너가 늙은 여자에게 큰 소리로 말했다. 이제 그녀는 주눅이 들어 굽실거렸다. 그녀는 엘리너의 손을 자신의 입술에 대고 눌렀다.

듀퍼스가 다시 머리를 들이밀었다.

"어디가 잘못됐는지 찾아냈나요?" 엘리너가 그에게 날카롭게 말했다. 그는 수첩에다가 무엇인가를 적어 넣고 있었다. 그녀는 이제 돌아가고 싶었다. 포터 부인이 그녀에게 자신의 어깨를 만져봐 달라고 청하고 있었다. 그녀는 그녀의 어깨를 만져봤다. 그녀의 손은 여전히 잡힌 채였다. 탁자 위에 약이 놓여 있었다. 미리엄 패리쉬가 매주 이곳을 방문했다. 우리는 왜 이런 일을 하고 있지? 포터 부인이 계속 말을 하는 동안 그녀는 자문했다. 우리는 어째서 그녀에게 계속 살아가라고 강요하는 거지? 탁자 위에 놓인 약을 보면서 그녀는 물었다. 그녀는 더 이상 견딜 수가 없었다. 그녀는 손을 빼냈다.

"안녕히 계세요, 포터 부인." 그녀가 소리쳤다. 그녀는 진심 어린 것은 아니었지만, 다정했다. "우리가 천장을 고쳐드리겠어요." 그녀가 소리쳤다. 그녀는 문을 닫았다. 그로브스 부인이 부엌의 개수대를 보여주겠다고 뒤뚱거리며 앞서 걸어갔다. 한 줌의 노란 머리카락이 지저분한 귀 뒤로 늘어져 있었다. 부엌으로 그들 뒤를 따라가면서 엘리너는 생각했다. 만약 내가 평생토록 날마다 이런 일을 해야 한다면 나는 아마 미리엄처럼 뼈만 남은 말라깽이가 되고 말 거야. 한 줄로 꿴 구슬 목걸이를 두른……. 그리고 이게 다 무슨 소용이람. 부엌 개수대에서 나는 냄새를 맡으려 몸을 굽히며 그녀는 생각했다.

"그럼, 듀퍼스." 검사가 끝나자 그를 마주보며 그녀가 말했다. 배수구의 냄새가 아직 코에 남아 있었다. "저걸 어떻게 해야 좋을지 무슨 의견이 있나요?"

그녀는 점점 더 화가 났다. 이것은 대부분 그의 잘못이었다. 그가 그녀를 속이고 사기를 쳐왔다. 그러나 그를 마주보고 영양 부족 상태인 그의 작은 몸집과 옷깃 위에 꿰매어 붙인 나비넥타이를 바라보는 동안 그녀는 마음이 불편해졌다.

그는 몸을 이리저리 틀며 우물쩍거리고 있었다. 그녀는 자신이 화를 내게 될 거라는 느낌이 들었다.

"만일 당신이 이 일을 제대로 처리할 수 없다면," 그녀는 단호하게 말했다. "나는 다른 사람을 고용할 거예요." 그녀는 대령의 딸다운 어조로 말했다. 그녀가 혐오하는 바로 그 상위 중산 계층의 어조였다. 그녀는 자신의 눈앞에서 그가 시무룩해지는 것을 보았다. 그러나 그녀는 싫은 소리를 계속했다.

"당신은 부끄러운 줄 알아야 해요." 그녀가 그에게 말했다. 그에게 깊은 인상을 남겼음을 그녀는 알 수 있었다. "그럼. 안녕히 가세요." 그녀가 짧게 말했다.

엘리너는 그녀의 환심을 사려는 미소가 사라진 것을 보았다. 하지만 그들을 옥박질러야 하는 거야, 그렇지 않으면 그들이 너를 무시하게 돼. 톰스 부인이 그녀가 떠나도록 문을 열어주는 동안 그녀는 생각했다. 그녀는 다시 한 번 그녀의 불룩한 앞치마를 바라보았다. 한 무리의 아이들이 듀퍼스의 말을 쳐다보며 둥그렇게 모여 서 있었다. 그러나 아이들 중 아무도 감히 그 조랑말의 코를 쓰다듬어 주려고 하지 않음을 그녀는 알아차렸다.

그녀는 늦었다. 그녀는 테라코타 명패에 새겨진 해바라기에 시선을 주었다. 자신의 소녀적 감상을 드러내는 물건을 보고 그녀는 우울하게 미소 지었다. 그녀는 런던의 한복판에 있는 들판과 꽃들을 나타내려고 했던 것이었다. 그러나 이제 그것은 금이 가서 갈라져 있었다. 그녀는 평소와 같은 빠른 걸음으로 걷기 시작했다. 그 움직임은 마치 마음에 들지 않는 딱딱한 껍질을 깨뜨리려는 듯했다. 여전히 그녀의 어깨에 남아 있는 그 노파의 손아귀를 떨쳐내려는 듯했다. 그녀는 뛰었다. 그녀는 재빨리 몸을 비켰다. 물건을 사는 여자들이 그녀의 길을 막고 있었다. 그녀는 마차와 말들 사이로 손을 흔들며 거리로 뛰어들었다. 차장이 그녀를 보고 팔로 그녀를 감싸고 차 안으로 끌어올렸다. 그녀는 그녀가 탈 버스를 탔다.

그녀는 구석에 있는 어떤 남자의 발을 밟고 곤두박질하듯 걸어가서 나이 든 두 여자 사이에 앉았다. 그녀는 약간 거칠게 숨을 몰아쉬었다. 머리카락이 내려뜨려지고 있었다. 뜀박질로 얼굴이 상기되어 있었다. 그녀는 함께 타고 있는 승객들을 둘러보았다. 그들은 모두 마음을 정한 듯 안정되고 나이 들어 보였다. 어떤 까닭인지 그녀는 언제나 승합차를 타면 자신이 가장 젊은 사람이라고 느꼈다. 그러나 오늘은 저드와의 싸움에서 이겼기 때문인지 자신이 어른이 된 것처럼 느껴졌다. 버스가 베이스워터 길을 따라 달려가는 동안 죽 늘어선 회색 집들이 그녀의 눈앞에서 위아래로 요동쳤다. 상점들이 주택으로 바뀌어 가고 있었다. 큰 집들과 작은 집들이 있었다. 선술집과 살림집들이 있었다. 그리고 이곳의 어떤 교회는 금줄로 세공된 첨탑을 올리고 있었다. 아래에는 파이프, 전선들, 배수관들이 있었다……. 그녀의 입술이 움직이기 시작했다. 그녀는 혼잣말을 하고 있었다. 언제나 선술집, 도서관과 교회가 있지. 그녀는 중얼거리고 있었다.

그녀가 발가락을 밟고 지나갔던 남자가 그녀를 가늠해보고 있었다. 잘 알려진 타입이지. 큰 가방을 들고 다니고, 박애주의자에, 건강해 보이고, 아직 미혼인 데다가 결혼할 것 같지 않고, 그녀와 같은 계층의 여자들이 다 그런 것처럼 냉정하겠군. 그녀의 열정은 한 번도 타오른 적이 없지만 매력적이지 않은 것은 아니야. 그녀가 웃고 있군……. 이때 그녀가 고개를 들어 그와 시선을 마주쳤다. 그녀는 버스 안에서 소리 내어 혼잣말을 하고 있었던 것이다. 이 버릇을 고쳐야 할 것이다. 양치질을 할 때까지 기다려야 하는 것이다. 그러나 다행히도 버스가 멈춰 섰다. 그녀가 뛰어내렸다. 그녀는 멜로즈 플레이스를 빠르게 걸어 올라가기 시작했다. 그녀는 자신이 건강하고 젊다고 느꼈다. 데번셔를 다녀온 이후에 그녀에게는 모든 것이 신선하게 여겨졌다. 그녀는 애버콘 테라스의 길고 기둥이 많은 전경을 내려다보았다. 제각기 기둥과 정원이 있는 집들은 모두 대단히 점잖아 보였다. 모든 거실마다 하녀의 손길이 탁자 위를 쓸어내고 점심 식사를 차리려 준비하는 모습이 보이는 것 같았다. 몇몇 거실에서는 이미 사람들이 점심 식사를 하려고 자리에 앉아 있었다. 그녀는 커튼 사이에 텐트 모양으로 벌어진 틈으로 그들을 볼 수 있었다. 자신은 점심 식사에 늦게 될 거라고 그녀는 현관 계단을 뛰어 올라가 현관문에 열쇠를 꽂으면서 생각했다. 그때, 마치 누군가가 말하고 있는 것처럼 마음속에 어떤 말들이 떠올랐다. '뭔가 예쁘장한 것으로, 달고 다닐 수 있는 것으로.' 그녀는 자물쇠에 열쇠를 꽂은 채 동작을 멈추었다. 매기의 생일이었지. 아버지가 선물을 사오라고 하셨는데. 그녀는 그것을 잊고 있었다. 그녀는 잠시 가만히 있다가 몸을 돌려 다시 계단을 뛰어 내려갔다. 그녀는 램리 상점에 들러야 했다.

지난 몇 해 사이 뚱뚱해진 램리 부인이 뒷방에서 차가운 양고기를 한입 가득 씹고 있다가 엘리너 양이 유리문을 열고 들어오는 것을 보았다.

"좋은 아침이에요. 엘리너 양." 그녀가 나오며 말했다.

"뭔가 예쁘고, 달고 다닐 수 있는 것으로." 엘리너가 숨차했다. 휴가가 끝난 뒤 다소 햇볕에 그을려서인지 그녀가 정말 건강해 보이는군. 램리 부인은 생각했다.

"조카를 위한 거예요, 아니, 제 사촌 말이에요. 딕비 경의 어린 딸이지요." 엘리너는 용건을 꺼냈다.

램리 부인은 자기 가게에 있는 물건들이 조잡하다고 걱정했다.

장난감 배와 인형들이 있고, 2페니짜리 금시계도 있지만 딕비 경의 어린 따님에게 어울릴 만한 훌륭한 물건은 없었다. 그러나 엘리너 양이 서두르고 있었다.

"저기," 그녀는 구슬 목걸이라고 적혀 있는 카드를 가리키며 말했다. "저거면 되겠어요."

금빛 무늬가 찍힌 파란 목걸이를 꺼내며 약간 싸구려같이 보인다고 램리 부인은 생각했다. 그러나 엘리너 양이 워낙 서두르고 있어서 갈색 종이로 그것을 포장할 여지도 없었다.

"지금도 이미 늦었어요, 램리 부인." 그녀가 진정 어린 태도로 손을 흔들며 말했다. 그러고는 밖으로 뛰어나갔다.

램리 부인은 그녀를 좋아했다. 그녀는 언제나 친근하게 느껴졌다. 그녀가 결혼을 하지 않은 것은 정말 안된 일이었다. 손위 언니를 두고 손아래 동생을 먼저 결혼시킨 것은 잘못된 일이었다. 하지만 그녀가 대령의 뒷바라지를 해야 했고 덕분에 그는 지금 잘지내고 있다고 램리 부인은 양고기가 있는 상점 뒷방으로 돌아가면서 결론지었다.

"엘리너 양은 곧 도착할 거네." 크로스비가 음식을 들여오자 대령이 말했다. "뚜껑을 덮어 놓도록 하게." 그는 벽난로를 등지고 서서 그녀를 기다리고 있었다. 그래, 안 될 이유는 없지. 그가 생각했다. "안 될 이유는 없지." 요리를 덮은 뚜껑을 보며 그가 되풀이했다. 미라가 다시 등장한 것이다. 그럴 거라고 그 자신은 알고 있었듯이, 다른 남자는 몹쓸 놈으로 판명이 난 것이다. 그런데 그가 미라를 위해 무엇을 준비해야 할까? 그가 도대체 무엇을 해야 할 것인가? 엘리너 앞에 모든 것을 털어놓고 싶다는 생각이 불현듯 들었다. 안 될 건 없지 않은가? 그 아이도 이제는 더 이상 어린아이가 아닌데, 그는 생각했다. 그리고 그는 이런 일, 말하자면 무언가를 숨겨 두는 것을 좋아하지 않았다. 하지만 다른 사람도 아닌 딸에게 털어놓는다는 생각에 그는 일말의 부끄러움을 느꼈다.

"이제 엘리너가 왔군." 말없이 그의 뒤에 서 있던 크로스비에게 그가 퉁명스럽게 말했다.

안 돼, 안 돼. 엘리너가 들어설 때 그는 갑작스럽게 확신에 차서 스스로에게 말했다. 나는 그렇게 할 수 없어. 그녀를 보자 어떤 이유에선가 그는 그녀에게 말하지 못하리라는 것을 깨달았다. 어찌 되었건, 그녀는 자기 인생을 살아야지. 그녀가 얼마나 밝은 표정인지, 얼마나 걱정근심이라고는 모르는 표정인지를 보면서 그는 생각했다. 갑작스런 질투심이 그에게 일었다. 그녀에게는 생각해야 할 그녀 자신의 일들이 있다고 그는 함께 자리에 앉으면서 생각했다.

그녀가 식탁 너머로 그에게 목걸이를 내밀었다.

"오, 그게 뭐냐?" 그가 멍하니 그것을 바라보며 말했다.

"매기 선물이에요, 아빠." 그녀가 말했다. "제 딴에는 고른다고 골랐지만……. 다소 싸구려가 아닌지 걱정스러워요."

"됐다. 아주 좋은 선물이 될 게다." 별생각 없이 그것을 힐끗 보며 그가 말했다. "그 아이가 좋아할 만한 거로구나." 한쪽으로 그것을 밀어놓으며 그가 덧붙였다. 그는 닭고기를 자르기 시작했다.

그녀는 몹시 시장했다. 그녀는 여전히 조금 숨이 찼다. 그녀 식으로 표현하자면 그녀는 빙글빙글 맴을 돌아 어지러운 듯이 느껴졌다. 대체 무엇을 중심으로 일이 돌아갔던 것일까? 그녀는 빵에 소스를 바르면서 자문했다. 회전축은? 그날 아침에는 장면이 너무 자주 바뀌었다. 그리고 모든 장면이 서로 다른 조정을 요구했던 것이다. 이것은 앞에 내세우고 저것은 깊이 묻어두고 하는 식으로 말이다. 그리고 이제 그녀는 아무것도 느끼고 있지 않았다. 단지 허기졌을 뿐이었다. 단지 닭고기를 먹고 있는 사람일 뿐이었다. 멍하니. 그러나 그녀가 먹고 있는 동안 아버지의 존재가 강하게 부각되었다. 그는 맞은편에 앉아 닭고기 요리를 찬찬히 씹어먹고 있었다. 그녀는 그의 견실함이 좋아졌다. 아버지는 무엇을 하고 있었을까? 그녀는 궁금했다. 어느 회사에서 지분을 인출해서 다른 회사에 투자했을까? 그가 자리에서 일어났다.

"그래, 위원회는 어떻더냐?" 그가 물었다. 그녀는 저드와의 싸움에서 이긴 것을 과장해서 그에게 말했다.

"잘했다. 그들과 맞서거라, 넬. 결코 밀려서 주저앉지 마라." 그가 말했다. 그는 그 나름대로 그녀를 자랑스러워했다. 그리고 그녀도 그가 그녀를 자랑스럽게 여기는 것이 좋았다. 그러나 그녀는 듀퍼스와 릭비 코티지에 대해서 아무 말도 하지 않았다. 그는 돈에 대해 어리석은 사람에게 전혀 동정심을 갖지 않았고, 그녀는 단 한 푼의 이익을 얻은 적이 없었다. 그것은 모두 보수비로 들었다. 그녀는 모리스와 그가 맡은 법정 사건으로 화제를 돌렸다. 그녀는 시계를 다시 보았다. 올케인 실리아가 정확히 두 시 삼십분에 법원에서 만나자고 그녀에게 말했었다.

"저는 서둘러야겠어요." 그녀가 말했다.

"오, 그러나 법률가라는 녀석들은 늘 어떻게 해야 일을 오래 끄는지를 알고 있단다." 대령이 말했다. "판사가 누구라더냐?"

"샌더스 커리예요." 엘리너가 말했다.

"그렇다면 최후의 심판 날까지 계속되겠구나." 대령이 말했다.

"어느 법정이라더냐?" 그가 물었다.

엘리너는 알지 못했다.

"어이, 크로스비—" 대령이 불렀다. 그는 『타임스』를 가져오라고 크로스비를 보냈다. 엘리너가 타르트를 삼켜 넘기는 동안 그는 서툰 손놀림으로 커다란 신문을 펼쳐 넘기기 시작했다. 그녀가 커피를 잔에 따를 즈음에 그는 어느 법정에서 그 사건이 심리되고 있는지를 알아냈다.

"시내에 가실 거예요, 아빠?" 그녀가 잔을 내려놓으며 말했다.

"그래, 모임에." 그가 말했다. 그는 어떤 용무로든 런던 시내에 나가는 것을 좋아했다.

"그 사건의 재판을 커리가 담당하다니 뜻밖이에요." 그녀가 일어서며 말했다. 그들은 퀸스 게이트에 있는 황량하고 커다란 저택에서 얼마 전에 그와 저녁 식사를 했었다.

"그때 파티를 기억하세요?" 그녀가 일어나며 말했다. "그 오래된 참나무?" 커리는 참나무로 만든 궤를 수집했다.

"내가 보기에는 전부 가짜야." 그녀의 아버지가 말했다. "서두르지 마라." 그가 타일렀다. "마차를 타거라, 넬. 잔돈이 필요하다면—" 그가 잘린 손가락으로 주머니 속 은화를 찾아 만지작거리며 말했다. 그를 지켜보는 동안 엘리너는 그의 주머니가 반 크라운짜리 은화를 영원히 파낼 수 있는 끝없이 깊은 은광처럼 느껴졌던 어린 시절의 기억을 다시 떠올렸다.

"그럼, 차 마실 때 뵐게요." 그녀가 동전을 받으며 말했다.

"아니다." 그가 그녀에게 상기시켰다. "나는 딕비네 집에 들렀다 올 거란다."

그는 크고 털 많은 손으로 목걸이를 집었다. 아무래도 좀 싸구려 같아 보이네. 엘리너는 걱정했다.

"이걸 넣을 상자는 어디 있는 게냐?" 그가 물었다.

"크로스비, 목걸이를 담을 상자를 찾아봐 줘요." 엘리너가 말했다. 그러자 크로스비는 갑자기 중요한 일거리를 맡은 인물이라도 된 것 같은 기운을 내뿜으면서 지하실로 달려갔다.

"그럼 저녁 식사 때가 되겠네요." 그녀가 아버지에게 말했다. 그렇다면, 차 마실 시간에 맞춰서 돌아오지 않아도 되겠구나. 그녀는 안도하며 생각했다.

"그래, 저녁 때겠구나." 그가 말했다. 그는 여송연의 끄트머리에 불을 붙일 종이 불쏘시개를 들고 있었다. 그가 숨을 빨아들였다. 가느다란 연기가 여송연에서 피어올랐다. 그녀는 여송연 냄새를 좋아했다. 그녀는 잠시 그 냄새를 들이마시며 서 있었다.

"유제니 숙모에게 안부 전해주세요." 그녀가 말했다. 그가 여송연을 피우면서 고개를 끄덕였다.

이륜마차를 타는 것은 특별한 대우였다. 그것으로 십오 분을 줄일 수 있었다. 무릎 위로 덮개가 펄럭거릴 때 그녀는 만족스러운 한숨을 내쉬며 구석에서 등을 뒤로 기댔다. 잠시 동안 그녀의 마음은 완전히 비어 있었다. 마차의 한 귀퉁이에 기대앉아 있는 동안 그녀는 그 평화로움과 침묵을, 힘껏 노력하는 대신 휴식을 즐겼다. 마차가 일정한 속도로 달려가는 동안 그녀는 구경꾼이 되어 초연함을 느꼈다. 아침에는 정말 분주했었다. 일이 연이어 있었다. 이제 법원에 도착할 때까지 그녀는 가만히 앉아서 아무것도 하지 않을 수 있었다. 꽤 먼 길이었다. 마차를 끄는 말은 붉은 갈기를 가졌고 터벅터벅 걸었다. 베이스워터 길을 따라 내려가는 동안 말은 줄곧 천천히 달렸다. 거리는 매우 한산했다. 사람들이 아직 점심 식사 중이었다. 부드러운 회색 안개가 먼 곳을 채우고 있었다. 종소리가 울렸다. 마차가 집들을 지나쳐 갔다. 그녀는 어떤 집들을 지나쳐 가는지 보는 것을 그만두었다. 그녀는 반쯤 눈을 감고 있다가, 자신의 손이 홀 탁자에 있던 편지를 집어 들었던 것을 자기도 모르게 떠올렸다. 언제였지? 바로 오늘 아침이었어. 그것을 어떻게 했지? 가방에 넣었던가? 그래. 그것은 열린 적 없는 채로 가방 안에 있었다. 인도에 있는 마틴에게서 온 편지였다. 그녀는 마차를 타고 가는 동안에 그것을 읽을 작정이었다. 그것은 마틴의 작은 글씨체로 아주 얇은 종이에 쓰여 있었다. 다른 때보다 긴 편지였다. 렌턴이라는 인물과의 모험에 관한 내용이었다. 렌턴이 누구지? 그녀는 기억이 나질 않았다. "우리는 새벽에 출발했어." 그녀는 읽어 내려갔다.

그녀는 창밖을 내다보았다. 마차는 마블 아치에서 교통 혼잡 때문에 멈춰 있었다. 공원에서 마차들이 나오고 있었다. 말 한 마리가 날뛰고 있었으나 마부가 잘 다루었다.

그녀는 다시 읽었다. "나는 밀림 한가운데 혼자 있는 나를 발견했어……"

그런데 넌 뭘 하고 있는 거였니? 그녀가 물었다.

그녀는 남동생의 모습을 떠올렸다. 붉은 머리에 둥그스름한 얼굴. 다소 호전적인 얼굴 표정으로 인해 그녀는 늘 그가 조만간 스스로를 곤경에 빠뜨리고 말 거라고 염려했었다. 그리고 그는 실제로 그렇게 된 것이다.

"나는 길을 잃어버린 거야. 그리고 해가 지고 있었지." 그녀는 읽어 내려갔다.

"해가 지고 있었지……" 엘리너는 그녀 앞의 옥스퍼드 거리 아래쪽을 바라보며 되풀이했다. 어느 유리 진열장 안에 걸린 드레스에 햇살이 비쳤다. 밀림이라면 제대로 자라지 못한 키 작은 나무들로 울창한 숲일 거라고 그녀는 생각했다. 어두운 초록색이겠지. 마틴은 정글에 혼자 있고, 해가 지고 있어. 그다음에는 무슨 일이 일어났지? "나는 내가 있던 자리에 그대로 있는 것이 더 나을 거라고 생각했어." 그래서 그는 밀림 속에서, 키 작은 나무들 가운데 혼자 서 있어. 그리고 해가 지고 있고. 그녀 앞에 펼쳐진 거리의 세세한 부분들이 사라졌다. 해가 졌을 때 무척 추웠을 거야, 그녀는 생각했다. 그녀는 다시 읽었다. 그는 불을 피워야 했다. "나는 주머니를 뒤져서 내겐 성냥 두 개비밖에 없다는 사실을 발견했어……. 첫 번째 성냥이 꺼져버렸지." 그녀는 마른 나뭇가지 더미와 마틴이 혼자서 성냥불이 꺼져가는 것을 바라보고 있는 모습을 그려보았다. "그러고 나서 나는 나머지 성냥을 켰어. 정말 운 좋게도 이번에는 제대로 되었지." 종이가 타기 시작하고 잔가지에 불이 붙고 불꽃이 활활 일어났다. 그녀는 조바심이 일어 편지의 끝부분으로 건너뛰었다……. " — 한번은 사람들이 외치는 소리를 들었다고 생각했어. 하지만 그 목소리들은 사라져버렸어."

"사라져버렸어!" 엘리너가 큰 소리로 말했다.

마차는 챈서리 레인에 멈춰서 있었다. 어느 노파가 순경의 도움을 받아 길을 건너고 있었다. 그러나 그 거리가 바로 밀림이었다.

"사라져버렸어. 그러고는?" 그녀가 말했다.

"……나는 나무를 타고 올라갔어……. 그들이 지나간 흔적을 보았지……. 해가 뜨고 있었어……. 그들은 내가 죽은 줄로 알고 포기했던 거야."

마차가 멈췄다. 잠시 동안 엘리너는 가만히 앉아 있었다. 그녀에게는 제대로 자라지 않은 키 작은 나무들과 그녀의 남동생이 밀림 너머로 해가 떠오르는 것을 바라보고 있는 모습 외에는 아무것도 보이지 않았다. 태양이 떠오르고 있었다. 잠시 동안 불꽃이 법원의 광대하고 음울한 형체 위로 춤추듯 일렁였다. 그 묘기를 부린 것은 두 번째 성냥개비였어. 그녀는 마부에게 요금을 치르면서 혼잣말을 하고서는 안으로 들어갔다.

"오, 이제 오는군요!" 여러 입구 중 한 곳에 서 있던 모피 옷을 입은 자그마한 여자가 외쳤다.

"오지 않으려나보다고 생각했어요. 그래서 막 들어가려던 참이었어요." 그녀는 고양이 같은 얼굴의 조그만 여자였는데, 걱정스러워하면서도 남편을 아주 자랑스러워하고 있었다.

그들은 회전문을 밀고 이제 사건을 심리 중인 법정으로 들어갔다. 처음에 그곳은 어둡고 혼잡해 보였다. 가발과 가운을 입은 남자들이 마치 들판의 이곳저곳에 내려앉는 새떼처럼 일어섰다 앉았다 하거나 왔다 갔다 하고 있었다. 그들은 모두 낯설어 보였다. 그녀는 모리스를 알아볼 수 없었다. 그녀는 그를 찾으려 애쓰며 주위를 둘러보았다.

"저기에 그이가 있어요." 실리아가 속삭였다.

앞줄에 있는 변호사들 가운데 한 명이 고개를 돌렸다. 바로 모리스였다. 그런데 노란 가발을 쓰고 있는 그의 모습이 어찌나 기묘해 보이는지! 그의 시선이 그들을 지나쳤지만 알아보았다는 기색은 없었다. 그녀도 그에게 미소를 보내지 않았다. 엄숙한 누르스름한 색조의 분위기가 각각의 개성을 금지하고 있었다. 전반적으로 격식을 차린 분위기였다. 그녀가 앉은 자리에서는 그의 옆얼굴을 볼 수 있었다. 가발이 그의 이마를 네모지게 해서 마치 그림에서처럼 액자 테두리가 둘러진 것 같은 인상을 주었다. 그가 그토록 돋보이는 것을 그녀는 본 적이 없었다. 저 이마와 저 코는 정말 잘생겼어. 그녀는 주위를 둘러보았다. 그들 모두가 그림처럼 보였다. 모든 변호사들은 벽에 걸려 있는 18세기 초상화처럼 단호하고 음각된 듯이 보였다. 그들은 여전히 일어서거나 자리에 앉고 웃고 떠들고 있었다……. 갑자기 문이 벌컥 열렸다. 법정의 정리가 판사 입장에 앞서 실내 정숙을 요구했다. 침묵이 흐르고 모두가 일어서자 판사가 들어왔다. 그는 한 번 고개를 숙여

인사를 하고 사자와 일각수가 그려진 왕실 문장 아래에 놓인 그의 의자에 앉았다. 그녀는 일종의 경외감이 전신으로 흐르는 것을 느꼈다. 그가 바로 커리 영감이었다. 하지만 얼마나 달라 보이는가! 그녀가 그를 마지막으로 보았을 때 그는 저녁 식탁의 상석에 앉아 있었다. 자수가 놓인 노란색의 긴 식탁 띠가 중간에서 잔물결 치듯 드리워져 있었다. 그리고 그는 촛불을 들고 그녀를 데리고 거실로 가서 오래된 참나무 궤를 보여주었다. 그러나 지금법복 차림의 그는 존경스럽고 권위 있는 모습이었다.

변호사 한 명이 일어서 있었다. 그녀는 코가 큰 그 남자가 하는 말을 따라가려고 애를 썼다. 그러나 지금 따라잡기는 어려웠다. 그래도 그녀는 귀를 기울였다. 그러자 다른 변호사가 일어났다. 새가슴을 지닌 작은 체구의 남자는 금테 코안경을 쓰고 있었다. 그는 어떤 문서를 낭독하고 있었다. 그리고 그도 역시 뭔가를 주장하기 시작했다. 그녀는 그가 하는 말의 일부를 이해할 수 있었다. 하지만 그것이 사건과 어떻게 관련되는 것인지 그녀로서는 알 수 없었다. 모리스는 언제 말을 할까? 그녀는 궁금했다. 아직은 아닌 것이 분명했다. 그녀의 아버지가 말했던 것처럼, 이들 법률가라는 이들은 일을 질질 끄는 방법을 알고 있었다. 점심 식사를 그렇게 서둘러 할 필요가 없었던 것이다. 버스를 탔어도 상관없었을 것이다. 그녀는 모리스에게 시선을 고정했다. 그는 옆에 있는 엷은 갈색 머리의 남자와 뭔가 농담을 하고 있었다. 그들이 그의 동료일 거라고 그녀는 생각했다. 이것이 그의 삶인 것이다. 그녀는 법정에 대한 그의 소년 시절의 열정을 기억했다. 아버지를 설득했던 것은 바로 그녀였다. 어느 날 아침 그녀는 자신의 삶을 걸고 아버지의 서재로 갔었다……. 그런데 바로 그때 모리스가 일어섰다. 그녀는 감격스러웠다.

그녀는 올케가 긴장으로 몸이 굳은 채 자신의 손가방을 꼭 움켜잡는 것을 알아차렸다. 말을 시작하자 모리스는 무척 키가 커 보였고 두드러져 보였다. 그는 한 손으로 가운 자락을 잡고 있었다. 모리스의 저 몸짓을 정말 잘 알고 있지, 그녀는 생각했다. 무언가를 꼭 쥐고 있어서 그가 물놀이를 하다 베인 자리에 생긴 하얀 흉터를 볼 수 있을 정도지. 그러나 그녀는 그가 팔을 활짝 펼쳐 보이는 다른 몸짓은 알아보지 못했다. 그것은 그의 공적인 삶, 법정에서의 그의 삶에 속하는 것이었다. 그리고 그의 목소리도 낯설었다. 그러나 그가 그의 연설에 열중하자 그의 목소리에서 이따금 배어 나오는 어조에 그녀는 미소 지었다. 그것이 바로 그의 사적인 목소리였다. 그녀는 정말 모리스답지, 라고 말하려는 듯이 올케 쪽으로 몸을 반쯤 돌리지 않을 수 없었다. 그러나 실리아는 정면의 남편에게 시선을 완전히 고정한 채 앞을 바라보고 있었다. 엘리너도 변론에 집중하려고 애썼다. 그는 아주 명확하게 말했다. 그는 말 사이의 간격도 멋지게 두었다. 갑자기 판사가 그의 말을 가로막았다.

"파지터 씨, 그러니까 당신의 주장은……?" 그는 점잖으면서도 권위 있는 어조로 말했다. 모리스가 즉시 말을 멈추고 판사가 말을 하는 동안 정중하게 고개를 숙이고 있는 모습을 보자 엘리너는 몹시 긴장되었다.

그러나 그가 대답을 알고 있을까? 그녀는 마치 그가 어린아이이기라도 한 것처럼 그가 낭패를 보게 될까 봐 앉은 자리에서 안절부절못하며 생각했다. 그러나 그는 대답을 훤히 알고 있었다. 서두르지도 않고 더듬지도 않으며 그는 책을 펼쳐서 필요한 곳을 찾아서 한 대목을 소리 내어 읽었다. 이에 커리 영감은 고개를 끄덕이며 그의 앞에 펼쳐놓은 커다란 책에 무엇인가를 적었다.

그녀는 굉장한 안도감을 느꼈다.

"그가 얼마나 잘해냈는지!" 그녀가 속삭였다. 그녀의 올케가 고개를 끄덕였다. 그러나 아직도 그녀는 가방을 꽉 움켜쥐고 있었다. 엘리너는 이제 긴장을 풀고 느긋해질 수 있겠다고 느꼈다. 그녀는 주위를 둘러보았다. 엄숙함과 방종함이 묘하게 섞인 분위기였다. 변호사들이 끊임없이 들락날락했다. 그들은 법정 벽에 기댄 채 서 있었다. 높이 달린 창백한 불빛 속에서 그들의 얼굴은 한결같이 양피지 색깔을 띠고 있었다. 각자의 특징들이 두드러져 보였다. 가스등이 밝혀져 있었다. 그녀는 판사를 응시했다. 그는 지금 사자와 일각수 문장 아래 놓인 커다란 조각된 의자에 기대어 앉은 채 듣고 있었다. 그는 마치 이런 연설들이 수 세기에 걸쳐 그를 후려쳐오기라도 한 것처럼 한없이 슬프고도 현명해 보였다. 이제 그는 무거운 눈을 뜨고 이마를 찡그리며 엄청나게 큼직한 소맷부리에서 힘없이 드러난 작은 손으로 그 커다란 책자에 몇 마디를 적어 넣었다. 그러고는 그는 다시 눈을 반쯤 감은 채로 불행한 인간 존재들의 분쟁을 영원히 지켜보는 자세로 빠져들었다. 그녀의 마음이 어수선해졌다. 그녀는 딱딱한 나무의자에 기대앉아 망각의 파도가 그녀를 덮치도록 내버려 두었다. 오전에 일어났던 장면들이 제멋대로 형상을 이루고 서로 끼어들기 시작했다. 위원회에서의 저드, 신문을 읽고 있는 그녀의 아버지, 그녀의 손을 잡아당기던 그 늙은 여자, 탁자 위의 은그릇을 닦던 하녀, 그리고 밀림에서 두 번째 성냥에 불을 붙이는 마틴……

그녀는 가만히 있을 수가 없었다. 공기는 탁했고 불빛은 침침했다. 처음의 매혹이 가시고 나자 판사는 이제 단지 까다롭게 보일 뿐이었다. 더 이상 인간의 나약함에서 벗어나 있지 않아 보였다. 그리고 그녀는 그가 퀸스 게이트에 있는 그 끔찍한 집에서 낡은 참나무 궤에 대해 얼마나 쉽게 속았었는지를 떠올리며 미소 지었다. "이것은 내가 휘트비에서 건진 거라네." 그가 말했었다. 그리고 그것은 가짜였다. 그녀는 웃고 싶었다. 그녀는 몸을 움직이고 싶었다. 그녀는 일어나서 속삭였다.

"나는 가야겠어."

그녀의 올케가 무어라고 중얼거렸다. 아마도 항의였을 터였다. 그러나 엘리너는 할 수 있는 한 조용히 빠져나와 회전문을 지나 거리로 나왔다.

스트랜드 거리의 소음이, 혼잡함이, 그 공간이 충격적인 안도감으로 그녀에게 다가왔다. 그녀는 자신이 확장되는 것을 느꼈다. 아직 햇빛이 한창이었다. 각양각색의 삶의 분망함과, 소요와 소란스러움이 그녀를 향해 달음질쳐 왔다. 마치 그녀 안에서, 이 세상에서 무엇인가 속박에서 벗어난 것 같았다. 집중을 했던 이후에 그녀는 이리저리 흩어지고 여기저기 내던져지는 듯했다. 그녀는 스트랜드 거리를 따라 거닐며 바쁘게 지나쳐가는 거리를, 빛나는 시곗줄과 가죽 상자가 가득한 상점들을, 창백하게 하얀 교회들을, 이리저리 가로질러 엮인 전선들이 늘어진 불규칙하게 삐죽삐죽 솟은 지붕들을 즐거워하며 바라보았다. 그 위로는 물기를 머금었지만 빛나는 하늘이 눈부시게 밝았다. 바람이 얼굴에 부딪혀 왔다. 그녀는 신선한 젖은 공기를 크게 들이마셨다. 그런데 그 남자는 하루 종일, 매일같이 그곳에 앉아 있어야 하다니. 그녀는 어둡고 좁은 법정과 그 안에 있던 칼로 새겨진 듯한 얼굴들을 떠올리며 생각했다. 그녀는 다시 샌더스 커리를, 무쇠 주름처럼 주름진 얼굴로 커다란 의자에 기대앉은 그의 모습을 떠올렸다. 매일, 온종일 법의 이모저모를 논의하면서 말이지. 어떻게 모

리스는 그걸 견딜 수 있는 것일까? 그녀는 생각했다. 그러나 그
는 언제나 법조인이 되고 싶어 했었다.

마차들, 차량들, 버스들이 물결을 이루어 지나쳐갔다. 차량들
이 그녀의 얼굴에 바람을 몰고 오는 듯하며 보도에 흙탕물을 튀
겨댔다. 사람들이 밀치고 떠밀며 지나갔고 그녀는 그들에 맞추어
걸음걸이를 재촉했다. 강으로 이어지는 좁고 가파른 거리들 중
하나를 돌아 내려가던 차 때문에 그녀는 멈췄다. 그녀는 고개를
들어 구름이 지붕 사이로 움직이는 것을 보았다. 비를 잔뜩 머금
은 먹구름이었다. 이리저리 흘러가는 무심한 구름이었다. 그녀는
걸음을 계속했다.

그녀는 채링 크로스 역 입구에서 다시 걸음을 멈춰야 했다. 그
곳의 하늘은 활짝 트여 있었다. 그녀는 한 무리의 새가 높이 날아
올라 하늘을 가로지르며 한꺼번에 날아가는 것을 보았다. 그녀는
새들을 바라보다가 다시 발걸음을 떼었다. 걸어가는 사람들, 마
차를 탄 사람들이 다리의 교각 주위로 마치 지푸라기처럼 빨려
들고 있었다. 그녀는 기다려야 했다. 상자를 잔뜩 실은 마차들이
그녀를 지나쳐갔다.

그녀는 그들이 부러웠다. 그녀는 외국으로 나가고 싶었다. 이
탈리아로, 인도로……. 그제야 그녀는 막연하게 무슨 일이 일어
나고 있다고 느꼈다. 입구에서 신문을 파는 소년들이 여느 때와
는 달리 재빠른 손놀림으로 신문을 다루고 있었다. 남자들이 신
문을 낚아채어 펼치고는 걸어가면서 읽고 있었다. 그녀는 어느
소년의 다리에 매달린 구겨진 현수막을 보았다. 큼지막한 검은
글자로 '사망'이라고 쓰여 있었다.

그때 현수막이 바람에 날려 펴졌고 그녀는 다른 글자를 읽었
다. "파넬."

"죽었다고⋯⋯." 그녀가 되뇌었다. "파넬." 그녀는 잠시 어지러웠다. 어떻게 그가 죽고 말 수 있을까—파넬이? 그녀는 신문을 한 부 샀다. 그들이 그렇게 말했다⋯⋯.

"파넬이 죽었어!" 그녀가 큰 소리로 말했다. 그녀는 고개를 들어 다시 하늘을 올려다보았다. 구름이 지나가고 있었다. 그녀는 고개를 숙여 거리를 내려다보았다. 한 남자가 손가락으로 그 기사를 가리켰다. 파넬이 죽었다는군. 그가 말하고 있었다. 그는 흐뭇해하고 있었다. 하지만 어떻게 그가 죽고 말 수 있을까? 그것은 마치 하늘에서 무엇인가 서서히 사라지는 것과도 같았다.

그녀는 손에 신문을 든 채 트라팔가 광장을 향해 천천히 걸었다. 갑자기 장면 전체가 그대로 얼어붙은 듯 정지했다. 한 남자가 기둥에 맞닿아 있었고 사자상이 한 남자와 맞닿아 있었다. 그들은 다시는 움직이지 않을 것처럼 서로 연결된 채 정지되어 있는 것 같았다.

그녀는 트라팔가 광장 안으로 가로질러 갔다. 어디에선가 새들이 날카로운 소리로 지저귀고 있었다. 그녀는 분수대 앞에서 멈춰 서서 물이 가득한 커다란 분수대를 내려다보았다. 바람이 물결을 일으키자 물은 검은색으로 일렁였다. 나뭇가지들과 창백한 하늘 한쪽이 물에 반사되어 비치고 있었다. 이게 무슨 꿈인지. 그녀가 중얼거렸다. 대체 무슨 꿈이⋯⋯ 그러나 누군가가 그녀를 밀치고 지나갔다. 그녀는 돌아섰다. 그녀는 델리아에게 가야 했다. 델리아가 좋아했었다. 델리아가 열정적으로 관심을 가졌던 이였다. 그 남자를 위해, 그 대의를 위해 가족을 떠나 집을 뛰쳐나가면서, 그녀가 말하곤 했던 것이 무엇이었더라? 정의? 자유? 그녀는 그녀에게 가야만 했다. 이것은 그녀가 꿈꾸었던 모든 것의 종말이 될 것이다. 그녀는 돌아서서 마차를 불러 세웠다.

그녀는 마차 덮개에 기대어 밖을 내다보았다. 그들이 지나가고 있는 거리들은 지독한 빈민가였다. 빈곤할 뿐 아니라 사악하기도 하다고 그녀는 생각했다. 여기에는 악과 음란함, 런던의 현실이 있었다. 그것은 여러 빛깔이 섞인 저녁빛 속에서 끔찍해 보였다. 등불들이 켜지고 있었다. 신문팔이 소년들이 큰 소리로 외쳐대고 있었다. 파넬…… 파넬. 그가 죽었어, 그녀는 혼잣말로 말했다. 그녀는 여전히 두 가지의 세계, 그녀의 머리 위로 전체적으로 흘러가는 세계와 보도 위에 제한된 채 뚜벅뚜벅 발걸음 소리를 내는 세계를 의식하고 있었다. 그러나 이때 그녀는 목적지에 도달했다……. 그녀는 손을 들어 올렸다. 그녀는 좁은 골목에 일렬로 서 있는 푯말 건너편에서 마차를 세웠다. 그녀는 마차에서 내려 광장으로 걸어갔다.

차 소리가 희미해졌다. 이곳은 무척 조용했다. 죽은 나뭇잎들이 떨어지는 시월의 오후에 이 퇴색한 오래된 광장은 음침하고 쇠락하고 안개로 가득 찬 것처럼 보였다. 이곳의 집들은 문패에 제각기 이름이 게시된 단체나 사람들에게 사무실로 임대되었다. 그 지역 전체가 그녀에게는 낯설고 음산해 보였다. 그녀는 위가 눈썹처럼 둥근 모양으로 화려하게 조각된 옛 앤 여왕 양식의 출입구로 다가가서 예닐곱 개의 벨 가운데 가장 위에 있는 것을 눌렀다. 벨 위에, 혹은 그냥 방문 카드에 이름들이 적혀 있었다. 아무도 나오지 않았다. 그녀는 문을 밀어 열고 안으로 들어갔다. 그녀는 난간에 조각이 되어 있는 나무 층계를 올라갔다. 층계는 예전의 위엄이 퇴색해버린 듯했다. 밑에 청구서가 붙은 우유 항아리들이 폭이 깊은 창문 대좌에 놓여 있었다. 창유리 중 몇 장은 깨져 있었다. 꼭대기 층에 있는 델리아의 문밖에도 역시 우유 항아리가 놓여 있었다. 그러나 그것은 비어 있었다. 그녀의 이름이 적힌 카드가 판넬에 핀으로 고정되어 있었다. 그녀는 문을 두드리고 기다렸다. 아무 소리도 나지 않았다. 그녀는 손잡이를 돌렸다. 문은 잠겨 있었다. 그녀는 잠시 귀를 기울이며 서 있었다. 측면의 작은 창문은 광장 쪽으로 나 있었다. 비둘기들이 나무 위에서 구구구 노래했다. 차 소리가 멀리서 웅웅거렸다. 그녀는 신문팔이 소년들이 사망…… 사망…… 사망이라고 외치는 것을 간신히 들을 수 있었다. 나뭇잎들이 떨어지고 있었다. 그녀는 돌아서서 계단을 내려갔다.

그녀는 거리를 따라 걸었다. 아이들이 분필로 보도 위에 네모나게 금을 그어 놓았다. 여자들이 위쪽 창문에서 몸을 내밀고 탐욕스럽고 불만스러운 시선으로 거리를 훑어보고 있었다. 방들은 독신 남자들에게만 임대되었다. 거기에는 '가구 딸린 아파트'나 '침대와 아침 제공'이라고 적힌 카드가 붙어 있었다. 그녀는 두꺼운 노란색 커튼 뒤에서 펼쳐질 삶에 대해 추측해보았다. 그녀는 돌아서면서, 이곳이 그녀의 여동생이 살고 있는 주변 환경이라고 생각했다. 종종 밤에 혼자서 이 길을 되돌아와야 하겠지. 그녀는 광장으로 되돌아가서 계단을 올라가 문을 다시 두드렸다. 그러나 안에서는 아무 소리도 나지 않았다. 그녀는 나뭇잎이 떨어지는 것을 지켜보면서 한동안 서 있었다. 그녀는 신문팔이 소년들의 외침과 나무 위에서 부드럽게 꾸르륵거리는 비둘기 소리를 들었다. 비둘기 두 마리를 잡아, 태피, 비둘기 두 마리를 잡아, 태피, 비둘……. 그리고 나뭇잎 하나가 떨어졌다.

채링 크로스의 교통은 오후가 저물어가면서 더욱 혼잡해졌다. 도보로, 혹은 마차를 타고 온 사람들이 역사 입구에서 빨려 들어가고 있었다. 남자들은 마치 역 안에 어떤 악마가 있어서 기다리게 했다가는 분노를 사게 될 것을 우려하는 것처럼 빠른 속도로 움직였다. 그러나 그들조차도 지나가다가 멈춰 서서는 신문을 낚아채듯 샀다. 구름이 흩어졌다 뭉쳤다 하면서 햇빛을 나게 하기도 하고 다시 가리기도 했다. 짙은 갈색이었다가 황금빛 액체가 되기도 하는 진흙이 마차 바퀴와 말발굽에 사방으로 튀겨나갔고, 처마 위의 새들이 날카롭게 재재거리는 소리는 전반적인 소음과 혼잡 속에서 삼켜졌다. 마차들이 덜컹거리며 지나가고 또 덜컹거리며 지나갔다. 마침내 덜컹거리는 모든 마차들 가운데 박엽지에 싼 꽃을 든 건장하고 혈색이 붉은 남자를 태운 마차가 왔다 ― 대령이었다.

"어이!" 마차가 입구를 지날 때 그가 외쳤다. 그리고 마차 지붕에 있는 들창문으로 한 손을 내밀었다. 그가 몸을 밖으로 내밀었고 신문 한 부가 그에게 안겨졌다.

"파넬!" 그가 안경을 찾아 더듬으며 소리쳤다. "죽다니, 맙소사!" 마차가 계속 달려갔다. 그는 기사를 두 번, 세 번 반복해서 읽었다. 그가 죽었어, 안경을 벗으며 그가 말했다. 안도감과 비슷한 어떤 충격이, 승리감과 뒤섞인 어떤 충격이 그가 한쪽으로 기대어 앉을 때 그에게 밀려왔다. 그래, 그는 혼자 생각했다. 그가 죽었군, 그 무모한 모험가, 그 모든 해악을 저지른 선동가, 그 자가…… 이때 그의 마음속에 그 자신의 딸과 관련된 어떤 느낌이 들었다. 무어라고 분명하게 말하기는 어려운 그 감정에 그는 눈살을 찌푸렸다. 어쨌든 이제 그 자가 죽었군. 그는 생각했다. 그 자는 어떻게 죽었을까? 자살을 한 것일까? 놀랄 일도 아니지…… 어쨌든 그 자는 죽었고 그게 끝이었다. 마차가 화이트홀을 따라 달려 내려가는 동안 그는 한 손에는 구겨진 신문을 들고 다른 손에는 박엽지에 싼 꽃 한 송이를 들고 마차에 앉아 있었다……. 마차가 하원의사당을 지나갈 때 그는 생각했다. 그는 존경받을 만도 하지, 그런 말을 들을 수 있는 사람도 많지는 않아……. 그 이혼 사건에 대한 터무니없는 소문들이 숱하게 떠돌았지. 그는 밖을 내다보았다. 마차가 몇 년 전 그가 멈춰 서서 주위를 두리번거리며 살피곤 하던 거리 근처를 지나고 있었다. 그는 고개를 돌려 오른편 거리를 내다보았다. 하지만 공직에 있는 남자라면 그런 일들을 할 수는 없는 법이지. 그는 생각했다. 마차가 그곳을 지나갈 때 그는 고개를 가만히 끄덕였다. 그런데 이제 와서 그녀는 내게 돈을 요구하는 편지를 썼다는 거지. 그는 생각했다. 그 다른 사내는, 그가 짐작했던 것처럼, 불한당임이 판명되었다. 그녀는 옛 모습을 모두 잃어버렸어, 그는 생각했다. 그녀는 몹시 뚱뚱해져 버렸다. 하기야 그는 관대해질 수도 있었다. 그는 다시 안경을 쓰고 도시 소식란을 읽었다.

파넬의 죽음은 이제 와서 아무 변화도 일으키지 않을 거라고 그는 생각했다. 그가 살았더라면, 그 스캔들이 가라앉았더라면 ─ 그가 고개를 들었다. 마차는 늘 그렇듯이 길을 우회하려 하고 있었다. 마부들이 늘 그러듯이, 마부가 길을 잘못 들려고 할 때 그는 "왼쪽으로!"라고 소리쳤다. "왼쪽으로!"

브라운 거리에 있는 다소 어두운 지하실에서 하녀가 모자를 들고 왈츠를 추는 동안 이탈리아인 하인은 셔츠 바람으로 신문을 읽고 있었다.

"마님이 나에게 준 것을 좀 보세요!" 그녀가 외쳤다. 거실에서의 소동에 대한 보상으로 파지터 부인이 그녀에게 모자를 주었던 것이다. "나, 근사하지 않아요?" 유리 섬유로 만들어진 것처럼 보이는 커다란 이탈리아식 모자를 머리 한쪽에 얹고 거울 앞에 멈춰 서서 그녀가 말했다. 그리고 안토니오는 보던 신문을 내려놓고 순전히 여성을 대하는 남자다운 친절에서 그녀의 허리를 감아 잡았다. 그녀는 아름답지도 않았거니와 그녀의 행동은 그가 투스카니 언덕 위의 마을에서 기억하고 있던 것을 단순히 우스꽝스럽게 모방한 것에 지나지 않았기 때문이었다. 그러나 그때 마차 한 대가 철책 앞에서 멈춰 섰다. 두 다리가 움직이지 않고 그곳에 서 있었다. 그리고 그는 그녀에게서 떨어져 재킷을 걸치고 계단을 올라가 벨소리에 응답을 해야 했다.

시간이 걸리는군. 대령은 현관 계단에 서서 기다리면서 생각했다. 죽음의 충격은 이제 거의 흡수되었지만 여전히 그의 몸 안을 휩쓸고 있었다. 그렇다고 해서 그 충격 때문에 그가 서서 기다리는 동안 벽돌의 줄눈이 새로 칠해진 것을 알아차리지 못한 것은 아니었다. 그런데 세 아들을 교육시키고 어린 두 딸을 키우면서 어떻게 그들은 여윳돈을 모았을까? 물론 유제니는 총명한 여자였다. 그러나 그는 그녀가 언제나 마카로니를 우물거리고 있는 듯한 이탈리아 녀석들 대신에 내실 하녀를 두기를 바랐다. 그때 문이 열렸고, 그는 이 층으로 올라가면서 뒤뜰 어디선가 웃음소리가 터져 나오는 것을 들었다고 생각했다.

그곳에 서서 기다리면서 그는 자신이 유제니의 거실을 좋아한다고 생각했다. 그곳은 매우 지저분했다. 바닥에는 풀어헤친 꾸러미에서 나온 무엇인가의 부스러기가 흩어져 있었다. 그들이 이탈리아에 다녀왔던 것을 그는 기억해냈다. 거울이 탁자 위에 세워져 있었다. 아마도 그녀가 그곳에서 골라온 물건 중 하나일 터였다. 사람들이 이탈리아에서 골라올 만한 그런 종류의 것이었다. 얼룩으로 뒤덮인 오래된 거울이었다. 그는 거울 앞에서 넥타이를 바로 했다.

하지만 잘 보이는 거울이 더 낫지. 그가 돌아서며 생각했다. 피아노 뚜껑이 열려 있었다. 그리고 언제나처럼 반쯤 채워진 찻잔을 보고 그는 미소를 지었다. 그리고 나뭇가지들이, 시들어가는 빨갛고 노란 나뭇잎들이 달린 나뭇가지들이 방 주위에 드리워져 있었다. 그녀는 꽃을 좋아했다. 그는 그녀에게 그가 늘 가져오던 선물을 잊지 않고 가져온 것이 흡족했다. 그는 박엽지에 싼 꽃을 들고 있었다. 그런데 어째서 방이 이렇게 연기로 꽉 차 있지? 한 줄기 돌풍이 불어 들어왔다. 뒤편에 있는 방의 두 창문이 모두 열려 있었고 정원에서 연기가 불어 들어오고 있었다. 잡초를 태우고 있나? 그가 의아해했다. 그는 창가로 걸어가서 밖을 내다보았다. 그래. 저기 있었군. 유제니와 두 어린 딸이. 모닥불이 피워져 있었다. 그가 바라보는 동안, 그가 가장 아끼는 어린 소녀인 막달레나가 한 아름의 낙엽을 던져 올렸다. 그녀가 할 수 있는 한 높이 던져 올리자 불길이 타올랐다. 커다란 빨간 불꽃이 피어올랐다.

"위험해!" 그가 소리쳤다.

유제니가 아이들을 뒤로 물러서게 했다. 그들은 신이 나서 춤을 추고 있었다. 또 다른 어린 소녀인 사라는 엄마의 팔 아래 몸을 숙여서 또 한 차례 나뭇잎을 한 아름 안아 올려서 재차 던졌다. 커다란 붉은 불꽃이 피어올랐다. 그때 이탈리아인 하인이 다가가서 그가 왔음을 알렸다. 그는 창문을 살짝 두드렸다. 유제니가 돌아서서 그를 보았다. 그녀는 한 손으로 아이들을 뒤로 물러서게 잡고 다른 손으로 그에게 환영의 손짓을 했다.

"거기 가만히 계세요!" 그녀가 외쳤다. "우리가 곧 들어갈게요!"

연기 한 줌이 정면으로 그에게 불어왔다. 연기 때문에 그는 눈물이 났다. 그는 돌아서서 소파 옆에 있는 의자에 앉았다. 곧 그녀가 그를 향해 두 손을 뻗으며 서두르며 들어왔다. 그는 일어나서 그 손을 잡았다.

"모닥불을 피우고 있었어요." 그녀가 말했다. 그녀의 눈이 빛나고 있었다. 그녀의 머리카락이 흐트러져 내려와 있었다. "그래서 제 모습이 이렇게 엉망이에요." 그녀는 손으로 머리를 매만지며 덧붙였다. 단정하지는 않지만 그래도 그녀는 정말 아름답다고 아벨은 생각했다. 체구가 크고 근사한 여자이지. 몸이 더 불어나고 있어. 그녀와 악수를 하는 동안 그는 알아차렸다. 그렇지만 그게 그녀에게 어울렸다. 그는 분홍빛이 도는 하얀 피부의 예쁘장한 영국 여자보다 그런 타입에 더 감탄했다. 살집이 마치 따뜻하고 노란 밀랍처럼 그녀의 전신에 흐르는 듯했다. 그녀는 외국인처럼 크고 검은 눈에 살짝 주름 잡힌 코를 지니고 있었다. 그는 가져온 동백꽃을 내밀었다. 그의 관례적인 선물이었다. 그녀는 박엽지에서 꽃을 꺼내고 자리에 앉으면서 작은 탄성을 질렀다.

"당신은 얼마나 좋은 분인지!" 그녀가 말했다. 그리고 그 꽃을 잠시 앞에 들고 있다가 그녀가 꽃을 들고 있을 때면 하던, 그도 종종 본 적이 있는 행동을 했다. 바로 입술 사이에 꽃대를 무는 것이었다. 그녀의 몸짓은 언제나처럼 그를 매혹시켰다.

"생일이라서 모닥불을 피운 건가요?" 그가 물었다……. "아니, 아니, 아니에요. 차는 마시고 싶지 않아요." 그가 말렸다.

그녀는 자기 찻잔을 들고 남아 있던 차갑게 식은 차를 한 모금 마셨다. 그녀를 바라보는 동안 동양에서의 어떤 기억이 그에게 다시 떠올랐다. 무더운 지방에서는 여자들이 뙤약볕 아래 문간에 앉아 있곤 했다. 그러나 창문이 열려 있고 연기가 불어 들어오는 지금은 몹시 서늘했다. 그는 여전히 손에 신문을 들고 있었다. 그는 탁자 위에 그것을 내려놓았다.

"그 소식 봤어요?" 그가 물었다.

그녀는 찻잔을 내려놓고 크고 검은 눈을 살짝 떴다. 숱한 감정이 그 안에 서려 있는 것 같은 눈이었다. 그가 말을 꺼내기를 기다리면서 그녀는 마치 무엇인가를 기대한다는 듯이 손을 들어올렸다.

"파넬, 그가 죽었다는군요." 아벨이 간략하게 말했다.

"죽었다고요?" 유제니가 그의 말에 반문했다. 그녀는 손을 극적으로 떨어뜨렸다.

"그래요. 브라이턴에서. 어제."

"파넬이 죽었다고요!"

그녀가 되풀이했다.

"그렇다더군요." 대령이 말했다. 그녀의 감정은 항상 그 자신이 실제보다 더 사무적인 사람이라고 느끼게 했다. 그러나 그는 그것이 좋았다. 그녀는 신문을 집어 들었다.

"가엾어라!" 그녀는 신문을 내려놓으며 소리쳤다.

"가엾어라?" 그가 따라 말했다. 그녀의 눈에 눈물이 가득 찼다. 그는 당황했다. 그녀는 키티 오쉬어를 말하는 걸까? 그는 그녀에 대해서는 생각해본 바가 없었다.

"그녀는 그의 경력을 망쳐놓았어요." 그가 살짝 코웃음을 치며 말했다.

"오, 그렇지만 그녀가 그를 얼마나 사랑했었을까!" 그녀가 중얼거렸다.

그녀는 손으로 눈가를 훔쳤다. 대령은 잠시 말없이 있었다. 그에게는 그녀의 감정이 그 대상과 전혀 균형이 맞지 않는 것으로 여겨졌다. 그러나 진정 어린 감정이었다. 그는 그 점이 좋았다.

"그래요." 그가 다소 딱딱하게 말했다. "그래요, 그렇다고 할 수 있지요." 유제니는 다시 꽃을 집어 들고 빙빙 돌렸다. 그녀는 때때로 묘하게 멍하니 있었지만, 그는 그녀와 함께 있을 때면 늘 편안하게 느꼈다. 그의 몸도 긴장을 풀었다. 그는 그녀와 함께 있으면 어떤 장애물에서 풀려나는 듯이 느껴졌다.

"사람들이 얼마나 고통스러울까!……" 그녀는 꽃을 바라보면서 중얼거렸다. "얼마나 고통스러울까요, 아벨!" 그녀가 말했다. 그녀가 고개를 돌려 그를 똑바로 마주 보았다.

다른 방에서 거센 연기 한 줌이 불어 들어왔다.

"찬 바람이 싫지 않은가요?" 그가 창문을 바라보며 물었다. 그녀는 곧바로 대답하지 않았다. 그녀는 받은 꽃을 빙빙 돌리고 있었다. 그러다가 그녀가 자신을 추스르며 미소를 지었다.

"그래요, 그래요. 창문을 닫아요!" 그녀가 손을 흔들며 말했다. 그가 가서 창문을 닫았다. 그가 돌아섰을 때 그녀는 일어나서 머리를 매만지며 거울 앞에 서 있었다.

"매기의 생일이라 모닥불을 피웠지요." 그녀가 얼룩으로 뒤덮인 베니스 양식의 거울에 비친 자신을 바라보면서 중얼거렸다. "그래서, 그래서 —" 그녀는 머리를 다듬은 다음 드레스에 동백꽃을 꽂았다. "내가 정말로 —"

그녀는 드레스에 꽂은 꽃의 효과를 살펴보려는 듯이 한쪽으로 머리를 살짝 기울였다. 대령은 앉은 채로 기다렸다. 그는 자신이 들고 온 신문을 힐끗 보았다.

"사람들이 사건을 쉬쉬하려는 것 같아요." 그가 말했다.

"당신 말은 설마 —" 유제니가 말을 이으려는 순간 문이 열리고 아이들이 들어왔다. 손위인 매기가 먼저 들어오고 또 다른 어린 소녀인 사라가 그 뒤를 따라 들어왔다.

"여어!" 대령이 큰 소리로 외쳤다. "아이들이 왔군!" 그가 돌아섰다. 그는 아이들을 무척 좋아했다. "행복한 일들이 많이 있기를 바란다, 매기!" 그는 호주머니에 손을 넣어 크로스비가 종이 상자에 넣어 포장한 목걸이를 찾아 더듬었다. 매기가 그것을 받으려고 다가왔다. 그녀는 머리를 말끔하게 빗고 풀이 빳빳하게 먹여진 깨끗한 드레스를 입고 있었다. 그녀가 꾸러미를 받아서 풀었다. 그녀가 푸른색과 황금색이 섞인 목걸이를 손가락에 들어 올렸다. 잠시 동안 대령은 그녀가 그것을 좋아할지 어떨지 걱정스러웠다. 그녀의 손가락에 매달려 있는 그 목걸이는 약간 조야해 보였다. 게다가 그녀는 말이 없었다. 그녀의 엄마가 즉시 그녀가 했어야 할 말을 대신 했다.

"이렇게 예쁠 수가, 매기! 정말 예쁘구나!" 매기는 손에 그 구슬 목걸이를 든 채 아무런 말이 없었다.

"예쁜 목걸이를 주셔서 고맙습니다, 아벨 숙부, 해야지." 그녀의 엄마가 그녀에게 일렀다.

"목걸이 주셔서 고맙습니다, 아벨 숙부." 매기가 말했다.

그녀는 곧바로 그리고 정확하게 말했다. 그러나 대령은 또다시 미심쩍음이 이는 것을 느꼈다. 그 대상에 비해 터무니없는 실망의 고통이 그를 덮쳤다. 그러나 그녀의 엄마가 그것을 그녀의 목에 걸어주었다. 그러자 그녀는 의자 뒤에서 엿보고 있던 동생에게로 돌아섰다.

"이리 오렴, 사라." 그녀의 엄마가 말했다. "이리 와서 안녕하세요, 하고 인사해야지."

그녀는 한편으로는 어린 소녀를 구슬리려고, 대령이 짐작하기에, 한편으로 늘 그를 편치 않게 했던 약간의 기형을 감추려고, 손을 내밀었다. 아기였을 때 누군가 사라를 떨어뜨린 적이 있었다.

그래서 한쪽 어깨가 다른 쪽보다 약간 더 높았다. 그것이 그를 거북하게 했다. 그는 어린아이에게 조금이라도 기형이 있는 것을 견딜 수 없었다. 그러나 그것이 그녀의 사기에 영향을 미치지는 않았다. 그녀는 발끝으로 빙그르르 돌면서 팔짝팔짝 뛰어와 그의 뺨에 가볍게 입을 맞추었다. 그리고 그녀는 언니의 옷자락을 잡아당겼다. 그러고는 둘 다 웃으면서 뒷방으로 달려 나갔다.

"그 애들은 당신의 사랑스런 선물에 감탄할 거예요, 아벨." 유제니가 말했다. "당신이 그 애들을 얼마나 버릇없게 만드는지! 그리고 나도 마찬가지구요." 가슴에 달린 동백꽃을 만지작거리며 그녀가 덧붙였다.

"매기가 좋아할까?" 그가 물었다. 유제니는 대답하지 않았다. 그녀는 식은 찻잔을 다시 들고 남부식의 권태로운 태도로 한 모금 마셨다.

"그럼 이제, 당신의 근황을 들려주세요." 그녀는 편안하게 등을 뒤로 기대며 말했다.

대령 역시 의자에 등을 기댔다. 그는 잠시 생각에 잠겼다. 내 소식이랄 것이 뭘까? 그 순간에는 아무 생각도 떠오르지 않았다. 유제니와 함께 있을 때에도 그는 언제나 관심을 약간 끌고 싶었다. 그녀는 사물을 빛나게 했다. 그가 망설이는 동안 그녀가 말문을 열었다.

"우린 베니스에서 아주 즐거운 시간을 보냈어요! 내가 아이들을 데리고 갔었죠. 그래서 우리 모두가 이렇게 갈색으로 그을린 거예요. 우리는 대운하에 있는 숙소로 정하지 않았어요. 나는 대운하가 정말 싫거든요. 그래서 조금 떨어진 곳에 머물렀지요. 두 주 동안의 타는 듯한 태양과 그 색깔들." ―그녀는 망설였다― "놀라웠어요!" 그녀가 감탄하며 소리쳤다. "놀라웠지요!" 그녀가 팔을 펼쳤다. 그녀에게는 특별한 의미를 전달하는 몸짓이 있었다. 그것이 바로 그녀가 매사를 꾸며나가는 방식이라고 그는 생각했다. 그러나 바로 그 점 때문에 그녀를 좋아했다.

그는 여러 해 동안 베니스에 가보지 않았다.

"그곳에 호감이 가는 사람들이라도?" 그가 물었다.

"전혀 없어요." 그녀가 말했다. "전혀요. 끔찍한 그 여자 말고는 아무도 없었어요. 같은 나라 사람이라는 게 부끄러운 그런 여자들 중 하나지요." 그녀가 열심히 말했다.

"그런 여자들이라면 나도 알아요." 그가 껄껄 웃었다.

"리도 섬에서 저녁에 돌아올 때면," 그녀가 다시 말을 이었다. "위에는 구름이, 그리고 아래에는 물이 있었어요―우리에게는 발코니가 있었어요. 우린 거기에 앉아 있곤 했지요." 그녀가 말을 멈추었다.

"딕비도 함께 갔었소?" 대령이 물었다.

"아니요, 가엾은 딕비. 그는 휴가를 그보다 이른 8월에 받았어요. 그는 래스웨이드 일가와 사냥을 하러 스코틀랜드에 올라갔었지요. 아시겠지만, 그게 그의 건강에 좋아요." 자, 또 이렇게 그녀는 다시 매사를 좋게 꾸미고 있군. 그가 생각했다.

그러나 그녀는 계속 말을 이어갔다.

"자 이제 가족들에 대해 이야기해줘요. 마틴과 엘리너, 휴와 밀리, 모리스와……." 그녀가 머뭇거렸다. 그는 그녀가 모리스의 아내 이름을 잊어버린 모양이라고 생각했다.

"실리아." 그가 말했다. 그는 말을 멈췄다. 그는 그녀에게 미라에 대해 이야기하고 싶었다. 그러나 그는 그녀에게 가족들, 휴와 밀리, 모리스와 실리아, 그리고 에드워드에 대해 말했다.

"옥스포드에서 그를 대단하게 여겨주는 것 같소." 그가 무뚝뚝하게 말했다. 그는 에드워드가 매우 자랑스러웠다.

"그리고 델리아는요?" 유제니가 말했다. 그녀는 신문을 힐긋 바라보았다. 그 즉시 대령에게서 상냥함이 사라졌다. 그가 고개를 숙인 늙은 황소처럼 우울하고 무서워 보인다고 그녀는 생각했다.

"아마 이 일이 그 아이에게 이성을 되찾도록 하겠지." 그가 강경하게 말했다. 그들은 한동안 말이 없었다. 정원에서 웃음소리가 터져 나왔다.

"오, 저 아이들!" 그녀가 소리쳤다. 그녀는 일어나서 창가로 걸어갔다. 대령이 그 뒤를 따랐다. 아이들이 다시 정원으로 살그머니 빠져나갔던 것이다. 모닥불이 사납게 타오르고 있었다. 정원 한복판에서 밝은 불기둥이 솟아올랐다. 어린 소녀들은 그 주위를 돌며 춤추면서 웃고 외치고 있었다. 어딘가 기력이 쇠한 마부처럼 보이는 한 초라한 노인이 손에 갈퀴를 들고 서 있었다. 유제니가 창문을 열어 올리고 큰 소리로 외쳤다. 그러나 그들은 계속해서 춤을 추었다. 대령도 역시 몸을 기대고 내밀었다. 머리카락을 휘날리고 있는 그들은 야생 동물들처럼 보였다. 그도 내려가서 모닥불 위로 뛰어오르고도 싶었지만, 그는 너무 늙었다. 불꽃이 선명한 금빛으로, 밝은 붉은빛으로 높이 치솟았다.

"브라보!" 그가 손뼉을 치며 외쳤다. "브라보!"

"작은 악마들!" 유제니가 말했다. 그녀도 아이들만큼이나 들떠 있다는 것을 그는 알아차렸다. 그녀는 창문 밖으로 몸을 내밀고 갈퀴를 들고 있는 노인에게 외쳤다.

"불꽃을 일으켜요! 불꽃을 일으켜요!"

그러나 그 노인은 모닥불을 긁어 헤쳤다. 나뭇가지가 흩어졌다. 불길이 가라앉았다.

노인이 아이들을 물러서게 했다.

"오, 끝나버렸어." 크게 한숨을 내쉬며 유제니가 말했다. 그녀가 돌아섰다. 누군가가 방 안으로 들어왔다.

"오, 딕비, 당신이 오는 소리를 듣지 못했어요!" 그녀가 소리쳤다. 딕비는 손에 상자를 하나 들고 거기 서 있었다.

"여어, 딕비!" 아벨이 악수를 하며 말했다.

"무슨 연기지?" 주위를 둘러보면서 딕비가 말했다.

그도 조금 늙었어. 아벨은 생각했다. 그는 맨 위 단추를 몇 개 채우지 않은 채 코트를 입고 서 있었다. 그의 외투는 약간 낡았고, 머리 위가 하얗게 세어 있었다. 그러나 그는 매우 잘생겼다. 그의 옆에 있으면 대령은 자신이 몹시 크고 햇볕에 그을리고 거칠다고 느꼈다. 그는 창밖으로 몸을 내밀고 손뼉을 치고 있던 모습을 보인 것이 조금 민망했다. 그가 더 나이가 들어 보이는군. 둘이 나란히 서게 되자 그는 생각했다. 나보다 다섯 살이나 아래인데 말이지. 그는 자신의 분야에서 뛰어난 인물이었다. 제일인자였고 기사 작위를 받은 데다 그에 부수적인 모든 것을 누렸다. 그러나 그는 나만큼 부유하지는 않아. 그는 만족스럽게 떠올렸다. 그 둘 가운데 늘 그가 패자의 역할을 맡아왔기 때문이었다.

"당신 너무 피곤해 보이네요, 딕비!" 유제니가 앉으면서 외쳤다. "저이는 진짜 휴가를 가져야 해요." 그녀가 아벨을 돌아보며 말했다. "저이한테 그렇다고 말 좀 해주세요." 딕비는 바지에 붙어 있는 하얀 실밥을 털어냈다. 그는 기침을 살짝 했다. 방이 연기로 가득 차 있었다.

"대체 무슨 연기요?" 그가 아내에게 물었다.

"매기 생일이라 모닥불을 피워놓고 있었어요." 그녀가 마치 변명하듯 말했다.

"오, 그랬군." 그가 말했다. 아벨은 부아가 돋았다. 매기는 그가 가장 아끼는 조카였다. 아버지라면 딸의 생일을 기억했어야 했다.

"그래요." 다시 아벨을 돌아보며 유제니가 말했다. "저이는 다른 모든 이들에게는 휴가를 갖도록 하면서 자기 자신은 절대로 쉬지 않아요. 게다가 연구실에서 하루치의 일을 다 하더라도 가방에 서류를 잔뜩 넣고 집에 오지요—" 그녀가 가방을 손으로 가리켰다.

"저녁 식사 후에 일을 해서는 안 되지, 그건 나쁜 습관이야." 아벨이 말했다. 딕비가 다소 창백해 보인다고 그는 생각했다. 딕비는 이런 과한 여성적인 감정 표현을 무시했다.

"그 기사를 읽었어요?" 그가 신문을 가리키며 형에게 말했다.

"그럼, 읽었지!" 아벨이 말했다. 마치 더 말할 수 있지만 그러지 말아야 한다는 듯한 동생의 관료적인 태도가 조금은 못마땅했지만 그는 정치에 관해 동생과 이야기 나누는 것을 좋아했다. 그러면 그다음 날 전부 신문에 나곤 했지. 그는 생각했다. 아직도 그들은 늘 정치 이야기를 했다. 유제니는 한쪽 구석에 등을 기대고 앉아 그들끼리 이야기를 나누도록 내버려 두었다. 그녀는 결코 끼어들지 않았다. 그러나 마침내 그녀가 일어나서 꾸러미 상자에서 떨어져 나온 부스러기들을 치우기 시작했다. 딕비가 하던 말을 멈추고 그녀를 바라보았다. 그는 거울을 보고 있었다.

"괜찮아요?" 유제니가 테두리에 손을 얹고 말했다.

"그래, 아주 예쁜 물건이군." 딕비가 말했다. 하지만 그의 목소리에는 비판의 기미가 서려 있었다.

"내 침실에 둘 거예요." 그녀가 재빨리 말했다. 딕비는 그녀가 종잇조각들을 상자에 구겨 넣는 모습을 바라보았다.

"잊지 말아요, 우리 오늘 저녁에 채텀 부부와 저녁을 하기로 한 것 말이오." 그가 말했다.

"알고 있어요." 그녀가 머리를 다시 만졌다. "저는 매무새를 깔끔하게 해야겠어요." 그녀가 말했다. '채텀 부부'가 누구였지? 아벨은 궁금했다. 주요 인사들이거나 고귀 관료들이겠지. 그는 반쯤 경멸하면서 추측했다. 그들은 세상을 좌지우지하는 이들이었다. 그는 이 말을 그가 자리를 떠야 한다는 암시로 받아들였다. 그들은, 그와 딕비는 서로 간에 할 말들을 이제 다 한 것이었다. 그러나 그는 여전히 유제니와 단둘이 이야기를 나눌 수 있기를 바랐다.

"이 아프리카 문제에 대해서는ㅡ" 아이들이 들어왔을 때 그는 또 다른 질문거리를 생각해내며 입을 열었다. 아이들이 저녁 인사를 하러 온 참이었다. 매기는 그가 준 목걸이를 하고 있었는데 목걸이가 아주 예뻐 보인다고 그는 생각했다. 아니면 아주 예뻐 보이는 건 그녀인가? 그러나 그들이 입고 있던 파란색과 분홍색의 깨끗했던 드레스에는 구김이 가 있었다. 그들이 두 팔에 가득 안고 있던 그을음이 묻은 런던의 나뭇잎 때문에 드레스는 더러워져 있었다.

"지저분한 작은 악당들!" 그들을 향해 미소 지으며 그가 말했다. "어째서 너희들은 정원에서 놀 때도 외출복을 입고 있는 게냐?" 딕비 경이 매기에게 키스하며 말했다. 그는 농담조로 말했지만 그의 어조에는 마땅찮아하는 기색이 있었다. 매기는 아무 대답도 하지 않았다. 그녀의 눈길은 엄마의 드레스에 꽂혀 있는 동백꽃에 고정되어 있었다. 그녀가 일어나서 그녀를 바라보며 섰다.

"그리고 너, 이 조그만 악당!" 사라를 가리키며 딕비 경이 말했다.

"오늘이 매기의 생일이에요." 유제니가 다시 마치 그 어린 소녀를 보호하려는 듯이 손을 뻗으며 말했다.

"그랬구나, 내가 미처 생각하지 못했네." 두 딸을 살펴보며 딕비 경이 말했다. "사-람-사-람-사람의 습관을 고치는 것은." 자신의 말이 장난스럽게 들리게 하려고 애쓰며 그가 말을 더듬었다. 그러나 그가 아이들에게 말할 때면 대체로 그랬던 것처럼, 그것은 서투르고 다소 거만하게 들릴 뿐이었다.

사라는 마치 아버지에 대해 심사숙고하고 있는 것처럼 그를 바라보았다.

"사-람-사-람-사람의 습관을 고치는 것은." 그녀가 따라 말했다. 말의 모든 의미를 비운 채, 그녀는 그가 한 말의 리듬을 정확하게 따라했다. 그 효과는 왠지 우스웠다. 대령이 웃음을 터뜨렸다. 그러나 딕비는 언짢아하고 있다고 그는 느꼈다. 사라가 저녁인사를 하러 왔을 때 그는 그녀의 머리를 쓰다듬기만 했지만, 매기가 그의 곁을 지나갈 때에는 그녀에게 키스를 했다.

"생일 즐거웠니?" 그가 그녀를 잡아끌며 말했다. 그 참에 아벨은 가봐야겠다고 했다.

"하지만 벌써 가셔야 할 일은 없잖아요, 아벨?" 그가 손을 내밀었을 때 유제니가 항의하듯 말했다.

그녀는 그를 가지 못하게 하려는 것처럼 그의 손을 잡고 있었다. 그녀의 뜻이 뭐지? 그녀는 그가 가기를 원하는 것일까, 더 머물러 있기를 원하는 것일까? 그녀의 눈, 그녀의 크고 검은 눈은 모호했다.

"하지만 두 사람은 밖에서 식사를 할 거죠?" 그가 말했다.

"그래요." 그녀가 그의 손을 놓으면서 대답했다. 그녀가 더 이상 아무 말도 하지 않자 더 머물러 있을 이유가 없다고 그는 생각했다. 그가 자리를 떠야 하는 것이다.

"오, 나 혼자 나갈 수 있어요." 방을 나서면서 그가 말했다.

그는 다소 천천히 아래층으로 내려갔다. 그는 우울한 데다가 실망스러웠다. 그는 혼자 있는 그녀를 보지 못했다. 그는 그녀에게 아무것도 말하지 않았다. 아마도 그는 누구에게도 아무 말도 하지 않을 것이었다. 결국 그것은 그 자신만의 문제였다. 천천히 무거운 걸음으로 계단을 내려가면서 그는 생각했다. 그것은 다른 어느 누구에게도 문제가 되지 않았다. 그는 모자를 집어 들면서 자기 담배에는 자기가 불을 피워야 하는 법이라고 생각했다. 그는 주위를 둘러보았다.

그래, ……이 집은 예쁜 것들로 가득 차 있군. 그는 현관에 놓여 있는 금박을 입힌 발톱굽이 있는 커다란 진홍색 의자를 멍하니 바라보았다. 그는 딕비가, 그의 집, 그의 아내, 그의 아이들이 부러웠다. 그는 자신이 나이 들고 있다고 느꼈다. 그의 자녀들은 모두 다 자라 그의 곁을 떠났다. 그는 현관 층계에 잠시 서서 거리를 내다보았다. 거리는 꽤 어두웠다. 등불들이 켜지고 있었다. 가을이 깊어가고 있었다. 그가 빗방울이 떨어지기 시작한 어둡고 바람 부는 거리를 걸어 올라갈 때, 한 줌의 연기가 그의 얼굴로 가득 불어왔다. 나뭇잎이 떨어지고 있었다.

1907년

한여름이었다. 밤에도 무더운 날씨였다. 물 위에 떨어진 달빛이 물빛을 하얗게 만들고 물이 깊은지 얕은지 헤아릴 수 없게 했다. 그러나 달빛이 단단한 물체에 비칠 때면 사물들은 윤이 나고 은빛으로 도금이 되었다. 그래서 시골길의 나뭇잎들조차 광택이 나는 것처럼 보였다. 런던으로 이어지는 적막한 시골길들을 따라 마차들이 지친 듯 굴러갔다. 철제 고삐가 굳은 손에 단단히 쥐어져 있었다. 야채와 과일과 꽃들이 느릿느릿 운반되었기 때문이다. 양배추와 버찌와 카네이션을 담은 둥근 상자들을 높이 쌓아 올린 마차들은 마치 적에게 몰려 새로운 목초지와 물을 찾아 이주하는 부족들이 물건을 가득 싣고 가는 대상처럼 보였다. 마차들이 이 길을 따라, 저 길을 따라 길가에 바짝 붙어서 터덜터덜 굴러갔다. 말들조차도, 설사 눈이 멀었다 하더라도, 멀리서 들려오는 런던의 소음을 들을 수 있었을 것이다. 그리고 마부들은 졸고 있으면서도 반쯤 감은 눈 사이로 영원히 불타오르는 도시에 내려앉은 이글거리는 엷은 안개를 보았다. 그들은 새벽 무렵 코번트 가든[1]에 짐을 부려놓았다. 양배추, 버찌, 카네이션들이 마치 천상의 세탁물이기라도 한 양 탁자들과 버팀다리들, 심지어 자갈로 포장된 도로까지도 장식하고 있었다.

창문들이 모두 열려 있었다. 음악 소리가 울렸다. 이따금 바람에 넓게 나부끼는 반투명 진홍색 커튼 뒤에서 왈츠 음악이 끝없이 들려왔다. 〈무도회가 끝난 후〉[2]가 다 연주되고 춤이 끝난 뒤에도, 마치 제 꼬리를 삼켜버린 뱀처럼 이어졌다. 그 음악 소리는 해머스미스에서 시작해서 쇼디치에 이르러서야 완성되기 때문이었다. 음악은 다시 그리고 또다시 연주되었다. 선술집 바깥의 트럼본들도 연주하고, 잔심부름하는 소년들도 휘파람으로 불었고, 사람들이 춤을 추고 있는 선술집 안에서 악단들도 연주했다. 와핑[3]에서는 바지선이 정박해 있는 목재창고 사이, 강을 굽어보는 그 낭만적인 여관 안의 작은 탁자에 사람들이 앉아 있었다. 그리고 메이페어[4]에서도 마찬가지였다. 탁자마다 램프가 놓여 있었고 탁자마다 팽팽한 붉은 비단 차양이 달려 있었다. 정오에 흙의 수분을 빨아올렸던 꽃들이 화병마다 편안하게 꽃잎을 펼치고 있었다. 탁자마다 딸기가 피라미드처럼 쌓아 올려졌고 희끄무레한 살찐 메추라기 고기가 놓여 있었다. 그리고 인도에, 아프리카에 있다가 돌아온 마틴에게는 어깨를 드러낸 소녀에게나, 머리에 꽂은 초록빛 딱정벌레 날개가 무지갯빛으로 반짝이는 여인에게 왈츠의 달콤한 연가가 반쯤은 가려주고 묵인해주는 방식으로 말을 거는 것이 흥미로웠다. 누가 무슨 말을 했는지가 무슨 상관인가?

1   6세기 이래 런던 마켓으로 알려진 장터였으며 1630년에 광장으로 건립된 후 채소와 과일, 꽃 도매시장으로 유명한 런던 중심부 지역.
2   미국 음악가 찰스 K. 해리스가 1892년에 작곡한 왈츠곡.
3   영국 런던 템스 강 북부에 있는 부둣가.
4   영국 런던 웨스트 엔드에 위치한 부유한 지역.

한 남자가 여러 개의 훈장을 달고 들어서고 검은 드레스에 다이아몬드를 단 어느 숙녀가 그를 구석진 곳으로 손짓하여 불렀을 때, 그녀는 어깨 너머로 돌아보며 반쯤 귀를 기울였을 뿐이었다.

밤이 깊어지면서 부드러운 푸르스름한 빛이 도로 경계석에 바싹 붙어 터덜터덜 굴러가는 시장 수레 위에 드리워졌다. 수레들은 웨스트민스터를 지나고, 노란 둥근 시계탑과 커피 가판대와 새벽빛 속에서 지팡이와 두루마리 종이를 단단히 쥐고 서 있는 동상들을 지나갔다. 도로 청소부들이 보도를 물로 씻어내면서 그 뒤를 따랐다. 담배꽁초, 은색 종잇조각, 오렌지껍질 따위의 그날의 모든 쓰레기들이 거리에서 치워지고, 수레들은 여전히 덜컹거리고, 마차들은 커다란 머리장식을 단 숙녀들과 흰 조끼를 입은 신사들을 태우고 메이페어의 반짝이는 불빛 아래서 켄싱턴의 지저분한 도로를 따라 달빛 아래 마치 은으로 덮인 것처럼 보이는 패이고 메마른 길을 줄기차게 달려갔다.

"보세요!" 마차가 여름 황혼 속에서 다리를 건너 달려갈 때 유제니가 말했다. "아름답지 않아요?"

그녀가 호수를 향해 손을 흔들었다. 그들은 서펜타인 호수를 건너고 있었다. 그러나 그녀의 감탄은 혼잣말에 불과했다. 그녀는 남편이 하고 있는 말에 귀를 기울이고 있었다. 그들의 딸인 막달레나가 그들과 함께 있었다. 그녀는 엄마가 가리키는 곳을 바라보았다. 지는 태양 속에 붉은빛을 띤 서펜타인이었다. 나무들이 각각의 모습을 잃고 무리를 지어 조각처럼 서 있었다. 끝부분이 하얀 유령 같은 작은 다리 구조물이 그 풍경을 연출했다. 빛이, 햇빛과 인공의 빛이 기묘하게 혼합되어 있었다.

"……물론 그것은 정부를 곤경에 처하게 했어." 딕비 경이 말하고 있었다. "그런데 그것이 그가 원하는 것이지."

"그래요······. 그는 혼자 힘으로 유명해질 거예요. 그 청년 말이에요." 파지터 부인이 말했다.

마차가 다리 위를 지나서 나무 그림자 속으로 들어갔다. 이제 마차는 공원을 지나서 저녁 나들이옷을 입고 연극을 보러 가거나 저녁 파티에 가는 사람들을 태우고 마블 아치를 향해 물결쳐 흐르는 긴 차량의 행렬에 합류했다. 불빛이 점점 더 인공적으로, 점점 더 노란 빛으로 변해갔다. 유제니가 몸을 기울여 딸의 드레스에 손을 대었다. 매기가 올려다보았다. 그녀는 아직도 그들이 정치에 대해 이야기하고 있다고 생각했었다.

"그래서," 엄마가 그녀의 드레스에 달린 꽃을 가지런히 하며 말했다. 그녀는 고개를 한쪽으로 약간 기울이고 딸의 모습을 흡족한 듯 바라보았다. 갑자기 그녀가 웃음을 터트리며 팔을 뻗었다. "내가 왜 그렇게 늦었는지 아니?" 그녀가 말했다. "그 짓궂은 악동 샐리가······."

그러나 그녀의 남편이 그녀의 말을 가로막았다. 그는 불이 밝혀진 시계를 보았던 것이다.

"아무래도 늦겠군." 그가 말했다.

"하지만 여덟 시 십오 분은 여덟 시 삼십 분을 뜻하지요." 그들이 골목으로 들어설 때 유제니가 말했다.

브라운 거리에 있는 집 안은 모든 것이 조용했다. 가로등 불빛이 채광창을 통해 들어와 다소 변덕스럽게 현관 탁자 위 유리병이 놓인 쟁반, 실크 모자, 금박을 입힌 발톱굽이 있는 의자를 환하게 비추었다. 누군가를 기다리는 것처럼 빈 채로 놓여 있는 그 의자는 마치 이탈리아식 대기실의 금 간 바닥 위에 서 있는 것처럼, 마치 무슨 의식을 거행하고 있는 것처럼 보였다. 그러나 모든 것이 조용했다. 남자 하인인 안토니오는 잠들어 있었다. 하녀 몰리도 잠들어 있었다. 아래층 지하실의 문이 덜컹거리는 것을 제외하곤 모든 것이 고요했다.

집 맨 위층에 있는 침실에서 샐리가 옆으로 누운 채 주의 깊게 귀를 기울이고 있었다. 그녀는 현관문이 삐걱거리는 소리가 들렸다고 생각했다. 열린 창을 통해 무도회 음악이 갑자기 들려와 소리를 들을 수 없었다.

그녀는 침대에 일어나 앉아서 차양이 열린 틈을 통해 밖을 내다보았다. 그 틈으로 그녀는 한 조각의 하늘과 지붕들, 정원의 나무들, 그리고 맞은편에 긴 행렬을 이루며 서 있는 집들의 뒷면을 볼 수 있었다. 그 집들 가운데 한 집에 아주 환히 불이 밝혀져 있었고 열려 있는 긴 창문으로 무도회 음악이 들려왔다. 사람들이 왈츠를 추고 있었다. 그녀는 차양 건너 빙글빙글 돌고 있는 그림자들을 보았다. 책을 읽는다든지, 잠을 잔다는 것은 불가능했다. 처음에는 음악 소리가 들렸고, 다음에는 이야기 소리가 갑자기 들리더니, 그다음에는 사람들이 정원으로 나와 잡담을 하고 있었다. 그리고 음악이 다시 시작되었다.

무더운 여름 밤이었다. 밤이 깊었지만 온 세상이 여전히 살아 움직이는 것 같았다. 차 소리가 멀지만 끊임없이 들렸다.

그녀가 읽고 있었던 것처럼 보이는 빛바랜 갈색 표지의 책이 침대 위에 놓여 있었다. 그러나 책을 읽기란 불가능했다. 잠을 자는 것도 불가능했다. 그녀는 손을 머리 뒤로 얹은 채 베개를 베고 똑바로 누웠다.

"그리고 그가 말하길……." 그녀가 중얼거렸다. "세상은 단지……." 그녀가 멈추었다. 그가 뭐라고 말했지? 단지 사유일 뿐이다. 그랬던가? 벌써 잊어버리기라도 한 듯이 그녀는 자신에게 물었다. 어쨌든, 책을 읽는 것도, 잠을 자는 것도 불가능했으므로 그녀는 스스로가 사유 그 자체가 되고자 했다. 사물에 대해서 생각하는 것보다 사물 역할을 하는 것이 더 쉬웠다. 다리, 몸, 손, 그녀 전부가 그 남자가 말하기를, 살아 있는 세상이라고 했던 이 보편적인 사유 과정의 일부가 되게끔 수동적으로 놓여져 있어야 했다. 그녀는 몸을 쭉 폈다. 생각은 어디에서 시작되지?

발에서? 그녀가 물었다. 두 발은 저기, 한 장의 시트 아래로 뻗어 나와 있었다. 그들은 서로 분리되어 멀리 떨어져 있는 듯 보였다. 그녀는 눈을 감았다. 그러자 그녀의 의지와는 달리 무엇인가가 그녀의 내부에서 굳어졌다. 사유 자체가 되는 것은 불가능했다. 그녀는 무엇인가가 되었다. 흙 속에 깊이 묻혀 있는 뿌리, 차가운 덩어리를 꿰고 있는 잎맥, 가지를 뻗어내는 나무, 나뭇잎이 울창한 가지.

"—햇살이 나뭇잎 사이로 비친다." 그녀가 손가락을 움직이며 말했다. 그녀는 나뭇잎에 비치는 햇살을 확인하기 위해 눈을 떴다가 정원에 서 있는 실제 나무를 보았다. 햇빛에 물들어 있기는커녕 나무에는 잎사귀 하나도 없었다. 그녀는 잠시 동안 자기 자신이 부정당한 것처럼 느꼈다. 그 나무가 검은, 완전히 검은색이기 때문이었다.

그녀는 창턱에 팔꿈치를 괴고 나무를 내다보았다. 사람들이 춤을 추고 있는 방에서 혼란스러운 박수 소리가 들려왔다. 음악이 멎었다. 사람들이 철제 계단을 내려와 파랗고 노란 등불이 벽을 따라 점점이 밝혀진 정원으로 나오기 시작했다. 목소리들이 점점 더 커졌다. 사람들이 더 나오고 또 나왔다. 등불이 띄엄띄엄 비추는 네모난 녹색 정원은 야회복을 입은 여성들의 창백한 형상들과 연회복 차림의 남자들이 꼿꼿하게 서 있는 흑백의 형상들로 가득 찼다. 그녀는 사람들이 들어오고 나가는 모습을 지켜보았다. 그들은 이야기를 나누며 웃고 있었다. 그러나 그들이 나누는 대화를 듣기에는 너무 멀리 떨어져 있었다. 때로 한마디 말이나 웃음소리가 다른 소리보다 더 크게 들리기도 했지만 곧 왁자지껄하는 소리에 묻혀버렸다. 그녀네 정원은 텅 비어 있었고 조용했다. 고양이 한 마리가 담 위를 살며시 미끄러져 가다가 멈춰서더니 무슨 은밀한 용무라도 있는 것처럼 곧 다시 움직였다. 다른 춤곡이 연주되기 시작했다.

"또다시, 몇 번이고 되풀이해서!" 그녀가 참을 수 없다는 듯이 소리쳤다. 신기하게도 건조한 흙냄새를 품은 런던 공기가 차양을 부풀어 오르게 하며 그녀의 얼굴에 불어왔다. 그녀는 침대에 몸을 쭉 펴고 바로 누워 달을 보았다. 달은 그녀 위로 굉장히 높이 떠 있는 것처럼 보였다. 물기 어린 안개가 그 표면을 가로질러 가고 있었다. 이제 안개가 흩어지자 그녀는 하얀 원판 위에 새겨진 무늬를 보았다. 저것은 무엇일까―산? 골짜기? 그녀는 궁금했다. 그리고 반쯤 눈을 감으며 그녀는 혼잣말을 했다. 만약 골짜기라면, 하얀 나무들과 얼음 덮인 계곡들과 나이팅게일, 서로를 부르는 나이팅게일 두 마리, 골짜기를 넘나들며 서로 부르고 대답하는 나이팅게일이 있을 거야. 왈츠 음악이 '서로 부르고 대답하는'이라는 말을 잡아채더니 내던졌다. 그러나 춤곡이 같은 리듬을 반복해서 되풀이하자 그 말들은 거칠어지고 파괴되고 말았다. 그 춤곡은 모든 것을 방해했다. 처음에는 흥미로웠으나 점점 더 지루해져서 마침내는 참기 힘들어졌다. 그러나 아직 한 시 이십분 전이었다.

그녀의 입술이 마치 무엇인가를 깨물려는 말의 입술처럼 벌어졌다. 그 작은 갈색 책은 지루했다. 그녀는 머리 위로 손을 뻗어 낡은 책들이 꽂혀 있는 책꽂이에서 보지도 않고 다른 책을 집어 내렸다. 그녀는 그 책을 아무렇게나 펼쳤다. 그러나 그녀의 시선 은 다른 사람들이 모두 들어가고 난 뒤에도 여전히 정원에 앉아 있는 한 쌍의 남녀 중 한 명에게 사로잡혀 있었다. 무슨 이야기를 하고 있을까? 그녀는 궁금했다. 잔디 위에는 무엇인가 반짝이는 것이 있었고, 흑백의 형상이 몸을 굽혀 그것을 집어 올리는 것을 그녀는 겨우 볼 수 있었다.

"그리고 그가 그것을 집어 올리면서," 그녀가 밖을 보면서 중얼 거렸다. "곁에 있는 숙녀에게 말을 하는 거야. 봐요, 스미스 양. 내 가 잔디 위에서 무엇을 찾았는지. 내 마음 한 조각이에요. 부서진 내 마음이오.[5] 그가 말하지. 내가 잔디 위에서 찾았어요. 내가 그 것을 내 가슴에 달고 있어요." 그녀는 우울한 왈츠 음악에 맞춰 이렇게 중얼거렸다. "부서진 내 심장, 이 깨진 유리, 왜냐하면 사 랑은ㅡ" 그녀가 말을 멈추고 책으로 눈길을 돌렸다. 책 안쪽 속 지에 이렇게 적혀 있었다.

'사라 파지터에게 사촌 에드워드 파지터가.'

"……왜냐하면 사랑은 가장 소중한 것이니까요." 그녀가 노래 를 끝냈다.

그녀는 첫 장을 펼쳐 읽었다.

"소포클레스의 『안티고네』, 에드워드 파지터가 영어 운문으로 번역함."

다시 한 번 그녀는 창밖을 내다보았다. 그 남녀 한 쌍은 자리 를 뜨고 철제 계단을 올라가고 있었다. 그녀는 그들을 지켜보았 다. 그들이 무도회장으로 들어갔다. "그리고 한참 춤을 추고 있다

5 당시 대중적인 왈츠 〈무도회가 끝난 후〉의 노랫말에 대한 인유.

가," 그녀가 중얼거렸다. "그녀가 그것을 떼어낸다면. 그리고 그것을 바라보다가 말하는 거지. '이게 뭐예요?' 그것은 단지 깨진 유리 조각일 뿐인 거야. 깨진 유리……." 그녀는 다시 책을 내려다보았다.

"소포클레스의 『안티고네』." 그녀가 읽었다. 그 책은 아직 읽지 않은 새것이었다. 책장을 펼치자 갈라지는 소리가 났다. 그녀는 처음으로 그 책을 펴보는 것이었다.

"소포클레스의 『안티고네』, 에드워드 파지터가 영어 운문으로 번역함." 그녀가 다시 읽었다. 그가 옥스퍼드에서 그녀에게 그 책을 주었다. 그들이 교회와 도서관들 사이를 천천히 걸어가고 있던 어느 무더운 오후였다. "느릿느릿 걸어가면서, 탄식하면서," 책장을 넘기며 그녀가 흥얼거렸다. "그리고 그가 내게 말했지. 낮은 안락의자에서 일어서면서, 손으로 머리를 빗어 넘기면서." 그녀는 창밖을 바라보았다. "내 헛된 젊음, 내 헛된 젊음." 왈츠곡이 이제 가장 강렬한 곳에, 가장 구슬픈 곳에 이르렀다. 그녀가 음악에 맞춰서 흥얼거렸다. "이 깨진 유리, 이 꺼져가는 마음을 손에 들고, 그가 내게 말했어요……." 이때 음악이 멎었다. 박수 소리가 나더니 춤추던 사람들이 다시 정원으로 나왔다.

그녀는 책장을 건너뛰었다. 처음에 그녀는 아무데나 눈에 띄는 대로 한 줄 혹은 두 줄을 읽었다. 그녀가 건너뛰며 읽는 동안에 이어지지 않고 어지러이 흩어져 있던 어휘 더미에서 장면들이 빠르게, 정확하지 않게 떠올랐다. 살해된 남자의 시체가 매장되지 못하고 쓰러진 통나무처럼, 조각상처럼, 한쪽 다리를 공중으로 뻣뻣하게 치켜든 채 놓여 있었다. 독수리들이 모여들었다. 날개를 퍼덕이며 새들은 은빛 모래 위로 내려왔다. 급강하해서 내려와 선회하던 가장 큰 새들이 뒤뚱거리며 다가왔다. 흔들리는 회색 목젖을 퍼덕이며 그들은 깡충거리며 — 그녀는 읽으면서 손으로 이불을 쳤다 — 거기 그 덩어리로 다가왔다. 재빨리, 재빨리, 재빨리 낚아채기를 반복하며 그들은 그 썩어가는 살에 덤벼들었다. 그래. 그녀는 밖을 보며 정원의 나무를 바라보았다. 살해된 남자의 시체가 매장되지 못한 채 모래 위에 놓여 있었다. 그때 노란 구름 속에서 달려왔다. 누가? 그녀는 재빨리 책장을 넘겼다. 안티고네? 그녀가 먼지 구름 속에서 나와 독수리들이 공중을 선회하고 있는 곳으로 달려와서는 시커멓게 된 발 위로 하얀 모래를 끼얹었다. 그녀는 시커먼 발 위로 뽀얀 먼지가 떨어져 내리도록 두고 그곳에 서 있었다. 그때, 보라! 더 많은 구름이, 검은 구름이 일어났다. 말을 탄 남자들이 말에서 뛰어내렸다. 그녀가 붙잡혔다. 그녀의 손목은 버드나무 밧줄로 묶였다. 그들이 그녀를 끌고 갔다. 어디로?

정원에서 웃음소리가 크게 일었다. 그녀는 고개를 들었다. 그들이 그녀를 어디로 끌고 갔을까? 그녀가 물었다. 정원은 사람들로 가득했다. 사람들이 하고 있는 말이 한마디도 들리지 않았다. 사람들의 모습이 들고 나며 움직이고 있었다.

"존경받는 통치자의 존경할 만한 법정으로?" 그녀가 아무렇게나 한두 개의 단어를 골라 중얼거렸다. 그녀는 아직도 정원을 내다보고 있었기 때문이었다. 그 남자의 이름은 크레온이었다. 그가 그녀를 묻었다. 달빛이 빛나는 밤이었다. 선인장의 잎들은 날카로운 은색이었다. 허리감개를 입은 남자가 망치로 벽돌을 세 번 세게 두드렸다. 그녀는 산 채로 매장되었다. 벽돌로 쌓아 올린 무덤이었다. 그녀가 똑바로 누울 만한 공간밖에 없었다. 벽돌무덤 속에 똑바로. 그녀가 말했다. 이렇게 끝나네. 책을 덮으며 그녀가 하품을 했다.

그녀는 차갑고 부드러운 시트 아래에 몸을 펴고 누웠다. 그리고 베개를 당겨 귀를 막았다. 침대 맨 아래에는 차갑고 상쾌한 매트리스가 길게 깔려 있었다. 음악 소리가 흐릿해졌다. 갑자기 그녀의 몸이 떨어져 내려 바닥에 닿았다. 검은 날개가 그녀의 정신을 스치고 지나가면서 침묵과 텅 빈 공간을 남겼다. 모든 것들―음악, 목소리들―이 퍼져서 막연해졌다. 책이 바닥에 떨어졌다. 그녀가 잠들었다.

"아름다운 밤이에요." 파트너와 함께 철제 계단을 올라가던 소녀가 말했다. 그녀가 손을 난간에 올려놓았다. 난간이 매우 차갑게 느껴졌다. 그녀는 위를 올려다보았다. 한 조각의 노란 빛이 달무리를 이루고 있었다. 마치 달을 에워싸고 웃는 것처럼 보였다. 그녀의 파트너도 올려다보았다. 그는 수줍어서 아무 말도 못 하고 계단을 한 칸 더 올라갔다.

"내일 경기에 가실 겁니까?" 서로에 대해 거의 아는 것이 없었기 때문에 그는 딱딱하게 말했다.

"제 오빠가 저를 데리러 시간 맞춰 온다면요." 그녀가 말하고는 역시 한 계단을 더 올라갔다. 그들이 무도회장에 들어갔을 때 그는 그녀에게 가볍게 목례를 하고 그녀를 떠났다. 그의 파트너가 기다리고 있었기 때문이었다.

이제 구름을 벗어난 달이 텅 빈 공간에 놓여 있었다. 마치 달빛이 구름의 묵직함을 흡수해서 완벽하게 깨끗한 거리를, 향연을 위한 무도회장을 남겨놓은 것 같았다. 한동안 아롱진 진주빛 하늘이 고스란히 남아 있었다. 그러고는 갑작스레 바람이 불었다. 그리고 조각구름이 달을 가로질러 갔다.

침실에서 소리가 났다. 사라가 몸을 뒤척였다.

"누구지?" 그녀가 중얼거렸다. 그녀가 일어나서 눈을 비볐다.

그녀의 언니였다. 그녀가 머뭇거리며 문간에 서 있었다. "자니?" 그녀가 낮은 목소리로 말했다.

"아니." 사라가 말했다. 그녀는 눈을 비볐다. "깨어 있어." 눈을 뜨면서 그녀가 말했다.

매기가 방을 가로질러 와서 침대 가장자리에 걸터앉았다. 차양이 바람을 안고 부풀어 올랐다. 시트가 침대 밖으로 미끄러지고 있었다. 잠시 동안 그녀는 몽롱했다. 무도회장에서 돌아오면 방은 아주 지저분해 보였다. 세면대에는 칫솔이 담긴 커다란 컵이 있었다. 책 한 권이 바닥에 떨어져 있었다. 그녀가 몸을 숙여 그책을 집어 들었다. 그녀가 그러고 있는 동안 음악 소리가 거리를 따라 울려 퍼졌다. 그녀가 차양을 들췄다. 엷은 빛깔의 드레스를 입은 여자들, 흑백으로 옷을 입은 남자들이 계단으로 몰려들어 무도회장으로 들어가고 있었다. 간헐적으로 말소리와 웃음소리가 정원을 넘어 바람에 실려 왔다.

"저기서 무도회가 있었니?" 그녀가 물었다.

"응, 거리 아래에서." 사라가 말했다.

매기는 밖을 내다보았다. 이 정도 멀리에서면 음악은 낭만적으로, 신비하게 들렸고, 색깔들은 서로 겹쳐 흘러들어서 분홍색도 아니고 흰색도 파란색도 아니었다.

매기는 몸을 펴고 옷에 달고 있던 꽃을 떼어냈다. 꽃은 시들어가고 있었다. 하얀 꽃잎이 거뭇거뭇해지고 있었다. 그녀는 다시 창밖을 내다보았다. 빛들이 뒤섞여 매우 기묘해 보였다. 어떤 잎사귀는 진한 녹색이었고 또 어떤 잎사귀는 환한 하얀색이었다. 나뭇가지들은 각각 다른 높이에서 서로 뒤얽혀 있었다. 그때 사라가 웃음을 터뜨렸다.

"누군가 언니에게 유리 조각을 주었어?" 그녀가 말했다. "이렇게 말하면서. 파지터 양…… 부서진 내 마음?"

"아니," 매기가 말했다. "그들이 왜 그래야 하니?" 그녀의 무릎 위에 있던 꽃이 바닥으로 떨어졌다.

"난 생각했지," 사라가 말했다. "정원에 있는 사람들이……."

그녀가 창문을 향해 손을 흔들었다. 그들은 잠시 말없이 춤곡에 귀를 기울였다.

"그러면 언니 옆에 누가 앉았어?" 사라가 한참 만에 물었다.

"금빛 레이스를 입은 어떤 남자." 매기가 말했다.

"금빛 레이스?" 사라가 반문했다

매기는 잠자코 있었다. 그녀는 방에 익숙해지고 있었다. 이 어지럽혀진 방과 반짝이는 무도회장의 차이가 점차 스러지고 있었다. 그녀는 열린 창문으로 불어오는 바람을 맞으며 침대에 누워 있는 동생이 부러웠다.

"그가 파티에 가려고 했기 때문에." 그녀가 말했다. 그녀는 말을 멈추었다. 무언가 그녀의 눈길을 끌었다. 나뭇가지 하나가 가벼운 바람에 위아래로 흔들렸다. 매기가 차양을 들어 올려서 창문이 가려지지 않게 했다. 이제 그녀는 하늘 전체와 집들과 정원의 나뭇가지들을 볼 수 있었다.

"달이었구나." 그녀가 말했다. 이파리들을 하얗게 만들고 있는 것은 달이었다. 그들 둘은 완벽하게 닦여 윤이 나는, 아주 선명하고 단단한 은화처럼 빛나는 달을 바라보았다.

"하지만 만약 그들이 오, 부서진 내 마음, 이라고 말하지 않는다면," 사라가 말했다. "사람들은 파티에서 무슨 이야기를 하지?"

매기가 장갑에서 붙어 나온 하얀 티끌을 팔에서 떼어냈다.

"어떤 사람들은 이런 일을 이야기하고," 그녀가 자리에서 일어나며 말했다. "또 어떤 사람들은 저런 일을 이야기하지."

그녀는 이불 위에 놓여 있던 작은 갈색 책을 집어 들고 침대보를 매끈하게 정리했다. 사라가 그녀의 손에서 책을 받아 들었다.

"이 남자가," 그녀가 그 못생기고 작은 갈색 책자를 톡톡 치며 말했다. "세상은 사유일 뿐이라고 말했어, 매기 언니."

"그래?" 매기가 그 책을 세면대 위에 올려놓으며 말했다. 자신을 거기에 서 있게 하고 계속 말하게 하려는 책략이라는 것을 그녀는 알고 있었다.

"그게 진실이라고 생각해?"

"그럴 수도." 자신이 무슨 말을 하는지 별생각도 없이 매기가 말했다. 그녀는 커튼을 치려고 손을 뻗었다.

"세상은 사유일 뿐이다. 그렇게 말했다고?" 그녀가 열린 채로 있는 커튼을 붙잡고 되풀이했다.

마차가 서펜타인을 가로질러 가고 있을 때 그녀는 바로 그런 류의 생각을 하고 있었다. 그녀의 엄마가 그녀를 방해했을 때였다. 저것이 나인가, 아니면 이것이 나인가? 우리는 하나인가, 아니면 우리는 분리되어 있는가? ─ 그런 종류의 생각.

"그러면 나무들과 색깔들에 대해서는?" 그녀가 돌아서며 말했다.

"나무들과 색깔들?" 사라가 반복했다.

"만일 우리가 나무들을 보지 않는다면 나무들이 존재할까?" 매기가 말했다.

"'나'는 무엇이지?…… '나'……." 그녀가 말을 멈추었다. 자신이 무슨 말을 하려는 것인지 그녀는 알지 못했다. 그녀는 말이 되지 않는 소리를 하고 있었다.

"그래." 사라가 말했다. "'나'는 무엇이지?" 언니가 방을 떠나는 것을 막으려는 것인지, 아니면 그 질문에 대해 토론을 하고 싶어서인지 그녀가 언니의 치맛자락을 꼭 움켜잡았다.

"'나'는 무엇이지?" 그녀가 되풀이했다.

그러나 문밖에서 바스락거리는 소리가 들리더니 그녀의 어머니가 들어왔다.

"오 사랑스런 나의 아이들!" 그녀가 소리쳤다. "아직도 잠자리에 들지 않았니? 아직도 이야기 중이야?"

그녀는 아직도 파티의 분위기에서 벗어나지 못한 것처럼 활짝 웃음을 머금고 상기된 채로 방을 가로질러 들어왔다. 그녀의 목과 팔 위에서 보석들이 반짝거렸다. 그녀는 아주 아름다웠다. 그녀가 주위를 둘러보았다.

"꽃이 바닥에 떨어져 있고, 모든 것이 어지럽혀져 있구나." 그녀가 말했다. 그녀는 매기가 떨어뜨렸던 꽃을 집어서 입술로 가져갔다.

"제가 책을 읽고 있었기 때문이에요, 엄마. 돌아오시기를 기다리느라." 사라가 말했다. 그녀는 엄마의 손을 잡고 맨살이 드러난 팔을 두드렸다. 그녀가 엄마의 몸짓을 아주 정확하게 흉내 냈기 때문에 매기는 미소를 지었다. 그들은 대조적이었다. 파지터 부인은 매우 호화스러웠고 사라는 몹시 앙상했다. 그러나 그 흉내는 효과가 있었다고 그녀는 혼자 생각했다. 파지터 부인이 자신을 침대로 끌어당기도록 내버려 두었던 것이다. 그 흉내는 완벽했다.

"하지만 넌 곧 자야 한다, 샐." 그녀가 단호하게 말했다. "의사가 뭐랬니? 똑바로 누워 있으라고, 가만히 누워 있으라고 했지?" 그녀가 딸의 등을 베개 위로 밀었다.

"똑바로 가만히 누워 있었어요." 사라가 말했다. "이제"―그녀는 엄마를 올려다보았다―"파티에 대해서 말해주세요."

매기는 창가에 똑바로 서 있었다. 그녀는 철제 계단을 내려오는 남녀들을 보고 있었다. 곧 정원은 들고 나며 움직이는 희미한 흰색과 분홍색 차림의 형상들로 가득 찼다. 그녀는 등 뒤에서 그들이 파티에 대해서 이야기하는 것을 반쯤 듣고 있었다.

"정말 훌륭한 파티였단다." 그녀의 엄마가 말하고 있었다.

매기는 창밖을 바라보았다. 네모진 정원은 서로 다른 색조들로 가득 찼다. 그들은 서로 겹쳐져서 물결치는 듯이 보였다가 집 안에서 불빛이 내리비추는 곳으로 들어서면 갑자기 야회복을 완벽하게 차려입은 숙녀와 신사 들로 바뀌었다.

"생선 칼이 없었어요?" 그녀는 사라가 말하는 것을 들었다.

그녀는 돌아섰다.

"제 옆에 앉았던 남자가 누구였죠?" 그녀가 물었다.

"매튜 메이휴 경이었지." 파지터 부인이 말했다.

"매튜 메이휴 경이 누군데요?" 매기가 말했다.

"아주 유명한 분이란다, 매기!" 그녀의 엄마가 손을 펼치며 말했다.

"아주 유명한 분." 사라가 그녀의 말을 따라했다.

"정말이란다." 어쩌면 그녀의 어깨 때문에 사랑하고 있는 것인지도 모를 딸에게 미소를 지어 보이며 파지터 부인이 되풀이해 말했다.

"그의 옆에 앉았던 것은 굉장한 영광이란다, 매기." 그녀는 말을 계속했다. "굉장한 영광이지." 그녀가 나무라듯이 말했다. 그녀는 마치 어떤 장면을 보고 있는 것처럼 말을 멈추었다. 그녀는 위를 올려다보았다.

"그리고 그때," 그녀가 다시 말을 이었다. "메리 파머가 내게 어느 아가씨가 댁의 따님이냐고 물었을 때, 나는 매기가 멀찍이 떨어진 그 방의 맞은편 끝쪽에서 마틴과 이야기를 나누고 있는 것을 보았지. 그녀가 평생 동안 매일이라도 버스에서 마주칠 수 있을 마틴과 말이야!"

그녀의 말은 강세를 띠고 있어 마치 오르락내리락하는 것 같이 들렸다. 그녀는 샐리의 맨살이 드러난 팔을 손가락으로 가볍게 두드리면서 한층 더 리듬을 강조했다.

"하지만 저는 마틴을 매일 만나지 않아요." 매기가 항의했다.

"그가 아프리카에서 돌아온 후로 전 한 번도 만난 적이 없어요." 그녀의 엄마가 그녀를 제지했다.

"하지만 너는 네 사촌과 이야기를 나누기 위해 파티에 가는 것은 아니란다, 사랑하는 매기야. 네가 파티에 가는 것은—"

이때 춤곡이 요란하게 들려왔다. 첫 번째 가락은 마치 춤출 사람들에게 돌아오라고 긴급하게 소환하는 것처럼 열광적인 기운을 띠고 있는 듯했다. 파지터 부인이 중간에서 말을 멈췄다. 그녀는 한숨을 쉬었다. 그녀의 몸이 나른하고 유순하게 풀리는 것 같았다. 그녀의 크고 검은 눈동자 위로 무거운 눈꺼풀이 살짝 내려왔다. 그녀는 음악에 맞춰 천천히 고개를 흔들었다.

"저게 무슨 곡이지?" 그녀가 중얼거렸다. 그녀는 손으로 장단을 맞추며 그 음조를 흥얼거렸다. "저 곡에 맞춰서 춤을 추곤 했었는데."

"지금 춰 보세요, 엄마." 사라가 말했다.

"그래요, 엄마. 엄마가 어떻게 춤추곤 했는지 우리에게 보여주세요." 매기가 엄마를 재촉했다.

"하지만 파트너도 없이?" 파지터 부인이 항의하듯 말했다.

매기가 의자를 옆으로 치웠다.

"파트너를 상상해 보세요." 사라가 그녀에게 말했다.

"그럼," 파지터 부인이 말했다. 그녀가 일어섰다. "이렇게 하는 거야." 그녀가 말했다. 그녀는 잠시 멈췄다. 그녀는 한 손으로 치맛자락을 펼쳐 잡았다. 그녀는 꽃을 들고 있는 다른 손을 살짝 구부렸다. 매기가 치워준 공간에서 그녀는 빙글빙글 빙그르르 돌았다. 그녀는 아주 당당하게 움직였다. 팔과 다리가 음악의 경쾌하고 부드러운 가락을 따라 굽혀지고 흐르는 것처럼 보였다. 음악에 맞춰 그녀가 춤을 추는 동안 음악 소리가 점점 더 크고 분명하게 들려왔다. 그녀는 의자와 탁자 사이로 들고 나면서 빙글빙글 돌았다. "자!" 음악이 멎었을 때 그녀가 외쳤다. 그녀가 "자!" 하며 한숨을 내쉴 때 그녀의 몸은 저절로 접히고 닫히는 것 같더니 단 한 번의 동작으로 침대 가장자리에 가라앉았다.

"근사해요!" 매기가 외쳤다. 그녀의 시선은 찬탄의 빛을 담고 엄마를 바라보았다.

"터무니없는 소리." 살짝 숨을 거칠게 내쉬며 파지터 부인이 웃었다. "난 이제 춤을 추기에는 너무 나이가 들었어. 하지만 젊었을 때에는, 내가 너희 나이였을 때에는―" 그녀는 숨을 고르며 앉아 있었다.

"엄마는 춤을 추며 집 안에서 테라스로 나가 꽃다발 속에 꽂혀 있던 작은 쪽지를 발견하셨죠―" 엄마의 팔을 쓰다듬으며 사라가 말했다. "그 이야기를 해주세요, 엄마."

"오늘 밤엔 안 돼." 파지터 부인이 말했다. "들어봐라―시계가 종을 울리는구나!"

웨스트민스터 사원이 아주 가까웠기 때문에 시간을 알리는 종 소리가 방 안을 가득 채웠다. 그 소리는 마치 무엇인가를 힘겹게 숨기면서도 한숨 끝에 또 한숨을 서둘러 잇는 부드러운 한숨이 몰아치는 것과도 같이 부드럽게, 소란스럽게 들려왔다. 파지터 부인이 종소리를 헤아렸다. 밤이 매우 깊어 있었다.

"언젠가 정말 있었던 이야기를 해주마." 그녀는 딸에게 잘 자라는 키스를 하려고 몸을 구부리며 말했다.

"지금이요! 지금 해주세요!" 사라가 그녀를 꼭 잡고 말했다.

"안 돼, 지금은—지금은 안 돼!" 파지터 부인이 딸의 손을 뿌리치며 웃었다. "아빠가 나를 부르고 있구나!"

그들은 문밖 복도에서 나는 발걸음 소리를 들었다. 이어서 딕비 경의 목소리가 문 앞에서 들려왔다.

"유제니! 밤이 깊었어, 유제니!" 그들은 그가 말하는 것을 들었다.

"가요!" 그녀가 외쳤다. "지금 가요!"

사라가 그녀의 옷자락을 잡고 매달렸다. "아직 우리에게 꽃다발에 대한 이야기를 해주시지 않았잖아요, 엄마!" 그녀가 소리쳤다.

"유제니!" 딕비 경이 다시 불렀다. 그의 목소리는 단호하게 들렸다. "당신이 잠궜소—"

"네, 네, 네." 유제니가 말했다. "다음에 정말 있었던 이야기를 해줄게." 그녀가 자신을 붙잡고 있는 딸에게서 빠져나오며 말했다. 그녀는 두 딸에게 재빨리 키스하고 방을 나갔다.

"엄마는 우리에게 이야기해주시지 않을 거야." 매기가 장갑을 집어 들면서 말했다. 그녀는 다소 쓸쓸함을 담아서 말했다.

그들은 복도에서 들려오는 말소리에 귀를 기울였다. 아빠의 목소리가 들렸다. 그는 타이르고 있었다. 그의 목소리는 싸우는 것처럼, 화가 난 것처럼 들렸다.

"다리 사이에 칼을 차고 발끝으로 위아래로 빙 돌면서. 팔 밑에는 오페라 모자를 끼고 다리 사이에 칼을 차고," 사라가 주먹으로 베개를 세게 두드리며 말했다.

목소리들이 멀어지더니 아래층으로 내려갔다.

"그 쪽지가 누구에게서 온 것이라고 생각하니?" 매기가 말했다.

그녀는 베개에 얼굴을 파묻고 있는 동생을 보며 말을 멈췄다.

"쪽지? 무슨 쪽지?" 사라가 말했다. "아, 그 꽃다발 속에 있던 쪽지. 기억이 나지 않아." 그녀가 말했다. 그녀는 하품을 했다.

매기가 창문을 닫은 다음 빛이 새어 들어올 정도의 틈을 남기고 커튼을 쳤다.

"커튼을 완전히 쳐줘, 매기 언니." 사라가 신경질적으로 말했다. "그 시끄러운 소리를 막아줘."

그녀는 창 쪽으로 등을 돌리고 몸을 동그랗게 웅크렸다. 아직도 계속되고 있는 음악 소리를 막으려는 듯이 그녀가 베개를 들어 머리 위에 올려놓았다. 그녀는 베개 틈새에 얼굴을 파묻었다. 주름 잡힌 새하얀 시트 속에서 그녀는 동그랗게 말린 번데기처럼 보였다. 오직 그녀의 콧잔등만이 밖으로 드러나 있었다. 그녀의 엉덩이와 다리는 시트 한 장으로 덮인 채 침대 끝에 튀어나와 있었다. 그녀가 깊은 한숨을 내쉬었다. 반쯤은 코를 고는 소리였다. 그녀는 이미 잠들어 있었다.

매기는 복도를 따라갔다. 그녀는 아래쪽 현관에 불빛이 있는 것을 보았다. 그녀는 멈춰 서서 난간 너머로 내려다보았다. 현관 홀이 환하게 밝혀져 있었다. 그녀는 홀에 있는 금박을 입힌 발톱 굽이 있는 커다란 이탈리아식 의자를 볼 수 있었다. 그녀의 어머

니가 그 위에 망토를 던져 놓아서 진홍색 덮개 위로 부드러운 금
빛 자락을 드리우고 있었다. 그녀는 홀에 있는 탁자 위에 위스키
와 탄산수가 담긴 쟁반이 놓여 있는 것을 볼 수 있었다. 그때 그녀
는 아버지와 어머니가 부엌 계단을 올라오면서 이야기를 주고받
는 소리를 들었다. 그들은 지하실에 내려갔었던 것이다. 거리 위
쪽에 강도가 들었었다. 그녀의 어머니는 부엌문에 새 자물쇠를
채우겠다고 약속했었지만 잊어버렸던 것이다. 그녀는 아버지가
말하는 소리를 들을 수 있었다.

"……그들이 그걸 녹여버렸어. 우리는 그것을 다시 되돌려 받
지 못할 거요."

매기는 몇 계단을 더 올라갔다.

"정말 미안해요, 딕비." 그들이 현관 홀로 들어설 때 유제니가
말했다. "내 손수건에 매듭을 지어놓겠어요. 내일 아침 식사가 끝
나면 바로 갈게요……. 꼭이요." 망토를 팔에 걸쳐 들며 유제니가
말했다. "내가 직접 가겠어요. 가서 말하겠어요. '토이 씨, 당신의
변명은 충분히 들었어요. 아뇨, 토이 씨. 당신은 여러 번이나 나를
속여왔어요. 이렇게 오랫동안 말이지요!'"

잠깐 동안 침묵이 흘렀다. 매기는 탄산수가 컵에 쏟아지는 소
리와 유리잔이 부딪히는 소리를 들을 수 있었다. 그리고 불이 꺼
졌다.

1908년

3월이었다. 바람이 불고 있었다. 그러나 딱히 '불고 있는' 것은 아니었다. 마구 휘갈기고, 채찍질하는 바람이었다. 그렇게 모질게 부는 바람이었다. 계절에 어울리지 않는 바람이었다. 얼굴색을 바래게 하고 코끝을 빨갛게 할 뿐 아니라 치맛자락을 잡아채 올려 통통한 다리를 드러내게 하고 바짓자락 속의 깡마른 정강이가 드러나게 했다. 거기에는 원만함도, 결실도 없었다. 낮의 곡선과도 같았지만, 쓸모 있게 곡식을 베는 낮이 아니라 척박한 불모지에서 흥청거리며 파괴하는 낮이었다. 바람이 한 차례 세찬 광풍으로 색채를 날려 보냈다. 국립미술관에 있는 렘브란트의 그림, 본드 거리[1] 진열장 안에 있는 순도 높은 루비의 빛깔조차도, 한 차례 바람이 불면 모든 색채가 사라졌다. 바람의 번식지가 있다면 그곳은 오염된 도시의 둑 위에 있는 우중충한 구빈원 옆에 널브러져 있는 양철 깡통 사이에 있는 아일 오브 독스[2]에 있었다. 바람은 썩은 나뭇잎들을 날려 올려 비천한 존재가 존속할 기간

1 런던의 고급 쇼핑 거리. 특히 보석상가로 유명하다.
2 영국 런던 템스 강변 북부에 있는 섬.

을 한 번 더 허용하며 비웃고 조롱했으나, 조롱받고 경멸받는 것들의 자리를 채울 것은 실어오지 않았다. 나뭇잎들이 아래로 떨어졌다. 비창조적이고, 비생산적이며, 파괴하는 데서 기쁨을 외치고, 나무껍질을 벗기고 꽃봉오리를 지게 하고 앙상한 뼈를 드러내는 위력을 뽐내며, 바람은 모든 창문들을 창백하게 만들었다. 바람은 클럽마다 노신사들을 가죽 냄새 나는 구석진 곳으로 깊이 더 깊이 내몰았고 침실과 부엌에 있는 노부인들을 의자 덮개와 쿠션 장식 타래 사이에서 가죽 같은 뺨을 하고 멍하니 시무룩하게 앉아 있게 했다. 농탕질을 만끽하며 바람은 거리를 텅 비게 만들었다. 바람은 앞을 막아선 몸을 쓸어내고 아미 앤 네이비 백화점 밖에 서 있는 쓰레기차에 세차게 부딪히며 불어와 보도 위에 쓰레기를 흩뿌렸다. 낡은 봉투들, 뭉친 머리카락, 피가 묻거나, 누렇게 더럽혀지거나 잉크 자국이 번진 종이들을 흩날려 석고 다리로, 가로등 기둥으로, 우편함으로 휙 날려 보내고는 구역 철책에 닿자 허겁지겁 한풀 기세를 접었다.

관리인인 매티 스타일스는 브라운 거리에 있는 집 지하실에 웅크리고 앉아 위를 올려다보았다. 보도를 따라 먼지가 일었다. 먼지는 문 아래로, 창틀 틈새로 스며들어 와 옷장과 서랍장에 올라앉았다. 그러나 그녀는 개의치 않았다. 그녀는 운이 따르지 않는 사람들 가운데 하나였다. 그녀는 이 일이 안정된 일거리라고, 어떻게든 여름이 지날 때까지는 분명히 지속될 일이라고 생각해왔었다. 그 부인이 죽었고, 남자 또한 죽었다. 그녀는 경찰관인 아들을 통해 이 일을 얻었다. 지하실이 딸린 이 집은 크리스마스 이전에는 나가지 않을 거라고 사람들은 그녀에게 말했다. 그녀는 부동산 중개업자가 보낸 요청서를 들고 집을 보러 온 이들에게 단지 집 안을 둘러보게 해주기만 하면 되었다. 그러면 그녀는 언제나 지하실에 대해, 그곳이 얼마나 눅눅한지에 대해 언급했다. "천장에 저 얼룩을 보세요." 천장에는 분명히 얼룩이 있었다. 그래도 중국에서 왔다는 그 일행은 그 집을 마음에 들어했다. 자기에게 알맞은 집이라고 그는 말했다. 그는 런던에 사업체를 가지고 있다고 했다. 그녀는 운이 따르지 않는 사람들 가운데 하나였던 것이다. 석 달 만에 핌리코에 있는 아들에게 가서 함께 지내게 된 것이다.

벨이 울렸다. 실컷 울리라지, 울리라구, 울리라니까, 그녀가 투덜거렸다. 그녀는 더 이상 문을 열어주지 않을 작정이었다. 누군가 현관 계단에 서 있었다. 그녀는 철책을 배경으로 서 있는 다리 한 쌍을 볼 수 있었다. 원한다면 얼마든지 벨을 울리라지. 집은 이미 팔렸는걸. 저 남자는 알림판에 써 놓은 공지를 볼 수 없단 말인가? 글을 읽을 줄 모른단 말인가? 눈이 없단 말인가? 그녀는 회색 재로 덮인 불 옆에 더 가까이 다가가 움츠리고 앉았다. 그녀는 카나리아 새장과 그녀가 세탁해야 할 더러운 린넨 천 사이로 현관 계단에 서 있는 그의 다리를 볼 수 있었다. 그러나 이 바람이 그녀의 어깨를 몹시 쑤시게 하고 있었다. 집이 무너지도록 벨을 울리라지, 그녀가 상관할 바가 아니었다.

마틴이 그곳에 서 있었다.

'팔렸음.' 부동산 중개소의 알림판에 가로로 붙인 진한 빨간색 종이 띠에 그렇게 쓰여 있었다.

"벌써!" 마틴이 말했다. 그는 브라운 거리에 있는 그 집을 보러 한 바퀴 돌았던 참이었다. 그런데 그 집은 이미 팔렸던 것이다. 그 빨간 띠가 그에게 충격을 주었다. 이미 팔렸다니, 딕비는 불과 석

달 전에 죽었을 뿐인데, 유제니가 죽은 지 채 일 년이 지나지도 않았다. 그는 잠시 동안 먼지더께로 더러워진 검은 창문들을 바라보며 서 있었다. 18세기 언젠가 지어진 그 집은 특색 있는 집이었다. 유제니는 그것을 자랑스러워했었다. 그리고 나도 이곳에 오는 것을 좋아했었지. 그는 생각했다. 그러나 지금은 묵은 신문 한 부가 현관 계단에 놓여 있었다. 짚단이 철책에 걸려 있었다. 그리고 차양이 드리워져 있지 않았기에 그는 빈 방을 들여다볼 수 있었다. 어느 여자가 지하실에 있는 새장 뒤에서 그를 올려다보고 있었다. 벨을 울려봐야 소용이 없었다. 그는 돌아섰다. 거리를 내려가는 동안, 무엇인가가 소멸되었다는 느낌이 그를 엄습했다.

더럽고, 끔찍한 종말이로군, 그는 생각했다. 나는 그곳에 가는 것을 좋아했었는데. 그러나 그는 불쾌한 생각에 골몰하고 싶지 않았다. 무슨 소용인가? 그는 자신에게 물었다.

"스페인 왕의 딸이," 그는 모퉁이를 돌며 그는 흥얼거렸다. "나를 방문했다네⋯⋯."[3]

"크로스비 할멈이 얼마나 오랫동안 나를 기다리게 할 작정이지?" 애버콘 테라스에 있는 집의 현관 계단에 서서 벨을 울리며 그가 중얼거렸다. 바람이 몹시 찼다.

건축학적으로 중요하지는 않지만 가족이 살기에 편리하다는 데에는 의심의 여지가 없는 큰 저택의 황갈색 정면을 바라보며 그는 서 있었다. 그의 아버지와 누이가 아직 이곳에 살았다. "이젠 그녀도 시간이 오래 걸리는군," 바람에 몸을 떨면서 그는 생각했다. 그러나 이내 문이 열리고 크로스비가 나타났다.

"잘 있었나, 크로스비!" 그가 말했다.

3 동요 노랫말.

그녀가 금니를 드러내며 활짝 웃었다. 그녀는 언제나 그를 제일 예뻐했다고들 했다. 그리고 그 생각에 그는 오늘 기분이 좋아졌다.

"세상 사는 게 어때?" 그녀에게 모자를 건네주며 그가 물었다.

그녀는 거의 달라지지 않았다. 좀 더 주름지고, 좀 더 각다귀처럼 보이고 그녀의 파란 통방울눈이 전보다 더 두드러져 보였을 뿐이다.

"류머티즘은 어때?" 그가 코트 벗는 것을 도와주는 그녀에게 물었다. 그녀는 말없이 웃었다. 그는 친근함을 느꼈고 그녀가 여전한 것을 보자 흐뭇했다. "그리고 엘리너 아가씨는?" 거실 문을 열면서 그가 물었다. 거실은 비어 있었다. 그녀는 거기에 없었다. 그러나 그녀가 그곳에 있었던 것이 틀림없었다. 탁자 위에 책 한 권이 놓여 있었던 것이다. 하나도 바뀌지 않은 것을 보고 그는 기뻤다. 그는 벽난로 앞에 서서 어머니의 초상화를 바라보았다. 몇 해가 지나는 동안 그것은 더 이상 어머니가 아니게 되었다. 이제는 하나의 예술작품이 되었다. 그러나 먼지가 꼈다.

풀밭에 꽃이 피어 있었는데. 어두운 구석 부분을 들여다보며 그는 생각했다. 그러나 이제 거기에는 더러워진 갈색 물감칠 외에는 아무것도 없었다. 그런데 그녀는 무얼 읽고 있었지? 그는 궁금했다. 그는 찻주전자에 기대어 세워놓은 책을 집어 들고 보았다. "르낭."[4] 그가 읽었다. "어째서 르낭이지?" 기다리는 동안 책을 펼쳐서 읽기 시작하며 그가 중얼거렸다.

"마틴 도련님이에요, 아가씨." 서재 문을 열면서 크로스비가 말했

---

4 에르네스트 르낭(Ernest Renan, 1823~1892), 프랑스 철학자이자 종교사가. 『기독교 기원사』의 저자.

다. 엘리너가 돌아보았다. 그녀는 양손에 길쭉하게 오려낸 신문 기사 조각을 잔뜩 들고, 마치 소리 내어 읽고 있었던 것처럼 아버지의 의자 옆에 서 있던 참이었다. 그의 앞에는 체스판이 있었다. 말들이 게임하기 좋게 배열되어 있었다. 그러나 그는 자신의 의자에 기대어 앉아 있었다. 그는 무기력하고 다소 우울해 보였다.

"그것들을 치워라…… 어디 잘 보관해둬." 엄지손가락으로 오려낸 신문 조각을 밀치며 그가 말했다. 신문 기사들을 오려서 보관하고 싶어 하는 건 아버지가 이제 많이 늙었다는 표시야. 엘리너는 생각했다. 뇌졸중을 겪은 이후로 그는 점점 더 무기력하고 둔중해졌다. 그의 콧잔등과 뺨에 붉은 핏줄이 보였다. 그녀 또한 나이 들고, 무겁고 둔하게 느껴졌다.

"마틴 도련님이 오셨어요." 크로스비가 되풀이했다.

"마틴이 왔다는군요." 엘리너가 말했다. 그녀의 아버지는 듣고 있는 것 같지 않았다. 그는 가슴에 머리를 묻다시피 한 채 가만히 앉아 있었다. "마틴," 엘리너가 되풀이했다. "마틴이……."

그가 마틴을 보기를 원했던가, 원치 않았던가? 그녀는 어떤 침체된 생각이 떠오르기를 기다리는 것처럼 기다렸다. 마침내 그가 나지막이 투덜거렸다. 그러나 그것이 무슨 의미인지 그녀는 확신할 수 없었다.

"차를 마신 후에 그를 들여보낼게요." 그녀가 말했다. 그녀는 잠시 멈추었다. 그가 몸을 일으켜 체스 말들을 더듬기 시작했다. 그는 아직 용기를 갖고 있어, 그녀는 자랑스러워하며 지켜보았다. 그는 여전히 매사를 스스로 하기를 고집했다.

그녀는 거실에 들어가서 평온하게 웃고 있는 어머니의 초상화 앞에 마틴이 서 있는 것을 보았다. 그는 손에 책을 들고 있었다.

"왜 르낭을 읽고 있지?" 그녀가 들어서자 그가 말했다. 그는 책을 덮고서 그녀에게 키스했다. "어째서 르낭이야?" 그가 다시 물었다. 그녀는 살짝 얼굴을 붉혔다. 그가 거기에 펼쳐진 채로 있는 그 책을 발견했다는 것에 그녀는 왠지 부끄러워졌다. 그녀는 자리에 앉으며 오려낸 신문 조각들을 탁자 위에 내려놓았다.

"아버지는 어떠셔?" 그가 물었다. 그녀가 지니고 있던 밝은 빛을 잃었다고 그는 그녀를 바라보며 생각했다. 그녀의 머리에는 회색 머리카락이 섞여 있었다.

"좀 우울해 하셔." 그녀가 신문 기사를 오려낸 것들을 쳐다보며 말했다.

"나는 누가 저런 걸 쓰는지 궁금해." 그녀가 덧붙였다.

"저런 거라니?" 마틴이 말했다. 그는 구겨진 종잇조각 가운데 하나를 집어 들고 읽기 시작했다. "'……탁월한 수완을 지닌 공무원…… 폭넓은 관심을 가진 사람……' 오, 딕비 숙부." 그가 말했다. "부고 기사들이군. 오늘 오후에 그 집을 지나왔어." 그가 덧붙였다. "집이 팔렸더군."

"벌써?" 엘리너가 말했다.

"집이 굳게 닫혀 있는 데다 황량해 보였어." 그가 덧붙여 말했다. "지하실에 웬 지저분한 늙은 여자가 있더군."

엘리너가 머리핀을 뽑아 찻주전자를 끓일 화로의 심지를 풀기 시작했다. 마틴은 말없이 그녀를 잠시 바라보았다.

"나는 그곳에 가는 것을 좋아했어." 이윽고 그가 말했다. "유제니 숙모를 좋아했지." 그가 덧붙였다.

엘리너가 동작을 멈추었다.

"그래……" 그녀가 애매하게 말했다. 그녀는 숙모를 편하게 느꼈던 적이 없었다. "그녀는 과장이 심했어." 그녀가 덧붙였다.

"그렇기는 해." 마틴이 웃었다. 그는 어떤 기억을 떠올리며 미소를 지었다. "숙모는 진실에 대한 감각이 별로 없었지…… 넬, 그렇게 해야 소용없어." 심지를 만지작거리고 있는 그녀를 언짢아하며 그가 말을 끊었다.

"아니, 아니야." 그녀가 맞섰다. "시간이 지나면 끓을 거야."

그녀가 동작을 멈추었다. 그녀는 차를 담은 통에 손을 뻗어 차를 얼마나 넣을지를 쟀다. "하나, 둘, 셋, 넷." 그녀는 수를 세었다.

그녀가 밀어서 뚜껑을 열게 되어 있는 오래되고 멋진 은제 차통을 아직도 사용하고 있는 것을 그는 알아차렸다. 그녀가 하나, 둘, 셋, 넷, 차를 찬찬히 재는 것을 그는 지켜보았다. 그는 말이 없었다.

"우리 영혼을 구하려고 거짓말을 할 수는 없어." 그가 불쑥 말했다.

그가 왜 이런 말을 하는 거지? 엘리너는 의아했다.

"내가 이탈리아에서 그들과 함께 있을 때에……." 그녀가 큰 소리로 말했다. 그러나 이때 문이 열리고 크로스비가 접시를 들고 들어왔다. 그녀는 문을 열어둔 채로 두었고 개 한 마리가 그녀를 뒤따라 들어왔다.

"내 말은……." 엘리너가 말을 이었다. 그러나 그녀는 크로스비가 거실 안을 서성이는 동안에는 하려고 했던 말을 할 수가 없었다.

"이제 엘리너 양이 찻주전자를 새것으로 바꿀 때도 되었지." 장미 문양이 희미하게 새겨진 낡은 놋쇠 주전자를 가리키며 마틴이 말했다. 그는 그 주전자를 예전부터 늘 싫어했다.

"크로스비는 새로운 발명품을 받아들이지 않아." 엘리너가 여전히 핀으로 계속 찔러대며 말했다. "크로스비는 지하철을 탄 자신을 믿지 않을걸, 그렇지, 크로스비?"

크로스비는 싱긋 웃었다. 그녀가 언제나 웃기만 할 뿐 대답을 하지 않았기에 그들은 언제나 제삼자를 말하듯 그녀에게 말했다. 그녀가 방금 내려놓은 접시에 개가 코를 대고 킁킁거렸다. "크로스비가 저 짐승을 너무 살찌우고 있군." 개를 가리키며 마틴이 말했다.

"내가 늘 그녀에게 이야기하는 게 바로 그거야." 엘리너가 말했다.

"나 같으면 말이야, 크로스비." 마틴이 말했다. "저 개한테 밥을 주지 않고 매일 아침 공원에 데리고 나가 한 바퀴 달리도록 하겠어." 크로스비가 입을 딱 벌렸다.

"오, 마틴 도련님!" 말로 옮긴 그의 잔인함에 놀라 그녀가 항의했다.

개가 그녀를 따라 밖으로 나갔다.

"크로스비는 정말 여전하군." 마틴이 말했다.

엘리너는 찻주전자의 뚜껑을 열고 들여다보았다. 물에는 아직 기포가 일고 있지 않았다.

"빌어먹을 주전자 같으니라고." 마틴이 말했다. 그는 신문 기사를 오려낸 조각 하나를 집어 들고 그것으로 불쏘시개를 만들기 시작했다.

"안 돼, 안 돼. 아버진 그것들을 보관하길 바라셔." 엘리너가 말했다. "하지만 숙부는 저렇지 않았어." 그녀가 오려낸 신문 기사에 손을 내려놓으며 말했다. "전혀 그렇지 않았지."

"그는 어떤 사람이었지?" 마틴이 물었다.

엘리너는 말을 멈추었다. 그녀는 마음속에 그녀의 숙부를 선명하게 그려볼 수 있었다. 그는 실크 모자를 손에 들고 있었다. 그들이 어떤 그림 앞에서 멈춰 섰을 때 그는 그녀의 어깨에 손을 얹었다. 그러나 어떻게 그를 묘사할 수 있을까?

"그는 나를 국립미술관에 데려가곤 했었지." 그녀가 말했다.

"매우 교양이 있었지, 물론." 마틴이 말했다. "하지만 그는 굉장한 속물이었어."

"단지 그렇게 보였던 것뿐이야." 엘리너가 말했다..

"그리고 언제나 사소한 것을 가지고 유제니 숙모에게 트집을 잡고는 했지." 마틴이 덧붙였다.

"하지만 그녀와 함께 산다는 것을 생각해봐." 엘리너가 말했다.

"그 태도 말이야……." 그녀는 손을 펼쳤다. 그러나 그건 유제니 숙모가 손을 펼치던 모습이 아니라고 마틴은 생각했다.

"난 숙모를 좋아했어." 그가 말했다. "나는 거기에 가길 좋아했어." 어지럽혀진 방이 그의 눈에 선했다. 피아노의 뚜껑이 열려 있고, 창문도 열려 있고, 바람에 커튼이 나부끼고, 그의 숙모가 두 팔을 활짝 펴고 다가오고 있었다. "정말 반갑구나, 마틴! 정말 반가워!" 그녀는 그렇게 말하곤 했다. 그는 그녀의 사생활이 어떠했는지 궁금했다. 연애 사건들? 그녀에겐 그런 사건이 틀림없이 있었을 거야. 분명해, 분명 그랬을 거야.

"어떤 편지에 관한 무슨 이야기라도 없었던가?" 그녀가 누군가와 연애를 했던 것은 아닐까? 그는 이렇게 묻고 싶었다. 그러나 다른 여자들보다 자기 누이에게 솔직해지는 것은 더 어려웠다. 그녀가 그를 여전히 어린 소년인 것처럼 대했기 때문이다. 엘리너는 사랑에 빠져본 적이 있었을까. 그녀를 바라보며 그는 생각했다.

"그럼, 이야기가 있었지……." 그녀가 말했다.

그러나 이때 전기 벨이 날카롭게 울렸다. 그녀는 말을 멈추었다.

"아빠야." 그녀가 말했다. 그녀는 반쯤 일어섰다.

"아니야, 내가 가볼게." 마틴이 말했다. 그가 일어섰다. "아버지와 체스를 두기로 약속했어."

"고마워, 마틴. 아빠가 기뻐하실 거야." 그가 방을 나갈 때 엘리너가 안도하며 말했다. 그리고 그녀는 혼자 있는 자신을 발견했다.

그녀는 의자에 등을 기댔다. 노년이란 얼마나 끔찍한 것인가, 그녀는 생각했다. 하나씩 하나씩 사람의 기능을 잘라내면서도 살아 있는 어떤 것을 중심에 남겨놓다니. 체스 한 판, 공원에서의 드라이브와 아버스넛 장군의 저녁 방문만을 남겨놓고서······. 그녀는 신문을 오려낸 것들을 쓸어 모았다.

유제니 숙모와 딕비 숙부처럼, 제 기능을 다 갖추고 있는 생의 절정기에 죽는 것이 더 낫지. 하지만 그는 저런 인물은 아니었어, 오려낸 신문 기사에 눈길을 주며 그녀는 생각했다. "뛰어나게 매력적인 인물······ 사냥과 낚시와 골프를 즐겼다." 아니야, 전혀 그렇지 않았어. 그는 아주 기이한 사람이었어. 유약하고 민감하고 직함을 좋아하고 그림을 좋아했지. 그리고 아내의 활발함에 종종 기가 눌렸어, 그녀는 짐작했다. 그녀는 신문 조각들을 밀어놓고 그녀의 책을 집어 들었다. 신기한 일이라고 그녀는 생각했다. 같은 사람이라도 다른 두 사람에게 얼마나 다르게 보이는지 말이야. 유제니 숙모를 좋아하는 마틴, 딕비 숙부를 좋아했던 그녀. 그녀는 책을 읽기 시작했다.

그녀는 언제나 기독교에 대해 알고 싶었다. 기독교가 어떻게 시작되었는지, 원래 무엇을 의미했는지. '주는 사랑이다, 천상의 왕국은 우리 안에 있다.'⁵ 그런 말들은 도대체 무슨 뜻일까? 책장을 넘기면서 그녀는 생각했다. 실제 그런 말들은 정말 아름다웠다. 그러나 누가 그런 말을 했다는 거지? 언제? 그때 찻주전자의 주둥이가 그녀에게 증기를 내뿜었다. 그녀는 주전자를 치웠다. 바람에 뒷방 창문이 덜컥거렸고 작은 덤불들이 휘어졌다. 아직 이파리도 나지 않은 덤불이었다. 어떤 남자가 언덕 위에 있는 무화과나무 아래에서 말했던 것이겠지, 그녀가 생각했다. 그리고 그다음에 다른 남자가 그것을 기록했던 거야. 그런데 만약 그 남자가 말했던 것이 이 남자가—그녀는 찻숟가락으로 오려낸 신문 기사들을 건드렸다—딕비 숙부에 대해 말한 것만큼 거짓이라면? 그런데 나는 여기서, 이 거실에서 어떤 사람이 그 옛날에 말했던 것에서 약간의 영감을 받고 있는 거지. 그녀는 네덜란드풍의 장식장 안에 있는 도자기를 바라보며 생각했다. 이 도자기는 수많은 산을 넘고 그 많은 바다를 지나 여기에 왔군(도자기가 푸른색에서 납빛으로 변하고 있었다). 그녀는 읽다 만 곳을 찾아 다시 읽기 시작했다.

그러나 현관에서 나는 소리가 그녀를 방해했다. 누가 들어오고 있는 건가? 그녀는 귀를 기울였다. 아니, 바람이었군. 바람이 사나왔다. 바람은 집을 밀어붙이고, 움켜쥐었다가는 부서지게 놔버렸다. 이 층에서 문이 세게 닫혔다. 위층 침실의 창문이 열려 있는 것이 틀림없었다. 차양이 부딪혀 덜컹거렸다. 르낭에 집중하기가 어려웠다. 그렇지만 그녀는 그것을 좋아했다. 물론 그녀는 프랑스어라면 쉽게 읽을 수 있었다. 이탈리아어도, 독일어도 조금은. 하지만 그녀의 지식에는 어찌나 큰 틈이, 어찌나 텅 빈 자리가 있는 것인지! 의자에 기대며 그녀는 생각했다. 무엇에 대해서든지

---

5 「요한복음」4장 8절. 르낭은 예수가 '주의 왕국'과 '천상의 왕국'을 하나님의 축복을 가장 잘 표현하는 말로 여겼다고 기록한 바 있다.

어찌나 아는 게 없는지. 이 찻잔을 예로 들어보자. 그녀는 찻잔을 앞으로 들어 올렸다. 무엇으로 만들어졌지? 원자들? 그럼, 원자란 무엇일까? 원자들은 어떻게 함께 붙어 있는 것일까? 붉은 꽃이 아로새겨진 찻잔의 매끈하고 단단한 표면은 잠시 동안 경이로운 신비로 여겨졌다. 그러나 현관에서 또 다른 소리가 들렸다. 바람 소리도 있었지만, 말소리가 들려왔다. 마틴일 거야. 하지만 누구에게 말하고 있는 것일까? 그녀는 의아했다. 그녀는 귀를 기울였지만, 바람 소리 때문에 그가 무슨 말을 하고 있는지 들을 수가 없었다. 그런데 마틴은 왜 그런 말을 한 걸까? 그녀는 궁금했다. 우리의 영혼을 구하기 위해서 거짓을 말할 수는 없다고. 그는 자기 자신에 대해 생각하고 있었어. 사람들이 자기 자신에 대해 생각하고 있을 때에는 그 말투로 알 수 있는 법이거든. 아마 그는 군대를 떠난 것에 대해 자신을 정당화하고 있었을 거야. 그것은 용기를 요하는 일이었다고 그녀는 생각했다. 그런데 그가 또 그런 멋쟁이가 되었다는 것은 정말 신기하지 않아? 그녀는 목소리들에 귀 기울이며 곰곰이 생각했다. 그는 하얀 줄무늬가 있는 파란색 새 정장을 입고 있었다. 그리고 콧수염을 말끔히 깎았다. 그는 군인이 되지 말았어야 했다고 그녀는 생각했다. 지나치게 호전적이거든……. 그들은 아직도 이야기를 주고받고 있었다. 그가 무슨 말을 하고 있는지 들을 수 없었지만, 그의 목소리에서 그가 수많은 연애를 겪었을 거라는 생각이 들었다. 그렇군, 문을 통해서 들려오는 그의 목소리에 귀를 기울이는 동안, 그가 숱하게 연애를 했을 거라는 생각이 그녀에게 아주 분명해졌다. 그런데 누구와? 그리고 왜 남자들은 연애를 그렇게나 중요하다고 생각하는 걸까? 문이 열리는 동안 그녀는 스스로에게 물었다.

"아니, 로즈!" 그녀는 여동생이 들어오는 것을 보고 놀라서 소리쳤다. "네가 노섬벌랜드[6]에 있는 줄 알았는데!"

로즈가 그녀에게 키스하며 웃었다. "내가 노섬벌랜드에 있다고 생각했다니! 어째서? 내가 18일이라고 말했었잖아."

"하지만 오늘은 11일 아니니?" 엘리너가 말했다.

"누나는 일주일이나 늦게 살고 있어, 넬." 마틴이 말했다.

"그렇다면 나는 내 모든 편지에 날짜를 잘못 기입했네!" 엘리너가 소리쳤다. 그녀는 염려스러운 표정으로 책상을 바라보았다. 뻣뻣한 털이 군데군데 닳은 바다코끼리는 이제 거기에 없었다. "차를 마실래, 로즈?" 그녀가 물었다.

"아니. 내가 원하는 건 목욕이야." 로즈가 말했다. 그녀는 모자를 벗어던지고 손으로 머리카락을 쓸어내렸다.

"아주 좋아 보이는구나." 그녀가 정말 매력적으로 보인다고 생각하며 엘리너가 말했다. 그러나 그녀의 턱에는 긁힌 자국이 있었다.

"의심의 여지 없는 미인이지, 안 그래?" 마틴이 그녀를 보며 웃었다.

로즈는 마치 말처럼 머리를 치켜들었다. 저들은 늘 티격태격했었지, 마틴과 로즈. 엘리너는 생각했다. 로즈는 아름다웠다. 그러나 그녀는 로즈가 옷을 더 잘 차려입기를 바랐다. 그녀는 초록색 털 코트에 가죽 단추가 달린 치마를 입고 있었다. 그리고 반짝이는 가방을 들고 왔다. 그녀는 북부에서 여러 차례 집회를 주최하고 있었다.[7]

"목욕을 하고 싶어." 로즈가 되풀이했다. "온통 먼지투성이야.

---

6 잉글랜드의 가장 북쪽에 있는 지역.

7 여성사회정치연합The Women's Social and Political Union의 여성참정권 운동에 대한 인유.

그런데 이것들은 다 뭐야?" 탁자 위에 있는 오려낸 신문 조각들을 가리키며 그녀가 말했다. "오호, 덕비 숙부로군." 그녀는 대수롭지 않게 덧붙이며 그것들을 밀어 치웠다. 그가 죽은 지도 이제 여러 달 되었다. 신문 조각들은 누렇게 변색되고 끝자락이 말리고 있었다.

"그 집이 벌써 팔렸다고 마틴이 그러더구나." 엘리너가 말했다.

"그래?" 로즈가 무관심하게 대꾸했다. 그녀는 케이크를 한 조각 떼어내어 먹기 시작했다. "내 저녁 식사를 망치겠지. 하지만 점심 먹을 시간이 없었어." 그녀가 말했다.

"정말 대단한 행동파 여성이야!" 마틴이 그녀를 놀렸다.

"그럼 집회는?" 엘리너가 물었다.

"그래, 북부는 어떻든?" 마틴이 물었다.

그들은 정치에 대해 이야기하기 시작했다. 그녀가 보궐선거에서 연설을 하고 있던 중에 누군가 그녀에게 돌을 던졌다고 했다. 그녀는 손을 턱에 대었다. 그러나 그녀는 그것을 즐겼다는 것이다.

"나는 우리가 그들에게 생각할 거리를 주었다고 생각해." 그녀는 케이크 한 조각을 더 떼어내며 말했다.

그녀는 군인이 되었어야 했다고 엘리너는 생각했다. 그녀는 파지터 기병대의 파지터 노숙부의 초상화와 똑같았다. 이제 콧수염을 깎아버려 입술을 드러내고 있는 마틴은 무엇이 되었어야 했을까? 아마 건축가일 거라고 그녀는 생각했다. 그는 아주—이런 생각을 하며 그녀는 고개를 들었다. 이제 우박이 내리고 있었다. 뒷방 창문을 가로질러 하얀 빗금들이 그어지고 있었다. 심한 돌풍이 불었다. 작은 덤불들이 하얗게 덮인 채 바람에 휘어졌다. 그리고 위층 어머니의 침실에서 창문이 탕탕 부딪히는 소리가 났다. 올라가서 창문을 닫아야겠다고 그녀는 생각했다. 비가 안으로 들이칠 것 같았다.

"엘리너 언니." 로즈가 말했다. "엘리너 언니." 그녀가 다시 불렀다.

엘리너가 움찔했다.

"엘리너의 저 골똘함." 마틴이 말했다.

"아니야, 그렇지 않아, 그렇지 않다니까." 그녀가 항의했다. "무슨 이야기를 하고 있었지?"

"내가 언니에게 묻고 있었어." 로즈가 말했다. "현미경이 망가졌을 때, 그 소동 생각나? 글쎄, 내가 그 남자애를, 그 흉측한 족제비 같은 얼굴을 한 남자애를 — 에릿지 말이야 — 북부에서 만났지 뭐야."

"그는 흉측하지 않았어." 마틴이 말했다.

"그랬다니까." 로즈가 고집스럽게 말했다. "흉측한 작은 고자질쟁이였지. 그는 내가 현미경을 깨뜨린 것처럼 굴었어. 실제로 깨뜨린 것은 그였는데……. 그 소동 기억해, 언니?" 그녀가 엘리너를 돌아보았다.

"기억이 없는데." 엘리너가 말했다. "너무 많은 일이 있었으니까." 그녀가 덧붙였다.

"그것은 최악의 사건 중 하나였어." 마틴이 말했다.

"그랬어." 로즈가 말했다. 그녀는 입술을 오므렸다. 어떤 기억이 그녀에게 되돌아온 것 같았다. "그 소동이 끝난 뒤에," 그녀가 마틴을 돌아보며 말했다. "오빠가 육아실로 달려와서 나더러 라운드 폰드로 투구벌레를 잡으러 가자고 했지. 기억나?"

그녀가 말을 멈췄다. 그 추억에는 무언가 수상쩍은 것이 있음을 엘리너는 알 수 있었다. 그녀는 묘하게 격렬한 어조로 말했다.

"그리고 오빠는 말했지, '내가 너에게 세 번 질문을 할 거야. 그리고 만약 네가 세 번째까지 답을 하지 못하면 나 혼자 갈 거야.' 그래서 나는 맹세했지. '나는 그를 혼자 가게 할 거야.'" 그녀의 파란 눈이 반짝거렸다.

"널 떠올릴 수 있어." 마틴이 말했다. "너는 분홍색 원피스를 입고 손에는 칼을 들고 있었지."

"그러고 나서 오빠는 갔어." 로즈가 말했다. 그녀는 격기를 억누르고 있듯이 말했다. "그리고 난 욕실에 가서 이 상처를 냈지 —" 그녀는 손목을 내밀었다. 엘리너가 쳐다보았다. 손목 바로 위쪽에 가늘고 하얀 흉터가 있었다.

엘리너는 언제 그녀가 저런 짓을 했을까를 생각했다. 그녀는 기억할 수 없었다. 로즈가 욕실에 칼을 들고 들어가 문을 잠그고는 손목을 그었다니. 그녀는 거기에 관해 아무것도 몰랐다. 그녀는 그 하얀 흔적을 보았다. 분명히 피를 흘렸었을 것이다.

"아, 로즈는 항상 반항아였어!" 마틴이 말했다. 그가 일어섰다. "그녀에겐 언제나 악마의 기질이 있었지." 그가 덧붙였다. 그는 잠시 거실을 둘러보며 서 있었다. 거실에는 만약 자신이 엘리너였고 이곳에 살아야만 했다면 치워버렸을 거라고 생각하는 여러 흉측한 가구들이 어지러이 널려 있었다. 하지만 아마도 그녀는 그런 일에 전혀 신경을 쓰지 않는 것 같았다.

"나가서 저녁 식사를 할 거니?" 그녀가 말했다. 그는 매일 밤 밖에서 식사를 했다. 그녀는 그가 어디서 식사를 하는지 물어보고 싶었다.

그가 아무 말 없이 고개를 끄덕였다. 그는 그녀가 알지 못하는 온갖 부류의 사람들을 만날 거라고 그녀는 생각했다. 그리고 그는 그들에 관해 말하고 싶어 하지 않았다. 그가 벽난로를 향해 돌아섰다.

"저 그림을 좀 닦아야겠어." 그가 어머니의 초상화를 가리키며 말했다.

"훌륭한 그림이야." 그는 초상화를 비평하듯이 바라보며 덧붙였다. "그런데 풀밭에 꽃 한 송이가 있지 않았어?"

엘리너가 그림을 바라보았다. 그녀는 여러 해 동안 그 그림을 제대로 보려고 바라본 적이 없었다.

"꽃이 있었다구?" 그녀가 말했다.

"그래, 작고 파란 꽃이었어." 마틴이 말했다. "나는 그것을 기억할 수 있어. 내가 어렸을 때에 —"

그가 돌아섰다. 여전히 주먹을 쥐고 차를 마시는 탁자 앞에 앉아 있는 로즈의 모습을 보는 동안 어린 시절의 어떤 기억이 그에게 떠올랐다. 그는 교실 문을 등지고 서 있던 그녀를 보았다. 얼굴이 몹시 빨개진 채 지금처럼 입술을 굳게 다문 모습이었다. 그녀는 그가 무엇인가 해주기를 원했었다. 그는 손에 들고 있던 종이 공을 뭉쳐 그녀에게 던졌었다.

"아이들이 사는 삶은 얼마나 무서운 것인가!" 방을 가로질러 가면서 그녀에게 손을 흔들며 그가 말했다. "그렇지 않아, 로즈?"

"그래." 로즈가 말했다. "그리고 그들은 아무에게도 말할 수 없지." 그녀가 덧붙였다. 또 다른 돌풍이 일었고 유리 창문이 깨지는 소리가 났다.

"핌 양의 온실인가?" 마틴이 문을 잡고 멈춰 서서 말했다.

"핌 양?" 엘리너가 말했다. "그녀는 이십 년 전에 죽었어."

1910년

    시골에서는 아주 평범한 날이었다. 하루하루 지나면서 세월을 따라 늘 그랬듯이 녹색이 오렌지색으로, 새싹이 수확물로 변해가는 길게 이어진 날들 중의 하루일 뿐이었다. 덥지도 춥지도 않은 전형적인 영국의 봄 날씨였다. 매우 화창했지만, 언덕 너머 자줏빛 구름이 비를 뿌릴 것 같기도 했다. 그림자가 드리워졌다가 햇빛을 받으며 풀잎들이 잔물결을 일으켰다.

    그러나 런던에서는, 특히 웨스트 엔드에서는 이미 계절의 구속과 압박이 느껴졌다. 깃발들이 펄럭였고 단장 짚는 소리가 나고 드레스 자락이 나부꼈다. 산뜻하게 새로 칠한 집들에는 차양이 펼쳐지고 빨간 제라늄 바구니가 흔들렸다. 공원들도, 세인트 제임스 파크, 그린 파크, 하이드 파크도 준비를 하고 있었다. 행렬이 있을지도 모르기에 이미 아침나절에 꽃잎이 도르르 말린 히아신스가 피어 있는 부드럽게 부풀어 오른 갈색 화단에 녹색 의자들이 배열되었다. 마치 무슨 일이 일어나기를 기다리는 것처럼, 커튼이 오르고 알렉산드라 여왕이 인사를 하며 문을 지나오기를 기다리고 있는 것 같았다. 그녀는 꽃잎 같은 얼굴을 하고 언제나 분홍색 카네이션을 달고 있었다.

　남자들은 셔츠 깃을 풀어놓은 채로 잔디에 드러누워 신문을 읽었고, 마블 아치 옆 풀이 자라지 않게 잘 닦인 공간에는 연사들이 모여 있었다. 보모들이 멍하니 그들을 바라보고 있었다. 엄마들은 잔디에 쪼그리고 앉아 자기 아이들이 노는 것을 지켜보았다. 파크 레인과 피커딜리를 따라 화물차, 승용차, 버스들이 마치 가늘고 긴 홈을 따라가듯 거리를 달려 내려갔다. 마치 수수께끼가 풀리고 해결되듯이 차들이 멈췄다가 휙 지나갔다. 런던 시즌이어서 거리는 온통 붐비고 있었기 때문이다. 파크 레인과 피커딜리 위로 구름이 변덕스레 움직이며 유리창을 황금색으로 물들였다가 검정색으로 뒤덮기도 하면서 한껏 자유로이 흘러갔다. 파크 레인 위 구름은 채석장에서 반짝이는 노란 줄무늬를 띤 이탈리아 대리석만큼이나 단단해 보였지만 말이다.

　버스가 여기에 정차하면 일어나야겠다고 로즈는 측면을 내려다보며 생각했다. 버스가 섰고 그녀는 일어섰다. 보도 위로 발걸음을 옮기면서 그녀는 양복점의 유리창에 비친 자신의 모습을 힐끗 보고서 옷을 좀 더 잘 차려입지 않아서, 좀 더 멋있어 보이지 않아서 유감이라고 생각했다. 언제나 화이트리에서 산 기성복에 코트와 치마 위주였다. 그러나 그런 옷들은 시간을 절약하게 해주었고 결국 세월은—그녀는 마흔이 넘었다—다른 사람들이 뭐라고 생각할까 하는 데에는 거의 신경을 쓰지 않게 해주었다. 예전엔 사람들이 결혼을 하지 그러세요, 이렇게 혹은 저렇게 하지 그러세요, 라고 간섭을 하곤 했다. 그러나 이제는 더 이상 아무도 그러지 않았다.

　그녀는 다리를 건너다가 습관적으로 난간의 돌출부에서 잠시 멈춰 섰다. 사람들은 언제나 강을 바라보려고 걸음을 멈추곤 했다. 오늘 아침에는 탁한 황금빛 물살이 매끄러운 수면 가득히 잔물결을 안고 빠르게 흐르고 있었다. 파고가 높았던 것이다. 그리고 늘 그렇듯이 예인선과 검정 방수포와 밀을 싣고 있는 바지선도 여전히 그곳에 있었다. 물결이 아치형 교각을 둘러 소용돌이치며 솟구쳤다. 그녀가 강물을 내려다보며 그곳에 서 있는 동안 묻혀있던 감정이 일렁이며 물결을 어떤 형태로 만들기 시작했다. 고통스러운 형태였다. 그녀는 어느 약속이 있던 밤에 울면서 그곳에 서 있었던 것을 기억했다. 눈물이 흘러내렸었고 마치 그녀의 행복도 무너져 내린 것 같았었다. 그러고 나서 그녀는 돌아서서—그녀는 이번에도 돌아섰다—교회와 돛대와 도시의 지붕들을 바라보았었다. 그건 그래. 그녀는 혼잣말을 했더랬다. 정말이지 찬란한 광경이었다…… 그녀는 바라보다가 다시 돌아섰다. 국회의사당이 보였다. 반쯤은 찌푸리고 반쯤은 미소를 띤 기묘한 표정이 그녀의 얼굴에 떠올랐고 그녀는 마치 군대를 지휘하고 있기라도 한 것처럼 몸을 살짝 뒤로 제쳤다

"못된 사기꾼들!" 그녀가 주먹으로 난간을 내리치면서 큰 소리로 말했다. 지나가던 사무원이 놀라서 그녀를 쳐다보았다. 그녀는 웃음을 터뜨렸다. 그녀는 종종 소리 내어 말하곤 했다. 안될 것 없지 않은가? 그것 또한 그녀의 코트와 치마, 그리고 거울에 비춰보지도 않고 쓰고 다니는 모자처럼 위안거리 중의 하나였다. 웃고 싶으면 웃으라지. 그녀는 성큼성큼 계속 걸어갔다. 그녀는 하이엄스 플레이스에서 사촌들과 점심 식사를 같이하기로 되어 있었다. 가게에서 매기를 만났을 때 그녀 자신이 얼떨결에 물었었다. 처음에 그녀는 목소리를 들었고 그러고 나서 손을 보았다. 그녀가 그들을 거의 알지 못한다는 사실을 고려할 때—그들은

해외에 살았었다 — 거기 카운터에 앉아서 매기가 그녀를 보기 전에 단지 목소리만 듣고서 한 핏줄을 나눈 느낌이 그토록 강렬하게 들다니 신기한 일이었다. 이것이 애정이라는 것인가? 그녀는 짐작했다. 그녀는 바빴고 하루 일과를 중간에 끊는 것을 싫어했지만, 일어나서 너를 보러 가도 좋겠느냐고 물었었다. 그녀는 계속 걸어갔다. 그들은 강 건너 하이엄스 플레이스에 살고 있었다. 하이엄스 플레이스는 그녀가 이곳 아래쪽에 살았을 때 자주 지나치곤 했던, 가운데에 이름이 새겨져 있는 낡은 집들이 초승달 모양으로 늘어서 있는 작은 동네였다. 그녀는 그 오래전에 하이엄이 누구일까? 라고 자문하곤 했었다. 그러나 그녀는 그 질문에 만족스러운 대답을 얻지 못했었다. 그녀는 강을 건너 계속 걸어갔다.

강 남쪽의 누추한 거리는 몹시 시끄러웠다. 왁자지껄한 소리들 가운데서 이따금씩 어떤 목소리가 불쑥불쑥 튀어나왔다. 어느 여자가 이웃에게 뭔가 외쳐대고, 아이가 울고 있었다. 손수레를 끌고 가던 어떤 남자가 지나가다가 입을 열더니 창문에 대고 고함을 질러댔다. 수레에는 침대틀, 쇠살대, 부지깽이, 그리고 비틀린 쇠로 된 이상한 물건들이 실려 있었다. 그러나 그가 고철을 팔고 있는 것인지 사고 있는 것인지는 알 수 없었다. 박자를 맞춘 소리가 계속 이어졌지만 무슨 말인지 거의 알아들을 수 없었다.

꼬리를 이어 밀려드는 소리, 붐비는 차량들의 소음, 행상인들의 고함 소리, 두드러진 외침 소리와 뒤섞인 고함 소리들이 하이엄스 플레이스에 있는 집의 위층 방 안까지 밀려들어 왔다. 사라 파지터는 피아노 앞에 앉아 있었다. 그녀는 노래를 부르고 있었다. 노래를 멈추고 그녀는 식탁을 차리고 있는 언니를 바라보았다.

"계곡을 찾아가라," 언니를 바라보면서 그녀가 중얼거렸다. "장미꽃을 꺾으라."[1] 그녀가 잠시 멈추었다. "정말 멋있어." 그녀는 꿈을 꾸듯이 덧붙였다. 매기가 꽃 한 다발을 들고 왔다. 꽃다발을 묶었던 단단한 짧은 끈을 끊은 다음, 꽃들을 탁자 위에 가지런히 늘어놓았다. 그녀는 질항아리에 꽃꽂이를 하고 있었다. 꽃들은 파란색, 흰색, 자주색으로 각기 다른 빛깔이었다. 사라는 그녀가 꽃꽂이하는 것을 지켜보았다. 그녀가 갑자기 웃음을 터뜨렸다.

"무얼 보고 웃니?" 매기가 무심히 말했다. 그녀는 자주색 꽃 한 송이를 더 꽂아 놓고 그것을 바라보았다.

"황홀한 명상에 망연하여," 사라가 말했다. "아침 이슬에 젖은 공작새의 깃털로 그녀의 두 눈을 가리고서 —" 그녀가 탁자를 가리켰다. "매기 언니가 말했지." 그녀는 벌떡 일어나서 발끝으로 방 안을 빙글빙글 돌았다. "셋은 둘이나 같아, 셋은 둘이나 같아." 그녀는 세 자리가 놓여 있는 탁자를 가리켰다.

"하지만 우리는 셋이야." 매기가 말했다. "로즈 언니가 올 거야." 사라가 멈추었다. 그녀의 안색이 어두워졌다.

"로즈 언니가 올 거라고?" 그녀가 되물었다.

"내가 말했잖아," 매기가 말했다. "로즈 언니가 금요일 점심 식사에 올 거라고. 오늘이 금요일이야. 그리고 로즈 언니가 점심 식사에 올 거야. 이제 곧 올 거야." 그녀가 말했다. 그녀는 일어나서 바닥에 놓여 있던 물건들을 접어 정리하기 시작했다.

"오늘이 금요일이고 로즈 언니가 점심 식사에 온다고." 사라가 되풀이했다.

"말했다시피." 매기가 말했다. "내가 어느 가게에 있었어. 물건을 사고 있었지. 그런데 누군가가……." 그녀는 좀 더 말끔하게 정돈하

---

1 영국 음악가 헨리 로스(Henry Lawes, 1600~1662)가 작곡한 〈Amintor for his Chloris Absence〉의 노랫말.

려고 잠시 말을 멈췄다—"카운터 뒤에서 나오더니 말하는 거야. '내가 네 사촌이야. 난 로즈야.' 그렇게 말했어. '내가 널 보러 가도 되겠니? 아무 날이나, 아무 때나 좋아.' 그녀가 말했어. 그래서 내가 말했지." 그녀는 의자 위에 접은 물건을 놓았다. "점심 때가 좋겠어요."

그녀는 모든 것이 다 준비되었는지 보기 위해 방을 둘러보았다. 의자가 모자랐다. 사라가 의자 하나를 끌어다 놓았다.

"로즈 언니가 온단 말이지." 그녀가 말했다. "그럼 여기가 로즈 언니가 앉을 자리야." 그녀는 창문을 마주 보는 자리에 의자를 놓았다. "그리고 그녀는 장갑을 벗어서 하나는 이쪽에, 또 하나는 저쪽에 놓겠지. 그리고 말할 거야. 난 런던의 이쪽 지역엔 와 본 적이 없어."

"그러고는?" 식탁을 바라보며 매기가 말했다.

"언니가 말하겠지. '극장에 가긴 아주 편리해요.'"

"그러고는?" 매기가 말했다.

"그러고는 그녀가 애석한 듯, 미소를 띤 채, 머리를 한쪽으로 갸웃하면서 말하겠지. '매기, 종종 극장에 가니?'"

"아니야." 매기가 말했다. "로즈 언니는 머리가 붉은색이야."

"붉은 머리라고?" 사라가 소리쳤다. "난 회색인 줄 알았는데—검정 보닛 모자 아래로 삐져나온 헝클어진 머리채." 그녀가 덧붙였다.

"아니야." 매기가 말했다. "로즈 언니는 머리숱이 많아. 그리고 붉은색이야."

"붉은 머리, 붉은 로즈." 사라가 소리쳤다. 그녀는 발끝으로 빙그르르 돌았다.

"불타는 심장의 로즈, 타는 가슴의 로즈, 지친 세상의 로즈—붉고 붉은 로즈!"

아래층에서 문이 세게 닫혔다. 이어서 계단을 올라오는 발걸음 소리가 들렸다. "그녀가 왔어." 매기가 말했다.

발소리가 멎었다. 말소리가 들려왔다. "아직 더 올라가야 해요? 맨 위층이라고요? 고맙습니다." 그리고 다시 계단을 올라오는 발걸음 소리가 들려오기 시작했다.

"최악의 고문은……." 사라가 손을 모아 잡고 비틀며 언니에게 매달리며 말을 시작했다. "삶이란……."

"바보같이 굴지 마." 매기가 사라를 떼어놓으며 말했다. 그때 문이 열렸다.

로즈가 들어왔다.

"정말 오랜만이야." 악수를 하며 그녀가 말했다.

그녀는 무엇이 그녀를 이곳까지 이끌었는지 의아했다. 모든 것이 그녀가 기대했던 것과는 달랐다. 방은 가난에 찌들어 보였고, 카펫은 바닥을 채 덮지 못했다. 한쪽 구석에는 재봉틀이 놓여 있었고 매기 역시 가게에서 보았던 것과는 달라 보였다. 그러나 발톱굽에 금박을 입힌 진홍색 의자가 거기 있었다. 그녀는 그 의자를 알아보고 안도감을 느꼈다.

"저건 현관 홀에 놓여 있었더랬지, 그렇지 않아?" 가방을 그 의자에 내려놓으며 그녀가 말했다.

"맞아요." 매기가 말했다.

"그리고 저 거울도—" 창문 사이에 걸려 있는 얼룩져 뿌옇고 낡은 이탈리아식 거울을 보며 로즈가 말했다. "거기에 있었던 것 아냐?"

"맞아요." 매기가 말했다. "어머니 침실에요."

잠시 침묵이 흘렀다. 서로 할 말이 아무것도 없는 것 같았다.

"아주 멋진 방을 찾았군!" 로즈가 대화를 이어가기 위해 말을 계속했다. 방은 아주 컸고 문기둥에는 조각이 있는 둥 없는 둥 했다. "그렇지만 좀 시끄럽지 않아?" 그녀가 말을 이었다.

예의 그 남자가 창문 아래서 외쳐대고 있었다. 그녀는 창밖을 내다보았다. 맞은편에는 슬레이트 지붕들이 반쯤 펴진 우산들처럼 줄지어 있었다. 그 사이로 커다란 건물이 높이 솟아 있었다. 건물을 가로지르는 얇은 검은 줄들을 제외하고는 전체가 유리로 만들어진 것 같았다. 그것은 공장 건물이었다. 아래쪽 거리에서 그 남자가 고함을 쳤다.

"네, 시끄러워요." 매기가 말했다. "하지만 아주 편리해요."

"극장에 가기가 아주 편리하죠." 사라가 고기 요리를 내려놓으며 말했다.

"나도 그렇게 기억해." 그녀를 돌아보며 로즈가 말했다. "내가 여기 살았을 때 말이지."

"언니가 여기 살았어요?" 얇게 저민 송아지 고기를 먹기 시작하며 매기가 말했다.

"여기는 아니고," 그녀가 말했다. "저 모퉁이에. 친구랑 함께였지."

"우리는 언니가 애버콘 테라스에 산 줄 알았는데." 사라가 말했다.

"한군데가 아니라 여러 곳에서 살 수는 없나 뭐?" 막연히 짜증을 내며 로즈가 반문했다. 그녀는 여러 곳에서 살았고, 여러 종류의 열정을 느꼈으며, 여러 가지 일들을 했었다.

"애버콘 테라스가 기억나요." 매기가 말했다. 그녀는 잠시 말을 멈추었다. "길다란 방이 있었죠. 끝에는 나무가 있었고, 벽난로 위에는 그림이 있었어요, 붉은 머리를 가진 소녀의 그림이었지요?"

로즈가 고개를 끄덕였다. "엄마가 젊었을 적 모습이지." 그녀가
말했다.

"그리고 가운데에 둥근 탁자가 있었지요?" 매기가 말을 계속
했다.

로즈가 고개를 끄덕였다.

"그리고 파란 퉁방울눈을 한 하녀도 있었지요?"

"크로스비 말이군. 아직도 우리와 함께 있어."

그들은 말없이 식사를 했다.

"그러고는?" 마치 이야기를 해달라고 조르는 어린아이처럼 사
라가 말했다.

"그러고는?" 로즈가 말했다. "그러고는 글쎄 —" 그녀는 매기
를 바라보며 차를 마시러 왔던 어린 소녀였던 그녀를 생각했다.

그녀는 탁자에 둘러앉아 있는 그들을 보았다. 몇 년 동안 생각
해보지 않았던 사소한 일이 떠올랐다 — 밀리 언니가 머리핀으로
어떻게 찻주전자 화로의 심지를 건드리곤 했던가. 회계장부를 들
고 앉아 있는 엘리너 언니의 모습도 떠올랐다. 그리고 그녀에게
다가가 "엘리너 언니, 나 램리 상점에 가고 싶어,"라고 말하는 자
신의 모습도 떠올랐다.

과거가 현재 위로 떠오르고 있는 것 같았다. 그리고 그녀는 왠
지 자신의 과거에 대해 이야기하고 싶어졌다. 그녀가 누구에게
도 말한 적이 없는 자신에 관한 어떤 것 — 숨겨져 있던 무엇인가
를 — 그들에게 얘기하고 싶었다. 그녀는 잠시 말을 멈추고 식탁
가운데 놓여 있는 꽃들에 시선을 두었지만 꽃을 보고 있는 것은
아니었다. 노란 유약이 칠해진 항아리의 표면에 푸른 매듭이 있
는 것이 눈에 띄었다.

"아벨 숙부를 기억해요." 매기가 말했다. "내게 목걸이를 주셨어

요, 금박이 있는 푸른색 목걸이였지요."

"아직 살아계셔." 로즈가 말했다.

그들이 마치 애버콘 테라스가 무슨 연극의 한 장면이기라도 한 것처럼 얘기하고 있다고 그녀는 생각했다. 그들은 마치 실제 인물인 사람들에 대해 이야기하고 있는 것처럼 말했지만, 그녀가 그녀 자신을 실제 인물이라고 느끼는 것과 같은 방식의 실제는 아니었다. 그녀는 당혹스러웠다. 마치 그녀가 동시에 두 명의 다른 사람인 것처럼, 즉 같은 순간에 두 개의 다른 시간대에 살고 있는 사람처럼 느껴졌다. 그녀는 분홍색 원피스를 입은 어린 소녀이기도 했고, 지금 여기 이 방에 있기도 했다. 그때 창문 아래쪽에서 소란스럽게 덜커덕거리는 소리가 났다. 화물차가 큰 소리를 내며 지나갔다. 식탁 위에 놓인 유리잔들이 쨍그랑거렸다. 그녀는 약간 움찔하며 어린 시절에 관한 생각에서 깨어나서 유리잔들을 떼어놓았다.

"여긴 꽤 시끄럽지 않아?" 그녀가 말했다.

"네, 하지만 극장에 가기는 아주 편리해요." 사라가 말했다.

로즈가 쳐다보았다. 그녀가 아까 했던 말을 되풀이했던 것이다. 같은 말을 두 번이나 하다니, 나를 늙은 바보로 여기고 있군. 로즈는 생각했다. 그녀의 얼굴이 살짝 붉어졌다.

사람들에게 지나간 일에 대해 말하는 것이 무슨 소용이 있을까? 그녀는 생각했다. 사람의 과거라는 게 무엇이람? 그녀는 푸른 매듭이 느슨히 매여 있는 노란 유약이 칠해진 화병을 응시했다. 저들은 나를 조롱하기만 하는데, 내가 이곳에 왜 왔지? 그녀는 생각했다. 샐리가 일어나 접시들을 치웠다.

"그리고 델리아 언니는―" 기다리는 동안 매기가 입을 열었다. 그녀는 화병을 가까이 끌어당겨 꽃들을 매만지기 시작했다. 그녀는 듣고 있지 않았다. 자기 자신만의 생각에 빠져 있었다. 로즈는 그녀를 보고 있자니 딕비 숙부가 생각났다. 그녀는 마치 꽃꽂이를 하는 것이, 푸른 꽃 옆에 하얀 꽃을 꽂아두는 것이 세상에서 가장 중요한 일인 양 한 다발의 꽃을 매만지는데 열중하고 있었다.

"아일랜드인과 결혼했어." 그녀가 큰 소리로 말했다.

매기가 푸른 꽃을 집어 들어 하얀 꽃 옆에 꽂았다.

"그럼 에드워드 오빠는요?" 그녀가 물었다.

"에드워드는……." 로즈가 막 입을 열었을 때 샐리가 푸딩을 들고 들어왔다.

"에드워드!" 사라가 그 이름을 듣고 소리쳤다.

"오, 고인이 된 내 아내의 여동생의 시든 눈—내 소멸한 노년의 쇠약한 지주……." 그녀는 푸딩을 내려놓았다. "그게 바로 에드워드 오빠예요." 그녀가 말했다. "그가 내게 준 책에서 인용한 거예요. '나의 헛된 젊음이여—나의 헛된 젊음이여'……." 그것은 에드워드의 목소리였다. 로즈는 그가 그 말을 하는 것을 들을 수 있을 정도였다. 그가 실제로는 자신을 상당히 높이 평가하면서도, 스스로를 하찮게 만드는 면을 지니고 있기 때문이었다.

그러나 그것이 에드워드의 전부는 아니었다. 그리고 그녀는 그를 웃음거리로 삼고 싶지 않았다. 그녀는 그녀의 오빠를 아주 좋아했고 매우 자랑스럽게 여기고 있었다.

"지금의 에드워드 오빠에겐 '나의 헛된 젊음'이랄 것은 없어." 그녀가 말했다.

"나도 그렇게 생각해요." 사라가 맞은편 의자에 앉으면서 말했다.

그들 모두 말이 없었다. 로즈는 다시 꽃을 바라보았다. 내가 왜 왔지? 그녀는 다시 자문했다. 저들이 그녀를 보고 싶어 하지 않았음이 명백한데, 왜 아침 시간을 쪼개고 하루 일과를 중단했던 거지?

"계속해요, 로즈 언니," 푸딩을 먹으며 매기가 말했다. "파지터 집안에 대해 들려줘요."

"파지터 집안?" 로즈가 말했다. 가로등 불빛이 비추는 넓은 거리를 따라 뛰어가고 있는 자신의 모습이 떠올랐다.

"지극히 평범하지." 그녀가 말했다. "대가족이고 큰 집에 살고……." 그러면서도 그녀는 스스로가 매우 흥미로운 사람이었다고 느꼈다. 그녀는 말을 멈추었다. 사라가 그녀를 쳐다보았다.

"평범하지 않아요, 파지터 집안사람들은." 그녀가 말했다. 그녀는 손에 들고 있던 포크로 식탁보 위에 선을 그었다. "파지터 사람들은," 그녀가 다시 한 번 말했다. "앞으로, 앞으로, 앞으로 계속해서 나아가죠."—여기서 그녀의 포크가 소금통을 건드렸다—"암초에 부딪힐 때까지," 그녀가 말했다. "그리고 로즈 언니는,"—그녀가 다시 로즈를 쳐다보았고, 로즈는 살짝 가슴을 펴고 몸을 바로 했다—"로즈 언니는 말에 박차를 가하고서는 황금빛 외투를 입은 남자에게로 곧장 달려가서 이렇게 말하지요. '이 저주받을 놈!' 이게 바로 로즈 언니 아니에요, 매기 언니?" 그녀는 마치 식탁보 위에 그녀를 그리고 있기라도 했던 것처럼 언니를 바라보며 말했다.

그건 사실이야. 로즈가 자기 몫의 푸딩을 끌어당기며 생각했다. 그게 바로 나야. 다시금 그녀는 자신이 동시에 두 사람이 된 것 같은 기이한 기분이 들었다.

"글쎄, 다 됐다." 자기 접시를 밀어놓으며 매기가 말했다. "이리 와서 안락의자에 앉아요, 로즈 언니." 그녀가 말했다.

그녀는 벽난로 있는 데로 가서 안락의자를 끌어당겼다. 의자의 앉는 부분에 굴렁쇠 같은 용수철이 있는 것을 로즈는 알아차렸다.

저들은 가난하구나. 주위를 둘러보며 로즈는 생각했다. 그래서 그들은 이 집을 골라 살기로 했군. 싸니까. 그들은 먹을 음식도 직접 요리하는군 — 샐리가 커피를 준비하러 부엌으로 갔다. 그녀는 매기가 앉아 있는 의자 옆으로 자신의 의자를 당겨 앉았다.

"옷을 직접 만들어 입는 거야?" 한쪽 구석에 있는 재봉틀을 가리키며 그녀가 말했다. 그 위에는 실크 옷감이 접힌 채 있었다.

"네." 매기가 재봉틀을 바라보며 말했다.

"연회복인가?" 로즈가 말했다. 녹색 바탕에 파란 줄무늬가 있는 실크였다.

"내일 밤이에요." 매기가 말했다. 그녀는 마치 무엇인가 숨기려는 듯이 묘한 동작으로 손을 얼굴로 들어 올렸다. 그녀는 나에게 자신을 감추고 싶은 거야, 내가 그녀한테 나 자신을 감추고 싶어 하는 것처럼. 로즈는 생각했다. 로즈는 그녀를 쳐다보았다. 매기는 일어나서 실크 옷감과 재봉틀을 가져와서 실을 꿰기 시작했다. 크고 가늘면서도 억세어 보이는 손이 눈에 띄었다.

"난 한 번도 내 옷을 직접 만들어 입지 못했어." 그녀가 바늘 아래로 실크 옷감을 부드럽게 다루는 것을 바라보며 로즈가 말했다. 그녀는 마음이 편안해지는 것을 느끼기 시작했다. 그녀는 모자를 벗어서 바닥에 던졌다. 매기가 괜찮다는 듯 그녀를 바라보았다. 로즈는 피폐해 보이면서도 잘생긴 모습이었다. 여자라기보다는 남자 같았다.

"하지만," 매기가 손잡이를 조심스럽게 돌리기 시작하면서 말했다. "언니는 다른 일들을 했잖아요." 그녀는 손을 사용해서 일을 하고 있는 사람이 그 일에 집중하고 있을 때의 어조로 말했다.

실크 옷감을 따라 바늘이 꽂히면서 재봉틀이 기분 좋게 윙윙거리는 소리를 냈다.

"그래, 내가 여기 살 때 난 다른 일들을 했지." 로즈가 그녀의 무릎에 기대어 기지개를 켰던 고양이를 쓰다듬으며 말했다.

"하지만 그건 오래전 일이야." 그녀가 덧붙였다. "내가 어렸을 때지. 난 친구와 함께 이곳에 살았어." 그녀는 한숨을 내쉬었다. "그러면서 꼬마 도둑들을 가르쳤지."

매기는 아무 말도 하지 않았다. 그녀는 재봉틀만 계속 돌리고 있었다.

"난 언제나 다른 사람들보다는 도둑들을 좋아했어." 로즈가 잠시 후에 덧붙였다.

"네." 매기가 말했다.

"난 집에 있는 것을 좋아하지 않았어." 로즈는 이야기를 계속했다. "나는 나 혼자 힘으로 나 자신을 책임지는 것을 훨씬 더 좋아했지."

그녀는 얘기하기가 아주 수월하다는 것을 깨달았다. 아주 수월했다. 뭔가 똑똑한 소리를 할 필요도 없었고 자신에 관해서 말할 필요도 없었다. 사라가 커피를 들고 들어왔을 때 그녀는 그녀가 기억하고 있던 워털루 길에 대해서 이야기하던 중이었다.

"캄파냐[2]에서 어떤 뚱뚱한 남자에게 매달렸던 일은 뭐였어요?" 사라가 쟁반을 내려놓으며 물었다.

"캄파냐?" 로즈가 말했다. "캄파냐에 대해선 아무것도 없는데."

"문틈으로 들었어요." 커피를 따르며 사라가 말했다. "아주 색다른 이야기처럼 들리던데요." 그녀는 로즈에게 컵을 건네주었다.

"난 언니들이 이탈리아에 대해 얘기하고 있는 줄 알았어요. 캄파냐에 대해서, 달빛에 대해서 말이에요."

로즈는 고개를 저었다. "우리는 워털루 길에 대해 얘기하고 있었어." 그녀가 말했다. 그러나 그녀가 무엇에 대해 말하고 있었던

---

2 이탈리아 로마를 둘러싸고 있는 저지대 평원.

가? 단지 워털루 길에 대해서만은 아니었다. 어쩌면 그녀는 아무런 의미도 없는 얘기들을 하고 있었는지도 몰랐다. 그녀는 그냥 머리에 떠오르는 대로 말하고 있었다.

"얘기한 것들을 글로 적어놓으면, 내 생각에는 말이야, 모두 아무 의미도 없는 이야기가 될걸." 그녀가 커피를 저으며 말했다.

매기가 잠시 재봉틀을 멈추고 미소를 지었다.

"글로 쓰지 않더라도 그래요." 그녀가 말했다.

"하지만 그것이 우리가 서로를 알 수 있는 유일한 방법이야." 로즈가 이의를 제기했다. 그녀는 손목시계를 보았다. 생각보다 늦은 시각이었다. 그녀는 일어섰다.

"이제 가야겠네." 그녀가 말했다. "그런데 나랑 같이 가지 않을래?" 그녀는 얼떨결에 덧붙였다.

매기가 그녀를 올려다보았다. "어디를요?" 그녀가 말했다.

로즈는 잠시 말이 없었다. "모임에." 그녀가 마침내 말했다. 그녀는 자신이 가장 관심을 두고 있는 것을 숨기고 싶었다. 그녀는 유난히 수줍음을 느꼈다. 그러면서도 그녀는 그들이 함께 가기를 원했다. 그런데 왜지? 그녀는 어색하게 그곳에 서서 기다리면서 자문해 보았다. 잠시 침묵이 흘렀다.

"너희는 위층에서 기다릴 수 있어," 그녀가 불쑥 말했다. "그러면 엘리너 언니도, 마틴 오빠도 보게 될 거야—살아 있는 파지터 집안사람들 말이야." 그녀가 덧붙였다. 그녀는 사라가 했던 말을 떠올렸다. '사막을 횡단하는 대상.' 그녀가 말했었다.

그녀는 사라를 바라보았다. 그녀는 의자의 팔걸이에 앉아 몸의 균형을 잡고, 커피를 한 모금씩 마시며 발을 위아래로 흔들고 있었다.

"가볼까?" 그녀가 여전히 발을 위아래로 흔들면서 막연하게 물었다.

로즈는 어깨를 으쓱했다. "가고 싶으면." 그녀가 말했다.

"하지만 내가 좋아할까?" 여전히 발을 흔들면서 사라가 말을 이었다. "그 모임을? 어떻게 생각해, 매기 언니?" 그녀가 언니에게 호소하듯 말했다. "갈까, 가지 말까? 갈까, 가지 말까?" 매기는 아무 말도 하지 않았다.

그러자 사라가 일어서더니 창가로 걸어가 잠시 멈춰 서서 콧노래를 불렀다. "계곡을 찾아가라, 장미꽃을 꺾으라." 그녀가 흥얼거렸다. 그 남자가 지나가고 있었다. "고철이요, 고철 삽니다!" 그가 소리치고 있었다. 그녀가 갑자기 홱 돌아섰다.

"가겠어요." 그녀가 결심을 한 듯이 말했다. "얼른 옷 입고 올게요."

그녀는 갑자기 튀어 오르듯 침실로 갔다. 그녀는 마치 동물원에 있는 새 같다고 로즈는 생각했다. 절대로 날지는 않고 풀밭 위를 재빠르게 총총 뛰어다니는 새.

그녀는 창문 쪽으로 돌아섰다. 침울한 작은 거리라고 그녀는 생각했다. 모퉁이에는 주점이 하나 있었다. 맞은편 집들은 매우 지저분해 보였고 주변은 매우 시끄러웠다. "고철 파세요!" 그 남자가 창문 아래서 고함치고 있었다. "고철 파세요!" 아이들이 길에서 소리를 지르고 있었다. 그들은 보도 위에 분필로 표시를 해놓고 놀이를 하고 있었다. 그녀는 아이들을 내려다보며 창가에 서 있었다.

"가엾은 녀석들!" 그녀가 말했다. 그녀는 모자를 집어 들고 핀 두 개를 모자에 잘 꽂았다. "좀 불쾌하지 않니?" 그녀는 거울 앞에 서서 모자의 한쪽을 다독거리면서 말했다. "저 모퉁이에 있는 술집 말이야. 가끔 밤에 늦게 귀가할 때라든가?"

"술 취한 사람들 말이에요?" 매기가 말했다.

"그래." 로즈가 말했다. 그녀는 양복점에서 재단한 옷의 가죽 단추들을 채우고, 마치 자신이 외출할 채비를 하고 있는 것처럼 옷차림의 여기저기를 가볍게 매만졌다.

"지금은 무슨 얘기를 하고 있어요?" 사라가 구두를 들고 오며 말했다. "이탈리아에 갔던 다른 때?"

"아니야." 매기가 말했다. 그녀는 입에 핀을 가득 물고 있었기 때문에 분명치 않은 발음으로 말했다. "사람 뒤를 쫓아다니는 술 취한 사람들."

"사람 뒤를 쫓아다니는 술 취한 사람들." 사라가 말했다. 그녀는 앉아서 구두를 신기 시작했다.

"하지만 나를 따라오지는 않아." 그녀가 말했다. 로즈는 웃었다. 그건 분명했다. 그녀는 혈색이 나쁘고 깡마른 데다 평범했다. "난 밤이건 낮이건 아무 때나 워털루 다리를 거닐 수 있어." 그녀가 구두 끈을 잡아당기면서 말을 계속했다. "그래도 아무도 쳐다보지 않아." 구두 끈이 매듭져 있었다. 그녀는 서툰 손길로 만지작거렸다. "하지만 난 기억할 수 있어." 그녀가 말을 이었다. "어느 여자에게 들은 얘기인데 — 매우 아름다운 여자야 — 그녀는 마치 —"

"서두르렴." 매기가 끼어들었다. "로즈 언니가 기다리고 있어."

"……로즈 언니가 기다리고 있지 — 그래, 그 여자가 내게 말했어. 그녀가 아이스크림을 먹으러 리젠트 파크에 갔을 때" — 그녀는 구두가 발에 잘 맞는지 신어 보려 일어섰다 — "나무 아래에 있는 작은 탁자에 앉아서, 나무 아래에 있는 식탁보가 깔린 작고 둥근 그런 탁자들 말이야, 그녀가 아이스크림을 먹으려는데" — 그녀는 신발을 한쪽은 신고 한쪽은 벗은 채로 한 발로 깡충깡충 뛰어다녔다 — "그녀가 말했어. 눈빛이 수많은 햇살처럼 나뭇잎 사이로 새어 들어와서 그녀의 아이스크림이 다 녹아버렸다는 거야……. 그녀의 아이스크림이 다 녹아버렸대!" 그녀는 발끝으로 빙글빙글 돌면서 언니의 어깨를 가볍게 두드리며 되풀이 말했다.

로즈가 손을 내밀었다. "넌 집에 남아서 옷 만들기를 끝낼 거야?" 그녀가 말했다. "우리와 함께 가지 않겠어?" 그녀는 사실 매기가 함께 가기를 바랐다.

"아니에요, 난 가지 않을래요." 매기가 악수를 하며 말했다. "난 싫어할 거예요." 당황스러울 정도의 솔직함으로 로즈에게 미소 지으며 그녀가 덧붙였다.

나를 두고 한 소리인가? 계단을 내려가며 로즈는 생각했다. 그녀가 나를 싫어한다는 뜻인가? 나는 그녀를 이렇게 좋아하는데?

홀본 외곽의 오래된 광장으로 이어지는 골목에서 한 나이 지긋한 남자가 제비꽃을 팔고 있었다. 코가 빨갛고 몹시 지쳐 보이는 그는 수년 동안 거리 모퉁이에서 궂은 날씨를 견뎌낸 듯이 보였다. 그는 기둥들이 늘어서 있는 옆에 노점을 벌이고 있었다. 푸릇푸릇한 나뭇잎이 달린 끈으로 반쯤 시든 꽃들을 단단히 묶어 놓은 꽃다발들이 쟁반에 일렬로 놓여 있었다. 그는 많이 팔지 못했던 것이다.

"예쁜 제비꽃이요, 싱싱한 제비꽃 사세요." 사람들이 지나갈 때면 그는 습관적으로 반복했다. 대부분의 사람들은 쳐다보지도 않고 지나갔다. 그러나 그는 자동적으로 그 말을 계속 되풀이했다. "예쁜 제비꽃이요, 싱싱한 제비꽃 사세요." 그는 마치 누가 꽃을 사기를 기대하지도 않는 것 같았다. 그때 두 명의 숙녀가 걸어왔다. 그가 제비꽃을 내밀면서 한 번 더 말했다. "예쁜 제비꽃이요, 싱싱한 제비꽃 사세요." 두 숙녀 가운데 한 명이 그의 쟁반에 동전 두 개를 찰그랑 떨어뜨렸다. 그가 올려다보았다. 또 한 명의 숙녀가 걸음을 멈추고 손을 기둥에 대고서 말했다. "난 여기서 언니랑 헤어질까 봐." 이 말에 키가 작고 땅딸막한 쪽이 그녀의 어깨를 때리면서 말했다. "바보같이 굴지 마!" 그러자 키 큰 숙녀가 갑자기 짧고 날카로운 웃음을 터트리더니 이미 돈을 지불하기라도 한 것처럼 쟁반에서 제비꽃 한 다발을 집어 들고는 둘이 함께 걸어가 버렸다. 이상한 손님이군. 그는 생각했다. 그녀는 꽃값을 지불하지도 않고 제비꽃을 가져갔던 것이다. 그는 그들이 광장을 돌아 걸어가는 것을 지켜보았다. 그러고는 다시 중얼거리기 시작했다. "예쁜 제비꽃이요, 싱싱한 제비꽃 사세요."

"만나는 곳이 여기예요?" 광장을 따라 걸으면서 사라가 물었다. 매우 조용했다. 차량의 소음도 멎었다. 나무들은 아직 잎이 무성하지 않았고 비둘기들이 나무꼭대기 위를 이리저리 날아다니며 꾸르륵거리고 있었다. 새들이 나뭇가지 사이를 바스락대며 옮겨 앉을 때마다 잔가지가 보도 위에 떨어졌다. 부드러운 바람이 그들의 얼굴에 불어왔다. 그들은 광장을 돌아 계속 걸었다.

"저기 저 집이야," 로즈가 한 집을 가리키면서 말했다. 조각이 새겨진 출입구가 있고 문기둥에 여러 이름이 적혀 있는 집에 이르자 그녀는 걸음을 멈추었다. 아래층 창문이 열려 있어서 커튼이 바람에 날려 들어갔다 나왔다가 하고 있었고 그 사이로 탁자에 빙 둘러앉아 이야기를 나누고 있는 듯한 사람들의 머리가 보였다.

로즈는 현관 계단에서 멈췄다.

"들어올 거야, 안 들어올 거야?" 그녀가 말했다.

사라는 주저했다. 그녀는 안을 들여다보았다. 그러고는 제비꽃 다발을 로즈의 얼굴에다 휘두르며 소리쳤다. "좋아요!" 그녀가 소리쳤다. "가요!"

　미리엄 패리쉬가 편지를 읽고 있었다. 엘리너는 압지 위에 여러 획을 먹칠하고 있었다. 난 이 모든 것을 이미 들었어, 난 이 모든 일을 정말 자주 했었지. 그녀는 생각하고 있었다. 그녀는 탁자를 둘러보았다. 사람들의 얼굴조차 같은 모습을 반복하고 있는 것 같았다. 저긴 저드 부류, 저긴 래젠비 부류, 그리고 저긴 미리엄 부류라고 그녀는 압지 위에 획을 그으면서 생각했다. 난 그가 무슨 말을 할지 알아, 난 그녀가 무슨 말을 할지 알아. 그녀는 압지 위에 작은 구멍을 뚫으며 생각했다. 이때 로즈가 들어왔다. 그런데 함께 있는 사람은 누구지? 엘리너가 물었다. 엘리너는 그녀를 알아보지 못했다. 그 누군가에게 로즈는 구석진 자리에 앉으라고 손짓을 했고 회의는 계속되었다. 왜 우리는 이것을 해야 하지? 가운데에 난 구멍으로부터 뻗어 나오는 살을 그리며 엘리너는 생각했다. 그녀는 밖을 올려다보았다. 누군가가 지팡이를 난간에 대고 지나가면서 덜컹덜컹 소리를 내며 휘파람을 불고 있었다. 바깥의 정원에서는 나뭇가지가 위아래로 흔들렸다. 벌써 이파리들이 피어나고 있었다……. 미리엄이 서류를 내려놓았다. 스파이서 씨가 일어섰다.

　내가 보기엔 달리 방법이 없어. 그녀가 연필을 다시 집어 들며 생각했다. 그녀는 스파이서 씨가 말하는 동안 필기를 했다. 그녀는 자신이 다른 생각을 하고 있으면서도 아주 정확히 필기할 수 있음을 알아냈다. 마치 그녀 자신을 둘로 나눌 수 있는 것 같았다. 한 사람은 토론을 따라가고―그런데 그는 말을 참 잘하는군, 그녀는 생각했다―다른 한 사람은 나무 그늘이 있는 빈 터로 걸어 내려가 꽃이 핀 나무 앞에 멈춰 섰다. 마침 화창한 오후였고 그녀는 큐 가든에 가고 싶었기 때문이었다. 목련인가? 그녀는 자문했다. 아니면 목련은 벌써 철이 지났나? 목련은 이파리가 없이 흰 꽃송이가 소담스럽게 핀다는 것을 그녀는 기억해냈다……. 그녀는 압지에 선을 그었다.

이제 픽퍼드…… 그녀가 다시 올려다보며 말했다. 픽퍼드 씨가 이야기했다. 그녀는 살을 더 많이 그리고 검게 칠했다. 그러다가 그녀가 고개를 들었다. 목소리의 어조에 변화가 있어서였다.

"나는 웨스트민스터를 잘 알아요." 애쉬포드 양이 말하고 있었다.

"나도 그래요!" 픽퍼드 씨가 말했다. "나는 벌써 사십 년째 그곳에 살고 있어요."

엘리너는 놀랐다. 그녀는 그가 일링에 살고 있다고 늘 생각했었다. 그가 웨스트민스터에 살던가? 그는 깨끗이 면도를 한, 작고 말쑥한 남자였다. 그녀는 언제나 그를 팔에 신문을 끼고 기차를 잡아타러 뛰어가는 모습으로 마음속에 그리고 있었다. 그런데 그가 웨스트민스터에 산다고? 이상한 일이로군. 그녀는 생각했다.

그러고 난 후 그들은 다시 토론을 계속했다. 비둘기가 구구거리는 소리가 들려왔다. 비둘기 두 마리를 잡아, 비둘기 두 마리를 잡아, 두 마리…… 비둘기들이 꾸르륵거리고 있었다. 마틴이 말하고 있었다. 말을 아주 잘하네, 하지만 빈정거려서는 안 돼. 그러면 사람들이 화를 내게 될 테니까…… 그녀는 생각했다. 그녀는 선을 하나 더 그었다.

그러고 난 후 그녀는 밖에서 차가 질주하는 소리를 들었다. 그 차는 창문 밖에서 멈췄다. 마틴이 말을 멈췄다. 잠시 침묵이 흘렀다. 그때 문이 열리고 연회복을 입은 키 큰 여자가 들어왔다. 모두 쳐다보았다.

"래스웨이드 부인!" 픽퍼드 씨가 일어서서 의자를 뒤로 빼며 말했다.

"키티!" 엘리너가 외쳤다. 그녀는 반쯤 일어섰다가 다시 앉았다. 약간의 동요가 일었다. 사람들이 그녀가 앉을 의자를 마련했다. 래스웨이드 부인은 엘리너 맞은편에 자리를 잡았다.

"정말 미안해요." 그녀가 사과했다. "많이 늦어서. 또 이렇게 우스꽝스러운 옷차림으로 와서 말이에요." 그녀는 자신의 망토를 만지며 덧붙였다. 환한 대낮에 저녁 연회복을 입고 있는 그녀가 이상해 보였다. 그녀의 머리카락에 뭔가 반짝이는 것이 있었다.

"오페라?" 그녀가 옆에 앉자 마틴이 말했다.

"응." 그녀가 짤막하게 말했다. 그녀는 사무적인 태도로 탁자 위에 자신의 흰 장갑을 내려놓았다. 망토 자락이 벌어져 안에 입고 있는 은빛 드레스의 은은한 빛이 드러나 보였다. 다른 사람들과 견주어 보면 그녀는 특이해 보였다. 엘리너는 그녀를 바라보며 오페라에 갈 예정이면서도 이렇게 오다니 매우 고마운 일이라고 생각했다. 회의가 다시 시작되었다.

그녀가 결혼한 지 얼마나 되었지? 엘리너는 궁금했다. 우리가 옥스퍼드에서 함께 그네를 망가뜨렸던 것이 언제였지? 그녀는 압지 위에 또 하나의 획을 그려 넣었다. 이제 그 점은 획으로 둘러싸이게 되었다.

"……그리고 우리는 기탄없이 그 일의 전모를 논의했어요." 키티가 말하고 있었다. 엘리너는 귀를 기울였다. 저런 게 내가 좋아하는 태도야. 그녀는 생각했다. 저녁 식사에서 에드워드 경을 만나고 있었어요……. 훌륭한 숙녀다운 태도지. 엘리너는 생각했다……. 권위 있으면서도 자연스러워. 그녀는 다시 귀를 기울였다. 훌륭한 숙녀다운 태도는 픽퍼드 씨를 매료시켰지만, 마틴을 짜증

나게 했군. 그녀는 알아차렸다. 그는 에드워드 경과 그의 솔직함에 대해 콧방귀를 뀌고 있었다. 그때 스파이서 씨가 다시 빠지고 키티가 끼어들었다. 그리고 이제 로즈가 있었다. 그들은 모두 서로 다투고 있었다. 엘리너는 듣기만 했다. 그녀는 점점 더 짜증이 났다. 토론은 결국 나는 옳고 너는 그르다는 것으로 가고 말아. 그녀는 생각했다. 이런 언쟁은 단지 시간만 낭비할 뿐이었다. 우리가 뭔가 더 깊고, 더 깊은 것에 이를 수만 있다면. 그녀는 압지를 연필로 찌르면서 생각했다. 갑자기 그녀는 유일하게 중요한 요점을 알아차렸다. 혀끝에 그 말이 맴돌았다. 그녀는 말하려고 입을 열었다. 그러나 그녀가 목을 가다듬자마자 픽퍼드 씨가 서류를 모두 챙기고 일어섰다. 죄송합니다. 그가 말했다. 법정에 가봐야 합니다. 그는 일어서서 가버렸다.

회의는 질질 끌며 계속되었다. 탁자 가운데 놓인 재떨이가 담배꽁초로 가득 찼다. 공기도 담배 연기로 탁해졌다. 그러자 스파이서 씨가 나갔다. 보드햄 양도 나갔다. 애쉬포드 양 역시 목에 스카프를 단단히 감고서 자신의 서류 가방을 탁 닫고서는 성큼성큼 방을 나가버렸다. 미리엄 패리쉬는 코안경을 벗어 옷 앞섶에 달린 고리에 고정시켰다. 모두가 다 가고 있었다. 회의는 끝났다. 엘리너가 일어섰다. 그녀는 키티에게 말을 걸고 싶었다. 그러나 미리엄이 그녀를 가로막았다.

"수요일에 당신을 방문하기로 한 것 말이에요." 그녀가 말을 꺼냈다.

"네." 엘리너가 대답했다.

"내가 조카를 치과에 데리고 가기로 약속했던 게 방금 생각났어요." 미리엄이 말했다.

"난 토요일도 좋아요." 엘리너가 말했다.

미리엄이 잠시 말을 멈췄다. 그녀는 생각에 잠겼다.

"그러지 말고 월요일로 하는 것은 어떨까요?" 그녀가 말했다.

"내가 편지를 쓸게요." 미리엄은 성인군자 같은 사람이었지만, 엘리너는 짜증을 감추지 못하고 말했다. 미리엄은 마치 무엇인가 훔치다 들킨 강아지처럼 미안해하는 기색으로 훌쩍 가버렸다.

엘리너가 돌아섰다. 나머지 사람들은 아직도 토론을 하고 있었다.

"조만간 내게 동의하게 될 거예요." 마틴이 말하고 있었다. "아뇨, 결코 그렇지 않을걸요!" 키티가 장갑으로 탁자를 치면서 말했다. 그녀는 매우 아름다워 보였지만 동시에 연회복 차림이 다소 엉뚱해 보였다.

"왜 말을 하지 않은 거야, 넬?" 그녀가 돌아보며 말했다.

"왜냐하면 —" 엘리너가 말을 시작했다. "난 모르니까." 그녀가 맥없이 덧붙였다. 그녀는 머리에 반짝이는 무엇인가를 달고 연회복 정장 차림으로 그곳에 서 있는 키티와 비교해서 갑자기 자신이 초라하고 촌스럽게 느껴졌다.

"그럼," 키티가 돌아서서 나가며 말했다. "난 가봐야겠어. 그런데 누구 내 차로 태워다줄 사람은 없을까?" 창문을 가리키며 그녀가 말했다. 그녀의 차가 거기 있었다.

"아주 멋진 차로군!" 마틴이 그 차를 보고 빈정거리는 어투로 말했다.

"찰리 차야." 키티가 다소 날카롭게 말했다.

"어떻게 할 거야, 엘리너?" 그녀에게 돌아서며 키티가 말했다.

"고마워," 엘리너가 말했다. " — 잠깐만"

그녀의 물건들이 마구 뒤섞여 있었다. 장갑도 보이지 않았다. 우산을 가져왔던가, 가져오지 않았던가? 그녀는 자신이 갑자기 어린 학생이기라도 한 듯 촌스럽게 허둥지둥하고 있다고 느꼈다. 멋진 차가 기다리고 있었으며 운전수가 손에 무릎덮개를 들고 문을 열어주었다.

"어서 타." 키티가 말했다. 그녀가 타자 운전수가 무릎덮개를 그녀의 무릎에 놓았다.

"저들끼리 계속 작당하게 두고 우린 가자." 키티가 손을 흔들며 말했다. 그리고 차가 떠났다.

"고집불통들 같으니!" 엘리너를 돌아보며 키티가 말했다.

"강압은 언제나 잘못된 거야. 내 말에 동의하지 않아? 언제나 잘못된 거라구!" 덮개를 무릎 위로 끌어올리면서 그녀가 되풀이했다. 그녀는 아직 회합의 영향에서 벗어나지 못하고 있었다. 그러면서도 그녀는 엘리너와 이야기를 나누고 싶었다. 그들이 만나기가 좀처럼 쉽지 않은 데다가 그녀는 엘리너를 매우 좋아했다. 그러나 그녀는 우스꽝스러운 옷차림으로 거기에 앉아 있었던 것이 어색했고, 상투적인 방식으로 진행되던 그 회합에서 마음을 떼어놓을 수가 없었다.

"저 고집불통들 같으니!" 그녀가 되풀이했다. 그런 뒤 그녀가 말을 꺼냈다.

"내게 말해봐……."

물어보고 싶은 것이 아주 많았다. 그러나 차의 엔진이 아주 강력했다. 차는 다른 차량들 사이를 아주 부드럽게 빠져나갔다. 그래서 그녀가 하고 싶은 말을 할 여유를 갖기도 전에 그들은 지하철역에 도착했고 엘리너가 손을 내밀었다.

"여기서 세워주면 좋겠는데." 그녀가 일어나며 말했다.

"꼭 내려야 해?" 키티가 말했다. 그녀는 엘리너와 얘기하고 싶었다. "내려야 해, 내려야 해." 엘리너가 말했다. "아버지가 기다리고 계셔." 그녀는 이 훌륭한 숙녀와 운전수 옆에서 다시 자신이 어린아이처럼 느껴졌다. 운전수가 문을 열어놓고 있었다.

"언제 나를 보러와—곧 다시 만나자, 넬." 키티가 엘리너의 손을 잡으며 말했다.

차가 다시 출발했다. 래스웨이드 부인은 자리에 깊숙이 앉았다. 그녀는 엘리너를 좀 더 자주 볼 수 있다면 좋겠다고 생각했다. 그러나 엘리너를 불러서 저녁 식사를 하자고 할 수가 없었다. 언제나 "아버지가 기다리고 계셔"라거나 다른 핑계를 대니, 야속하다는 생각마저 들었다. 옥스퍼드 이래로 그들은 서로 너무나도 다른 길을 갔고 서로 다른 삶을 살아왔다……. 차가 속도를 늦추었다. 차는 사람이 걷는 속도로 움직이고 있는 차량의 긴 대열 속에 끼어 있어야만 했다. 차량 행렬은 완전히 멈추었다가 갑자기 움직이곤 하면서 시장 손수레들로 꽉 막힌 좁은 도로를 따라 오페라 하우스로 내려갔다. 연회복 정장 차림의 남자와 여자들이 보도를 따라 걷고 있었다. 머리를 높이 올리고 이브닝 망토를 걸치고, 상의 단춧구멍에 장식 꽃을 꽂고 하얀 조끼를 오후 햇살에 반짝이며 행상인들의 손수레 사이로 몸을 비켜갈 때 그들은 매우 불편하고 조심스러워 보였다. 숙녀들은 굽 높은 구두를 신고 불안하게 걸어갔고 때때로 손을 들어 머리에 얹곤 했다. 신사들은 숙녀들을 보호하듯 그들 가까이 있었다. 하루 중 이 시간에 연회복 정장 차림으로 나온다는 것은 우스꽝스럽기 짝이 없는 일이라고 키티는 생각했다. 그녀는 자리에서 뒤로 기대앉아 있었다. 코번트 가든 시장의 짐꾼들, 평상시의 작업복을 입은 꾀죄죄하고 몸집이 작은 점원들, 앞치마를 두른 거친 생김새의 여자들이 차 안의 그녀를 바라보았다. 오렌지와 바나나 냄새가 진하게 풍겼다. 그러나 차가 서서히 멈추고 있었다. 차는 아치 통로 아래에 섰다. 그녀는 유리문을 밀고 안으로 들어갔다.

그녀는 금방 안도감을 느꼈다. 낮의 빛이 소멸되고 노랗고 붉은빛에 물든 공기 속에 서자 그녀는 더 이상 우스꽝스럽게 느껴지지 않았다. 오히려 분위기에 어울린다고 느꼈다. 계단을 오르고 있는 숙녀들과 신사들은 모두 그녀처럼 차려입고 있었다. 오렌지와 바나나 냄새 대신 다른 냄새, 옷과 장갑과 꽃이 미묘하게 섞여 그녀를 기분 좋게 하는 냄새가 났다. 발밑에 놓인 카펫은 두툼했다. 그녀는 복도를 따라 들어가 카드가 놓여 있는 자신의 특별석으로 갔다. 입장하자 오페라 하우스 전체가 그녀 앞에 열렸다. 그녀는 늦지 않았다. 관현악단은 아직 조율 중이었고 연주자들은 분주히 악기를 매만지며 웃고 얘기하고 자리에서 두리번거리고 있었다. 그녀는 무대 앞 일등석을 내려다보며 서 있었다. 청중석은 대단히 번잡한 상태였다. 사람들이 자기 자리로 가느라 지나다니고 있었다. 그들은 앉았다가는 다시 일어났다 하고 있었으며, 망토를 벗고 있거나 친구들에게 손짓하고 있었다. 그들은 들판에 내려앉는 새들 같았다. 특별석 여기저기서 하얀 형상들이 나타나고 있었다. 하얀 팔들이 특별석 난간에 얹혀 있는가 하면, 하얀 셔츠의 앞가슴 부분이 그 옆에서 빛나고 있었다. 극장 전체가 붉은색, 황금색, 크림색으로 반짝였고 옷 냄새와 꽃 냄새가 났으며 악기들이 삑삑거리거나 울리는 소리와 웅성거리고 흥얼거리는 목소리들이 울려 퍼졌다. 그녀는 좌석의 선반에 놓여 있는 프로그램을 들여다보았다. 「지크프리트」[3], 그녀가 가장 좋아

3　독일 작곡가 리하르트 바그너(Richard Wagner, 1813~1883)가 작곡한 4개 악장으로 이루어진 서사 악극곡 「니벨룽겐의 반지The Ring of the Nibelung」중 제2부 악장.

하는 오페라였다. 화려하게 장식된 테두리로 둘러진 작은 공간에 배역들의 이름이 적혀 있었다. 그녀는 그것을 읽으려고 몸을 굽혔다. 그때 문득 한 가지 생각이 떠올라서 그녀는 귀빈석을 바라보았다. 비어 있었다. 그녀가 바라보고 있을 동안 문이 열리더니 두 남자가 들어왔다. 한 명은 그녀의 사촌 에드워드였고 다른 한 명은 그녀 남편의 사촌 되는 청년이었다.

"연기된 것 아닐까?" 그가 그녀와 악수하며 말했다. "그런 것 같은데." 그는 외무부의 상당한 직위에 있었는데 잘생긴 로마인의 두상을 지니고 있었다.

그들은 모두 본능적으로 귀빈석을 돌아보았다. 가장자리를 따라 프로그램이 놓여 있었지만, 분홍 카네이션 화환은 없었다. 귀빈석은 비어 있었다.

"의사들이 그를 포기했어요."[4] 젊은이가 매우 으스대며 말했다. 저들은 모두 자신들이 모든 것을 다 안다고 여기지. 내밀한 정보를 알고 있다는 인상을 풍기는 그의 태도에 미소를 지으며 키티는 생각했다.

"하지만 그가 죽는다면?" 귀빈석을 바라보며 그녀가 말했다. "그들이 그걸 중지하리라 생각해요?"

젊은이가 어깨를 으쓱했다. 그 점에 관해서 그는 확신할 수 없는 것이 분명했다. 극장은 거의 찼다. 숙녀들이 몸을 돌릴 때면 그들의 팔에서 빛이 반짝였다. 빛의 잔물결이 반짝이다가 멈췄고 그들이 머리를 돌리면 다시 반대 방향에서 반짝였다.

이윽고 지휘자가 관현악단 사이를 지나 지휘대로 올라갔다. 박수갈채가 터져 나왔고 그가 돌아서서 청중에게 인사했다. 그가

---

4 영국 왕 에드워드 7세는 1910년 5월 5일에 「지크프리트」 공연에 참석할 예정이었으나 참석하지 못하고 다음 날 사망했다.

다시 돌아서자 모든 불빛이 가라앉고 서곡이 시작되었다.

키티는 좌석의 벽에 등을 기대고 있었다. 커튼의 주름이 얼굴에 그늘을 드리웠다. 그녀는 그늘진 것이 좋았다. 서곡이 연주될 때 그녀는 에드워드를 바라보았다. 붉은빛을 받은 그의 얼굴 윤곽만이 보일 뿐이었다. 예전보다 선이 굵어졌지만 서곡을 듣고 있는 그는 지적이고, 잘생기고, 다소 쌀쌀맞아 보였다. 그렇게 되지 않았을 거야. 그녀는 생각했다. 내가 너무……. 그녀는 문장을 마무리하지 않았다. 그는 결혼하지 않았어. 그녀는 생각했다. 그런데 그녀는 결혼했다. 그리고 내겐 아들이 셋 있지. 난 오스트레일리아에도 갔었고, 인도에도 가보았지. 음악이 그녀로 하여금 좀처럼 하지 않는 자신과 자신의 생활에 대한 생각을 하게 만들었다. 음악으로 그녀는 고양되었다. 음악은 그녀 자신과 지난날을 기분 좋게 돌아보게 했다. 그런데 왜 마틴은 내가 차를 소유한 것을 비웃었을까? 비웃는 게 무슨 소용이람? 그녀는 자문했다.

막이 올랐다. 그녀는 몸을 앞으로 기울여 무대를 바라보았다. 난쟁이가 칼을 두드리고 있었다. 탕, 탕, 탕, 그는 짧고 날카롭게 계속 내리쳤다. 그녀는 귀를 기울였다. 음악이 바뀌었다. 그는 음악의 의미를 정확하게 알고 있군. 잘생긴 소년을 바라보면서 그녀는 생각했다. 그는 이미 완전히 음악에 빠져 있었다. 흠잡을 데 없을 정도로 품위를 갖춘 그의 모습 위로 완전히 몰입한 표정이 떠올라 그는 거의 엄숙해 보였다. 그녀는 그런 몰입한 표정이 좋았다……. 그러나 이제 지크프리트가 있었다. 그녀는 몸을 앞으로 기울였다. 매우 뚱뚱하며 밤색 넓적다리를 지닌 그가 표범가죽 옷 차림으로 지금 곰을 이끌고 가고 있었다. 그녀는 아마빛 가발을 쓴 그 뚱뚱하고 기운 좋은 젊은이가 좋았다. 그의 목소리는 아주 멋졌다. 탕, 탕, 탕, 망치질이 계속되었다. 그녀는 몸을 다시 뒤로 젖혔다. 그 장면이 그녀에게 무엇을 생각나게 했지? 머리카락에 나무 부스러기를 묻힌 채 방에 들어왔던 젊은 청년…… 그녀가 아주 젊었을 때였다. 옥스퍼드에서였나? 그녀는 그들과 차를 마시러 갔었다. 딱딱한 의자에 앉아 있었지. 아주 밝은 방이었는데. 정원에서 망치질하는 소리가 들렸어. 그리고 나서 어떤 소년이 머리카락에 나무 부스러기를 묻힌 채 들어왔었지. 그리고 그녀는 그가 그녀에게 키스하기를 원했었다. 아니면 그건 카터 씨 농장에 있던 일꾼이었나? 카터 영감이 코뚜레를 한 황소를 이끌고 갑자기 나타났을 때?

'그런 것이 내가 좋아하는 생활이야.' 그녀는 오페라 안경을 집어 들면서 생각했다. '나도 그런 사람이고…….' 그녀는 문장을 마무리했다.

그녀는 오페라 안경을 눈에 가져갔다. 갑자기 무대가 밝아지고 가까워졌다. 잔디는 두꺼운 녹색 털실로 만들어진 것 같았다. 그녀는 지크프리트의 굵은 갈색 팔이 물감으로 반짝이는 것을 볼 수 있었다. 그의 얼굴이 빛나고 있었다. 그녀는 안경을 내려놓고 자리에서 뒤로 기대었다.

그리고 루시 크래덕―그녀는 책상에 앉아 있는 루시를 떠올렸다. 그녀는 붉은 코와 참을성 있고 친절한 눈빛을 지녔어. "그래, 넌 이번 주에도 또 숙제를 하지 않았구나, 키티!" 그녀가 꾸짖듯이 말했지. 내가 그녀를 얼마나 사랑했던가! 키티는 생각했다. 그러고 나서 그녀는 사택으로 돌아갔었다. 가운데를 버팀목으로 받쳐 놓은 나무가 있었고, 그녀의 어머니가 꼿꼿하게 앉아 있었다……. 어머니랑 그렇게 많이 싸우지 않았더라면 좋았을걸. 시간은 지나가 버린다는 깨달음과 그 비극성에 갑작스레 압도되면서 그녀는 생각했다. 그때 음악이 바뀌었다.

그녀는 무대를 다시 바라보았다. 방랑자가 나와 있었다. 그는 긴 회색 실내복 가운을 입고 둑 위에 앉아 있었다. 그의 한쪽 눈 위에서 안대가 불안하게 흔들렸다. 그가 계속 노래를 불렀다. 그의 노래가 계속 이어졌다. 그녀의 집중력이 흐트러졌다. 그녀는 불그스름하니 어둑한 극장 안을 둘러보았다. 좌석의 난간 위에 괸 하얀 팔꿈치들만 눈에 들어왔고, 여기저기에서 누군가가 회중전등을 들고 악보를 비출 때 아주 작은 불빛이 드러났다. 에드워드의 준수한 옆모습이 다시 그녀의 시야에 들어왔다. 그는 비판적으로, 열중해서 듣고 있었다. 그렇게 되지는 않았을 거야, 결코 그렇게 되지는 않았을 거야. 그녀는 생각했다.

마침내 방랑자가 사라졌다. 그럼 이제는? 몸을 앞으로 기울이며 그녀는 자문했다. 지크프리트가 불쑥 나타났다. 표범가죽 옷을 입고 웃고 노래하며 그가 다시 나온 것이다. 음악이 그녀를 흥분시켰다. 음악은 장엄했다. 지크프리트는 부러진 칼 조각들을 불길에 던져 넣고 입김을 불어 넣은 후 망치로 두드리고, 두드리고, 또 두드렸다. 노래와 망치질과 솟아오르는 불길이 모두 동시에 진행되었다. 더 빠르게 더 빠르게, 더욱 더 장단을 맞추어, 더욱 더 의기양양하게 그는 망치를 내리쳤다. 마침내 그가 그의 머리 위로 칼을 높이 치켜들었다가 내리쳤다―쩽강! 모루가 쩍 하고 갈라졌다. 그러고 나서 그는 칼을 들어 머리 위로 휘두르며 외치고 노래했다. 음악이 점점 더 격렬하게 치달아갔다. 그리고 막이 내렸다.

극장 한가운데 있는 불이 켜졌다. 모든 색깔들이 본래대로 돌아왔다. 오페라 하우스 전체가 그 안을 채운 얼굴들과 다이아몬드들, 남자들과 여자들로 다시 생동감이 넘쳤다. 사람들이 프로그램을 흔들며 박수를 보내고 있었다. 극장 전체가 하얀 사각 종이로 흔들리고 있는 듯했다. 막이 갈라졌다. 무릎길이의 바지 제복을 입은 남자들이 막을 붙잡고 있었다. 키티는 일어나서 박수를 쳤다. 다시 막이 닫혔다. 그리고 다시 열렸다. 제복을 입은 남자들은 붙잡고 있어야 하는 무거운 막 때문에 발까지 끌려갈 지경이었다. 다시, 또다시 그들은 막을 붙잡았다. 그들이 막을 다시 내리고, 가수들이 사라지고, 관현악단이 자리를 뜨고 있을 때에도 청중들은 여전히 박수를 치고 프로그램을 흔들며 서 있었다.

키티가 그녀의 좌석에서 그 젊은이를 돌아보았다. 그는 난간 너머로 몸을 기울이고 있었다. 그도 아직 박수를 치고 있었다. "브라보! 브라보!" 그가 외치고 있었다. 그는 그녀를 잊어버리고 있었던 것이다. 그는 자기 자신도 잊고 있었다.

"아주 훌륭했지요?" 그가 마침내 돌아보며 말했다.

그의 얼굴에는 마치 동시에 두 세계에 존재하고 있어서 그 둘을 하나로 모아야 하는 것 같은 기묘한 표정이 떠올라 있었다.

"훌륭했어요!" 그녀가 동의했다. 그녀는 가슴이 아릴 정도로 부러움을 느끼며 그를 바라보았다.

"자, 이제," 그녀가 자기 물건을 챙기며 말했다. "저녁 식사를 하지요."

하이엄스 플레이스에 있던 그들은 저녁 식사를 마쳤다. 식탁이 치워졌다. 부스러기 몇 개만이 남아 있었고 꽃병이 파수꾼처럼 식탁 중앙에 놓여 있었다. 방에서 나는 소리라고는 실크 옷감에 바늘이 꽂히는 소리뿐이었다. 매기가 바느질을 하고 있었다. 사라는 피아노 의자에 등을 구부리고 앉아 있었으나 치지는 않았다.

"무슨 노래든 불러봐." 매기가 갑자기 말했다. 사라가 돌아보며 건반을 두드렸다.

"칼을 손에 들고 휘두르고 휘두르며……." 그녀가 노래를 불렀다. 노랫말은 18세기의 장려한 행진곡 가사였지만, 그녀의 목소리는 높고 가늘었다. 그녀의 목소리가 갈라졌다. 그녀는 노래를 멈추었다.

그녀는 건반에 손을 얹고 말없이 앉아 있었다. "목소리가 좋지 않은데 노래를 부르는 게 무슨 소용이야?" 그녀가 중얼거렸다. 매기는 바느질을 계속했다.

"오늘 뭘 했니?" 이윽고 그녀가 고개를 들고 불쑥 물었다.

"로즈 언니랑 외출했지." 사라가 말했다.

"그럼 로즈 언니랑 무얼 했는데?" 매기가 말했다. 그녀는 무심히 말을 했다. 사라가 몸을 돌려 그녀를 바라보았다. 그러더니 그녀는 다시 연주하기 시작했다. "다리에 서서 물을 바라보았지." 그녀가 흥얼거렸다.

"다리에 서서 물을 바라보았지." 그녀가 음악에 맞추어 흥얼거렸다. "흘러가는 물, 흐르는 물. 나의 뼈가 산호로 변하기를. 물고기가 그들의 초롱불을 밝히고, 물고기가 녹색 초롱불을 내 눈에 밝히길." 그녀는 반쯤 몸을 돌려 매기를 돌아보았다. 그러나 그녀는 주의를 기울이지 않고 있었다. 사라는 침묵했다. 그녀는 다시 건반을 쳐다보았다. 그러나 그녀는 건반을 보고 있지 않았다. 그녀는 정원을, 꽃들을, 그리고 그녀의 언니를 보았다. 그리고 어둠 속에서 빛나고 있는 꽃 한 송이를 꺾으려고 몸을 구부린 코가 큰 어느 젊은이가 보였다. 그리고 달빛 아래서 그가 손에 쥔 꽃을 내밀었다……. 매기가 갑자기 그녀를 방해했다.

"로즈와 외출했다고, 어디로?" 그녀가 말했다.

사라가 피아노에서 일어나 벽난로 앞에 섰다.

"우리는 버스를 타고 홀번으로 갔어." 그녀가 말했다. "그리고 거리를 따라 걸었지." 그녀가 계속 말했다. "그런데 갑자기," 그녀가 손을 불쑥 내밀었다. "내 어깨를 툭 치는 것이 느껴졌어. '몹쓸 거짓말쟁이!' 로즈 언니가 말했어. 그리곤 나를 데리고 가서 주점의 벽에 날 내동댕이쳤어!"

매기는 말없이 바느질을 계속했다.

"너흰 버스를 타고 홀번으로 갔어." 잠시 후에 그녀가 기계적으로 되풀이했다. "그리고 나서는?"

"그리고 나서 우리는 어떤 방으로 들어갔어." 사라가 말을 이었다. "그곳엔 사람들이 — 아주 많은 사람들이 있었어. 그리고 난 속으로 생각했지……." 그녀가 잠시 말을 멈추었다.

"회합?" 매기가 중얼거렸다. "어디에서?"

"어떤 방에서." 사라가 대답했다. "희미한 초록색을 띤 불빛. 뒤뜰에서는 어느 여자가 줄에 옷을 널고 있었고, 누군가가 담장 난간을 따라 지팡이를 덜커덕거리며 지나갔어."

"알겠어." 매기가 말했다. 그녀는 빠른 속도로 바느질을 계속했다.

"난 속으로 말했지." 사라가 말을 이었다. "누구의 머리들인지……." 그녀가 말을 멈추었다.

"회합은," 매기가 끼어들었다. "무엇 때문에 열렸어? 무엇에 관해서?"

"비둘기들이 꾸르륵거리고 있었어." 사라가 계속 말했다. "비둘기 두 마리를 잡아, 태피. 비둘기 두 마리를 잡아…… 두 마리…… 그리고 나서 어떤 날개가 대기를 어둡게 했어. 그리고 키티가 별빛을 휘감고서 들어오더니 의자에 앉았어."

그녀가 말을 멈추었다. 매기는 말이 없었다. 그녀는 잠시 동안 바느질을 계속했다.

"누가 들어왔다고?" 그녀가 마침내 물었다.

"아주 아름다운 어떤 사람이. 별빛을 휘감고서. 머리에 녹색 장식을 달고." 사라가 말했다. "그러자," — 여기서 그녀는 목소리를 바꿔서 중산층 남자가 멋쟁이 숙녀를 환영할 때 말할 법한 어조를 흉내 냈다. "픽퍼드 씨가 벌떡 일어나더니 말했어. '오, 래스웨이드 부인, 이 의자에 앉지 않으시겠어요?'"

그녀는 앞에 있는 의자를 밀었다.

"그러자," 그녀가 손을 휘저으며 계속 말했다. "래스웨이드 부인이 자리에 앉아서 장갑을 탁자 위에 내려놓았어," — 그녀는 쿠션을 가볍게 두드렸다 — "이렇게."

매기가 바느질감 너머로 올려다보았다. 그녀는 사람들로 가득 찬 방과 담장 난간을 따라 덜커덕거리는 단장들, 마르라고 밖에 널려 있는 옷들, 그리고 머리에 딱정벌레 날개 장식을 달고 들어오는 어떤 사람에 대한 전반적인 인상을 떠올렸다.

"그러고 나서 무슨 일이 있었어?" 그녀가 물었다.

"그러자 시든 로즈, 까다로운 로즈, 황갈색 로즈, 가시투성이 로즈가 눈물을 한 방울 흘렸어." 사라가 웃음을 터뜨렸다.

"아니야, 아니야." 매기가 말했다. 그 이야기에는 뭔가 잘못된 것이 있었다. 불가능한 것이 있었다. 그녀는 위를 올려다보았다. 지나가는 차량 불빛이 천장을 가로질러 미끄러져 갔다. 보이지 않을 정도로 사위가 어두워지고 있었다. 건너편 선술집에서 흘러 나오는 불빛이 방 안에 노란 섬광을 만들어냈다. 불규칙한 불빛이 물결처럼 일렁여서 천정이 떨리는 것 같았다. 거리 바깥에서 떠들썩한 소동이 들려왔다. 마치 경찰이 거리에서 누군가를 억지로 잡아끌고 있는 듯 난투극을 벌이고 짓밟기도 하는 소리였다. 그의 뒤에 대고 비웃고 고함치는 목소리들이 따라왔다.

"또 난리군?" 매기가 옷감에 바늘을 꽂아 넣으면서 중얼거렸다.

사라가 일어나서 창가로 다가갔다. 주점 밖에 사람들이 모여 있었다. 한 남자가 밖으로 내쫓기고 있었다. 그가 비틀거리며 걸어왔다. 그는 가로등에 부딪혀 넘어지더니 가로등 기둥에 매달렸다. 주점 문 위에 걸려 있는 불빛으로 그 장면이 훤히 보였다. 사라는 그들을 내려다보면서 창가에 한동안 서 있었다. 그러다가 돌아섰을 때 뒤섞인 빛을 받은 그녀의 얼굴은 마치 그녀가 더 이상 소녀가 아니라 출산과 방탕과 죄스러운 생활로 인해 지친 늙은 여인이기라도 한 것처럼 창백하고 지쳐 보였다. 그녀는 두 손을 모아 꽉 움켜쥐고 등을 구부정하게 한 채 거기 서 있었다.

"미래에," 언니를 바라보며 그녀가 말했다. "사람들이 이 방을 들여다보면서 — 이 동굴을, 진흙과 오물을 치워낸 이 동굴을 들여다보고, 손가락으로 코를 쥘 거야." — 그녀는 자신의 코를 손으로 쥐었다 — "그리고 말하겠지. '푸! 악취야!'"

그녀는 의자에 풀썩 주저앉았다.

매기가 그녀를 쳐다보았다. 둥글게 몸을 구부리고, 얼굴 위로 머리카락을 늘어뜨리고, 두 손을 모아 비틀고 있는 그녀는 마치 진흙과 오물로 덮인 작은 동굴 안에서 웅크리고 있는 커다란 원숭이처럼 보였다. "푸!" 매기가 그녀의 말을 따라했다. "악취가 나는군!"……그녀는 갑자기 일어나는 구역질을 참으며 옷감에 바늘을 밀어 넣었다. 그건 사실이야. 그녀는 생각했다. 그들은 억제할 수 없는 욕망에 휘둘리는 불결하기 짝이 없는 보잘것없는 피조물들이었다. 고함과 욕설로 가득한 밤이었다. 폭력과 불안으로, 또한 아름다움과 기쁨으로 가득 찬 밤이었다. 그녀는 손에 드레스를 쥔 채 일어섰다. 실크자락이 바닥에 흘러내렸다. 그녀가 손으로 주름 잡힌 실크를 어루만졌다.

"다 됐어. 다 완성되었어." 탁자 위에 드레스를 내려놓으며 그녀가 말했다. 그녀가 손으로 할 수 있는 것은 더 없었다. 그녀는 드레스를 접어서 치워놓았다. 그때 자고 있던 고양이가 아주 천천히 몸을 일으키더니 등을 둥글게 구부렸다가 한껏 기지개를 켰다.

"저녁을 먹고 싶지, 그렇지?" 매기가 말했다. 그녀는 부엌으로 가더니 접시에 우유를 담아 들고 돌아왔다. "자, 가엾은 고양이야." 접시를 바닥에 내려놓으며 그녀가 말했다. 그녀는 고양이가 홀짝홀짝 우유를 핥아 먹는 것을 지켜보고 서 있었다. 잠시 후에 고양이는 다시 한 번 한껏 우아하게 기지개를 켰다.

사라는 조금 떨어져 서서 고양이를 바라보았다. 그러고는 언니 흉내를 냈다.

"자, 가엾은 고양이야, 자, 가엾은 고양이야." 그녀가 되풀이했다. "매기 언니가 요람을 흔들 때," 그녀가 덧붙였다.

매기가 어떤 냉혹한 운명을 피하려는 듯이 두 팔을 들어 올렸다가 떨어뜨렸다. 언니를 바라보면서 사라가 미소를 지었다. 그러더니 그녀의 눈에 눈물이 어리다가 천천히 그녀의 뺨을 타고 흘러내렸다. 그녀가 손을 들어 눈물을 닦으려 할 때 문을 두드리는 소리가 났다. 누군가가 옆집의 문을 두드리고 있었다. 두드리는 소리가 멎었다. 그러더니 다시 시작되었다ㅡ쾅, 쾅, 쾅.

그들은 귀를 기울였다.

"엎쳐가 술에 취해 와서 들여보내 달라고 그러는군." 매기가 말했다. 문 두드리는 소리가 그쳤다. 그러다가 다시 시작되었다.

사라는 거칠게, 힘껏 눈물을 닦았다.

"달이 차면 배가 들어오는 황무지 섬에서 너희 아이들을 기르라!" 그녀가 외쳤다.

"아이가 없으면?" 매기가 말했다. 어디선가 창문이 홱 열렸다. 어떤 여자가 악을 쓰며 그 남자에게 욕설을 퍼붓는 소리가 들렸다. 그 남자도 현관 계단에서 술에 취한 걸쭉한 목소리로 고함을 쳤다. 그러더니 문이 쾅 하고 닫혔다. 그러고는 조용했다.

매기가 창문을 닫으러 방을 가로질러 갔다. 맞은편 공장의 커다란 창문들이 아직 환하게 밝혀져 있었다. 그것은 마치 가느다란 검은 막대가 둘러져 있는 유리 궁전처럼 보였다. 노란 불빛이 맞은편 집들의 아래쪽 반을 밝혀주고 있었다. 하늘이 무거운 덮개 같은 노란 불빛 속에 낮게 드리워져 있어서 슬레이트 지붕들이 푸르게 빛나고 있었다. 사람들이 아직도 거리를 걸어 다니고 있어서 보도 위를 울리는 발걸음 소리가 들렸다. 멀리서 누군가 쉰 목소리로 외쳤다. 매기가 밖으로 몸을 내밀었다. 바람이 부는 따뜻한 밤이었다.

"뭐라고 외치는 거지?" 그녀가 말했다.

그 목소리가 점점 더 가까이 다가왔다.

"사망……?" 그녀가 말했다.

"사망……?" 사라가 말했다. 그들은 바깥으로 몸을 내밀었다. 그러나 그들은 그 문장의 나머지를 들을 수 없었다. 그때 거리를 따라 수레를 끌고 가던 한 남자가 그들을 올려다보며 소리쳤다.

"왕께서 서거하셨소!"

1911년

해가 뜨고 있었다. 해는 빛을 흔들어 뿌리며 수평선 위로 아주 천천히 올라왔다. 그러나 하늘이 아주 광활하고 구름도 없었으므로 빛으로 하늘을 채우는 데에는 시간이 걸렸다. 아주 차츰차츰 구름이 푸른색으로 변해 갔다. 숲속 나뭇잎들이 반짝거렸고 그 아래에서는 꽃 한 송이가 빛났다. 산짐승—호랑이, 원숭이, 새들의 눈빛이 반짝였다. 서서히 세상이 어둠 속에서 나타났다. 바다는 마치 수많은 비늘로 덮여 있는 물고기의 피부처럼 황금빛으로 반짝였다. 여기 프랑스 남부의 이랑진 포도밭에도 빛이 찾아들었다. 조그만 포도덩굴들은 보라색과 노란색을 띠었고 차양의 널 사이로 스며든 햇빛은 하얀 벽에 줄무늬를 만들었다. 매기는 창가에 서서 안뜰을 내려다보았다. 그리고 포도덩굴에서 생긴 그림자가 남편의 책에 비스듬히 드리워져 있는 것을 보았다. 그의 곁에 있는 유리창이 노랗게 빛나고 있었다. 일하고 있는 농부들의 외침이 열린 창문을 통해 들려왔다.

해협을 건너던 태양이 담요처럼 두터운 바다 안개에 헛되이 부딪혔다. 빛은 런던에 드리워진 안개 속으로 서서히 스며들어

국회의사당 광장에 서 있는 동상 위에도 내리비추고, 궁전 위에도 내려앉았다. 국왕은 흰색과 파란색의 영국 국기에 덮여[1] 프로그모어[2]에 있는 암굴에 안치되어 있었지만 궁전에는 깃발이 휘날리고 있었다. 여느 때보다도 더운 날씨였다. 구유에서 물을 먹던 말의 코에서는 쉿쉿 소리가 났고, 말발굽은 산등성이를 시골길의 벽토처럼 단단하고 파삭하게 만들었다. 황무지 위로 갈래갈래 피어오르는 불길은 불길이 가신 자리에 목탄 나뭇가지를 남겨놓았다. 팔월, 휴가철이었다. 커다란 기차역의 유리 지붕은 빛을 받아 눈부시게 빛나는 구체였다. 여행객들이 목줄을 건 개를 데리고 대형 여행가방을 끌며 짐꾼들을 따라가면서 노란 원형 시계의 바늘을 쳐다보았다. 모든 역마다 기차는 북부로, 남부로, 서부로, 영국의 곳곳을 누빌 준비를 하고 있었다. 이제 손을 들어올리고 서 있던 역무원이 깃발을 내리자 차 탕관이 미끄러지면서 지나갔다. 기차들이 흔들리며 아스팔트길이 나 있는 공원을 가로질러 공장들을 지나고 탁 트인 시골로 접어들었다. 낚시를 하며 다리 위에 서 있던 남자들이 고개를 들어 쳐다보았고 말들은 느릿느릿 달렸으며 여자들은 문가로 나오며 손으로 눈 위에 그늘을 만들었다. 연기 그림자가 밀밭 위로 떠돌다가 둥근 모양으로 내려앉으며 나무에 걸렸다. 기차들이 계속 지나갔다.

위터링의 기차역 뜰에 치너리 부인의 낡은 마차가 대기하고 있었다. 기차는 연착했고 날씨는 매우 더웠다. 정원사인 윌리엄은 도금한 단추가 달린 담황색 웃옷을 입고 상자 위에 앉아서 파

1　흰색과 파란색으로 구성된 영국 국기는 빨간색이 제외되었다는 점에서 특이하다. 이는 각각 은색과 파란색, 흰색과 파란색을 상징적으로 사용했던 당시의 예술인참정권협회나 친유태주의를 암시한다고 볼 수 있다. 특히 에드워드 7세에 대한 암시일 수 있다.

2　윈저성의 영지에 있는 저택으로 왕족이 매장된 왕릉과 사당이 부속되어 있다.

리를 쫓고 있었다. 파리는 성가신 존재였다. 파리들이 말 귓가에
모여들어 조그만 갈색 덩어리를 이루고 있었다. 그는 채찍을 휘
둘렀다. 늙은 암말이 발굽을 구르며 귀를 흔들었다. 파리들이 다
시 내려앉았기 때문이었다. 날씨가 몹시 더웠다. 햇볕이 역 뜰에,
기차를 기다리고 있는 수레와 각종 마차 위에 내리쪼였다. 마침
내 신호기가 내려가고 한 줄기 연기가 산울타리 위로 뭉게뭉게
불어왔다. 곧이어 사람들이 뜰로 쏟아져 나왔다. 그 속에 섞여 손
에 가방과 흰 양산을 든 파지터 양이 있었다. 윌리엄이 모자에 손
을 대며 인사를 했다.

"너무 늦어 미안해요." 엘리너가 그를 보고 웃으며 말했다. 그
녀는 해마다 이곳에 왔던 터라 그를 알고 있었다.

그녀는 가방을 좌석에 놓고 흰 양산으로 햇볕을 가리고 뒤로
물러앉았다. 그녀의 등에 닿은 마차의 가죽이 뜨거웠다. 몹시 더
웠다. 톨레도[3]보다 더 더웠다. 그들은 번화가로 접어들었다. 열기
가 모든 것을 나른하고 조용하게 만드는 것 같았다. 넓은 거리는
고삐가 느슨하게 늘어지고 말이 고개를 푹 떨구고 있는 마차와
수레로 가득 차 있었다. 그러나 외국 시장의 시끄러운 소리를 듣
고 난 뒤에 이곳은 얼마나 조용해 보였던지! 각반을 한 남자들이
벽에 기대 서 있었고 상점마다 차양이 내걸렸으며 보도에는 그
림자가 줄지어 뻗어 있었다. 그들이 챙겨가야 할 꾸러미가 여럿
있었다. 그들은 생선 가게에 들러 축축한 하얀 꾸러미를 건네받
았다. 철물점에도 들러서 윌리엄이 낫을 들고 되돌아왔다. 그다
음에 그들은 약국에 들렀다. 그러나 물약이 아직 준비되어 있지
않아서 좀 기다려야 했다.

엘리너는 흰 양산의 그늘 속으로 물러나 앉았다. 공기는 열기

3   스페인 중부에 위치한 도시.

로 북적대고 비누와 약품 냄새가 나는 듯했다. 그녀는 약국 진열장에 있는 노란 비누, 녹색 비누, 분홍색 비누를 바라보며, 영국 사람들은 참 철저하게도 씻는다고 생각했다. 스페인에서 그녀는 거의 씻지 않았었다. 그녀는 과달키비르[4]의 희고 건조한 돌 사이에 서서 손수건으로 몸을 닦고 말렸었다. 스페인에서는 모든 것이 바싹 마르고 시들어 있었다. 그러나 이곳에서는—그녀는 번화가를 내려다보았다—가게마다 제각기 야채, 반짝이는 은빛 생선, 발톱이 노랗고 가슴살이 연한 닭고기, 물통과 갈퀴와 외바퀴 손수레로 가득했다. 게다가 사람들은 또 얼마나 다정한가!

그녀는 얼마나 자주 남자들이 손을 모자에 대고 인사를 하는지, 악수를 나누는지, 사람들이 거리 한가운데 멈춰 서서 이야기를 나누는지를 관심을 갖고 보고 있었다. 그러자 곧 약사가 박엽지에 싸인 커다란 병을 들고 나왔다. 그것은 낮 아래에 안전하게 놓였다.

"올해는 각다귀가 극성이지요, 윌리엄?" 그녀가 물약을 알아보고 물었다.

"끔찍할 정도로 극성입지요, 아가씨, 끔찍합니다요." 그가 모자에 손을 대며 말했다. 빅토리아 여왕의 50주년 기념절[5] 이래 이런 가뭄은 없었다고 그가 말한 것으로 그녀는 이해했다. 그러나 그의 억양과 가락을 넣은 말투와 도싯셔 지방 특유의 리듬으로 인해 무슨 말을 하는지 알아듣기 힘들었다. 그리고 난 후 그는 채찍을 휘둘렀고 그들은 계속 달렸다. 시장의 교차로를 지나고 붉은 벽돌로 된 시청과 그 아래 아치를 지나고, 의사와 변호사들의 주거지인 활 모양의 내닫이창이 달린 18세기풍 집들이 있는 거리

4　스페인 안달루시아 지역에서 두 번째로 긴 강.
5　빅토리아 여왕의 재위 50주년을 기념한 1887년에 심한 가뭄이 있었다.

를 따라 달려서 사슬로 이어진 하얀 말뚝이 있고 말 한 마리가 물을 마시고 있는 연못을 지나 시골로 접어들었다. 길에는 부드럽고 뿌연 먼지가 내려앉았고 미나리아재비 꽃이 화환처럼 매달린 산울타리에도 먼지가 수북한 듯했다. 이윽고 늙은 말은 기계적인 느린 걸음으로 차분해졌고 엘리너는 흰 양산으로 햇볕을 가리고 편안히 앉아 있었다.

매년 여름마다 그녀는 모리스를 방문하러 모리스의 장모 집에 왔다. 일곱 번 왔던가, 여덟 번 왔던가, 그녀는 세어보았다. 그러나 올해는 사정이 달랐다. 올해는 모든 것이 달랐다. 그녀의 아버지가 세상을 떠났고 그녀의 집은 폐쇄되었다. 그녀는 지금 어디에도 매인 곳이 없었다. 무더운 길을 덜컹거리며 가는 동안 그녀는 졸면서 생각했다. 이제 난 무엇을 할까? 저 집에서 살까? 거리 한가운데에 있는 매우 근사한 조지 왕조 시대의 빌라를 지나치면서 그녀는 자문해 보았다. 아니야, 마을은 안 돼. 그녀는 혼잣말을 했다. 그들은 덜컹거리며 마을을 지나갔다. 그럼, 저 집은 어떨까? 몇 그루의 나무 사이에 베란다가 있는 집을 바라보면서 그녀는 혼잣말을 했다. 그러나 곧이어 그녀는 생각했다. 나는 아마 전지가위로 꽃을 자르고 작은 시골집 문을 두드리는 머리가 허연 노부인이 되어버리겠지. 그녀는 시골집 문을 두드리고 싶지는 않았다. 그리고 목사가—어느 목사가 자전거를 타고 언덕을 오르고 있었다—그녀와 차를 마시러 올 것이었다. 그러나 그녀는 목사가 그녀와 차를 마시러 들르길 원치 않았다. 모든 것이 얼마나 깔끔한지, 그녀는 생각했다. 그들은 마을을 지나가고 있는 참이었다. 작은 정원들은 붉고 노란 꽃들로 화사했다. 이윽고 그들은 마을 사람들과 마주치기 시작했다. 행렬이었다. 여자들 몇이 꾸러미를 들고 있었으며, 유모차의 누비이불 위에는 반짝이는 은색 물건이 있었다. 한 노인은 털이 수북한 코코넛을 가슴에 끌어안고 있었다. 축제가 있었던 거라고 그녀는 짐작했다. 행렬은 돌아가고 있었다. 마차가 빠른 속도로 지나가자 그들은 길 한쪽으로 비켜나며 녹색과 흰색 양산 아래 앉아 있는 숙녀에게 줄곧 호기심 어린 눈길을 던졌다. 이제 그들은 흰색 대문에 이르러 짧은 길을 경쾌하게 내달았다. 채찍이 한 번 휘둘러지더니 두 개의 가느다란 기둥 앞에 멈추었다. 뻣뻣한 고슴도치 같은 신발흙떨개가 있었고 현관문이 활짝 열려 있었다.

그녀는 현관 홀에서 잠시 기다렸다. 눈부신 한길을 달려온 후라서 눈이 침침했다. 모든 것이 창백하고 낡고 친근해 보였다. 융단은 색이 바랬고 그림들도 색이 바랬다. 벽난로 위에 걸려 있는 삼각모를 쓴 해군제독조차도 그 세련됨이 바래어 가는 듯한 묘한 표정을 띠고 있었다. 그리스에서는 누구나 언제나 이천 년 전으로 돌아가게 되지. 이곳에서는 늘 18세기야. 마른 장미꽃잎이 담겨있는 우묵한 도자기 옆 사각형 탁자 위에 양산을 내려놓으며, 모든 영국적인 것이 그렇듯이 과거는 가까이에 있고 가정적이고 친근하게 여겨진다고 그녀는 생각했다.

문이 열렸다. "오, 엘리너!" 그녀의 올케가 바람에 나부끼는 여름옷 차림으로 현관으로 뛰어 들어오면서 외쳤다. "만나서 정말 반가워요! 많이 그을었군요! 시원한 데로 오세요!"

그녀는 엘리너를 거실로 안내했다. 거실의 피아노는 흰 아마천으로 덮여 있었고 여러 개의 유리병 안에 분홍색과 녹색 과일이 어렴풋이 보였다.

"이렇게 엉망이에요." 소파에 풀썩 앉으며 실리아가 말했다. "성 오스텔 수녀님이 방금 가셨어요, 그리고 주교님도요."

그녀는 종이로 부채질을 했다.

"하지만 대단한 성공이었어요. 정원에서 바자회를 열었어요. 연극도 했지요." 그녀가 부채로 쓰고 있던 것은 프로그램이었다.

"연극?" 엘리너가 말했다.

"네, 셰익스피어 극의 한 장면이었어요." 실리아가 말했다. "「한여름 밤의 꿈」이었던가? 「당신 좋으실 대로」이었나? 어느 것인지 잊어버렸어요. 그린 양이 무대에 올렸지요. 다행히도 날씨가 정말 좋았어요. 작년에는 비가 엄청나게 내렸지요. 하지만 발이 어찌나 아픈지요!" 긴 창문이 잔디밭 쪽으로 열려 있었다. 엘리너는 탁자를 끌고 가는 사람들을 볼 수 있었다.

"대단했었겠군!" 그녀가 말했다.

"그랬어요!" 실리아가 숨차하며 말했다. "성 오스텔 수녀님과 주교님이 오셨더랬죠. 코코넛 떨어뜨리기 놀이도 하고 돼지도 있었어요. 모든 게 다 잘된 것 같아요. 사람들이 아주 즐거워했어요."

"교회 행사였어요?" 엘리너가 물었다.

"네. 첨탑을 새로 세우려구요." 실리아가 말했다.

"아주 좋은 일이군요!" 엘리너가 다시 말했다. 그녀는 잔디밭을 내다보았다. 잔디가 벌써 말라서 누렇게 되었고 월계수 관목들도 시든 것처럼 보였다. 탁자들이 월계수 관목에 기대어 세워져 있었다. 모리스가 탁자 하나를 끌고 지나갔다.

"스페인에서는 좋으셨나요?" 실리아가 묻고 있었다. "멋진 것들을 많이 보셨어요?"

"오, 그럼요!" 엘리너가 소리쳤다. "나는 봤지요……." 그녀는 말을 멈추었다. 그녀는 멋진 것들을, 건물들, 산악, 그리고 평원의 붉은 도시를 보았다. 그러나 어떻게 형용할 수 있을까?

"나중에 전부 얘기해주셔야 해요." 실리아가 일어서면서 말했다. "이제 준비해야 할 시간이네요. 그런데 걱정이에요." 그녀가 넓은 계단을 약간 힘겹게 올라가면서 말했다. "주의해달라는 말씀을 드려야겠어요. 물이 매우 부족하거든요. 우물이……." 그녀가 말을 멈추었다. 더운 여름이면 우물이 언제나 마르곤 했던 것을 엘리너는 기억했다. 그들은 함께 넓은 통로를 따라가며 18세기의 그림 아래 세워져 있는 오래된 노란 지구의를 지나쳤다. 치너리 집안의 어린이들이 긴 속바지와 무명 바지 차림으로 정원에서 아버지와 어머니를 둘러싸고 서 있는 보기 좋은 그림이었다. 실리아가 침실 문에 손을 대고 잠시 걸음을 멈췄다. 열린 창문을 통해 비둘기들이 꾸르륵거리는 소리가 들려왔다.

"이번에는 청실에 묵으시게 하려구요." 그녀가 말했다. 엘리너는 대개 홍실을 썼었다. 그녀는 안을 들여다보았다. "부족하신 것 없이 지내시면 좋겠어요―" 실리아가 말했다.

"그럼요, 충분하고 말고요." 엘리너가 말했다. 그리고 실리아는 그녀를 두고 방을 나갔다.

하녀가 이미 그녀의 짐들을 풀어놓은 뒤였다. 물건들은 침대 위에 놓여 있었다. 엘리너는 드레스를 벗고 흰 속치마 차림으로 꼼꼼하지만 조심스럽게 세수를 했다. 물이 부족했기 때문이다. 스페인 태양에 그을린 그녀의 얼굴은 영국의 햇볕으로 온통 따가웠다. 그녀는 거울 앞에서 이브닝드레스를 입으면서, 자신의 목이 마치 갈색 칠이라도 된 것처럼 가슴선과 뚜렷하게 구분된다고 생각했다. 그녀는 회색 머리가 섞여 있는 숱 많은 머리를 틀어서 재빨리 고리 모양으로 정돈하고, 가운데에 황금알이 박힌 응결된 산딸기 잼처럼 생긴 붉은 방울 보석을 목에 걸었다. 그러고는 55년 동안 너무도 익숙해져서 그녀 자신도 더 이상 쳐다보지 않았던 그 여인 — 엘리너 파지터를 쳐다보았다. 늙고 있는 것이 분명했다. 이마를 가로질러 주름살이 지고 탄탄했던 살은 움푹 꺼지고 주름이 잡혀 있었다.

그러면 나의 매력은 무엇이지? 다시 한 번 머리를 빗어 내리며 그녀는 자문했다. 내 눈? 자신의 눈을 바라보자 눈이 그녀를 보고 웃었다. 그래, 내 눈이야, 그녀는 생각했다. 누군가 그녀의 눈을 칭찬한 적이 한 번 있었다. 그녀는 눈을 가늘게 뜨지 않고 크게 떠 보았다. 양쪽 눈 주위에 나폴리에서, 그라나다에서 그리고 톨레도에서 눈이 부셔 찡그렸던 부위에 가늘고 하얀 주름이 여럿 잡혀 있었다. 하지만 사람들이 내 눈을 칭찬하던 것도 다 지났어. 그녀는 옷을 마저 갈아입으며 생각했다.

그녀는 바싹 말라버린 건조한 잔디밭을 바라보며 잠시 서 있었다. 잔디는 거의 누런 색이었고, 느릅나무들도 갈색으로 바뀌기 시작했다. 붉은색과 흰색이 섞인 암소들이 움푹 패인 산울타리 저편에서 풀을 우적우적 씹고 있었다. 그러나 영국은 실망스럽다고 그녀는 생각했다. 영국은 아담하고 예쁘지만 그녀는 자신의 모국에 대해 어떤 애정도 느끼지 못했다. 일말의 여지도 없었다. 곧이어 그녀는 아래층으로 내려갔다. 가능하면 모리스를 혼자 만나고 싶었기 때문이었다.

그러나 그는 혼자 있지 않았다. 그녀가 들어가자 그는 일어서서 약식 야회복을 입은 머리가 허옇고 몸집이 뚱뚱한 편인 나이든 남자를 그녀에게 소개했다.

"서로 아는 사이지요?" 모리스가 말했다.

"엘리너 — 윌리엄 화트니 경." 그가 '경'에 익살스럽게 살짝 강세를 두는 탓에 엘리너는 잠시 혼란스러웠다.

"우리 서로 아는 사이였지요." 윌리엄 경이 앞으로 나서며 그녀의 손을 잡고 웃으면서 말했다.

　그녀는 그를 바라보았다. 저 사람이 예전에 애버콘 테라스에 오곤 했던 윌리엄 화트니—그 옛날의 더빈—일 수 있을까? 바로 그였다. 그녀는 그가 인도로 간 이후로 그를 보지 못했었다.

　그런데 우리 모두가 저럴까? 그녀는 그녀가 예전에 알았던 소년의 늙고 주름투성이의 벌겋고 누런 얼굴—그는 거의 머리가 없었다—에서 눈을 돌려 그녀의 남동생인 모리스를 보면서 자문했다. 그는 머리가 벗어지고 야위었지만, 분명히 그녀 자신처럼 인생의 장년기에 있었다. 그렇지 않은가? 아니면 그들도 모두 윌리엄 경처럼 갑자기 시대에 뒤떨어진 노인네들이 되어버린 것일까? 그때 그녀의 조카인 노스와 질녀인 페기가 그네들의 엄마와 함께 들어왔다. 그들은 저녁 식사를 하러 들어갔다. 치너리 노부인은 위층에서 식사를 한다고 했다.

　어떻게 더빈이 윌리엄 화트니 경이 된 것일까? 그들이 축축한 꾸러미에 들어 있던 생선 요리를 먹을 무렵 그녀는 그를 흘끗 보며 의아해했다. 그녀가 그를 마지막으로 본 것은 강에서 배를 탈 때였다. 그들은 야유회를 갔었고 강 한가운데에 있는 섬에서 식사를 했다. 메이든헤드[6]에서였던가?

　그들은 축제에 대해 얘기하고 있었다. 크래스터가 돼지를 탔고 그라이스 부인이 은도금 쟁반을 탔다고 했다.

　"유모차 위에 놓여 있었던 것이 바로 그것이었군." 엘리너가 말했다. "돌아가던 축제 행렬을 만났거든요." 그녀가 설명했다. 그녀는 그 행렬을 본 대로 묘사했다. 그들은 축제에 관해 얘기했다.

　"우리 시누이가 부럽지 않으세요?" 실리아가 윌리엄 경에게 몸

6　잉글랜드 버크셔 지역의 템스 강변에 있는 도시.

을 돌리며 말했다. "그녀는 막 그리스 여행에서 돌아왔답니다."

"그렇군요!" 윌리엄 경이 말했다. "그리스 어느 지역에요?"

"아테네에 갔었어요. 그리고 올림피아, 그다음에는 델피에도 요." 엘리너가 늘 하던 말을 되뇌며 말했다. 그녀와 더빈 ─ 그들 은 분명 순전히 의례적인 관계였다.

"시아주버니인 에드워드도 이 멋진 여행에 갔어요." 실리아가 설명했다.

"에드워드 기억나죠?" 모리스가 말했다. "에드워드 형과 동기였 지 않았나요?"

"아니지, 그가 내 후배였지요." 윌리엄 경이 말했다. "하지만 물론 그에 관해 들었지. 가만있자, 그가 뭐더라, 상당한 인물이지, 그렇지요?"

"오, 그 계통에선 제일이지요." 모리스가 말했다.

그가 에드워드를 시기하지는 않는다고 엘리너는 생각했다. 그러나 목소리에는 그가 자신의 경력과 에드워드의 경력을 비교하고 있는 기색이 역력했다.

"사람들이 그를 좋아했지." 그녀가 말했다. 그녀는 미소를 지었다. 에드워드가 아크로폴리스에서 독실한 여교사 무리에게 강의하고 있는 모습을 떠올렸던 것이다. 그들은 노트를 꺼내놓고 그가 말하는 것을 빠짐없이 받아 적었다. 그러나 그는 매우 관대하고 매우 친절했으며 늘 그녀를 보살펴주었다.

"대사관에서 누굴 만났나요?" 윌리엄 경이 그녀에게 물었다. 그러고는 그는 곧 말을 정정했다. "대사관이 아니지, 그렇지요?"

"아니죠. 아테네는 대사관이 아니지요." 모리스가 말했다. 여기서 화제가 다른 데로 돌아갔다. 대사관과 공사관의 차이는 무엇인가? 그러고 나서 그들은 발칸반도의 상황[7]에 대해 토론하기 시작했다.

"그 지역에 머지않아 문젯거리가 있을 것 같아요." 윌리엄 경이 말했다. 그는 모리스에게로 몸을 돌렸다. 그들은 발칸반도의 정세에 대해 토론했다.

엘리너의 주의가 산만해졌다. 그는 무슨 일을 했지? 그녀는 궁금했다. 그의 말과 몸짓 중 어떤 것은 삼십 년 전의 그의 모습을 상기시켜 주었다. 눈을 반쯤 감으면 예전의 더빈의 흔적이 있었다. 그녀는 눈을 반쯤 감았다. 갑자기 그녀는 생각이 났다—그녀의 눈을 칭찬해주었던 사람이 바로 그였다. "자네 누나의 눈은 내가 본 중에서 가장 빛나는 눈이야." 그가 말했었다. 모리스가 그녀에게 그 말을 전해주었었다. 그리고 그녀는 집으로 돌아오는 기차 안에서 기쁨을 감추려고 신문으로 얼굴을 가렸었다. 그녀는 그를 다시 쳐다보았다. 그가 이야기를 하고 있었다. 그녀는 귀를 기울였다. 그는 조용한 영국식 거실에는 너무 커 보였고 그의 목소리는 굵게 울려 퍼졌다. 그는 청중을 원하고 있었다.

그는 이야기를 하고 있던 중이었다. 그는 마치 그들 주변에 둘러앉은 사람들이 있기라도 한 듯 간결하고 힘 있는 문장으로 얘기했다. 그녀가 예찬하는 문체였다. 하지만 그녀는 첫 부분을 놓쳤다. 그의 잔이 비어 있었다.

"윌리엄 경에게 포도주를 좀 더 가져다 드려." 실리아가 긴장한 하녀에게 귓속말을 했다. 찬장용 탁자 위에 놓여 있던 유리 술병들로 한바탕 곡예가 벌어졌다. 실리아가 신경질적으로 눈살을 찌푸렸다. 자기 할 일을 모르는 시골 출신의 아이로군. 엘리너가 생

---

7 1911년 여름 오스만 제국이 알바니아 지역에 군대를 파견하면서 발칸반도 내의 상황이 악화되며 1912년 발발한 발칸 전쟁의 도화선이 되었다.

각했다. 이야기는 절정에 이르고 있었다. 그러나 그녀는 몇 부분 연결 고리를 놓쳐버렸다.

"……그리고 나는 짧은 승마용 바지를 입고 공작무늬 우산 아래 서 있는 나 자신을 발견했지요. 그런데 그 선량한 사람들이 죄다 머리를 땅에 대고 웅크리고 있는 거야. '하느님 맙소사,' 나는 혼잣말을 했어요. '내가 얼마나 터무니없는 바보라고 느끼고 있는지 만약이라도 이들이 안다면!'" 그는 포도주를 채우도록 잔을 내밀었다. "그 시절에 우리는 우리 일을 그렇게 배웠었지요." 그가 덧붙였다.

물론 그는 자랑을 하고 있었다. 그것은 당연한 일이었다. 그는 사람들이 늘 말하던 '아일랜드 크기만 한' 지역을 다스리다가 영국으로 돌아왔다. 그리고 아무도 그에 관한 소식을 듣지 못했었다. 그녀는 아마도 주말 동안에 차분히 그 자신을 돋보이게 하는 훨씬 많은 이야기를 듣게 될 거라는 예감이 들었다. 그러나 그는 말을 매우 잘했다. 그는 흥미진진한 일들을 많이 겪었던 것이다.

그녀는 모리스도 무엇인가 말하기를 바랐다. 그녀는 그가 뒤로 기대앉아 손으로—베인 상처가 있는 손으로—이마를 쓸어 올리는 대신에 자기주장을 펴길 바랐다.

그에게 변호사가 되라고 독려했어야 했나? 그녀는 생각했다. 아버지는 이를 반대했었다. 결국 일은 그렇게 되어버렸고 그걸로 그만인 법이다. 그는 결혼했고 세 아이를 두었고 원하건 원치 않건 그는 계속 그렇게 살아야 한다. 세상 일이란 돌이킬 수 없는 법이라고 그녀는 생각했다. 우리는 우리의 실험을 하고, 저들은 또 저들의 실험을 하는 것이다. 그녀는 조카인 노스와 질녀인 페기를 바라보았다. 그들은 얼굴에 햇빛을 받으며 그녀 맞은편에 앉아 있었다. 완벽하게 건강한 달걀 껍질 같은 그들의 얼굴이 유난히 젊어 보였다. 페기가 입고 있는 파란 드레스가 어린아이의 모슬린 원피스처럼 눈에 띄었고 갈색 눈을 한 노스는 아직 크리켓을 하는 소년이었다. 그는 열심히 귀를 기울이고 있는 반면 페기는 자기 접시를 내려다보고 있었다. 그녀는 잘 교육받고 자란 아이들이 웃어른들의 얘기를 들을 때 짓는 무심한 표정을 짓고 있었다. 그녀가 재미있어할지도 모르지, 아니면 지루해할까? 엘리너는 어느 쪽일지 확신할 수 없었다.

"저기 가네요." 페기가 갑자기 고개를 들어 쳐다보며 말했다. "부엉이예요……." 그녀가 엘리너와 눈을 마주치며 말했다. 엘리너는 고개를 돌려 뒤에 있는 창문을 내다보았다. 그녀는 부엉이를 놓쳤다. 대신 석양 속에 황금빛으로 무성한 나무를 보았고 암소들이 목초지 여기저기를 천천히 옮겨 다니며 우적우적 풀을 뜯어 먹고 있는 것을 보았다.

"부엉이가 지나가는 시간을 맞힐 수 있어요." 페기가 말했다. "아주 규칙적이거든요." 그때 실리아가 몸을 움직였다.

"신사분들끼리 정치 얘기를 하시게 두고," 그녀가 말했다. "우리는 테라스에서 커피를 마실까요?" 그리고 그들은 신사들과 그들의 정치를 남겨두고 문을 닫았다.

"내가 쌍안경을 가져올게." 엘리너가 말했다. 그리고 그녀는 위층으로 올라갔다.

그녀는 너무 어두워지기 전에 부엉이를 보고 싶었다. 그녀는 새에 대해 부쩍 흥미를 느껴가고 있었다. 나이가 들었다는 징조야, 침실로 들어가면서 그녀는 생각했다. 씻고 새를 관찰하는 나이든 여자라, 그녀는 거울을 보면서 혼잣말을 했다. 눈 주위에 주름이 있긴 했지만 자신의 눈이 여전히 빛나는 듯했다. 더빈이 칭찬을 했기에 기차 안에서 그늘 속으로 가렸던 그 눈이었다. 하지만 이제 내게는 씻고 새를 관찰하는 나이 든 여자라는 꼬리표가 붙었어. 그녀가 생각했다. 그게 바로 사람들이 생각하는 내 모습이지. 하지만 그렇지 않아. 난 절대로 그렇지 않아, 그녀가 말했다. 그녀는 고개를 저으면서 거울에서 물러났다. 멋진 방이었다. 누군가가 벌레를 짓이긴 흔적들이 벽이 남아 있고 창문 아래에서 남자들이 고함치던 외국 여관의 침실들에 머물렀던 뒤라서인지 방은 그늘지고 세련되고 시원했다. 그런데 쌍안경은 어디 있담? 어디 서랍에라도 치워두었나? 그녀는 쌍안경을 찾으려고 돌아섰다.

"윌리엄 경이 고모에게 반했었다고 아빠가 말씀하셨죠?" 테라스에서 기다리면서 페기가 물었다.

"오, 그건 잘 모르겠구나," 실리아가 말했다. "하지만 그들이 결혼을 했더라면 좋았을 텐데. 고모에게도 아이들이 있었더라면 좋을 텐데 말이다. 그랬다면 그들이 여기에 살았을 수도 있지." 그녀가 덧붙였다. "그는 정말 좋은 분이야."

페기는 잠자코 있었다. 잠시 침묵이 흘렀다.

실리아가 다시 말을 이었다.

"오늘 오후에 너희들이 로빈슨 씨 가족에게 공손했더라면 좋았을걸. 불쾌한 사람들이긴 하지만……."

"어쨌든 그들은 끝내주는 파티를 열지요." 페기가 말했다.

"끝내주는, 끝내주는," 그녀의 엄마가 반쯤 웃으며 불평을 했다. "나는 네가 노스의 속어를 모두 따라하지 않았으면 좋겠구나, 애야……. 오, 엘리너가 오는군." 그녀는 말을 멈추었다.

엘리너가 쌍안경을 가지고 테라스로 나와 실리아 곁에 앉았다. 날씨가 아직 꽤 따뜻했다. 멀리 있는 언덕이 보일 만큼 아직 충분히 밝았다.

"부엉이가 곧 다시 나올 거예요." 페기가 의자를 당기며 말했다. "저 울타리를 따라 올 거예요."

그녀는 목초지를 따라 나 있는 울타리의 거무스레한 선을 가리켰다. 엘리너가 쌍안경의 초점을 맞추고는 기다렸다.

"자," 실리아가 커피를 따르며 말했다. "물어보고 싶은 것이 아주 많아요." 그녀가 잠시 말을 멈추었다. 그녀는 늘 질문거리를 많이 간직하고 있었다. 그녀는 사월 이후로 엘리너를 보지 못했다. 넉 달 동안에 질문이 계속 쌓여갔다. 그 질문들이 하나씩 터져 나왔다.

"우선," 그녀가 시작했다. "아니……." 그녀는 다른 질문이 생각나서 그 질문을 물리쳤다.

"로즈는 어떻게 된 거예요?" 그녀가 물었다.

"뭐가요?" 엘리너는 쌍안경의 초점을 바꾸면서 무심히 물었다. "너무 어두워지는군." 그녀가 말했다. 들판이 흐릿해져 있었다.

"로즈가 경찰 재판에 회부중이라고 모리스가 그러더군요." 실리아가 말했다. 그들만 있었는데도 실리아는 목소리를 약간 낮추었다.

"로즈가 벽돌을 던졌어요—"[8] 엘리너가 말했다. 그녀는 초점을 다시 울타리에 맞추었다. 그녀는 부엉이가 다시 그쪽으로 올 것을 대비해서 쌍안경을 들여다볼 태세를 갖추고 안정감 있게 들고 있었다.

"고모가 수감될까요?" 페기가 재빨리 물었다.

"이번에는 아니야." 엘리너가 말했다. "다음번에는—아, 저기

---

8 1911년 11월 여성참정권법안The Conciliation Bill이 국회에서 유보됨에 따라 이에 대한 항의로 수백 명의 여성이 다우닝 거리를 따라 행진하면서 정부청사 유리창에 돌을 던져 깨뜨린 사건.

나왔네!" 그녀가 말을 멈추었다. 머리가 뭉툭하게 생긴 새가 산울타리를 따라 선회하며 왔다. 해 질 녘 어스름에 새는 거의 하얗게 보였다. 엘리너는 쌍안경 렌즈의 원 안에 새를 포착했다. 부엉이는 몸 앞쪽에 작고 검은 점 같은 것을 붙잡고 있었다.

"발톱으로 생쥐를 쥐고 있어!" 엘리너가 외쳤다. "교회 첨탑에 둥지를 틀었어요." 페기가 말했다. 부엉이는 순식간에 시야에서 사라졌다.

"이제 더 보이지 않는군." 엘리너가 말했다. 그녀는 쌍안경을 내렸다. 그들은 잠시 말없이 커피를 마셨다. 실리아는 다음에 물어볼 것을 생각하고 있었다. 엘리너는 그녀가 말을 꺼내기를 기다리고 있었다.

"윌리엄 화트니에 관해 얘기해주세요." 그녀가 말했다. "내가 그를 마지막으로 보았을 때 그는 보트를 타고 있던 호리호리한 젊은이였지." 페기가 웃음을 터트렸다.

"아주 오래전이겠네요!" 그녀가 말했다.

"그렇게 오래전도 아니야." 엘리너가 말했다. 그녀는 조금 화가 났다. "글쎄—" 그녀가 생각에 잠겼다. "이십 년—이십오 년 즈음일 거야."

그녀에게는 아주 짧은 시간인 것 같았다. 그렇지만 페기가 태어나기도 전이었다는 생각이 들었다. 그녀는 이제 고작 열여섯이나 열일곱 살 정도일 것이다.

"괜찮은 분이지 않은가요?" 실리아가 큰 소리로 물었다. "아시겠지만, 그분은 인도에 계셨어요. 이제 은퇴했는데, 우린 그가 여기에 집을 구하고 살았으면 해요. 그런데 모리스는 그가 그걸 너무 따분하게 여길 거라네요."

목초지를 내려다보며 그들은 잠시 말없이 앉아 있었다. 암소들이 풀을 뜯어 씹으며 풀밭에서 한 발자국 더 멀리 나가 움직이다가 이따금씩 기침을 했다. 암소와 풀밭의 싱그러운 향기가 그들 주위에까지 퍼져 감돌았다.

"내일도 더울 거예요." 페기가 말했다. 하늘은 한없이 부드러웠고 이탈리아 장교의 망토 색깔인 청회색의 원자들이 수없이 많이 모여 이루어진 듯이 보였다. 하늘이 쭉 펼쳐져 순녹색 긴 줄이 있는 지평선까지 닿아 있었다. 모든 것이 매우 안정되어 보였고 매우 고요하고 매우 순수해 보였다. 구름 한 점 없었다. 그리고 아직 별은 보이지 않았다.

풍경이 아담하고 말쑥해서 스페인에 비해 옹색해 보였다. 그렇다 해도 이제 해가 지고 나무들이 밀집되어 나뭇잎들이 따로 떨어져 있지 않으니 나름대로 아름답군. 엘리너는 생각했다. 구릉지는 더 넓고 단순해져서 하늘의 일부가 되어가고 있었다.

"정말 아름답기도 해라!" 그녀는 마치 스페인 여행 후에 영국을 달래려는 것처럼 큰 소리로 외쳤다.

"로빈슨 씨가 건물을 세우지만 않는다면 말이지요!" 실리아가 한숨을 내쉬었다. 엘리너는 기억이 났다—그들은 그 지방의 골칫거리였다. 건물을 세우겠다고 위협하는 부유한 사람들이었다. "난 오늘 바자회에서 그들에게 예의를 차리려고 최선을 다했어요." 실리아가 말을 이었다. "어떤 사람들은 그들에게 말도 걸지 않아요. 하지만 이런 시골에서는 이웃에게 정중해야 한다는 게 제 말이에요……."

그러다가 그녀는 말을 멈추었다. "물어보고 싶은 게 정말 많아요." 그녀가 말했다. 병이 다시 한쪽으로 기운 것이다. 엘리너는 순순히 기다렸다.

"애버콘 테라스는 매매 제의가 있었나요?" 실리아가 물었다. 하나씩, 하나씩 질문들이 터져 나왔다.

"아니, 아직." 엘리너가 말했다. "부동산 업자들은 내가 그 집을 플랫으로 분할하길 원하네요."

실리아가 생각에 잠겼다. 그녀가 다시 질문을 던졌다.

"이제 매기에 관한 건데요—언제 아이가 태어나죠?"

"11월일 거예요." 엘리너가 말했다. "파리에서." 그녀가 덧붙였다.

"괜찮아야 할 텐데요." 실리아가 말했다. "난 영국에서 아이가 태어나면 좋겠어요." 그녀가 다시 생각에 잠겼다. "그녀의 아이들은 프랑스 사람이 되겠죠, 아마?" 그녀가 말했다.

"그래요. 프랑스인이 되겠지." 엘리너가 말했다. 그녀는 녹색의 지평선을 바라보고 있었다. 지평선이 사라져가면서 푸른색으로 변하고 있었다. 밤이 되고 있었다.

"모두들 그가 아주 좋은 사람이라고 말해요." 실리아가 말했다. "하지만 르네—르네라니," 그녀의 악센트는 좋지 않았다. "—그건 남자 이름처럼 들리지 않아요."

"레니라고 불러도 돼요." 영국식으로 발음을 하며 페기가 말했다.

"하지만 그러면 로니가 생각나요. 난 로니를 좋아하지 않는데. 로니라는 소년을 마굿간지기로 두었었거든요."

"그가 건초를 훔쳤어요." 페기가 말했다. 그들은 다시 침묵했다. "참 딱한 일이었어요—" 실리아가 말을 시작했다가는 멈추었다. 하녀가 커피를 치우러 왔던 것이다.

"참 멋진 밤이지요?" 실리아가 하인들이 있는 자리에 알맞은 목소리로 말했다. "마치 다시는 비가 오지 않을 것처럼 보이네요. 그렇게 되면 난 모른다니까……." 그리고 그녀는 가뭄과 물 부족에 대해 내내 주절거렸다. 우물은 항상 말라 있었다. 엘리너는 언덕을 바라보면서 거의 귀를 기울이지 않았다. "오, 그렇지만 지금은 모든 사람에게 아주 충분해요." 그녀는 실리아가 말하는 것을 들었다. 어떤 까닭에서인지 그녀는 그 문장을 마음의 귀에 별 의미 없이 걸려 있게 두었다. "……지금은 모든 사람에게 아주 충분해요." 그녀가 되뇌었다. 그 모든 외국어를 들어온 이후에 그녀에게 그것은 순수한 영어로 들렸다. 얼마나 아름다운 언어인가, 실리아가 아주 단순하게, 그러나 r 발음을 묘하게 흐리면서 말한— 왜냐하면 치너리 가문은 아주 오래전부터 도싯셔 지방에서 살아왔기 때문이었다—그 평범한 말들을 다시 반복해보며 그녀는 생각했다.

하녀는 가고 없었다.

"내가 무슨 말을 하고 있었지요?" 실리아가 다시 이야기를 계속했다. "참 딱한 일이라고 말했었지요. 그래요……." 그러나 사람들의 목소리가 들리고 여송연 연기 냄새도 났다. 남자들이 그리로 왔던 것이다. "오, 오셨군요!" 그녀가 말을 중단했다. 그리고 의자들을 당겨서 다시 배치했다.

그들은 목초지 너머로 희미해져 가는 언덕을 바라보며 반원형으로 앉아 있었다. 지평선을 가로질러 펼쳐졌던 넓은 녹색 줄이 사라지고 없었다. 엷은 색조만이 하늘에 남아 있었다. 평화롭고 시원했다. 그들 안의 무엇인가도 부드러워진 듯했다. 굳이 얘기할 필요도 없었다. 부엉이가 다시 목초지에 날아와 앉았지만 어두운 산울타리를 배경으로 흰 날개만 보일 뿐이었다.

"저기 부엉이가 가네요." 노스가 여송연을 피우며 말했다. 아마도 노스는 처음 피워보는 것일 거라고, 윌리엄 경의 선물일 거라고 엘리너는 짐작했다. 느릅나무가 하늘을 배경으로 완전히 검은색이 되었다. 나뭇잎들도 구멍이 숭숭한 검은색 레이스처럼 무늬지어 매달려 있었다. 엘리너는 그 구멍 하나를 통해 별을 보았다. 그녀가 올려다보았다. 별이 또 하나 있었다.

"내일 날씨가 좋겠군." 모리스가 신발에 파이프를 털면서 말했다. 저 멀리 먼 길에서 마차가 덜거덕거리며 지나갔다. 집으로 돌아가는 시골 사람들이 부르는 합창이 들려왔다. 이곳이 영국이야, 엘리너는 속으로 생각했다. 흔들리는 나뭇가지와 어두워져 가는 언덕, 그리고 별과 함께 검은색 레이스처럼 매달려 있는 나뭇잎들로 만들어진 섬세한 그물 속으로 마치 자신이 서서히 가라앉고 있는 것처럼 느껴졌다. 그러나 그때 박쥐 한 마리가 그들의 머리 위로 덮치듯 낮게 날아왔다.

"난 박쥐가 싫어요!" 실리아가 겁을 먹고 손을 머리로 올리면서 외쳤다.

"그래요?" 윌리엄 경이 말했다. "난 박쥐를 상당히 좋아하는 편이에요." 그의 목소리는 조용해서 거의 우울했다. 이제 실리아가 말하겠지, 박쥐는 사람 머리카락 속으로 들어간단 말이에요. 엘리너는 생각했다.

"박쥐는 사람 머리카락 속으로 들어간단 말이에요." 실리아가 말했다.

"하지만 난 머리카락이 없는걸요." 윌리엄 경이 말했다. 그의 벗어진 머리, 그의 커다란 얼굴이 어둠 속에서 어슴푸레 빛났다.

박쥐가 다시 급강하하더니 그들 발치께 땅을 스쳐 지나갔다. 시원한 바람이 그들의 발목께에 살짝 일었다. 나무들도 하늘의 일부가 되어 있었다. 달은 없었지만 별들이 나오고 있었다. 저기 또 있네. 엘리너는 그녀 머리 위에서 반짝이는 빛을 바라보며 생각했다. 그러나 그것은 너무 낮은 데다가 너무 노란 빛이었다. 그것이 별이 아니라 또 다른 집인 것을 그녀는 알아차렸다. 그때 실리아가 윌리엄 경에게 말하기 시작했다. 그녀는 그가 그들 가까이에 자리 잡기 바란다고 했다. 그리고 성 오스텔 수녀가 그랬지

농가가 임대될 것이라고 그녀에게 말했다고 했다. 저게 그 그랜지인가 아니면 별인가? 엘리너는 불빛을 보면서 의아해했다. 그리고 그들은 계속 이야기를 나누었다.

혼자 있기에 싫증이 나서 치너리 노부인은 일찌감치 내려왔다. 그녀는 거실에 앉아 기다리고 있었다. 그녀는 격식을 차려 입장했지만 그곳엔 아무도 없었다. 나이 든 부인들이 입는 검정 새틴으로 된 옷을 차려입고 머리에는 레이스 모자를 쓴 채 그녀는 앉아서 기다렸다. 그녀의 주름진 얼굴에는 구부러진 매같이 생긴 코가 있었고 처진 눈꺼풀 한쪽 위로 조그맣고 빨간 테가 보였다.

"다들 왜 아직 들어오지 않는 거지?" 그녀는 뒤에 서 있던 참한 흑인 하녀 엘렌에게 투정하듯 말했다. 엘렌이 창가로 가서 유리창을 가볍게 두드렸다.

실리아가 말을 멈추고 돌아보았다. "엄마세요." 그녀가 말했다. "우리 들어가야겠어요." 그녀는 일어나서 의자를 뒤로 밀었다.

어두워진 후에 등마다 불이 켜진 거실은 무대의 효과를 냈다. 보청기를 끼고 바퀴 달린 의자에 앉아 있는 치너리 노부인은 존경의 의례를 받기를 기다리며 거기 앉아 있는 것 같았다. 그녀는 언제나 똑같은 모습이었다. 단 하루도 더 늙지 않고 언제나처럼 활기에 넘쳤다. 엘리너가 그녀에게 의례적인 키스를 하려고 몸을 구부리자, 삶은 다시 한 번 친숙한 균형 상태로 되돌아왔다. 그녀는 밤마다 아버지에게 그렇게 몸을 굽히곤 했었던 것이다. 그녀는 몸을 굽히는 것이 기뻤다. 그렇게 하면 자신이 더 젊게 느껴졌다. 그녀는 그 모든 과정을 기억했다. 중년의 그들은 노년층에게 경의를 표하고, 노년층도 그들에게 예를 표하고 나면 으레 침묵이 잇따랐다. 그들도 그녀에게 할 말이 따로 없고 그녀도 그들에게 할 말이 마땅히 없었다. 다음에는 무슨 일이 있었더라? 엘리너는 노부인의 눈이 갑자기 빛나는 것을 보았다. 무엇이 아흔 살 노부인의 눈빛을 파랗게 만들었을까? 카드? 그랬다. 실리아가 녹색 모직 천이 깔린 탁자를 가져왔다. 치너리 노부인은 휘스트 카드놀이를 무척 좋아했다. 그러나 그녀에게도 나름의 의식이 있고 예절이 있었다.

"오늘 저녁엔 안 돼." 그녀가 마치 탁자를 물리치려는 듯한 몸짓을 해 보이며 말했다. "윌리엄 경은 카드놀이를 지루해할걸?" 그녀는 가족 모임에서 조금 소외된 듯한 모습으로 한쪽에 서 있던 덩치 큰 남자 쪽으로 고개를 끄덕여 보였다.

"천만에요, 천만에요." 그가 활달하게 말했다. "저한테는 그 이상 즐거운 것이 없을 겁니다." 그가 그녀를 안심시켜 주었다.

당신은 좋은 분이군요, 더빈. 엘리너는 생각했다. 그리고 그들은 의자를 당겨 앉아 카드놀이를 했다. 모리스는 장난스럽게 장모의 보청기를 놀려댔고 그들은 세 판 승부를 계속했다. 노스는 책을 읽었고 페기는 가볍게 피아노를 쳤으며 실리아는 수를 놓으면서 졸다가 이따금씩 움찔움찔 놀라며 손으로 입을 가리곤했다. 마침내 문이 슬그머니 열렸다. 사려 깊은 흑인 하녀 엘렌이 치너리 부인의 의자 뒤에 서서 기다렸다. 치너리 부인은 그녀를 못 본 척했지만 다른 사람들은 카드놀이를 그만두는 것이 기뻤다. 엘렌이 앞으로 나서자 치너리 부인도 그 뜻을 따르며 최고령의 노인이 사는 비밀스러운 위층 방으로 바퀴의자에 실려 갔다. 그녀의 즐거움은 끝난 것이다.

실리아가 드러내고 하품을 했다.

"바자회 때문이에요." 그녀가 수놓던 것을 둘둘 말아 올리면서 말했다. "난 자러 가야겠어요. 가자, 페기. 가요, 엘리너."

노스가 민첩하게 일어나 문을 열러 갔다. 실리아는 청동 촛대에 불을 켜고 좀 무거운 걸음으로 계단을 오르기 시작했다. 엘리너가 뒤를 따랐다. 그러나 페기는 뒤에 처져서 천천히 왔다. 엘리너는 그녀가 현관에서 자기 오빠에게 소곤거리는 것을 들었다.

"어서 와야지, 페기." 실리아가 힘들게 위층으로 올라가다가 난간 너머로 뒤돌아보며 불렀다. 계단 끝 층계참에 이르자 그녀는 치너리 집안의 가족사진 아래 멈춰 서서 다소 날카롭게 그녀를 다시 불렀다.

"어서 와라, 페기." 잠시 침묵이 흘렀다. 페기가 마지못해 왔다. 그녀는 어머니에게 순순히 키스를 했지만 전혀 졸린 기색이 아니었다. 그녀는 정말 예뻐 보였고 발그레 홍조를 띠고 있었다. 그녀가 잠자리에 들 생각이 아니라는 것을 엘리너는 분명히 느꼈다.

그녀는 자기 방으로 들어가 옷을 벗었다. 창문들이 모두 열려 있어서 정원에 있는 나무들이 부스럭거리는 소리가 들려왔다. 여전히 무척 더워서 그녀는 나이트가운을 입고 홑이불 하나만을 덮은 채 침대 위에 누웠다. 촛불이 그녀 곁의 탁자 위에서 조그만 배 모양의 불길을 태우고 있었다. 그녀는 누워서 정원의 나무들 소리에 막연히 귀를 기울이며 방으로 날아든 나방 한 마리의 그림자를 보고 있었다. 일어나서 창문을 닫거나 촛불을 꺼야 해, 그녀는 졸음에 겨운 채 생각했다. 그녀는 어느 쪽도 하고 싶지 않았다. 그녀는 가만히 누워 있고 싶었다. 이야기를 하고 카드놀이를 하고 난 후 어둑어둑함 속에 누워 있자니 편안했다. 아직도 그녀는 검정, 빨강, 노랑, 그리고 킹, 퀸, 잭 등의 카드들이 녹색 모직 천이 깔인 탁자 위로 떨어지는 것을 볼 수 있었다. 그녀는 졸음에 겨운 채 주변을 둘러보았다. 멋진 꽃병이 화장대 위에 세워져 있었다. 그녀의 침대 옆에는 잘 닦여진 옷장과 도자기 함이 있었다. 그녀는 뚜껑을 열어보았다. 역시, 비스킷 네 개와 옅은 색의 초콜릿한 조각이 들어 있었다. 혹시 그녀가 밤에 배고파할 경우를 위한 것이었다. 실리아는 그녀가 밤에 책을 읽고 싶을까 봐서 『어느 무명인의 일기』, 『러프의 노섬벌랜드 여행기』 그리고 단테의 작품집 중 한 권 등의 책도 준비해 놓았다. 그녀는 그중 한 권을 집어 곁에 있는 침대 덮개 위에 놓았다. 아마도 그녀가 줄곧 여행 중이어서 그럴 테지만, 아직도 배가 부드럽게 바다를 지나가고 있는 것 같고, 아직도 기차가 덜커덩거리며 프랑스를 지나느라 좌우로 흔들리고 있는 것 같았다. 마치 그녀가 홑이불을 덮고 몸을 쭉 편 채 침대에 누워 있는 동안 사물들이 그녀를 지나쳐 가고 있는 것처럼 느껴졌다. 그런데 그것은 더 이상 풍경이 아니라는 생각이 들었다. 그건 사람들의 삶, 그들의 변화하는 삶이었다.

홍실의 문이 닫혔다. 윌리엄 화트니가 옆방에서 기침을 했다. 그녀는 그가 방을 가로질러 가는 소리를 들었다. 지금 그는 창가에 서서 마지막 여송연을 피우고 있었다. 그는 무슨 생각을 하고 있을까? 그녀는 궁금했다 — 인도에 관해서? — 자신이 어떻게 공작무늬 우산 아래 서 있었던지에 대해서? 그때 그가 옷을 벗으며 방 안을 이리저리 걸어 다니기 시작했다. 그녀는 그가 빗을 들었다가 화장대에 내려놓는 소리를 들을 수 있었다. 그녀는 그의 넓고 완만한 턱과 그 아래 떠 있는 듯한 분홍색과 노란색의 반점들을 떠올리면서, 삼등칸 기차의 구석자리에서 신문 뒤에 얼굴을 가렸던 그 순간, 즐거움 그 이상이었던 그 순간을 그에게 빚지고 있다고 생각했다.

이제 천장으로 돌진하듯 맴도는 나방이 세 마리가 되었다. 그들은 구석에서 구석으로 마구 날아다니며 조그맣게 탁탁 부딪히는 소리를 냈다. 창문을 더 오래 열어둔다면 방은 나방으로 가득 차게 될 터였다. 바깥 복도에서 널빤지가 삐걱거렸다. 그녀는 귀를 기울였다. 페기가 빠져나와 오빠에게 가는 것일까? 뭔가 꿍꿍이가 있다고 그녀는 확신했다. 그러나 그녀는 정원의 무성한 나뭇가지가 위아래로 흔들리는 소리만을 들을 수 있을 뿐이었다. 암소 한 마리가 울고 새 한 마리가 쨱쨱거렸다. 그러다가 반갑게도, 나무에서 나무로 은빛 공중곡예를 하고 있는 부엉이의 촉촉한 울음소리가 들려왔다.

그녀는 누워서 천장을 바라보았다. 희미한 물 자국이 보였다. 언덕 모양이었다. 그것을 보고 있으려니 그리스나 스페인의 거대하고 황량한 산이 생각났다. 그 산들은 마치 태초 이래로 아무도 발을 들여놓지 않은 듯 보였다.

그녀는 침대 덮개에 놓여 있던 책을 펼쳤다. 그녀는 그 책이 『러프의 여행기』이거나 『어느 무명인의 일기』이길 바랐다. 하지만 그 책은 단테의 것이었다. 그녀는 너무 귀찮아서 책을 바꾸지 않았다. 그녀는 여기저기 몇 줄을 읽었다. 그러나 이탈리아어가 서툴러서 도무지 의미를 파악할 수가 없었다. 그러나 어쨌든 의미가 있었고 어떤 갈고리가 그녀의 마음 표면을 할퀴는 것 같았다.

chè per quanti si dice più li nostro
tanto possiede più di ben ciascuno.[9]

이게 무슨 뜻이지? 그녀는 영어 번역을 읽었다.

9 단테의 『신곡』 연옥편에 나오는 구절. 버질이 정신적인 풍요는 나눌수록 많아진다고 말하는 부분.

그토록 더 많은 이들이 '우리 것'이라고 말하니
그만큼 더 많은 선을 각자가 지니리.

천장의 나방들을 바라보고, 촉촉한 울음소리를 내며 나무에서 나무로 원을 그리며 나는 부엉이 소리를 듣고 있던 그녀의 마음을 가볍게 스쳐 지나가 버린 그 말들은 그 온전한 의미를 내주지는 않았지만 고대 이탈리아어라는 단단한 껍질 안에 무엇인가를 접어 넣어두고 있는 것 같았다. 책을 덮으며 그녀는 생각했다. 조만간 이 책을 읽어야지. 크로스비에게 연금을 주고 그만두게 하고 나면, 그때…… 다른 집을 빌려야 할까? 여행을 할까? 드디어 인도로 갈까? 윌리엄 경이 옆방에서 침대에 들고 있었다. 그의 인생은 끝이 나고 그녀의 삶은 이제 시작된 것이었다. 아니야, 나는 또 다른 집을 구할 생각은 없어, 또 다른 집은 아니야. 천장 위에 얼룩을 바라보며 그녀는 생각했다. 배가 부드럽게 바다를 헤쳐 가고, 기차가 선로를 따라 좌우로 흔들리는 듯한 느낌이 다시 들었다. 모든 것은 영원히 계속될 수 없는 법이지. 그녀는 생각했다. 모든 건 지나가고 모든 건 변하지. 그녀는 천장을 올려다보며 생각했다. 그런데 우리는 어디로 가고 있지? 어디로? 어디로? ……나방들이 천장을 맴돌며 돌진하듯 이리저리 날아다니고 있었다. 책이 미끄러져 마루에 떨어졌다. 크래스터가 돼지를 탔지. 그런데 은쟁반은 누가 탔더라? 생각해내려고 애를 쓰다가 그녀는 돌아누워 촛불을 껐다. 어둠이 가득 내렸다.

1913년

1월이었다. 눈이 내리고 있었다. 하루 종일 눈이 내렸다. 잿빛 거위의 날개처럼 펼쳐진 하늘에서 깃털이 온 영국에 떨어져 내리는 것 같았다. 하늘은 온통 한바탕 흩날리는 눈송이로 가득했다. 길은 평평해졌고 우묵한 곳은 채워졌다. 눈은 개울을 메우고 창문을 뿌옇게 했으며 문간에 쐐기 모양으로 쌓였다. 마치 대기가 눈으로 변하고 있는 것처럼 공기 중에서 희미한 웅얼거림, 나지막하게 타닥거리는 소리가 났다. 그 외에는 사방이 조용했다. 다만 양이 기침을 하거나, 나뭇가지에서 눈이 털썩 떨어지거나, 뭉텅이로 런던의 어느 지붕 아래로 미끄러져 내릴 뿐이었다. 이따금 자동차가 눈이 수북이 쌓여 고요한 도로를 지나갈 때면 불빛 한 줄기가 천천히 하늘을 가로지르며 퍼지곤 했다. 그러나 밤이 깊어질수록 눈은 바퀴 자국을 덮고 차량 흔적들이 전혀 보이지 않도록 부드럽게 누그러뜨렸으며 기념비와 궁전과 동상들도 두터운 눈옷으로 덮었다.

부동산 소개소에서 나온 젊은이가 애버콘 테라스를 보러 왔을 때도 여전히 눈이 내리고 있었다. 눈은 욕실 벽에 냉랭한 흰 섬광을 던져 에나멜 욕조의 갈라진 틈과 벽의 얼룩을 드러내 보였다. 엘리너는 창밖을 내다보며 서 있었다. 뒤뜰의 나무마다 눈이 무겁게 쌓여있었고 지붕은 눈에 덮여 모서리가 부드러운 모양을 이루고 있었다. 눈이 아직도 내리고 있었다. 그녀가 돌아섰다. 그 젊은이도 돌아섰다. 빛은 그들 두 사람 모두에게 어울리지 않아 보였지만, 눈은—그녀는 복도 끝에 있는 창문을 통해 눈을 바라보았다—내리는 눈은 아름다웠다.

아래층으로 내려가자 그라이스 씨가 그녀를 돌아보았다.

"실은, 저희 고객들은 보다 현대적인 세면시설을 원하십니다." 그가 침실 문밖에 멈춰 서서 말했다.

그는 왜 '욕실'이라고 말하고 빨리 마무리 짓지 못할까? 그녀는 생각했다. 천천히 그녀는 아래층으로 내려갔다. 이제 그녀는 현관문의 유리창을 통해 눈이 내리는 것을 볼 수 있었다. 그가 아래층으로 내려갈 때 그녀는 그의 높은 옷깃 위로 두드러진 빨간 귀를 보았고, 윈즈워스[1]의 어느 세면대에서 대충 씻은 목도 보았다. 그녀는 화가 났다. 그가 킁킁대며 냄새를 맡고 기웃기웃 들여다보며 집을 둘러보면서 그들의 청결함과 인간다움에 흠집을 냈던 것이다. 게다가 그는 터무니없는 긴 단어를 사용했다. 긴 단어들을 사용함으로써 그 자신을 실제보다 높은 계층으로 끌어올리려 하고 있다고 그녀는 생각했다. 이제 그는 잠들어 있는 개의 몸 위로 조심스럽게 넘어가서 현관 탁자에 있는 자기 모자를 집어 들고 그 직업을 가진 사람들이 신는 단추 달린 장화를 신은 채 현관 계단을 내려갔다. 그는 두툼하게 쌓인 하얀 눈 위에 노란 발자국을 남겼다. 사륜마차가 기다리고 있었다.

1 런던 남서부의 교외 지역.

엘리너가 돌아섰다. 크로스비는 그녀의 옷 가운데 가장 좋은 보닛 모자와 망토를 입고 서성이고 있었다. 그녀는 아침나절 내내 강아지처럼 엘리너를 집 안 이리저리 따라다녔다. 싫은 순간을 더 이상 미룰 수 없었다. 그녀의 사륜마차가 문 앞에서 기다리고 있었다. 그들은 작별인사를 해야 했다.

"그래, 크로스비, 온통 텅 비어 보이네, 그렇지?" 텅 빈 거실을 돌아보며 엘리너가 말했다. 하얀 눈빛이 눈부시게 벽에 비쳤다. 그 빛에 벽에 가구가 놓여 있던 자국과 그림이 걸려 있던 자국이 두드러져 보였다.

"그러네요, 엘리너 아가씨." 크로스비가 말했다. 그녀도 역시 바라보며 서 있었다. 엘리너는 그녀가 울 것을 알고 있었다. 그녀는 크로스비가 우는 것을 원치 않았다. 그녀 자신이 우는 것도 싫었다.

"가족 모두가 저 탁자에 둘러앉아 있는 모습이 아직도 눈에 선해요, 엘리너 아가씨." 크로스비가 말했다. 그러나 그 탁자도 이미 치워지고 없었다. 어떤 것은 모리스가, 또 어떤 것은 델리아가 가져갔다. 모든 것이 나눠졌고 흩어졌다.

"그리고 좀체 끓지 않던 찻주전자 말이야," 엘리너가 말했다. "그거 생각 나?" 그녀는 웃으려고 애를 썼다.

"오, 엘리너 아가씨." 크로스비가 머리를 흔들며 말했다. "난 다 기억해요!" 눈물이 고이고 있었다. 엘리너는 눈길을 돌려 멀리 있는 방을 쳐다보았다.

그곳의 벽에도 책장이 서 있던 자리며, 책상이 놓여 있던 자리에 흔적들이 있었다. 그녀는 그곳에 앉아 압지에 무늬를 그리고, 구멍을 내거나 회계장부를 합산하던 자신의 모습을 떠올려보았다……. 그리고 그녀는 돌아섰다. 크로스비가 거기 있었다. 크로스비는 울고 있었다. 여러 가지 감정이 뒤섞여 확실히 고통스러웠다. 그녀는 모든 것을 떠나게 되어 매우 기뻤지만 크로스비에게는 이것이 모든 것의 끝이었다.

그녀는 그 크고 어수선한 저택에 있는 모든 찬장, 판석, 의자와 탁자를 훤히 알고 있었다. 그들처럼 오륙 피트 떨어진 거리에서 아는 것이 아니었다. 무릎을 꿇고 직접 문지르고 닦으면서 그녀는 파인 홈과 얼룩, 포크, 나이프, 냅킨과 찬장을 속속들이 알고 있었다. 그들과 그들이 하는 일이 그녀 세계의 전부였다. 그런데 이제 그녀는 혼자서 리치몬드의 단칸방으로 떠나게 된 것이다.

"어쨌든 크로스비도 저 지하실을 떠나게 되어 기쁠 거라고 생각해." 엘리너가 다시 현관 홀로 돌아서며 말했다. 그녀는 '우리의 그라이스 씨'와 지하실을 둘러보며 수치심을 느끼기 전에는 그곳이 얼마나 어둡고 얼마나 낮은지를 깨닫지 못했었다.

"사십 년 동안 이곳은 제 집이었어요, 아가씨." 크로스비가 말했다. 눈물이 흐르고 있었다. 사십 년 동안이나! 엘리너도 놀라면서 생각해보았다. 크로스비가 처음 그들에게 왔을 때 그녀는 열서너 살 정도의 어린 소녀였다. 크로스비는 긴장으로 딱딱하게 굳어 있었으면서도 매우 총명해 보였었다. 지금 그녀의 푸른 각다귀 눈은 툭 튀어나왔고 뺨은 움푹 꺼져 있었다.

크로스비가 로버에게 사슬을 씌우려고 몸을 구부리고 있었다.

"정말 그 개를 데려가고 싶은 거야?" 엘리너가 냄새를 풍기는 데다 숨 쉬기 힘들어 쌕쌕거리는 별로 예쁘지도 않은 늙은 개를 바라보며 말했다. "우리가 그를 돌봐줄 좋은 시골집을 쉽게 찾아줄 수 있을 텐데."

"오, 아가씨, 저더러 그를 저버리라고 하지는 마세요!" 크로스비가 말했다. 눈물 때문에 그녀는 말을 잇지 못했다. 눈물이 그녀의 뺨을 타고 주르륵 흐르고 있었다. 엘리너는 눈물을 참으려고 있는 힘을 다했지만, 그녀의 눈에도 눈물이 차오르고 있었다.

"사랑하는 크로스비, 안녕." 그녀가 말했다. 그녀는 몸을 굽혀 그녀에게 키스했다. 그녀가 특이한 건조한 피부인 것을 엘리너는 알아차렸다. 그러나 그녀 자신도 눈물을 흘리고 있었다. 로버를 사슬에 매어 잡고 크로스비는 미끄러운 계단을 옆걸음으로 조심 조심 내려갔다. 엘리너는 문을 열고 그녀를 배웅했다. 끔찍한 순간이었다. 불행하고 혼란스럽고 모든 것이 잘못되었다. 크로스비는 아주 비참했고 그녀는 아주 기뻤다. 그러나 그녀가 열린 문을 잡고 있는 동안 그녀의 눈에도 눈물이 고여 흘렀다. 그들은 모두 이곳에 살았었다. 모리스가 학교에 갈 때면 그녀는 이곳에 서서 손을 흔들었으며, 크로커스를 심곤 했던 아담한 정원도 있었다. 이제 크로스비는 검은 보닛 모자에 눈송이를 맞으며 로버를 팔에 안고서 사륜마차에 올랐다. 엘리너는 문을 닫고 안으로 들어갔다.

마차가 거리를 달려가는 동안에도 눈이 내리고 있었다. 물건을 사는 사람들이 밟고 지나가 진창이 된 길 위에는 노란 바퀴 자국이 길게 나 있었다. 눈이 조금씩 녹기 시작하고 있었다. 눈덩이가 지붕에서 미끄러져 보도 위로 떨어졌다. 어린 소년들도 눈싸움을 하고 있었다. 한 아이가 던진 눈뭉치가 지나가던 마차에 맞았다. 그러나 마차가 리치몬드 그린에 접어들었을 때에는 광대한 공간 전체가 완전히 흰색이었다. 그곳에는 눈 위를 지나간 사람이 아무도 없는 듯했다. 모든 것이 흰색이었다. 잔디도 하얗고 나무도 하얗고 난간도 하얬다. 전체 풍경 속에 유일하게 드러나는 것은 나무 꼭대기에 검게 웅크리고 있는 당까마귀들뿐이었다. 마차는 계속 달려갔다.

마차가 그린을 지나 작은 집 앞에 멈춰 설 무렵에는 수레들이 눈을 휘저어 누렇게 굳은 혼합물로 만들어 놓았다. 크로스비는 로버가 계단에 발자국을 남기지 않도록 그를 팔에 안고서 계단을 올라갔다. 루이자 버트가 그녀를 맞이하러 서 있었다. 꼭대기 층에 세 들어 살고 있는, 전에 집사였던 비숍 씨가 짐을 들어주었고 크로스비는 뒤따라 그녀의 조그만 방으로 들어갔다.

그녀의 방은 꼭대기 층에 있었고 뒤편으로 정원이 내려다보였다. 방은 작았지만, 그녀가 짐을 풀어놓고 나니 제법 안락해졌다. 애버콘 테라스의 모습을 지니고 있었다. 그녀는 여러 해 동안 자신이 일을 그만둘 때를 대비해서 잡동사니를 모아왔었다. 인도 코끼리, 은제 꽃병, 여왕의 장례식이 있어 조포를 쏘던 어느 날 아침[2] 그녀가 휴지통에서 발견했던 바다코끼리, 그 모든 것들이 있었다. 그녀는 벽난로 위에 그것들을 비스듬히 늘어놓았다. 그리고 가족사진들을 걸고 나니 —웨딩드레스를 입은 누군가의 사진, 법복과 가발 차림의 누군가의 사진, 그리고 그녀가 가장 좋아했던 마틴 도련님이 군복을 입은 사진은 한가운데에 걸었다— 방이 한결 집 같아졌다.

그러나 리치몬드로 옮겨와서인지, 아니면 눈길에 감기에 걸린 것인지 로버가 곧 앓게 되었다. 그는 음식도 먹지 않았다. 코가 뜨거웠다. 습진도 재발했다. 다음 날 아침 그녀가 물건 사러 가는 길에 데리고 가려고 하자, 그는 마치 혼자 있게 내버려둬 달라고 간청하듯이 몸을 뒤집고 발을 위로 뻗쳐댔다. 비숍 씨는 크로스비 부인에게—그녀는 리치몬드에서 정중한 칭호를 얻었다—그의 의

2 1901년 1월 22일 빅토리아 여왕이 사망한 후 2월 2일에 장례식이 열렸다.

견으로는 그 늙은 녀석의(여기서 그는 개의 머리를 다독거려 주었다) 숨을 이제 그만 거두어주는 것이 좋겠다고 말해야만 했다.

"그만 나랑 같이 가요." 크로스비의 어깨에 팔을 두르면서 버트 부인이 말했다. "비숍에게 맡겨요."

"고통스러워하지는 않을 겁니다. 내가 보장해요." 무릎을 꿇고 있던 자세에서 일어나며 비숍 씨가 말했다. 그는 이전에도 여러 번 그가 모셨던 안주인의 개를 안락사 시킨 적이 있었다. "딱 한 번 숨을 들이쉬면,"—비숍 씨는 손수건을 손에 들고 있었다— "즉시 숨이 끊어질 겁니다."

"그게 개한테 좋을 거예요, 애니." 버트 부인이 그녀를 데려가려 하면서 덧붙였다.

정말이지 그 가엾은 늙은 개는 매우 애처롭게 보였다. 그러나 크로스비는 고개를 저었다. 그가 꼬리를 흔들었고, 눈도 뜨고 있었다. 그는 살아 있는 것이다. 그녀가 오랫동안 미소라고 여겨왔던 웃음기가 그의 얼굴에 떠올랐다. 그가 자신을 믿고 있다고 그녀는 느꼈다. 그녀는 낯선 이들에게 그를 넘겨주지 않을 작정이었다. 그녀는 사흘 밤낮을 그의 곁에 앉아서 찻숟가락으로 브랜드 에센스[3]를 먹였다. 그러나 마침내 그는 입도 벌리려 하지 않았다. 몸이 점점 굳어갔다. 파리가 코를 기어 다녀도 씰룩거리지 않았다. 바깥의 나무 위에서 참새들이 지저귀던 어느 이른 아침이었다.

"그녀의 정신을 다른 데로 돌릴 만한 것이 있어서 다행이야." 버트 부인이 말했다. 크로스비가 가장 좋은 망토와 보닛 모자를 입고서 부엌 창문을 지나가고 있을 때였다. 그날은 장례식을 치

3 어린이나 노약자를 위한 강장제.

른 그다음 날이었다. 그날이 그녀가 에버리 거리에서 파지터 씨의 양말을 가져오는 목요일이었기 때문이었다. "하지만 그 개는 진작 묻혔어야 했어." 버트 부인이 개수대 쪽으로 돌아서며 말했다. 그의 숨결에서 냄새가 났던 것이다.

크로스비는 지방 철도편으로 슬론 광장까지 간 후에 거기서부터는 걸었다. 그녀는 거리의 위험으로부터 자신을 보호하려는 듯이 팔꿈치를 옆구리에 붙여 내밀고 천천히 걸었다. 그녀는 아직 슬퍼 보였지만, 리치몬드에서 에버리 거리로의 변화가 그녀에게 도움이 되었다. 그녀는 리치몬드에서보다 에버리 거리에서 훨씬 마음이 편했다. 리치몬드에는 말하자면 평민들이 산다고 그녀는 늘 느꼈다. 이곳에서는 신사와 숙녀들이 그들에게 걸맞는 법도를 지니고 있지. 그녀는 상점들을 지나면서 흡족한 듯 그 안을 들여다보았다. 그리고 어둑어둑한 큰길로 접어들면서 그녀는 생각했다. 주인 나리를 방문하곤 하던 아버스넛 장군이 에버리 거리에 살았지. 그는 이제 죽고 없었다. 루이자가 신문에 난 부고를 보여주었었다. 그렇지만 살아 있었을 적에 그는 여기에 살았더랬지. 그녀는 마틴 도련님의 하숙집에 도착했다. 그녀는 계단에 잠시 멈춰서 모자를 바로 썼다. 양말을 가지러 올 때면 그녀는 항상 마틴 도련님과 이런저런 말을 주고받곤 했다. 그것은 그녀의 즐거움 가운데 하나였다. 그리고 그녀는 집 주인인 브리그스 부인과의 잡담도 재미있어했다. 오늘 그녀는 그녀에게 로버의 죽음에 대해 얘기하는 위안을 갖게 될 것이었다. 그녀는 진눈깨비로 미끄러운 지하 출입문 계단을 가만가만 조심스럽게 내려가서 뒷문에 서서 벨을 울렸다.

마틴은 그의 방에서 신문을 읽고 있었다. 발칸반도에서의 전쟁은 끝났지만 앞으로 더 많은 문제가 있을 거라고 그는 확신했다. 그는 신문을 넘겼다. 진눈깨비가 내리고 있어서 방이 매우 어두웠다. 그리고 그는 기다리는 동안에는 도저히 신문을 읽을 수가 없었다. 크로스비가 오고 있었다. 그는 현관에서 나는 목소리들을 들을 수 있었다. 무슨 잡담을 저렇게 한담! 정말 어지간히 떠들어대는군! 그는 조바심을 내며 생각했다. 그는 신문을 내던지고 기다렸다. 이제 그녀가 다가오고 있었고 손이 문에 닿았다. 그런데 뭐라고 해야 하나? 손잡이가 돌아가는 것을 보며 그는 생각했다. 그는 신문을 내려놓았다. 그녀가 들어서자 그는 으레 하는 상투적인 말로 말문을 열었다. "그래, 크로스비, 세상살이가 어때?"

그녀는 로버를 떠올리고 눈물을 흘리기 시작했다.

마틴은 그 이야기를 경청했다. 그는 동정적으로 눈살을 찌푸렸다. 그리고 일어나서 침실로 갔다가 잠옷 상의를 손에 들고 돌아왔다.

"이걸 뭐라고 하지, 크로스비?" 그가 말했다. 그는 가장자리가 갈색이 된, 깃 아래에 난 구멍을 가리켰다. 크로스비가 그녀의 금테 안경을 바로 꼈다.

"불에 탄 자리로군요, 도련님." 그녀가 자신 있게 말했다.

"새 파자마야. 단 두 번밖에 입지 않았지." 마틴이 옷을 펼쳐 보이며 말했다. 크로스비는 옷을 만져보았다. 최고급 실크로 만든 옷이라는 것을 그녀는 알 수 있었다.

"쯧-쯧-쯧!" 그녀는 고개를 흔들며 말했다.

"이 잠옷을 무슨 부인 — 이름이 뭐더라 — 그녀에게 갖다 주겠어?" 그는 옷을 앞으로 내밀면서 말을 계속했다. 그는 빗대어 말하고 싶었지만, 크로스비에게 말할 때에는 말 그대로 해야 하며 가장 단순한 언어를 사용해야 된다는 것을 떠올렸다.

"다른 세탁부를 쓰라고 그녀에게 말해." 그가 결론지었다. "그리고 전의 세탁부는 악마에게나 보내버리라고."

크로스비는 흠이 난 옷을 조심스럽게 가슴에 모아 안았다. 마틴 도련님은 피부에 모직이 닿는 것을 못 견딘다는 것을 그녀는 기억했다. 마틴이 말을 멈췄다. 크로스비와 이 시간을 함께 보내야 하는데, 로버의 죽음으로 그들의 화제가 심히 제한되었다.

"류머티즘은 좀 어떤가?" 그녀가 팔에 그 잠옷을 걸쳐 들고 방문 앞에 아주 꼿꼿하게 섰을 때 그가 물었다. 그녀가 눈에 띄게 왜소해졌다고 그는 생각했다. 그녀는 고개를 저었다. 리치몬드는 애버콘 테라스에 비해 수준이 매우 낮다고 그녀가 말했다. 그녀가 고개를 떨구었다. 그녀가 로버를 생각하고 있다고 그는 짐작했다. 그녀의 마음을 로버의 죽음에서 벗어나게 해야 했다. 그는 눈물을 보면 참을 수가 없었다.

"엘리너 아가씨의 새 플랫 봤어?" 그가 물었다. 크로스비는 이미 보았다. 그러나 그녀는 플랫을 좋아하지 않았다. 그녀가 보기에 엘리너 아가씨는 자신을 혹사하고 있었다.

"그리고 그럴 가치가 없는 사람들이에요, 도련님." 예전에 버리는 옷들을 가지러 뒷문으로 오곤 하던 츠빙글러, 파라비치니, 콥 집안사람들을 지칭하며 그녀가 말했다.

마틴이 고개를 저었다. 그는 다음에 무슨 말을 해야 할지 생각해낼 수가 없었다. 그는 하인에게 이야기하는 것을 싫어했다. 그러자면 늘 그 자신이 가식적으로 굴고 있다는 느낌이 들었다. 억지웃음을 짓거나, 아니면 소란스레 떠들어대지. 그는 생각하고 있었다. 어느 쪽이든 그것은 거짓이었다.

"그리고 요즘 건강은 좋으세요, 마틴 나리?" 크로스비가 물었다. 오랫동안 봉사해온 데 따른 일종의 특전으로 그녀는 애칭을 사용했다.

"아직 결혼을 안 했잖아, 크로스비." 마틴이 말했다.

크로스비는 방을 둘러보았다. 가죽의자들이 있고, 책 더미 위에 체스 말이 있었으며 쟁반 위에는 소다수 사이펀이 있는 독신 남자의 아파트였다. 그녀는 기꺼이 그를 돌봐줄 멋진 젊은 아가씨들이 많이 있으리라고 확신한다고 과감하게 말했다.

"아, 하지만 난 아침에 침대에 누워 있는 걸 좋아해." 마틴이 말했다.

"항상 그러셨지요, 나리." 그녀가 웃으며 말했다. 그제서야 마틴은 시계를 꺼내들고 성큼성큼 창가로 걸어가서 갑자기 약속이 생각난 것처럼 큰 소리로 외칠 수 있었다.

"맙소사, 크로스비, 난 나가봐야겠어!" 그리고 문이 닫히고 크로스비는 떠났다.

그것은 거짓말이었다. 약속 같은 것은 없었다. 하인들에게는 누구나 늘 거짓말을 하는 법이라고 그는 창문을 내다보며 생각했다. 진눈깨비가 내리는 사이로 에버리 거리에 늘어선 주택들의 보잘것없는 윤곽이 보였다. 누구나 거짓말을 하지. 그가 생각했다. 그의 아버지도 거짓말을 했었다. 아버지가 돌아가신 후에 그들은 그의 책상 서랍에서 미라라는 여자에게서 온 끈에 묶인 편지들을 발견했다. 그리고 그는 미라―지붕 수리에 도움을 요청했던 뚱뚱하고 점잖은 숙녀―를 본 적이 있었다. 그의 아버지는 왜 거짓말을 했던 것일까? 정부를 두는 게 뭐가 나쁘단 말인가? 그리고 그 자신도 거짓말을 했던 적이 있었다. 그가 도지와 에릿지와 함께 싸구려 엽궐련을 피우며 외설스러운 이야기를 하곤 했던 풀햄 길 외곽에 있던 그 방에 대해서였다. 애버콘 테라스와 같은 가족생활은 혐오스러운 제도라고 그는 생각했다. 그 집이 세놓아지지 않는 것도 이상할 것이 없었다. 욕실 하나에 지하실이 하나 있는 집이었다. 그리고 제각기 다른 사람들이 한데 뒤엉킨 채 거짓말을 하며 그곳에 살았었다.

창가에 서서 젖은 보도를 따라 가만가만 걷고 있는 자그마한 형체들을 바라보고 있던 그는 크로스비가 팔 밑에 꾸러미를 끼고 지하 출입구 계단을 올라오는 것을 보았다. 그녀는 놀란 조그만 동물처럼 거리의 위험을 용감하게 무릅쓰기 전에 주변을 살펴보며 잠시 서 있었다. 드디어 그녀가 잰걸음으로 떠나갔다. 그녀가 사라져갈 때 그는 그녀의 검정 보닛 모자 위로 눈이 내리는 것을 보았다. 그는 돌아서서 창가를 떠났다.

1914년

눈부시게 화창한 봄이었다. 햇볕이 찬란한 날이었다. 공기가 나무 위를 스칠 때면 대기 중에 빠르게 진동하는 움직임이 이는 것 같았다. 공기가 가늘게 떨리고 잔물결이 일었다. 나뭇잎들은 선명하고 푸르렀다. 시골에서는 오래된 교회의 시계가 쇳소리를 내며 시간을 알렸다. 토끼풀이 붉게 자란 들판 위로 그 녹슨 소리가 퍼져 갔고 종소리에 쫓기듯 당까마귀떼가 날아올랐다. 새들은 공중을 선회하다가 나무 위에 내려앉았다.

런던에서는 모든 것이 활발하고 시끌벅적했다. 런던 시즌이 시작되고 있었다. 경적이 울리고 차량 소음이 났다. 깃발들이 시냇물 속 송어처럼 팽팽하게 펄럭였다. 런던에 있는 모든 교회의 첨탑에서마다 — 메이페어의 유행을 따른 성인들, 켄싱턴의 촌스러운 성인들, 시내의 고색창연한 성인들 — 시간이 포고되었다. 런던의 대기는 순환선들이 선회하는 거친 소리의 바다 같았다. 그러나 마치 성인들 자신들도 분열되어 있기라도 한 듯 시계마다 맞지 않았다. 한동안 침묵이, 정적이 흘렀다……. 그리고 나서 다시 시계가 울렸다.

이곳 에버리 거리에도 멀리에서 희미한 시계 소리가 울려오고 있었다. 열한 시였다. 마틴은 창가에 서서 좁은 거리를 내려다보았다. 햇빛이 눈부셨다. 그는 기분이 더할 나위 없이 좋았다. 그는 시내로 증권 중개인을 만나러 갈 예정이었다. 그의 사업이 잘되어 가고 있었다. 한때 그는 아버지가 돈을 많이 벌어두었다고 생각했었다. 그 후 그는 그 돈을 다 잃었다가 다시 벌었다. 결국 그는 잘해낸 것이었다.

그는 잠시 창가에 서서 맞은편 골동품 상점에서 항아리를 구경하고 있는 멋진 모자를 쓴 멋쟁이 아가씨를 바라보며 감탄하고 있었다. 그것은 중국풍의 진열대 위에 놓여 있는 푸른 도자기였는데 그 뒤에는 녹색 명주실로 짠 비단이 있었다. 매끈하게 균형 잡힌 형체, 깊은 푸른빛, 유약칠을 한 표면에 난 미세한 균열들이 그를 즐겁게 했다. 그리고 그 도자기를 들여다보고 있는 그 아가씨 또한 매력적이었다.

그는 모자와 단장을 들고 거리로 나섰다. 그는 시내로 가는 길의 일부를 걸어갈 작정이었다. "스페인 국왕의 딸이," 그는 슬론 거리로 접어들면서 콧노래를 불렀다. "나를 방문했었지. 모두가⋯⋯." 지나가면서 그는 상점의 진열장 안을 들여다보았다. 상점 안에는 여름 드레스들이 가득했다. 공들여 만든 멋진 얇은 녹색 옷들과 조그만 막대에 층층이 걸린 모자들도 있었다. "⋯⋯모두가," 그는 걸어가면서 계속 흥얼거렸다. "나의 은빛 육두구나무를 위해서라네." 그런데 은빛 육두구나무가 뭐지? 그는 궁금했다. 거리 아래쪽에서 손풍금이 경쾌한 지그[1] 춤곡을 연주하고 있었다. 풍금을 연주하고 있는 영감이 곡조에 맞춰 춤이라도 추고 있는 듯 풍금이 빙글빙글 돌고 이리저리 움직였다. 예쁘장한 어

---

1 3박자의 활발한 춤 혹은 춤곡.

린 하녀가 지하출입구 계단을 뛰어올라 와 그에게 1페니짜리 동전 한 닢을 건네주었다. 급히 모자를 벗어 그녀에게 인사를 하는 그 유순한 이탈리아인의 얼굴이 온통 쭈글쭈글했다. 소녀가 미소를 지으며 다시 부엌으로 되돌아갔다.

"……모두가 나의 은빛 육두구나무를 위해서라네." 마틴은 철책을 통해 사람들이 앉아 있는 부엌을 들여다보며 콧노래를 불렀다. 그들은 식탁 위에 찻주전자와 빵과 버터를 차려놓고 있어 아주 아늑해 보였다. 그의 단장이 신이 난 강아지의 꼬리처럼 이쪽에서 저쪽으로 흔들거렸다. 거리의 풍금 연주자에게 줄 동전과 거지에게 줄 동전을 들고 자기 집에서 힘차게 뛰어나와 의기양양하게 거리를 다니는 모든 사람이 들떠 있고 홀가분해 보였다. 누구나 다 쓸 돈이 있는 것처럼 보였다. 여자들이 대형 유리창 주변에 모여 있었다. 그도 멈춰 서서 장난감 배 모형과 줄지어 선 은제 용기들로 노랗게 빛나는 화장도구 가방들을 들여다보았다. 그런데 누가 그 노래를 지었을까? 한가로이 거리를 거닐면서 그는 문득 궁금해졌다. 스페인 국왕의 딸에 관한 그 노래는 피피가 끈적거리는 플란넬 천으로 그의 귀를 닦아주면서 불러주곤 했던 노래였다. 그녀는 그를 무릎에 앉히고 쉰 목소리로 숨차하며 부르곤 했다. "스페인 국왕의 딸이 나를 찾아왔었지. 모두가……." 그러다가 갑자기 그녀의 무릎에 힘이 풀려 그가 마루 위로 떨어졌었다.

이제 그는 하이드 파크 코너에 이르렀다. 거리 풍경에 활기가 넘쳤다. 화물차, 자동차, 버스들이 언덕 아래로 물결처럼 흘러가고 있었다. 공원의 나무들은 자그마한 연두색 이파리들을 달고 있었다. 옅은 빛깔의 드레스를 차려입은 명랑한 숙녀들을 태운 마차들이 벌써 입구마다 지나가고 있었다. 모든 사람들이 제 용무를 보고 있었다. 그리고 누군가가 앱슬리 하우스 정문에 분홍색 분필로 '신은 사랑이시라'라고 적어놓은 것을 그는 유심히 바라보았다. 경찰이 언제라도 달려들지 모르는데 앱슬리 하우스 정문에 '신은 사랑이시라'라고 적으려면 꽤 담력이 필요할 거라고 그는 생각했다. 그러나 이때 그가 탈 버스가 왔다. 그는 버스에 올라 이 층으로 올라갔다.

"세인트 폴 성당이요." 차장에게 동전을 건네주면서 그가 말했다.

버스들이 세인트 폴 성당의 계단 주위를 부단한 흐름으로 소용돌이치며 돌고 있었다. 앤 여왕[2]의 동상이 그 혼돈을 관장하면서 바퀴의 중추처럼 그 혼돈에 중심을 마련하고 있는 듯했다. 마치 그 흰 옷을 입은 숙녀가 자신의 왕홀로 교통을 다스리고 있는 것처럼 보였다. 중산모를 쓰고 깃이 둥근 코트를 입은 작은 남자들, 소형 서류 가방을 든 여자들, 화물차, 짐마차, 버스 들의 움직임을 모두 그녀가 지휘하고 있는 듯했다. 이따금 한 사람씩 무리에서 갈라져 나와서 계단을 올라가 성당으로 들어갔다. 성당의 문들이 끊임없이 열렸다가 닫혔다. 이따금씩 희미한 오르간 음악 소리가 공기 중에 울려 퍼졌다. 비둘기들이 뒤뚱뒤뚱 걸어 다녔고 참새들이 푸드덕 날아올랐다. 정오가 조금 지나서 종이가방을 든 조그만 노인이 계단 중간쯤에 자리를 잡고 새에게 먹이를 주기 시작했다. 그가 빵조각을 내밀었다. 그의 입술이 달싹거렸다. 그는 새들을 구슬리고 어르고 있는 듯했다. 곧 그는 파닥거리는 날개의 무리에 에워싸였다. 참새들이 그의 머리와 손에 내려앉았다. 비둘기들도 그의 발 가까이에 뒤뚱거리며 다가왔다. 그가 참

2   앤 여왕(Queen Anne, 1665~1714).

새에게 먹이를 주는 것을 구경하려고 사람들이 모여들었다. 그가 자기 주변에 둥글게 빵조각을 던졌다. 그때 공기 중에 파문이 일었다. 커다란 시계, 시내의 모든 시계들이 힘을 한데 모으고 있는 것 같았다. 마치 미리 경고를 하듯 윙 소리를 내는 듯했다. 그리고 시계가 울렸다. "하나." 소리가 요란하게 울려 퍼졌다. 참새들이 모두 하늘로 푸드덕 날아가 버렸다. 비둘기들도 놀란 듯했다. 그 중 몇 마리는 앤 여왕의 머리 주변으로 날아올랐다.

종소리의 마지막 울림이 잦아들 때 마틴은 성당 앞 광장으로 나왔다.

그는 광장을 가로질러 가 상점 유리를 등지고 서서 거대한 반구형 지붕을 올려다보았다. 그의 온몸의 무게가 옮겨가는 듯했다. 그의 몸속 무엇인가가 그 건물과 조화를 이루며 움직이고 있는 듯한 묘한 느낌이 들었다. 그것은 균형을 되찾고 완전히 멈췄다. 이러한 균형의 변화는 흥미진진한 일이었다. 그는 자신이 건축가였더라면 좋았을걸 하고 생각했다. 그는 상점에 등을 바싹 붙이고 선 채 성당의 전경을 시야에 명료하게 담으려고 애썼다. 그러나 너무 많은 사람들이 지나가고 있어서 쉽지 않았다. 그들은 그에게 부딪히기도 하고 그의 앞을 바싹 스치고 지나가기도 했다. 도시의 실업가들이 점심 식사를 하러 가는 혼잡한 시간대였던 것이다. 그들은 계단을 가로지르는 지름길을 택했다. 비둘기들이 날아올랐다가 다시 내려앉곤 했다. 그가 계단을 오를 때 문들이 열렸다가 닫혔다 하고 있었다. 비둘기들이란 계단을 엉망으로 만드는 성가신 존재들이라고 그는 생각했다. 그는 천천히 올라갔다.

"그런데 저게 누구지?" 그는 기둥에 기대어 서 있는 어떤 사람을 보고 생각했다. "내가 아는 여자가 아닌가?"

그녀의 입술이 움직이고 있었다. 그녀는 혼잣말을 하고 있었다.

"샐리로군!" 그가 생각했다. 그는 머뭇거렸다. 그녀에게 말을 걸어야 할까, 걸지 말아야 할까? 하지만 그녀가 마침 와 있었고 그는 혼자 있는 것에 싫증이 나던 참이었다.

"멍하니 무슨 생각을 하고 있지, 샐!" 그녀의 어깨를 가볍게 두드리며 그가 말했다.

그녀가 돌아보았다. 그녀의 표정이 순식간에 바뀌었다. "바로 마틴 오빠를 생각하고 있었어요!" 그녀가 큰 소리로 말했다.

"이런 거짓말!" 악수를 하며 그가 말했다.

"난 누군가를 생각하고 있으면 꼭 만나게 돼요." 그녀가 말했다. 그녀는 마치 새처럼 이상하게 발을 끌며 걸었다. 그녀는 유행에 뒤처진 외투를 입고 있었기에 다소 부스스한 닭처럼 보였다. 그들은 잠시 계단에 서서 사람들로 붐비는 거리를 내려다보았다. 성당의 문이 열렸다 닫힐 때마다 오르간 음악 소리가 뒤편 성당에서 새어나왔다. 어렴풋하게 들리는 성직자들의 웅얼거림이 막연하나 엄숙하게 들려왔고, 성당 안의 어두운 공간이 문을 통해 엿보였다.

"뭘 생각하고 있었던 거지?" 그가 말문을 열었다. 그러나 갑자기 그가 말을 끊었다. "가서 점심 먹자." 그가 말했다. "시내 스테이크 하우스[3]에 데려가 줄게." 그리고 그는 그녀를 이끌고 계단을 내려와, 창고에서 내던진 물건들을 받고 있는 손수레들로 길이 막힌 좁은 골목길을 따라갔다. 그들은 회전문을 열고 한 음식점

---

3 1880년대까지 고기 요리를 전문으로 하는 스테이크 하우스는 남성 사무직원들이 식사를 하는 곳이었다.

안으로 들어갔다.

"오늘은 아주 만원이군, 앨프리드." 종업원이 마틴의 외투와 모자를 받아 걸이에 거는 동안 그가 상냥하게 말했다. 그는 종종 그곳에서 점심을 먹었기 때문에 종업원을 알고 있었고 그 종업원도 그를 알고 있었다.

"그렇습니다, 대위님." 그가 말했다.

"자, 무얼 먹을까?" 자리에 앉으며 마틴이 말했다.

황갈색으로 구운 커다란 고깃덩어리가 음식을 나르는 작은 손수레 위에서 테이블과 테이블로 운반되고 있었다.

"저것." 사라가 그것을 가리켜 손을 흔들며 말했다.

"그리고 마실 것은?" 마틴이 말했다. 그는 포도주 목록을 들고 살펴보았다.

"마실 것은—" 사라가 말했다. "마실 것은, 오빠에게 맡길게요." 그녀는 장갑을 벗어서 기도서임이 분명해 보이는 작은 적갈색 책 위에 올려놓았다.

"마실 것은 내게 맡겨." 마틴이 말했다. 왜 기도서 책장에는 늘 빨간색과 황금색 금박이 입혀져 있을까? 그는 궁금했다. 그가 포도주를 골랐다.

"그런데 뭘 하고 있었니?" 종업원을 물러나게 하며 그가 말했다. "세인트 폴 성당에서 말이야."

"미사를 드리고 있었어요." 그녀가 말했다. 그녀는 주변을 둘러보았다. 실내는 매우 덥고 사람들로 붐볐다. 식당 벽은 갈색 표면 위에 새겨진 황금 이파리들로 덮여 있었다. 사람들이 그들 곁을 지나다니며 줄곧 들어오곤 나가곤 했다. 종업원이 포도주를 가져왔다. 마틴은 그녀를 위해 유리잔에 따라 주었다.

"난 네가 미사를 드리러 다니는 줄 몰랐는데." 그녀의 기도서를 보면서 그가 말했다.

그녀는 대답하지 않았다. 그녀는 주위를 둘러보면서 사람들이 들어오고 나가는 것을 지켜보았다. 그녀는 포도주를 조금씩 마셨다. 그녀의 뺨에 홍조가 떠올랐다. 그녀는 나이프와 포크를 들고서 훌륭한 양고기 요리를 먹기 시작했다. 그들은 한동안 아무 말 없이 식사만 했다.

그는 그녀가 말을 하게끔 하고 싶었다.

"그런데 셀," 그가 그 조그만 책을 만지며 말했다.

"너는 그걸 어떻게 생각하니?"

그녀가 기도서를 아무데나 펼쳐서 읽기 시작했다.

"불가해한 하나님 아버지, 불가해한 그 아들—" 그녀는 평상시의 목소리로 말했다.

"쉬!" 그가 그녀를 제지했다. "누가 듣겠다."

그에 대한 예우로 그녀는 시내 음식점에서 신사와 점심 식사를 함께 하는 숙녀의 태도를 취했다.

"오빠는 무얼 하고 있었어요," 그녀가 물었다. "세인트 폴 성당에서?"

"내가 건축가였더라면 좋았을 거라는 생각을 하고 있었지." 그가 말했다. "하지만 그 대신에 나는 군대에 가야 했지. 난 그게 몹시 싫어." 그가 단호하게 말했다.

"쉬," 그녀가 속삭였다. "누가 듣겠어요."

그가 재빨리 주위를 돌아보고는 웃음을 지었다. 종업원이 그들 앞에 타르트를 내려놓고 있었다. 그들은 말없이 식사를 계속했다. 그가 그녀의 잔을 다시 채웠다. 그녀의 뺨이 발그레했고 눈이 빛났다. 그는 그녀가 부러웠다. 그 자신도 포도주 한 잔에서 얼곤 했었던, 온몸에 느껴지는 만인의 안녕이라는 감각이 부러웠다.

포도주는 좋은 것이었다―그것은 장벽을 무너뜨렸다. 그는 그녀가 말을 하게끔 하고 싶었다.

"난 네가 미사를 드리러 간 줄 몰랐어." 그녀의 기도서를 바라보며 그가 말했다. "그런데 너는 그걸 어떻게 생각하니?" 그녀도 기도서를 바라보았다. 그러더니 포크로 기도서를 톡톡 두드렸다.

"사람들은 그걸 어떻게 생각할까요, 마틴?" 그녀가 물었다. "기도를 하고 있던 여자와 흰 수염을 길게 기른 남자 말이에요?"

"크로스비가 날 만나러 올 때 생각하는 것과 거의 같겠지." 그가 말했다. 그는 잠옷 상의를 팔에 들고 그의 방문 앞에 서 있던 그 늙은 여인을, 그리고 그녀의 얼굴에 드러난 경건한 표정을 떠올렸다.

"난 크로스비의 신이야." 그가 샐리에게 방울양배추를 권하며 말했다.

"크로스비의 신! 전지전능하신 마틴 나으리!" 그녀가 웃었다.

그녀가 그를 향해 유리잔을 들어 올렸다. 그녀가 비웃고 있는 것일까? 그는 궁금했다. 그는 샐리가 자신을 나이 많은 사람이라고 생각하지 않기를 바랐다. "너도 크로스비를 기억하지, 그렇지?" 그가 말했다. "그녀가 일을 그만두었어. 그리고 그녀의 개도 죽었어."

"일을 그만두었고 그녀의 개가 죽었다고요?" 그녀가 되풀이했다. 그녀는 다시 어깨 너머를 돌아다보았다. 음식점에서 대화란 불가능했다. 이야기가 조각조각 끊어졌기 때문이다. 말쑥한 줄무늬 정장 차림에 중산모를 쓴 실업가들이 끊임없이 그들 곁을 스쳐 지나갔다.

"좋은 교회예요." 그녀가 고개를 돌리며 말했다. 그녀가 깡충 뛰어 세인트 폴 성당으로 다시 돌아갔다고 그는 짐작했다.

"아주 훌륭하지." 그가 맞장구쳤다. "너는 기념비를 보고 있었니?"

그가 아는 어떤 사람이 들어왔다. 증권 중개인인 에릿지였다. 그가 손가락을 들어 올리며 아는 체를 했다. 마틴은 일어나서 그에게로 가 말을 걸었다. 그가 돌아왔을 때 그녀는 그녀의 잔을 다시 채워놓았다. 그녀는 그가 무언극에 데리고 온 어린아이처럼 사람들을 바라보며 거기 앉아 있었다.

"오늘 오후엔 뭘 할 거지?" 그가 물었다.

"네 시에 라운드 폰드." 그녀가 말했다. 그녀가 박자를 맞추어 테이블을 두드렸다. "네 시에 라운드 폰드." 그녀가 좋은 식사에 포도주 한 잔을 마신 뒤에 따라오는 기분 좋고 나른한 상태로 접어든 것이라고 그는 추측했다.

"누굴 만나니?" 그가 물었다.

"네, 매기 언니요." 그녀가 말했다.

그들은 말없이 식사를 했다. 다른 사람들이 나누는 대화의 단편들이 불완전한 문장으로 그들에게까지 들려왔다. 그때 마틴이 말을 걸었던 남자가 나가면서 그의 어깨를 살짝 건드렸다.

"수요일 여덟 시." 그가 말했다.

"좋아." 마틴이 말했다. 그는 수첩에 적어넣었다.

"그럼 오빠는 오늘 오후에 뭘 할 거죠?" 그녀가 물었다.

"수감되어 있는 누이를 만나야 해." 담배에 불을 붙이면서 그가 말했다.

"수감 중이라고요?" 그녀가 물었다.

"로즈 말이야. 벽돌을 던진 것 때문에." 그가 말했다.

"빨간 로즈, 황갈색 로즈," 다시 포도주 병에 손을 뻗으면서 그녀가 시작했다. "야생의 로즈, 가시 돋은 로즈—"

"안 돼." 그가 손으로 병 주둥이를 막으면서 말했다. "넌 충분히 마셨어." 그녀는 약간의 포도주로 들떠버렸다. 그는 그녀의 흥분을 가라앉혀야 했다. 사람들이 듣고 있었다.

"지독하게 불쾌한 일이야," 그가 말했다. "수감된다는 것은 말이야."

그녀는 잔을 밀어놓고 마치 두뇌 엔진이 갑자기 멈춰버린 것처럼 그것을 바라보며 앉아 있었다. 그녀는 그녀의 어머니와 매우 닮았어 ─ 웃을 때를 제외하고.

그는 그녀의 어머니에 대해 얘기하고 싶었다. 그러나 이야기를 하는 것이 불가능했다. 너무 많은 사람들이 듣고 있었고 또 그들은 담배를 피우고 있었다. 담배 연기는 고기 냄새와 섞여 실내 공기를 탁하게 만들었다. 그가 예전 생각에 잠겨 있을 때 그녀가 외쳤다.

"세 발 달린 의자에 앉아 그녀의 목구멍에 쑤셔 넣어진 고기를 억지로 넘겨야 했지!"[4]

그가 정신을 차렸다. 그녀는 로즈를 떠올리고 있었던 것이겠지?

"와장창 벽돌이 날아왔어!" 포크를 휘두르며 그녀가 웃었다.

"'유럽 지도를 말아 올려!'[5] 그 남자가 수위에게 말했어. '난 무력을 믿지 않아!'" 그녀가 포크를 내려놓았다. 오얏씨 하나가 튀었다. 마틴은 주위를 둘러보았다. 사람들이 듣고 있었다. 그가 일어섰다.

"이제 갈까?" 그가 말했다. "─식사를 다 했으면 말이야?"

그녀가 일어나서 그녀의 외투를 찾았다.

4 1909년 6월 여성참정권운동가인 매리언 월리스 던롭(Marion Wallace Dunlop, 1864~1942)이 홀러웨이 교도소에서 처음으로 단식투쟁을 시행한 이래 단식투쟁이 확산되자 같은 해 9월 교도소 안에서 단식투쟁 중인 여성참정권운동가들에게 코나 입에 튜브를 삽입하여 강제로 음식물을 먹였다.

5 1806년 12월 나폴레옹이 아우스터리츠에서 러시아와 오스트리아의 연합군을 격파한 후 당시 영국 수상 윌리엄 피트William Pitt가 했다고 전해진 말.

"음, 즐거웠어요." 외투를 집으며 그녀가 말했다. "훌륭한 점심 고마워요, 마틴 오빠."

그가 손짓을 해 보이자 종업원이 민첩하게 다가와 계산서를 합산했다. 마틴은 쟁반 위에 1파운드 금화를 내려놓았다. 사라는 외투 소매에 팔을 꿰기 시작했다.

"내가 같이 가도 되겠니?" 그녀를 거들어주면서 그가 말했다.

"네 시에 라운드 폰드에?"

"그래요!" 그녀가 구두 뒤축으로 빙그르 돌면서 말했다. "네 시에 라운드 폰드로!"

그는 그녀가 아직 식사 중인 실업가들을 지나 걸어 나갈 때 약간 비틀거리는 것을 지켜보았다.

이때 종업원이 가져온 거스름돈을 마틴은 주머니에 넣기 시작했다. 그는 동전 하나를 팁으로 남겨 두었다. 그러나 그가 그 동전을 주려고 할 때 그는 앨프리드가 뭔가 찔리는 구석이 있는 표정임을 알아차렸다. 그가 계산서를 가볍게 들춰 펄럭이자 2실링짜리 동전이 그 아래 놓여 있었다. 으레 하는 수법이었다. 그는 몹시 화가 났다.

"이건 뭐지?" 그가 화가 나서 물었다.

"그게 거기 있는 줄 몰랐습니다." 종업원이 더듬거리며 말했다.

마틴은 피가 귀까지 솟구치는 느낌이었다. 그는 꼭 분노했을 때의 그의 아버지처럼 느꼈다. 마치 그의 관자놀이 위에 하얀 반점이 생긴 것 같았다. 그는 종업원에게 주려던 동전을 주머니에 넣었다. 그리고 그의 손을 떨쳐버리고 그를 지나쳐 걸어가 버렸다. 그 남자는 무어라 중얼거리며 슬그머니 되돌아갔다.

"어서 가자." 그가 붐비는 실내에서 사라를 재촉하며 말했다.

"어서 여기서 나가자."

그는 급히 그녀를 데리고 거리로 나왔다. 퀴퀴한 실내 공기, 고기 요릿집의 뜨뜻한 고기 냄새가 갑자기 견딜 수 없어졌다.

"날 속이는 건 정말 싫어!" 그는 모자를 쓰며 말했다.

"미안해, 사라." 그가 사과했다. "널 여기 데리고 오지 말았어야 했는데. 불쾌하기 짝이 없는 집이야."

그는 신선한 공기를 들이마셨다. 더운 열기로 가득한 방에서 나온 터라 거리의 소음과 무심하고 사무적으로 보이는 사물들이 상쾌했다. 손수레들이 길 한쪽에 멈춰 서서 기다리고 있었다. 창고에서 나온 물건 꾸러미들이 수레에 미끄러지듯 실렸다. 그들은 다시 세인트 폴 성당 앞으로 나왔다. 그가 고개를 들어 올려다보았다. 아까 그 노인이 아직도 참새들에게 모이를 주고 있었다. 그리고 성당이 있었다. 그는 그의 몸 안에서 변화하다가 멈추게 되는 그런 무게감을 다시 느껴보고 싶었다. 그러나 그의 몸과 석조 건물 사이에서 생겨난 조화에서 비롯된 신비한 전율은 다시 오지 않았다. 그는 오직 분노만 느낄 뿐이었다. 사라 탓에 정신이 산만해졌다. 그녀가 붐비는 도로를 막 건너려는 참이었다. 그는 그녀를 멈추려고 손을 내밀었다. "조심해." 그가 말했다. 그리고 그들은 길은 건넜다.

"걸을까?" 그가 물었다. 그녀가 고개를 끄덕였다. 그들은 플리트 거리를 따라 걷기 시작했다. 대화를 나누는 것은 불가능했다. 보도가 너무 좁아서 그녀 곁에서 나란히 가려면 그는 보도 위에 올라섰다 내려섰다 해야 했다. 그는 아직도 분노 때문에 불쾌했지만 분노 자체는 식어가고 있었다. 내가 어떻게 했어야 했지? 그는 종업원에게 팁을 주지 않고 떨쳐버리고 나오던 그 자신을 떠올리면서 생각했다. 그건 아닌데, 그는 생각했다. 아니야, 그건 아냐. 그를 밀치며 지나가는 사람들 때문에 그는 보도 아래로 내려서야 했다. 어쨌든 그 불쌍한 악마도 생계를 꾸려나가야 했던 거지. 그는 관대해지는 것이 좋았다. 사람들이 웃도록 두는 것이 좋았다. 그리고 2실링은 그에게 아무것도 아니었다. 하지만 이제 와서 무슨 소용이람? 그가 생각했다. 그는 노래를 흥얼거리기 시작했다—그러고는 자신이 누군가와 함께 있다는 것을 기억해내고는 곧 멈췄다.

"저것 좀 봐, 샐," 그녀의 팔을 잡으며 그가 말했다. "저것 좀 봐!"

그가 템플 바에 있는 날개를 펼친 형상[6]을 가리켰다. 그것은 늘 그렇듯 우스꽝스럽게 보였다—뱀과 닭 사이의 어떤 것처럼 보였다.

"저것 좀 봐!" 그는 웃으면서 다시 말했다. 그들은 잠시 멈춰 서서 템플 바의 입구 위 삼각형 박공벽에 아주 불편하게 박혀 있는 작고 평평한 형상들을 바라보았다. 빅토리아 여왕과 에드워드 국왕이었다. 그리고 나서 그들은 계속 걸어갔다. 군중 때문에 얘기를 할 수가 없었다. 가발을 쓰고 법관의 정장을 한 남자들이 급히 거리를 건너갔다. 어떤 이들은 붉은 가방을 들었고 다른 이들은 파란 가방을 들고 있었다.

"법원이야." 그가 차가운 석조건물을 가리키며 말했다. 그것은 매우 음침하고 음울해 보였다. "……모리스 형이 시간을 보내는 곳이지." 그가 소리 내어 말했다.

그는 아직도 화를 냈던 것에 대해서 마음이 편치 않았다. 그러나 그 느낌은 지나가고 있었다. 단지 욱했던 기분의 일부만이 마음에 남아 있었다.

"넌 내가 그랬어야 한다고 생각하니……." 그가 말하기 시작했

---

6 1880년에 건립된 템플 바 기념비 위에는 사자 몸통에 독수리 머리와 날개를 지닌 그리핀의 청동 형상이 있다.

다. 법정 변호사를 의미한 것이었지만 또한 그 종업원에게 화를 냈던 것에 대해 ─내가 그렇게 했어야 했나, 라는 뜻이기도 했다.

"그랬어야 했나─그렇게 했어야 했나?" 그에게로 몸을 굽히며 그녀가 물었다. 그녀는 차량의 소음 때문에 그의 말을 알아듣지 못했던 것이다. 대화를 나누기가 불가능했다. 여하튼 그가 화를 냈었다는 느낌은 사라져갔다. 그 찜찜하게 꺼림칙한 마음은 잘 진정되고 있었다. 그러다가 제비꽃을 팔고 있는 거지를 본 탓에 다시 되돌아왔다. 그 가엾은 악마는 나를 속였기 때문에 팁도 받을 수 없었던 거야…… 그는 생각했다. 그가 시선을 우체통에 고정시켰다. 그러고는 자동차를 보았다. 참 신기하게도 사람들은 말이 없는 이동수단에 정말 빨리 익숙해졌어. 그는 생각했다. 자동차는 우스꽝스러워 보였었다. 그들은 제비꽃을 팔고 있는 여자를 지나쳐갔다. 그녀는 얼굴을 가리는 모자를 쓰고 있었다. 그는 종업원에게 보상을 하려는 뜻으로 그녀의 쟁반에 6펜스짜리 동전을 떨어뜨렸다. 그는 고개를 저었다. 제비꽃은 필요 없다는 뜻이었다. 그리고 그 꽃들은 시들어 있었다. 그러나 그는 그녀의 얼굴을 보고 말았다. 그녀에게는 코가 없었고 얼굴은 하얀 조각으로 봉합되어 있었으며 콧구멍에 붉은 테가 있었다. 그녀에게는 코가 없었다─그녀는 그걸 숨기려고 모자를 눌러쓰고 있었던 것이다.

"길을 건너자." 그가 불쑥 말했다. 그는 사라의 팔을 잡고 버스들 사이로 길을 건너게 했다. 그녀는 틀림없이 그런 광경을 종종 보았었을 것이다. 그도 종종 본 적이 있었다. 하지만 누구와 함께는 아니었다─그 점이 달랐다. 그는 그녀를 재촉해서 저쪽 먼 보도까지 갔다.

"버스를 탈 거야." 그가 말했다. "어서 와."

그는 사라가 성큼성큼 걸을 수 있도록 그녀의 팔꿈치를 잡았다. 그러나 불가능했다. 손수레가 길을 막고 있었고 사람들이 지나가고 있었다. 그들은 채링 크로스에 가까워져 가고 있었다. 마치 다리의 교각과도 같았다. 물 대신에 남자와 여자들이 빨려 들어가고 있었다. 그들은 멈추어야 했다. 신문팔이 소년들이 자기 다리에 게시판을 기대어 놓고 있었다. 사람들이 신문을 사고 있었다. 어떤 이들은 서성거렸고 또 어떤 사람들은 신문을 잡아챘다. 마틴도 신문을 한 부 사서 손에 쥐었다.

"여기서 기다리자." 그가 말했다. "버스가 올 거야." 그는 신문을 펼치면서 보라색 리본이 둘러진 낡은 밀짚모자를 생각했다. 그 모습이 끈질기게 떠올랐다. 그가 고개를 들었다. 기차역의 시계는 언제나 빨라요. 그는 기차를 잡으려고 서둘러 가는 어떤 남자를 안심시켜 주었다. 늘 빠르지, 그는 신문을 펼치면서 혼잣말을 했다. 그러나 시계는 없었다. 그는 아일랜드의 소식[7]을 읽기 시작했다. 버스가 연이어 정차했다가 다시 휙 떠났다. 아일랜드의 소식에 집중하기가 어려웠다. 그가 고개를 들었다.

"우리가 탈 버스야." 그들이 탈 버스가 오자 그가 말했다. 그들은 위층으로 올라가서 운전사를 내려다보며 나란히 앉았다.

"하이드 파크 코너까지 두 사람이요." 그는 은화를 한 줌 꺼내면서 말하고는 석간신문을 죽 훑어보았다. 그러나 이른 석간일 뿐이었다.

"아무것도 없군." 그가 좌석 아래로 신문을 밀어 넣으며 말했다. "그럼, 이제 —" 그가 파이프를 채우며 말했다. 그들은 피커딜

---

7 1914년 5월 영국 의회는 아일랜드 자치법The Home Rule Bill을 승인했지만 제1차 세계대전의 발발로 효력이 중지되었다. 1911년부터 1914년 사이에 아일랜드 자치법을 둘러싼 논쟁이 분분한 가운데 1914년 3월 얼스터에서는 아일랜드 자치법에 반대하는 무장시위가 일어나기도 했다.

리의 경사진 길을 부드럽게 달려 내려가고 있었다. "—나이 드신 우리 아버지가 저기에 앉아계시곤 했었지." 그가 말을 멈추고 클럽의 창문을 가리키며 파이프를 흔들었다. "……그럼, 이제." — 그가 담배에 불을 붙였다. "—그럼, 이제, 샐리, 뭐든 하고 싶은 말을 해도 돼. 아무도 듣는 사람은 없어. 뭐든 말해봐." 그가 성냥을 밖으로 던지며 덧붙였다. "뭔가 심오한 이야기 말이야."

그는 그녀 쪽으로 몸을 돌렸다. 그는 그녀가 말을 하길 바랐다. 그들은 아래로 내려갔다가 다시 위로 올라왔다. 그는 그녀가 말을 하길 바랐다. 그렇지 않으면 그 자신이 말해야 했기 때문이다. 그런데 그가 무슨 말을 한단 말인가? 그는 자신의 감정을 묻어버렸던 것이다. 그러나 어떤 감정은 남아 있었다. 그는 그녀가 그 말을 하길 바랐지만 그녀는 아무 말도 하지 않았다. 파이프의 윗부분을 깨물면서 그는 생각했다. 아니, 내가 그걸 말하지는 않겠어. 그녀가 날 어찌 생각할지…….

그는 그녀를 바라보았다. 태양이 세인트 조지 병원의 창문에 비쳐 빛나고 있었다. 그녀는 황홀한 듯 그것을 바라보고 있었다. 그렇지만 왜 황홀해하는 거지? 그는 의아했다. 그때 버스가 멈추어서 그는 내렸다.

오전에 비해 풍경이 약간 달라졌다. 멀리서 시계들이 막 세 시를 치고 있었다. 자동차들이 더 많아졌고 연한 여름 옷차림의 여자들도 많아졌다. 연미복 차림에 회색 실크 모자를 쓴 신사들도 많았다. 입구를 지나 하이드 파크로 들어가는 행렬이 시작되고 있었다. 모두가 다 축제 기분인 것 같았다. 판지 상자를 든 양재사의 어린 견습공들조차도 마치 어떤 의식에 참여하고 있는 것처럼 보였다. 녹색 의자들이 승마로 가장자리에 정렬되어 있었다.

연극을 보려고 자리 잡은 것처럼 두리번거리는 사람들로 의자들은 가득 찼다. 기수들이 느린 구보로 승마로 끝까지 가서 말을 세운 다음 돌아서서 다시 느린 구보로 돌아왔다. 서쪽에서 불어오는 바람이 황금빛으로 물든 하얀 구름을 하늘을 가로질러 몰고 갔다. 파크 레인의 창문들이 파란색과 황금색으로 반사되어 빛나고 있었다.

마틴은 성큼성큼 발을 내딛었다.

"어서 와." 그가 큰 소리로 말했다. "어서 — 어서!" 그가 계속 걸어갔다. 난 젊어. 그는 생각했다. 난 인생의 전성기에 있어. 공기 중에 싸한 흙냄새가 났다. 파크에도 희미한 봄내음이, 시골 내음이 감돌고 있었다.

"얼마나 좋은가 —" 그가 큰 소리로 말했다. 그가 주변을 둘러보았다. 그는 텅 빈 허공에 대고 말했던 것이다. 사라는 뒤처져 있었다. 저기 있군, 구두끈을 묶고 있었어. 그러나 그는 마치 자신이 아래층으로 내려가다가 계단을 헛디딘 것처럼 느꼈다.

"혼자 큰 소리로 말하고 나면 얼마나 스스로가 바보스럽게 느껴지는지." 그녀가 다가오자 그가 말했다. 그녀가 가리켰다.

"하지만 봐요." 그녀가 말했다. "사람들은 모두 그렇게 해요."

한 중년 부인이 그들 쪽으로 걸어오고 있었다. 그녀는 혼잣말을 하고 있었다. 그녀는 입술을 움직였고 손짓까지 하고 있었다.

"봄이니까." 그녀가 그들 곁을 지나갈 때 그가 말했다.

"아니에요. 한 번은 내가 겨울에 여기 왔었어요." 그녀가 말했다. "그때 눈 속에서 어떤 흑인이 큰 소리로 웃고 있었어요."

"눈 속에서," 마틴이 말했다. "어떤 흑인이라." 햇볕이 잔디 위에 환하게 내리쬐고 있었다. 그들은 여러 색깔의 히아신스가 둥글게 꽃잎을 말고 화려하게 피어 있는 화단을 지나가고 있었다.

"눈에 대해서는 생각하지 말자." 그가 말했다. "그런 것 말고—" 한 젊은 여인이 유모차를 밀고 있었다. 갑자기 어떤 생각이 그의 머릿속에 떠올랐다. "매기," 그가 말했다. "말해봐. 난 매기의 아이가 태어난 이후로 그녀를 보지 못했어. 그 프랑스인도 만난 적도 없고—넌 그를 뭐라고 부르지?—르네?"

"레니." 그녀가 말했다. 그녀에게 아직 포도주 기운이 남아 있었다. 그녀는 종잡을 수 없는 공기와 지나가는 사람들의 영향 아래 있었다. 그 역시 어수선함을 느꼈지만 그는 거기서 벗어나고 싶었다.

"그래. 그는 어떤 사람이지, 르네라는 사람 말이야, 레니인가?"

그는 그 이름을 처음에는 프랑스어식으로 발음하고 다음에는 그녀가 했던 것처럼 영어식으로 발음했다. 그는 그녀를 깨우고 싶었다. 그가 그녀의 팔을 잡았다.

"레니!" 그녀가 되풀이했다. 그녀는 고개를 뒤로 젖히고 웃었다. "글쎄요," 그녀가 말했다. "그는 흰 점이 박힌 빨간 타이를 매죠. 그리고 눈이 까맣지요. 그리고 그는 오렌지를 들고는—저녁 식사 중이라면 말이죠, 그러고는 상대를 똑바로 쳐다보면서 말하는 거예요, '이 오렌지는 말이야, 사라—'" 그녀는 r 발음을 굴려 말했다. 그녀가 말을 멈추었다.

"저기 혼잣말을 하는 또 다른 사람이 있네요." 그녀가 갑자기 말을 그쳤다. 마치 셔츠를 입지 않은 듯이 외투 단추를 꼭 채워 입은 어느 젊은 남자가 그들 곁을 지나갔다. 걸어가면서 그는 중얼거리고 있었다. 그들 곁을 지나칠 때 그가 그들을 노려보았다.

"그런데 레니는?" 마틴이 말했다.

"레니에 대해 얘기하던 중이었잖아." 그가 그녀에게 상기시켜 주었다. "그가 오렌지를 집어 들고—"

"……그러고는 포도주 한 잔을 따르죠." 그녀가 다시 말을 이었다. "'과학이야말로 미래의 종교야!'" 그녀는 마치 포도주 잔을 들고 있는 것처럼 손을 흔들며 외쳤다.

"포도주?" 마틴이 말했다. 반쯤 귀를 기울이면서 그는 열의에 찬 프랑스인 교수의 모습을 그려보고 있던 중이었다―그 그림에 이제 그는 어울리지 않게도 포도주 한 잔을 더해야 했다.

"네, 포도주예요." 그녀가 되풀이했다. "그의 아버지는 상인이었어요," 그녀가 계속 얘기했다. "검은 수염을 기른 남자죠. 보르도의 상인. 그런데 어느 날," 그녀가 계속 말했다. "그가 어렸을 때 정원에서 놀고 있었는데, 창문을 두드리는 소리가 나더래요. '그렇게 시끄럽게 놀지 마. 멀리 가서 놀도록 해,' 흰 모자를 쓴 어느 여자가 말하더래요. 그의 어머니가 돌아가신 거죠……. 그런데 그는 말이 너무 커서 탈 수가 없다고 아버지에게 말씀드리기가 두려웠대요…… 그리고 그는 영국으로 보내진 거죠……."

그녀는 난간을 가볍게 건너뛰고 있었다.

"그리고 어떻게 됐어?" 마틴이 그녀와 합류하며 말했다. "그들이 약혼하게 된 거야?"

그녀는 말이 없었다. 그는 매기와 레니가, 그들이 왜 결혼하게 된 건지를 그녀가 설명해주기를 기다렸다. 기다렸지만, 그녀는 더 이상 말하지 않았다. 어찌 됐건, 그녀는 그와 결혼했고 그들은 행복하리라고 그는 생각했다. 잠시 동안 그는 질투가 났다. 공원 안은 쌍쌍이 걷고 있는 남녀로 가득했다. 만물이 신선하고 달콤함으로 가득 찬 것처럼 보였다. 공기의 숨결이 그들의 얼굴에 부드럽게 불어왔다. 대기에는 속삭임이 실려 있었다. 나뭇가지의 흔들림과 차량들의 질주와 개 짖는 소리와 이따금씩 개똥지빠귀의 간헐적인 노랫소리도 실려 있었다.

이때 한 여자가 혼잣말을 하면서 그들 곁을 지나갔다. 그들이 그녀를 바라보자 그녀가 돌아서더니 개를 부르듯 휘파람을 불었다. 그러나 그녀가 부른 개는 다른 사람의 개였다. 그 개는 반대 방향으로 뛰어가 버렸다. 그 부인은 입술을 오므리고 서둘러 걸어갔다.

"사람들은 혼잣말을 하고 있을 때 다른 사람들이 쳐다보다는 것을 싫어해요." 사라가 말했다. 마틴은 흠칫 정신이 났다.

"여길 봐," 그가 말했다. "우리가 길을 잘못 들었어." 목소리들이 그들에게도 들려왔다.

그들은 틀린 방향으로 걷고 있었던 것이다. 그들은 나무가 없이 평평하게 닦인 곳 근처에 있었다. 그곳에는 연사들이 운집해 있었다. 회합들이 한창이었다. 서로 다른 연사 주변에 사람들이 모여 있었다. 단상에 올라서서, 혹은 그저 상자 위에 올라서서 연사들이 열변을 토하고 있었다. 그들이 가까이 다가갈수록 목소리가 점점 더, 더욱 더 커졌다.

"들어보자," 마틴이 말했다. 한 마른 남자가 손에 석판을 들고 몸을 앞으로 내밀고 있었다. 그들은 그가 하는 말을 들을 수 있었다. "신사 숙녀 여러분……." 그들은 그의 앞에서 걸음을 멈추었다. "저를 주목해주십시오." 그가 말했다. 그들은 그를 주목했다. "두려워하지 마십시오." 그가 손가락을 구부리며 말했다. 그에게는 사람들의 환심을 사는 태도가 있었다. 그가 들고 있던 석판을 뒤집었다. "제가 유태인[8]처럼 보이나요?" 그가 물었다. 그러고는 그가 석판을 뒤집어 다른 면을 보았다. 그리고 그들은 한가로이 걸어가면서 그가 하는 말을 들었다. 그의 어머니는 버몬지에서

---

8   1881년 러시아에서 유태인들이 다수 이주한 이래 1914년 런던에는 대략 180,000명의 유태인이 거주했다. 1905년 발의된 외국인법안은 동유럽에서 영국으로 이주하려는 유태인들의 이민을 제한하려는 시도 중의 하나였다.

태어났으며 아버지는 어느 섬에서 — 목소리가 멀리 사라져갔다.

"이 친구는 어떤가?" 마틴이 말했다. 여기서는 몸집이 큰 남자가 단상의 난간을 두드리고 있었다.

"시민 여러분!" 그가 외치고 있었다. 그들은 걸음을 멈추었다. 어슬렁거리던 사람들, 심부름꾼 소년들, 아이 보는 보모들로 뒤섞인 군중이 입을 벌리고 눈을 멍하니 뜬 채 그를 바라보고 있었다. 그는 아주 냉소적인 몸짓을 취하며 손으로 지나가고 있는 차량들의 대열을 훑었다. 조끼 아래 그의 셔츠가 보였다.

"저–엉의와 자유." 연사가 주먹으로 난간을 내리칠 때 마틴이 그의 말을 되풀이했다. 그들은 기다렸다. 연설이 다시 시작되었다.

"저 사람은 꽤 괜찮은 연사인데." 돌아서면서 마틴이 말했다. 목소리가 멀리 스러졌다. "이번에는, 저 노부인은 무슨 말을 하고 있지?" 그들은 슬슬 걸어갔다.

노부인의 청중은 아주 적었다. 그녀의 목소리는 거의 들리지 않았다. 자그마한 책자를 손에 들고 그녀는 참새에 관하여 무슨 말인가를 하고 있었다. 그러나 그녀의 목소리는 점점 가늘어지고 희미해졌다. 어린 소년들이 합창하여 그녀를 흉내 냈다.

그들은 잠시 귀를 기울였다. 그러다가 마틴이 돌아섰다. "어서 가자, 샐." 그녀의 어깨에 손을 얹으며 그가 말했다.

목소리들이 점점 더, 더욱더 희미해졌다. 곧 누구의 소리도 들리지 않았다. 그들은 곧게 뻗은 작은 갈색 길들을 줄무늬 삼아 펼쳐진 넓은 녹색 천처럼 오르락내리락하는 완만한 비탈을 가로질러 걸었다. 덩치 큰 하얀 개들이 뛰어놀고 있었고 나무들 사이로 작은 보트들이 여기저기 떠 있는 서펜타인 호수의 수면이 빛나고 있었다. 도회풍의 공원, 반짝이는 물빛, 마치 누군가가 기획이라도 한 듯 굽이지고 휘어진 그 풍경의 선과 구성에 마틴은 기분이 좋아졌다.

"저-엉의와 자유." 그가 혼잣말을 했다. 그들은 연못 가장자리에 이르러 잠시 멈춰 서서 갈매기들이 선명한 흰 무늬를 남기고 대기를 가르며 날갯짓하는 것을 바라보았다.

"그의 말에 동의해?" 사라를 일깨우려고 그녀의 팔을 잡으며 그가 물었다. 사라의 입술이 움직이고 있었기 때문이었다. 그녀는 혼잣말을 하고 있었다. "그 뚱뚱한 남자 말이야." 그가 설명했다. "팔을 활짝 벌렸던 사람." 그녀가 흠칫 놀랐다.

"오이, 오이, 오이!" 그녀가 런던내기의 억양을 흉내 내며 말했다.

그래, 마틴은 걸으면서 생각했다. 오이, 오이, 오이, 오이, 오이, 오이. 언제나 그랬다. 그 뚱뚱한 남자가 자기 방식대로 하게 된다고 하더라도 그와 같은 부류의 사람들을 위한 정의, 자유, 또는 아름다움은 그다지 많지 않을 것이었다.

"아무도 듣고 있지 않던 그 가엾은 나이 든 숙녀는?" 그가 말했다. "참새에 관해 얘기하고 있던……."

그는 아직도 설득력 있게 손가락을 구부려 보이던 그 마른 남자와 바지 멜빵이 보이도록 팔을 활짝 벌리던 그 뚱뚱한 남자와 고양이 울음소리를 흉내 낸 야유와 휘파람 소리에도 불구하고 자기 목소리가 잘 들리게 하려고 애쓰던 그 자그마한 나이 든 숙녀를 마음속에 떠올릴 수 있었다. 그 장면에는 비극과 희극이 뒤섞여 있었다.

그러나 그들은 켄싱턴 가든으로 들어가는 입구에 도달해 있었다. 자동차와 화물차의 긴 대열이 보도의 연석을 따라 정렬해 있었다. 작고 둥근 탁자 위에 펼쳐진 줄무늬 양산 아래 이미 사람들이 차가 나오기를 기다리며 앉아 있었다. 여자 종업원들이 쟁반을 들고 급히 드나들고 있었다. 시즌이 시작된 것이다. 그 정경이 매우 유쾌했다.

　모자 한쪽에 자줏빛 깃털을 꽂고 유행에 맞게 옷을 차려입은 한 숙녀가 거기 앉아서 아이스크림을 조금씩 먹고 있었다. 햇빛이 탁자에 아롱져서 마치 빛의 그물에 걸린 듯 그녀는 묘하게 투명해 보였다. 마치 그녀가 마름모꼴 무늬로 떠다니는 여러 색깔로 이루어진 듯이 보였다. 마틴은 그녀가 아는 사람이라는 생각이 반쯤 들었다. 그는 모자를 반쯤 들어 올렸다. 그러나 그녀는 앞만 바라보고 아이스크림을 먹으며 그곳에 앉아 있었다. 아니군, 그는 생각했다. 그녀는 그가 모르는 사람이었다. 그는 잠시 걸음을 멈추고 파이프에 불을 붙였다. 그것은 어떤 세상일까, 그는 여전히 팔을 휘두르던 그 뚱뚱한 남자를 생각하며 혼잣말을 했다. '나'라는 것이 존재하지 않는 세상이란? 그가 성냥을 켰다. 그는 햇빛 때문에 거의 보이지 않는 불꽃을 바라보았다. 파이프를 빨아들이면서 그는 잠시 서 있었다. 사라는 계속 걸어가고 있었다. 그녀 또한 나뭇잎 사이로 비쳐 일렁이는 빛의 그물에 덮여 있었다. 그 풍경은 태고의 순수함으로 가득 채워져 있는 듯했다. 새들이 나뭇가지에서 달콤한 노래를 지저귀다 멈추곤 했다. 런던의 굉음이 멀지만 완전한 소리의 울림으로 탁 트인 공간을 감쌌다. 나뭇가지들이 미풍에 흔들릴 때마다 분홍색과 흰색의 밤나무 꽃송이들이 위아래로 흔들렸다. 나뭇잎들에 아롱진 햇빛은 모든 사물 하나하나가 마치 점점이 분열된 빛으로 부수어진 듯이 기묘하게 실체가 없는 것처럼 보이게 했다. 그 역시도 산산이 흩어져버린 것처럼 여겨졌다. 그의 마음이 잠시 멍해졌다. 그러다가 그는 자신을 추스르고 성냥을 내던지고는 샐리를 따라잡았다.

"가자!" 그가 말했다. "어서 가자……. 네 시에 라운드 폰드로!"

그들은 팔짱을 끼고 긴 길을 따라 말없이 걸었다. 궁전과 보이지 않는 유령 교회[9]가 그 전망의 끝자락에 있었다. 사람들의 형체의 크기가 줄어들어 버린 것 같았다. 다 자란 어른들 대신에 어린아이들이 이제 대부분이었다. 온갖 종류의 개들이 많았다. 개 짖는 소리와 갑작스럽고 날카로운 울음소리가 허공을 가득 채우고 있었다. 아이 보는 보모들이 무리지어 길을 따라 유모차를 밀고 갔다. 유모차 안에서 아기들은 마치 엷게 칠해진 밀랍인형 같은 모습으로 곤히 잠들어 있었다. 보드랍기 짝이 없는 눈꺼풀이 아기들의 눈을 완전히 봉인하기라도 한 것처럼 눈을 꼭 덮고 있었다. 그가 내려다보았다. 그는 아이들을 좋아했다. 그가 샐리를 처음 보았을 때 그녀도 그때 그런 모습이었다. 브라운 거리에 있는 집 현관 홀에서 유모차 안에서 잠들어 있었던 것이다.

그가 갑자기 걸음을 멈추었다. 그들이 호수에 도착했던 것이다.

"매기는 어디 있지?" 그가 말했다. "저기, 저 사람이지?" 그는 나무 아래에서 유모차에서 아기를 들어 올리고 있는 젊은 여자를 가리켰다.

"어디?" 사라가 말했다. 그녀는 다른 쪽을 보고 있었다.

그가 가리켰다.

"저기, 저 나무 아래."

"네," 그녀가 말했다. "매기 언니예요."

그들은 그쪽 방향으로 걸어갔다.

"그런가?" 마틴이 말했다. 그는 갑자기 의심스러워졌다. 다른 사람이 자기를 쳐다보고 있다는 것을 깨닫지 못하는 무심한 태도를 그녀가 취하고 있어서였다. 그래서 그녀는 낯설어 보였다.

---

9 켄싱턴 궁Kensington Palace과 세인트 메리 애보츠 교회St. Mary Abbotts.

그녀는 한 손으로 아기를 안고 다른 한 손으로 유모차 안의 베개를 정돈하고 있었다. 그녀 또한 마름모꼴 무늬의 일렁이는 빛으로 아롱져 있었다.

"맞군." 그녀의 몸짓의 어떤 부분을 알아차리면서 그가 말했다. "매기가 맞아."

그녀가 돌아서서 그들을 보았다.

그들에게 조용히 다가오라고 경고하듯이 그녀가 손을 들어 올렸다. 그녀가 손가락을 입술에 갖다 댔다. 그들은 말없이 다가갔다. 그들이 그녀에게 이르렀을 때, 멀리서 들려오는 시계 치는 소리가 미풍을 타고 감돌았다. 하나, 둘, 셋, 넷, 시계가 쳤다. 이윽고 시계 소리가 그쳤다.

"우리는 세인트 폴 성당에서 만났어." 마틴이 속삭이듯 말했다. 그는 의자 두 개를 당겨와 앉았다. 그들은 잠시 말이 없었다. 아이는 자고 있지 않았다. 매기가 몸을 굽혀 아이를 들여다보았다.

"속삭이며 말하지 않아도 돼요." 그녀가 큰 소리로 말했다. "아이가 잠들었어요."

"우리는 세인트 폴 성당에서 만났어." 마틴이 평상시의 목소리로 다시 말했다. "나는 내 증권 중개인을 만나고 있었지." 그가 모자를 벗어 잔디밭에 내려놓았다. "만나고 나왔을 때," 그가 말을 이었다. "샐리가 거기 있었어……." 그가 그녀를 보았다. 그녀가 세인트 폴 성당 계단 위에서 입술을 움직이며 서 있으면서 무슨 생각을 하고 있었는지 그에게 말하지 않았다는 생각이 들었다.

이제 그녀는 하품을 하고 있었다. 그녀를 위해 그가 끌어온 작고 딱딱한 녹색 의자에 앉는 대신 잔디 위에 몸을 부려놓았다. 그녀는 나무에 등을 기대고 마치 메뚜기처럼 몸을 접고 있었다. 책장이 붉고 황금색인 기도서가 땅바닥에 놓인 채 흔들리는 풀잎으로 덮여 있었다. 그녀는 하품을 하고 기지개를 켰다. 그녀는 이미 반쯤 잠들어 있었다.

그는 매기 옆으로 의자를 당겨 앉았다. 그리고 그들 앞의 풍경을 바라보았다.

감탄할 만하게 조성된 풍경이었다. 녹색 둑을 배경으로 새하얀 빅토리아 여왕 조각상이 있었고 그 너머로 붉은 벽돌로 된 옛 궁전이 있었다. 유령 교회의 첨탑이 솟아 있고 라운드 폰드는 푸른 호수를 이루고 있었다. 요트 경주가 벌어지고 있었다. 돛이 물에 닿도록 보트가 한쪽으로 기울어져 있었다. 아주 기분 좋은 미풍이 불어왔다.

"그리고 무슨 얘기를 했어요?" 매기가 말했다.

마틴은 기억할 수가 없었다. "그녀가 술에 약간 취했어." 사라를 가리키며 그가 말했다. "그러더니 졸린 모양이야." 그 자신도 졸음이 몰려오는 느낌이었다. 그의 머리 위에 내리쪼이는 햇볕이 처음으로 거의 뜨거웠다.

그때 그가 그녀의 물음에 답했다.

"온 세계에 대해서지," 그가 말했다. "정치, 종교, 도덕." 그가 하품을 했다. 갈매기들이 소리를 질러 대며 높이 날아올랐다가는 먹이를 주고 있던 어느 부인 위로 내려앉았다. 매기가 갈매기들을 보고 있었다. 그는 그녀를 바라보았다.

"널 보지 못했지," 그가 말했다. "네가 아기를 낳은 이후로는." 아기를 낳고 그녀가 변했다고 그는 생각했다. 더 나아졌군. 그는 생각했다. 그러나 그녀는 갈매기들을 바라보고 있었다. 그 부인이 물고기 한 움큼을 던져주었다. 갈매기들이 그녀의 머리 위를 빙빙 선회했다.

"아이가 있어서 좋으니?" 그가 말했다.

"네," 그에게 대답을 하려고 자신을 추스르며 그녀가 말했다. "하지만 구속이기도 해요."

"하지만 유대가 있는 것도 좋지 않아?" 그가 물었다. 그는 아이들을 좋아했다. 그는 엄지손가락을 입에 물고 눈을 꼭 감은 채 자고 있는 아기를 바라보았다.

"아이들을 바라나요?" 그녀가 물었다.

"그게 바로 나 자신에게 묻고 있던 거야," 그가 말했다. "전에 —"

이때 사라가 목구멍 뒤쪽에서 어르는 소리를 냈다. 그가 목소리를 낮춰 속삭였다. "세인트 폴 성당에서 그녀를 만나기 전에 말이야." 그가 말했다. 그들은 말이 없었다. 아기는 잠들었고 사라도 잠들었다. 잠든 두 사람의 존재가 그들을 내밀한 원으로 둘러싸는 것 같았다. 경주 중인 요트 두 척이 충돌할 것처럼 다가오고 있었다. 그러나 한 척이 다른 한 척의 바로 앞을 지나갔다. 마틴은 요트를 보고 있었다. 삶은 일상적인 균형 상태로 돌아왔다. 모든 것이 다시 제자리를 찾았다. 보트들은 항해 중이었고 사람들이 거닐고 있었다. 어린 소년들이 피라미를 찾아 연못에서 첨벙거렸고 호수의 물이 반짝이는 푸른색 잔물결을 일으켰다. 만물이 봄기운과 생동력, 풍요로 가득 차 있었다.

갑자기 그가 큰 소리로 말했다.

"소유하려 드는 건 악이야."

매기가 그를 바라보았다. 그가 그녀를 — 그녀 자신과 아기를 말한 것일까? 아니. 그의 목소리의 어조는 그녀를 생각하고 있지 않았다고 말하고 있었다.

"무슨 생각을 하고 있어요?" 그녀가 물었다.

"내가 사랑하는 여자에 대해서." 그가 말했다. "사랑은 양쪽에

서 동시에 그만두어야 한다고 생각하지 않아?" 그는 잠든 이들을 깨우지 않으려고 말에 아무 강세도 두지 않고 말했다. "그렇지만 그렇게 되질 않아—그게 문제지." 그가 여전히 낮은 목소리로 덧붙였다.

"권태로운가요?" 그녀가 속삭이듯 말했다.

"아주." 그가 말했다. "지루해 죽을 지경이지." 그가 몸을 숙여 잔디 속에 있는 조약돌을 하나 파냈다.

"그리고 질투가 나고?" 그녀가 속삭였다. 그녀의 목소리는 아주 낮고 부드러웠다.

"지독하게." 그가 속삭였다. 그녀가 그것을 언급하고 보니 그것은 사실이었다. 이때 아기가 반쯤 깨서 손을 쭉 폈다. 매기가 유모차를 흔들어주었다. 사라가 몸을 뒤척였다. 그들만의 내밀한 순간이 위태로워졌다. 당장이라도 그 내밀함이 깨질 듯이 느껴졌다. 하지만 그는 얘기를 하고 싶었다.

그는 잠든 이들을 바라보았다. 아기의 두 눈은 감겨 있었고 사라의 눈도 마찬가지였다. 여전히 그들은 호젓한 원으로 둘러싸여 있는 듯했다. 억양이 없는 낮은 목소리로 그는 그녀에게 자기 이야기를 했다. 그 아가씨의 이야기도. 그녀가 얼마나 그와 계속 사귀고 싶어 하는지, 그리고 그는 얼마나 자유로워지고 싶어 하는지를. 그것은 평범한 이야기였지만, 고통스럽기도 한—복합적인 것이었다. 그러나 그가 이야기를 하는 동안 찌르는 듯한 쓰라림이 점점 빠져나갔다. 그들은 앞을 바라보며 말없이 앉아 있었다.

또 다른 경주가 시작되었다. 남자들이 각자의 단장을 장난감 배 위에 내려놓고 연못 가장자리에 웅크리고 앉아 있었다. 유쾌하고 순수한 매력적인 광경이면서도 조금은 우스꽝스러웠다. 신호가 주어지자 보트들이 출발했다. 잠든 아기를 바라보며 마틴은 생각했다. 그럼 그도 같은 것을 겪게 될까? 그는 자신에 대해, 자신의 질투에 대해 생각하고 있었다.

"우리 아버지에게," 그가 불쑥, 그러나 부드럽게 말했다. "여자가 있었어……. 그녀는 아버지를 '보기'라고 불렀지." 그리고 그는 그녀에게 푸트니에서 하숙집을 경영했던 여자의 이야기를 했다. 지붕을 수리하는데 도움을 청했던, 아주 공손한, 뚱뚱해져 버린 여자. 매기는 잠든 이들을 깨우지 않으려고 아주 살며시 웃었다. 둘 다 여전히 곤히 자고 있었다.

"우리 아버지가 네 어머니를," 마틴이 그녀에게 물었다. "사랑했었나?"

그녀는 멀리 파란 하늘을 가르며 날고 있는 갈매기들을 보고 있었다. 그의 물음은 그녀가 보고 있는 것 속으로 가라앉는 듯했다. 그러다가 갑자기 그 물음이 그녀에게 와 닿았다.

"우리가 남매예요?" 그녀가 물었다. 그러고는 큰 소리로 웃었다. 아이가 눈을 뜨고는 손가락을 폈다.

"우리가 아이를 깨웠군." 마틴이 말했다. 아이가 울기 시작했다. 매기는 아기를 달래야 했다. 그들의 내밀한 순간이 끝나버렸다. 아이가 울었고 시계종도 치기 시작했다. 하나, 둘, 셋, 넷, 다섯…….

"갈 시간이에요." 마지막 종소리가 잦아들 때 매기가 말했다. 그녀는 아기를 베개 위에 다시 눕히고 돌아섰다. 사라는 아직 자고 있었다. 그녀는 나무에 등을 대고 웅크리고 누워 있었다. 마틴이 몸을 굽혀 그녀에게 잔가지 하나를 던졌다. 그녀는 눈을 떴지만 다시 감았다.

"그러지 마, 그러지 마." 그녀가 팔을 머리 위로 뻗으며 항의했다.

"시간 됐어." 매기가 말했다. 사라가 몸을 일으켰다. "시간이 됐다고?" 그녀가 한숨을 쉬었다. "참 이상도 하네……!" 그녀가 중얼거렸다. 그녀는 일어나 앉아서 눈을 비볐다.

"마틴!" 그녀가 외쳤다. 그녀는 그가 파란 양복 차림으로 손에 단장을 들고 그녀를 내려다보고 서 있는 것을 보았다. 그녀는 마치 눈으로 볼 수 있는 세계로 그를 다시 불러내려는 듯이 그를 바라보았다.

"마틴!" 그녀가 다시 말했다.

"그래, 마틴이야!" 그가 대답했다. "우리가 얘기하는 것을 들었니?" 그가 그녀에게 물었다.

"목소리만." 그녀가 고개를 저으며 하품을 했다. "그냥 목소리만."

그는 잠시 말을 멈추고 그녀를 내려다보았다. "자, 나는 갈게." 모자를 집어 올리며 그가 말했다. "그로스브너 광장에서 사촌과 저녁 식사를 하기로 했어." 그가 덧붙였다. 그가 돌아서서 떠났다.

그는 한참을 걸어가다가 그들을 돌아보았다. 그들은 아직 나무 아래에서 유모차 옆에 앉아 있었다. 그는 계속 걸어갔다. 그러다가 다시 돌아보았다. 땅은 경사졌고 나무들은 숨어 있었다. 몹시 뚱뚱한 여자가 길을 따라 사슬에 매인 개에게 끌려가고 있었다. 그는 더 이상 그들을 볼 수 없었다.

한두 시간 후에 그가 차를 타고 공원을 가로질러 갈 때는 해가 지고 있었다. 그는 무언가 잊어버렸다고 생각하고 있었으나 그것이 무엇인지는 알지 못했다. 풍경이 차례로 지나갔다. 한 풍경이 다른 풍경을 지워 나갔다. 이제 그는 서펜타인 호수 위의 다리를 건너는 중이었다. 석양을 받아 물이 반짝거렸고 가로등 불빛이 물 위에 길게 흔들려 보였으며 끝에는 하얀 다리가 그 풍경을 이루었다. 택시는 나무 그림자 속으로 들어가 마블 아치 쪽으로 흘러가는 긴 차량의 대열에 합류했다. 야회복을 입은 사람들이 공연과 파티에 가고 있었다. 빛이 점점 더 노랗게 되었다. 도로는 망치질로 금속성의 은박지가 된 것 같았다. 모든 것이 축제 분위기였다.

그런데 늦겠는걸, 그가 생각했다. 마블 아치 옆의 어느 구역에서 차가 막혀 있기 때문이었다. 그는 시계를 보았다. 정확히 여덟 시 삼십 분이었다. 그러나 여덟 시 삼십 분은 여덟 시 사십오 분을 의미하는 거라고 그는 생각했다. 택시가 움직이기 시작했다. 실제로 차가 광장에 접어들자 문 앞에 차가 한 대 있었고 어떤 남자가 내리고 있었다. 내가 시간 맞춰 왔군. 그는 운전수에게 요금을 지불하며 생각했다.

마치 용수철을 밟기라도 한 것처럼 그가 초인종을 누르기도 전에 문이 열렸다. 문이 열리고 그가 흑백으로 바닥이 포장된 현관에 들어서자마자 두 명의 하인이 나와서 그의 물건을 받아 들었다. 그는 다른 남자를 따라 완만한 곡선을 그으며 이어진 웅장한 흰 대리석 계단을 올라갔다. 크고 어두운 그림들이 벽에 연이어 걸려 있었고 문 바깥쪽 위에는 노란색과 파란색으로 칠해진 베니스 궁전들과 연녹색의 운하 그림이 있었다.

'카날레토[10] 아니면 그 화파의 그림인가?' 다른 남자가 앞서 가도록 멈춰 서서 그는 생각했다. 그러고 난 후 그는 하인에게 자신의 이름을 말했다.

"파지터 대위님입니다." 하인이 큰 소리로 알렸다. 키티가 문가에 서 있었다. 그녀는 유행에 맞는 정장 차림에 입술도 약간 붉게

10 카날레토(Canaletto, 1697~1768), 베니스와 런던의 풍경화로 유명한 이탈리아의 화가.

칠하고 있었다. 그녀가 그에게 손을 내밀었다. 그러나 다른 손님들이 도착하고 있었으므로 그는 앞으로 나아갔다. "살롱인가?" 그가 혼잣말을 했다. 샹들리에, 벽의 노란 패널, 여기저기 놓여 있는 소파와 의자들이 장엄한 대기실의 기품을 품고 있어서였다. 일곱, 여덟 명 정도의 사람들이 이미 그곳에 있었다. 경마에 참석했던 주인과 잡담을 나누면서, 이번에는 되지 않을걸 하고 그는 속으로 생각했다. 그의 얼굴은 이제 막 태양에서 나온 것처럼 빛나고 있었다. 누구라도 그의 이마에 모자를 썼던 빨간 자국이 남아 있는 것처럼 그가 쌍안경을 어깨에 둘러맸을 것이라고 여기리라 마틴은 서서 이야기를 하면서 생각했다. 아니야, 이번에는 그렇게 되지 않을 거야. 마틴은 말에 관해 얘기하면서 생각했다. 그는 거리 아래에서 신문팔이 소년이 외치는 소리와 경적이 울리는 소리를 들었다. 그는 각기 다른 사물들 하나하나뿐 아니라 사물간의 다른 점에 대한 감각을 분명히 지니고 있었다. 파티가 제대로 시작되자 모든 소리가 하나로 어우러졌다. 그는 잿빛이 도는 쐐기형 얼굴을 지닌 어느 노부인이 소파에 자리 잡고 앉아 있는 것을 바라보았다. 그는 인기 있는 초상화가가 그린 키티의 초상화를 쳐다보며, 처음에는 이쪽 발로 서고 다음에는 저쪽 발로 서곤 하면서 머리가 희끗희끗한 남자와 담소를 나누었다. 키티가 에드워드 대신에 결혼한 그 남자는 사냥개 같은 눈매에 도회적인 태도를 지니고 있었다. 그때 키티가 다가와서 의자 등에 손을 얹고 혼자 서 있던 하얀 옷을 입은 소녀에게 그를 소개했다.

"앤 힐리어 양." 그녀가 말했다. "내 사촌, 파지터 대위예요." 그녀는 그들을 더 잘 소개하고 싶은 듯 잠시 동안 그들 뒤에 서 있었다. 그러나 그녀는 언제나 좀 경직된 편이어서 위아래로 부채를 부치기만 했다.

"경마장에 갔었어요, 키티?" 마틴이 말했다. 그녀가 경마를 싫어하는 것을 그는 잘 알고 있었고 그는 언제나 그녀를 놀려주고 싶었기 때문이었다.

"내가? 아니, 난 경마를 보러 가지 않아요." 그녀가 다소 퉁명스럽게 대답했다. 다른 사람―별이 달린 황금색 레이스 장식을 단 남자가 들어왔기 때문에 그녀는 돌아서서 가버렸다.

책이나 읽고 있었던 편이 더 나았겠다고 마틴은 생각했다.

"경마장에 가본 적이 있나요?" 그가 만찬장에 함께 가게 된 소녀에게 큰 소리로 물었다. 그녀가 고개를 저었다. 그녀의 팔은 하얗고, 하얀색 드레스에 진주 목걸이를 하고 있었다. 순결무구한 아가씨군. 그는 속으로 생각했다. 그리고 나는 불과 한 시간 전에 에버리 거리에 있는 내 집 욕실에서 벌거벗고 누워 있었지. 그는 생각했다.

"폴로는 본 적이 있어요." 그녀가 말했다. 그는 자기 구두를 내려다보고 구두에 가로 주름이 잔뜩 진 것을 알아차렸다. 구두가 낡았던 것이다. 그는 새 구두를 사려고 하고서는 잊어버렸다. 택시를 타고 서펜타인을 건너는 다리를 지날 때의 모습을 떠올리면서 그는 자신이 잊어버렸던 것이 바로 그것이었다고 생각했다.

그러나 그들은 저녁 식사를 하러 내려가는 길이었다. 그가 그녀에게 팔을 내밀었다. 함께 계단을 내려갈 때 그는 앞에 가는 숙녀들의 옷자락이 한 계단 한 계단 끌리는 것을 바라보면서 생각했다. 도대체 그녀에게 무슨 말을 할 것인가? 이윽고 그들은 흑백 사각형 무늬가 있는 홀을 지나 식당으로 들어갔다. 그곳은 조화롭게 장식되어 있었다. 그림들은 갓이 달린 긴 전등 빛을 아래로부터 받아 반짝이고 있었고 만찬 식탁도 환했다. 그러나 그 어떤 불빛도 얼굴을 직접 비추지는 않았다. 바로 그의 앞에 걸려 있는 반짝이는 그림, 붉은 망토를 걸치고 별을 달고 있는 어떤 귀족의 초상화를 바라보면서 그는 생각했다. 이번에 제대로 되지 않으면 다시는 하지 않을 거야. 그러고 난 후 그는 기운을 내어 옆자리에 앉은 순진한 아가씨에게 말을 걸었다. 그러나 그는 그에게 일어났던 거의 모든 일을 이야깃거리에서 제외해야 했다─그녀는 그렇게 어렸다.

"난 세 가지 화젯거리를 생각했어요." 그 문장을 어떻게 끝낼지 생각해보지도 않고 그는 즉석에서 말을 꺼냈다. "경마, 러시아 발레[11], 그리고"─그가 잠시 망설였다─"아일랜드. 어느 것에 흥미가 있나요?" 그는 냅킨을 펼쳤다.

"부디," 그녀가 그에게로 살짝 몸을 굽히면서 말했다. "다시 한번 말씀해주세요."

그가 웃었다. 그녀가 고개를 한쪽으로 갸웃하고 그에게로 몸을 굽히는 모습이 매력적이었다.

"그런 이야기는 하지 맙시다." 그가 말했다. "재미있는 이야길 합시다. 어때요, 파티를 즐기는 편인가요?" 그가 그녀에게 물었다. 그녀는 숟가락을 수프에 넣던 중이었다. 그녀가 숟가락을 들어 올리면서 그를 쳐다보았다. 그녀의 눈은 물기가 서려 반짝이는 돌멩이 같았다. 마치 물속에 잠긴 유리구슬 같다고 그는 생각했다. 그녀는 정말 예뻤다.

"전 여태 파티에 세 번밖에 가본 적이 없는걸요!" 그녀가 말했다. 그녀는 매력적으로 살짝 웃었다.

"설마!" 그가 외쳤다. "이번이 그럼 세 번째, 아니 네 번째인가요?"

그는 거리에서 나는 소리에 귀를 기울였다. 차들이 내는 경적

11 러시아의 발레 무용수이자 안무가인 바츨라프 니진스키(Vaslav Nijinsky, 1890~1950)는 1914년 3월 런던에서 2개월 동안 공연을 했다. 니진스키는 탁월한 도약력과 극적이고 아름다운 표현력을 갖췄다는 평가를 들으며 천재적인 발레 무용수라는 찬사를 들었다.

소리가 잠깐 들렸다. 그러나 차들은 곧 멀리 가버렸다. 차량들은 끊임없이 질주하면서 소음을 냈다. 일이 제대로 풀려 나가기 시작했다. 그가 자신의 잔을 내밀었다. 잔이 채워지는 동안 그는 그녀가 그날 밤 침대에 들면서 "내 옆에 앉았던 남자가 정말 멋있었어!"라고 말했으면 좋겠다고 생각했다.

"진짜 파티는 이번이 세 번째예요." 그에게는 약간 애처로워 보이는 태도로 '진짜'라는 말에 강세를 두며 그녀가 말했다. 그녀는 석 달 전만 해도 육아실에 있었던 게 분명하다고 그는 버터 바른 빵을 먹으며 생각했다.

"난 면도를 하면서," 그가 말했다. "다시는 파티에 가지 않겠다고 생각했었지요." 그것은 사실이었다. 책장 한 군데가 비어 있는 것을 보았을 때였다. 내 렌[12]의 전기를 누가 가져갔지? 면도기를 들고서 그는 생각했었다. 그는 집에 남아서 혼자 독서를 하고 싶었다. 그러나 지금은…… 그의 방대한 경험 중 어느 만큼을 떼어 내어 그녀에게 줄 수 있을 것인가? 그는 궁금했다.

"런던에 사세요?" 그녀가 물었다.

"에버리 거리에요." 그가 그녀에게 말했다. 그녀는 에버리 거리를 알고 있었다. 그곳이 빅토리아 역으로 가는 도중에 있기 때문이었다. 그녀의 가족은 서섹스에 집이 있어서 그녀는 종종 빅토리아 역에 가곤 했다는 것이다.

"자, 이제 내게 말해줘요," 그들이 이제 서먹서먹한 분위기를 깼다고 느끼며 그가 말했다―그때 그녀가 다른 쪽에 있는 남자가 한 말에 대답하기 위해 고개를 돌렸다. 그는 화가 났다. 작고 약한 뼈가 층층이 얼기설기 얹혀 있는 스필리킨스 놀이처럼 그가 쌓아 올렸던 전체 구조물이 와르르 무너져 내린 것이다. 앤은

12 크리스토퍼 렌(Christopher Wren, 1632~1723), 영국의 건축가.

살아오면서 줄곧 그 남자를 알고 지냈던 것처럼 그와 얘기하고 있었다. 그는 마치 갈퀴가 긁고 지나간 듯한 머리 모양을 하고 있었고 매우 젊었다. 마틴은 아무 말 없이 앉아 있었다. 그는 맞은편의 커다란 초상화를 바라보았다. 하인이 그 밑에 서 있었다. 일렬로 늘어선 유리 술병들이 바닥에 닿은 망토 자락을 가리고 있었다. 저 사람이 세 번째 백작인가 아니면 네 번째인가? 그는 생각했다. 그는 자신의 18세기를 알고 있었다. 그것은 훌륭한 결혼을 했던 네 번째 백작이었다. 그렇지만 결국 릭비 가문이 저들보다 더 낫지, 식탁 상석에 앉아 있는 키티를 바라보며 그는 생각했다. 그는 실소했다. 그는 자제했다. 이런 곳에서 식사를 하며 나는 고작 '어느 가문이 더 낫다'는 생각을 하고 있단 말인가. 그는 생각했다. 그는 또 다른 그림을 바라보았다. 푸르스름한 녹색 옷을 입은 숙녀를 그린 그 유명한 게인즈버러의 작품이었다. 그러나 이때 그의 왼쪽에 앉은 마거릿 부인이 그를 돌아보았다.

"당신도 제 의견에 동의하시리라고 믿어요," 그녀가 말했다. "파지터 대위님 —" 그들은 전에 종종 만난 적이 있음에도 불구하고 그녀가 그 말을 하기 전에 그의 카드에 적힌 이름을 슬쩍 보는 것을 그는 놓치지 않았다. "그렇게 했던 것은 고약한 일이라는 데 말이에요."

그녀가 별안간 덤벼들 듯이 말을 해서 그녀가 세워 들고 있던 포크가 마치 그를 결박하려는데 쓸 무기 같아 보였다. 그도 그들의 대화에 끼어들었다. 물론 정치, 아일랜드에 대한 대화였다. "들려주세요 — 당신의 의견은 뭐죠?" 그녀가 포크를 그대로 쥔 채 물었다. 잠시 동안 그는 그 자신도 그 장면의 배후에 있다는 환상을 품었다. 막이 내려가고 불이 켜졌으며 그도 그 장면들의 배후에 있었다. 물론 그것은 환상이었다. 그들은 고기 저장소에서 부스러기를 그에게 좀 던져 주고 있는 것에 불과했다. 그러나 지속되고 있는 동안은 그것도 유쾌한 느낌이었다. 이제 그녀는 식탁 끝에 앉아 있는 한 기품 있는 노인에게 장황하게 말을 늘어놓고 있었다. 그는 그를 바라보았다. 그녀가 그들에게 장광설을 늘어놓는 동안 그는 한없이 현명한 인내의 가면을 얼굴에 드리우고 있었다. 그는 심오한 의미가 있는 신비로운 놀이를 하고 있는 것인 양 그의 접시 옆에 빵 껍질 세 조각을 배열하고 있었다. "그래서," 그는 마치 그가 손가락에 쥐고 있는 것이 빵 껍질이 아니라 인간 운명의 파편들인 것처럼, '그래서,'라고 말하고 있는 듯했다. 가면은 뭔가를 숨길 수도 있을 것이다―아니 아무것도 숨기지 못할까? 어쨌든 그것은 대단히 탁월한 가면이었다. 그러나 이때 마거릿 부인이 그녀의 포크로 그도 결박해 버렸다. 그가 눈썹을 치켜 올리고는 말을 시작하기 전에 빵 껍질 한 조각을 한켠으로 약간 옮겨놓았다. 마틴은 들으려고 몸을 앞으로 기울였다.

"내가 1880년에 아일랜드에 있을 때······." 그가 이야기를 시작했다. 그는 매우 단순하게 말했다. 그는 그들에게 어떤 기억을 제시하고 있었다. 자신의 이야기를 아주 완벽하게 해서 그의 이야기는 한 방울도 흘리지 않고 그 의미를 전달했다. 그리고 그의 역할이 대단했던 것이다. 마틴은 주의 깊게 경청했다. 과연 빠져들게 하는 이야기였다. 이제 이야기가 끊임없이 계속되는군, 그는 생각했다······. 그는 한마디도 빠짐없이 놓치지 않으려고 몸을 앞으로 기울였다. 그러나 그는 무언가 방해가 됨을 의식했다. 앤이 그에게 몸을 돌렸던 것이다.

"제게 말해주세요,"―그녀가 그에게 묻고 있었다―"저 사람이 누구지요?" 그녀는 고개를 오른쪽으로 기울였다. 그녀는 그가 모든 사람들을 다 알고 있다는 인상을 받았음이 분명했다. 그는 우쭐해졌다. 그는 식탁을 죽 둘러보았다. 누구였지? 만난 적이 있는 사람이었다. 그 사람이 그다지 편안해하지 않고 있다고 그는 추측했다.

"아는 사람이에요." 그가 말했다. "아는 사람이에요─" 그는 얼굴이 하얗고 살이 찐 편이었다. 그는 대단한 속도로 계속 얘기하고 있었다. 그가 말을 걸고 있는 젊은 부인은 고개를 약간씩 끄덕여가며 "네, 네, 알겠어요"라고 말하고 있었다. 그러나 그녀의 얼굴에는 다소 피곤한 기색이 있었다. 모든 골칫거리에 그렇게 다 개입할 필요는 없다네, 이 친구야. 마틴은 그에게 이렇게 말해주고 싶은 기분이었다. 그녀는 당신이 하는 말을 한 마디도 이해하지 못한다네.

"저 사람의 이름이 기억나지 않네요." 그가 큰 소리로 말했다. "하지만 전에 만난 적이 있지요─글쎄─어디서더라? 옥스퍼드에서였던가 아니면 케임브리지에서였나?"

약간 재미있어하는 표정이 앤의 눈가에 떠올랐다. 그녀는 그 차이를 알아차렸던 것이다. 그녀는 그들을 함께 연결시켰다. 그들은 그녀의 세계가 아니었던 것이다─절대 아니었다.

"러시아 무용수들을 보신 적이 있나요?" 그녀가 말했다. 그녀는 그녀가 사귀는 젊은 남자와 그곳에 갔었던 듯했다. 그녀가 '멋진,' '놀라운,' '훌륭한' 등등의 몇 안 되는 그녀의 형용사들을 연발하고 있는 동안 마틴은 생각했다. 당신의 세계는 무엇이죠? 이것이 바로 그 세계인가요? 그는 생각에 잠겼다. 그는 식탁을 내려다보았다. 어떤 다른 세계도 이것을 상대로는 어림도 없다고 그는 생각했다. 게다가 이것은 좋은 세상이라고 그는 덧붙였다. 크고, 관대하고 우호적이라고. 또 매우 멋져 보이는 세상이라고. 그는 얼굴을 하나하나 훑어보았다. 만찬이 끝나가고 있었다. 그들은 부드러운 가죽으로 문질러 닦인 것처럼 보였다. 마치 보석들인 양. 게다가 깊이 배어들어 있는 듯한 광택이 그 보석을 꿰뚫고 있었다. 그리고 그 보석은 아주 잘 세공되어 아무런 흠도, 흐릿함도 없었다. 이때 접시를 나르던 하인이 흰 장갑을 낀 손으로 포도주 잔을 엎질렀다. 붉은 포도주가 튀어 그 부인의 옷에 뚝뚝 떨어졌다. 그러나 그녀는 미동도 하지 않았다. 그녀는 이야기를 계속했다. 그러면서 그녀에게 주어졌던 깨끗한 냅킨을 펴서 태연하게 얼룩을 덮었다.

저게 바로 내가 좋아하는 거지, 마틴은 생각했다. 그는 그것에 감탄했다. 그녀가 하려고만 했다면 사과 파는 여자처럼 손가락을 코에 대고 코를 풀 수도 있었을 거라고 그는 생각했다. 그러나 앤이 얘기하고 있었다.

"그리고 그가 도약할 때!" 그녀가 외쳤다 ─ 그녀는 사랑스러운 몸짓으로 손을 허공에 들어 올렸다 ─ "그러고는 내려올 때!" 그녀는 손을 무릎 위로 떨어뜨렸다.

"훌륭하군요!" 마틴이 동의했다. 바로 그 억양을 제대로 따라 했다고 그는 생각했다. 마치 갈퀴가 머리를 긁고 지나간 듯 보이는 그 젊은이로부터 그가 그 억양을 따왔던 것이다.

"그래요. 니진스키는 훌륭하지요." 그가 동의했다. "훌륭해요," 그가 되풀이했다.

"제 숙모님이 저에게 파티에서 그를 만나보라고 권했어요." 앤이 말했다.

"당신의 숙모님이라고요?" 그가 큰 소리로 말했다.

그녀가 잘 알려진 이름을 언급했다.

"오, 그분이 당신의 숙모님인가요?" 그가 말했다. 그는 그녀를 자리매김했다. 그러니까 그것이 그녀의 세계였던 것이다. 그는 그녀에게 묻고 싶었지만 — 젊고 단순한 그녀가 매력적으로 여겨졌기 때문에 — 너무 늦었다. 앤이 일어나고 있었다.

"바라건대 —" 그가 입을 열었다. 그녀가 마치 더 머무르고 싶은 것처럼, 그의 마지막 말을, 그의 짤막한 말을 놓치고 싶지 않은 듯이 그에게로 고개를 숙였지만, 래스웨이드 부인이 자리에서 이미 일어났기 때문에 그럴 수가 없었다. 그녀가 가야 할 시간이었다.

래스웨이드 부인이 일어나자 모두가 일어섰다. 분홍색, 회색, 푸른 녹색 드레스들이 모두 길게 펼쳐졌다. 잠시 동안 식탁 옆에 서 있는 키 큰 여자들은 모두 벽에 걸린 유명한 게인즈버러의 그림 같아 보였다. 그들이 떠나자 냅킨이며 포도주 잔들이 여기저기 널려 있는 식탁은 버려진 듯한 기운이 감돌았다. 부인네들은 한동안 문가에 모여 서 있었다. 검은 옷을 입은 자그마한 노부인이 아주 위엄 있게 그들 곁을 절뚝거리며 지나갔다. 그리고 제일 마지막에 나온 키티가 앤의 어깨에 팔을 두르고 그녀를 안내해 나갔다. 숙녀들이 나가자 문이 닫혔다.

키티는 잠시 걸음을 멈추었다.

"친애하는 내 사촌이 마음에 들었나요?" 함께 위층으로 올라가면서 그녀가 앤에게 말했다. 그들이 거울을 지나칠 때 그녀는 손을 옷에 대고 무언가를 바로잡았다.

"매력적인 분이더군요!" 앤이 소리쳤다. "나무가 정말 아름답네요!" 그녀는 마틴과 나무에 대해서 똑같은 어조로 말했다. 그들은 잠시 멈춰 서서 문가에 세워진 도자기 화분에 심어져 있는 분홍색 꽃송이로 뒤덮인 나무를 바라보았다. 어떤 꽃송이들은 활짝 만개했고 아직 피지 않은 송이들도 있었다. 그들이 보고 있는 동안 꽃잎이 하나 떨어졌다.

"이걸 여기 둔다는 것은 잔인해요," 키티가 말했다. "이 더운 공기 속에 말이지요."

그들은 안으로 들어갔다. 그들이 저녁 식사를 하는 동안 하인들이 더 안쪽에 있는 방의 접는 문을 열어놓고 불을 밝혀놓았기에 마치 그들을 위해 새로 준비해놓은 또 다른 방에 들어선 듯했다. 벽난로의 두 개의 장작 받침대 사이에서 불길이 활활 타오르고 있었다. 그러나 뜨겁기보다는 따뜻하고 장식적으로 보였다. 두세 명의 부인들이 불길 앞에 서서 손가락을 폈다 오므렸다 하면서 불을 쬐고 있었다. 그러나 그들은 안주인에게 자리를 내어주려 돌아섰다.

"당신의 저 그림을 내가 얼마나 좋아하는지요, 키티!" 아이슬레비 부인이 젊었을 때의 래스웨이드 부인의 초상화를 바라보며 말했다. 그녀의 머리는 그 시절엔 매우 붉었다. 그녀는 장미꽃 바구니를 만지작거리고 있었다. 구름 같은 흰 모슬린 차림인 그녀는 강렬하고도 부드러워 보였다.

키티는 그것을 힐끗 쳐다보고는 외면했다.

"사람들은 결코 자기 자신의 초상화를 좋아하지 않아요." 그녀가 말했다.

"하지만 이것은 당신의 모습 그대로예요." 또 다른 부인이 말했다.

"지금은 아니예요." 키티가 좀 어색하게 그 찬사를 웃어넘기며 말했다. 언제나 저녁 만찬이 끝나면 여자들은 서로서로에게 옷이나, 외모에 대한 찬사를 주거니 받거니 하지. 그녀는 생각했다. 그녀는 만찬이 끝난 뒤에 여자들과만 있는 것을 좋아하지 않았다. 그것은 그녀를 어색하게 만들었다. 하인들이 커피 쟁반을 들고 돌아다니는 동안 그녀는 그들 사이에 꼿꼿이 서 있었다.

"그런데 말이죠, 그 포도주—" 그녀는 잠시 말을 멈추고 커피를 마셨다. "포도주 얼룩이 당신 옷에 남지 않으면 좋을 텐데요, 신시아?" 그 재난을 그토록 태연하게 받아들였던 그 젊은 기혼 부인에게 그녀가 말했다.

"이렇게 예쁜 옷인데 말이에요." 황금빛 새틴 자락을 엄지손가락과 손가락 사이에 끼고 어루만지며 마거릿 부인이 말했다.

"이 옷이 마음에 드세요?" 젊은 여자가 말했다.

"정말 아름다워요! 난 저녁 내내 그 옷을 바라보고 있었던걸요!" 동양적으로 보이는 트레이어 부인이 말했다. 그녀는 머리에서부터 뒤로 나부끼는 깃털을 꽂고 있었는데, 그녀의 코—유태인의 코—와 조화를 이루고 있었다.

키티는 그 아름다운 옷에 감탄하고 있는 그들을 바라보았다. 엘리너라면 거기서 빠져나갔을 거라고 그녀는 생각했다. 엘리너는 그녀의 만찬 초대를 거절했다. 그것이 키티의 마음을 상하게 했다.

"말해주세요," 신시아 부인이 끼어들었다. "제 옆에 앉았던 그 남자가 누구죠? 이 댁에서는 언제나 그렇게 근사한 사람들을 만나게 된다니까요." 그녀가 덧붙였다.

"당신 옆에 앉았던 남자라면?" 키티가 말했다. 그녀는 잠시 생각해보았다. "토니 애슈턴이에요." 그녀가 말했다.

"모티머 하우스에서 프랑스 시에 대해 강의하고 있는 사람인가요?" 아이슬레비 부인이 대화에 끼어들었다. "난 그 강의에 가보고 싶었어요. 아주 흥미롭다고 들었거든요."

"밀드레드가 갔었어요." 트레이어 부인이 말했다.

"우리가 왜 모두 서 있는 거죠?" 키티가 말했다. 그녀는 앉을 자리를 손으로 가리키며 움직였다. 그녀는 이처럼 아주 불쑥 행동을 하곤 해서 그들은 그녀가 없는 데서는 그녀를 '근위병'이라고 불렀다. 그들이 모두 이리저리 움직였다. 그들이 나름대로 짝지어진 것을 보고 나서 그녀 자신도 커다란 의자에 앉혀진 나이 든 워버턴 숙모 곁에 앉았다.

"내 귀여운 대자에 대해 말해보렴." 그 노부인이 말을 시작했다. 그녀는 말타에 주둔하고 있는 함대에 있는 키티의 둘째 아들을 말하는 것이었다.

"그 애는 말타에 있어요―" 그녀가 입을 열었다. 그녀는 낮은 의자에 앉아서 물음에 대답하기 시작했다. 그러나 불길이 워버턴 숙모에게 너무 뜨거웠다. 그녀가 혹이 있는 늙은 손을 들어 올렸다.

"프리스틀리가 숫제 우리를 산 채로 구우려나 봐요." 키티가 말했다. 그녀는 일어나서 창가로 갔다. 그녀가 방을 가로질러 가서 긴 창문의 윗부분을 휙 잡아당기자 부인네들은 미소를 지었다. 커튼이 갈라진 사이로 잠시 동안 그녀는 바깥 광장을 내다보았다. 보도 위에는 나뭇잎 그림자와 불빛이 흩뿌려져 있었고 으레 그곳에 있는 경찰관이 순찰을 돌면서 몸의 균형을 바로잡고 있었다. 여느 때처럼 자그마한 남자와 여자들이 ―이 높이에서 보니 더 작아 보이는― 난간 옆을 서둘러 지나가고 있었다. 아침에 양치질을 할 때면 그녀는 그들이 반대쪽으로 서둘러 가는 것을 보았다. 그녀는 돌아와서 워버턴 노숙모 곁에 등받이가 없는 낮은 의자에 앉았다. 세상 경험이 많은 그 노부인은 나름대로 정직했다.

"그리고 내가 사랑하는 붉은 머리 꼬마 악당은?" 그녀가 물었다. 그는 그녀가 가장 좋아하는 아이였다. 이튼에 다니는 어린 소년이었다.

"그 애가 곤경에 처했었어요." 키티가 말했다. "매를 맞았지요." 그녀는 미소를 지었다. 그녀 역시 그를 가장 아꼈다.

노부인이 싱긋 웃었다. 그녀는 곤경에 휘말리는 소년들을 좋아했다. 그녀는 턱에 드문드문 빳빳한 털이 나 있는 쐐기 모양의 노르스름한 얼굴을 하고 있었다. 그녀는 여든이 넘었지만 마치 사냥말을 타는 것처럼 앉아 있다고 키티는 그녀의 손을 바라보며 생각했다. 손가락 관절이 굵은 거친 손이었다. 그녀가 손을 움직일 때마다 반지에서 붉고 흰 광채가 반짝였다.

"그리고 너 말이다, 애야," 숱이 많은 눈썹 아래로 기민하게 그녀를 바라보며 노부인이 말했다. "언제나처럼 바쁘니?"

"네, 언제나 바쁘네요." 키티가 그 빈틈없는 노인의 눈길을 피하며 말했다. 그녀는 그들—거기 앉아 있는 숙녀들—이 용인하지 않는 일들을 은밀히 하고 있었기 때문이었다.

그들은 함께 담소를 나누고 있었다. 활기차게 들리긴 했지만 키티의 귀에는 알맹이가 없는 것으로 들렸다. 깃털제기 넘기기[13] 와 같은 이야기는 문이 열리고 신사들이 들어올 때까지 계속 이어질 터였다. 그때에야 그 대화가 중단될 것이었다. 그들은 보궐선거에 대하여 이야기하고 있었다. 마거릿 부인이 목소리를 낮춘 것으로 보아 아마도 좀 음탕한 이야기를 18세기적인 방식으로 하는 것이 들려왔다.

"—그녀를 거꾸로 돌려서 찰싹 때렸어요." 그녀는 마거릿 부인이 말하는 것을 들을 수 있었다. 킥킥 웃음소리가 터져 나왔다.

"그 사람들에도 불구하고 그가 들어가서 난 기뻐요," 트레이어 부인이 말했다. 그들은 목소리를 낮추었다.

"난 성가신 늙은이야." 워버턴 숙모가 혹이 생긴 손을 그녀의 어

---

13 오늘날의 배드민턴과 유사한 놀이로 후기 빅토리아 시대의 영국에서 성행했다.

깨에 얹으며 말했다. "이제 저 창문을 좀 닫으라고 부탁해야겠어." 류머티즘을 앓고 있는 관절에 외풍이 닿고 있었다.

키티는 성큼성큼 창가로 걸어갔다. "한심한 여자들!" 그녀는 혼잣말을 했다. 그녀는 창가에 세워져 있던, 끝이 부리 모양인 긴 막대기로 창문을 밀었다. 그러나 창문은 끄떡도 하지 않았다. 그녀는 그들의 옷과 보석과 밀담과 잡담을 빼앗아버리고 싶었다. 창문이 홱 올라갔다. 같이 얘기할 사람도 없이 앤이 혼자 서성이고 있었다.

"이리 와서 우리와 얘기해요, 앤." 그녀에게 손짓하며 그녀가 말했다. 앤이 낮은 의자를 당겨 와서 워버턴 숙모의 발치에 앉았다. 잠시 침묵이 흘렀다. 나이 든 워버턴 숙모는 어린 소녀들을 싫어했지만 그들에겐 공통되는 친척이 있었다.

"티미는 어디에 있지, 앤?" 그녀가 물었다.

"해로우[14]에요." 앤이 말했다.

"오, 너흰 늘 해로우에 가지." 워버턴 숙모가 말했다. 그러더니 그 노부인은 짐짓 인간의 자애로움을 가장한 훌륭한 범절을 드러내며 그녀가 유명한 미인이었던 그녀의 할머니와 닮았다고 말해 그녀를 우쭐하게 했다.

"제가 우리 할머니를 알았더라면 얼마나 좋을까요!" 앤이 외쳤다. "말씀해주세요 — 할머니는 어떤 분이셨나요?"

노부인은 그녀의 기억을 추려내기 시작했다. 그것은 단지 선별된 기억이었다. 별표가 있는 편집본이었다. 하얀 새틴을 입고 있는 소녀에게 말할 수 있는 이야기는 아니었기 때문이었다. 키티의 마음이 산만해졌다. 만약 찰스가 아래층에서 더 오래 머무른다면 자신은 기차를 놓치게 될 거라고 그녀는 시계를 보며 생각

---

14 해로우 스쿨Harrow School: 1572년에 설립된 영국 런던에 있는 유명한 기숙학교.

했다. 프리스틀리가 그의 귓전에 전갈을 속삭여 전하리라고 믿을 수 있을까? 그녀는 그들에게 십 분을 더 줄 참이었다. 그녀는 다시 워버턴 숙모를 향했다.

"할머니는 분명히 멋진 분이셨을 거예요!" 앤이 말하고 있었다. 그녀는 깍지 낀 손을 무릎에 두르고 앉아서 털이 수북한 노부인의 얼굴을 올려다보고 있었다. 키티는 순간적인 연민을 느꼈다. 그녀의 얼굴도 저들의 얼굴과 같아지겠지, 방 저편에 모여 있는 작은 무리를 바라보며 그녀는 생각했다. 그들의 얼굴은 괴롭고 근심 있어 보였다. 그들의 손은 불안하게 움직이고 있었다. 하지만 그들은 용감하다고 그녀는 생각했다. 그리고 관대하다고. 그들은 가져간 만큼 주었다. 결국 엘리너가 저들을 경멸할 권리가 있을까? 그녀가 마거릿 매러블보다 살면서 더 많은 일을 했던 것일까? 그리고 나는? 그녀는 생각했다. 그리고 나는?…… 누가 옳은 것일까? 그녀는 생각했다. 누가 그른 것일까?…… 이때 자비롭게도 문이 열렸다.

신사들이 들어왔다. 그들은 막 이야기를 멈추기라도 한 것처럼 내키지 않는 듯 다소 천천히 들어와서는 거실 상황을 살펴야만 했다. 마치 하던 이야기를 중간에서 멈춘 듯이 그들은 다소 상기된 채 여전히 웃고 있었다. 그들은 줄지어 들어왔고 그 기품 있는 노인은 배가 입항하는 듯한 태도로 방을 가로질러 왔으며 숙녀들도 일어나지는 않았지만 모두 동요했다. 경기는 이제 끝났다. 깃털제기도 치워졌다. 그들이 마치 물고기 위에 내려앉은 갈매기들 같다고 키티는 생각했다. 날아오름과 퍼덕거림이 있었다. 그 위대한 남자가 오랜 친구인 워버턴 부인 곁에 있는 의자에 천천히 자리 잡고 앉았다. "그럼……?" 그는 마치 그 전날 밤에 하다 만 대화를 계속하듯 손가락 끝을 마주 대고 말을 시작했다. 그래, 역시 지난 오십 년간 말을 나눠왔던 것처럼 이야기를 나누고 있는 두 노인에게는 뭔가 있어. 그녀는 생각했다. 뭔가 인간적인 것? 세련된 것? 그녀는 원하는 단어를 찾을 수 없었다……. 그들은 모두 이야기를 나누고 있었다. 그들은 모두 자리를 잡고 이제 막 끝나가는 이야기에, 혹은 이야기의 중간에, 혹은 막 시작되려는 이야기에 또 다른 문장을 덧붙였다.

그러나 토니 애슈턴은 사람들의 이야기에 한 문장도 보태지 않고 혼자 서 있었다. 그래서 그녀는 그에게로 다가갔다.

"최근에 에드워드를 본 적 있나요?" 그가 그녀에게 으레 하는 질문을 던졌다.

"네, 오늘," 그녀가 말했다. "그와 함께 점심 식사를 했어요. 그리고 공원을 걸었지요……." 그녀는 말을 멈추었다. 그들은 공원을 걸었다. 개똥지빠귀가 노래하고 있었고 그들은 걸음을 멈추고 귀를 기울였다. "노래를 두 번씩 되풀이하는 현명한 개똥지빠귀[15]로군……" 그가 말했었다. "그래요?" 그녀가 순진하게 물었었다. 그런데 그것은 인용구였다.

그녀는 자신이 어리석게 느껴졌다. 옥스퍼드는 언제나 그녀가 어리석다고 느끼게끔 했다. 그녀는 옥스퍼드가 싫었다. 하지만 에드워드와 토니는 존경한다고 그녀는 그를 바라보며 생각했다. 표면으로는 속물이지만 심층으로는 학자이지……. 그들에겐 수준이란 게 있어……. 그러나 그녀는 정신을 가다듬었다.

그는 어떤 총명한 여자와 ― 아이슬레비 부인이나 마거릿 매러블 ― 얘기하고 싶을 거야. 그러나 그들은 모두 얘기 중이었다 ― 두 사람 다 상당히 활기 있게 문장을 보태고 있었다. 잠시 말이 끊어졌다. 자신은 훌륭한 안주인은 못 된다고 그녀는 생각했다. 이

15 영국 시인 로버트 브라우닝(Robert Browning, 1812~1889)의 싯구.

런 종류의 탈이 그녀의 파티에서 늘 일어나는 것이다. 저기 앤이 있었다. 앤이 그녀가 아는 한 젊은이에게 막 붙잡히려는 참이었다. 그러나 키티가 손짓을 했다. 앤은 곧 순순히 다가왔다.

"와서 인사해요." 그녀가 말했다. "애슈턴 씨예요. 모티머 하우스에서 강의를 하고 계시지요." 그녀가 설명했다. "무슨 강의더라—" 그녀가 머뭇거렸다.

"말라르메[16]입니다." 마치 목소리가 조여지기라도 한 것처럼 이상하게 약간 쉰 소리로 그가 말했다.

키티가 돌아섰다. 마틴이 그녀에게로 다가왔다.

"아주 멋진 파티군요, 래스웨이드 부인," 그가 언제나처럼 성가신 아이러니를 담아 말했다.

"이 파티가? 오, 천만에." 그녀가 무뚝뚝하게 말했다. 이것은 파티가 아니었다. 그녀가 여는 파티는 결코 멋지지 않았다. 마틴은 언제나처럼 그녀를 골려주려고 하는 것이었다. 그녀는 아래를 내려다보다가 그의 낡은 신발을 보았다.

"와서 내게 얘기해줘." 그녀는 오랜 가족애가 되살아나는 것을 느끼며 말했다. 보모들이 "그가 잘난 체하는군."이라고 말하곤 할 때처럼 그의 얼굴이 약간, 아주 약간 붉어져 있는 것을 그녀는 재미있어하며 주시했다. 비꼬기 좋아하고 타협할 줄 모르는 그녀의 사촌을 고분고분한 사회의 일원으로 바꾸려면 얼마나 많은 파티가 필요할까? 그녀는 궁금했다.

"자, 앉아서 이치에 닿는 얘기를 하자." 그녀가 조그만 소파에 깊숙이 앉으며 말했다. 그가 그녀 곁에 앉았다.

"말해줘, 넬은 뭘 하고 있지?" 그녀가 물었다.

16 스테판 말라르메(Stéphane Mallarmé, 1842~1898), 프랑스의 상징주의 시인.

"넬이 안부를 전하더군요." 마틴이 말했다. "누님을 매우 보고 싶어 한다고 전해달라고 했어요."

"그러면 왜 오늘 저녁에 오지 않은 거지?" 키티가 말했다. 그녀는 마음이 상했다. 그녀도 어쩔 수 없었다.

"적당한 머리핀이 없었던 거죠." 자신의 신발을 내려다보며 그가 웃으며 말했다. 키티도 그의 신발을 내려다보았다.

"내 신발은, 뭐, 괜찮아요." 그가 말했다. "하지만 난 남자니까."

"그건 말도 안 돼……." 키티가 말을 시작했다. "그런 게 뭐가 중요해……."

그러나 그는 주위에 있는 아름답게 차려입은 여자들을 둘러보고 있었다. 그리고 그는 그림을 바라보았다.

"저 벽난로 위에 있는 누님 그림은 형편없군요." 그가 붉은 머리 소녀를 바라보며 말했다. "누가 그린 거죠?"

"나도 잊어버렸어…… 그걸 쳐다보지는 말자." 그녀가 말했다.

"그보단 이야기를……." 그러다가 그녀가 말을 멈추었다.

그는 방을 둘러보고 있었다. 방은 사람들로 붐볐고 사진들이 놓인 작은 탁자들도 있었다. 꽃병이 놓인 장식장들도 있었고 벽에는 노란색 실크장식 패널도 대어져 있었다. 그녀는 그가 그 방과 그녀 자신도 비판하고 있다고 느꼈다.

"난 언제나 칼을 들어 저걸 모두 긁어내 버리고 싶어." 그녀가 말했다. 하지만 무슨 소용이람? 그녀는 생각했다. 그녀가 그림이라도 치운다면, 그녀의 남편이 "늙은 말을 타고 있는 빌 숙부님 그림은 어디 있지?" 라고 말할 테고, 그 그림은 다시 제자리에 걸릴 수밖에 없을 터였다.

"호텔 같지, 그렇지 않아?" 그녀가 말을 이었다.

"살롱이죠." 그가 말했다. 그는 왜 그런지는 알 수 없었지만, 늘 그녀를 골려주고 싶어했다. 그것이 사실이었다.

"난 혼자서 묻고 있던 참이에요." 그가 목소리를 낮추었다. "왜 저런 그림을 갖고 있는지"—그는 그 초상화 쪽으로 고개를 끄덕였다—"게인즈버러의 작품을 소장하고 있으면서……."

"그럼 왜," 그녀는 반쯤은 비웃음을 띠고 반쯤은 익살스러운 그의 어조를 흉내 내며 목소리를 낮추었다. "넌 그들을 경멸하면서도 와서 그들의 음식을 먹는 거지?"

"아니, 난 그렇지 않아요! 절대로 그렇지 않아요!" 그가 소리쳤다. "난 정말 즐기고 있어요. 그리고 난 누나를 만나는 게 좋아요, 키티." 그가 덧붙였다. 그건 사실이었다—그는 늘 그녀를 좋아했다. "누나는 가엾은 친척들을 저버리지 않았잖아요. 누나는 정말 좋은 사람이에요."

"날 저버린 건 그들이야." 그녀가 말했다.

"오, 엘리너 누나 말이군요," 그가 말했다. "그녀는 괴상하게 신중한 사람이죠."

"그건 전부……." 키티가 말을 시작했다. 그러나 그녀의 파티에 무언가 잘못 안배된 것이 있었다. 그녀는 중간에 말을 멈추었다. "이리 와서 트레이어 부인과 얘길 나눠줘." 그녀가 일어서며 말했다.

왜 그런 일을 해야 하는 거지? 그는 그녀를 따라가면서 의아해했다. 그는 키티와 이야기하고 싶었던 것이다. 머리 뒤편에 나부끼는 꿩의 깃털을 꽂고 있는 저 동양적으로 생긴 하피[17]에게 그는 아무 할 말이 없었다. 그래도 고상한 백작부인의 맛좋은 포도주를 마신 이상, 별로 마음에 들지 않는 그녀의 친구들이라도 즐겁게 해주어야 하는 법이라고 그는 고개를 숙이며 중얼거렸다.

17 그리스 신화에 나오는 여자의 머리와 몸에 새의 날개와 발을 가진 괴물.

그는 그녀와 갈라졌다.

키티는 벽난로 쪽으로 돌아갔다. 그녀가 석탄을 탁 치자 굴뚝으로 불꽃이 화르르 일었다. 그녀는 짜증이 나고 조급했다. 시간이 흐르고 있었다. 그들이 좀 더 오래 머무르면 그녀는 기차를 놓치게 될 것이었다. 시계바늘이 열한 시에 가까워지고 있는 것을 그녀는 살짝 보았다. 파티는 곧 해산하게 될 참이었지만, 그것은 또 다른 파티의 시작일 뿐이었다. 그런데도 그들은 결코 돌아가지 않을 것처럼 이야기하고 또 이야기하고 있었다. 그녀는 꿈쩍도 하지 않을 것처럼 보이는 그 무리를 쳐다보았다. 그때 시계가 성마르게 연속해서 울렸다. 마지막 시계 소리에 맞춰 문이 열리고 프리스틀리가 들어왔다. 속을 헤아릴 수 없는 집사의 눈길과 갈고리 모양의 집게손가락으로 그는 앤 힐리어를 불렀다.

"엄마가 절 데리러 오셨어요." 앤이 다소 부산스럽게 방을 나서면서 말했다.

"어머니가 데리고 가시나요?" 키티가 말했다. 그녀는 잠시 앤의 손을 잡았다. 왜지? 그 귀여운 얼굴, 젊음 외에는 아무것도 아직 쓰여 있지 않은 종이처럼 의미나 개성도 없이 텅 빈 얼굴을 바라보며 그녀는 자문했다. 그녀는 잠시 앤의 손을 잡고 있었다.

"정말 가야만 해요?" 그녀가 말했다.

"아쉽지만 그래야 할 것 같아요." 앤이 손을 빼면서 말했다. 전체적으로 일어서거나 움직이거나 하면서 날개가 흰 갈매기들이 퍼덕이는 것 같았다.

"우리와 함께 가시겠어요?" 앤이 갈퀴가 쓸고 지나간 듯한 머리 모양을 한 젊은이에게 말하는 것을 마틴은 들었다. 그들은 돌아서서 함께 떠났다. 손을 내민 채 서 있던 마틴의 곁을 지나칠 때 앤은 그에게 그저 고개를 아주 살짝 숙여 보였다. 마치 그의 이미

지는 마음속에서 이미 말끔히 지워져 버린 듯했다. 그는 실망했다. 그의 감정은 그 대상에 대한 균형을 잃어버렸다. 그는 어느 곳이건 그들과 함께 가고 싶다는 강한 욕망을 느꼈다. 그러나 그는 청을 받지 못했고 애슈턴은 받았다. 그는 그들의 자취를 좇아가고 있었다.

"이런 아첨꾼이라니!" 그는 그 자신도 놀랍도록 씁쓸해하며 속으로 생각했다. 잠시 동안 그가 그토록 강한 질투심을 느꼈다는 것이 이상했다. 그들은 모두 '잘 지내고' 있는 것이다. 그는 좀 어색하게 어슬렁거렸다. 늙은이들만 남아 있었다─아니, 그 위대한 남자조차도 잘 지내고 있는 듯했다. 그 노부인만이 자리를 떴다. 그녀는 래스웨이드의 부축을 받아 절룩거리며 방은 가로질러 가고 있었다. 그녀는 어떤 세밀화에 관해 말하던 무엇인가를 확인하고 싶어 했다. 래스웨이드가 벽에서 그것을 떼어냈다. 그녀가 판결을 내릴 수 있도록 그는 등불 아래로 그림을 들고 있었다. 말에 타고 있는 이가 할아버지인가요 아니면 윌리엄 숙부인가요?

"마틴, 앉아서 얘기 좀 해." 키티가 말했다. 그는 앉긴 했지만 그가 가기를 그녀가 바라고 있다는 느낌이 들었다. 그녀가 시계를 쳐다보는 것을 그는 보았던 것이다. 그들은 잠시 잡담을 했다. 그 때 노부인이 돌아왔다. 그녀는 비할 데 없이 수많은 일화들에 대한 그녀의 기억을 더듬어 말을 타고 있는 이가 할아버지가 아니라 분명히 윌리엄 숙부라는 것을 의심의 여지없이 입증하는 중이었다. 그녀는 자리를 뜨던 참이었다. 그러나 그녀는 천천히 시간을 들였다. 마틴은 그녀가 조카의 팔에 기대어 문가에 거의 다 가갈 때까지 기다렸다. 그는 주저했다. 이제 그들만이 있었다. 머물러야 하나 아니면 가야 하나? 그러나 키티가 일어서고 있었다.

그녀가 손을 내밀었다.

"곧 또 와서 우리끼리 만나도록 해," 그녀가 말했다. 그녀가 그를 보내는 것이라고 그는 느꼈다.

사람들은 으레 그렇게 말하지, 워버턴 부인의 뒤를 따라 계단을 천천히 내려가며 그는 생각했다. 또 와요. 하지만 내가 그럴 지는 모르겠군……. 워버턴 부인은 한 손으로 난간으로 잡고 다른 한 손으로 래스웨이드의 팔을 붙잡고 마치 게처럼 아래층으로 내려갔다. 그는 그 뒤에서 머뭇거렸다. 그는 카날레토의 그림을 다시 한 번 보았다. 좋은 그림이군, 하지만 복제본이야. 그는 속으로 생각했다. 그는 난간 너머를 넘겨다보고 아래층 홀의 흑백 석판무늬를 보았다.

잘된 거야, 홀로 한 계단 한 계단 내려가면서 그는 혼자 생각했다. 오락가락했지만. 간헐적으로였지만. 그런데도 그것이 가치가 있나? 하인의 도움을 받아 외투를 입으면서 그는 자문했다. 두 짝 여닫이문이 거리를 향해 활짝 열려 있었다. 한두 사람이 지나가고 있었다. 그들은 호기심에 안을 들여다보았다. 하인을 바라보고 밝고 큰 현관 홀을 힐끔거리고 흑백 사각형 문양 위에 잠시 멈춰 선 노부인을 쳐다보았다. 그녀는 옷을 입고 있었다. 이제 그녀는 보라색 트림이 있는 망토를 받아 들고 있었고 그다음에는 모피였다. 그녀의 손목에 가방이 매달려 있었다. 그녀가 줄을 매느라 시간이 걸렸다. 그녀의 손가락마다 반지로 혹이 나 있었다. 온통 주름살투성이인 그녀의 돌멩이 빛깔을 띤 날카롭게 생긴 얼굴은 모피와 레이스의 부드러운 둥지에서 솟아나 두드러져 보였다. 두 눈이 아직도 빛나고 있었다.

19세기가 잠들러 가고 있군, 그녀가 하인의 부축을 받아 계단을 절룩거리며 내려가는 것을 지켜보며 마틴은 생각했다. 그녀는 도움을 받아 마차에 올랐다. 그다음에야 그는 그에게 좋은 포도주를 실컷 제공해준 파티의 주인장과 악수를 하고 그로스브너 광장 쪽으로 걸어갔다.

그 집의 맨 위층에 있는 침실에서는 키티의 하녀 백스터가 창밖을 내다보며 손님들이 차를 타고 떠나는 것을 보고 있었다. 저기—노부인이 가고 있었다. 그녀는 그들이 서두르기를 바랐다. 파티가 더 오래 계속된다면 그녀의 소풍 계획이 틀어지게 될 것이다. 그녀는 내일 애인과 강으로 소풍을 갈 예정이었다. 그녀는 돌아서서 주변을 둘러보았다. 그녀는 모든 것을 준비해놓았다—마님의 외투, 치마, 그리고 차표가 들어 있는 가방. 열한 시가 훨씬 넘은 시간이었다. 그녀는 화장대 앞에 서서 기다렸다. 세 겹 거울에 은으로 만든 통 여럿과 분첩, 빗과 브러시가 비쳤다. 백스터는 허리를 구부리고 거울에 비친 자신을 향해 해죽 웃음을 짓다가—내일 강에 갈 때 그녀의 모습이 그럴 것이었다—몸을 일으켰다. 복도에서 발걸음 소리가 들려왔던 것이다. 그녀의 안주인이 오고 있었다. 그리고 그녀가 들어왔다.

래스웨이드 부인이 손가락에서 반지들을 빼면서 들어왔다. "너무 늦어서 미안해, 백스터." 그녀가 말했다. "이제 서둘러야겠어."

백스터는 말없이 그녀의 드레스의 단추를 풀고 솜씨 있게 발치로 미끄러트린 다음 가져갔다. 키티는 화장대 앞에 앉아 신발을 차 벗었다. 새틴 신발은 언제나 너무 꼭 끼었다. 그녀는 화장대 위의 시계를 쳐다보았다. 시간이 빠듯했다.

백스터가 그녀에게 외투를 건네주고 있었다. 이제 그녀는 가방을 건네주었다.

"차표는 거기 안에 있어요, 마님." 그녀가 가방을 만지며 말했다.

"이제 내 모자." 키티가 말했다. 그녀는 모자를 바로 쓰느라고 거울 앞에 몸을 숙였다. 트위드 천으로 된 조그만 여행 모자를 머리 위에 맵시 있게 쓰자 그녀가 다른 사람 같아 보였다. 그녀가 되고 싶은 사람이었다. 그녀는 여행복 차림으로 서서 잊은 것은 없는지 생각하고 있었다. 그녀의 마음은 잠시 완전한 공백이었다. 난 어디에 있는 거지? 그녀는 의아했다. 난 무엇을 하고 있는 거지? 난 어디로 가고 있는 거지? 그녀의 시선이 화장대에 머물렀다. 희미하게 그녀는 다른 어떤 방을 기억해냈다. 그녀가 소녀였던 다른 어떤 때가 생각났다. 그게 옥스퍼드에서였던가?

"차표는, 백스터?" 그녀가 사무적으로 물었다.

"가방 속에요, 마님." 백스터가 상기시켜 주었다. 그녀는 가방을 손에 들고 있었다.

"그럼 다 됐구나." 키티가 주위를 둘러보며 말했다.

그녀는 순간적인 가책을 느꼈다.

"고마워, 백스터." 그녀가 말했다. "너도 뭔가 재미있게⋯⋯." — 그녀는 머뭇거렸다. 그녀는 백스터가 쉬는 날에 무엇을 하는지 알지 못했던 것이다. "⋯⋯연극이라도." 그녀가 되는 대로 말했다. 백스터가 야릇한 억지웃음을 약간 지어 보였다. 하녀들은 새침 떼는 공손함과 속을 알 수 없게 입술을 꼭 다문 표정으로 키티를 신경 쓰이게 했다. 그러나 그들은 매우 유용했다.

"잘 자!" 그녀는 침실 문 앞에서 백스터에게 말했다. 백스터가 안주인에 대한 자신의 책무가 끝났다는 듯이 거기서 돌아섰기 때문이었다. 계단에서는 다른 누군가의 책임이었다.

키티는 남편이 거실에 있는지 거실 안을 들여다보았다. 그러나 방은 비어 있었다. 불길은 여전히 활활 타고 있었고 둥글게 놓여 있는 의자들은 빈 팔걸이에 아직도 파티의 뼈대를 유지하고 있는 듯했다. 그러나 차가 밖에서 그녀를 기다리고 있었다.

"시간 여유가 있을까?" 그녀의 무릎에 덮개를 놓아주는 운전수에게 그녀가 물었다. 곧 그들은 출발했다.

밝고 고요한 밤이어서 광장에 있는 모든 나무들이 다 보였다. 어떤 나무는 시커멓고 또 다른 나무들은 기묘하게 군데군데 푸르스름한 인위적인 빛을 발하고 있었다. 둥근 활 모양의 등불 위로 어둠의 축이 솟아 있었다. 자정이 가까워지고 있었지만 밤 같지 않았다. 오히려 영묘하게 실체가 없어진 대낮 같았다. 거리에는 불빛이 아주 많았고 차들이 지나가고, 가벼운 외투를 열어놓은 채 하얀 목도리를 두른 남자들이 깨끗하고 물기 없는 보도를 따라 걷고 있었기 때문이었다. 집집마다 파티를 열고 있었기에 여러 집들이 아직도 불을 환히 밝히고 있었다. 그들이 무난히 메이페어를 통과해 가고 있는 동안 시내는 변했다. 주점들이 문을 닫는 중이었고 모퉁이 가로등 주위에 사람들이 모여 있었다. 만취한 남자가 천박한 노래를 큰 소리로 불러대고 있었고 취한 소녀가 모자장식 깃털을 눈가에 까딱거리며 가로등 기둥에 매달려서 흔들거리고 있었다……. 그러나 키티는 눈으로만 그녀가 보고 있는 것을 각인할 뿐이었다. 이야기를 하고, 신경을 쓰고, 서둘렀던 뒤라 그녀는 자신이 본 것에 아무것도 더할 수 없었다. 그리고 그들은 빠르게 지나쳐갔다. 이제 그들은 길을 돌았고 차는 충분히 속력을 내어 덧문이 닫혀 있는 큰 상점들이 늘어선 밝고 긴 거리로 미끄러져 갔다. 거리는 거의 텅 비어 있었다. 역의 노란 시계가 오 분밖에 여유가 없음을 알려주고 있었다.

시간에 꼭 대겠군. 그녀는 혼잣말을 했다. 승강장을 따라 걸어갈 때면 늘 느끼곤 하는 들뜬 기분이 일었다. 꽤 높은 곳에서 빛이 퍼지며 쏟아져 내렸다. 남자들의 고함 소리와 선로를 바꾸는 기차의 쩽그랑거리는 소리가 거대한 빈 공간에 울려 퍼졌다. 기차가 기다리고 있었다. 여행객들은 출발 준비를 하고 있었다. 어떤 이들은 좌석에서 멀리 가는 것이 두려운 듯이 한쪽 발을 객차의 계단에 올려놓고 두꺼운 컵에 담긴 음료를 마시며 서 있었다. 그녀는 기차의 길이를 내려다보았다. 엔진이 호스에서 물을 빨아들이는 것이 보였다. 전부 신체나 근육처럼 보였고 목까지도 매끄러운 몸통 안으로 들어가버린 것 같았다. 이것이 바로 기차라는 것이고 이에 비하면 다른 것들은 장난감이었다. 그녀는 유황이 섞인 공기를 들이마셨다. 이미 북부의 특질이 섞여든 듯 목 안쪽에 약간 신 맛이 남았다.

역무원이 그녀를 보더니 손에 호각을 든 채 그녀에게 다가왔다. "안녕하세요, 부인," 그가 말했다.

"안녕하세요, 퍼비스. 잘 부탁해요." 그가 그녀의 객실 문을 열 때 그녀가 말했다.

"알겠습니다, 부인. 시간에 꼭 대셨네요." 그가 대답했다.

그가 문을 잠갔다. 키티는 돌아서서 그녀가 밤을 보낼 불 켜진 작은 방을 둘러보았다. 모든 것이 준비되어 있었다. 침대도 정돈되어 있고 시트도 개켜져 있었으며 그녀의 가방은 좌석에 있었다. 역무원이 손에 깃발을 들고 창밖을 지나갔다. 가까스로 기차를 잡은 한 남자가 팔을 벌린 채 승강장을 가로질러 뛰어왔다. 문이 꽝 닫혔다.

"시간에 꼭 맞췄네." 키티가 거기 서서 혼잣말을 했다. 그때 기차가 부드럽게 덜컹거렸다. 그녀는 이렇게 거대한 괴물이 그토록이나 부드럽게 그 긴 여정에 오른다는 사실이 거의 믿기지 않았다. 그녀는 커다란 차 탕관이 미끄러지듯 지나가는 것을 보았다.

"이제 떠나는군." 그녀는 좌석에 깊숙이 기대어 앉으며 혼잣말을 했다. "떠나는 거야!"

모든 긴장이 그녀의 몸에서 빠져나갔다. 그녀는 혼자 있었고 기차는 움직이고 있었다. 승강장의 마지막 불빛이 미끄러지듯 사라졌다. 승강장 위의 마지막 형상도 사라졌다.

"정말 신나는군." 그녀는 마치 보모에게서 빠져나와 도망치는 어린 소녀처럼 혼잣말을 했다. "떠나는 거야!"

그녀는 환하게 불이 켜진 그녀의 객실 안에 잠시 가만히 앉아 있었다. 그러다가 그녀는 차양을 잡아당겼다. 차양이 홱 당겨져 올라갔다. 길게 뻗은 불빛들이 미끄러져 지나갔다. 공장과 창고의 불빛들, 희미한 뒷골목의 불빛들이었다. 그러다가 아스팔트 도로가 나오고 공원 안의 더 많은 불빛이 나타나고 나서 들판의 관목과 울타리가 나왔다. 그들은 런던을 뒤로하고 떠나고 있었다. 기차가 빛의 광휘를 떠나 어둠 속으로 질주하자 그 빛은 하나의 불타는 고리로 수축하는 듯했다. 기차는 굉음을 내며 터널로 질주했다. 기차는 마치 절단을 수행하는 것 같았다. 이제 그녀도 빛의 고리로부터 차단되었다.

그녀는 자신이 고립되어 있는 비좁은 객실을 둘러보았다. 모든 것이 약간씩 흔들리고 있었다. 지속적으로 희미한 진동이 있었다. 그녀는 한 세계에서 다른 세계로 지나가고 있는 것 같았다. 전이의 순간이었다. 그녀는 잠시 가만히 앉아 있었다. 그러다가 옷을 벗고 한 손으로 차양을 살짝 잡은 채 가만히 있었다. 기차는 이제 제 궤도에 올랐고 한껏 속력을 내어 시골을 질주하고 있었다. 멀리 몇 개의 불빛이 여기저기서 반짝거렸다. 시꺼먼 나무 덤불이 잿빛 여름 들판에 서 있었고 들판은 여름 풀들로 가득했다. 엔진에서 나오는 빛이 조용한 암소 떼를 비추었고 산사나무 울타리를 밝혀주었다. 그들은 이제 탁 트인 시골에 접어들었다.

그녀는 차양을 내리고 침대로 올라갔다. 등을 객실 벽 쪽으로 하고 다소 딱딱한 바닥에 누우니 머리 아래 약간의 진동이 느껴졌다. 그녀는 이제 제 궤도에 오른 기차가 내는 윙윙거리는 소음을 들으며 누워 있었다. 부드럽고도 힘차게 그녀는 잉글랜드를 지나 북부로 실려 가고 있었다. 나는 아무것도 할 필요가 없어, 그녀는 생각했다. 아무것도, 아무것도. 그저 실려 가게 둘 뿐이야. 그녀는 돌아누워 파란색 갓을 잡아당겨 등불을 가렸다. 기차 소리가 어둠 속에서 더 커졌다. 기차의 굉음과 진동이 규칙적인 소리의 리듬이 되어 그녀의 마음을 쓸고 지나가 그녀의 생각들을 몰아내는 듯했다.

아, 하지만 모든 생각을 다 몰아낸 건 아니야, 침대 위에서 뒤척이며 그녀는 생각했다. 어떤 생각들은 여전히 불쑥 튀어나왔다. 더 이상 어린아이가 아니야, 푸른 갓 아래 불빛을 응시하면서 그녀는 생각했다. 세월은 모든 것을 바꿔놓았다. 모든 것을 파괴하고 모든 것을―걱정과 근심을―쌓아 올렸다. 지금도 그랬다. 대화의 단편들이 그녀에게 계속 되돌아왔고 광경들이 그녀 앞에 다가왔다. 그녀는 창문을 힘주어 들어 올리는 자신의 모습을 떠올렸다. 그리고 워버턴 숙모의 턱에 난 뻣뻣한 털도. 그녀는 여자들이 일어나고 남자들이 줄지어 들어오는 모습도 떠올렸다. 그녀는 침상에서 돌아누우며 한숨을 내쉬었다. 그들이 입은 옷은 모두 똑같다고 그녀는 생각했다. 그들의 삶도 모두 같았다. 그런데 어떤 것이 옳은가? 침상 위에서 뒤치락거리며 그녀는 생각했다. 어떤 것이 그른가? 그녀는 다시 돌아누웠다.

그녀를 태운 기차는 계속 질주했다. 소리가 깊어졌고 끊임없는 굉음이 되었다. 어떻게 잠들 수 있을까? 어떻게 생각을 하지 않을 수 있을까? 그녀는 불빛을 등지고 누웠다. 지금 어디에 있는 거지? 그녀는 혼잣말을 했다. 지금 이 순간 기차는 어디에 있는 거지? 지금, 그녀는 눈을 감으며 중얼거렸다. 우리는 언덕 위에 있는 하얀 집을 지나고 있어. 지금은 터널을 지나가고 있어. 지금은 강 위의 다리를 건너고 있어…… 공백이 끼어들고 그녀의 생각에 띄엄띄엄 간격이 생기더니 뒤섞였다. 과거와 현재가 뒤죽박죽이 되었다. 마거릿 매러블이 손가락으로 드레스를 잡는 모습이 떠올랐지만 그녀는 코뚜레를 꿴 황소를 끌고 있었다…… 이게 잠이구나, 눈을 반쯤 뜨면서 그녀가 혼잣말을 했다. 다행이야, 눈을 다시 감으며 그녀가 혼잣말을 했다. 이게 잠이야. 그러면서 그녀는 기차에 몸을 맡겼다. 기차의 굉음이 이제 둔탁하게 멀어지고 있었다.

문을 가볍게 두드리는 소리가 났다. 그녀는 방이 왜 이렇게 흔들리는지 의아해하며 잠시 누워 있었다. 곧 전체 장면이 자리를 잡았다. 그녀는 기차 안에, 시골에 있었다. 기차역에 가까워지고 있었다. 그녀는 몸을 일으켰다.

그녀는 재빨리 옷을 입고 통로로 나갔다. 아직 이른 시간이었다. 그녀는 들판이 빠른 속도로 지나쳐 가는 것을 바라보았다. 벌거벗은 들판이 펼쳐져 있었다. 북부의 앙상한 들판이었다. 이곳은 봄이 늦어서 나무들이 아직 잎을 다 틔우지 않았다. 연기가 고리 모양으로 피어올라서 나무 한 그루를 하얀 구름으로 에워쌌다. 연기가 걷히자 그녀는 생각했다. 빛이 얼마나 좋은가. 맑고 선명하고 흰색과 회색인 빛이었다. 땅에는 남부 지역의 부드러움이나 녹음이 전혀 없었다. 그러나 이제 교차로에 왔고 이제 가스

저장소가 있었다. 그들은 역으로 들어가고 있었다. 기차가 속도를 늦추었고 승강장의 가로등들이 모두 점차로 정지 상태에 이르렀다.

그녀는 기차에서 내려 차갑고 신선한 공기를 깊이 들이마셨다. 차가 그녀를 기다리고 있었다. 그녀는 차를 보자마자 그것이 새 차임을 떠올렸다. 남편이 준 생일 선물이었다. 그녀는 아직 그 차를 타보지 않았다. 콜이 모자에 손을 대고 인사했다.

"열어봐요, 콜." 그녀가 말하자 그는 뻣뻣한 새 지붕을 열었고 그녀는 그의 옆자리에 탔다. 엔진에 시동이 걸렸다가 멈추고 다시 걸리면서 간헐적으로 덜컹거리는 탓에 그들은 아주 천천히 떠났다. 그들은 시내를 지나갔다. 상점들이 아직 모두 닫혀 있었다. 여자들이 무릎을 꿇고 앉아서 계단을 문지르고 있었다. 집집마다 침실과 거실에는 아직 차양이 드리워져 있었으며 지나다니는 차량도 거의 없었다. 우유 수레가 덜커덕거리며 지나갔다. 개들이 제 볼일들을 보느라 거리 한가운데를 돌아다니고 있었다. 콜은 거듭 경적을 울려야 했다.

"시간이 지나면 저들도 배우겠지요, 마님." 커다란 얼룩배기 잡종개가 슬금슬금 길을 비켜날 때 그가 말했다. 그는 시내에서는 조심스럽게 운전했다. 그러나 외곽으로 나오자 그가 속력을 냈다. 키티는 속도계의 바늘이 솟구쳐 오르는 것을 지켜보았다.

"운전하긴 쉬운가?" 엔진이 부드럽게 부르릉 하는 소리에 귀 기울이면서 그녀가 물었다.

가속기가 얼마나 가볍게 듣는지를 보여주기 위해 콜이 발을 떼었다가 다시 밟자 차가 속도를 더 냈다. 너무 빨리 달리고 있다고 키티는 생각했다. 그러나 도로가—그녀는 길을 주시하고 있었다—여전히 비어 있었다. 덜거덕거리는 농장의 사륜마차만이 두세 대 지나갔을 뿐이었다. 그들이 지나갈 때 남자들은 말의 머리께로 가서 말을 붙잡았다. 길은 그들 앞에 진주빛으로 하얗게 뻗어 있었다. 생울타리는 이른 봄의 뾰족한 나뭇잎으로 치장하고 있었다.

"여긴 봄이 아주 늦어." 키티가 말했다. "찬 바람 때문이겠지, 아마?"

콜이 고개를 끄덕였다. 그에게는 런던의 아첨꾼 하인들에게 흔한 비굴한 태도가 전혀 없었다. 그녀는 그가 편했다. 말없이 있을 수 있었다. 대기에는 따듯하고 서늘한 정도의 여러 단계가 있는 듯했다. 지금은 부드럽고, 지금은—그들은 농장을 지나고 있었다—비료의 시큼한 냄새가 강하게 풍겨왔다. 차가 언덕을 질주할 때 그녀는 머리에 쓴 모자를 잡은 채 등을 뒤로 기댔다. "이렇게 해서 꼭대기까지 오를 수 없어, 콜." 그녀가 말했다. 속도가 약간 늦춰졌다. 그들은 짐마차꾼들이 제동 장치를 걸곤 하여 노란색 줄무늬 자국이 남아 있는 익숙한 크랩스 언덕을 오르고 있었다. 예전에 말을 타고 다닐 때에는 이곳에서 내려서 걸어가곤 했었다. 콜은 아무 말도 하지 않았다. 그가 차의 엔진을 자랑하려는 구나. 그녀는 짐작했다. 차는 경쾌하게 달리고 있었다. 그러나 언덕은 길었다. 평평한 곳이 나왔다가는 다시 오르막길이 되었다. 차가 비틀거렸다. 콜이 차를 살살 다루었다. 키티는 그가 마치 말을 어르듯이 몸을 약간 뒤로 젖혔다가 앞으로 숙이곤 하는 것을 바라보았다. 그녀는 그의 근육이 긴장하는 것을 느꼈다. 차가 속도를 늦추다가 거의 멈췄다. 아니, 그들은 이제 언덕의 꼭대기에 있었다. 차가 정상까지 오른 것이다!

"잘했어!" 그녀가 외쳤다. 그는 아무 말도 하지 않았다. 그러나 그가 매우 자랑스러워하고 있는 것을 그녀는 알 수 있었다.

"예전 차로는 그렇게 할 수 없었을 거야." 그녀가 말했다.

"아, 하지만 그건 차의 잘못은 아니죠." 콜이 말했다.

그는 매우 인정 많은 남자였다. 바로 그녀가 좋아하는 종류의 사람이라고 그녀는 생각했다 ― 말수가 적고 내성적인 사람. 그들은 다시 계속 달렸다. 이제 그들은 미친 부인이 공작새와 사냥개들을 데리고 혼자 살고 있는 회색 석조 가옥을 지나고 있었다. 그들은 그 집을 지나쳤다. 이제 오른쪽에 숲이 나타났고 공기가 노랫소리를 내며 그들을 스쳐 갔다. 차를 타고 달리며 노란 햇살이 군데군데 내리비치는 짙푸른 진입로를 내려다보며 그녀는 바다 같다고 생각했다. 그들은 계속 달렸다. 이제 적갈색의 나뭇잎 더미들이 웅덩이를 붉게 물들이며 길가에 널려 있었다.

"비가 왔나?" 그녀가 말했다. 그가 고개를 끄덕였다. 그들은 아래쪽에 숲이 있는 높은 산등성이로 나왔다. 나무들 사이의 빈 터에 성곽의 회색 탑이 있었다. 그녀는 언제나 그 탑을 찾아서 친구에게 하듯 손을 들어 올리며 반겼다. 그들은 이제 영지 안에 들어와 있었다. 문기둥에는 그들 이름의 머리글자가 찍혀있었고 여관의 현관 위에도 그들의 문장이 둘려져 있었다. 시골집 문마다 그들의 문장이 올려져 있었다. 콜이 시계를 보았다. 속도계의 바늘이 다시 껑충 뛰었다.

너무 빨라, 너무 빨라! 키티는 속으로 말했다. 그러나 그녀는 얼굴에 바람을 맞는 것을 좋아했다. 이제 그들은 관리인의 집 입구에 이르렀다. 프리디 부인이 머리칼이 흰 아이를 팔에 안은 채 문을 열어놓고 있었다. 그들은 넓은 정원을 지나 질주했다. 사슴들이 머리를 들고 쳐다보고는 양치식물 사이로 가볍게 깡충거리며 사라졌다.

"십오 분에서 이 분 모자라는군요, 마님." 그들이 둥글게 원을 그리며 현관 앞에 멈춰 섰을 때 콜이 말했다. 키티는 잠시 서서 차를 바라보았다. 그녀는 자동차 보닛 위에 손을 얹었다. 뜨거웠다. 그녀가 가볍게 다독였다. "이 차가 멋지게 해냈군, 콜." 그녀가 말했다. "주인께 말씀드려야겠어." 콜이 미소를 지었다. 그는 행복했던 것이다.

그녀는 안으로 들어갔다. 주위에 아무도 없었다. 그들은 예상보다 일찍 도착했다. 그녀는 갑옷과 흉상이 놓여 있는 커다란 판석이 깔린 홀을 가로질러 아침 식사가 차려져 있는 오전용 거실로 들어갔다.

안으로 들어서자 녹색 빛에 눈이 부셨다. 마치 에메랄드 한복판에 서 있는 것 같았다. 바깥이 온통 녹색 천지였다. 바구니를 든 회색 프랑스 여인들의 석상이 테라스에 서 있었다. 그러나 바구니는 비어 있었다. 여름이 되면 꽃들이 거기에서 타오를 것이었다. 푸른 잔디가 짧게 자른 주목들 사이로 난 넓은 숲길로 이어져 내려가다가 강에 잠겼다가는 다시 꼭대기에 숲이 우거진 언덕으로 이어졌다. 이제 숲에는 안개의 소용돌이가 일고 있었다 ― 이른 아침의 옅은 안개였다. 그녀가 바라보고 있을 때 벌이 귓가에서 윙윙거렸다. 그녀는 돌 위를 흐르는 강물의 웅얼거림이 들린다고 생각했다. 나무 꼭대기에서는 비둘기들이 꾸르륵거렸다. 이른 아침이 내는 목소리, 여름의 목소리였다. 그러나 이때 문이 열렸다. 그녀의 아침 식사가 왔다.

그녀는 아침을 먹었다. 그러고 나서 의자에 기대어 앉아 있으려니 따뜻하고 충만되게 느껴졌고 편안한 느낌이었다. 할 일이 아무것도 없었다 ― 아무 일도. 하루 전체가 그녀의 것이었다. 게다가 날씨도 좋았다. 햇빛이 갑자기 방 안으로 비쳐 들어와서 바닥에 널찍하게 빛줄기가 깔렸다. 태양은 바깥에 있는 꽃에도 내려앉았다. 공작나비 한 마리가 창가에서 날갯짓을 하고 있었다.

그녀는 나비가 나뭇잎에 내려앉는 것을 보았다. 나비는 나뭇잎에 앉은 채 마치 햇살을 즐기고 있는 듯이 날개를 폈다 접었다 폈다 접었다 하고 있었다. 그녀는 나비를 지켜보았다. 날개의 솜털이 부드러운 적갈색이었다. 나비가 다시 날갯짓을 했다. 그때 어떤 보이지 않는 손이 들여보낸 중국 삽살개 한 마리가 몰래 접근하더니 나비에게로 곧장 다가가서 날개자락 냄새를 맡고는 밝은 햇살 속에 몸을 내던져 달려들었다.

무정한 짐승! 그녀는 생각했다. 하지만 그녀는 그 무심함이 흡족스러웠다. 그는 그녀에게도 아무것도 요구하지 않았다. 그녀는 담배를 향해 손을 뻗었다. 뚜껑을 열자 녹색에서 파란색으로 바뀐 에나멜 상자를 집어 들며 그녀는 궁금해했다. 마틴이라면 뭐라고 할까? 끔찍하다고? 저속하다고? 그럴지도—하지만 사람들이 무슨 말을 하건 그게 뭐 중요한가? 비판이란 오늘 아침의 담배처럼 사소한 것으로 여겨졌다. 그가 뭐라 하건, 사람들이 뭐라 하건, 그 누가 뭐라 하건 그게 뭐 중요한가? 오늘 하루가 온전히 그녀의 것인데? 그녀는 혼자 있는데? 그리고 그들은 춤과 파티를 끝내고 저들의 집에서 아직 자고 있겠지…… 그녀는 창가에 서서 잿빛이 도는 녹색 잔디를 바라보며 생각했다. 그 생각을 하자 그녀는 기뻤다. 그녀는 담배를 집어 던지고 옷을 갈아입으러 위층으로 올라갔다.

그녀가 다시 내려왔을 때 햇볕은 훨씬 더 강렬해졌다. 정원은 이미 그 순수한 모습을 잃고 있었다. 숲의 안개도 걷혔다. 그녀가 창밖으로 걸음을 내딛자 잔디 깎는 기계 소리가 들려왔다. 고무 발굽을 한 조랑말이 희미한 흔적을 풀밭에 남기며 잔디밭을 이리저리 서성이고 있었다. 새들은 제각기 흩어져 노래하고 있었다. 찌르레기들도 쇠비늘갑옷을 반짝이며 풀밭에서 먹이를 먹고 있었다. 흔들리는 풀잎 끝에 매달린 이슬이 빨강, 자주, 황금빛으로 빛났다. 완벽한 오월의 아침이었다.

그녀는 천천히 테라스를 따라 거닐었다. 지나가면서 그녀는 서재의 긴 유리창을 들여다보았다. 모든 것이 가려져 있고 닫혀 있었다. 그러나 그 긴 방은 여느 때보다 더 품위 있어 보였고 모든 것이 조화롭게 어울리는 것처럼 보였다. 갈색 책들은 길게 열을 이루어 조용히, 위엄 있게, 그들끼리, 그들 자체만으로, 존재하는 듯했다. 그녀는 테라스를 내려와 긴 풀밭 길을 산책했다. 정원은 아직 비어 있었다. 한 남자만이 셔츠바람으로 나무에 뭔가를 하고 있었다. 그러나 그녀는 아무에게도 말을 걸 필요가 없었다. 조금 전의 그 개가 그녀 뒤를 슬금슬금 따라왔다. 그 개 역시 조용했다. 그녀는 화단을 지나 강 쪽으로 갔다. 그녀는 언제나 다리 위에 멈춰 서곤 했다. 이따금 두 팔로 무릎을 안고 물속으로 뛰어들기도 했다. 물은 항상 그녀를 매료시켰다. 물살이 빠른 북부의 강이 황무지로부터 흘러내렸다. 그것은 남부의 강들처럼 부드럽지도, 녹색을 띠지도 않았으며 깊고 잔잔하지도 않았다. 강물은 쏜살같이, 급히 흘렀다. 빨강, 노랑, 그리고 맑은 갈색의 물결이 바닥의 조약돌 위로 펼쳐졌다. 그녀는 팔꿈치를 난간에 얹고 강물이 아치 주위마다 소용돌이치는 것을 지켜보았다. 그녀는 물결이 조약돌 위로 다이아몬드와 날카로운 화살이 지나간 흔적을 만들어내는 것을 지켜보았다. 그녀는 귀를 기울였다. 여름에 나는 소리와 겨울에 나는 소리가 다르다는 것을 그녀는 알고 있었다. 지금 강은 급물살로 빠르게 흐르고 있었다.

그러나 개는 지루해져서 계속 행진해 갔다. 그녀가 그 뒤를 따랐다. 그녀는 언덕 꼭대기에 있는 돌고래 모양의 기념비를 향해 녹음이 우거진 승마도로를 걸어 올라갔다. 숲을 지나는 길마다 모두 이름이 있었다. 파수꾼의 길, 연인들의 산책길, 숙녀의 길이 있었는데 여기는 백작의 승마로였다. 그러나 숲으로 들어가기 전에 그녀는 멈춰 서서 집을 돌아보았다. 헤아릴 수 없을 만큼 여러 번 그녀는 이곳에서 멈춰 섰었다. 성은 회색으로 위엄 있어 보였다. 오늘 아침에는 아직 차양을 내리고 깃대에 깃발도 없이 잠들어 있었다. 성은 매우 웅장하고 고풍스러우며 항구적인 듯 보였다. 그러고 나서 그녀는 숲으로 계속 걸어갔다.

그녀가 나무 밑을 걷고 있을 때 바람이 이는 듯했다. 바람은 나무 꼭대기에서는 노래를 했지만 나무 아래에서는 조용했다. 낙엽이 발밑에서 바스락거렸다. 낙엽 사이로 한 해의 꽃 중에서 가장 어여쁜 연한 봄꽃이 피어 있었다. 푸른 꽃과 하얀 꽃들이 녹색 이끼 방석 위에서 살포시 떨고 있었다. 봄은 언제나 슬프다고 그녀는 생각했다. 봄은 기억을 되살리기 때문이었다. 모든 것은 지나가 버리고 모든 것은 변하지. 그녀는 나무 사이로 난 오솔길을 오르면서 생각했다. 이중 어느 것도 그녀의 것은 아니었다. 그녀의 아들이 물려받을 것이고 그의 아내가 그녀의 뒤를 이어 이곳을 거닐 것이었다. 그녀는 잔가지 하나를 꺾어들고 꽃 한 송이를 따서 입에 물었다. 그러나 그녀는 인생의 장년기였고 활기가 있었다. 그녀는 계속 성큼성큼 걸었다. 길은 급한 오르막으로 이어졌다. 밑창이 두꺼운 신발로 땅을 디디자 그녀의 근육은 강하고도 유연하게 느껴졌다. 그녀는 꽃을 내던졌다. 더 높이 올라갈수록 나무가 드문드문해졌다. 두 그루의 벌거숭이 나무 둥치 사이로 갑자기 놀라울 만큼 푸른 하늘이 보였다. 정상에 이른 것이었다. 바람이 잠잠해졌다. 시골의 정경이 그녀 주위 사방으로 드넓게 펼쳐져 있었다. 그녀의 몸은 줄어들고 눈은 커지는 듯했다. 그녀는 땅에 몸을 던지듯 드러누워서 저 멀리 어디에선가 바다에 닿을 때까지 파도 치듯 오르락내리락하며 멀리 멀리 이어지는 대지를 내려다보았다. 이 높이에서 내려다보면 대지는 개간되지 않은 채, 사람이 살지도 않고, 마을도 집들도 없이, 스스로, 홀로 존재하는 듯했다. 쐐기 모양의 어두운 그늘과 밝게 빛이 드는 드넓은 곳이 나란히 있었다. 그녀가 바라보자 빛이 움직이고 어둠이 움직였다. 빛과 그림자가 언덕을 넘고 계곡을 넘어 여행을 계속하고 있었다. 깊은 속삭임이 그녀의 귓가에 들려왔다―다름 아닌 대지가 홀로 합창을 하며 스스로에게 노래하고 있었다. 그녀는 귀 기울이며 거기 누워 있었다. 그녀는 행복했다, 아주 완전히. 시간이 멈춰 있었다.

1917년

몹시 추운 겨울 밤이었다. 너무도 조용해서 공기마저도 얼어붙은 듯했다. 달도 없어서 대기는 유리 같은 고요함으로 얼어붙은 채 영국 전역에 펼쳐져 있었다. 연못과 도랑도 모두 얼어붙었고 도로마다 웅덩이가 유리 눈알처럼 반짝이며 얼어있었다. 포장된 보도에는 서리가 얼어붙어 미끄러운 혹처럼 솟아 있었다. 어둠이 유리창마다 내려앉았고 마을은 탁 트인 시골과 하나가 되어버렸다. 하늘로 쏘아 올린 탐조등이 이곳저곳 마치 뭉게구름을 음미하려는 듯이 멈춰 서는 것을 빼면 불빛이라고는 전혀 없었다.

"저것이 만약 강이라면," 엘리너가 역 밖의 어두운 거리에서 멈춰 서며 말했다. "웨스트민스터가 분명히 저기쯤일 거야." 그녀가 타고 왔던 버스는 푸른 불빛에 창백해 보이는 말없는 승객들을 태운 채 이미 사라지고 없었다. 그녀는 돌아섰다.

그녀는 레니와 매기와 함께 저녁 식사를 하기로 되어 있었다. 그들은 웨스트민스터 사원의 그늘 아래 있는 퇴색한 작은 거리들 중 어딘가에 살고 있었다. 그녀는 계속 걸어갔다. 거리에서 먼

쪽은 거의 보이지 않았다. 등불들도 푸른빛으로 싸여 있었다. 그녀는 길모퉁이에 있는 이름을 찾아 회중전등을 들어 올려 비춰 보았다. 그녀는 다시 회중전등을 비춰 보았다. 여기 벽돌담이 드러났고 저기 청록색의 담쟁이덩굴이 보였다. 마침내 30번지가, 그녀가 찾고 있던 주소가 불빛 속에 드러났다. 그녀는 문을 두드리면서 동시에 초인종을 눌렀다. 어둠이 시야뿐 아니라 소리까지도 뒤덮어버리는 것 같았기 때문이었다. 그곳에 서서 기다리는 동안 정적이 무겁게 그녀를 짓눌렀다. 그때 문이 열리며 남자의 목소리가 들렸다. "들어오세요!"

그는 마치 불빛을 막으려는 듯 재빨리 등 뒤로 문을 닫았다. 거리에서 막 들어온 터라 집 안 풍경이 낯설어 보였다. 현관의 유모차며 우산꽂이의 우산들, 카펫, 사진들. 그 모든 것들이 강렬했다.

"들어오세요!" 레니가 다시 말하며 불빛이 환한 거실로 그녀를 안내했다. 또 한 남자가 그 방에 서 있었는데 그녀는 그들만 있을 것으로 기대하고 왔던 터라 그를 보고 놀랐다. 그 남자는 그녀가 알지 못하는 사람이었다.

잠시 그들은 물끄러미 서로를 바라보고 있었다. 이윽고 레니가 말했다. "이쪽은 니콜라스……." 하지만 그는 그 남자의 성을 분명하게 말하지 않았고 또 그 성이 매우 길어서 그녀는 알아들을 수가 없었다. 외국 이름이라고 그녀는 생각했다. 외국인이군. 분명히 영국인은 아니야. 그는 외국인처럼 목례와 함께 악수를 하고는, 하다만 이야기를 끝내고 싶은 듯 이야기를 계속했다…… "우리는 나폴레옹에 대해 이야기하고 있었어요……" 그가 그녀에게 돌아서며 말했다.

"아, 네." 그녀가 말했다. 그러나 그녀는 그가 무슨 말을 하고 있는지 전혀 이해할 수가 없었다. 그저 토론 중이었나보다 하고 짐작할 뿐이었다. 그 이야기가 나폴레옹에 관련한 것이라는 것 이외에 그녀는 한마디도 이해하지 못한 채 이야기가 끝나가고 있었다. 그녀가 외투를 벗어 내려놓았다. 그들이 이야기를 멈추었다.

"제가 가서 매기에게 말할게요." 레니가 말했다. 그는 그들만 남겨둔 채 불쑥 나가버렸다.

"나폴레옹에 대해 얘기하고 계셨다고요?" 엘리너가 말했다. 그녀는 성씨를 듣지 못한 그 남자를 바라보았다. 그는 피부색이 매우 검었고 둥그스름한 머리에 검은 눈을 지녔다. 그의 인상이 좋은가 나쁜가? 그녀는 알 수 없었다.

내가 그들을 방해했구나. 그녀는 그렇게 느꼈다. 난 할 말도 없는데 말이지. 그녀는 얼떨떨하고 추웠다. 그녀는 불가에 손을 펴고 쬐었다. 그것은 진짜 불이었다. 나무토막이 활활 타고 있었고 빛나는 타르를 따라 불길이 일고 있었다. 그녀의 집에 남아 있는 것은 조금씩 새어나오는 약한 가스가 전부였다.

"나폴레옹." 손을 데우면서 그녀가 말했다. 그녀는 아무 의미도 없이 말했다.

"우리는 위인의 심리에 대해 생각하고 있던 중이었어요." 그가 말했다. "현대 과학에 비추어 말이지요." 그가 살짝 웃으면서 덧붙였다. 그녀는 그 논쟁이 좀 더 그녀가 이해할 수 있는 범위 내의 것이었더라면 좋았을 거라고 생각했다.

"아주 흥미롭군요." 그녀가 소심하게 말했다.

"네, 우리가 그것에 관해 알기만 하면요." 그가 말했다.

"우리가 그것에 관해 알기만 하면……." 그녀가 따라 말했다. 잠시 침묵이 흘렀다. 그녀는 온통―손만이 아니라 두뇌까지도 얼어버린 듯 멍했다.

"위인의 심리―" 그녀는 말을 이었다. 그가 그녀를 바보로 생각하기를 바라지 않았기 때문이었다. "……그것에 대해 토론하시던 중이었나요?"

"우리가 하던 얘기는—" 그가 잠시 말을 멈추었다. 아마 토론 내용을 요약하기가 쉽지 않은 모양이라고 그녀는 짐작했다. 주변에 널려 있는 신문이나 탁자 위 담배꽁초들로 보아 그들은 상당 시간 동안 얘기하고 있었던 것이 분명했다.

"내 얘기는," 그가 말을 계속했다. "내 얘기는 우리 같은 평범한 사람들은 우리 자신을 모른다는 겁니다. 그런데 우리가 우리 자신을 모른다면 우리가 어떻게 종교나 법률 등을 만들 수 있을까요, 그에—" 그는 사람들이 언어가 유연하지 않음을 깨달을 때 그러는 것처럼 손을 움직였다. "그에—"

"그에 적합한—그에 적합한," 그녀가 외국인들이 으레 사용하는 사전식 어휘보다 짧은—그녀는 이 점을 확신했다—어휘를 그에게 일러 주었다.

"—그에 적합한, 그에 적합한," 그가 그녀의 도움을 고마워하는 듯한 태도로 그 말을 받아들여 되풀이했다.

"……그에 적합한." 그녀도 되풀이했다. 그녀는 그들이 무슨 이야기를 하고 있었는지 전혀 알지 못했다. 그런데 갑자기, 그녀가 불 위로 몸을 숙여 손을 덥히고 있는 동안, 어휘들이 그녀의 마음속을 함께 떠다니다가 잘 이해되는 문장을 만들어냈다. 그가 말했던 바가 이것인 듯 싶었다. "우리가 우리 스스로를 모르기 때문에 우리는 적합한 법률과 종교를 만들 수 없다."

"당신이 그런 말을 하시다니 정말 신기하군요!" 그를 보고 웃으며 그녀가 말했다. "나도 종종 그렇게 생각을 했거든요!"

"그것이 왜 신기하지요?" 그가 말했다. "우린 모두 같은 걸 생각합니다. 다만 그걸 말하지 않을 뿐이지요."

"오늘 밤 버스를 타고 오면서," 그녀가 말하기 시작했다. "난 이번 전쟁에 대해 생각하고 있었어요—나는 이걸 느끼지 않았지만, 다른 사람들은 느끼지요……." 그녀는 말을 끊었다. 그는 당혹스러운 표정이었다. 아마도 그녀가 그의 말을 오해한 듯했다. 게다가 그녀는 자기가 뜻하는 바를 분명하게 표현하지 않았던 것이다.

"제 말은," 그녀가 다시 말을 시작했다. "버스를 타고 오면서 나는 생각했어요—"

그러나 이때 레니가 들어왔다.

그는 병과 유리잔이 놓인 쟁반을 들고 왔다.

"포도주 상인의 아들이라는 것은 근사한 일이에요." 니콜라스가 말했다.

그 말은 마치 프랑스어 문법책에서 인용한 문장처럼 들렸다.

포도주 상인의 아들. 엘리너는 그의 붉은 두 뺨과 검은 눈동자와 커다란 코를 바라보면서 혼잣말로 되뇌었다. 저 다른 남자는 러시아인일 거라고 그녀는 생각했다. 러시아인, 폴란드인, 유태인?—그녀는 그가 누구인지, 무엇을 하는 사람인지 전혀 알 수 없었다.

그녀는 포도주를 마셨다. 포도주가 그녀의 척추에 있는 어느 마디를 어루만져 주는 듯했다. 그때 매기가 들어왔다.

"어서 오세요." 그녀가 말했다. 그와는 너무 잘 알아서 굳이 인사를 할 필요도 없다는 듯이 그녀는 그 외국인의 인사를 안중에 두지 않았다.

"저 신문들 좀 봐," 그녀는 바닥에 널려 있는 것들을 둘러보며 항의했다. "저 신문들, 신문들." 바닥에 온통 신문이 어지럽게 널려 있었다.

"우리는 지하실에서 식사해요." 엘리너에게 돌아서며 그녀가 말했다. "하인들이 없어서요." 그녀는 경사가 심한 좁은 계단으로 길을 안내했다.

"그런데, 막달레나," 그들이 저녁 식사가 차려져 있는 천장이 낮은 작은 방에 서게 되자 니콜라스가 말했다. "사라가 '내일 저녁에 매기 언니네 집에서 만나요.'라고 했었는데, 그녀가 없군요."

그는 서 있었고 다른 사람들은 앉아 있었다.

"시간 맞춰 올 거예요." 매기가 말했다.

"전화를 걸어봐야겠어요." 니콜라스가 말했다. 그는 방을 나갔다.

"훨씬 좋지 않아?" 엘리너가 접시를 들며 말했다. "하인이 없는 게 말이야……."

"설거지하는 아주머니는 있어요." 매기가 말했다.

"덕분에 우리는 정말 지저분하게 지낸답니다." 레니가 말했다.

그는 포크 하나를 들고 포크의 날 사이를 자세히 들여다보았다.

"아니, 이 포크는, 마침, 깨끗하군요." 그가 말하고는 그것을 다시 내려놓았다.

니콜라스가 방으로 돌아왔다. 그는 불안해 보였다.

"그녀가 거기 없어요." 그가 매기에게 말했다. "그녀에게 전화를 걸었지만 받지 않아요."

"아마도 오고 있는 중일 거예요." 매기가 말했다. "아니면 잊어버렸을 수도 있고……."

그녀가 그에게 수프를 건네주었다. 그러나 그는 꼼짝 않고 접시를 바라보며 앉아 있었다. 이마에는 주름이 잡혀 있었다. 그는 걱정을 감추려고 하지 않았다. 그는 거리낌이 없었다. "저기!" 그들이 하고 있던 얘기를 가로막으며 그가 갑자기 외쳤다. "그녀가 오고 있어요!" 그가 덧붙였다. 그는 숟가락을 내려놓고 기다렸다. 누군가가 천천히 가파른 계단을 내려오고 있었다.

문이 열리고 사라가 들어왔다. 그녀는 추워서 파리해 보였다. 그녀의 뺨은 여기는 하얗고 저기는 빨갛게 되었고, 온통 푸르스름한 장막에 싸인 거리를 걸어오느라고 아직까지도 멍한 듯 눈을 깜빡였다. 그녀는 니콜라스에게 손을 내밀었고 그는 그 손에 키스했다. 하지만 그녀가 약혼반지를 끼고 있지는 않은 것을 엘리너는 알아차렸다.

"그래요, 우린 지저분해." 매기가 그녀를 쳐다보며 말했다. 그녀는 평상복 차림이었다. "누더기를 입었지." 그녀가 덧붙였다. 수프를 뜨는 그녀의 소매에 금실 고리가 늘어져 있었기 때문이었다.

"난 정말 아름답다고 생각하고 있었는데⋯⋯." 엘리너가 말했다. 그녀의 시선은 금실 박힌 은색 드레스에 머물러 있었다. "어디서 그걸 구했니?"

"콘스탄티노플에서요, 어떤 터키인한테서." 매기가 말했다.

"터번을 두른 어느 환상적인 터키인." 사라가 자신의 접시를 들고 그 소맷자락을 어루만지며 중얼거렸다. 그녀는 아직도 멍한 상태인 것 같았다.

"그리고 접시들도," 엘리너가 접시의 자줏빛 새를 보면서 말했다. "내가 기억을 못하는 건가?" 그녀가 물었다.

"집의 거실 캐비닛에 있던 거예요." 매기가 말했다. "그렇지만 그건 좀 어리석었던 것 같아요—저걸 캐비닛에 두는 것 말이에요."

"우린 매주 하나씩 깨뜨려요." 레니가 말했다.

"전쟁이 끝나도 남아 있을 거예요." 매기가 말했다.

엘리너는 매기가 '전쟁'이라는 말을 할 때 레니의 얼굴에 묘한 가면 같은 표정이 덮이는 것을 보았다. 프랑스인들이 다 그렇듯이, 그도 자기 나라를 끔찍이 아끼는 게지. 그녀는 생각했다. 하지만 모순적이기도 하지. 그를 바라보며 그녀는 느꼈다. 그는 말이 없었다. 그의 침묵이 그녀에게 중압감을 주었다. 그의 침묵에는 뭔가 강단이 있었다.

"그런데 왜 그렇게 늦었어요?" 사라에게 몸을 돌리며 니콜라스가 물었다. 그는 마치 그녀가 어린아이기라도 한 것처럼 부드러우면서도 꾸짖는 듯한 어투로 물었다. 그가 그녀에게 포도주를 한 잔 따라주었다.

조심해, 엘리너는 그녀에게 말하고 싶었다. 술기운이 오를 거야. 조심하라구. 그녀는 몇 달 동안 포도주를 마시지 않았던 터였다. 그녀는 이미 약간 멍해지고 다소 어지러웠다. 어두운 데 있다가 밝은 데에 있고 조용한 데 있다가 말을 하게 되어서였다. 아마도 전쟁이 장벽을 허무는 모양이었다.

그러나 사라는 술을 마셨다. 그러다가 갑자기 소리쳤다.

"그 몹쓸 바보 녀석 때문에."

"몹쓸 바보? 누구?" 매기가 물었다.

"엘리너 언니의 조카 말이야." 매기가 말했다. "노스, 엘리너 언니의 조카 노스." 그녀는 마치 엘리너에게 말을 걸듯 그녀를 향해 잔을 들었다. "노스……." 그러고는 그녀는 웃음을 지었다. "난 혼자 앉아 있었어. 벨이 울리더군. '세탁물이 왔나 보네,' 내가 말했지. 계단을 올라오는 발걸음 소리가 들렸어. 노스였어 ─ 노스." 그녀는 경례를 하듯 손을 머리께로 들어 올렸다. "이런 모습을 하고서는……. '도대체 무슨 일이야?' 내가 물었지. '오늘 밤 전선으로 떠나요.' 뒤꿈치를 딱 하고 부딪히며 그가 말하더군. '저는 중위로서—' 어느 부대라던가, 적군 잡는 왕립연대라나 뭐라나……. 그러고는 모자를 우리 할아버지 흉상에 거는 거야. 내가 차를 따라주었지. '설탕을 몇 개나 넣지? 적군 잡는 왕립연대의 중위는?' 내가 물었지. '하나, 둘, 셋, 넷…….'"

그녀가 빵조각을 둥글게 뭉친 알맹이들을 식탁에 떨어뜨렸다. 하나씩 떨어질 때마다 그것은 그녀의 비통함을 강조하는 것 같았다. 그녀는 더 나이 들고 더 지쳐 보였다. 웃고 있는데도 그녀는 쓸쓸해 보였다.

"노스가 누구죠?" 니콜라스가 물었다. 그는 '노스'를 마치 나침반의 한 점인 것처럼 발음했다.

"내 조카예요. 내 남동생인 모리스의 아들이지요." 엘리너가 설명했다.

"저만큼 앉아서," 사라가 말을 이었다. "진흙 색깔의 군복을 입고 다리 사이에 회초리를 들고서는, 발그스레하니 바보 같은 얼굴 양옆으로 두 귀가 삐죽 튀어나온 모습으로, 내가 무슨 말을 하든 '좋아요'라고 대꾸하는 거야. '좋아요, 좋아요.' 그러다가 결국 내가 부지깽이와 부젓가락을 집어 들었어."—그녀는 나이프와 포크를 집어 들었다—"그러고는 '신이시여, 왕께서 행복하고 영화롭게 오래도록 우리를 통치하도록 보살피소서—'를 연주했지." 그녀는 나이프와 포크를 마치 무기인 양 들고 있었다.

그가 떠났다니 유감이군. 엘리너는 생각했다. 그녀의 눈앞에 어떤 그림이 떠올랐다. 테라스에서 여송연을 피우던, 크리켓을 하는 멋진 소년의 모습이었다. 유감이야……. 그러자 또 다른 그림이 나타났다. 그녀가 같은 테라스에 앉아 있었다. 그런데 해가 지고 있었고 하녀가 나오더니 말했다. "군인들이 총검을 장착하고 전선을 지키고 있어요!" 그렇게 그녀는 전쟁 소식을 들었었다—3년 전에. 그때 그녀는 커피 잔을 작은 탁자에 내려놓으며 그 언덕들을 지키려는 터무니없지만 격렬한 열망에 사로잡혀 생각했었다. 내가 할 수만 있다면 절대로 안 돼! 그녀는 목초지 너머 산등성이를 바라보았었다……. 지금 그녀는 맞은편의 외국인을 바라보았다.

"당신은 정말 불공평하군요." 니콜라스가 사라에게 말하고 있었다. "편견에 사로잡혀 있고, 편협하고, 불공평해요." 자신의 손가락으로 그녀의 손을 가볍게 두드리면서 그가 되풀이했다.

그는 바로 엘리너가 느끼고 있는 바를 말하고 있었다.

"그래. 당연하지 않아……?" 그녀가 말했다. "당신은 독일인들이 영국을 침공하게 허용하고 아무것도 하지 않을 수 있나요?" 레니를 돌아보며 그녀가 말했다. 그녀는 자신이 한 말을 후회했다. 그건 그녀가 사용하고자 했던 말들이 아니었다. 그의 얼굴에 고통스러워하는 표정이 떠올랐다. 아니 분노인가?

"나요?" 그가 말했다. "난 그들이 포탄을 만드는 것을 돕습니다."

매기가 그의 뒤에 서 있었다. 그녀는 고기 요리를 가져왔다. "잘라줘요." 그녀가 말했다. 그녀가 그의 앞에 내려놓은 고기를 그는 물끄러미 바라보고 있었다. 그가 나이프를 들고 기계적으로 자르기 시작했다.

"이제, 보모." 그녀가 그에게 상기시켜 주었다. 그가 한 접시 분량을 더 잘랐다.

"그래요." 매기가 접시를 치울 때 엘리너가 어색하게 말했다. 그녀는 뭐라고 말해야 할지 몰랐다. 그녀는 생각하지 않고 말했다. "가능한 한 빨리 끝내고 그러고 나서……." 그녀가 그를 바라보았다. 그는 말이 없었다. 그가 고개를 돌렸다. 그는 마치 자신이 말을 하는 것을 피하려는 듯이, 다른 사람들이 하고 있는 말을 들으려고 고개를 돌린 것이었다.

"허튼소리, 허튼소리예요…… 그런 당치도 않은 허튼소리를 하지 말아요─당신이 정말 말했던 것은 이것이지요." 니콜라스가 말하고 있었다. 그의 손이 크고 깨끗하며 손톱이 짧게 깎여 있는 것을 엘리너는 알아차렸다. 그는 의사일지도 몰라. 그녀는 생각했다.

"'허튼소리'라는 게 뭐죠?"[1] 레니를 돌아보며 그녀가 물었다. 그녀는 그 단어를 알지 못했다.

"미국식이에요." 레니가 말했다. "저 사람이 미국인이거든요." 그가 고개를 끄덕여 니콜라스를 가리키며 말했다.

"아니에요." 니콜라스가 돌아보며 말했다. "나는 폴란드인[2]이에요."

"저 사람 어머니가 왕녀였어요." 매기가 마치 그를 놀리듯이 말했다. 그래서 그의 시곗줄에 문장이 있는 것이로군. 엘리너는 생각했다. 그는 커다랗고 오래된 문장이 있는 시곗줄을 차고 있었다.

"어머니 집안은 폴란드에서 최고 귀족 가문 중 하나였어요." 그가 사뭇 진지하게 말했다. "그렇지만 제 아버지는 평범한 사람─평민이었지요……. 당신은 좀 더 자제력을 지녔어야만 해요." 그가 다시 사라를 돌아보며 덧붙였다.

"그랬어야 했죠." 그녀가 한숨을 쉬었다. "그러나 그는 고삐를

---

1 허튼소리를 뜻하는 미국식 은어 'poppycock'은 '묽은 변'을 뜻하는 네덜란드어 'pappekak'에서 유래되었다.
2 1830년 러시아의 지배에 항거하는 폴란드 항쟁이 러시아-폴란드 전쟁으로 확산된 후 19세기와 20세기 전반부에 걸쳐 유태계 폴란드인들이 대거 영국을 포함한 서구지역으로 이주했다.

한번 흔들고는 이렇게 말했어요. '안녕 영원히, 안녕 영원히!'"[3] 그녀가 손을 뻗어서 포도주를 한 잔 더 따랐다.

"당신은 이제 그만 마셔야겠어요." 니콜라스가 술병을 치우며 말했다. "그녀는 자기 자신의 모습을 그리고 있어요," 그가 엘리너를 돌아보며 설명했다. "탑 꼭대기에서 갑옷을 입은 기사에게 하얀 손수건을 흔들고 있는 모습을요."

"그리고 어두운 황무지 위로 달이 떠오르고 있었어요."[4] 사라가 후추단지를 만지며 중얼거렸다.

저 후추단지가 어두운 황무지로군. 엘리너가 그 단지를 보며 생각했다. 물건마다 가장자리가 조금씩 흐릿하게 보였다. 포도주 탓이었고 전쟁 탓이었다. 사물들마다 껍질이 벗겨져 나간 듯 보였다. 단단한 표면이 사라지고 없는 듯했다. 그녀가 시선을 두고 있는 금박을 입힌 발톱굽이 있는 의자조차도 구멍이 숭숭 나 있어서, 그녀가 바라보고 있는 동안에 어떤 온기를, 어떤 매력을 뿜어내고 있는 듯했다.

"난 저 의자를 기억해," 그녀가 매기에게 말했다. "그리고 네 어머니도……." 그녀가 덧붙였다. 그러나 그녀는 늘 유제니 숙모가 앉아 있지 않고 움직이고 있는 것을 보았다.

"……춤을 추고 있는." 그녀가 덧붙였다.

"춤을 추고 있는……." 사라가 따라서 말했다. 그녀가 포크로 식탁을 두드리기 시작했다.

"내가 어렸을 때 난 춤을 추곤 했지." 그녀가 중얼거렸다.

"내가 어렸을 때 모든 남자들이 나를 사랑했어……. 장미와 라일락이 매달려 있었어. 내가 어렸을 때, 내가 어렸을 때. 기억해,

---

3 영국 시인 로버트 번즈(Robert Burns, 1759~1796)의 싯구.
4 영국 시인 퍼시 비시 셸리(Percy Bysshe Shelly, 1792~1822)의 싯구의 변용.

매기 언니?" 그녀는 마치 둘이서 같은 것을 기억하고 있는 것처럼 그녀의 언니를 바라보았다.

매기가 고개를 끄덕였다. "침실에서였어, 왈츠였지." 그녀가 말했다.

"왈츠⋯⋯." 엘리너가 말했다. 사라는 왈츠 리듬으로 식탁을 두드리고 있었다. 엘리너가 거기에 맞춰 흥얼거리기 시작했다. "딴따따, 딴따따, 딴따다⋯⋯."

길게 끌리는 공허한 소리가 구슬프게 울려 퍼졌다.

"아니야, 아니야!" 마치 누군가가 틀린 음조를 내기라도 한 것처럼 그녀가 항의했다. 그러나 그 소리는 다시 길게 울려 퍼졌다.

"안개경보인가?" 그녀가 말했다. "강에서 나는?"

그러나 그 말을 할 때 그녀는 이미 그것이 무엇인지 알고 있었다.

사이렌 소리가 다시 울려 퍼졌다.

"독일놈들이야!" 레니가 말했다. "망할 놈의 독일인들!" 그는 지겹다는 과장된 몸짓과 함께 포크와 나이프를 내려놓았다.

"또 공습[5]이야." 매기가 자리에서 일어나며 말했다. 그녀가 방을 나갔다. 레니도 그녀의 뒤를 따라갔다.

"독일놈들⋯⋯." 엘리너가 문을 닫으며 말했다. 그녀는 어떤 멍청하고 지겨운 사람이 흥미로운 대화를 방해한 것처럼 느꼈다. 색깔들이 흐릿해지기 시작했다. 그녀는 한동안 빨간색 의자를 바라보고 있었다. 그녀가 바라보고 있는 동안 마치 그 아래 있던 불빛이 꺼지기라도 한 듯 그 의자는 광채를 잃었다.

5   제1차 세계대전 동안 독일의 영국 공습은 1914년 12월 도버 지역에서 처음 시작되어 1915년 5월에는 런던 공습이 일어났으며 1917년에는 스물아홉 차례나 발발했다. 당시에는 방공호가 없었으므로 경보음이 울리면 민간인들은 지하실이나 지하철 역사로 대피했다.

그들은 거리에서 차량 바퀴가 급하게 달리는 소리를 들었다. 모든 것이 매우 빨리 지나쳐 가고 있는 듯했다. 포장도로를 딛는 발걸음 소리가 들려왔다. 엘리너가 일어나서 커튼을 살짝 벌렸다. 지하실이 포장도로 밑에 내려앉아 있어서, 그녀는 사람들이 주변 철책을 지나쳐 갈 때 그들의 다리와 치마밖에는 볼 수 없었다. 두 남자가 아주 빠르게 걸어서 지나갔고 어느 나이 든 여자가 치맛자락을 좌우로 흔들며 급히 걸어갔다.

"사람들에게 들어오라고 해야 하지 않을까?" 그녀가 몸을 돌리며 말했다. 그러나 그녀가 다시 내다보았을 때에는 그 나이 든 여자는 이미 사라지고 없었다. 남자들도 사라진 뒤였다. 거리는 이제 아주 한산했다. 맞은편 집들에 커튼이 완전히 드리워져 있었다. 그녀도 커튼을 조심스럽게 당겼다. 그녀가 돌아서자 화려한 도자기와 등불이 있는 식탁은 밝은 불빛의 원 안에 둘러싸여 있는 것 같았다.

그녀는 다시 자리에 앉았다. "공습이 걱정되시나요?" 니콜라스가 호기심 어린 표정으로 그녀를 바라보며 물었다. "사람들은 서로 무척 다르지요."

"천만에요." 그녀가 말했다. 그녀는 자신이 편안하다는 것을 그에게 보여주기 위해 빵조각을 부서뜨릴 수도 있었다. 그러나 그녀는 두렵지 않았기에 그 행동은 그녀에게 불필요하게 여겨졌다.

"포탄에 맞을 가능성은 아주 적어요." 그녀가 말했다. "우리가 무슨 이야기를 하고 있었지요?" 그녀가 덧붙였다.

그녀에게는 그들이 뭔가 무척 흥미로운 이야기를 하고 있었던 것 같았지만, 그녀는 그것이 무엇이었는지 기억할 수가 없었다. 한동안 그들은 말없이 앉아 있었다. 그러다가 계단에서 발을 끄는 소리가 들려왔다.

"아이들……" 사라가 말했다. 그들은 멀리서 나는 둔탁한 대공포 총소리를 들었다.

그때 레니가 들어왔다.

"접시들을 가지고 오세요." 그가 말했다.

"이리로요." 그가 그들을 지하저장소로 안내했다. 커다란 광이었다. 지하묘지 같은 천장과 석벽이 있어서 그곳은 축축한 교회 같은 모습이었다. 그곳은 일부는 석탄 저장고로, 일부는 포도주 저장고로 쓰이고 있었다. 중앙에 있는 불빛에 비쳐서 석탄 더미가 반짝거렸고 짚으로 싸인 포도주 병들이 돌 선반 위에 눕혀져 있었다. 포도주와 짚과 눅눅한 공기에서 쾨쾨한 냄새가 났다. 식당에 있던 후라서 서늘했다. 사라가 위층에서 가져온 누비이불과 가운을 들고 들어왔다. 엘리너는 푸른색 가운으로 몸을 감쌌다. 한결 나았다. 그녀는 가운으로 몸을 감싸고 자신의 접시를 무릎 위에 놓고 앉았다. 추웠다.

"그럼 이제?" 사라가 숟가락을 세워 들고 말했다.

그들 모두는 무슨 일이 일어나기를 기다리고 있는 것처럼 보였다. 매기가 자두 푸딩을 가져왔다.

"저녁 식사를 마치는 게 좋겠어요." 그녀가 말했다. 그러나 그녀는 너무 차분하게 말하고 있었다. 그녀가 아이들 걱정을 하고 있구나. 엘리너는 짐작했다. 아이들은 부엌에 있었다. 그녀는 지나오면서 아이들을 보았다.

"아이들은 자니?" 그녀가 물었다.

"네, 하지만 총성이……." 푸딩을 권하면서 그녀가 말을 시작했다. 대공포 총성이 다시 울려 퍼졌다. 이번에는 소리가 훨씬 더 컸다.

"그들이 방어선을 통과했어요." 니콜라스가 말했다.

그들은 푸딩을 먹기 시작했다.

총소리가 다시 울렸다. 이번에는 그 총소리의 울림 속에 날카롭고 짧은 외침도 섞여 있었다.

"햄스테드[6]예요." 니콜라스가 말했다. 그가 시계를 꺼냈다. 정적이 무거웠다. 아무 일도 일어나지 않았다. 엘리너는 그들의 머리 위로 아치형을 이루고 있는 석재를 바라보았다. 그녀는 구석에 있는 거미줄을 보았다. 다시 총소리가 울렸다. 총성과 함께 공기의 탄식 소리가 밀려왔다. 이번에는 바로 그들의 머리 위에서였다.

"임뱅크먼트[7]야." 니콜라스가 말했다. 매기가 자신의 접시를 내려놓고 부엌으로 갔다.

무거운 정적이 흘렀다. 아무 일도 일어나지 않았다. 니콜라스는 마치 대공포 소리의 간격을 재기라도 하는 것처럼 시계를 들여다보았다. 그에게는 기이한 점이 있다고 엘리너는 생각했다. 의사 같은, 아니면 성직자 같은? 그는 시곗줄에 문장을 매달고 있었다. 상자 반대편 위에 있는 번호는 1397[8]이었다. 그녀는 모든 것을 알아보았다. 독일인들이 지금 머리 위에 있음이 분명했다. 그녀는 기이한 무게가 머리를 짓누르고 있다고 느꼈다. 하나, 둘, 셋, 넷, 그녀는 회녹색 돌을 바라보며 숫자를 세었다. 그때 하늘에서 번개가 치는 듯한 격렬하고 날카로운 소리가 났다. 거미줄이 진동했다.

"우리 위쪽이에요." 위를 올려다보며 니콜라스가 말했다. 그들 모두 올려다보았다. 어느 순간에 폭탄이 떨어질지 몰랐다. 죽음

---

6 런던의 교외 지역.
7 19세기 중반 템스 강변을 간척하여 이룬 22에이커에 달하는 지역.
8 해머 빔 양식을 이용한 웨스트민스터 홀의 지붕은 1397년에 건축되었다.

같은 정적이 흘렀다. 침묵 속에서 그들은 부엌에서 들려오는 매기의 목소리를 들었다.

"아무것도 아니었어. 돌아누워서 자자." 그녀는 매우 조용하게, 진정시키듯이 말했다.

하나, 둘, 셋, 넷, 엘리너는 숫자를 셌다. 거미줄이 흔들리고 있었다. 그녀는 시선을 돌 하나에 고정한 채 생각했다. 저 돌이 떨어질지도 몰라. 그때 다시 총성이 울렸다. 이번에는 더 희미한—좀 더 멀리서 나는 소리였다.

"끝났어요." 니콜라스가 말했다. 그는 찰칵 소리를 내며 시계를 닫았다. 그리고 그들은 모두 쥐가 나기라도 한 듯이 딱딱한 의자 위에서 몸을 돌리고 자세를 바꾸었다.

매기가 들어왔다.

"자, 끝났어요." 그녀가 말했다. ("그 애가 잠깐 깼지만, 곧 다시 잠들었어요." 그녀가 낮은 목소리로 레니에게 말했다. "하지만 아기는 내내 잤어요.") 그녀는 자리에 앉아서 레니가 들고 있어 주었던 접시를 받아 들었다.

"이제 우리의 푸딩을 마저 먹어요." 그녀가 예사로운 목소리로 말했다.

"이제 포도주를 좀 들지요." 레니가 말했다. 그는 병 하나를 들고 살펴보더니 다른 병을 집어 들었다. 마침내 그가 세 번째 병을 골라들고 가운 자락으로 조심스럽게 병을 닦았다. 그가 나무 상자 위에 그 술병을 올려놓았고 그들은 둥글게 둘러앉았다.

"그리 심한 편은 아니었죠?" 사라가 말했다. 그녀가 잔을 내밀면서 의자를 뒤로 기울였다.

"오, 하지만 우린 놀랐어요." 니콜라스가 말했다. "봐요—우리 모두 얼마나 창백한지."

그들은 서로서로를 바라보았다. 회녹색 벽을 배경으로 누비이 불과 가운을 두르고 있는 그들은 모두 희끄무레하고 푸르스름하게 보였다.

"불빛 때문에 그렇기도 해요." 매기가 말했다. "엘리너 언니는," 그녀를 바라보며 매기가 말했다. "여자 수도원장 같아 보이네요."

하찮은 자질구레한 장신구들, 그녀의 옷에 달린 벨벳 고리와 레이스를 가리고 있는 짙푸른 가운이 그녀의 외모를 돋보이게 했다. 중년인 그녀의 얼굴은 손놀림으로 인해 수없이 많은 가느다란 주름이 잡힌 낡은 장갑처럼 주름져 있었다.

"단정하지 못해, 내가?" 그녀가 손으로 머리를 매만지면서 말했다.

"아니에요. 만지지 마세요." 매기가 말했다.

"그런데 공습이 있기 전에 우리가 무슨 이야기를 하고 있었지?" 엘리너가 물었다. 다시 그녀는 그들이 아주 흥미로운 이야기를 나누던 중에 훼방을 받았다고 느꼈다. 그러나 대화가 완전히 끊어졌다. 그들 중 아무도 그들이 하던 이야기를 기억하지 못했다.

"자, 이제 끝났어요." 사라가 말했다. "그러니 건강을 위해 잔을 들어요―새로운 세상을 위하여!" 그녀가 외쳤다. 그녀가 과장된 몸짓으로 잔을 들어 올렸다. 그들 모두 갑자기 웃고 떠들고 싶은 욕망을 느꼈다.

"새로운 세상을 위하여!" 모두 잔을 들고 외치며 잔들을 함께 쨍 하고 부딪혔다. 노란색 액체로 채워진 다섯 개의 유리잔이 한꺼번에 모여들었다.

"새로운 세상을 위하여!" 그들은 외치면서 술을 마셨다. 노란색 액체가 잔 속에서 위아래로 출렁거렸다.

"이제, 니콜라스," 사라가 잔을 소리 내어 상자 위에 내려놓으며 말했다. "연설! 연설!"

"신사 숙녀 여러분!" 그가 웅변가처럼 손을 힘껏 내뻗으며 입을 열었다. "신사 숙녀 여러분……."

"우린 연설을 원하지 않아요." 레니가 끼어들었다.

엘리너는 실망했다. 그녀는 연설을 듣고 싶었다. 그러나 그는 훼방을 기분 좋게 받아들인 듯했다. 그가 자리에 앉아서 고개를 끄덕이며 웃고 있었다.

"위층으로 올라갑시다." 레니가 상자를 치우며 말했다.

"그래서 이 지하실을 떠나요." 사라가 팔을 뻗어 기지개를 켜며 말했다. "이 진흙과 오물투성이 동굴을……."

"들어봐요!" 매기가 끼어들었다. 그녀가 손을 들어 올렸다. "총소리가 다시 들린 것 같아요……."

그들은 귀를 기울였다. 여전히 총소리가 울렸지만, 그것은 아주 멀리에서 났다. 먼 해변에서 파도가 부서지는 것 같은 소리도 났다.

"저들은 단지 다른 사람들을 죽이고 있을 뿐이야." 레니가 거칠게 말했다 그는 나무 상자를 발로 걷어찼다.

"하지만 당신은 우리가 다른 것에 대해 생각할 수 있게 해줘야 해요." 엘리너가 항의했다. 가면이 다시 그의 얼굴을 덮어버렸다.

"말도 안 되는 소리, 레니가 말도 안 되는 소리를 하는군요." 니콜라스가 슬쩍 그녀를 돌아보며 말했다. "뒤뜰에서 폭죽을 터뜨리는 아이들일 뿐이에요." 그녀가 가운을 벗는 것을 도와주면서 그가 중얼거렸다. 그들은 위층으로 올라갔다.

엘리너는 거실로 들어갔다. 그 방은 그녀가 기억했던 것보다 더 커 보였고 매우 넓고 안락해 보였다. 바닥에는 신문이 널려 있었고 불이 밝게 타오르고 있었으며 따듯하고 활기가 있었다. 그녀는 몹시 피곤하다고 느꼈다. 그녀는 안락의자에 깊숙이 앉았다. 사라와 니콜라스는 뒤에 처졌다. 다른 이들은 보모가 아이들을 침대로 옮겨 눕히는 것을 돕고 있으리라고 그녀는 짐작했다. 그녀는 의자에 기대어 앉았다. 모든 것이 다시 고요하고 자연스러워진 듯했다. 지루한 평온함이 그녀를 사로잡았다. 마치 또 다른 차원의 시간이 그녀에게 주어졌지만 어떤 인간성의 죽음이 그것을 앗아간 느낌이었다—그녀는 적당한 어휘를 찾느라 망설였다. "면역된?" 그녀가 의미했던 것이 그것이었나? 면역된. 어떤 그림을 눈에 담지 않은 채 바라보면서 그녀가 말했다. 면역된. 그녀가 되풀이했다. 그것은 아마도 프랑스 남부에 있는 어느 언덕과 마을 모습이었다. 어쩌면 이탈리아일 수도 있었다. 올리브 나무들이 있고 언덕 중턱에 하얀 지붕들이 무리지어 있었다. 면역된. 그녀는 그 그림을 보면서 되풀이해 보았다.

그녀는 위층의 마루가 부드럽게 쿵 하고 울리는 소리를 들을 수 있었다. 매기와 레니가 아이들을 다시 침대에 누이고 있는 것이라고 그녀는 짐작했다. 졸음에 겨운 새가 둥지에서 지저귀는 것 같은 삐익 하는 소리가 약간 났다. 총성이 들리고 난 뒤이고 보니 무척 호젓하고 평화로웠다. 그러나 이때 다른 사람들이 들어왔다.

"괜찮았니?" 그녀가 바로 앉으며 말했다. "—아이들 말이야."

"네." 매기가 말했다. "아이들은 줄곧 잤어요."

"하지만 걔들도 꿈을 꿨을지 몰라." 사라가 의자를 당기며 말했다. 아무도 말을 하지 않았다. 매우 고요했다. 시간을 알려주곤 하던 웨스트민스터의 시계들도 조용했다.

　매기가 부지깽이를 들고 나무토막을 쳤다. 불꽃이 황금빛 눈동자를 물줄기처럼 내뿜으며 일제히 굴뚝으로 올라갔다.

　"저것이 나에게 얼마나……." 엘리너가 말문을 열었다.

　그녀가 말을 멈췄다.

　"네?" 니콜라스가 말했다.

　"……어린 시절을 생각나게 하는지요." 그녀가 덧붙였다.

　그녀는 모리스와 그녀 자신, 그리고 예전의 피피를 생각하고 있었다. 그러나 그녀가 그들에게 말한다 하더라도 아무도 그녀의 말뜻을 알지 못했을 것이다. 그들은 말이 없었다. 갑자기 맑은 플루트 소리 같은 곡조가 아래쪽 거리에서 울려 퍼졌다.

　"저게 뭐지?" 매기가 말했다. 그녀는 깜짝 놀라 창밖을 내다보았다. 그녀는 몸을 반쯤 일으켰다.

　"군대 나팔이야." 레니가 팔을 뻗어 그녀를 제지하며 말했다.

　나팔 소리가 창문 아래에서 다시 들렸다. 이어서 그들은 그 소리가 거리 아래 더 멀리에서 나는 것을 들었다. 그러고는 다음 거리의 훨씬 더 먼 곳에서 들려왔다. 거의 곧바로 차량의 경적 소리가 나기 시작했고, 차량통행이 풀리고 런던의 일상적인 야간생활이 다시 시작된 것처럼 차량들이 질주하기 시작했다.

　"끝났어요." 매기가 말했다. 그녀는 의자에 기대어 앉아 있었다. 잠시 동안 그녀는 몹시 지쳐 보였다. 그러다가 그녀는 바구니를 당겨서 양말을 꿰매기 시작했다.

　"내가 살아 있다는 게 기뻐." 엘리너가 말했다. "그게 잘못인가요, 레니?" 그녀가 물었다. 그녀는 그가 말을 했으면 싶었다. 그녀가 보기에 그는 표현할 수 없는 거대한 감정을 비축해 숨겨두고 있는 것 같았다. 그는 대답하지 않았다. 그는 팔꿈치를 괴고 기대어 여송연을 피우면서 불길을 바라보고 있었다.

"나는 다른 사람들이 내 머리 위에서 서로를 죽이려고 하는 동안 석탄 저장실에 앉아서 저녁을 보냈어요." 그가 불쑥 말했다. 그러고는 몸을 쭉 편 뒤 신문을 집어 들었다.

"레니, 레니, 레니." 니콜라스가 마치 말썽꾸러기 아이를 타이르듯이 말했다. 그는 계속 신문을 읽고 있었다. 차량이 질주하고 자동차가 경적을 울리는 소리들이 하나의 연속음으로 이어졌다.

레니가 신문을 읽고 매기가 바느질을 하는 동안 방 안에서는 아무 소리도 나지 않았다. 엘리너는 불길이 타르 줄기를 따라 피어올라 활활 타다가 꺼져 가는 것을 지켜보았다.

"무슨 생각을 하고 있나요, 엘리너?" 니콜라스가 끼어들었다. 그가 나를 엘리너라고 불렀어. 그녀는 생각했다. 맞아.

"새로운 세상에 대해서요……." 엘리너가 큰 소리로 말했다. "우리가 더 나아질 수 있다고 생각하나요?" 그녀가 물었다.

"그럼요, 그럼요." 그가 고개를 끄덕이며 말했다.

그는 마치 신문을 읽고 있는 레니나 바느질을 하고 있는 매기, 혹은 의자에 기대어 반쯤 잠들어 있는 사라를 방해하지 않으려는 듯이 조용히 말했다. 그들은 은밀하게, 함께 얘기하고 있는 것처럼 보였다.

"그렇지만 어떻게……." 그녀가 말하기 시작했다. "어떻게 우리가 스스로를 개선할 수 있을지…… 보다 더 자연스럽게…… 보다 더 잘살 수 있을지……."—그녀는 마치 잠든 이들을 깨울까 봐 두려운 듯 목소리를 낮추었다—"…… 어떻게 우리가 할 수 있을까요?"

"그것은 단지," 그가 말했다—그는 말을 멈췄다. 그가 그녀 가까이 다가갔다—"배움의 문제이지요. 영혼은……." 그가 다시 말을 멈췄다.

"네—영혼이요?" 그녀가 그를 재촉했다.

"영혼—온전한 존재." 그가 설명했다. 그는 손을 둥글게 말아 텅 빈 원을 만들었다. "그것은 확장하고, 모험하고, 형성하고자 하지요—새로운 결합이랄까요?"

"네, 네." 그녀는 마치 그의 말이 옳다고 그를 안심시키려는 듯이 말했다.

"그에 반해 지금은,"—그는 자세를 바로하고 두 발을 모았다. 그는 마치 생쥐를 두려워하는 나이 든 여자처럼 보였다—"우리는 이렇게, 하나의 조그맣고 단단한, 꽉 매어진 작은—매듭으로 조여진 채 살고 있죠?"

"매듭, 매듭이라—네, 맞아요." 그녀가 고개를 끄덕였다.

"각자는 자기만의 좁은 방이고, 각자 자기만의 십자가나 성경을 가지고, 각자 자기의 불과 자기의 아내와 함께……"

"양말을 기우면서." 매기가 끼어들었다.

엘리너는 흠칫 놀랐다. 그녀는 미래를 내다보고 있는 듯했었다. 그러나 그들이 하고 있던 얘기를 누가 듣고 있었던 것이다. 그들의 내밀한 순간은 끝이 났다.

레니가 신문을 집어 던졌다. "모두 엉터리 허튼소리야!" 그가 말했다. 그가 신문을 지칭하는 것인지 그들이 하고 있던 얘기를 지칭하는 것인지 엘리너는 알 수가 없었다. 그러나 내밀한 이야기를 하는 것은 불가능했다.

"그럼 왜 신문을 사는 거죠?" 신문을 가리키며 그녀가 말했다.

"불을 지피려고요." 레니가 말했다.

매기가 웃으며 깁고 있던 양말을 집어 던졌다. "자!" 그녀가 소리쳤다. "다 기웠어요……"

그들은 다시 불길을 바라보며 말없이 앉아 있었다. 엘리너는 그가—그녀가 니콜라스라고 부르는 남자가—계속해서 얘기하기를 바랐다. 그녀는 그에게 묻고 싶었다. 언제 이 새로운 세상이 오나요? 언제 우리는 자유로워질까요? 언제 우리는 동굴 안의 불구자들처럼이 아니라 모험을 즐기며, 온전하게, 살 수 있을까요? 그가 그녀 안에 있는 무엇인가를 풀어 놓아준 듯했다. 그녀는 시간의 새로운 영역뿐 아니라 새로운 힘, 그녀의 내부에 있는 미지의 어떤 것까지도 느끼고 있었다. 그녀는 그의 담배가 위아래로 움직이는 것을 지켜보았다. 그때 매기가 부지깽이를 들고 나무토막을 쳤다. 다시 붉은 눈동자와 같은 불꽃이 연달아 일어나 물줄기처럼 굴뚝으로 빨려 올라갔다. 우리는 자유로워질 거야, 우리는 자유로워질 거야. 엘리너는 생각했다.

"줄곧 무슨 생각을 하고 있었죠?" 니콜라스가 사라의 무릎에 손을 얹으며 말했다. 그녀가 흠칫 놀랐다. "아니면 자고 있었나요?" 그가 덧붙였다.

"당신들이 말하는 걸 듣고 있었어요." 그녀가 말했다.

"우리가 무슨 말을 하고 있었는데요?" 그가 물었다.

"굴뚝으로 올라간 불꽃처럼 영혼도 위로 날아 올라간다고."[9] 그녀가 말했다. 불꽃이 굴뚝으로 날아 올라가고 있었다.

"아주 헛짚은 건 아니로군요." 니콜라스가 말했다.

"사람들은 늘 같은 이야기를 하기 때문이죠." 그녀가 웃었다. 그녀는 자신을 추스르고 바로 앉았다. "저기 있는 매기 언니는 아무 말도 하지 않아요. 저기 있는 레니는—그는 이렇게 말하지요. '엉터리 같은 허튼소리!' 엘리너 언니는 '내가 생각하고 있던 것이 바로 그것이에요.' 라고 말해요…… 그리고 니콜라스, 니콜라

9 구약성서「욥기」5장 7절.

스는,"—그녀가 그의 무릎을 톡톡 두드렸다—"감옥에 있어야 할 니콜라스는 이렇게 말해요. '오, 내 사랑하는 친구들이여, 우리가 영혼을 개선하도록 해주오?'"

"감옥에 있어야 할?" 엘리너가 그를 쳐다보며 말했다.

"그가 사랑하기 때문이죠." 사라가 설명했다. 그녀가 잠시 말을 멈췄다. "—다른 성을, 다른 성을 말이에요.[10] 보시는 것처럼요." 그녀는 그녀의 어머니와 몹시 흡사하게 손을 저으며 가볍게 말했다.

마치 피부가 칼로 베인 것 같은 날카롭고 불쾌한 전율이 엘리너의 스쳐 갔다. 곧 그녀는 그것이 중요한 부분에 전혀 닿지 않았음을 깨달았다. 날카로운 전율은 지나갔다. 그 밑에는—무엇이 있었나? 그녀는 니콜라스는 바라보았다. 그가 그녀를 지켜보고 있었다.

"그것 때문에," 그가 좀 주저하며 말했다. "나를 싫어하게 되었나요, 엘리너?"

"전혀 그렇지 않아요, 전혀 그렇지 않아요!" 그녀는 자신도 모르게 소리쳤다. 저녁 내내, 단속적으로 그녀는 그에 대해 이렇게 저렇게, 그리고 또 다르게 느껴왔다. 그러나 이제야 그 모든 느낌들이 한데 모여 하나의 전체적인—호감이라는 감정이 되었다. "전혀 그렇지 않아요." 그녀가 다시 말했다. 그가 그녀에게 가볍게 목례를 했다. 그녀도 고개를 살짝 숙여 답례했다. 벽난로 위의 시계가 치고 있었다. 레니가 하품을 하고 있었다. 늦은 시각이었다. 그녀가 일어섰다. 그녀는 창가로 가서 커튼을 열고 밖을 내다보았다. 집집마다 아직 커튼이 드리워져 있었다. 추운 겨울 밤은 거의 캄캄했다. 마치 검푸른 돌의 동공 안을 들여다보는 듯했다.

10 영국에서 남성동성애는 1967년까지 불법이었다.

여기저기에서 별빛이 그 푸른색을 꿰뚫고 비쳤다. 그녀는 마치 무엇인가가 소진된 듯, 광대하고 평화로운 감각을 느꼈다.

"택시를 잡아드릴까요?" 레니가 끼어들었다.

"아니요, 걷겠어요." 그녀가 돌아서며 말했다. "난 런던 거리를 걷는 게 좋아요."

"우리도 함께 가겠어요." 니콜라스가 말했다. "사라, 갑시다." 그가 말했다. 그녀는 의자에 기대어 앉은 채 발을 위아래로 흔들고 있었다.

"하지만 난 더 있고 싶어요." 그녀가 손짓으로 그를 물리치며 말했다. "난 남아 있고 싶어요. 얘기하고 싶고, 노래하고 싶어요─찬송가를─추수감사의 노래를⋯⋯."

"당신 모자 여기 있어요, 당신 가방도 여기 있어요." 니콜라스가 가방과 모자를 그녀에게 건네주며 말했다.

"자, 가요." 그가 그녀의 어깨를 잡아 방 밖으로 밀어내면서 말했다.

엘리너가 매기에게 작별인사를 하러 위층으로 갔다.

"나도 더 있고 싶어." 그녀가 말했다. "난 얘기하고 싶은 것이 아주 많아─"

"하지만 난 잠자리에 들고 싶어요─자러 가야겠어요." 레니가 항의했다. 그는 그 자리에서 머리 위로 손을 뻗고 하품을 하며 서 있었다.

매기가 일어섰다. "그럼 주무시도록." 그녀가 그를 놀렸다.

"귀찮게 내려오지 말아요." 그가 그녀를 위해 문을 열어줄 때 엘리너가 말렸다. 그러나 그는 굳이 고집했다. 그는 매우 무례하면서도 동시에 아주 공손하다고 그녀는 그를 따라 계단을 내려가면서 생각했다. 여러 가지 것들을 모두 열정적으로, 모두 한꺼번에 느끼는 남자…… 그녀는 생각했다. 이제 그들은 현관에 이르러 있었다. 니콜라스와 사라가 거기 서 있었다.

"한 번만이라도 나를 조롱하지 말아줘요, 사라." 니콜라스가 외투를 입으면서 말하고 있었다.

"그러면 내게 훈계하지 말아요." 그녀가 현관문을 열며 말했다.

그들이 잠시 유모차 옆에 서 있는 동안 레니가 엘리너를 보고 웃었다.

"저들은 수양을 쌓고 있군요!" 그가 말했다.

"잘 자요." 그녀가 악수를 하며 웃으면서 말했다. 밖의 쌀쌀한 공기 속으로 나서면서 그녀는 갑작스러운 확신을 가지며 혼잣말을 했다. 내가 결혼하고 싶어 했을 바로 그런 남자야. 그녀는 전에 한 번도 느껴보지 않은 감정을 인지했다. 하지만 그는 나보다 스무 살이나 어리고 내 사촌과 결혼했지. 그녀는 생각했다. 잠시 그녀는 시간이 지난다는 것과 그녀를 휩쓸고 지나간 삶의 사건들이 원망스러워졌다. 그 모든 것들로부터 ─ 그녀는 혼자 중얼거렸다. 그때 한 장면이 그녀 앞에 떠올랐다. 불가에 앉아 있는 매기와 레니. 행복한 결혼, 내가 줄곧 느끼고 있던 것이 바로 그거야. 그녀는 생각했다. 행복한 결혼. 그녀는 어둡고 좁은 길을 다른 이들보다 뒤쳐져 걸으면서 고개를 들어 올려다보았다. 풍차의 날개 같은, 넓적한 부채꼴 모양의 빛이 하늘을 가로지르며 천천히 지나가고 있었다. 그것은 그녀가 느끼고 있던 것을 가져가서 광범위하고 단순하게 표현해주고 있는 것 같았다. 마치 또 다른 목소리가 또 다른 언어로 말하고 있는 듯했다. 그러다가 그 불빛은 멈추어서 구름이 푹신해 보이는 하늘 한 조각, 의심스러운 어느 지점을 살펴보고 있었다.

공습! 그녀는 혼잣말을 했다. 내가 공습을 잊고 있었군!

다른 사람들은 교차로에 이르러 거기에 서 있었다.

"내가 공습을 잊고 있었어!" 그녀가 그들에게 다가가며 큰 소리로 말했다. 그녀는 놀랐지만 그것이 사실이었다.

그들은 빅토리아 거리에 있었다. 그 길은 굽이져 있어서 평소보다 더 넓고 더 어두워 보였다. 조그만 형상들이 급히 포장도로 위를 걸어가고 있었다. 그들은 잠시 불빛 아래 모습을 드러냈다가 다시 어둠 속으로 사라졌다. 거리가 아주 한산했다.

"여느 때처럼 버스가 운행을 할까?" 그들이 거기 서 있는 동안 엘리너가 물었다.

그들은 주위를 둘러보았다. 그 순간에는 아무도 거리를 지나가지 않았다.

"난 여기에서 기다려야겠어." 엘리너가 말했다.

"그럼 난 가야겠어요." 사라가 불쑥 말했다. "안녕!"

그녀가 손을 흔들고 걸어가 버렸다. 엘리너는 당연히 니콜라스가 그녀와 함께 가리라고 생각했다.

그러나 그는 움직이지 않았다. 사라는 이미 사라지고 없었다. 엘리너는 그를 바라보았다. 그가 화가 났나? 기분이 좋지 않은가? 그녀는 알 수 없었다. 그러나 그때 어둠을 뚫고 어떤 커다란 형체가 어렴풋이 나타났다. 불빛들이 파란 페인트로 가려져 있었다. 그 안에는 사람들이 말없이 움츠리고 모여 앉아 있었다. 그들은 푸른 불빛을 받아 창백해 보이고 비현실적으로 보였다. "잘 가요," 니콜라스와 악수를 하며 그녀가 말했다. 그녀가 뒤돌아보자 그가 아직도 포장도로 위에 서 있는 것이 보였다. 그는 여전히 손에 모자를 들고 있었다. 그곳에 혼자 서 있는 그의 모습은 크고 인상적이고 외로워 보였다. 탐조등이 선회하며 하늘을 가로질렀다.

버스가 계속 달렸다. 그녀는 종이가방에서 뭔가를 꺼내 먹고 있는 구석자리의 한 노인을 물끄러미 바라보고 있는 자신의 모습을 발견했다. 그가 고개를 들어 그녀가 자신을 바라보고 있는 것을 알아차렸다.

"내가 저녁으로 뭘 먹고 있는지 알고 싶은 거요, 부인?" 그가 점액 분비물이 낀 노안을 깜박거리며 한쪽 눈썹을 치켜 올리면서 말했다. 그리고 그는 그녀가 잘 살펴볼 수 있도록 차가운 고기인지 소시지인지가 한 조각 얹혀 있는 빵 한 덩어리를 그녀에게 내밀었다.

1918년

안개가 베일처럼 11월의 하늘을 덮고 있었다. 아주 곱게 짜인 천이 여러 겹으로 접혀서 촘촘해진 것 같았다. 비가 오지는 않았지만, 여기저기 안개가·뭉친 곳의 표면이 축축해져서 포장도로가 미끄러웠다. 여기저기 풀잎이나 산울타리 나뭇잎에 물방울이 맺혀 미동도 없이 매달려 있었다. 바람이 없어 잔잔했다. 양 울음소리, 까마귀 울음소리 같은 소리들이 안개 속에 무디게 들려왔다. 차량의 굉음이 하나의 울부짖음으로 뭉쳐져서 들렸다. 이따금 문이 열렸다 닫히듯이, 장막이 걷혔다 드리워지듯이, 굉음이 울렸다가 스러졌다.

"지저분한 작자 같으니." 리치몬드 그린을 가로지르는 아스팔트 길을 따라 절룩거리며 걷고 있던 크로스비가 중얼거렸다. 다리가 아파왔다. 비가 오고 있지는 않았지만, 드넓게 펼쳐진 공간은 안개로 가득했다. 근처에 아무도 없어 그녀는 소리 내어 말할 수 있었다.

"지저분한 작자 같으니라구." 그녀가 다시 중얼거렸다. 그녀는 혼자 소리 내어 말하는 습관이 들었다. 보이는 곳에는 아무도 없었다. 길의 끝자락은 안개 속으로 사라졌다. 사방이 아주 고요했다. 까마귀들만 이따금 나무 꼭대기에 모여들어 나지막하고 기이한 울음소리를 까악까악 떨구면 검게 얼룩진 나뭇잎 한 잎이 땅으로 떨어졌다. 걸으면서 그녀는 얼굴을 씰룩거렸다. 마치 얼굴의 근육이 그녀를 괴롭히는 온갖 심술궂음과 장애물들에 대해 무심결에 항의하는 버릇이라도 든 것 같았다. 지난 사 년간 그녀는 무척 늙었다. 그녀는 아주 자그마하고 등이 굽어 보여 하얀 안개가 드리워진 그 드넓은 터를 과연 끝까지 가로질러 갈 수 있을지 의문이었다. 하지만 그녀는 물건을 사러 번화가에 가야 했다.

"지저분한 작자 같으니라구." 그녀가 다시 중얼거렸다. 그날 아침 그녀는 백작의 목욕에 대해 버트 부인과 몇 마디 말을 나눴다. 그가 욕조에 침을 뱉어놓았고 버트 부인이 그녀에게 그것을 깨끗이 치워 놓으라고 시켰던 것이다.

"백작이라지만—그 사람은 부인보다 나을 것이 없어요." 그녀는 계속 중얼거렸다. 지금도 그녀는 버트 부인에게 말하고 있었다. "난 기꺼이 당신 말대로 하겠어요." 그녀는 계속 말을 이었다. 이곳 야외에서조차, 그녀가 내키는 대로 말해도 좋을 안개 속에서조차 그녀는 회유적인 어조를 취하고 있었다. 그들이 그녀가 집을 나가기를 바라고 있음을 잘 알고 있어서였다. 그녀는 루이자에게 시키는 대로 기꺼이 하겠다고 말하면서 가방을 들고 있지 않은 손을 흔들었다. 그녀는 절름거리며 걸어갔다. "물론 가야한다 해도 난 괜찮아요." 그녀는 씁쓸하게 덧붙였지만 이번에는 그녀 자신에게 한 말이었다. 그 집에 사는 것은 그녀에게도 더 이상 즐거운 일이 아니었지만, 그녀가 갈 수 있는 다른 곳이 없었다. 버트 씨 부부는 그 점을 너무도 잘 알고 있었다.

"그리고 난 기꺼이 당신 말대로 하겠어요." 마치 정말로 루이자에게 직접 말하듯이 그녀는 큰 소리로 덧붙였다. 그러나 사실은 그녀는 더 이상 예전처럼 일할 수 없었다. 늘 다리가 아팠다. 욕조 청소는커녕 자신의 생활용품을 사는 것조차 힘에 부쳤다. 하지만 이젠 현재 상황을 모두 받아들이거나 아니면 그 집을 떠나야 하는 거였다. 예전 같으면 그녀는 지체 없이 나가버렸을 터였다.

"막돼먹은…… 계집애 같으니라구." 그녀는 중얼거렸다. 지금 그녀는 아무런 예고도 없이 그 집을 나가버린 빨간 머리 하녀에 대해 말하고 있었다. 그녀라면 쉽사리 다른 일을 구할 수 있을 거였다. 일자리를 구하는 것은 그녀에게는 문제될 게 없었다. 그래서 백작의 욕조를 청소하는 일이 그녀에게 맡겨진 것이었다.

"지저분한 작자, 지저분한 작자 같으니." 그녀가 되풀이했다. 그녀는 연한 푸른색 눈으로 무기력하게 쏘아보았다. 그녀는 백작이 욕조 가장자리에 남겨놓은 침 덩어리를 다시 한 번 눈앞에 떠올려 보았던 것이다. 백작이라고 자칭하는 벨기에인이었다. "나는 지금껏 신사양반들의 시중을 들어왔지, 당신 같은 천박한 외국인이 아니라." 그녀는 절룩거리며 걸어가면서 그에게 말했다.

나무들이 유령처럼 줄지어 선 곳에 다다르자 차량의 굉음이 더욱 크게 들려왔다. 이제 나무들 너머로 집들이 보였다. 연한 푸른색 눈으로 안개 속을 뚫고 앞을 바라보며 그녀는 울타리 철책을 향해 길을 나아가고 있었다. 그녀의 눈빛만이 흔들리지 않는 결심을 드러내고 있는 듯했다. 그녀는 결코 포기하지 않을 거였다. 그녀는 견디어낼 것이었다. 부드러운 안개가 천천히 걷히고 있었다. 나뭇잎들이 자주색을 띤 채 축축해져서 아스팔트 길 위에 널려 있었다. 까마귀들이 나무 꼭대기에서 옮겨 다니며 까악 까악 울어댔다. 이제 일렬로 늘어선 철책이 안개 속에서 거무스름하게 떠올랐다. 번화가를 지나는 차량 소리가 더욱 더 크게 들려왔다. 번화가로 물건을 사러 나온 무리들에 뒤섞여 치러내야 할 전쟁에 임하기에 앞서 크로스비는 철책에 가방을 내려놓고 잠시 멈췄다. 그녀는 한바탕 끼어들고 밀치고 해야 할 참이었고 이리저리 밀려다녀야 할 판이었다. 그리고 그녀의 다리는 쑤시고 아팠다. 그들은 누가 물건을 샀거나 말거나 개의치 않지. 그녀는 생각했다. 그리고 종종 그녀는 뻔뻔스러운 여자에게 밀려나서 제 자리를 내어주곤 했다. 가방을 난간에 둔 채 숨을 헐떡이며 그곳에 선 채로 그녀는 다시 한 번 빨간 머리 하녀를 생각했다. 다리가 아파왔다. 갑자기 길게 늘어지는 사이렌 소리가 구슬픈 소리를 내며 울렸다. 그리고 그때 둔탁한 폭발음이 들렸다.

"또 총소리로군." 창백한 회색 하늘을 올려다보며 짜증 섞인 소리로 크로스비가 중얼거렸다. 까마귀 떼가 총소리에 놀라 날아올라 나무 꼭대기 주변을 맴돌았다. 그때 둔탁한 굉음이 다시 한 번 들려왔다. 사다리에 올라서서 어느 집의 창문을 칠하고 있던 한 남자가 붓질을 멈추고 손에 붓을 든 채 주변을 둘러보았다. 종이 포장 위로 반쯤 삐죽 드러난 빵을 들고 걸어가던 어느 여자도 발을 멈추었다. 그들은 모두 마치 어떤 일인가 일어날 것처럼 기다리고 있었다. 굴뚝에서 연기가 솟아오르더니 가라앉았다. 총소리가 다시 울려 퍼졌다. 사다리 위에 서 있던 남자가 보도 위의 여자에게 무엇인가 말했다. 여자가 고개를 끄덕였다. 그리고서 그는 붓을 통에 담았다가 칠을 계속했다. 여자는 계속 걸어갔다. 크로스비는 몸을 추슬러 길을 건너 번화가를 향해 종종걸음으로 걸어갔다. 총성이 계속 이어졌고 사이렌 소리도 울려 퍼졌다. 전쟁이 끝났어요[1] — 식료품 상점에서 줄을 서 있을 때 누군가 그녀에게 그렇게 말했다. 총성이 계속 이어졌고 사이렌 소리가 울려 퍼졌다.

---

1 1918년 11월 11일 오전 11시에 휴전이 선포되어 1914년부터 지속되었던 제1차 세계대전이 끝났다.

현재

여름 저녁나절이었다. 해가 기울고 있었다. 하늘은 여전히 푸르렀지만, 마치 얇고 투명한 베일이 한 겹 드리워진 듯 황금빛으로 물들어 있었다. 황금빛을 띤 드넓은 푸른 하늘 여기저기에 구름이 섬처럼 떠 있었다. 들판에는 나무들이 황금빛으로 물든 수많은 나뭇잎들로 위엄 있게 차려입고 서 있었다. 진주처럼 하얗거나 얼룩덜룩한 양과 소들이 드러누워 있거나 반쯤 투명한 풀밭을 돌아다니며 풀을 뜯고 있었다. 빛살이 모든 것을 둘러싸고 있었다. 길가의 먼지 속에서 불그스레한 황금빛 연기가 일고 있었다. 큰길가에 있는 작은 붉은 벽돌 빌라들도 저녁 빛이 스며들어 빛나고 있었고 시골집 정원마다 면직 드레스 같은 연보랏빛과 분홍빛 꽃들도 마치 안에서부터 빛을 밝힌 듯 잎맥을 드러내며 빛났다. 서서히 지고 있는 해를 마주하고 시골집 문가에 서 있거나 보도를 걸어가고 있는 사람들의 얼굴도 불그스레한 빛을 띠고 빛나고 있었다.

엘리너는 그녀의 아파트를 나와 문을 닫았다. 런던 너머로 해가 지고 있었다. 석양빛을 받아 그녀의 얼굴이 환히 빛났다. 잠시 그녀는 눈부셔하며 아래쪽에 있는 집들의 지붕과 첨탑들을 내려다보았다. 그녀의 방에서는 사람들이 이야기를 나누고 있었고, 그녀는 조카와 단둘이 이야기를 나누고 싶었다. 남동생 모리스의 아들인 노스가 얼마 전에 아프리카에서 돌아왔지만, 그녀가 혼자서 그를 만날 기회가 거의 없었다. 아주 많은 사람들이 그날 저녁에 그녀의 집에 들렀다. 미리엄 패리쉬, 랠프 피커스길, 안토니 웨드, 질녀인 페기, 게다가 바로 그 수다스러운 남자, 그들이 줄여서 브라운이라고 부르는 그녀의 친구 니콜라스 폼자로프스키까지. 그녀는 노스와 둘이서 이야기를 거의 나누지 못했다. 잠시 동안 그들은 통로의 석재 바닥에 내리비치는 밝은 햇빛 속에 서 있었다. 안에서 이야기 소리가 계속 들려왔다. 그녀는 손을 그의 어깨에 얹었다.

"너를 보니 참 기쁘구나." 그녀가 말했다. "그런데 넌 하나도 변하지 않았네……." 그녀가 그를 바라보았다. 햇볕에 그을리고 귓전이 다소 희끗희끗한 덩치 큰 남자에게서 그녀는 여전히 크리켓을 하던 갈색 눈을 가진 소년의 흔적을 보았다. "우리는 네가 다시 돌아가지 않도록 해야겠다," 그와 함께 아래층으로 걸어 내려가기 시작하며 그녀가 말했다. "그 끔찍한 농장으로 말이다."

그가 미소 지었다. "고모님도 별로 변하지 않으셨어요." 그가 말했다.

그녀는 매우 활기차 보였다. 그녀는 인도에 다녀온 참이었다. 그녀의 얼굴은 햇볕에 그을어 있었다. 하얀 머리와 갈색 뺨을 지닌 고모는 고모 나이로 보이지는 않아, 하지만 칠순은 족히 넘으셨을 거야, 그는 생각하고 있었다. 그들은 팔짱을 낀 채 아래층으로 내려갔다. 여섯 층의 돌계단을 내려가야 했지만, 그녀는 그를 배웅하러 맨 아래층까지 함께 내려올 것을 고집했다.

"그리고 노스야," 현관에 이르렀을 때 그녀가 말했다. "조심하거라……." 현관 층계에 멈춰 선 그녀가 말했다. "런던에서의 운전은 아프리카에서 운전하는 것과 같지 않아."

바깥에는 그의 조그만 스포츠카가 세워져 있었다. 한 남자가 저녁 햇살을 받으며 문 앞을 지나가면서 외치고 있었다. "헌 의자나 바구니 고쳐요."

그가 고개를 저었다. 그의 목소리가 남자의 외침에 묻혀 버렸다. 그는 현관에 걸려 있는 이름이 새겨진 간판을 쳐다보았다. 누가 들어오고 누가 나갔는지를 알려주는 이런 배려에 아프리카에서 돌아온 그는 살짝 미소를 지었다. "헌 의자나 바구니 고쳐요." 남자의 외침이 천천히 사라졌다.

"그럼, 안녕히 계세요, 엘리너 고모님." 그가 돌아서며 말했다. "나중에 뵈어요." 그가 차에 올랐다.

"오, 하지만, 노스―" 갑자기 그에게 말하고 싶었던 것이 떠올라 그녀가 소리쳤다. 하지만 그는 이미 차의 시동을 건 뒤라 그녀의 목소리를 듣지 못했다. 그가 그녀에게 손을 흔들었다. 그녀는 바람에 머리를 나부끼며 계단 맨 위에 서 있었다. 차가 덜컹 하고 출발했다. 그가 모퉁이를 돌아나갈 때 그녀는 다시 한 번 손을 흔들었다.

엘리너 고모님은 여전하시군, 그는 생각했다. 좀 더 엉뚱해지셨다고 할까. 방은 사람들로 가득 찼는데―그녀의 작은 방에는 사람들이 잔뜩 모여 있었다―그녀는 그에게 새로 만든 샤워기가 달린 욕실을 보여주겠다고 고집을 부렸다. "그 손잡이를 눌러봐." 그녀가 말했다 "그리고 봐―" 수많은 물줄기가 쏟아져 내렸다. 그가 큰 소리로 웃었다. 그들은 욕조의 가장자리에 함께 걸터

앉아 있었다.

그런데 노스의 뒤에서 차들이 계속 경적을 울리고 있었다. 그들은 경적을 울리고, 또 울렸다. 왜 그러는 거지? 갑자기 그는 그들이 자기에게 경적을 울려대고 있다는 것을 깨달았다. 신호등이 바뀌었던 것이다. 이제 초록색이었는데 그가 길을 막고 있었다. 덜커덩하며 그가 급하게 출발했다. 그는 아직 런던에서의 운전기술을 익히지 못했다.

런던의 소음은 여전히 그의 귀를 먹먹하게 할 정도였고 사람들이 모는 자동차들의 속도는 거의 무서울 정도였다. 하지만 아프리카에서의 생활 이후 런던은 흥미로웠다. 줄지어 선 상점들의 유리 진열장을 지나치면서 그는 생각했다. 가게들도 멋지군. 과일과 꽃을 파는 손수레들이 보도 연석을 따라서도 늘어서 있었다. 가는 곳마다 풍요로웠다. 정말 많구나…… 다시 빨간 신호등이 켜졌다. 그는 차를 멈추었다.

그는 주변을 둘러보았다. 그는 옥스퍼드 거리 어딘가에 있었다. 인도는 사람들로 붐볐다. 그들은 서로 밀치고 밀리면서 불이 켜져 있는 상점의 유리 진열장 주변에 몰려들었다. 아프리카에서 머물다 온 그에게 그 활기, 그 색깔, 그 다채로움은 놀라웠다. 투명한 실크로 된 현수막이 펄럭이는 것을 보면서 그는 지난 몇 년 동안 자신이 가죽이나 양털 같은 가공하지 않은 직물에만 익숙해졌다고 생각했다. 여기에는 완제품들이 있었다. 은제 용기들이 비치된 노란색 가죽 화장용 가방이 그의 눈에 들어왔다. 하지만 신호등이 다시 초록색으로 바뀌었다. 그는 다시 덜컹 하고 출발했다.

그는 불과 열흘 전에 돌아왔다. 그의 마음은 잡다한 일로 어수선했다. 그는 자신이 쉴 새 없이 말을 하고 악수를 하며 안녕하시냐고 안부를 묻고 있었던 듯했다. 어딜 가나 사람들이 나타났다. 그의 아버지. 그의 누이. 안락의자에 앉아 있던 노인들이 일어나며 자네, 날 기억하지 못하는가 하고 말을 걸었다. 그가 떠날 때 육아실에 있던 아이들은 이제 대학교를 다니는 어른이 되어 있었고 양 갈래로 땋은 머리를 했던 소녀들은 이제 기혼 여성이 되어 있었다. 그는 여전히 이런 모든 일들로 혼란스러웠다. 그들은 말도 무척 빨랐다. 그들이 자신을 아주 둔하다고 생각할 게 분명하다고 그는 생각했다. 그는 창문 안쪽으로 물러나 말하게 되었다. "무엇이라고, 무엇이라고, 그들이 무엇이라고 말하려는 거지?"

예를 들어, 오늘 저녁 엘리너 고모 댁에는 레몬즙을 짜서 홍차에 넣고 있던 외국인 억양을 지닌 남자가 있었다. 저 사람은 누구일까? 그는 궁금했다. "고모의 치과의사야." 그의 누이인 페기가 입술을 오므리며 말했다. 그들은 한결같이 문장을 끊어서 진부한 문구로 말했다. 하지만 그녀가 지칭한 사람은 소파에 조용히 앉아 있는 남자였다. 그가 말했던 사람은 홍차에 레몬즙을 짜서 넣고 있는 다른 사람이었다. "우리는 그를 브라운이라고 불러." 그녀가 나지막이 말했다. 그가 외국인이라면 어째서 브라운이라고 불리는 거지?[1] 그는 의아했다. 어쨌거나 브라운이라는 남자를 제외하고 모든 이들은 고독과 야만성을 낭만적으로 근사하게 말하고 있었다. 피커스길이라고 불리는 작달막한 남자는 "나도 당신처럼 했더라면 좋았을 텐데 말이에요"라고 말했다. 이 브라운이라는 사람은 그의 흥미를 끄는 말을 했다. "우리가 우리 자신을 모른다면 어떻게 다른 사람에 대해 알 수가 있겠소?" 그들은 독재자들, 나폴레옹, 위대한 인물들의 심리에 대해서 토론하고 있었다. 그러나 이때 초록색 신호등이 켜졌다— '가시오.' 그가 다

1 1930년대에 'brown hat'은 중상류층에서 동성애자를 칭하는 속어로 사용되었다.

시 출발했다. 그리고 그때 귀걸이를 한 어느 부인이 자연의 아름다움에 대해서 늘어놓았었지. 그는 왼쪽에 있는 거리의 표지판을 쳐다보았다. 그는 사라 고모와 식사를 하기로 되어 있었지만 거기까지 가는 길을 잘 알지 못했다. 그는 단지 전화로 그녀의 목소리를 들었을 뿐이었다. "와서 나와 함께 식사나 하자. 밀턴 거리 52번지야. 내 이름이 현관문에 있어." 그 집은 프리즌 타워[2] 근처였다. 그런데 이 브라운이라는 남자는, 어떤 사람인지 단번에 알아내기가 어려웠다. 그는 손가락을 쫙 편 채, 유창한 입담으로 말했지만 종국에는 사람들을 지루하게 할 사람이었다. 그리고 엘리너 고모는 한 손에 컵을 든 채 사람들에게 샤워기가 달린 욕실에 대해 말하면서 돌아다니고 있었다. 그는 사람들이 요점에 맞게 말을 하기를 바랐다. 대화는 그의 흥미를 끌었다. 추상적인 주제에 관한 진지한 대화라면 말이다. "고독이란 좋은 것인가? 사회란 나쁜 것인가?" 이런 주제는 흥미로웠다. 하지만 사람들은 화제를 이것저것으로 건너뛰었다. 몸집이 큰 남자가 말했다. "독방 수용은 인간이 할 수 있는 가장 지독한 고문입니다." 머리숱이 적고 여윈 노부인이 가슴에 손을 얹으며 외쳤다. "그런 건 없어져야만 해요!" 그녀는 교도소를 방문한 적이 있었던 듯했다.[3]

"도대체 여기가 어디지?" 거리 모퉁이에 있는 거리 이름을 살펴보면서 그가 물었다. 누군가가 벽에 삐죽삐죽한 선이 들어 있는 원을 분필로 그려놓았다.[4] 그는 길게 펼쳐진 전경을 내려다보았다. 문과 문이 연이어, 창문과 창문이 연이어, 같은 모양으로 이어지고

2   1066년 런던에 세워진 성으로 16세기와 17세기에 감옥으로 사용된 것으로 유명하다.

3   1920년대와 30년대에 이르러 마저리 프라이Margery Fry를 포함하여 많은 여성들이 형법 개혁연맹The Penal Reform League에서 활동하였다.

4   1930년대 오즈월드 모슬리Oswald Mosley가 주도한 영국파시스트연맹British Union of Fascists을 상징하는 기호. 당시 런던의 이스트 엔드 지역의 건물 벽이나 가로등에는 반 유태주의 구호와 함께 파시스트 연맹을 상징하는 기호가 그려지기도 했다.

있었다. 런던의 먼지 속으로 해가 지고 있었기 때문에 불그스레한 노란 빛이 온통 그 풍경 위로 타오르고 있었다. 모든 것이 부드러운 금빛 안개로 물들었다. 꽃과 과일을 가득 실은 손수레들이 도로 가장자리에 세워져 있었다. 태양빛이 과일을 금빛으로 물들였고, 꽃들도 뒤섞인 채 반짝였다. 장미도, 카네이션도, 백합도 있었다. 그는 잠시 차를 멈추고 샐리에게 꽃 한 다발을 사다 줄까 싶기도 했다. 그러나 뒤에서 차들이 경적을 울려대고 있었다. 그는 그냥 지나갔다. 꽃 한 다발을 손에 들고 있다면 오랜만에 만났을 때의 서먹함과 "만나서 정말 반가워요. 살이 좀 쪘군요," 따위의 으레 하게 되는 상투적인 인사말도 한결 부드럽게 만들 수 있었을 텐데, 그는 생각했다. 그는 단지 전화로 그녀의 목소리를 들었을 뿐이었다. 그리고 몇 년 동안 사람들은 변해 있었다. 여기가 맞는 거리인지 아닌지 그는 확신이 들지 않았다. 그는 길모퉁이를 돌아 천천히 살펴보았다. 그러면서 차를 멈추었다가 다시 나아가곤 했다. 여기가 밀턴 거리, 한때는 좋은 시절도 있었으나 지금은 하숙집이 된 낡은 집들이 늘어서 있는 음침한 거리였다.

"홀수번지가 저쪽이고 짝수번지는 이쪽이군." 그가 말했다. 거리는 짐마차들로 가로막혀 있었다. 그가 경적을 울렸다. 그리고 차를 세웠다. 그가 경적을 다시 울렸다. 한 남자가 말 머리 쪽으로 갔다. 그것은 석탄 마차였다. 말이 천천히 걸어갔다. 52번지는 바로 그 길에 있었다. 그는 문까지 좀 더 올라갔다. 그리고 차를 세웠다.

어떤 목소리가 거리를 가로질러 들려왔다. 발성 연습을 하고 있는 여자의 목소리였다.

"정말 지저분한 곳이군." 잠시 차 안에 앉아 있는 동안 그가 말했다. 이때 한 여자가 항아리를 팔 밑에 끼고 거리를 가로질러 갔다. "더럽고," 그가 덧붙였다. "살기에는 영 불결한 거리로군." 그는 시동을 껐다. 차에서 내려 현관문에 붙어 있는 문패들을 살펴보았다. 이름들이 층층이 쌓여있었다. 어떤 이름은 방문 카드에, 어떤 이름은 동판에 새겨져 있었다. 포스터, 에이브러햄슨, 로버트 등이 있었고 S. 파지터는 알루미늄 판에 새겨져 맨 위에 있었다. 그는 여러 개의 벨 가운데 하나를 눌렀다. 아무도 나오지 않았다. 발성 연습을 하고 있는 여자가 천천히 음을 높여가면서 노래를 계속하고 있었다. 분위기는 생기기도 했다가 사라지기도 하지. 그는 생각했다. 예전에 그는 시를 쓰곤 했었다. 그가 거기에서 기다리며 서 있는 동안 분위기가 다시 살아났다. 그는 벨을 두세 번 날카롭게 눌렀다. 그러나 아무런 응답이 없었다. 그가 문을 한 번 밀어보자 문이 열렸다. 홀에서는 야채가 익는 묘한 냄새가 났다. 홀은 기름때에 절은 갈색 벽지 탓에 어두웠다. 그는 한때 신사의 거처였던 그 집의 계단을 걸어 올라갔다. 층계 난간에는 조각이 새겨져 있었다. 그러나 노란색 싸구려 광택제로 문양에 덧칠이 되어 있었다. 그는 천천히 계단을 올라가 계단참에서 멈추어 섰다. 어느 문을 두드려야 할지 도무지 알 수 없었다. 그는 요즘 언제나 낯선 집 문밖에 서 있는 자신을 발견하곤 했다. 그럴 때면 그는 자신이 아무도 아니고 특별히 아무것도 이룬 것이 없다는 느낌을 받곤 했다. 길 건너편에서 발성 연습을 하는 여자가 마치 음표가 계단인 것처럼 신중하게 음계를 높여가며 부르는 노랫소리가 들려왔다. 그러다가 그녀는 순수한 소리일 뿐인 목소리를 내지르고는 게으르고 나른하게 노래를 멈추었다. 그때 그는 안에서 누군가가 웃는 소리를 들었다.

　그녀의 목소리야. 그가 말했다. 그러나 누군가 그녀와 함께 있었다. 그는 기분이 상했다. 그는 그녀가 혼자 있기를 기대했었다. 그 목소리는 누군가에게 말하고 있었고 그가 문을 두드렸을 때 대답이 없었다. 그는 아주 조심스럽게 문을 열고 안으로 들어갔다.

"네, 네, 네." 사라가 말하고 있었다. 그녀는 전화기 옆에 무릎을 꿇고 앉아서 말하고 있었다. 그러나 그곳에는 아무도 없었다. 그녀가 그를 보고 미소를 지으며 손을 들어 올렸다. 그러나 그가 내는 소리에 들으려던 말을 놓치기라도 한 듯 그녀는 손을 그대로 들고 있었다.

"뭐라고요?" 그녀가 전화기에 대고 말했다. "뭐라고요?" 그는 벽난로 위에 걸려 있는 그의 조부모의 초상화를 바라보며 조용히 서 있었다. 그 방에 꽃이 없음을 그는 알아차렸다. 그녀에게 꽃을 몇 송이 가져왔더라면 좋았을 걸 하고 그는 생각했다. 그는 그녀가 하는 말에 귀 기울이며 내용을 이어 맞춰보려고 애썼다.

"네, 이제 들리는군요…… 그래요, 당신 말대로예요. 누군가 들어왔어요…… 누구냐고요? 노스예요. 아프리카에서 돌아온 내 조카지요……."

그게 나야. 노스는 생각했다. '아프리카에서 돌아온 내 조카.' 그게 바로 내 이름표지.

"그를 만났다고요?" 그녀가 말하고 있었다. 잠시 동안 아무 말도 없었다. "그렇게 생각하세요?" 그녀가 말했다. 그녀가 고개를 돌려 그를 쳐다보았다. 그들이 자신에 대해 토론하고 있는 것이 분명하다고 그는 생각했다. 그는 거북해졌다.

"그럼, 안녕." 그녀가 말하고는 수화기를 내려놓았다.

"그가 오늘 저녁에 너를 만났었다는군." 자리에서 일어나 그에게로 다가와 그의 손을 잡으며 그녀가 말했다. "그리고 너를 좋아한대." 그녀가 미소를 지으며 덧붙였다.

"누군데요?" 그가 어색해하며 물었다. 그렇지만 그에겐 그녀에게 줄 꽃이 없었다.

"엘리너 언니네서 네가 만났던 사람." 그녀가 말했다.

"외국인이죠?" 그가 물었다.

"그래. 브라운이라는." 그에게로 의자를 밀어주며 그녀가 말했다.

그는 그녀가 자신을 위해 밀어내 준 의자에 앉았다. 그녀는 맞은편에 있는 의자에 다리를 깔고 앉은 채 몸을 동그랗게 말았다. 그는 그런 모습을 기억하고 있었다. 그의 기억 속에서 그녀가 조금씩 —처음에는 목소리가, 그다음에는 몸짓이 되살아났다. 그러나 여전히 무엇인가 알 수 없는 채로 남아 있었다.

"전혀 변하지 않으셨네요." 그가 말했다. 그녀의 얼굴을 보고 한 말이었다. 아름다운 얼굴은 곧 시들지만, 평범한 얼굴은 거의 변하지 않았다. 그녀는 젊어 보이지도 나이 들어 보이지도 않았다. 다만 허름해 보였다. 구석에 놓인 항아리에 팜파스 풀이 담겨 있는 방은 지저분했다. 하숙집의 방은 급히 치워지기 때문일 거라고 그는 짐작했다.

"그리고 너는—" 그를 쳐다보면서 그녀가 말했다. 마치 그의 서로 다른 두 모습을 합쳐보려고 하는 것 같았다. 아마도 하나는 전화상의 모습이고, 다른 하나는 지금 의자에 앉아 있는 그의 모습일 터였다. 아니면 또 다른 그의 모습이 있던가? 이렇게 서로를 반쯤 아는 사람들, 서로에게 반쯤 알려진 사람들, 시선이 마치 파리가 기어가듯 몸 위를 더듬는 이 느낌은 얼마나 불편한가. 그는 생각했다. 그러나 몇 해의 세월이 지났으니 어쩔 수 없지. 탁자는 어질러져 있었다. 모자를 손에 들고 그는 머뭇거렸다. 모자를 엉거주춤하게 손에 든 채 앉아 있는 그를 보고 그녀가 미소를 지었다.

"저 그림 속에 실크 모자를 들고 있는 젊은 프랑스인이 누구지?" 그녀가 말했다.

"어느 그림이요?" 그가 물었다.

"모자를 손에 들고 어쩔 줄 몰라 하는 표정으로 앉아 있는 젊은이 말이야." 그녀가 말했다. 그는 어색하게 모자를 탁자 위에 내려놓았다. 책 한 권이 바닥으로 떨어졌다.

"미안해요." 그가 말했다. 그녀가 그를 그림 속의 당황해하는 남자에 비유했을 때 어쩌면 그녀는 그가 어설프다는 뜻으로 말했음직했다. 그는 언제나 그랬다고.

"여기가 내가 지난번에 찾아왔었던 그 방은 아니지요?" 그가 물었다.

그는 의자, 금박을 입힌 발톱굽이 있는 의자를 알아보았다. 전에 보았던 피아노도 있었다.

"아니야—그땐 강 건너편이었지," 그녀가 말했다. "네가 작별 인사를 하러 왔던 때에는."

그는 기억하고 있었다. 전선으로 떠나기 전날 저녁 그는 그녀를 방문했다. 그때 그는 지금은 없어진 할아버지의 흉상에 그의 모자를 걸어놓았었다. 그리고 그녀가 그를 놀렸다.

"적군 잡는 왕립연대의 중위는 차에 설탕을 몇 개나 넣지?" 그녀가 빈정거렸다. 그가 마실 차에 각설탕을 몇 개 떨어뜨렸던 그녀의 모습을 그는 지금도 떠올릴 수 있었다. 그때 그들은 다퉜다. 그리고 그는 떠났다. 그날 밤 공습이 있었다고 그는 기억하고 있었다. 그날 밤은 캄캄했다. 탐조등 불빛이 천천히 하늘을 쓸고 가다가 여기저기 양털 같은 조각구름을 살피듯이 멈추곤 했다. 작은 탄환 조각들이 떨어져 내렸고, 푸른 장막이 드리워진 텅 빈 거리를 따라 사람들이 급히 지나가곤 했던 것을 그는 기억했다. 그는 가족과 함께 식사하기 위해 켄싱턴으로 돌아가고 있었다. 그는 어머니에게 작별인사를 했고, 그날 이후 그는 어머니를 다시 볼 수 없었다.

노래를 부르고 있는 목소리가 그를 방해했다. "아-아-아, 오-오-오, 아-아-아, 오-오-오." 그녀는 길 건너편에서 맥없이 음계를 오르내리며 발성연습을 하고 있었다.

"저 여자는 매일 밤 저렇게 노래를 부르나요?" 그가 물었다. 사라가 고개를 끄덕였다. 그 가락은 조용히 울리는 저녁 공기를 타고 느리고 감각적으로 들렸다. 노래를 부르는 그 사람은 한없이 한가로운 듯했다. 매 음계를 올라갈 때마다 그녀는 휴식을 취할 수 있을 것이다.

저녁 식사를 할 기미는 보이지 않았다. 그는 주위를 둘러보았다. 그레이비 소스 자국으로 이미 누렇게 얼룩진 싸구려 하숙집의 식탁보 위에는 과일 접시만 놓여 있었다.

"어째서 항상 빈민가만 찾으시는지 —" 그가 막 입을 열었을 때 아래 거리에서 아이들이 고함을 질렀다. 그리고 방문이 열렸다. 나이프와 포크 뭉치를 들고 어느 소녀가 들어왔다. 하숙집에 흔히 있는 하녀로군. 노스는 생각했다. 그녀의 손이 빨갰다. 하숙인에게 방문객이 있을 때면 하녀들이 머리 위에 쓰곤 하는 말쑥한 흰 모자를 쓰고 있었다. 그들은 그녀가 있는 데서 대화를 나눠야만 했다. "엘리너 고모를 방문 중이었어요." 그가 말했다. "거기서 고모의 친구분이라는 브라운 씨를 만났죠."

소녀가 들고 있던 한 뭉치의 나이프와 포크를 식탁에 늘어놓으면서 쨍그랑 소리를 내고 있었다.

"아, 엘리너 언니." 사라가 말했다. "엘리너 언니는 —" 그러나 그녀는 소녀가 굼뜬 동작으로 식탁 주위를 도는 것을 바라보았다. 소녀는 식탁을 차리면서 다소 숨차하고 있었다.

"고모님은 막 인도에서 돌아오셨죠." 그가 말했다. 그도 소녀가 식탁을 차리는 것을 바라보았다. 이제 소녀는 하숙집의 싸구려 식기들 사이에 포도주 한 병을 세워놓았다.

"온 세상을 돌아다니면서." 사라가 중얼거렸다.

"그리고 가장 특이한 노인네들을 접대하면서." 그가 덧붙였다. 그는 아프리카에 가보고 싶다던, 매서운 파란 눈을 가진 작은 남자를 떠올렸다. 교도소를 방문한 적이 있으리라 여겨지는, 구슬 장식을 단 머리숱이 적은 여자도.

"……그리고 그 남자, 친구분이신 —" 그가 입을 열었다. 이제 소녀가 방을 나갔다. 그녀는 문을 열어둔 채 나갔다. 곧 다시 돌아오겠다는 신호였다.

"니콜라스야." 사라가 그의 말을 이어서 말했다. "네가 브라운이라고 부른 남자 말이야."

잠시 침묵이 흘렀다. "그래, 무슨 얘기를 나눴지?" 그녀가 물었다.

그는 기억해내려고 애썼다.

"나폴레옹. 위인들의 심리. 그리고 우리가 우리 자신을 모른다면 어떻게 다른 사람들을 알 수 있겠는가……." 그는 말을 멈추었다. 불과 한 시간 전에 나눈 이야기인데도 정확하게 기억하기가 어려웠다.

"그러고는," 브라운이 그랬던 것처럼 똑같이 한 손을 내민 채 손가락 하나를 만지작거리면서 그녀가 말했다. "……우리가 우리 자신을 모르면서 어떻게 그에 적합한, 그에 적합한 법률이나 종교를 만들 수 있겠는가?"

"맞아요! 그거예요!" 그가 소리쳤다. 그녀가 그가 말하던 방식을 고스란히 모사했던 것이다. 약간 이국적인 억양과 마치 더 짤막한 영어 어휘에 대해 자신 없어 하듯이 '적합한'이라는 사소한 단어를 반복하던 그의 말투까지.

"그리고 엘리너 언니는," 사라가 말을 이었다. "이렇게 말하지…… '우리는 나아질 수 있을까요 — 우리는 우리 스스로를 향상시킬 수 있을까요?'라고. 소파 끝에 걸터앉아서?"

"욕조 끝에서였어요." 그가 그녀의 말을 정정하면서 웃었다.

"전에도 그런 대화를 나누신 적이 있는 모양이군요." 그가 말했다. 그가 느꼈던 그대로였다. 그들은 전에도 이런 대화를 했었다고. "그러고 나서," 그가 말을 이었다. "우리는 토론을 했어요……."

그러나 이때 그 소녀가 불쑥 다시 들어왔다. 이번에는 접시들을 손에 들고 있었다. 푸른 테두리가 있는 싸구려 하숙집 접시였다. "─사회냐 고독이냐, 어떤 게 최선인가." 그가 문장을 끝맺었다.

사라는 식탁을 바라보고 있었다. "그래, 어떤 쪽이지?" 그녀는 겉으로는 지금 벌어지고 있는 일을 지켜보고 있지만 동시에 다른 것에 대해 생각하고 있는 사람처럼 산만한 표정으로 물었다. "─너는 어느 쪽이라고 말했지? 넌 최근 여러 해 동안 혼자 지냈잖아." 그녀가 말했다. 소녀가 다시 방을 나갔다. "─네 양떼들 사이에서 말이지, 노스." 그녀가 말을 멈추었다. 아래쪽 거리에서 어느 트럼본 연주자가 막 연주를 시작했기 때문이었다. 발성 연습을 하고 있던 여자의 목소리도 계속되고 있어서, 마치 두 사람이 전혀 다른 세계관을 동시에 표현하려고 애쓰고 있는 것처럼 들렸다. 노랫소리가 올라가자 트럼본이 울부짖었다. 두 사람은 웃었다.

"……베란다에 앉아서," 사라가 말을 이었다. "별들을 바라보면서."

그가 올려다보았다. 그녀가 무언가 인용하고 있는 건가? 그는 그가 처음 떠났을 때 그녀에게 썼던 편지를 떠올렸다. "맞아요. 별을 쳐다보면서." 그가 말했다.

"적막 속에 베란다에 앉아서." 그녀가 덧붙였다. 트럭 한 대가 창밖을 지나갔다. 잠깐 동안 모든 소리가 지워졌다.

"그러고 나서……." 트럭 소리가 사라지자 그녀가 말했다. 마치 그가 썼던 다른 것을 언급하려는 듯이 그녀는 말을 멈췄다.

"—너는 말에 안장을 채우고," 그녀가 말했다. "떠났지!"

그녀가 벌떡 일어났다. 처음으로 그는 밝은 불빛 속에서 그녀의 얼굴을 보았다. 그녀의 코 옆에 얼룩이 있었다.

"알고 계세요?" 그녀를 쳐다보면서 그가 말했다. "얼굴에 얼룩이 있어요."

그녀가 다른 쪽 뺨을 어루만졌다.

"그쪽이 아니고—다른 쪽이에요." 그가 말했다.

그녀는 거울을 보지도 않고 그 방을 나갔다. 여기서 우리는 사라 파지터 양이 남자들의 사랑을 받아본 적이 없다는 것을 미루어 짐작할 수 있노라고, 그는 마치 자신이 소설을 쓰고 있었던 것처럼 혼자 중얼거렸다. 아니 그녀에게도 그런 일이 있었을까? 그는 알지 못했다. 사람들에 대한 이런 소소한 스냅 사진들은 많은 아쉬움을 남겼다. 우리가 만들어내는 이런 소소한 피상적인 사진들은 마치 사람의 얼굴 위를 기어 다니며 코는 여기에 있고, 이마가 여기 있다고 더듬어 아는 파리와도 같기 때문이다.

그는 창가로 걸어갔다. 길모퉁이에 있는 집의 벽돌이 노르스름한 분홍빛으로 물든 것으로 보아 해가 지고 있는 게 분명했다. 한 두 개의 높은 창문들이 황금빛으로 빛나고 있었다. 그 소녀가 방에 있어서 그의 주의를 끌었다. 런던의 소음 또한 여전히 그를 괴롭혔다. 차량의 소음, 방향을 바꾸는 차 바퀴 소리와 끼이익 급정 거하는 소리를 둔탁한 배경음으로 갑자기 아이에게 조심하라고 외치는 여자의 고함 소리가 가까이에서 들려왔다. 채소를 팔고 있는 남자의 단조로운 외침도 들려왔다. 멀리서 손풍금이 연주되고 있었다. 그 소리는 멈췄다가 다시 시작되었다. 늦은 밤에 그녀에게 편지를 쓰곤 했지. 그는 생각했다. 그때 나는 젊었었고 외로움을 느꼈을 때였지. 그는 거울 속의 자신의 모습을 들여다보았다. 그는 넓은 광대뼈와 작은 갈색 눈을 지닌 햇볕에 그을린 자신의 얼굴을 보았다.

소녀는 아래층으로 빨려 들어간 듯 사라졌다. 방문은 여전히 열린 채였다. 아무 일도 일어날 것 같지 않았다. 그는 기다렸다. 그는 자신이 이방인이라고 느꼈다. 지난 몇 년 동안 사람들은 모두 짝을 지어 자리를 잡았고 저마다의 일로 분주해졌지. 그는 생각했다. 그들은 전화를 걸고, 다른 대화들을 기억해내더군. 누군가를 홀로 남겨둔 채 방을 나가버렸지. 그는 책을 집어 들고 문장 하나를 읽었다.

"빛나는 머리카락을 지닌 천사와 같은 그림자……"

곧 그녀가 들어왔다. 그러나 진행에 무슨 문제가 있는 듯했다. 문이 열려 있었고 식탁 차릴 준비도 되었지만, 아무 일도 일어나지 않았다. 그들은 벽난로를 등진 채 기다리며 함께 서 있었다.

"아주 낯설겠지," 그녀가 말을 이었다. "몇 년 만에 돌아오다니, 마치 비행기를 타고 구름 속에서 떨어진 것처럼 말이야." 그녀는 마치 그가 착륙한 들판이기라도 한 듯 식탁을 가리켰다.

"미지의 땅으로 말이지요." 노스가 말했다. 그는 몸을 앞으로 숙여 식탁 위에 놓인 칼을 건드렸다.

"—그리고 사람들이 얘기하는 것을 발견하지." 그녀가 덧붙였다.

"—사람들은 이야기하고, 이야기하죠," 그가 말했다. "돈과 정치에 대해서요." 뒤에 있는 벽난로 가림망을 심술궂게 발뒤꿈치로 차면서 그가 덧붙였다.

이때 소녀가 들어왔다. 그녀는 으스대는 기색을 띠고 있었다. 틀림없이 들고 온 요리 접시에서 비롯되었을 것이다. 그 접시는 커다란 금속 뚜껑으로 덮여 있었기 때문이었다. 그녀가 요란스럽게 뚜껑을 들어 올렸다. 그 아래 양다리 요리가 놓여 있었다. "식사하자." 사라가 말했다.

"배가 고프네요." 그가 덧붙였다.

그들은 자리에 앉았다. 그녀가 고기 자르는 칼을 들고 고기를 길게 잘랐다. 붉은 육즙이 엷게 배어 나왔다. 고기가 덜 익은 것이었다. 그녀는 그것을 내려다보았다.

"양고기는 이래서는 안 돼." 그녀가 말했다. "쇠고기라면 몰라도—양고기는 안 돼."

그들은 붉은 육즙이 접시의 오목한 부분으로 흘러내리는 것을 지켜보았다.

"돌려보낼까?" 그녀가 말했다. "아니면 그냥 먹을까?"

"그냥 먹지요." 그가 말했다. "이보다 훨씬 더한 정강이 고기도 먹었던걸요." 그가 덧붙였다.

"아프리카에서……." 야채 요리의 뚜껑을 들어 올리며 그녀가 말했다. 납작납작하게 썰린 양배추 덩이가 녹색 국물에 자박하게 담겨 있었다. 다른 접시에는 딱딱해 보이는 노란 감자가 있었다.

"······아프리카에서는, 아프리카의 오지에서는," 그에게 양배추 요리를 건네주면서 그녀가 말을 이었다. "네가 있던 농장에는 어떨 땐 몇 달 동안 아무도 찾아오는 사람이 없었지. 너는 귀 기울이며 베란다에 앉아 있었지—"

"양떼 소리에." 그가 말했다. 그는 양고기를 길쭉한 조각으로 썰고 있었다. 고기가 질겼다.

"그리고 적막을 깨뜨리는 것은 아무것도 없었지." 감자를 덜어내며 그녀가 계속 말했다. "먼 산자락에서 나무가 쓰러지거나 바위가 부서지는 소리뿐—" 그녀는 그가 보냈던 편지에서 인용하고 있는 문장들을 확인하려는 듯 그를 바라보았다.

"그래요," 그가 말했다. "그곳은 정말 조용했어요."

"그리고 무더웠지." 그녀가 덧붙였다. "한낮의 찌는 더위 속에 어느 늙은 부랑자가 문을 두드렸지······?"

그가 고개를 끄덕였다. 그는 젊고 몹시 외로웠던 자신을 다시 떠올렸다.

"그러고는—" 그녀가 다시 말을 시작했다. 그러나 큰 화물차가 거리를 뒤흔들며 달려왔다. 식탁 위의 무엇인가가 덜컹거렸다. 벽과 마루가 흔들리는 것 같았다. 그녀가 서로 부딪히고 있는 두 유리잔을 떼어 놓았다. 화물차가 지나갔다. 그들은 화물차가 우르릉거리며 멀어지는 소리를 듣고 있었다.

"그리고 새들은," 그녀가 말을 이었다. "나이팅게일들은 달빛 속에서 노래를 하고 있었지?"

그는 그녀가 불러낸 장면에 불편함을 느꼈다. "내가 말도 안 되는 소리들을 써 보냈던 것이로군요!" 그가 소리쳤다. "모두 찢어버렸길 바라요—그 편지들을!"

"안 돼! 아름다운 편지들이야! 멋진 편지들이야!" 잔을 들어 올리며 그녀가 외쳤다. 포도주 한 모금에도 그녀가 언제나 취하곤 했던 것을 그는 기억했다. 그녀의 눈빛이 빛나고 뺨이 달아올랐다.

"그리고 쉬는 날이면," 그녀가 말을 이었다. "너는 이웃 마을로 스프링도 없는 마차를 타고 희고 거친 길을 덜컹거리며 달려갔지—"

"60마일이나 떨어진 곳으로." 그가 말했다.

"그리고 바에 갔지. 그리고 이웃에서 온 어떤 남자를 만났지, 이웃—목장이라고 했던가?"

그녀는 그 어휘가 틀렸을지도 모른다는 듯 머뭇거렸다.

"목장, 맞아요, 목장이에요." 그가 그녀에게 확인시켜주었다. "나는 마을로 가서 바에서 술을 마셨어요—"

"그러고는?" 그녀가 말했다. 그는 웃었다. 그녀에게 말하지 않았던 어떤 일이 있었더랬다. 그는 입을 다물었다.

"그러고는 너는 편지 쓰기를 그만두었지." 그녀가 말했다. 그녀는 잔을 내려놓았다.

"고모의 모습이 어땠는지 잊어버렸을 때였지요." 그녀를 바라보며 그가 말했다.

"고모 역시 편지 쓰기를 그만두셨지요." 그가 말했다.

"그래, 나도 그랬지." 그녀가 말했다.

트럼본 연주자가 자리를 옮겨 창문 아래서 구슬프게 울부짖고 있었다. 그 애절한 소리는 마치 개가 머리를 뒤로 젖히고 달을 올려다보며 짖는 것처럼 그들에게 흘러들었다. 그녀는 그 소리에 박자를 맞추어 포크를 흔들었다.

"우리의 가슴엔 눈물이 가득하고 우리의 입술에는 웃음이 가득하네, 우리는 계단을 지나갔네." —그녀는 트럼본의 울부짖음에 맞춰 말꼬리를 길게 늘였다—"우리는 계-에-다-안-을 지나갔네"—그러나 이때 트럼본 소리가 경쾌한 박자의 춤곡으로 바뀌었다. "그에겐 슬픔이, 나에겐 환희가," 그녀는 그에 맞춰 빠르게 까닥거렸다. "그에겐 슬픔이, 나에겐 환희가, 우리는 계-다-안-을 지나갔네."

그녀는 잔을 내려놓았다.

"정강이 고기를 더 줄까?" 그녀가 물었다.

"아뇨, 됐어요." 접시의 오목한 곳으로 아직도 피가 흘러내리고 있는 힘줄투성이의 보기 흉한 그 고깃덩이를 내려다보며 그가 말했다. 그 버들무늬 접시는 여러 줄의 핏자국으로 얼룩져 있었다. 그녀가 손을 뻗어 벨을 울렸다. 그녀는 벨을 울렸다. 그녀는 거듭 벨을 울렸다. 아무도 오지 않았다.

"벨이 울리지 않는군요." 그가 말했다.

"그래." 그녀가 미소를 지었다. "벨들은 울리지 않고 수돗물도 나오지 않아." 그녀가 마룻바닥을 세게 굴렀다. 그들은 기다렸다. 아무도 오지 않았다. 밖에서 트럼본이 울부짖고 있었다.

"그런데 고모가 제게 쓴 편지 한 통이 있었어요." 기다리고 있는 동안 그가 말을 이었다. "화가 나서 쓴 편지였지요. 잔인한 편지였어요."

그가 그녀를 쳐다보았다. 뭔가를 물어뜯으려는 말처럼 그녀는 입술을 치켜 올렸다. 그것 역시 그는 기억하고 있었다.

"그래?" 그녀가 말했다.

"고모가 스트랜드에서 돌아오신 밤이었어요." 그가 그녀에게 상기시켜 주었다.

이때 소녀가 디저트를 들고 들어왔다. 그것은 반투명하고, 분홍빛이었으며, 크림 덩이로 야단스럽게 장식된 푸딩이었다.

"기억나." 흔들리는 젤리에 숟가락을 꽂으며 사라가 말했다. "조용한 가을밤이었어. 등불이 켜지고 사람들이 손에 화환을 들고 보도를 따라 걷고 있었지?"

"맞아요." 그가 고개를 끄덕였다. "바로 그거예요."

"그리고 난 나 자신에게 말했지." 그녀가 말을 멈추었다. "이곳은 지옥이야. 우리는 저주받은 자들인가?"[5] 그가 고개를 끄덕였다.

그녀가 그에게 푸딩을 권했다.

"그리고 나는," 그가 접시를 받아 들며 말했다. "이 저주받은 이들 가운데 있었다." 그는 그녀가 건네준 흔들흔들하는 덩어리 속에 숟가락을 꽂아 넣었다.

"겁쟁이, 위선자, 너는 한 손에는 회초리를 들고 머리에는 모자를 쓰고—" 그는 그녀가 그에게 썼던 편지에서 인용하고 있는 듯했다. 그가 잠시 멈추었다. 그녀가 그에게 미소를 지었다.

"그런데 그 어휘가 뭐였지—내가 사용했던 어휘가?" 그녀는 기억을 되살리려고 애쓰듯 물었다.

"허튼소리!" 그가 그녀에게 상기시켜 주었다. 그녀가 고개를 끄덕였다.

"그리고 난 다리를 건너갔지." 그녀가 숟가락을 입가로 반쯤 들어 올린 채 말을 이었다. "그리고 그 조그만 움푹한 곳, 교각 사이에, 그걸 뭐라고 부르지?—물 위로 불룩하니 나온 곳, 그중 한 곳에서 멈춰 서서 내려다보았지—" 그녀는 자신의 접시를 내려다보았다.

"고모가 강 건너편에 사실 때였죠." 그녀가 기억할 수 있도록

5 퍼시 비시 셸리의 싯구.

그가 거들었다.

"멈춰 서서 내려다보았지." 앞에 들고 있던 잔을 내려다보면서 그녀가 말했다. "그리고 생각했지. 흘러가는 물, 차오르는 물, 불빛과 달빛과 별빛에 너울거리는 물—" 그녀는 술을 들이키고는 말이 없었다.

"그때 그 차가 왔지요." 그가 그녀를 재촉했다.

"그래, 롤스로이스였어. 차는 불빛 속에 멈추었어. 그리고 그들이 거기에 앉아—"

"두 사람이었죠." 그가 상기시켜 주었다.

"두 사람. 맞아." 그녀가 말했다. "그는 여송연을 피우고 있었어. 정장을 차려입은, 큰 코를 가진 상류 계층의 영국남자였어. 그리고 그녀는 모피가 달린 망토를 입고 그의 옆에 앉아 불빛 아래 잠시 멈춰 선 틈을 이용해 손을 들어"—그녀는 손을 들어 올렸다—"스페이드 모양의 자신의 입을 가다듬었지."

그녀는 푸딩을 한입 가득 삼켰다.

"그리고 결론은요?" 그가 그녀를 재촉했다.

그녀는 고개를 저었다.

침묵이 이어졌다. 노스는 푸딩을 다 먹었다. 그는 담배 케이스를 꺼냈다. 파리가 쉬를 슨 과일 접시, 사과와 바나나 말고는 분명히 더 이상 먹을 것이 없었다.

"젊었을 때 우리는 매우 어리석었어요, 샐." 담배에 불을 붙이면서 그가 말했다. "미사여구나 쓰면서……."

"참새가 지저귀는 새벽에," 과일 접시를 앞으로 당기며 그녀가 말했다. 그녀는 마치 부드러운 장갑을 벗고 있는 것처럼 바나나 껍질을 벗겼다. 그는 사과를 집어서 껍질을 벗겼다. 사과 껍질이 둥그렇게 그의 접시 위에 놓였다. 마치 뱀 껍질같이 감겨 있다고 그는 생각했다. 바나나 껍질은 마치 찢겨서 벌어진 장갑 손가락 같았다.

거리는 이제 조용했다. 그 여자는 노래 부르기를 그쳤다. 트럼본 연주자도 떠나버렸다. 교통이 혼잡한 때가 지나서 거리에는 아무것도 지나가지 않았다. 그는 그녀의 바나나를 조금씩 베어 먹으며 그녀를 바라보았다.

6월 4일에 그녀가 왔을 때를 그는 기억하고 있었다. 그녀는 치마를 돌려 입은 채였다. 그 무렵에도 그녀는 몸이 굽어 있었다. 그리고 그들은—그와 페기는—그녀를 놀렸다. 그녀는 결혼한 적이 없었다. 그녀가 왜 결혼을 하지 않았는지 그는 궁금했다. 그는 자신의 접시 위에 그 사과 껍질 또아리를 들어 올렸다.

"그는 뭘 하는 사람이에요?" 그가 갑자기 물었다. "—두 손을 앞으로 내뻗는 남자 말이에요."

"이렇게 말이니?" 그녀가 말했다. 그녀는 두 손을 앞으로 뻗었다.

"네." 그가 고개를 끄덕였다. 바로 그 사람, 모든 것에 관해 어떤 이론을 가지고 있는 수다스러운 외국인 중의 한 사람이었다. 그래도 노스는 그를 좋아했다—그에게는 어떤 향내가 났고, 부산스러움이 묻어났다. 그의 유연하고 온순한 얼굴은 아주 잘 어울렸다. 둥근 이마에 대머리였고, 눈매가 서글서글했다.

"그는 뭘 하는 사람이지요?" 그가 반복했다.

"말을 하지," 그녀가 대답했다. "영혼에 대해서." 그녀가 미소를 지었다. 다시금 그는 자신이 이방인이라는 것을 느꼈다. 그들은 정말 많은 이야기들을 나누었음이 틀림없었다. 정말 친밀함이 틀림없었다.

"영혼에 대해서," 그녀가 담배를 집어 들며 말했다. "강의를 해."

그녀가 담배에 불을 붙이며 말을 이었다. "맨 앞줄의 좌석은 10파운드 6펜니." 그녀가 연기를 내뿜었다. "반 크라운이면 서서 들을 수 있어. 하지만," 그녀는 담배를 피웠다. "잘 들을 수 없지. 그 선생님의, 그 대가의 말씀을 반 정도나 알아들을걸." 그녀가 웃었다.

그녀는 지금 그를 비웃고 있었다. 그녀는 그가 사기꾼이라는 인상을 풍겼다. 그러나 페기는 그들이, 그녀와 그 외국인이 아주 가까운 사이라고 말했었다. 엘리너의 집에서 보았던 그 남자의 인상이 마치 한쪽으로 쏠린 고무풍선처럼 약간 바뀌었다.

"나는 그가 고모의 친구라고 생각했어요." 그가 큰 소리로 말했다.

"니콜라스?" 그녀가 외쳤다. "나는 그를 사랑해!"

그녀의 눈이 분명 빛났다. 소금이 담긴 통에 고정된 그녀의 눈빛이 환희에 차 있어서 노스는 또다시 당혹스러웠다.

"그를 사랑한다……." 그가 입을 열었다. 그러나 그때 전화가 울렸다.

"그 사람이야!" 그녀가 외쳤다. "그 사람이야! 니콜라스야!"

그녀는 매우 안절부절못하며 말했다.

또 전화가 울렸다. "나는 여기 없어!" 그녀가 말했다. 전화가 또다시 울렸다. "여기 없어! 여기 없어! 여기 없어!" 그녀가 전화 소리에 맞추어 되풀이했다. 그녀가 전화를 받을 기미는 전혀 없었다. 칼날같이 찌르는 그녀의 목소리와 전화벨 소리를 그는 더 이상 견딜 수 없었다. 그는 전화기 쪽으로 걸어갔다. 그가 수화기를 들자 잠시 소리가 멈추었다.

"그에게 나 여기 없다고 말해!" 그녀가 말했다.

"여보세요." 그가 전화를 받았다. 그러나 아무 소리도 들리지 않았다. 그는 의자 가장자리에 앉아 있는 그녀를 바라보았다. 그녀는 발을 위아래로 흔들고 있었다. 그때 목소리가 들려왔다.

"노스입니다." 그가 전화에 대고 대답했다. "사라 고모와 함께 식사하고 있어요…… 네, 그렇게 전할게요." 그가 그녀를 다시 바라보았다. "그녀는 의자 가장자리에 앉아 있어요." 그가 말했다. "얼굴에 얼룩을 묻히고, 발을 위아래로 흔들면서요."

엘리너는 전화기를 든 채 서 있었다. 그녀는 미소를 지었다. 전화기를 내려놓고 난 후에도 잠시 동안 그녀는 미소를 지으며 그곳에 서 있었다. 그러고 나서 그녀는 함께 저녁 식사를 하고 있던 질녀 페기에게로 돌아섰다.

"노스가 사라와 함께 저녁을 먹고 있다더구나." 전화로 전해진, 런던의 반대편 끝에 있는 두 사람의 모습—그중 한 사람이 얼굴에 얼룩을 묻힌 채 의자 가장자리에 앉아 있는 모습에 그녀는 미소를 지으며 말했다.

"그 애가 사라와 저녁 식사를 하고 있다더군." 그녀가 다시 말했다. 그러나 그녀의 질녀는 웃지 않았다. 그녀에게는 그 모습이 보이지 않았기 때문이었다. 게다가 그녀는 약간 짜증이 나 있었다. 엘리너가 이야기 중간에 갑자기 일어나 "사라에게 말해주어야겠어."라고 말했기 때문이었다.

"오, 그래요?" 그녀가 대수롭지 않게 말했다.

엘리너가 돌아와서 자리에 앉았다.

"무슨 얘기를 하고 있었더라—" 그녀가 자리에 앉았다.

"고모가 저 그림을 청소하라고 하셨군요." 거의 동시에 페기가 말했다. 엘리너가 통화하고 있는 동안 그녀는 책상 위에 걸려 있는 할머니의 초상화를 쳐다보고 있었다.

"그래." 엘리너가 어깨 너머로 돌아보며 말했다. "그랬지. 잔디 위에 떨어져 있는 꽃 한 송이가 보이니?" 그녀가 말했다. 그녀는 고개를 돌려 그림을 바라보았다. 얼굴과 옷, 꽃바구니 모두 마치 그림에 매끈하게 한 겹의 에나멜 덧칠을 한 것처럼 서로 잘 녹아들어 부드럽게 빛나고 있었다. 꽃 한 송이가 — 파란 꽃 잔가지가 — 풀밭 위에 놓여 있었다.

"저 꽃이 먼지에 가려져 있었단다." 엘리너가 말했다. "하지만 이제 그게 기억이 나, 내가 어렸을 때였지. 그러고 보니 너 혹시 그림을 깨끗하게 청소해줄 좋은 사람이 필요하다면 —"

"그런데 할머니가 저런 모습이셨나요?" 페기가 말을 끊었다.

누군가 그녀에게 할머니를 닮았다고 말한 적이 있었다. 그런데 그녀는 할머니를 닮기를 원하지 않았다. 그녀는 검은 눈에 매부리코를 지닌 모습이고 싶었다. 하지만 그녀는 실제로는 그녀의 할머니처럼 푸른 눈에 얼굴이 동그스름했다.

"내가 어딘가에 주소를 갖고 있단다." 엘리너가 계속했다.

"관두세요 — 관두세요." 페기가 쓸데없는 사소한 것들을 늘어놓는 고모의 버릇에 짜증을 내며 말했다. 아마 고모가 나이를 먹어가는 탓이라고 그녀는 생각했다. 나이가 든다는 것은 나사가 헐거워지듯 모든 정신의 기능이 낡아 덜컹거리는 것이었다.

"할머니가 저런 모습이셨어요?" 그녀가 다시 물었다.

"내 기억으로는 아니야." 엘리너가 그림을 다시 한 번 쳐다보며 말했다. "아마도 내가 어렸을 때에는 어쩌면 — 아니야, 어렸을 때에도 아니었을 거야. 정말 재미있는 건," 그녀가 말을 이었다. "사람들이 밉다고 생각하는 것을 — 예를 들면 빨간 머리라든가 — 우리는 예쁘다고 생각한다는 거야. 그래서 나는 가끔 나 자신에게 묻곤 하지." 엽궐련을 피우며 그녀는 잠시 말을 멈추었다. "'과연 무엇이 예쁘지?'"

"맞아요." 페기가 말했다. "우린 바로 그 얘기를 하고 있었어요."

엘리너가 사라에게 파티에 대해 상기시켜 주어야겠다는 생각을 머릿속에 갑자기 떠올렸을 때, 그들은 엘리너의 어린 시절에 대해—모든 것이 얼마나 변했는가, 어떤 세대에게는 어떤 것이 멋져 보이고, 또 다른 세대에게는 다른 것이 멋져 보인다는 것에 대해 이야기하던 중이었다. 그녀는 엘리너가 지나간 시절에 대해 이야기하는 것을 듣기를 좋아했다. 그녀에게 과거는 무척이나 평화롭고 안락하게 보였다.

"어떤 기준이 있다고 생각하세요?" 그녀가 그들이 이야기하고 있던 화제로 되돌아오기를 바라며 페기가 말했다.

"글쎄," 엘리너가 별생각이 없는 듯 말했다. 그녀는 다른 것을 생각하고 있는 중이었다.

"이런 답답하군!" 그녀가 갑자기 소리쳤다. "너에게 뭔가 물어보려던 것이 있었는데. 막 입에 올리려던 참이었어. 그때 마침 델리아의 파티가 생각이 났지. 그런데 노스가 날 웃겼어—코끝에 얼룩을 묻히고 의자 끄트머리에 앉아 있는 사라 얘기로 말이야. 그 바람에 잊어버렸어." 그녀가 고개를 저었다.

"너 뭔가 이야기하려는 찰나에 방해를 받은 느낌, 그러고는 그게 여기 들러붙어 있는 듯한 느낌 아니?" 그녀가 자신의 이마를 톡톡 두드렸다. "그래서 다른 모든 것마저 중단되어 버린 그런 느낌 말이야. 그다지 중요한 것은 아니지만." 그녀가 덧붙였다. 그녀는 잠시 방 안을 서성였다. "아니야, 그만둬야겠다. 그만둬야지." 그녀가 고개를 저으면서 말했다.

"네가 택시를 부른다면. 난 이제 가서 준비를 해야겠다."

그녀가 침실로 갔다. 곧 물 흐르는 소리가 났다.

페기는 담배 또 한 개비에 불을 붙였다. 침실에서 나는 소리로 짐작할 수 있듯이, 엘리너가 세수를 하려 한다면, 서둘러 택시를 부를 필요는 없었다. 그녀는 벽난로 위에 놓여 있는 편지들을 쳐다보았다. 그중에서 제일 위에 있는 편지에 쓰인 주소가 눈에 들어왔다. '몽 레포, 윔블던.' 엘리너의 치과의사들 가운데 한 명일 거라고 페기는 생각했다. 아마 그녀와 함께 윔블던 공원에서 식물채집을 했던 남자일 것이다. 그는 매력적인 사람이었다. 엘리너가 그에 대해 설명해 준 적이 있었다. "그가 말하길 모든 치아는 제각기 다르다는 거야. 그리고 그는 식물에 관해서라면 뭐든지 다 알고 있어⋯⋯." 엘리너에게 어린 시절에 대한 이야기를 계속하게 하는 것은 어려운 일이었다.

그녀는 전화기가 있는 곳으로 걸어가서 번호를 대주었다. 잠시 지체되었다. 기다리는 동안 그녀는 수화기를 들고 있는 자신의 손을 바라보았다. 능률적이고 조개껍질 같이 생겼으며, 손톱에 칠을 하지는 않았지만 깔끔하게 다듬어진 손이었다. 자신의 손톱을 바라보면서 그녀는 생각했다. 이건 타협이야, 과학과⋯⋯. 그러나 이때 어느 목소리가 말했다. "번호를 알려주세요." 그녀는 번호를 불러주었다.

그녀는 다시 기다렸다. 엘리너가 앉았던 자리에 앉아 있는 동안 그녀는 엘리너가 보았던 전화 너머의 풍경—얼굴에 얼룩을 묻히고 의자 끄트머리에 앉아 있는 샐리 고모를 떠올렸다. 얼마나 바보스러운가. 그녀는 씁쓸하게 생각했다. 전율이 넓적다리를 타고 흘러내렸다. 어째서 씁쓸한 거지? 그녀는 자신의 정직성에 대해 자부심을 지니고 있었다—그녀는 의사였다—그리고 그녀가 알기로 그 전율은 씁쓸함을 의미했다. 그녀가 행복하기 때문에 그녀를 질투하는 것인가 아니면 조상 대대로 내려오는 내숭에 대한 푸념인가? 그녀는 여자를 사랑하지 않는 남자들과의 우정을 승인하지 않는 것인가? 그녀는 마치 할머니의 의견을 묻는 것처럼 초상화를 바라보았다. 그러나 할머니는 예술 작품답게 초연할 뿐이었다. 그녀는 장미꽃들에게 미소를 지으며 앉아 있을 뿐, 우리들의 시시비비 따위에는 아랑곳하지 않는 것처럼 보였다.

"여보세요." 톱밥과 대기소를 암시하는 듯한 무뚝뚝한 목소리가 들려왔다. 그녀가 주소를 불러주고 전화기를 내려놓자마자 엘리너가 들어왔다. 그녀는 불그스름한 금빛이 나는 아랍식 망토를 입고 머리에는 은색 베일을 쓰고 있었다.

"고모도 머잖아 통화하고 있는 상대방의 모습을 볼 수 있게 되리라고 생각하세요?" 페기가 일어서며 말했다. 엘리너의 머리, 그리고 은빛이 도는 검은 눈이야말로 그녀의 매력이라고 페기는 생각했다. 멋진 노예언자 같기도 하고 기이한 늙은 새 같기도 해서 덕망 있으면서도 동시에 우스꽝스러운 모습이었다. 여행지에서 볕에 그을린지라 그녀의 머리는 그 어느 때보다도 더 새하였다.

"뭐라고?" 전화에 대한 페기의 말을 듣지 못한 엘리너가 물었다. 페기는 되풀이해 말하지 않았다. 그들은 택시를 기다리며 창가에 서 있었다. 그들은 나란히 서서 말없이 밖을 내다보았다. 그들에게는 채워야 할 시간의 공백이 있었기 때문이었다. 지붕들 너머로, 광장들과 여러 뒤뜰의 모퉁이 너머로 멀리 보이는 푸른 능선까지 내려다보이는 창문에서 보이는 경치가 마치 무어라고 말하고 있는 목소리인 양 그 공백을 채워 주었다. 해가 지고 있었다. 구름 한 조각이 푸른 하늘에 붉은 깃털처럼 둥그렇게 말려있었다. 그녀는 아래를 내려다보았다. 모퉁이를 돌아 이 거리를 돌아가고 저 거리로 내려가는 택시들을 보면서도 차량 소리가 들리지 않는 것이 신기했다. 그것은 마치 런던의 지도, 그들 아래에 놓여 있는 한 구획의 지도 같았다. 여름날이 저물고 있었다. 거리의 불빛이 밝혀지고 있었다. 석양빛이 여전히 대기 중에 머물고 있어 연노랑 불빛은 아직 띄엄띄엄 있었다. 엘리너가 하늘을 가리켰다.

"내가 처음으로 비행기를 본 것이 바로 저기쯤이었어 — 저기 저 굴뚝들 사이." 그녀가 말했다. 멀리에 높은 굴뚝들이, 공장의 굴뚝들이 있었다. 그리고 웅장한 건물이 — 웨스트민스터 사원인가? — 지붕들 위로 우뚝 솟아 있었다.

"나는 여기 서 있었어, 바깥을 내다보면서." 엘리너가 말을 이었다. "내가 아파트에 입주한 직후였을 거야, 여름날이었지. 하늘에 검은 점 하나가 보였어. 나는 누군가에게 말했지 — 아마 미리엄 패리쉬였을거야. 그래 맞아, 내가 아파트에 입주하는 것을 도와주러 그녀가 왔었으니까 — 그나저나 델리아가 그녀에게 물어보는 것을 기억하고 있어야 할 텐데 —"…… 페기는 고모가 이 말을 하다가 저 말을 꺼내는 것이 나이 탓이라고 생각했다.

"미리엄에게 고모가 말했어요 —" 그녀가 엘리너에게 상기시켜 주었다.

"내가 미리엄에게 말했어. '저게 새인가? 아니야, 새일 리가 없어. 너무 크잖아. 그런데 움직이고 있네.' 그때 갑자기 그게 내 쪽으로 날아왔어. 그건 비행기였어! 그래, 비행기였어! 너도 알다시피 비행기가 영국 해협을 횡단한 것이 불과 얼마 전이었거든.[6] 내가 도싯에서 너와 함께 머물고 있을 때였지. 신문에서 그 기사를 읽은 기억이 나는구나. 그때 누군가가 — 아마 네 아빠였을 게

6 프랑스의 항공기술자 루이 블레리오(Louis Blériot, 1872~1936)는 1909년 37분간의 비행 끝에 세계 최초로 영국 해협 횡단에 성공했다.

다—말했지. '세상은 이제 전과 같지 않을 거야!'라고."

"오, 글쎄요—"페기가 웃었다. 그녀는 비행기가 세상을 바꾸어놓은 것은 아니라고 말하려던 참이었다. 과학에 대한 나이 든 사람들의 맹신을 바로잡아 주는 것이—부분적으로는 그들의 맹신이 우스꽝스러웠기에, 또 다른 한편으로는 의사들의 무지에 대해 그녀 자신이 날마다 감탄을 금치 못하고 있었기에—그녀의 입장이었기 때문이었다. 그때 엘리너가 한숨을 지었다.

"오, 이런." 그녀가 중얼거렸다.

그녀가 돌아서서 창가를 떠났다.

나이 탓이야, 페기는 생각했다. 돌풍이 어느 문을 열어젖힌 것이었다. 엘리너의 칠십 평생 동안 무수히 불어왔을 세찬 바람 가운데 하나였으리라. 고통스러운 생각이 떠올랐고 그녀는 나이 든 사람의 초라한 관용, 고통스러운 겸손으로 즉시 감춰버렸으리라—그녀는 책상으로 가더니 서류를 만지작거리고 있었다.

"뭐예요, 넬—?"페기가 말했다.

"아무것도 아니다, 아무것도." 엘리너가 말했다. 그녀는 하늘을 바라보곤 했었다. 하늘은 여러 장면들로 겹겹이 덮여 있었다. 그녀는 무척이나 자주 하늘을 바라보았었다. 그녀가 하늘을 바라볼 때면 어떤 장면이라도 맨 위로 올 수 있었다. 지금은, 노스와 이야기를 나누었던 탓에, 전쟁이 떠올랐다. 어느 날 밤 그녀가 탐조등 불빛을 쳐다보며 그곳에 서 있었던 것을. 공습이 있은 후에 그녀는 집으로 돌아왔다. 웨스트민스터에서 레니와 매기와 함께 저녁을 먹고 있었다. 그들은 지하 저장고에 앉아 있었다. 그리고 니콜라스—그때가 그녀가 그를 처음 만난 날이었다—가 전쟁이란 참으로 하찮은 것이라고 말했었다. "우리들은 뒤뜰에서 폭죽을 터뜨리며 노는 아이들이에요"…… 그녀는 그의 말을 기억하고 있었다. 나무 상자 주위에 둘러앉아 새로운 세상을 위해 술을 마셨던 일을. "새로운 세상…… 새로운 세상을 위해!" 샐리가 숟가락으로 나무 상자를 두드리며 외쳤었다. 그녀는 책상 쪽으로 몸을 돌려 편지 한 통을 찢어서 내던져 버렸다.

"그래," 편지들 사이를 더듬어 무엇인가를 찾으면서 그녀가 말했다. "그래―나는 비행기에 대해선 몰라, 비행기에 타본 적도 없고. 내가 타본 건 자동차들뿐이지―난 자동차 없이도 지낼 수 있어. 난 하마터면 자동차에 치일 뻔했지. 네게 얘기했던가? 브롬톤 거리에서였지. 전적으로 내 잘못이었어―내가 살펴보지 않았거든……. 그리고 라디오―그건 정말 성가신 물건이야―아래층에 사는 사람들이 아침 식사 후에 틀어놓곤 하지. 그러나 한편으로 생각하면 뜨거운 물, 전깃불, 그밖에 새로운 것들―" 그녀는 말을 멈추었다. "아, 여기 있군!" 그녀가 소리쳤다. 그녀는 그때까지 찾고 있던 어떤 종이를 움켜쥐었다. "에드워드가 오늘 저녁에 거기 온다면 나에게 상기시켜 주렴―아무래도 손수건에 매듭을 지어놓아야겠다……."

그녀는 가방을 열고 실크 손수건을 꺼내 엄숙하게 매듭을 지었다…… "그에게 런콘의 아들에 대해 물어보라고 말이다."

벨이 울렸다.

"택시가 왔구나." 그녀가 말했다.

그녀는 잊어버린 것이 없는지 확인하기 위해 주위를 둘러보았다. 갑자기 그녀가 멈추었다. 넓은 막대 모양의 인쇄물과 흐릿한 사진이 실려 있는 석간신문이 바닥에 펼쳐진 채 그녀의 눈길을 붙잡았다. 그녀는 그것을 집어 들었다.

"이 작자가!" 신문을 탁자 위에 평평하게 펴놓으며 그녀가 소리쳤다.

근시이긴 했지만, 페기가 보기에 그것은 평범한 석간신문에 실려 있는 어느 뚱뚱한 남자가 손짓을 하고 있는 흐릿한 사진이었다.[7]

　"망할 놈의 —" 엘리너가 갑작스럽게 내쏘았다. "깡패!" 그녀는 단번에 신문을 찢어서는 바닥에 던져버렸다. 페기는 충격을 받았다. 신문이 찢어지는 순간 희미한 전율이 그녀의 살갗 위를 내달렸다. 고모의 입술에서 나온 '망할 놈'이란 말이 그녀에게 충격을 주었다.

　다음 순간 그녀는 즐거워졌다. 그러나 충격은 여전히 남아 있었다. 그처럼 신중하게 영어를 구사하는 엘리너가 '망할 놈'이니 '깡패'라는 말을 했을 때에는 그녀 자신과 친구들이 그런 말을 썼을 때보다 훨씬 더 무거운 의미를 갖게 되기 때문이었다. 그리고 신문을 찢을 때의 그녀의 그 몸짓…… 얼마나 기묘한 조합인가. 엘리너의 뒤를 따라 계단을 내려가면서 그녀는 생각했다. 한 계단 한 계단 내려갈 때마다 그녀의 붉은 금빛 망토 자락이 바닥에 끌렸다. 그녀는 누군가가 신문에서 한 말에 화가 난 아버지가 『타임스』를 구겨버리고는 분노에 차서 떨면서 앉아 있는 것을 본 적이 있었다. 얼마나 이상한 일인가!

　그리고 그녀가 그것을 찢어버리는 모습이라니! 반쯤 웃으면서 그녀는 생각했다. 엘리너가 손을 휘둘렀던 것처럼 그녀도 자기 손을 휘둘러보았다. 엘리너의 모습은 아직도 분노에 차 꼿꼿해 보였다. 저렇게 해버리면 수월할 거야, 만족스러울 거야. 돌계단을 한 층씩 따라 내려가면서 그녀는 생각했다. 엘리너의 망토 끝에 달린 작은 술이 계단을 가볍게 두드렸다. 그들은 천천히 계단을 내려갔다.

7　1922년 이탈리아의 수상이 된 베니토 무솔리니Benito Mussolini의 사진.

"우리 고모를 보세요." 그녀는 병원에서 어떤 남자와 가졌던 논쟁을 떠올리기 시작하며 혼잣말을 했다. "노동자들이 사는 아파트 6층 꼭대기에서 혼자 살고 있는 우리 고모를 보세요……." 엘리너가 걸음을 멈추었다.

"내가 그 편지를 방에 두고 온 것은 아니겠지?" 그녀가 말했다. "에드워드에게 보여주려던, 그 소년에 대한 런콘의 편지 말이야." 그녀는 가방을 열었다. "아니, 여기 있군." 편지는 가방 안에 있었다. 그들은 계속 내려갔다.

엘리너가 택시 운전사에게 주소를 일러주고 나서 자기 자리에 털썩 주저앉았다. 페기가 곁눈으로 그녀는 쳐다보았다.

그녀를 감동시킨 것은 말 자체가 아니라 엘리너가 그 말에 실었던 힘이었다. 그녀는 여전히 열정적으로 믿고 있는 것 같았다―그녀는, 엘리너는 나이가 들어서도―남자들이 파괴해버린 것들을 믿고 있는 것 같았다. 멋진 세대야, 차가 출발할 때 그녀는 생각했다. 신봉자들……

"너도 알지," 자신이 한 말을 설명하고 싶은 듯 엘리너가 불쑥 말했다. "그것은 우리가 지켜왔던 모든 것의 종말을 의미하는 거란다."

"자유 같은 거요?" 페기가 건성으로 말했다.

"그래," 엘리너가 말했다. "자유와 정의."

택시는 집집마다 밖으로 둥글게 난 창문과 좁다란 정원이 있고, 문패가 달려 있는 집들이 늘어선 조용하고 점잖은 작은 거리들을 따라 달렸다. 차가 계속 달려 큰 길에 들어섰을 때, 아파트에서의 장면이 페기의 마음속에 뚜렷하게 구성되었다. 그녀는 병원에 있는 그 남자에게 이렇게 말할 것이었다. "갑자기 그녀가 화를 냈어요. 신문을 집어서 찢어버렸지요. 제 고모가요. 고모는 일흔이 넘었어요." 그녀는 세세한 부분을 확인하려는 듯이 엘리너를 쳐다보았다. 고모가 그녀의 말을 끊었다.

"저기가 우리가 예전에 살던 곳이야." 그녀가 말했다. 왼쪽 편으로 불 켜진 가로등이 길게 늘어서 있는 거리를 향해 그녀가 손을 흔들었다. 바깥을 내다보면서 페기는 희끄무레한 기둥들과 계단이 연이어 있는 거리가 위풍당당하게 길게 이어진 모습을 볼 수 있었다. 거리 끝까지 죽 늘어서 있는 치장 벽토로 꾸민 기둥들과 잘 정리된 건축물들은 부드러우면서도 장려한 아름다움마저 풍기고 있었다.

"애버콘 테라스." 엘리너가 말했다. "……저 우체통." 차가 달려서 지나갈 때 그녀가 중얼거렸다. 왜 하필이면 우체통이지? 페기가 속으로 물었다. 또 다른 문이 열린 것이다. 노년이란 어둠 속으로 멀리 멀리 뻗어 있는 끝없이 많은 길을 지니고 있을 것이라고 그녀는 추측했다. 지금 문 하나가 열렸고 이어서 다른 문이 열린 것이다.

"사람들은—" 엘리너가 말문을 열었다. 그러다가 말을 멈췄다. 언제나처럼 그녀는 말을 잘못 시작했던 것이다.

"네?" 페기가 말했다. 그녀는 고모의 이런 엉뚱함이 짜증스러웠다.

"내가 말하려고 하는 건—우체통을 보니까 생각나는 게 있어서." 엘리너가 말을 시작했다. 그러다가 그녀가 웃었다. 그녀는 떠오르는 생각들을 순서대로 설명하려다 포기했다. 분명히 순서가 있었다. 하지만 그것을 찾아내는 데 너무 오랜 시간이 걸렸다. 그리고 젊은이들의 머리는 아주 빨리 돌기 때문에 자신의 장황한 말이 페기를 성가시게 한다는 것을 그녀는 알고 있었다.

"저기가 우리가 저녁을 먹곤 했던 곳이야." 광장의 모퉁이에 있는 큰 건물을 보고 고개를 끄덕이며 엘리너가 말했다. "네 아빠와 나 말이다. 네 아빠가 책을 함께 읽곤 하던 그 남자도. 그 사람 이름이 뭐였더라? 판사가 되었지……. 우리는 저기서 저녁 식사를 하곤 했어. 모리스, 우리 아버지, 그리고 나……. 그 시절에는 사람들이 아주 거창한 파티를 열곤 했지. 언제나 법조계 사람들이었지. 그리고 그는 오래된 참나무 가구를 수집했어. 대개는 가짜였지." 나지막하게 웃으며 그녀가 덧붙였다.

"저녁 식사를 하시곤 했군요……." 페기가 말을 시작했다. 그녀는 고모가 다시 과거 이야기로 되돌아가기를 바랐다. 그것은 무척 흥미롭고, 무척 안전하고, 무척이나 비현실적이었다. 80년대의 과거지사는 그에 깃든 비현실성 때문에 그녀에게는 몹시 아름답게 느껴졌다.

"고모가 젊었을 때 얘기를 들려주세요." 그녀가 말했다.

"그렇지만 너희들의 삶이 우리가 살았던 것보다 훨씬 더 흥미롭지." 엘리너가 말했다. 페기는 잠자코 있었다.

그들은 사람들이 붐비는 밝은 거리를 따라 달리고 있었다. 거리는 화려한 극장 불빛으로 붉게 물들거나 여름 드레스들이 환하게 진열된 창문에서 흘러나오는 노란 빛으로 물들어 있었다. 비록 상점은 닫았지만 여전히 불이 켜져 있었고, 사람들이 여전히 드레스와 작은 막대 위에 걸린 모자들과 보석들을 구경하고 있었다.

페기는 병원에서 그녀의 친구에게 하던 엘리너에 관한 이야기를 계속했다. 우리 델리아 고모가 런던에 오면, 이렇게 말하는 거야, 파티를 열어야겠어. 그러면 모두가 모여들지. 그들은 모이는 것을 좋아해. 그녀 자신은 파티를 싫어했다. 그녀로서는 차라리 집에 남아 있거나 극장에 가는 편이 훨씬 더 나았다. 그것이 가족

관념이지. 그녀가 그린 빅토리아 시대의 독신녀 초상화에 덧붙일 사소한 사실을 하나라도 더 수집하려는 듯이 엘리너를 응시하며 그녀가 덧붙였다. 엘리너는 창밖을 내다보고 있었다. 그러다가 그녀가 고개를 돌렸다.

"기니피그 실험 말이다—그건 어떻게 되었니?" 그녀가 물었다. 페기는 어리둥절했다.

그러다가 기억이 나자 그녀는 그녀에게 말해주었다.

"그랬구나. 그래서 아무것도 증명하지 못했군. 그래서 너는 처음부터 다시 시작해야겠구나. 그건 무척 흥미롭구나. 이제 나에게 설명을 해줬으면 좋겠구나……." 그녀를 어리둥절하게 하는 또 다른 문제가 있었던 것이다.

그녀가 설명해주었으면 했던 것들은 둘 더하기 둘은 넷이라는 간단한 내용들이거나 그렇지 않으면 너무 어려워서 세상사람 누구도 답을 알지 못하는 그런 것들이라고 페기는 병원에 있는 친구에게 말했다. 만약 엘리너에게 "팔 곱하기 팔은 얼마인가요?"라고 묻는다면—창문을 배경으로 한 고모의 옆모습을 보며 그녀는 미소를 지었다—그녀는 자신의 이마를 톡톡 두드리며 이렇게 말할 거야…… 그러나 이때 엘리너가 다시 그녀의 생각을 방해했다.

"이렇게 네가 와주니 정말 좋구나." 그녀의 무릎을 가만가만 다독이며 엘리너가 말했다. (그런데 내가 그녀에게 여기 오는 것을 싫어한다는 내색을 했나? 페기는 생각했다.)

"이것도 사람들을 보는 한 방법이야." 엘리너가 말을 이었다. "우리는 모두 잘 해나가고 있어—네가 아니라 우리 말이다—누구라도 기회를 놓치는 것을 좋아하지 않아."

그들은 계속 달렸다. 어떻게 해야 그것을 정확하게 알 수 있지?

그 초상화에 붓질을 더하려고 애쓰며 페기는 생각했다. 그것은 '감상적'인 건가? 아니면 그 반대로 그렇게 느끼는 것이 좋은 것인가…… 자연스러운…… 올바른 것인가? 그녀는 고개를 저었다. 나는 사람들을 묘사하는 데에는 재주가 없어. 그녀는 병원에 있는 친구에게 말했다. 사람들은 너무 어려워……. 그녀는 그렇지 않아―전혀 그렇지 않아, 잘못 그린 윤곽선을 지우려는 것처럼 손을 내저으며 그녀가 말했다. 그녀가 그렇게 하는 동안, 병원에 있는 그녀의 친구는 사라졌다.

그녀는 택시 안에 엘리너와 둘이 있었다. 그리고 그들은 집들을 지나쳐 가고 있었다. 그녀는 어디서 시작하고, 나는 어디서 끝나는 거지? 그녀가 생각했다……. 그들은 계속 달렸다. 그들은 두 명의 살아 있는 사람, 런던을 가로질러 달리고 있는 이들이었다. 두 개의 분리된 몸에 담긴 삶의 불꽃 둘. 두 개의 분리된 몸에 담긴 삶의 불꽃이 이 순간 존재하고 있어. 영화관 앞을 지나가면서 그녀는 생각했다. 그러나 이 순간이란 무엇인가? 그리고 우리는 또 무엇인가? 그것은 그녀가 풀기에는 너무 어려운 수수께끼였다. 그녀는 한숨을 지었다.

"너는 그런 걸 느끼기에는 너무 젊어." 엘리너가 말했다.

"뭐라고 하셨어요?" 페기가 약간 놀라며 물었다.

"사람들을 만나는 거 말이다. 사람들을 보는 기회를 놓치지 않는 것 말이야."

"젊다구요?" 페기가 말했다. "저는 결코 고모만큼 젊어질 수 없을 거예요!"

이번에는 그녀가 고모의 무릎을 다독였다. "인도까지 다녀오시고……." 그녀가 웃었다.

"오, 인도. 요즘에는 인도쯤은 아무것도 아니야." 엘리너가 말했다. "여행하기가 정말 쉬워졌지. 표만 한 장 구해서 배에 오르기만 하면 되는 거야…… 하지만 내가 죽기 전에 보고 싶은 것은," 그녀는 말을 이었다. "뭔가 다른 거야……." 그녀는 창밖을 향해 손을 흔들었다. 그들은 공공건물들과 사무실들을 지나가고 있었다. "……다른 종류의 문명. 예를 들어 티베트라거나. 내가 어떤 사람이 쓴 책을 읽고 있는데 ─ 그의 이름이 뭐였더라?"

거리 풍경에 산만해진 듯 그녀가 말을 멈추었다. "요즈음은 사람들이 옷을 정말 멋지게 입지 않니?" 금발의 소녀와 야회복을 차려입은 청년을 가리키며 그녀가 말했다.

"그래요." 화장한 얼굴과 산뜻한 빛깔의 숄, 흰 조끼와 뒤로 빗어 넘긴 머리를 바라보며 페기가 건성으로 말했다. 엘리너는 무엇에나 정신이 팔리고 모든 것에 흥미를 보인다고 그녀는 생각했다.

"고모가 젊었을 때에는 억눌려 지내셨나요?" 뭉툭하게 잘려나가 끝이 맨질맨질해진 할아버지의 손가락과 길고 어둡던 거실 등 어릴 적 기억을 어렴풋이 떠올리면서 그녀가 큰 소리로 말했다. 엘리너가 돌아보았다. 그녀는 놀란 표정이었다.

"억눌렸느냐고?" 그녀가 되풀이했다. 이제는 그녀 자신에 대해 거의 생각해본 적이 없었기에 그녀는 놀랐다.

"오, 네 말이 무슨 뜻인지 알겠구나." 잠시 후 그녀가 덧붙였다. 하나의 장면이 ─ 또 하나의 장면이 ─ 표면으로 떠올라왔다. 방 한가운데 델리아가 서 있었다. 오, 하느님! 오 하느님! 그녀가 말하고 있었다. 마차 한 대가 다음 집 앞에 멈췄다. 그리고 그녀는 편지를 부치러 거리를 내려가는 모리스를 ─ 그게 모리스였지? ─ 바라보고 있었다……. 그녀는 아무 말도 하지 않았다. 나는 내 과거로 돌아가고 싶지 않아. 그녀는 생각하고 있었다. 나는 현재를 원해.

"운전사가 우리를 어디로 데려가려는 거지?" 바깥을 내다보며 그녀가 말했다. 그들은 런던의 공공구역으로 들어와 있었다. 불빛이 환한 곳이었다. 불빛은 넓은 보도 위를 비추고 하얀 불빛이 환하게 밝혀진 사무실도, 창백하고 고색창연한 교회도 비추었다. 광고물들이 여기저기에 나타났다 꺼지곤 했다. 맥주 한 병이 있었다. 맥주를 따르다 멈추고 다시 따르는 장면이 이어졌다. 그들은 극장가에 이르렀다. 여느 때처럼 그곳은 화려하고 번잡했다. 야회복을 차려입은 남자들과 여자들이 거리 가운데로 걸어가고 있었다. 택시들은 굴러가다가 멈추다가 했다. 그들이 탄 택시도 멈춰 섰다. 택시는 어느 조각상 아래 꼼짝 못하고 멈춰 있었다. 불빛들이 그 생기 없이 창백한 얼굴을 비추었다.

"저것만 보면 생리대 광고가 생각나요." 간호원 복장을 하고 손을 내밀고 있는 여자의 형상[8]을 바라보며 페기가 말했다.

엘리너는 순간 충격을 받았다. 칼로 살갗을 저미는 것 같은 불쾌한 느낌이 물결처럼 일었다. 그렇지만 실제로 몸에 그런 일이 일어나지는 않았어 — 그녀는 곧 깨달았다. 그녀가 찰스 때문에 저렇게 말하는구나 — 전사한 그녀의 오빠, 다정하고 말이 없던 소년이었던 찰스 — 그녀의 목소리에 담긴 씁쓸함을 알아채고 엘리너는 생각했다.

"전쟁 중에 나온 유일하게 멋진 말이야." 조각상의 대좌에 새겨져 있는 글귀[9]를 읽으며 그녀가 큰 소리로 말했다.

---

8 영국의 간호사이자 인도주의자였던 이디스 카벨(Edith Cavell, 1865~1915)의 조각상. 제1차 세계대전시 카벨은 1914년 독일이 점령한 벨기에에서 연합군 군인들이 탈출하도록 도와주었다가 1915년 독일군에게 체포되어 사형당했다. 간호사복 차림의 카벨의 이미지는 하트만사가 제조한 여성위생용품 생리대 광고에 등장한 바 있다.

9 카벨의 조각상의 대좌에는 카벨의 유언이 새겨져 있다. "애국주의로는 충분하지 않다는 것을 나는 깨달았다. 나는 그 누구를 향해서건 증오도 비탄도 가지지 말아야 한다."

"아직 얼마 못 왔어요." 페기가 날카롭게 말했다.

택시는 아직도 그 구역을 빠져나가지 못하고 있었다.

멈춰 있는 동안 그들은 모두 떨쳐버리고 싶은 어떤 상념 속에 붙잡혀 있는 듯했다.

"요즘 사람들은 정말 옷을 멋지게 입지 않니?" 밝은 색깔의 긴 망토를 입은 또 다른 금발 소녀와 연회복 차림의 또 다른 젊은이를 가리키며 엘리너가 말했다.

"그래요." 페기가 짧게 말했다.

그런데 너는 어째서 너 자신을 좀 더 즐기지 못하는 거지? 엘리너는 속으로 물었다. 페기의 오빠의 죽음은 참으로 슬펐지만, 그녀는 언제나 그와 노스 중에서 노스를 훨씬 더 흥미로워했다. 택시가 차량들 사이를 누비듯이 빠져나와 뒷길로 들어섰다. 이번에는 빨간 신호등에 차가 멈춰 섰다. "노스가 돌아오니 좋구나." 엘리너가 말했다.

"그래요." 페기가 말했다. "그는 우리가 늘 돈과 정치에 관해서만 얘기한다고 하더군요." 그녀가 덧붙였다. 전장에서 죽은 아이가 노스가 아니라는 이유로 페기는 그의 흠을 잡으려고 하는군. 하지만 그것은 잘못된 것이야. 엘리너는 생각했다.

"그 애가 그래?" 그녀가 말했다. "하지만……." 커다란 검은 글자가 쓰인 신문 광고판이 그녀가 하려던 말을 마저 해주는 듯했다. 그들은 델리아가 살고 있는 광장에 가까워져 가고 있었다. 그녀는 지갑을 뒤적거리기 시작했다. 그녀는 요금이 꽤 많이 올라가 있는 요금기를 쳐다보았다. 운전사가 길을 우회하고 있었다.

"그가 곧 길을 찾을 거야." 그녀가 말했다. 그들은 광장을 천천히 미끄러져 가고 있었다. 그녀는 지갑을 손에 든 채 참을성 있게 기다렸다. 그녀는 지붕들 위로 넓게 펼쳐진 어두운 하늘을 보았다. 이미 해는 졌다. 한순간 하늘은 시골의 들판과 숲 위로 펼쳐진 하늘처럼 고요한 모습을 띠고 있었다.

"방향을 바꿔야 할 텐데, 그러면 되는데." 그녀가 말했다. "난 낙담하지 않아." 택시가 방향을 바꿀 때 그녀가 덧붙였다. "여행을 하다보면, 너도 알겠지, 배에서라거나, 사람들의 발길이 닿지 않는 곳에서 체류해야 하는 그런 곳에서 여러 부류의 다른 사람들과 섞여야 하는 때가 있지 —" 택시는 한 집 한 집마다 머뭇거리며 미끄러지듯 지나가고 있었다. "너도 가봐야 해, 페기." 그녀가 말했다. "너도 여행을 좀 다녀야 해. 원주민들이 반나체로 달빛 속에 강으로 내려가는 모습은 정말 아름답단다 — 저기 저 집이로군 —" 그녀는 차창을 가볍게 두드렸다 — 택시가 속도를 줄였다. "내가 무슨 얘길 하고 있었지? 그래, 난 낙담하지 않아. 사람들은 그렇게도 친절하고, 그렇게도 선량하니까…… 그러니까 만약 평범한 사람들, 우리처럼 평범한 사람들이……."

창문마다 불이 밝혀져 있는 집 앞에서 택시가 섰다. 페기가 몸을 앞으로 숙여 문을 열었다. 그녀가 뛰어내려 운전사에게 요금을 지불했다. 엘리너가 허겁지겁 뒤따라 내렸다. "아니야, 아니야, 아니야, 페기." 그녀가 말했다.

"제가 택시를 불렀잖아요. 이건 제 택시예요." 페기가 항변했다.

"하지만 내 몫은 내가 낼 거야." 엘리너가 지갑을 열면서 말했다.

"엘리너 고모예요." 노스가 말했다. 그는 전화기를 내려놓고 사라에게로 몸을 돌렸다. 그녀는 여전히 발을 위아래로 흔들고 있었다.

"델리아 고모네 파티에 오라고 전하랬어요." 그가 말했다.

"델리아 언니의 파티에? 왜 델리아 언니의 파티에?" 그녀가 물었다.

"왜냐하면 그분들은 나이가 들었고 고모가 오기를 바라시니까요." 그녀 앞에 서서 그가 말했다.

"늙은 엘리너, 방랑하는 엘리너, 야생의 눈을 가진 엘리너……." 그녀가 읊조리듯 말했다. "갈까, 가지 말까, 갈까, 가지 말까?" 그를 올려다보면서 그녀가 흥얼거렸다. "아니," 발을 바닥에 내려놓으며 그녀가 말했다. "가지 않을래."

"고모는 가셔야 해요." 그가 말했다. 그녀의 태도에 짜증이 나서였다 — 엘리너의 목소리가 아직 그의 귓전에 남아 있었다.

"가야 한다고, 내가 가야 한다고?" 커피를 만들면서 그녀가 말했다.

"그렇다면," 그에게 컵을 건네주고 동시에 책을 집어 들면서 그녀가 말했다. "우리가 가야 할 시간이 될 때까지 읽어."

그녀는 자신의 컵을 손에 든 채 다시 몸을 동그랗게 말았다.

아직 시간이 일렀다. 그것은 사실이었다. 그러나 어째서 그녀는 가지 않으려는 거지? 책을 다시 펼쳐 책장을 넘기면서 그는 생각했다. 그녀가 두려워하는 것일까? 그는 궁금했다. 그는 의자에 구겨지듯 앉아 있는 그녀를 바라보았다. 그녀의 옷은 초라했다. 그는 다시 책을 들여다보았지만, 잘 보이지 않아서 읽을 수가 없었다. 그녀가 아직 불을 켜지 않았기 때문이었다.

"불빛 없이 읽을 수가 없네요." 그가 말했다. 거리는 금방 어두워졌다. 집들이 아주 가까이에 있었다. 차 한 대가 지나가자 불빛이 천장을 가로지르며 미끄러져갔다.

"불을 켤까?" 그녀가 물었다.

"아뇨." 그가 말했다. "난 무엇인가를 기억해내려고 해요." 그는 자신이 유일하게 외우고 있는 시를 큰 소리로 암송하기 시작했다. 어슴푸레한 어둠 속으로 단어들을 풀어놓자 참 아름답게 들린다고 그는 생각했다. 아마도 그들이 서로를 볼 수 없기 때문일 것이다.

한 연이 끝나자 그가 멈추었다.

"계속해." 그녀가 말했다.

그가 다시 시작했다. 방 안에 울려 퍼지는 단어들은 마치 실재하는 존재처럼 견고하고 독자적인 것 같았다. 그러나 그녀가 듣고 있는 동안 그것들은 그녀와 접촉하면서 바뀌었다. 그가 두 번째 연의 끝부분에 이르렀다.

사회란 무례함일 뿐—
이 즐거운 고독에게는⋯⋯[10]

그는 어떤 소리를 들었다. 시 속에 있는 소리인가, 아니면 시 바깥에서 나는 소리인가? 그는 의아했다. 그가 안에서 나는 소리라고 생각하고 계속하려고 했을 때 그녀가 손을 들어 올렸다. 그는 멈추었다. 그는 문밖에서 들려오는 묵직한 발걸음 소리를 들었다. 누군가가 들어오려는 것인가? 그녀의 시선이 문에 머물러 있었다.

"그 유태인이야."

그녀가 중얼거렸다.

"유태인이요?" 그가 말했다. 그들은 귀를 기울였다. 이제 그는 또렷하게 들을 수 있었다. 누군가 수도꼭지를 틀고 있었다. 누군가 건너편 방에서 목욕을 하고 있었다.

"그 유태인이 목욕을 하고 있는 거야." 그녀가 말했다.

"유태인이 목욕을 하고 있다고요?" 그가 되풀이했다.

10 영국 시인 앤드루 마벌(Andrew Marvell, 1621~1678)의 시 「정원」의 일부.

"내일이면 욕조 둘레에 기름때 줄이 생길거야." 그녀가 말했다.

"빌어먹을 유태인!" 그가 소리쳤다. 옆방 욕조에 생길 낯모르는 남자의 몸뚱이에서 나온 기름때 줄을 생각하니 그는 역겨움이 일었다.

"계속해." 사라가 말했다. "사회란 무례함일 뿐," 그녀가 마지막 행을 되풀이했다. "이 즐거운 고독에게는."

"관두겠어요." 그가 말했다.

그들은 물 흐르는 소리에 귀를 기울였다. 그 남자가 몸을 닦으며 헛기침을 하고 있었다.

"저 유태인은 누구예요?" 그가 물었다.

"쇠기름 장사를 하는 아브라함슨." 그녀가 말했다.

그들은 귀를 기울였다.

"양복점에 있는 예쁘장한 소녀와 약혼을 했지." 그녀가 덧붙였다.

그들은 얇은 벽을 통해 매우 또렷하게 소리를 들을 수 있었다.

그가 몸을 씻으면서 콧바람을 뿜고 있었다.

"그런데 그는 욕조에 머리카락을 남겨놓곤 하지." 그녀가 결론지었다.

노스는 전율이 그를 꿰뚫고 지나가는 것을 느꼈다. 음식물 속의 머리카락, 세면대에 남은 머리카락, 다른 사람들의 머리카락은 그에게 구역질 나는 것이었다.

"그와 욕실을 함께 쓰나요?" 그가 물었다.

그녀가 고개를 끄덕였다.

그는 "원, 참!" 하고 내뱉었다.

"'원, 참' 바로 내가 했던 말이야." 그녀가 웃었다. "'원, 참!'— 어느 추운 겨울날 아침에 욕실에 들어갔을 때 — '원 참!'" — 그는 손을 앞으로 내밀어 펼쳤다—"'원, 참!'" 그녀가 말을 멈추었다.

"그래서요—?" 그가 물었다.

"그래서," 커피를 한 모금 들이키며 그녀가 말했다. "나는 거실로 돌아왔어. 아침 식사가 기다리고 있었지. 계란프라이와 토스트 한 조각. 리디아는 찢어진 블라우스에 머리를 늘어뜨리고 있더군. 창문 아래에서는 실직자들이 찬송가를 부르고 있었어. 나는 나 자신에게 말했어—" 그녀는 손을 앞으로 내밀었다. "'오염된 도시, 신념이 없는 도시, 죽은 물고기와 낡은 튀김 냄비의 도시.'[11] —조수가 빠져나간 강둑을 생각하면서—" 그녀가 설명했다.

"계속하세요." 그가 고개를 끄덕였다.

"그래서 나는 모자와 외투를 걸치고 분노에 차서 뛰쳐나갔어." 그녀가 말을 이었다. "나는 다리 위에 서 있었어. 그리곤 말했지. '나는 하루에 두 번씩 아무 의미도 없이 밀려오는 조수 위에서 이리저리 부유하는 해초인가?'"

"그리고요?" 그가 그녀를 재촉했다.

"많은 사람들이 지나가고 있었어. 점잔을 빼며 걷는 사람들, 발끝으로 걷는 사람들, 안색이 창백한 사람들, 작은 눈에 눈가가 붉은 사람들, 중산모를 쓴 사람들, 비굴해 보이는 수많은 노동자들의 무리. 그리고 나는 말했지. '내가 당신들의 음모에 가담해야 하는가? 그 손을 더럽혀라, 더럽혀지지 않은 그 손을'"—거실의 어슴푸레한 미광 속에서 그녀가 손을 흔들었을 때, 그는 그녀의 손이 희미하게 빛나는 것을 볼 수 있었다. "—그리고 계약을 하고 주인을 섬겨라. 이 모든 것이 내 욕실에 있는 어느 유태인 때문일지니, 모두 어느 유태인 때문일지니?"

그녀가 몸을 세워 바로 앉아서 웃었다. 그녀는 느리고 규칙적

11 영국으로 귀화한 미국 시인 T. S. 엘리엇(T. S. Eliot, 1888~1965)의 시 「황무지」에 대한 인유.

인 속보 운율에 맞춰진 자신의 목소리에 들떠 있었다.

"계속하세요, 계속하세요." 그가 말했다.

"그러나 나에게는 부적이 하나 있었어. 빛나는 보석, 반짝이는 에메랄드." —그녀는 마룻바닥에 놓여 있는 봉투 하나를 집어 들었다—"소개장이었지. 나는 복숭아꽃색이 나는 바지를 입고 있는 하인에게 말했지. '이봐, 나를 들여보내 줘.' 그러자 그가 나를 마호가니로 된 문 앞에 이를 때까지 자줏빛으로 장식된 복도를 따라 안내해주었어. 노크를 했지. '들어와,' 어떤 목소리가 말하더군. 내가 무엇을 보았을까?" 그녀가 잠시 말을 멈추었다. "뺨이 붉은 뚱뚱한 남자였어. 탁자 위에는 세 송이의 난이 꽃병에 꽂혀 있었어. 나는 생각했어, 차가 자갈길 위를 떠날 때 당신의 아내가 배웅하며 당신에 손에 쥐여주었겠지. 나는 생각했어. 그리고 벽난로 위에는 흔히 그렇듯 그림이 —"

"그만!" 노스가 그녀를 제지했다. "고모는 어느 사무실에 들어갔던 거군요." 그는 탁자를 가볍게 두드렸다. "고모는 소개장을 건네주고 있었던 것이고요 —그렇지만 누구에게였죠?"

"오, 누구에게였냐고?" 그녀가 웃었다. "체크 줄무늬 바지를 입은 어떤 남자에게였지. '옥스퍼드에서 당신의 부친을 알고 지냈지요.' 그가 말했어. 한쪽 모서리에 마차 바퀴 문양이 있는 압지를 만지작거리면서 말이야. 뭔가 해결할 수 없는 문제를 발견하셨나요? 나는 그에게 물었지. 그 마호가니 남자, 말끔히 면도를 하고, 혈색이 좋고, 양고기를 먹었을 남자를 바라보며 말이야 —"

"고모의 아버지를 아는, 신문사에 있는 남자를요." 노스가 그녀를 제지했다. "그러고는요?"

"웅웅거리는 소리와 뭔가 돌아가는 소리가 들렸어. 큰 기계들이 계속 돌고 있었어. 갑자기 작은 소년들이 길게 늘어진 종이를 들고 들어왔어. 검은 종이, 얼룩지고 인쇄 잉크로 젖은 종이들이었지. '잠깐 실례하겠소.' 그가 말하고는 그 여백에다가 뭔가 적어 넣더군. 하지만 내 욕조에는 그 유태인이 있어요, 나는 말했지―그 유태인…… 그 유태인……" 그녀가 갑자기 말을 멈추고 잔을 비웠다.

그래, 저 목소리, 저 태도. 다른 사람들의 얼굴에는 생각이 있지. 그는 생각했다. 그렇지만 거기에는 진실한 무엇인가가 있어―어쩌면 침묵 속에. 그러나 그곳은 고요하지 않았다. 그들은 그 유태인이 욕실에서 쿵쾅거리는 소리를 들을 수 있었다. 그가 몸을 말리면서 발을 번갈아 들었다 놓았다 하며 비틀거리고 있는 듯했다. 이제 그가 잠근 문을 열었다. 그리고 그들은 그가 위층으로 올라가는 소리를 들었다. 수도관에서 꾸르륵 꾸르륵 물 내려가는 소리가 울려왔다.

"얼마만큼이 진실이죠?" 그가 그녀에게 물었다. 그러나 그녀는 침묵에 잠겨 있었다. 그가 짐작하기에 실제 단어들은―그의 마음속에서 그 단어들이 함께 부유하다가 하나의 문장을 이루었다―그녀가 가난하다는 것, 그래서 스스로 생계비를 벌어야 했다는 것이었다. 그러나 아마도 포도주 탓이었겠지만, 흥분해서 말하는 그녀의 모습은 또 다른 인물을 만들어냈다. 하나로 합쳐져 단단하게 전체를 이룰 또 다른 모습을.

욕조의 물이 빠져나가는 소리를 제외하고는 이제 집이 조용했다. 천장에 무늬가 어른거렸다. 바깥에서 춤추듯 흔들리는 가로등 불빛에 맞은편에 있는 집들이 기묘하게 엷은 붉은빛을 띠고 있었다. 대낮의 소란은 이제 사라졌다. 거리에는 단 한 대의 마차도 덜커덕거리고 있지 않았다. 채소 장수들도, 풍금 연주자들도, 발성 연습을 하던 여자도, 트럼본을 불던 남자도 모두 손수레를 끌고 떠났거나, 덧문을 내려버렸고, 피아노 뚜껑을 닫아버렸다. 너무나 조용했기 때문에 노스는 한순간 자신이 아프리카에서 달빛 아래 베란다에 앉아 있다고 생각했다. 그러나 그는 자신을 추슬렀다. "파티는 어떻게 하실 거예요?" 그가 말했다. 그는 일어서서 담배를 던져버렸다. 기지개를 켜고 나서 그는 시계를 들여다보았다. "가야 할 시간이에요." 그가 말했다. "갈 준비를 하세요." 그가 재촉했다. 이왕 파티에 간다면, 사람들이 떠나려는 순간에 도착하는 것은 어리석은 일이야. 그는 생각했다. 그리고 파티는 이미 시작되었을 게 분명했다.

"무슨 말씀을 하시고 있었나요? 무슨 말씀을 하시고 있었나요, 넬?" 그들이 현관 계단에 섰을 때 엘리너가 자기 몫의 택시비를 내려는 것을 저지하려고 페기가 말했다. "평범한 사람들—평범한 사람들이 무엇을 해야 한다고요?" 그녀가 물었다.

엘리너는 여전히 지갑을 뒤지면서 대답하지 않았다.

"아니야, 그렇게 하도록 할 수는 없어." 그녀가 말했다. "여기, 이걸 받아—"

그러나 페기는 그 손을 옆으로 밀어냈다. 동전들이 현관 계단에 굴러떨어졌다. 그들은 동시에 몸을 숙였다가 서로 머리를 부딪쳤다.

"신경 쓰지 마." 동전 하나가 굴러가 버렸을 때 엘리너가 말했다. "모두 내 잘못이야." 하녀가 문을 열고 잡고 있었다.

"어디에 코트를 벗어놓지?" 그녀가 말했다. "여기인가?"

그들은 일 층에 있는 방으로 들어갔다. 원래는 사무실이었지만, 코트를 보관하는 방으로 이용할 수 있도록 꾸며져 있었다. 탁자 위에는 거울이 있었고 그 앞에는 핀과 빗과 솔이 놓인 쟁반이 있었다. 그녀는 거울 앞으로 다가가 자신의 모습을 훑어보았다.

"꼭 집시 같군!" 그녀가 말했다. 그러고 나서 머리에 빗질을 했다. "흑인같이 갈색으로 그을렸어!" 그러고 나서 그녀는 페기에게 자리를 내어주고 기다렸다.

"여기가 그 방이었는지 궁금하네." 그녀가 말했다.

"어떤 방이요?" 페기가 건성으로 물었다. 그녀는 자신의 얼굴을 매만지고 있었다.

"우리가 만나곤 했던……" 엘리너가 말했다. 그녀는 주위를 둘러보았다. 여전히 사무실로 쓰이고 있는 것은 분명했다. 그러나 이제는 벽에 부동산 업자들의 벽보가 걸려 있었다.

"키티가 오늘 밤에 올지 궁금하군." 그녀는 생각에 잠겼다.

페기는 거울을 들여다보고 있었다. 그녀는 아무런 대꾸도 하지 않았다.

"요즘 그녀는 시내에 자주 나오지 않아. 결혼식이나 유아 세례식 같은 행사가 있을 때에나 오지." 엘리너가 말을 이었다.

페기는 어떤 튜브 같은 것으로 입술 선을 따라 그리는 중이었다.

"갑작스럽게 키가 6피트 2인치 정도 되는 젊은이를 만나면, 그 아기였구나 하고 깨닫게 되지." 엘리너가 계속했다.

페기는 여전히 자신의 얼굴에 몰두해 있었다.

"매번 그렇게 새로 해야 하니?" 엘리너가 말했다.

"그렇지 않으면 아마 끔찍해 보일 거예요." 페기가 말했다. 그녀의 눈에는 입술과 눈 주변의 뻑뻑함이 두드러져 보이는 듯했다. 그녀는 파티에 참석할 기분이 전혀 아니었다.

"오, 친절하기도 하지……" 엘리너가 말했다. 하녀가 6펜스짜리 동전을 가지고 왔던 것이다.

"자, 페기," 동전을 건네면서 그녀가 말했다. "내 몫을 치를게."

"그런 말씀 마세요." 그녀의 손을 밀어내면서 페기가 말했다.

"하지만 내가 부른 택시였잖니." 엘리너가 고집을 부렸다. 페기는 걸어가 버렸다.

"나는 돈 들이지 않고 파티에 가는 것을 싫어해." 엘리너는 여전히 동전을 내민 채 그녀를 따라 걸으며 말을 계속했다. "네 할아버지 기억 안 나니? 그분은 항상 말했지. '반 페니만큼 타르를 아끼느라 훌륭한 배를 망치지 말아야 한다.' 만약 그분과 함께 물건을 사러 간다면," 그들은 계단을 오르기 시작했다. 그녀는 말을 계속했다. "'여기 있는 것 중에서 가장 좋은 것을 보여주시오.'라고 그는 말할 거야."

"그분이 기억나요." 페기가 말했다.

"그래?" 엘리너가 말했다. 그녀는 누군가 자신의 아버지를 기억하고 있다는 것이 기뻤다.

"이 방들을 세놓은 모양이지." 계단을 오르면서 그녀가 덧붙였다. 방문들이 열려 있었다. "변호사의 방이로군." 흰색으로 이름이 쓰여 있는 서류상자들을 보면서 그녀가 말했다.

"그래, 네가 칠하는 것—화장에 관해서 한 말의 의미를 알겠구나." 조카딸을 힐끗 쳐다보면서 그녀가 말을 이었다. "네가 아주 멋지게 보여. 환해 보이는걸. 젊은 사람들에게는 잘 어울려. 나에게는 아니지만. 나는 야하게 치장을 했다고 느낄 거야—야하게, 라고 하나?—어떻게 발음하지? 네가 이 동전들을 받으려고 하지 않는다면 이걸 어떻게 해야 한담? 아래층에 있는 가방에 두고 왔어야 했는데." 그들은 점점 더 높이 올라갔다. "이 모든 방들을 다 열어두었을 거야." 그녀가 계속했다. 이제 그들은 붉은 카펫이 길게 깔려 있는 곳에 도착했다. "그래서 만약 델리아의 작은 방이 가득 차게 된다면 ― 하지만 물론 파티는 아직 시작되지 않았어. 우리가 일찍 온 거야. 모두들 위층에 있군. 이야기하는 소리가 들리네. 어서 가 보자. 내가 앞장설까?"

문 뒤에서 왁자지껄 떠드는 소리가 들려왔다. 한 하녀가 그들을 가로막았다.

"파지터 양이에요." 엘리너가 말했다.

"파지터 양입니다." 하녀가 문을 열면서 소리쳤다.

"가서 준비하세요." 노스가 말했다. 그는 방을 가로질러 가서 스위치를 찾아 더듬거렸다.

그가 스위치를 누르자 방 한가운데 있는 전기등이 켜졌다. 전등갓은 떨어져 나갔고 원뿔 모양의 푸르스름한 종이가 그 둘레에 감겨 있었다.

"가서 준비하세요." 그가 되풀이해 말했다. 사라는 대답하지 않았다. 그녀는 책 한 권을 앞으로 끌어당겨서 읽는 척했다.

"그가 왕을 죽였어."[12] 그녀가 말했다. "그래서 그다음에 그가 무엇을 할까?" 그녀가 책갈피 사이에 손가락을 넣은 채 그를 올려다보았다. 움직일 순간을 미루기 위한 방편이라는 것을 그는 알고 있었다. 그 역시 가고 싶지 않았다. 하지만 엘리너가 그들이 오기를 바란다면 ― 그는 시계를 들여다보며 머뭇거렸다.

"그래서 그다음에 그가 무엇을 할까?" 그녀가 다시 말했다.

"희극이겠죠," 그가 짤막하게 말했다. "대조적으로." 전에 읽었던 뭔가를 떠올리면서 그가 말했다. "연속성의 유일한 형식이지요." 그는 되는 대로 덧붙였다.

"자, 읽어봐." 그에게 책을 건네면서 그녀가 말했다.

12 윌리엄 셰익스피어(William Shakespeare, 1564~1616)의 『맥베스』의 한 장면.

그는 아무렇게나 책을 펼쳤다.

"바다 가운데 있는 바위섬에서의 장면이군요."[13] 그가 말했다. 그는 잠시 말을 멈추었다.

그는 항상 읽기 전에 장면을 정리해야 했다. 하나를 가라앉히고 다른 것을 앞으로 나아오게 해야 했다. 바다 가운데 있는 바위섬—그는 속으로 생각했다. 녹색 물웅덩이들과 은색 풀덤불들, 멀리 부서지는 파도의 부드러운 한숨 소리가 있었다. 그가 입을 열고 읽으려 했다. 그때 뒤에서 소리가 들렸다. 누군가 있었다. 극중에서인가 아니면 방 안에서인가? 그가 고개를 들었다.

"매기!" 사라가 소리쳤다. 열린 문 앞에 야회복을 입은 그녀가 서 있었다.

"잠자고 있었니?" 방으로 들어오면서 그녀가 말했다. "우리가 초인종을 누르고 또 눌렀었는데."

그녀는 마치 잠자고 있던 사람들을 깨운 것처럼 재미있어 하면서 그들에게 미소를 지으며 서 있었다.

"항상 고장 난 벨을 어째서 두고 있는 거지?" 그녀 뒤에 서 있던 남자가 말했다.

노스가 일어섰다. 처음에 그는 그들을 거의 알아보지 못했다. 그가 그들을 만났던 게 수년 전의 일이었기 때문에 겉모습이 그들에 대한 그의 기억에 아주 낯설었다.

"벨은 울리지 않고, 수도꼭지에선 물이 흐르지 않지요." 그가 어색하게 말했다. "그렇지 않으면 물이 잠기지 않아요." 그가 덧붙였다. 목욕물이 여전히 수도관에서 꾸르륵거리고 있었다.

"다행히 문이 열려 있었어." 매기가 말했다. 그녀는 끊어진 사

13 윌리엄 셰익스피어의 『템페스트』 중 한 장면.

과 껍질과 파리가 쇠는 과일 접시를 내려다보며 서 있었다. 어떤 아름다움은 나이가 들면 시들어가고, 어떤 아름다움은 나이가 들수록 더욱 아름다워진다고, 그녀를 바라보면서 노스는 생각했다. 그녀의 머리는 회색이었다. 그녀의 아이들도 이제 다 컸을 거라고 그는 짐작했다. 그런데 어째서 여자들은 거울을 들여다볼 때 입술을 오므리는 거지? 그는 궁금했다. 그녀가 거울을 들여다보고 있었다. 그녀는 입술을 오므리고 있었다. 그런 다음 그녀는 방을 가로질러 가서 벽난로 근처에 있는 의자에 앉았다.

"그런데 레니는 왜 울고 있었어?" 사라가 말했다. 노스는 그를 쳐다보았다. 그의 커다란 코 양쪽에 눈물 자국이 있었다.

"우린 아주 형편없는 연극을 보고 오는 길이거든." 그가 말했다. "뭘 좀 마시고 싶은데." 그가 덧붙였다.

사라가 찬장으로 가서 유리잔을 쨍그랑거리기 시작했다. "뭘 읽고 있던 중이었나?" 바닥에 떨어져 있는 책을 내려다보면서 레니가 말했다.

"우린 바다 한가운데 있는 바위섬에 있었어요." 사라가 식탁 위에 유리잔을 내려놓으면서 말했다. 레니가 위스키를 따르기 시작했다.

이제 그가 생각나는군, 노스는 생각했다. 그들이 마지막으로 만났던 것은 그가 전선으로 떠나기 전이었다. 웨스트민스터에 있는 작은 집에서였다. 그들은 불 앞에 앉아 있었다. 한 아이가 점박이말을 가지고 놀고 있었더랬다. 그리고 그는 그들의 행복을 부러워했었다. 그리고 그들은 과학에 대해 이야기했었고 레니가 "나는 그들을 도와 포탄을 만들었지."라고 말했고 그의 얼굴 위로 가면이 내려앉았다. 포탄을 만들었던 남자, 평화를 사랑했던 남자, 과학자인 남자, 울었던 남자…….

"그만!" 레니가 외쳤다. "그만!" 사라가 소다수를 탁자 위로 넘치도록 따랐던 것이다.

"언제 돌아왔나?" 레니가 술잔을 들고 여전히 눈물로 젖어 있는 눈으로 그를 바라보며 물었다.

"한 일주일 전에요." 그가 말했다.

"농장은 팔았나?" 레니가 말했다. 그가 술잔을 들고 자리에 앉았다.

"예, 팔았어요." 노스가 말했다. "여기 머무를지, 돌아갈지," 술잔을 들어 입술로 가져가면서 그가 말했다. "아직 모르겠어요."

"농장이 어디에 있었지?" 레니가 그에게로 몸을 숙이며 말했다. 그리고 그들은 아프리카에 대해 이야기했다.

매기는 술을 마시면서 이야기를 하고 있는 그들을 바라보았다. 전구 위에 둘러진 종이 갓때기가 이상하게 얼룩져 있었다. 얼룩덜룩한 불빛 때문에 그들의 얼굴은 푸르스름해 보였다. 레니의 코 양쪽으로 패인 부분은 여전히 젖어 있었다. 그의 얼굴은 우뚝 솟았거나 움푹 꺼져 있었다. 노스의 얼굴은 둥글고 코끝이 들렸으며 입술 가장자리가 다소 푸르스름했다. 그녀는 의자를 살짝 뒤로 밀어 두 개의 두상이 나란히 보이도록 했다. 그들은 아주 다르게 생겼다. 그들이 아프리카에 대해 이야기하는 동안 그들의 얼굴이 바뀌었다. 마치 피부 아래의 섬세한 조직망에 어떤 경련이 일고 육중한 여러 개의 추가 서로 다른 접합부로 내려앉는 것 같았다. 마치 그녀 자신의 몸 속에 있는 무거운 추들도 바뀐 것처럼 전율이 그녀를 훑고 지나갔다. 그러나 그 불빛에는 그녀를 혼란스럽게 하는 무엇인가가 있었다. 그녀는 주위를 둘러보았다. 바깥 거리에서 가로등이 일렁거리고 있음이 분명했다. 위아래로 깜빡이는 그 불빛이 얼룩덜룩하고 푸르스름한 종이 깔대기 아래 전등불과 뒤섞였다. 그것은…… 그녀는 움찔 놀랐다. 어떤 목소리가 들려왔던 것이다.

"아프리카로?" 노스를 쳐다보면서 그녀가 말했다.

"델리아 고모의 파티에요." 그가 말했다. "고모도 가시려는지 제가 물었어요……." 그녀는 듣고 있지 않았었다.

"잠깐만……." 레니가 말을 가로막았다. 차량을 정지시키려고 하는 경찰관처럼 그가 손을 쳐들었다. 그리고 그들은 다시 아프리카에 대해 계속 이야기했다.

매기는 의자에 등을 기댔다. 그들의 머리 뒤로 마호가니 의자 등받이의 곡선이 솟아 있었다. 그리고 의자 등받이 곡선 뒤로 테두리가 붉은 물결무늬의 유리병이 있었다. 그다음에는 조그만 흑백 사각무늬가 있는 벽난로 선반의 곧게 뻗은 선이 있었다. 그리고 끝부분이 부드럽고 노란 깃털로 장식된 막대기 세 개가 있었다. 그녀는 시선을 이 물건 저 물건으로 옮기며 훑어보았다. 그녀의 시선은 들고 나면서 수집하고 모으고 하나로 합쳤다. 그녀가 막 모양을 완성하려는 찰나 레니가 소리쳤다.

"우린 가야 해 — 우린 가야 해!"

그가 일어섰다. 그는 자신의 위스키 잔을 밀어냈다. 그가 서 있는 모습이 마치 병사들을 지휘하는 사람처럼 보인다고 노스는 생각했다. 그만큼 그의 목소리는 단호했고 그의 동작도 그만큼 위풍당당했다. 그러나 그것은 고작 어느 나이 든 여자의 파티에 잠깐 들르는 문제였을 뿐이었다. 아니면 언제나 — 자신도 일어나 모자를 찾으면서 그는 생각했다 — 사람들의 심층으로부터, 부적절하게, 예기치 않게, 표면으로 솟아오르는 무엇인가가 있어서 평범한 행동과 평범한 말들이 완전한 존재를 표현하게끔 하는 것일까? 그래서 그가 델리아의 파티에 가려고 레니를 따라나섰을 때 마치 자신이 포위된 주둔군을 구출하기 위해 말을 타고 사막을 가로질러 가고 있는 것처럼 느꼈던 것일까?

그는 방문에 손을 댄 채 멈췄다. 사라가 침실에서 나와 방에 들어왔던 것이다. 그녀는 옷을 갈아입고 왔다. 그녀는 야회복 차림이었다. 그녀에게는 무엇인가 기묘한 데가 있었다―어쩌면 그녀에게 어울리지 않는 야회복의 효과였을까?

"난 준비됐어." 그들을 쳐다보면서 그녀가 말했다.

그녀는 몸을 숙여 노스가 떨어뜨린 책을 집어 들었다.

"우린 가야 해―" 그녀가 언니를 돌아보며 말했다.

그녀가 책을 탁자 위에 내려놓았다. 책을 덮으면서 그녀는 애석한 듯이 그것을 톡톡 두드렸다.

"우린 가야 해," 그녀가 다시 말하고는 그들을 따라 계단을 내려갔다.

매기가 일어섰다. 그녀는 싸구려 하숙집 방을 한 번 더 둘러보았다. 질항아리에 담긴 팜파스 풀이 있었고, 가장자리가 주름진 초록색 꽃병과 마호가니 의자가 있었다. 저녁 식탁에는 과일 접시가 놓여 있었다. 먹음직스러운 큼지막한 사과 몇 알이 반점이 생긴 노란 바나나와 나란히 놓여 있었다. 둥근 것과 홀쭉한 것, 붉은 것과 노란 것―그것은 기이한 조합이었다. 그녀가 불을 껐다. 이제 그 방은 천장에 일렁이는 무늬를 제외하면 거의 캄캄해졌다. 환영처럼 미미한 불빛 속에서 윤곽들만이 드러났다. 유령 같은 사과와 유령 같은 바나나, 의자의 환영. 그녀의 눈이 어둠에 익숙해지자 색채들이 천천히 되살아나고 있었다. 그리고 실체는……. 그녀는 잠시 동안 바라보면서 거기 서 있었다. 그때 어떤 목소리가 외쳤다.

"매기! 매기!"

"가요!" 그녀가 큰 소리로 외치며 그들을 따라 계단을 내려
갔다.

"성함은요, 아가씨?" 엘리너의 뒤에서 서성거리고 있는 페기
에게 하녀가 물었다.

"마거릿 파지터 양." 페기가 말했다.

"마거릿 파지터 양입니다!" 하녀가 방 안에 대고 소리쳤다.

사람들이 웅성거리는 소리가 났다. 불빛이 환하게 그녀 앞에
펼쳐지고 델리아가 다가왔다. "오, 페기!" 그녀가 소리쳤다. "네가
와줘서 정말 기쁘구나."

그녀는 안으로 들어섰다. 하지만 그녀는 마치 차가운 피부가
덧씌워진 듯이 느껴졌다. 그들은 너무 일찍 도착했다 — 방이 거
의 비어 있었다. 몇몇 사람들만이 마치 그 방을 채우려는 듯 지나
치게 큰 소리로 이야기하면서 여기 저기 서 있었다. 델리아와 악
수를 하고 지나가면서 페기는 뭔가 유쾌한 일이 곧 일어날 거라
는 믿음을 가져보자고 혼자 생각했다. 페르시아 융단과 조각이
되어 있는 벽난로가 또렷하게 보였다. 그러나 방 한가운데에는
텅 빈 공간이 자리했다.

이런 특별한 상황에서의 비결은 무엇이지? 그녀는 마치 환자
에게 처방을 내리고 있는 것처럼 자문했다. 기록을 해, 그녀는 덧
붙였다. 그런 다음 윤기 나는 녹색 뚜껑이 있는 병에 넣고 잠가.
그녀는 생각했다. 기록을 하면 고통이 사라져. 기록을 하면 고통
이 사라져. 그녀는 홀로 서서 자신에게 되풀이해 말했다. 델리아
가 서두르며 그녀 곁을 지나갔다. 그녀는 이야기를 하고 있었지
만, 아무렇게나 되는 대로 이야기하고 있었다.

"당신들처럼 런던에 살고 있는 사람들에게는 아주 좋아요—" 그녀가 말하고 있었다. 델리아가 그녀의 곁을 지나갈 때 페기는 계속 생각했다. 하지만 사람들이 하는 말을 받아 적는 일의 성가신 점은 저렇게 말도 안 되는 소리들을 한다는 거지…… 정말 완벽하게 허튼소리들을 말이지. 뒤로 물러나 벽에 기대며 그녀는 생각했다. 이때 그녀의 아버지가 들어왔다. 그는 문간에서 잠깐 멈추고는 마치 누군가를 찾는 것처럼 고개를 들었다. 그리고 손을 앞으로 내민 채 나아갔다.

그런데 이건 뭐지? 그녀는 물었다. 다소 낡은 구두를 신은 아버지의 모습을 보자 즉각 어떤 감정이 저절로 우러났던 것이다. 이렇게 갑작스럽게 솟구치는 따뜻함은? 그 감정을 음미하면서 그녀는 물었다. 그녀는 그가 방을 가로질러 가는 것을 지켜보았다. 그의 구두는 이상하게도 언제나 그녀의 마음을 움직였다. 한편으로는 다른 성별이라서, 다른 한편으로는 동정심 때문이라고 그녀는 생각했다. 이런 걸 '사랑'이라고 부를 수 있을까? 그러나 그녀는 마지못해 움직이기 시작했다. 이제 나 자신을 비교적 무감각한 상태로 맞춰시켰으니, 대담하게 방을 가로질러 걸어가야지. 그녀는 스스로에게 말했다. 이빨을 쑤시면서 소파 옆에 서 있는 패트릭 고모부에게로 가서 말을 걸어야지—무슨 말을 해야 할까?

그녀가 방을 가로질러 갈 때 아무런 운율이나 그럴 만한 이유도 없이 문장 하나가 저절로 떠올랐다. '손도끼로 발가락을 잘랐던 그 사람은 어떻게 지내나요?'

"손도끼로 발가락을 잘랐던 그 사람은 어떻게 지내나요?" 생각했던 말들을 그대로 하면서 그녀가 말했다. 잘생긴 그 아일랜드 남자는 키가 아주 컸기에 몸을 구부렸다. 그리고 귀가 잘 들리지 않아서 손을 오목하게 하고서 귀에 댔다.

"해킷? 해킷?"[14] 그가 반복했다. 그녀는 미소를 지었다. 만약 생각이 뇌에서 뇌로 이어지는 계단을 오르는 거라면 그 계단들은 몹시 야트막한 게 분명하다고 그녀는 생각했다.

"제가 고모부 댁에 머무르고 있을 때 손도끼로 발가락을 잘랐던 사람 말이에요." 그녀가 말했다. 그녀가 마지막으로 아일랜드에서 그들과 함께 지냈을 때 정원사가 손도끼로 발을 잘랐던 일을 그녀는 기억하고 있었다.

"해킷? 해킷?" 그가 되풀이했다. 그는 어리둥절해하는 것처럼 보였다. 그러다가 이해하기 시작했다.

"오, 해킷 집안 말이로군!" 그가 말했다. "그 피터 해킷 ─ 그래." 골웨이에 해킷이라는 성을 가진 집안이 있는 모양이었다. 그녀는 오해를 굳이 설명하려고 애쓰지 않았다. 그 오해가 모든 것을 수월하게 만들었다. 그것이 계기가 되었기 때문이었다. 그들이 소파에 나란히 앉았을 때 그는 해킷 집안사람들에 대한 이야기를 그녀에게 들려주었다.

성인이 된 여자가 귀먹은 노인에게 그녀가 한 번도 들어본 적도 없는 해킷 집안사람들에 대한 이야기를 하려고 런던을 가로질러 온 셈이군. 그녀는 생각했다. 그녀는 손도끼로 자기 발가락을 잘랐던 정원사의 안부를 물어보려고 했을 뿐인데. 그러나 그게 무슨 상관인가? 해킷이든지 손도끼든지? 그녀가 농담에 때 맞춰 즐겁게 웃었기에 적절해 보였다. 그러나 사람들은 함께 웃어줄 누군가를 원한다고 그녀는 생각했다. 즐거움은 함께 공유함으로써 더욱 커진다. 고통을 치유하는 것도 마찬가지일까? 그녀는 생각했다. 그래서 우리 모두는 건강이 나쁜 것에 대해 그토록 많이 이야기하는 것일까 ─ 공유하면 가뿐해지니까? 고통에게, 즐거

14 페기가 손도끼hatchet라고 말한 것을 가는귀가 먹은 패트릭이 해킷Hacket이라고 들은 것.

움에게 외재적인 신체를 부여하라, 그리고 표면을 늘림으로써 줄어들게 하라…… 그러나 그 생각은 사라져 갔다. 그는 이제 자신의 옛날이야기를 하고 있었다.

다정하게, 체계적으로, 마치 여전히 쓸 만하지만 몹시 지쳐 있는 조랑말을 움직이게 하려는 사람처럼, 그는 옛날을, 예전에 기르던 개들을, 예전 기억들을 떠올리기 시작했고, 천천히 궤도에 오르자 그 오래된 기억들은 서서히 형체를 갖추어 시골집에서의 소소한 생활 모습을 갖추어 갔다. 그녀는 반쯤 흘려들으면서 크리켓을 하는 사람들의 빛바랜 사진, 어느 시골 저택의 계단 층층마다 모여 있는 수렵 파티 일행의 빛바랜 사진을 바라보고 있는 듯한 환상에 사로잡혔다.

얼마나 많은 사람들이 듣고 있는 것일까? 그녀는 궁금했다. 이렇게 '공유한다'는 것은, 그렇다면, 어릿광대 극에 불과한 것이다. 그녀는 자신을 가다듬었다.

"아, 그래, 그땐 정말 멋진 시절이었지!" 그가 말하고 있었다. 그의 흐릿한 눈동자에 빛이 감돌았다.

그녀는 다시 한 번 넓고 하얀 계단 위에 각반을 찬 남자들과 찰랑거리는 치마를 입은 여인들과 그들의 발치에 몸을 동그랗게 말고 있는 개들이 있는 사진을 보았다. 그러나 그는 다시 다른 이야기로 옮겨갔다.

"네 아버지에게 로디 젠킨스라는 남자에 대해 들어본 적이 있니? 길을 따라가다가 오른편에 있는 하얀 작은 집에 살고 있었지." 그가 물었다. "그 이야기를 네가 알고 있을 텐데?" 그가 덧붙였다.

"아뇨." 기억을 더듬는 것처럼 눈을 찡그리면서 그녀가 말했다. "이야기해주세요."

그러자 그가 그녀에게 이야기를 들려주었다.

나는 사실을 모으는 데 능숙하지, 그녀는 생각했다. 하지만 사람이 무엇으로 형성되는지 ― (그녀는 손을 오므렸다), 그 정황 말이지 ― 아니, 난 그건 서툴러. 저기 델리아 고모가 있었다. 그녀는 고모가 재빠르게 방을 오가는 것을 지켜보았다. 나는 고모에 대해 무엇을 알고 있지? 금박무늬 드레스를 입고 있다는 것, 한때는 붉은 곱슬머리였다가 이제는 하얗게 세었다는 것, 외모가 수려하다는 것, 이제는 수척해졌다는 것, 과거가 있다는 것. 하지만 어떤 과거지? 그녀는 패트릭과 결혼했지…… 패트릭이 그녀에게 하고 있는 긴 이야기는 마치 물속을 휘젓는 노처럼 그녀 마음의 표면을 일렁이게 했다. 아무것도 잔잔히 가라앉을 수 없었다. 오리 사냥에 관한 이야기였기에 이야기 속에도 어떤 호수가 있었다.

고모는 패트릭 고모부와 결혼했지, 그녀는 햇볕에 거칠어진 그의 얼굴을 바라보면서 생각했다. 그의 얼굴에는 몇 가닥의 털이 나 있었다. 델리아 고모는 왜 패트릭 고모부와 결혼을 했을까? 그녀는 궁금했다. 그들은 어떻게 결혼생활을 ― 사랑, 출산을 ― 이끌어왔을까? 서로를 보듬다가 연기 속에 사라지는 사람들. 붉은 연기? 그의 얼굴은 작은 솜털이 있는 구스베리 열매의 붉은 표피를 연상시켰다. 그러나 그의 얼굴에 난 어떤 주름살도 어떻게 그들이 함께 살아왔고 어떻게 세 아이들을 거느리게 되었는지를 설명해줄 만큼 충분히 뚜렷하지는 않다고 그녀는 생각했다. 그것은 사냥 때문에, 그리고 근심 때문에 생긴 주름살이었다. 왜냐하면 예전과 같은 날들은 이제 끝났기 때문이지, 그가 말하고 있었다. 그들은 모든 것을 절약해야만 했다.

"그래요, 우린 모두 그것을 깨닫고 있어요." 그녀가 건성으로 말했다. 그녀는 시계가 보이도록 조심스럽게 손목을 돌렸다. 겨우 십오 분이 지났을 뿐이었다. 그러나 방은 그녀가 알지 못하는 사람들로 가득 차 가고 있었다. 분홍색 터번을 두른 한 인도인이 있었다.

"아, 내가 이런 옛날이야기들로 널 지루하게 하고 있구나." 그녀의 고모부가 고개를 흔들며 말했다. 그녀는 그가 서운해 한다고 느꼈다.

"아니, 아니에요, 그렇지 않아요!" 그녀가 불편해하며 말했다. 그가 다시 다른 이야기로 옮겨가고 있었다. 하지만 이번에는 친절함에서 그런 것이라고 그녀는 느꼈다. 모든 사회적인 관계에서 고통은 즐거움을 두 배로 능가하는 것이 분명하다고 그녀는 생각했다. 그게 아니라면, 내가 예외적인, 특별한 사람인 것일까? 그녀는 생각을 계속했다. 다른 사람들은 충분히 행복해 보였기 때문이었다. 그래, 똑바로 앞을 바라보면서 그녀는 생각했—분만 중인 여자 때문에 밤늦도록 일했던 데 따른 피로로 인해 입술과 눈 주위의 피부가 뻣뻣하게 조여드는 것이 다시 느껴졌다—나는 예외야. 고집스럽고, 냉정하고, 이미 틀에 박혀버렸지, 일개 의사에 불과할 뿐이야.

틀에서 벗어나는 것은 지독하게 불쾌한 일이야, 그녀는 생각했다. 죽음의 냉기가 엄습해 오기 전에, 마치 얼어붙은 구두를 구부리는 일처럼……. 그녀는 이야기를 듣기 위해 고개를 수그렸다. 지루한 순간에도 미소를 짓고, 몸을 숙이고, 즐거운 척해야 한다는 것은 얼마나 고통스러운 일인가, 그녀는 생각했다. 모든 것이, 그 하나하나가 고통스러워. 그녀는 분홍색 터번을 두른 인도인을 쳐다보면서 생각했다.

"저 친구는 누구지?" 그가 있는 쪽으로 고개를 끄덕이며 패트릭이 물었다.

"엘리너 고모의 인도인 친구들 중 한 사람인 것 같아요." 그녀는 큰 소리로 말하고는 생각했다. 만약 어둠의 자비로운 힘이 예민한 신경이 외부로 노출되는 것을 막아줄 수만 있다면, 그래서 내가 일어날 수만 있다면…… 잠시 말이 끊겼다.

"하지만 내 옛날이야기를 듣게 하려고 널 여기 붙잡아둘 수는 없지." 패트릭 고모부가 말했다. 망가진 무릎과 함께 햇볕에 거칠어진 그의 잔소리가 멈췄다.

"하지만 얘기해주세요. 예전 비디는 아직도 그 작은 가게를 하고 있나요?" 그녀가 물었다. "우리가 사탕을 사곤 하던 그 가게 말이에요."

"불쌍한 영감—" 그가 입을 열었다. 그는 다시 멀리 가 있었다. 그녀는 생각했다. 그녀의 환자들 모두가 그렇게 말했다. 안식, 안식을, 내게 안식을 주세요. 어떻게 하면 진통을 줄일 수 있을까, 어떻게 하면 무감각해질 수 있을까, 그것이 그 산모의 절규였다. 안식하는 것, 존재하기를 멈추는 것. 중세에는 암자나 수도원이었지. 지금은 실험실, 직업을 갖는 거야. 그녀는 생각했다. 살지 않는 것, 느끼지 않는 것, 돈을 버는 것, 언제나 돈이지. 그러다 결국 내가 늙어서 한 마리 말처럼 기진맥진해졌을 때, 아니 그건 암소……—패트릭이 하는 이야기의 일부가 그녀의 의식에 들어왔기 때문이었다. "……짐승들에게 판매하는 것은 없으니까." 그가 말하고 있었다. "그렇게 파는 데는 없지. 아, 저기 줄리아 크로머티가 있군—" 그가 소리쳤다. 그리고 어느 매력적인 동향 사람을 향해 손을, 관절이 헐거워진 커다란 손을 흔들었다.

그녀는 소파에 혼자 남겨졌다. 떠들며 다가오는 그 새처럼 생긴 나이 든 여자를 맞이하러 그녀의 고모부가 자리에서 일어나

양손을 펼친 채 걸어가 버렸기 때문이었다.

그녀는 혼자 남겨졌다. 그녀는 혼자 있게 되어 기뻤다. 그녀는 전혀 말을 하고 싶지 않았다. 그러나 다음 순간 누군가가 그녀 곁에 서 있었다. 마틴이었다. 그가 그녀 곁에 앉았다. 그녀는 태도를 완전히 바꾸었다.

"안녕하세요, 마틴 숙부!" 그녀가 진심으로 그를 맞았다.

"노인네에 대한 임무는 끝낸 거니, 페기?" 그가 말했다. 그는 나이 든 패트릭이 늘 그들에게 들려주는 그 이야기들을 지칭한 것이었다.

"제가 무척 무뚝뚝해 보였나요?" 그녀가 물었다.

"글쎄." 그가 그녀를 쳐다보며 말했다. "분명 도취된 표정은 아니었지."

"이제 누구나 다 그의 이야기의 끝을 알아요." 마틴을 바라보며 그녀가 변명했다. 그는 머리를 식당 종업원처럼 올려 빗어 넘기고 있었다. 그는 그녀의 얼굴을 바로 바라본 적이 없었다. 그는 그녀와 함께 있으면 완전히 편안해지지 않았다. 그녀는 그의 의사였고. 그가 암을 두려워하고 있음을 그녀는 알고 있었다. 그녀가 어떤 징후를 발견한 건가? 라는 생각으로부터 그의 마음을 돌리기 위해 그녀는 애써야만 했다.

"전 그들이 어떻게 결혼을 하게 되었는지 궁금해하고 있었어요." 그녀가 말했다. "그들은 사랑에 빠졌었나요?" 그녀는 그의 주의를 돌리기 위해 아무 말이나 꺼냈다.

"물론 그는 사랑에 빠졌었지." 그가 말했다. 그는 델리아를 바라보았다. 그녀는 벽난로 옆에 서서 그 인도 사람에게 이야기를 하고 있었다. 모습이나 몸짓에 있어 그녀는 여전히 아주 멋있는 여자였다.

"우리는 모두 사랑에 빠졌었지." 그가 곁눈질로 페기를 보면서 말했다. 젊은 세대들은 너무 진지했다.

"오, 물론이지요." 그녀가 미소를 지으면서 말했다. 그녀는 연이은 사랑을 끝없이 추구하는 그가 좋았다. 지금 이 나이에도, 날아가 버리려는 젊음의 끝자락, 잡아두기 힘든 그 끝자락을 늠름하게 움켜쥐고 있는 그가.

"그런데 너는," 그는 다리를 뻗고 바짓자락을 끌어올리면서 말했다. "너희 세대 말이다―너희 세대는 많은 것을 놓치고 있어." 그가 되풀이했다. 그녀는 기다렸다.

"동성만을 사랑하면서 말이지." 그가 덧붙였다.

그가 그런 식으로 자신의 젊음을 내세우기를, 요즘 시대에 걸맞다고 생각하는 것들에 대해 말하기를 좋아한다고 그녀는 생각했다.

"저는 그 세대가 아니에요." 그녀가 말했다.

"글쎄, 그럴까." 그가 어깨를 으쓱해 보이며 그녀를 곁눈질로 쳐다보면서 싱긋 웃었다. 그는 그녀의 사생활에 대해 아는 바가 거의 없었다. 그러나 그녀는 진지해 보였고 피곤해 보였다. 그녀는 일을 너무 열심히 하는군. 그는 생각했다.

"저는 점점 판에 박힌 듯한 사람이 되어가고 있어요. 오늘 저녁에 엘리너 고모가 제게 그렇게 말씀하시더군요." 페기가 말했다.

아니, 반대로 '억눌려 지내셨나요?'라고 엘리너에게 말했던 사람이 그녀 자신이었던가? 어느 한쪽이었다.

"엘리너는 나이 들어도 명랑하지." 그가 말했다. "보라구!" 그가 가리켰다.

그녀는 붉은 망토 차림으로 그 인도인에게 말을 건네고 있었다.

"방금 인도에서 돌아왔지." 그가 덧붙였다. "벵갈에서 가져온 선물인가, 응?" 그 망토를 가리키며 그가 말했다.

"내년엔 중국에도 가신다지요." 페기가 말했다.

"그런데 델리아 고모는—" 그녀가 물었다. 델리아가 그들 옆을 지나가고 있었다. "그녀도 사랑에 빠졌었나요?" (당신들 세대에서 '사랑에 빠졌다'고 말하는 그런 사랑 말이에요. 그녀는 속으로 덧붙였다.)

그는 고개를 양쪽으로 흔들면서 입술을 오므렸다. 그는 언제나 사소한 농담을 하길 좋아했지. 그녀는 기억했다.

"모르지—델리아에 대해서 나는 잘 몰라." 그가 말했다. "너도 알다시피, 동기가 있었지—그녀가 그 시절에 바로 그 대의라고 불렀던." 그가 얼굴을 찌푸렸다. "아일랜드 말이다, 너도 알지. 파넬. 파넬이라는 사람에 대해 들어본 적 있니?" 그가 물었다.

"네." 페기가 말했다.

"그리고 에드워드 숙부는요?" 그녀가 덧붙였다. 그가 방으로 들어왔던 것이다. 신중하게 공들인 수수한 차림으로도 그는 무척 돋보였다.

"에드워드는—그래." 마틴이 말했다. "에드워드 형도 사랑에 빠졌었지. 틀림없이 너도 그 옛날 얘기를 알지—에드워드와 키티에 대한?"

"그 사람과 결혼한, 그의 이름이 뭐였지요? 래스웨이드였던가요?" 에드워드가 그들 옆을 지나갈 때 페기가 중얼거렸다.

"맞아. 그녀는 다른 사람과 결혼했지—래스웨이드와. 하지만 그는 사랑에 빠져 있었어. 아주 깊이 빠져 있었어." 마틴이 중얼거렸다. "그러나 너는—" 그가 그녀를 재빨리 살짝 쳐다보았다. 그녀에게는 그의 가슴을 서늘하게 하는 무엇인가가 있었다. "물론

너에게는 직업이 있지." 그가 덧붙였다. 그는 바닥을 내려다보았다. 그는 암에 대한 자신의 두려움에 대해 생각하고 있는 거야, 그녀는 짐작했다. 그는 그녀가 어떤 증상을 감지하지는 않았을까 하고 두려워했다.

"오, 의사들이란 대단한 사기꾼들이에요." 그녀는 되는 대로 내뱉었다.

"어째서? 사람들은 예전보다 오래 살아, 그렇지 않니?" 그가 말했다. "어쨌든 사람들은 그렇게 고통스럽게 죽지는 않지." 그가 덧붙였다.

"우리가 약간의 하찮은 요령을 익혔지요." 그녀가 인정했다. 그는 그녀의 동정심을 자아내는 표정으로 앞을 바라보았다.

"숙부는 여든까지 사실 거예요—여든까지 살고자 하신다면." 그녀가 말했다. 그가 그녀를 쳐다보았다.

"물론 난 여든까지 사는 데 찬성이지!" 그가 소리쳤다. "나는 미국에 가고 싶어. 가서 그들의 건축물들을 보고 싶어. 너도 알다시피, 내가 그쪽이야. 난 인생을 즐기지." 그는 정말 그랬다.

그가 예순은 넘었을 거라고 그녀는 추측했다. 그러나 그는 근사하게 치장을 하고 있었다. 켄싱턴에 사는 진한 노란색 옷을 입은 여인과 함께 있는 마흔 살 남자처럼 젊고 말쑥했다.

"전 모르겠어요." 그녀가 큰 소리로 말했다.

"이런, 페기. 이런." 그가 말했다. "너는 인생을 즐기지 않는다고 말하지 마—로즈가 왔군."

로즈가 들어왔다. 그녀는 몹시 뚱뚱해져 있었다.

"여든까지 살고 싶지 않아?" 그가 그녀에게 말했다. 그는 두 번이나 그 말을 되풀이해야 했다. 그녀는 귀가 먹었던 것이다.

"그러고 싶지. 물론 그때까지 살고 싶지!" 그의 말을 알아들었을 때 그녀가 말했다. 그녀는 그들을 쳐다보았다. 그녀는 마치 군인처럼 머리를 묘한 각도로 뒤로 젖히는군. 페기는 생각했다.

"물론 여든까지 살고 싶어." 그녀가 그들 옆의 소파에 털썩 앉으면서 말했다.

"아, 하지만 그렇다면 —" 페기가 말문을 열었다. 그녀는 말을 멈췄다. 로즈가 귀먹었다는 사실이 기억났던 것이다. 그녀는 고함을 질러야 했다. "고모 세대의 사람들은 그들 자신들을 그렇게 웃음거리로 만들지는 않았었지요." 그녀는 고함을 질렀다. 그러나 그녀는 로즈가 들었는지 의심스러웠다.

"나는 앞으로 무슨 일이 일어날지 보고 싶어." 로즈가 말했다. "우리는 아주 재미있는 세상에 살고 있어." 그녀가 덧붙였다.

"말도 되지 않는 소리야." 마틴이 그녀를 놀렸다. "네가 살고 싶어 하는 것은," 그가 그녀의 귀에 대고 소리쳤다. "네가 삶을 즐기기 때문이야."

"나는 그걸 부끄러워하지 않아." 그녀가 말했다. "나는 나 같은 부류를 좋아해 — 전반적으로 말이지."

"네가 좋아하는 것은 그들과 싸우는 것이지." 그가 소리를 질렀다.

"오빠가 지금도 나를 화나게 할 수 있다고 생각해?" 그의 팔을 가볍게 두드리면서 그녀가 말했다.

이제 그들은 어렸을 때에 대해 이야기하겠지. 뒤뜰에서 나무에 올라갔던 일과 누군가의 고양이에게 새총을 쏘았던 일에 대해서 말이지, 페기는 생각했다. 사람들은 각자 마음속에 어떤 선을 정해 놓고 있어서 그 선을 따라 똑같은 옛날이야기들이 풀려 나오는 거라고 그녀는 생각했다. 사람의 마음은 손바닥처럼 가로세로로 얽혀 있을 거야. 자신의 손바닥을 들여다보면서 그녀는 생각했다.

"그녀는 언제나 성난 고양이 같았어." 페기를 돌아보면서 마틴이 말했다.

"그리고 저들은 언제나 나를 비난했지." 로즈가 말했다. "그에게는 교실이 있었지. 나는 어디에 앉아야 했지? '오, 저리 가서 육아실에서 놀도록 하렴!'" 그녀는 손을 저었다.

"그래서 그녀는 욕실로 가서 칼로 자신의 손목을 그었단다." 마틴이 놀렸다.

"아니야, 그것은 에릿지였어. 현미경 때문이었지." 그녀가 그의 말을 정정했다.

마치 새끼 고양이가 자기 꼬리를 잡으려 하는 것과 같다고 페기는 생각했다. 둥글게, 둥글게 그들은 원 안을 맴돌고 있는 것이다. 그러나 그것이 바로 그들이 즐기는 것이고 그들이 파티에 오는 이유라고 그녀는 생각했다. 마틴은 계속 로즈를 놀리고 있었다.

"네 빨간 리본은 어디 있지?" 그가 묻고 있었다.

전시 때의 업적으로 그녀가 무슨 훈장을 받았던 것을 페기는 기억했다.

"우리는 전쟁터에 나갈 때처럼 치장을 한 너를 봐도 될 만한 사람들이 아니냐?" 그가 그녀를 놀렸다.

"이 친구가 질투를 하는 거야." 다시 페기에게로 몸을 돌리며 그녀가 말했다. "그는 일생 동안 일이라는 걸 해본 적이 없거든."

"나도 일해 — 나도 일하지." 마틴이 주장했다. "나는 하루 종일 사무실에 앉아 있어."

"무얼 하면서?" 로즈가 물었다.

그리고 그들은 갑자기 조용해졌다. 늙은 남매간의 돌고 도는 놀이는 끝났다. 이제 그들은 처음으로 돌아가서 똑같은 이야기를 다시 되풀이할 수 있을 뿐이었다.

"이것 봐," 마틴이 말했다. "우리도 가서 우리가 할 바를 다 해야지." 그가 일어섰다. 그들은 헤어졌다.

"무얼 하면서?" 방을 가로질러 가면서 페기는 되풀이했다. "무얼 하면서?" 그녀는 반복했다. 그녀는 홀가분하게 느끼고 있었다. 그녀가 무엇을 하건 중요하지 않았다. 그녀는 창가로 걸어가서 커튼을 열어젖혔다. 검푸른 하늘에 작은 구멍들을 뚫어놓은 별들이 있었다. 하늘을 배경으로 원통형의 굴뚝이 줄지어 있었다. 그리고 별들. 불가사의한, 영원한, 무심한—이런 것이 말, 옳은 말들이었다. 하지만 나는 그걸 느낄 수 없어. 별들을 올려다보면서 그녀는 말했다. 그렇다면 왜 그런 척해야 하는 거지? 별들이 실제로 보이는 모습은 서리가 내려앉은 작은 철 조각들 같다고 그녀는 별을 올려다보느라 눈을 가늘게 뜨면서 생각했다. 그리고 저 달은—달이 떠 있었다—윤기 나게 잘 닦인 접시 뚜껑이야. 그러나 달과 별을 그렇게 격하시킨 후에도 그녀에게는 아무것도 느껴지지 않았다. 그러고 난 후 몸을 돌리자 그녀는 아는 사람이라고 생각했지만 이름을 떠올릴 수 없었던 젊은 남자와 얼굴을 마주하게 되었다. 그는 멋진 이마를 지녔으나 턱선이 흐릿하고 안색이 창백하고 핏기가 없었다.

"안—녕-하세요?" 그녀가 말했다. 그의 이름이 리콕이었나 아니면 레이콕?

"우리가 마지막으로 만났던 곳이 경마장에서였지요?" 그녀가 말했다. 그녀는 그를 어울리지 않게도 콘월의 들판과 돌담, 농부들과 거칠게 뛰노는 조랑말과 연결시켰다.

"아니, 그건 폴이에요." 그가 말했다. "폴은 제 형이죠." 그는 쏘아붙이듯 말했다. 그렇다면 그는 무슨 일을 하기에 그 스스로 자신이 폴보다 더 낫다고 여기게끔 되었을까?

"런던에 사시나요?" 그녀가 말했다.

그가 고개를 끄덕였다.

"글을 쓰시나요?" 그녀는 모험을 해보았다. 하지만 작가라고 해서—그녀는 그의 이름을 신문에서 보았던 것을 이제 기억해냈다—어째서 그는 "그렇습니다"라고 대답하면서 머리를 뒤로 젖히는 거지? 그녀는 폴이 더 낫다고 생각했다. 그는 건강해 보였다. 이 사람은 기묘한 얼굴을 하고 있었다. 이마에 주름살이 잡혀 있고 신경이 곤두선 듯 표정이 굳어 있었다.

"시를?" 그녀가 말했다.

"그래요." 그런데 왜 그 말을 마치 가지 끝에 달린 버찌를 물어뜯듯이 하는 거지? 그녀는 생각했다. 아무도 이쪽으로 오지 않았다. 그들은 벽 옆의 의자에 나란히 앉아 있을 수밖에 없었다.

"공직에 있으시다면서, 어떻게 시를 쓸 시간을 내세요?" 그녀가 말했다. 분명히 그의 여가 시간에 하겠지.

"제 숙부가," 그가 입을 열었다. "……제 숙부를 만나신 적이 있지요?"

그랬다. 인정 많은 평범한 사람이었다. 그는 언젠가 여권 문제로 그녀에게 매우 친절하게 대해주었다. 이 남자는, 물론—비록 그녀는 반쯤밖에 듣고 있지 않았지만—그를 경멸하고 있었다. 그렇다면 어째서 그의 사무실로 들어간 거지? 그녀는 혼자 질문을 던졌다. 저희 가족들은, 그가 말하고 있었다…… 사냥을 했었지요. 그녀는 주의가 산만해졌다. 전에도 그녀는 이 모든 것을 들은 적이 있었다. 나는, 나는, 나는—그가 계속했다. 그것은 마치 쪼아대는 독수리의 부리, 혹은 빨아들이는 진공청소기, 계속 울려대는 전화벨과도 같았다. 나는, 나는, 나는. 하지만 신경과민인 이기주의자의 얼굴을 지닌 그로서는 어쩔 수 없을 거라고, 그를 힐긋 쳐다보면서 그녀는 생각했다. 그는 스스로 자유로울 수도, 스스로 초연할 수도 없을 거였다. 그는 꼼짝달싹할 수 없이 쇠 굴렁쇠로 된 바퀴에 묶여 있었다. 그는 스스로를 드러내고 과시해야만 했다. 그렇지만 왜 그를 내버려 두어야 하지? 그가 이야기를 계속하고 있는 동안 그녀는 생각했다. 어째서 내가 그의 "나는, 나는, 나는"에 대해 관심을 가져야 하지? 아니면 그의 시에 대해? 그렇다면 그를 떼어내야지. 마치 피를 모두 빨리고 회백색 신경중추만 남겨진 사람이 된 것처럼 느끼며 그녀는 속으로 말했다. 그녀는 말을 멈추었다. 그는 그녀가 자신에게 호감이 없음을 알아차렸다. 자신을 멍청한 여자라고 그가 여겼을 것이라고 그녀는 짐작했다.

"피곤하군요." 그녀가 사과했다. "밤을 새웠거든요." 그녀가 설명했다. "나는 의사예요—."[15]

그녀가 '나'라고 말했을 때 그의 얼굴에서 불꽃이 꺼졌다. 이제 된 거야—이제 그는 가겠지, 그녀는 생각했다. 그는 '당신'이 될 수는 없으니까. 그는 '나'여야만 하니까. 그녀는 미소를 지었다. 그가 일어나서 가버렸기 때문이었다.

그녀는 돌아서서 창가에 섰다. 가엾은 작자 같으니, 그녀는 생각했다. 위축되고 시들어버렸지. 쇳덩이처럼 차가워, 쇳덩이처럼 딱딱하고, 쇳덩이처럼 노골적이지. 그리고 나 역시, 하늘을 바

---

15 1874년에 수립된 런던 여성의학교London School of Medicine for Women를 제외하고 대부분의 영국의 의과대학은 여성에게 의료 및 의학 공부를 제한했다. 런던 의과대학들은 제1차 세계대전 동안만 한시적으로 여성에게 입학을 허용했다.

라보면서 그녀는 생각했다. 하늘에는 별들이 아무렇게나 총총 박혀 있는 것 같았다. 둥근 굴뚝 너머 오른쪽으로 손수레 환영이 내걸려 있는 곳만 빼고는―저걸 뭐라고 부르지? 그 이름이 생각나지 않았다. 세어봐야지, 자신의 수첩으로 돌아오면서 그녀는 생각했다. 그리고 하나, 둘, 셋, 넷…… 하고 세기 시작했다. 그때 그녀의 뒤에서 큰 목소리가 들려왔다. "페기! 귀가 간지럽지 않니?" 그녀는 돌아보았다. 바로 다정한 태도로 아일랜드식의 듣기 좋은 말투를 흉내 내는 델리아였다. "―분명히 그들은 그래야 할 테니까," 그녀의 어깨에 손을 얹으며 델리아가 말했다. "그가 무슨 말을 하고 있었는지를 고려하면 말이야." ―그녀는 회색 머리칼을 한 남자를 가리켰다―"그가 너에 대한 어떤 찬양의 노래를 하고 있는지 말이야."

페기는 그녀가 가리키는 쪽을 바라보았다. 그 너머에 그녀의 스승, 그녀의 고용주가 있었다. 그랬다. 그녀가 영리하다고 그가 생각하고 있다는 것을 그녀는 알고 있었다. 실제로 그럴 거라고 그녀는 생각했다. 사람들은 모두 그렇게 말했다. 매우 영리하다고.

"그가 내게 이야기하고 있던 참이야―" 델리아가 말하기 시작했다. 그러나 그녀는 말을 멈추었다.

"이 창을 열게 도와주렴." 그녀가 말했다. "점점 더워지는구나."

"제가 해볼게요." 페기가 말했다. 그녀는 창문을 확 밀어 보았지만 창문은 낡았고 창틀이 맞지 않아서 꼼짝도 하지 않았다.

"어디 보자, 페기." 누군가 그녀의 뒤에서 다가오며 말했다. 그녀의 아버지였다. 그의 손이 창을 잡았다. 그의 손에는 흉터가 있었다. 그가 밀자 창문이 위로 올라갔다.

"고마워요, 모리스 오빠. 한결 좋은데." 델리아가 말했다. "페기에게 귀가 간지러웠겠다고 말하던 중이었어." 그녀가 다시 말을 시작했다. "'나의 가장 총명한 제자!' 그가 그렇게 말했거든요." 델리아가 말을 이었다. "오빠에게 단언하지만 난 정말 자랑스러웠어. '제 조카랍니다.' 내가 말했지. 그는 그것을 모르고 있더군요."

자, 그건 기쁨이야, 페기는 말했다. 그 찬사가 그녀의 아버지에게 전해질 때 페기의 등줄기를 타고 내려가는 신경이 흥분되는 것 같았다. 각각의 감정은 서로 다른 신경을 자극했다. 냉소는 허벅지를 쓸어내렸고 기쁨은 등뼈에 퍼져 나가면서 시각에도 영향을 미쳤다. 별빛이 부드러워졌다. 별빛이 떨리고 있었다. 그녀의 아버지가 손을 내리면서 그녀의 어깨를 쓰다듬었다. 그러나 그들 중 아무도 말을 하지 않았다.

"아래쪽 것도 열고 싶니?" 그가 말했다.

"아뇨, 저 정도면 됐어요." 델리아가 말했다. "방 안이 점점 더워지고 있어요." 그녀가 말했다. "사람들이 도착하기 시작하네요. 그들은 아래층에 있는 방들을 이용해야 할 거예요." 그녀가 말했다. "그런데 저 밖에 있는 게 누구지?" 그녀가 가리켰다. 광장 난간을 마주한 집 반대편에 야회복을 입은 한 무리의 사람들이 있었다.

"그들 중 한 사람은 알 것 같은데." 모리스가 내다보며 말했다. "저건 노스잖아, 그렇지 않니?"

"맞아요. 노스예요." 페기가 내다보며 말했다.

"그런데 왜 들어오지들 않는 거지?" 델리아가 창문을 두드리며 말했다.

"하지만 직접 가서 보셔야 해요." 노스가 말하고 있었다. 그들이 그에게 아프리카를 묘사해 보라고 요청했던 것이다. 그곳에는 산과 평원이 있고, 고요하고, 새들이 노래한다고 그는 말했다. 그는 말을 멈추었다. 그곳을 본 적이 없는 사람들에게 어떤 곳을 묘사하기란 어려운 일이었다. 그때 건너편 집의 커튼이 갈라지더니 세 사람의 머리가 창문에 나타났다. 그들은 건너편 창가에 윤곽이 드러난 머리를 바라보았다. 그들은 광장의 난간을 등지고 서 있었다. 그들 위로 무성한 나뭇잎들이 어둡게 드리워져 있었다. 나무들은 하늘의 일부분이 되어 있었다. 산들바람이 나무 사이로 불어오면 이따금 나무들이 살짝 몸을 흔들고 움직이는 듯했다. 나뭇잎들 사이로 별빛이 반짝였다. 고요하기도 했다. 차들의 소음이 함께 어울려 멀리에서 웅웅거렸다. 고양이 한 마리가 살금살금 지나갔다. 아주 잠깐 그들은 초록색으로 빛나는 눈동자를 보았지만, 그것은 곧 사라졌다. 고양이는 밝은 지역을 가로질러 사라졌다. 누군가가 창문을 두드리면서 소리쳤다. "들어와요!"

"들어가지!" 레니가 말하고는 피우던 여송연을 뒤쪽 덤불 속으로 던졌다. "들어가지. 우린 들어가야지."

그들은 위층으로 올라가 사무실들을 지나고 주택 뒤편에 있는 뒤뜰을 향해 열려 있는 긴 창문들을 지나갔다. 잎이 울창한 나무들이 뻗어낸 가지들은 서로 다른 높이에서 뒤얽혀 있었다. 불빛을 받아 선명한 초록색을 띠기도 하고, 어둠 속에서 거무스름하기도 한 나뭇잎들이 산들바람에 위아래로 움직였다. 이윽고 그들은 붉은 카펫이 깔린 그 집의 개인 거주 구역에 도착했다. 마치 그곳에 한 떼의 양들이 갇혀 있기라도 한 것처럼 문 뒤에서 시끄러운 목소리들이 들려왔다. 그때 음악이 울리고 춤이 시작되었다.

"자," 매기가 문밖에서 잠시 걸음을 멈추고 말했다. 그녀가 그들의 이름을 하녀에게 알려주었다.

"그리고 신사분께서는요?" 하녀가 뒤에 서 있던 노스에게 말했다.

"파지터 대위." 노스가 자신의 타이를 만지면서 말했다.

"그리고 파지터 대위입니다!" 하녀가 소리쳤다.

델리아가 곧 그들을 맞이했다. "그리고 파지터 대위!" 서둘러 방을 가로질러 오면서 그녀가 외쳤다. "네가 와서 얼마나 기쁜지!" 그녀가 소리쳤다. 그녀는 잡히는 대로 왼손으로, 오른손으로 그들의 왼손과 오른손을 잡고 흔들었다.

"너라고 생각했어, 광장에 서 있던 이가." 그녀가 소리쳤다. "레니는 알아볼 수 있다고 생각했어. 하지만 노스는 확신할 수 없었지. 파지터 대위라니!" 그녀는 그의 손을 꼭 잡았다. "몰라보겠구나―하지만 정말 반갑다! 자, 네가 아는 사람이 누구지? 모르는 사람은 누구지?"

그녀는 다소 긴장한 것처럼 자신의 숄을 잡아당기며 주변을 둘러보았다.

"어디 보자, 저기 너희 숙부들과 숙모들이 있고, 너희 사촌들도 있고, 너희 아들과 딸들도 있구나―그래, 매기. 나는 조금 전에 네 사랑스런 한 쌍을 보았지. 걔들이 어딘가에 있을 텐데……. 우리 집안의 모든 세대들이 뒤섞여 있어. 사촌들과 숙모들, 숙부들과 형제들―그렇지만 이건 좋은 일이야."

그녀는 마치 기운을 다 소진해 버린 것처럼 갑자기 말을 멈추었다. 그녀는 자신의 숄을 다시 잡아당겼다.

"춤을 추려나 봐." 축음기에 또 다른 음반을 올려놓고 있는 젊은이를 가리키면서 그녀가 말했다. "춤을 추기에는 괜찮지." 축음기를 가리키며 그녀는 덧붙였다. "음악을 듣기에는 적합하지 않아." 그녀는 잠시 동안 소탈해졌다. "나는 축음기에서 들려오는 음악을 참을 수가 없어. 하지만 춤곡은 — 그건 다른 문제지. 그리고 젊은이들은 — 너도 그렇다고 생각하지 않니? — 춤을 추어야 해. 그게 옳아. 춤을 추건 추지 않건 — 네가 좋을 대로 해." 그녀가 손을 흔들었다.

"그래, 좋을 대로 해." 그녀의 남편이 그녀의 말을 따라했다. 그는 그녀 곁에서 마치 호텔에서 외투를 걸어놓곤 하는 곰처럼 손을 앞으로 내밀어 늘어뜨리고 서 있었다.

"좋을 대로." 그가 앞발을 흔들며 다시 말했다.

"탁자들을 옮기는 것을 도와주렴, 노스." 델리아가 말했다. "춤을 추려면 모든 것을 치워놓아야 좋을 거야 — 그리고 저 깔개들도 말아놓아야 해." 그녀가 탁자를 밀어 치웠다. 그리고 그녀는 방을 가로질러 가서 벽 쪽으로 의자를 재빨리 밀었다.

화병 하나가 엎질러져서 물이 카펫 위로 흘렀다.

"신경 쓰지 마, 신경 쓰지 마. 별일 아니야!" 델리아가 덤벙대는 아일랜드 여주인의 태도를 취하면서 외쳤다. 그러나 노스는 몸을 구부려 물기를 닦아냈다.

"그 손수건을 어떻게 하려고?" 엘리너가 그에게 물었다. 붉은 망토를 길게 늘어뜨려 입은 그녀가 그들과 합류했던 것이다.

"의자에 걸어두어 말려야지요." 노스가 걸어가면서 말했다.

"그리고 샐리 너는?" 사람들이 춤을 추려고 했기 때문에 벽 쪽으로 물러서면서 엘리너가 말했다. "춤을 출 거니?" 자리에 앉으며 그녀가 물었다.

"나 말이에요?" 하품을 하면서 사라가 말했다. "나는 잠을 자고 싶어요." 그녀는 엘리너 옆에 있는 쿠션 위에 주저앉았다.

"하지만 잠을 자려고 파티에 온 건 아니잖니?" 엘리너가 그녀를 내려다보며 웃었다. 그녀는 전화선의 끝에서 그녀가 보았었던 그 작은 풍경을 다시 보았다. 그러나 그녀는 그녀의 얼굴을 볼 수가 없었다. 단지 머리 윗부분만을 볼 수 있을 뿐이었다.

"저 애가 너와 함께 저녁 식사를 했구나, 그렇지?" 노스가 손수건을 들고 그들 곁을 지나갈 때 그녀가 말했다.

"어떤 얘기를 했니?" 그녀가 물었다. 그녀는 의자 가장자리에 걸터앉아서 콧잔등에 얼룩을 묻힌 채로 다리를 위아래로 흔들고 있는 그녀를 떠올렸다.

"무슨 얘기를 했냐고요?" 사라가 말했다. "언니, 엘리너 언니에 대해서였죠." 사람들이 줄곧 그들 옆을 지나갔다. 그들은 무릎을 스치며 춤을 추기 시작했다. 그 때문에 조금 어지럽다고 생각하며 엘리너는 의자에 깊숙이 기대어 앉았다.

"나에 관해서?" 그녀가 말했다. "나에 대한 무슨 이야기?"

"언니의 인생이요." 사라가 말했다.

"내 인생?" 엘리너가 되풀이했다. 쌍쌍이 그들을 지나치며 천천히 휘감고 돌기 시작했다. 저들이 추고 있는 것이 폭스 트롯[16]이로군. 그녀는 추측했다.

나의 인생이라, 그녀는 자신에게 말했다. 이상한 일이었다. 누군가가 그녀의 삶에 대해서 말한 것이 그날 밤에 벌써 두 번째였다. 그런데 나는 하나도 갖지 못했어, 그녀는 생각했다. 인생이란 우리가 다루거나 만들 수 있는 것이라야 하지 않나? ─ 칠십여 년의 인생이지. 하지만 내게는 오직 현재의 순간만 있을 뿐이야, 그녀는 생각했다. 여기 그녀는 지금 폭스 트롯 춤곡을 들으며 살아 있었다. 그녀는 주위를 둘러보았다. 저기 모리스도 있고 로즈도

16 빠른 4박자의 춤곡.

있었다. 고개를 뒤로 젖히고 그녀가 모르는 어떤 남자와 이야기를 나누고 있는 에드워드도. 나는 그날 밤, 키티의 약혼이 발표되던 그날 밤, 그가 내 침대 끝에 앉아서 얼마나 울었던가를 기억하는 유일한 사람이야, 그녀는 생각했다. 그랬다. 과거의 일들이 그녀에게 돌아왔다. 삶이 긴 띠처럼 그녀 뒤에 놓여 있었다. 울고 있는 에드워드, 말하고 있는 레비 부인, 내리는 눈, 속이 갈라진 해바라기, 베이스워터 거리를 따라 달리는 노란 버스. 그때 나는 혼자 생각했지, 이 버스 안에서 내가 제일 젊구나. 그러나 이제 내가 가장 나이 든 사람이야……. 수백만 가지의 이런저런 일들이 그녀에게 떠올랐다. 원자들이 갈라져 춤을 추고 그러다가 저절로 뭉쳤다. 그러나 그런 것들이 어떻게 사람들이 인생이라고 부르는 것을 이루는 거지? 그녀는 주먹을 쥐었다. 손에 쥐고 있던 작고 딱딱한 동전이 느껴졌다. 아마도 그 한가운데에 '나'라는 것이 있겠지, 그녀는 생각했다. 매듭, 중심. 그리고 그녀는 책상에 앉아 압지 위에 그림을 그리며, 빗살이 뻗어 나오는 작은 구멍들을 뚫고 있는 자신의 모습을 다시 보았다. 그것들은 하나씩 사라졌다. 사물이 사물을 따라 나왔고 장면이 장면을 지워 갔다. 그러고 나면 사람들이 말하지, 그녀는 생각했다. "우리는 당신에 대해서 말하고 있었어요!"

"내 인생……." 그녀는 큰 소리로 말했으나 반쯤은 자신에게 말한 것이었다.

"네?" 사라가 올려다보며 말했다.

엘리너는 말을 멈췄다. 그녀를 잊고 있었던 것이다. 그러나 누군가 듣고 있었다. 그렇다면 그녀는 자신의 생각을 정리해야만 한다. 그리고 그녀는 그걸 표현할 말을 찾아야 했다. 그렇지만 아니야, 나는 말을 찾을 수 없어. 그녀는 생각했다. 나는 누구에게도 말할 수 없어.

"저 사람이 니콜라스 아닌가?" 문간에 서 있는 덩치 큰 남자를 바라보며 그녀가 말했다.

"어디요?" 사라가 말했다. 그러나 그녀는 엉뚱한 쪽을 보고 있었다. 그는 사라지고 없었다. 어쩌면 그녀가 잘못 보았을지도 몰랐다. 내 인생은 다른 사람들의 인생이었어, 엘리너는 생각했다—아버지의, 모리스의, 친구들의 인생, 니콜라스의……. 그와 나누었던 대화의 파편이 떠올랐다. 나는 그와 함께 점심을 같이 하고 있었거나 저녁을 함께하고 있었지, 그녀는 생각했다. 어느 식당에서였다. 계산대 위에 있는 새장에는 분홍색 깃털의 앵무새가 있었다. 그리고 그곳에서 그들은 이야기를 하며 앉아 있었다—전쟁이 끝난 다음이었다. 미래에 관하여, 교육에 관하여 이야기했었지. 그리고 그는 내가 포도주값을 지불하게 두지 않았지, 그녀는 갑자기 기억해냈다. 주문한 사람이 나였는데도…….

이때 누군가가 그녀 앞에 멈춰 섰다. 그녀가 올려다보았다. "바로 당신을 생각하고 있던 참이에요!" 그녀가 소리쳤다.

그는 니콜라스였다.

"좋은 저녁이죠, 부인!" 그가 이국적인 인사 방식으로 허리를 구부리며 말했다.

"바로 당신을 생각하고 있던 참이었어요!" 그녀가 되풀이했다. 실로 그것은 그녀의 일부분, 가라앉아 있던 그녀의 일부분이 표면 위로 올라온 것 같았다. "이리 와서 옆에 앉아요." 그녀가 의자를 당기며 말했다.

"제 고모 옆에 앉아 있는 저 친구가 누구인지 아시나요?" 노스는 함께 춤추고 있던 소녀에게 말했다. 그녀가 애매하게 주위를 둘러보았다.

"전 당신의 고모가 누군지 몰라요." 그녀가 말했다. "전 여기 있는 어느 누구도 몰라요."

춤이 끝나자 그들은 문을 향해 걸어가기 시작했다.

"저는 누가 파티의 주인인지도 몰라요." 그녀가 말했다. "당신이 그녀를 가리켜 주셨으면 좋겠어요."

"저기—저쪽이에요." 그가 말했다. 그는 금빛 장식이 달린 검은 드레스 차림의 델리아를 가리켰다.

"오, 저분이군요." 그녀를 바라보며 그녀가 말했다. "저분이 제 안주인이군요, 그렇죠?" 그는 그 소녀의 이름을 알지 못했고, 그녀 역시 그들 중 아무도 알지 못했다. 그래서 그는 기뻤다. 그래서 그는 자신이 달라졌다고 여겼다—그는 그것에 고무되었다. 그가 그녀를 문쪽으로 이끌었다. 그는 친척들을 피하고 싶었다. 특히 그의 누이인 페기를 피하고 싶었다. 그러나 마침 그녀가 문 옆에 혼자 서 있었다. 그는 다른 길을 찾았다. 그는 자신의 동행인이 문밖으로 나가도록 안내했다. 어딘가에 그들만이 호젓하게 앉아 있을 수 있는 정원이나 지붕이 있을 거라고 그는 생각했다. 그녀는 놀랄 만큼 젊고 예뻤다.

"따라와요." 그가 말했다. "아래층으로."

"나에 관해 무슨 생각을 하고 있었나요?" 니콜라스가 엘리너 옆에 앉으면서 말했다.

그녀는 미소를 지었다. 그는 다소 어울리지 않는 정장 차림이었다. 왕녀였던 그의 어머니의 문장이 새겨진 장식을 달고 있었다. 그의 거무스름한 주름진 얼굴은 언제나 그녀에게 살갗이 늘어진 털복숭이 동물을 생각나게 했다. 다른 사람들에게는 야만적이지만 그녀 자신에게는 친절한 동물. 그런데 그녀는 그에 대해 무슨 생각을 하고 있었던가? 그녀는 전체적으로 그에 대해서 생각하고 있었다. 그녀는 그 생각을 작은 파편으로 깨뜨릴 수 없었다. 그 식당이 연기로 자욱했었던 것을 그녀는 기억했다.

"그때 우리가 어떻게 소호에서 저녁을 같이 먹었었는지," 그녀가 말했다. "……기억하나요?"

"당신과 함께 보낸 모든 저녁을 기억하고 있어요, 엘리너." 그가 말했다. 그러나 그의 시선은 약간 모호했다. 그의 관심은 다른 곳으로 향했다. 그는 방금 들어온 어느 숙녀를 바라보고 있었다. 그 여자는 옷을 잘 차려입고 있었으며 모든 응급상황을 대비해 준비된 책장을 등지고 서 있었다. 내가 내 자신의 인생을 묘사할 수 없다면, 어떻게 그를 묘사할 수 있겠는가? 엘리너는 생각했다. 그가 어떤 사람인지 그녀는 알지 못하기 때문이었다. 다만 그가 들어서면 그녀는 기뻤다. 그가 들어서면 그녀는 사고의 궁핍에서 구제되었다. 그는 그녀의 마음에 가벼운 자극을 주었다. 그는 그 숙녀를 바라보고 있었다. 그들의 시선으로 그녀가 떠받혀지고 있는 듯했다. 그 아래에서 그녀가 동요하고 있는 듯했다. 그때 갑자기 엘리너는 그 모든 것이 예전에 일어났었다는 느낌을 받았다. 그날 밤 어느 소녀가 그 식당으로 들어왔다. 떨면서 문 앞에 서 있었다. 그녀는 그가 무슨 이야기를 할지 정확하게 알고 있었다. 그는 전에, 그 식당에서도 말했었다. 그가 이렇게 말할 거야. 그녀는 생선 장수의 저수지 위에 떠 있는 공과 같다고. 그녀가 그렇게 생각하고 있을 때, 그가 바로 그렇게 말했다. 그렇다면 모든 것은 조금씩 다르게 계속해서 반복되는 것일까? 그녀는 생각했다. 만약 그렇다면, 어떤 패턴이 있는 것일까? 음악처럼 반복되는 어떤 주제가 있는 걸까? 반은 기억되고 반은 예견되는?…… 순간적으로 감지할 수 있는 어떤 거대한 패턴이 있는 것일까? 그 생각은, 어떤 패턴이 있다는 생각은 그녀에게 형용할 수 없는 기쁨을 주었다. 그러나 누가 그것을 만들지? 누가 그것을 생각하는 걸까? 그녀의 마음이 어디론가 미끄러졌다. 그녀는 생각을 마무리할 수 없었다.

"니콜라스……" 그녀가 말했다. 그녀는 그가 마저 마무리해주기를 원했다. 그녀의 생각을 고스란히 밖으로 옮겨 완전하게, 아름답게, 온전하게 만들어 주기를 원했다.

"나에게 말해줘요, 니콜라스……" 그녀가 말을 시작했다. 그러나 그녀는 자신의 말을 어떻게 끝맺어야 할지, 그에게 묻고자 하는 것이 무엇인지 전혀 알 수 없었다. 그는 사라에게 말하고 있었다. 그녀는 듣고 있었다. 그가 그녀를 보고 웃고 있었다. 그가 그녀의 발을 가리키고 있었다.

"……파티에 오다니," 그가 말하던 중이었다. "한쪽 발에는 흰색 스타킹을 신고, 다른 발에는 파란 스타킹을 신고서."

"영국 여왕이 차를 마시러 오라고 나를 초대했죠." 사라가 음악에 맞춰 흥얼거렸다. "그리고 어떤 것이 좋을지. 금빛일지 아니면 장밋빛일지. 왜냐하면 모두 구멍이 났으니, 내 스타킹 말이에요, 그녀가 말했죠." 이것이 그들의 사랑 표현이라고 엘리너는 그들의 웃음소리와 그들의 말다툼에 반쯤 귀 기울이면서 생각했다. 그 거대한 패턴의 한 부분, 또 다른 1인치인거지. 그녀는 자신이 절반 정도 공식화한 개념을 사용하여 그 현장의 장면을 각인하려 하면서 생각했다. 그리고 이런 사랑 표현이 옛것과 다르다 해도 그것은 여전히 매력적이었다. 그것은 어쩌면, 옛날의 사랑과는 다르다고 해도, 그리고 설령 더 나빠졌다고 해도, 사랑이었다. 그렇지 않은가? 어떻든, 그들은 서로를 의식하고 있고 서로 안에서 살고 있어. 그녀는 생각했다. 그 외 다른 무엇이 사랑이겠는가? 그들의 웃음소리에 귀 기울이면서 그녀가 물었다.

"……당신은 결코 스스로 행동할 수 없나요?" 그가 말하고 있었다. "혼자서는 스타킹도 고를 수 없는 거요?"

"절대로! 절대로!" 사라는 웃고 있었다.

"……그건 당신이 당신 자신만의 인생을 갖고 있지 않기 때문이에요." 그가 말했다. "그녀는 꿈속에 살고 있지요." 그가 엘리너를 돌아보며 덧붙였다. "혼자서 말이지요."

"하찮은 설교나 하는 교수로군요." 사라가 그의 무릎 위에 손을 올려놓으며 빈정댔다.

"시시한 노래나 부르는 사라." 니콜라스가 그녀의 손을 꼭 쥐며 웃었다.

그래도 그들은 무척 행복하다고 엘리너는 생각했다. 그들은 서로를 쳐다보며 웃었다.

"나에게 말해줘요, 니콜라스……." 그녀가 다시 말했다. 그러나 다시 춤이 시작되고 있었다. 사람들이 쌍을 지어 방으로 되돌아왔다. 천천히, 열심히, 진지한 얼굴로, 마치 다른 감정들에는 초연해지게 하는 어떤 신비로운 의식에 참가하고 있는 것처럼, 춤추는 이들은 그들을 지나쳐 빙글빙글 돌며, 그들의 무릎을 스쳐 가며 그들의 발끝을 거의 밟다시피 하면서 춤을 추기 시작했다. 그때 누군가가 그들 앞에 섰다.

"오, 노스가 왔군." 엘리너가 올려다보면서 말했다.

"노스!" 니콜라스가 소리쳤다. "노스! 오늘 저녁에 우리 만났었지." 그가 노스에게 손을 내밀었다. "— 엘리너의 집에서 말이야."

"그랬지요." 노스가 다정하게 말했다. 니콜라스가 그의 손을 힘주어 잡았다. 손을 떼었을 때 그는 손가락들이 다시 분리되는 것을 느꼈다. 그것은 격정적이었지만, 그는 그게 좋았다. 그는 실제로 기운이 넘쳐난다고 느끼고 있었다. 그의 눈이 빛나고 있었다. 그는 얼떨떨해하던 표정을 완전히 떨쳐버렸다. 그의 모험은 성공적인 것으로 판명되었다. 그 소녀가 자신의 이름을 그의 수첩에 적어놓았다. "내일 여섯 시에 절 만나러 오세요." 그녀가 말했었다.

"좋은 저녁이죠, 엘리너 고모님." 그가 그녀의 손 위로 고개를 숙이며 말했다. "정말 젊어 보이시네요. 굉장히 아름다우시구요. 그 옷을 입으시니 보기 좋아요." 그는 그녀가 입은 인도식 망토를 보며 말했다.

"너도 좋아 보이는구나, 노스." 그녀가 말했다. 그녀가 그를 올려다보았다. 그가 지금처럼 잘생기고, 생기 있어 보인 적이 없었다고 그녀는 생각했다.

"춤추지 않을 거니?" 그녀가 물었다. 음악이 최고조에 이르고 있었다.

"샐리 이모가 제게 영광을 베풀어줄 때까지 추지 않을 거예요." 그가 그녀에게 과장되게 정중함을 갖춰 절을 하면서 말했다. 그에게 무슨 일이 있었던 걸까? 엘리너는 생각했다. 그는 아주 근사하고 아주 행복해 보였다. 샐리가 일어섰다. 그녀는 손을 니콜라스에게 내밀었다.

"당신과 춤을 추겠어요." 그녀가 말했다. 그들은 잠시 기다리며 서 있었다. 그러고는 그들은 빙글빙글 돌면서 나아갔다.

"얼마나 기묘한 한 쌍인지!" 노스가 소리쳤다. 그들을 바라보면서 씽긋 웃느라 그는 얼굴을 찡그렸다. "그들은 춤을 출 줄도 모르네요!" 그가 덧붙였다. 그는 니콜라스가 비워두고 간 엘리너 옆의 의자에 앉았다.

"왜 그들은 결혼하지 않는 거지요?" 그가 물었다.

"왜 그들이 그래야 하지?" 그녀가 말했다.

"오, 누구나 결혼을 해야 하니까요." 그가 말했다. "그리고 저는 그가 좋아요. 비록 그가 좀…… '고삐 풀린 소'라고나 할까요?" 그는 그들이 다소 서툴게 빙글 돌아 들어갔다 나왔다 하는 것을 지켜보면서 그가 제안했다.

"'고삐 풀린 소'라고?" 엘리너가 그의 말을 따라했다.

"오, 네가 말한 건, 그건 그의 회중시계야." 니콜라스가 춤을 출 때 위아래로 흔들리는 황금색 문장을 바라보면서 그녀가 덧붙였다.

"아니, 고삐 풀린 소처럼 제멋대로인 사람은 아니야." 그녀가 큰 소리로 말했다. "그는 말이지 —"

그러나 노스는 집중하고 있지 않았다. 그는 멀리 방 끝에 있는 한 쌍을 바라보고 있었다. 그들은 벽난로 옆에 서 있었다. 그들은 둘 다 젊었다. 그리고 둘 다 말이 없었다. 그들은 어떤 강렬한 감정에 의해 그 자리에 그대로 억류되어 있는 것처럼 보였다. 그가 그들을 바라보는 동안 그 자신에 관한, 그 자신의 삶에 대한 어떤 감정이 그에게 밀려왔다. 그는 그들에게, 또는 그 자신에게 어울릴 다른 배경을 설정했다 — 벽난로와 책장이 아니라, 우렁차게 떨어지는 폭포, 질주하는 구름. 그리고 그들은 몰아치는 급류 위 절벽에 서 있었다…….

"결혼이 누구나에게 맞는 건 아니야." 엘리너가 그 생각을 방해했다.

그가 말을 시작했다. "맞아요. 물론 아니지요." 그가 동의했다. 그는 그녀를 바라보았다. 그녀는 결혼을 하지 않았다. 왜 하지 않았을까? 그는 궁금했다. 가족을 위해 희생했겠지, 그는 추측했다―손가락이 잘려 나간 늙은 할아버지를 위해서. 그러자 테라스와 여송연과 윌리엄 화트니에 대한 어떤 기억이 그에게 다시 떠올랐다. 그것이, 그녀가 그를 사랑했었다는 것이 그녀의 비극이 아니었을까? 그는 애정을 담아 그녀를 바라보았다. 그는 그 순간에 누구에게나 다정함을 느꼈다.

"고모님을 독차지한 건 정말 행운이에요, 넬!" 그녀의 무릎에 손을 얹으며 그가 말했다.

그녀는 감격했다. 그녀의 무릎 위에 놓인 그의 손길이 그녀를 기쁘게 했다.

"귀여운 노스!" 그녀가 외쳤다. 옷자락을 통해 전해지는 그의 흥분이 그녀에게도 느껴졌다. 그녀는 그가 손을 그녀의 무릎에 올려놓고 있는 동안, 그가 목줄에 매인 개, 신경을 바짝 곤두세우고 앞으로 나가려 긴장하고 있는 개 같다고 느꼈다.

"하지만 맞지 않는 여자와 결혼해서는 안 돼!" 그녀가 말했다.

"저 말이에요?" 그가 물었다. "왜 그런 말씀을 하세요?" 그가 그 소녀를 아래층으로 안내해 가는 것을 그녀가 보았던 것일까? 그는 의아했다.

"나에게 말해보렴―" 그녀가 말하기 시작했다. 그녀는 이제 그들 둘만 남게 되자 그의 계획이 무엇인지를 차분하게, 이성적으로 그에게 묻고자 했다. 그러나 그녀가 말하는 동안 그의 표정이 바뀌는 것을 그녀는 보았다. 과장된 두려움의 표정이 그의 얼굴에 떠올랐다.

"밀리 고모!" 그가 중얼거렸다. "이런 젠장!"

엘리너가 재빨리 어깨 너머로 돌아보았다. 자신의 성별과 신분에 걸맞게 주름 잡힌 옷을 헐렁하게 입은 그녀의 여동생 밀리가 그들 쪽으로 다가오고 있었다. 밀리는 꽤 살이 쪘다. 몸매를 가릴 수 있도록, 구슬 달린 베일이 그녀의 팔 위로 늘어뜨려져 있었다. 살찐 그녀의 팔에 노스는 끝이 뾰족하게 가늘어지는 연한 아스파라거스를 떠올렸다.

"오, 엘리너 언니!" 그녀가 소리쳤다. 그녀는 아직도 어린 여동생이 으레 가질 법한 강아지같이 헌신적인 사랑의 잔재를 지니고 있었던 것이다.

"오, 밀리!" 엘리너가 말했다. 그러나 그것은 그만큼 진심에서 우러나오는 것은 아니었다.

"언니를 만나서 정말 기뻐, 엘리너 언니!" 나이 든 여자의 킬킬 대는 웃음과 함께 밀리가 말했다. 그러면서도 그녀의 태도에는 공경하는 듯한 데가 있었다. "그리고 너도, 노스!"

그녀가 작고 살찐 손을 그에게 내밀었다. 그녀의 반지들이 손가락 속에 푹 파묻혀 마치 살이 그 위로 자라나기라도 한 것처럼 보였다. 그는 다이아몬드 위로 자라난 살집이 혐오스러웠다.

"네가 다시 돌아와서 얼마나 기쁜지 모르겠다!" 그녀가 천천히 의자에 자리 잡고 앉으며 말했다. 모든 것이 지루해졌다고 그는 느꼈다. 그녀가 그들 모두에게 그물을 던졌다. 그녀는 그들 모두가 한 가족이라는 느낌을 들게 했다. 그는 공통의 친척에 대해서 생각해야만 했다. 그러나 그것은 비실제적인 느낌이었다.

"맞아, 우리는 코니와 함께 머무르고 있어." 그녀가 말했다. 그들은 크리켓 경기를 보러 왔던 길이었다.

그는 고개를 숙였다. 그는 자신의 구두를 내려다보았다.

"그리고 난 언니의 여행에 대해서 단 한마디도 듣지 못했어, 넬." 그녀가 말을 계속했다. 고모의 시답지 않은 질문들이 후두둑 쏟아져 내리는 것을 들으며 그도 계속했다. 고모의 질문은 쏟아지고 또 쏟아져 모든 것을 덮어버리는군. 그러나 그는 아직 한껏 고양된 기분에 잠겨 있어서 그녀의 말이 듣기 좋게 울렸다. 타란튤라 거미들이 물었니? 별들이 밝게 빛났어? 그녀는 그에게 묻고 있었다. 그런데 나는 내일 밤을 어디에서 보내야 할까? 그가 덧붙였다. 왜냐하면 그의 조끼 주머니에 있는 카드가 아무런 맥락도 없이 저절로 현재의 순간을 지워버리는 장면들을 쏘아대었기 때문이었다. 그녀가 계속 말하고 있었다. 그들은 코니와 함께 머무르고 있다고, 코니는 지미를 기다리고 있었다고, 지미는 우간다에서 돌아왔다고…… 그는 어느 정원과 어떤 방을 떠올리고 있었기에 마음속에서 몇 마디 말을 놓쳤다. 그리고 그가 들은 다음 말은 '임파선 부종'이었다―좋은 단어야, 그 말을 문맥에서 떼어놓으며 그는 생각했다. 말벌의 잘록한 허리 모양의, 가운데가 꽉 죄어진, 딱딱하고 반짝이는 금속성의 복부를 지닌 어떤 곤충의 모습을 묘사하기에 유용한 단어라고―그러나 이때 검은 줄무늬가 있는 하얀 조끼를 걸친 덩치가 큰 사람이 다가왔다. 그리고 휴 깁스가 그들을 내려다보며 서 있었다. 노스는 그에게 의자를 내주기 위해 벌떡 일어났다.

"친애하는 젊은이, 설마 내가 거기에 앉기를 기대하는 것은 아니겠지?" 노스가 내준 다소 허술해 보이는 의자를 비웃으며 휴가 말했다.

"내게 다른 것을 찾아줘야 해―" 그가 하얀 조끼의 양 옆에 손을 대고서 주위를 둘러보았다. "좀 더 견고한 것으로 말이야."

노스가 속을 채운 의자를 그에게 밀어주었다. 그는 조심스럽게 앉았다.

"츄, 츄, 츄," 그가 앉으며 말했다.

그러자 밀리가 말했다. "쯧-쯧-쯧." 노스는 지켜보았다.

그것은 그들이 남편과 아내로 지낸 삼십 년의 세월에서 온 것이었다—쯧-쯧-쯧—그리고 츄-츄-츄. 그것은 마치 외양간의 동물들이 우물대는 되새김질 소리 같았다. 쯧-쯧-쯧, 그리고 츄-츄-츄—동물들이 축사에서 김이 나는 부드러운 지푸라기 위를 걷거나, 원시의 습지에서 풍요롭고, 풍성하고, 몽롱한 채로 뒹굴거나 할 때 내는 소리 같군. 그런 생각을 하며 유쾌한 수다를 막연히 듣고 있을 때 갑자기 그에게 질문이 떨어졌다.

"몸무게가 얼마나 되지, 노스?" 그를 어림잡아 보면서 그의 고모부가 물었다. 마치 그가 말인 양 그는 그를 위아래로 훑어보았다.

"네가 날짜를 잡도록 해야겠다," 밀리가 덧붙였다. "언제 사내아이들이 집에 있을 때로."

그들은 9월에 타워스에서 그들과 함께 머물면서 여우사냥을 하자고 그를 초대했다. 남자들은 총을 쏘고, 여자들은—마치 그의 고모가 저곳에서라도, 그 의자에 앉은 채로, 젊어지기라도 할 것처럼 그는 그녀를 바라보았다—여자들은 수많은 아기들이 되었다. 그리고 그 아기들은 또 다른 아기들을 갖고, 또 그 아기들은—'임파선 부종'을 갖는다. 그 말이 다시 떠올랐다. 그러나 이제는 아무것도 생각나게 하지 않았다. 그는 가라앉고 있었다. 그는 그들의 중압감 아래 무너지고 있었다. 그의 호주머니 속 이름조차도 희미해지고 있었다. 어떻게도 할 수 없다는 말인가? 그는 스스로에게 물었다. 혁명이 아니라면 불가능하다고 그는 생각했다. 묵직한 흙더미를 폭파시켜 흙이 나무 모양의 구름으로 솟아오르게 했던 다이너마이트에 대한 생각이 떠올랐다. 전쟁터에서였다. 하지만 모두 허튼소리라고 그는 생각했다. 전쟁이라는 허튼소리, 허튼소리, 사라의 '허튼소리'라는 말이 떠올랐다. 그렇다면 무엇이 남는가? 누군지 알 수 없는 남자와 이야기를 하며 서있던 페기가 그의 눈길을 끌었다. 당신네 의사들, 당신네 과학자들, 왜 당신들은 작은 수정 하나를, 반짝이고 날카로운 어떤 것을, 물잔에 떨어뜨려서 사람들에게 삼키게 하지 않는가? 그는 생각했다. 상식이라던가 이성, 뭔가 반짝이고 예리한 것을. 하지만 과연 사람들이 그것을 삼킬 것인가? 그는 휴를 바라보았다. 그는 쯧-쯧-쯧, 그리고 츄-츄-츄, 라고 말할 때 뺨을 오므렸다 부풀렸다 하고 있었다. 당신이라면 그걸 삼킬 겁니까? 그는 속으로 휴에게 말했다.

휴가 다시 그에게로 돌아섰다.

"그리고 네가 이제 영국에 머무르기를 바란다, 노스." 그가 말했다. "물론 그곳에서의 생활이 좋겠지?"

그래서 그들은 아프리카와 일자리의 부족에 대한 화제로 돌아왔다. 그의 들뜬 기분이 차츰 사라지고 있었다. 그 명함은 더 이상 영상들을 쏘아내고 있지 않았다. 축축한 나뭇잎들이 떨어지고 있었다. 떨어지고 또 떨어져서 모든 것을 덮어버린다고 혼잣말로 중얼거리며 그는 이마 위에 갈색 얼룩을 제외하고는 아무런 색깔이 없는 고모를 바라보았다. 그녀의 머리카락은 계란 노른자 같은 얼룩을 제외하고는 아무런 색깔이 없었다. 그녀가 틀림없이 곯아 물렁거리는 배처럼 어리석고 제 색깔을 잃었다고 그는 전적으로 생각했다. 그리고 휴로 말할 것 같으면 — 그는 커다란 손을 무릎에 올려놓고 있었다 — 설익은 쇠고기 스테이크로 빙 둘러져 있었다. 그는 엘리너의 시선과 마주쳤다. 피로한 기색이 서려 있었다.

"그래, 그들이 어찌나 망쳐놓았는지," 그녀가 말하고 있었다.

그러나 그녀의 목소리에서 울림은 사라지고 없었다.

"어딜 가나 새로 지은 주택들이지." 그녀가 말하고 있었다. 그녀는 도싯셔에 다녀왔음이 분명했다.

"길을 따라 계속 이어지는 작은 붉은색 별장들." 그녀가 계속 말했다.

"맞아요. 정말 전 충격을 받았어요." 그녀를 도우려고 자신을 추스르면서 그가 말했다. "내가 멀리 나가 있는 동안 어떻게 그처럼 영국을 망쳐놓을 수 있었는지."

"하지만 넌 우리가 있는 곳에서는 변화를 많이 발견할 수 없을 거란다, 노스." 휴가 말했다. 그는 자랑스러워하며 말했다.

"그렇단다. 하지만 우리는 운이 좋았지." 밀리가 말했다. "우리에겐 대저택 부지가 여럿 있단다. 우리는 무척 운이 좋은 거야." 그녀는 되풀이했다. "핍스 씨에게는 그렇지 않았지만." 그녀는 덧붙였다. 그녀는 날카롭고 낮은 웃음소리를 냈다.

노스는 정신이 들었다. 그녀는 진심이군, 그는 생각했다. 그녀가 매섭게 말하는 모습이 그녀에게 실재를 부여했다. 그녀가 실재가 되었을 뿐만 아니라 그 마을, 대저택, 작은 집, 교회와 둥그렇게 심어진 오래된 나무들이 완벽한 현실로 그의 앞에 나타났다. 그는 그들과 함께 머물기로 했다.

"저기 우리의 교구 목사야." 휴가 설명했다. "나름 괜찮은 친구야—그렇지만 고결하지—아주 고결하지. 촛불이랄까—그런 부류지."

"그리고 그의 부인은……." 밀리가 말을 시작했다.

이때 엘리너가 한숨을 쉬었다. 노스는 그녀를 바라보았다. 그녀가 졸고 있었다. 흐릿한 시선, 굳은 표정이 그녀의 얼굴을 덮었다. 그녀는 잠시 밀리와 꼭 닮아 보였다. 잠든 얼굴에서 가족들이 닮은 부분이 드러났다. 그때 그녀가 눈을 크게 떴다. 그녀는 애써 눈을 뜨고 있었다. 그러나 분명히 그녀는 아무것도 보고 있지 않았다.

"내려와서 우리가 어떻게 지내는지 네가 봐야 해." 휴가 말했다. "9월 첫째 주가 어떨까, 어?" 그는 마치 자비심이 그의 몸 안에서 일렁이고 있는 것처럼 몸을 좌우로 흔들었다. 그는 무릎을 꿇으려고 하는 코끼리 같았다. 만약 그가 무릎을 꿇는다면, 과연 어떻게 다시 일어날 것인가? 노스는 혼자 물었다. 그리고 만약 엘리너가 깊은 잠에 빠져 코를 골게 된다면, 그 코끼리의 무릎 사이 여기에 앉아 있는 나는 무엇을 할 것인가?

그는 자리를 떠날 구실을 찾아 주변을 둘러보았다.

매기가 어디로 가는 것인지 보지도 않고 걸어오고 있었다. 그들이 그녀를 보았다. "조심해요! 조심하세요!" 그는 소리치고 싶은 강한 충동을 느꼈다. 그녀가 위험 지역에 있었기 때문이었다. 무정형의 몸뚱이들이 먹잇감을 잡으려고 띄워놓고 흐느적거리고 있는 길고 하얀 촉수들로 그녀를 빨아들일 것이다. 그래, 그들이 그녀를 보았어. 그녀를 잃었어.

"매기로구나!" 밀리가 올려다보면서 소리쳤다.

"이게 얼마만이냐!" 휴가 몸을 일으키려 하면서 말했다.

그녀는 걸음을 멈춰야 했다. 그 형체 없는 앞발에 그녀의 손을 올려놓아야 했다. 조끼 주머니 안에 있는 (명함의) 주소에서 나오는, 자신에게 남은 마지막 기운 한 방울까지 소진하면서 노스는 일어섰다. 그는 그녀를 데리고 빠져나가려고 마음먹었다. 그는 가족생활이라는 오염원에서 그녀를 구제하고자 하는 것이었다.

그러나 그녀는 그를 무시했다. 그녀는 마치 비상시를 대비한 장비를 사용하기라도 하는 것처럼 완벽한 평정을 유지하고 그들의 인사에 답하면서 거기에 서 있었다. 오, 맙소사, 그녀도 저들과 마찬가지군, 노스는 속으로 말했다. 그녀는 광택제를 바른 듯 억지스러웠다. 그들은 이제 그녀의 아이들에 대해 이야기하고 있었다.

"맞아요. 저 애가 그 아기예요." 어느 소녀와 춤을 추고 있는 소년을 가리키며 그녀가 말하고 있었다.

"그리고 네 딸은, 매기?" 주위를 둘러보며 밀리가 물었다.

노스는 초조해졌다. 이것은 음모야, 그가 자신에게 말했다. 이것은 펴고 지우는 증기 굴림대야. 똑같이 굴려서 동그란 공들로 말아내지. 그는 귀를 기울였다. 지미는 우간다에 있었어. 릴리는 레스터셔에 있었어. 내 아들은—내 딸은…… 그들이 말하고 있었다. 그러나 그들이 다른 사람들의 아이들에게는 관심이 없음을 그는 알아차렸다. 단지 자신들의 아이들에게만, 자신들의 재산과 자신들의 피붙이에게만 관심이 있을 뿐이야. 그는 밀리의 작고 살찐 앞발을 바라보면서 생각했다. 그들은 원시적인 습지의 발톱을 드러내고 자신들의 것을 보호하려고 하겠지. 매기조차도, 그녀마저도. 그녀 역시 내 아들, 내 딸에 대해 말하고 있기 때문이었다. 이러면서 어떻게 우리가 문명화될 수 있겠는가? 그는 자문했다.

엘리너가 코를 골았다. 그녀는 부끄러운 줄 모르고, 어쩔 수없이 고개를 끄덕거리고 있었다. 무의식 속에는 역겨운 것이 있다고 그는 생각했다. 그녀의 입이 벌어져 있었고 머리는 한쪽으로 기울어져 있었다.

그러나 이제 그의 차례였다. 침묵이 터져 나왔다. 누군가 선동을 해야 해, 그는 생각했다. 누군가 무슨 말이라도 해야 해, 그렇지 않으면 인간들의 사회는 종지부를 찍게 될 거야. 휴도 없어지고, 밀리도 없어질 거야. 그리고 그가 막 무슨 말이라고 해보려고 했을 때, 원시적인 동물의 비어 있는 거대한 식도를 채워줄 무엇인가를 찾아 나서려고 했을 때, 항상 끼어들기 좋아하는 여주인의 변덕스러운 욕구에 의해서인지, 혹은 인간의 자비심으로 성스럽게 영감을 받아서인지—어느 쪽인지 그는 단언할 수 없었다—델리아가 손짓을 하며 다가왔다.

"루드비 일가예요!" 그녀는 소리쳤다. "루드비 일가!"

"오, 어디? 루드비 가족이라니!" 밀리가 말했다. 그리고 그들은 몸을 일으켜 떠났다. 아마도 루드비 일가는 좀처럼 노섬벌랜드를 떠나지 않는 듯했기 때문이었다.

"자, 매기 고모?" 그녀를 돌아보며 노스가 말했다. 그러나 이때 엘리너가 목구멍 안쪽에서 나는 작은 소리를 냈다. 그녀의 고개가 앞으로 푹 숙여져 있었다. 잠은 곤하게 잠든 그녀에게 위엄을 부여했다. 그녀는 그들과 멀리 떨어져, 때로 잠든 이에게 죽은 자의 모습을 띠게 하는 평온함에 휩싸인 채, 평화롭게 보였다. 그들은 잠시, 호젓하게 함께, 각자 침묵하며 앉아 있었다.

"왜—왜—왜—" 마침내 노스가 카펫에서 잔디 뭉치를 떼어내는 듯한 몸짓을 하며 말했다. "왜라니?" 매기가 물었다. "뭐가 왜라는 거야?"

"깁스 일가 말이에요." 그가 중얼거렸다. 그는 벽난로 옆에 서서 이야기를 하고 있는 그들 쪽으로 고개를 젖혔다. 촌스럽고, 뚱뚱하고, 볼품없는 그들이 그에게는 마치 패러디, 서투른 가짜 흉내, 내부의 형태나 내부의 불길이 지나치게 자라버린 굳은살처럼 보였다.

"뭐가 잘못됐지요?" 그가 물었다. 그녀도 그쪽을 바라보았다. 그러나 그녀는 아무 말도 하지 않았다. 쌍쌍이 춤을 추며 그들 곁을 천천히 지나갔다. 한 소녀가 멈췄다. 그녀가 무의식적으로 팔을 들어 올렸을 때 그 몸짓은 삶의 선의를 믿고 기대하는 젊은이다운 진지함을 담고 있어서 그를 감동시켰다.

"도대체 왜—?" 그는 엄지손가락을 그 젊은이들 쪽으로 젖혔다. "저들이 저렇게 사랑스러울 때—"

그녀도 그 소녀를 바라보았다. 소녀는 드레스 앞자락에 흐트러진 꽃을 고정시키고 있었다. 그녀는 미소를 지었다. 그녀는 아무 말도 하지 않았다. 그리고 별생각 없이 그녀는 그의 질문을 아무런 의미도 담지 않고 따라했다. "왜?"

그는 잠시 낙담했다. 그에게는 그녀가 도와주기를 거절하는 것처럼 여겨졌다. 그런데 그는 그녀가 자신을 도와주었으면 싶었다. 왜 그녀는 그의 어깨에서 그 짐을 덜어주고 그에게 그가 희구하는 것—확언, 확신—을 주지 않는 것일까? 그녀도 나머지 사람들처럼 흉하게 기형이 되었기 때문일까? 그는 그녀의 손을 내려다보았다. 강인하고 반듯한 손이었다. 그러나 만약 '내' 아이들, '내' 소유물들에 대한 문제라면—살짝 오므린 손가락들을 바라보며 그는 생각했다—그것은 복부를 찢는 일격이거나 부드러운 털이 난 목을 물어뜯는 이빨일 것이다. 우리는 서로를 도울 수 없어, 우린 모두 뒤틀려 있어, 그는 생각했다. 그렇지만, 그녀에 대한 자신의 높은 평가를 철회하는 것이 내키지는 않지만, 어쩌면 그녀가 옳아, 그는 생각했다. 다른 사람들을 우상화하고, 이 남자, 혹은 저 여자에게 우리를 이끌 권력을 부여하는 우리는 그 기형적 결함을 더하고, 스스로 굴종할 뿐인 거야.

"나는 그들과 함께 머물 예정이에요." 그가 큰 소리로 말했다.

"타워스에서?" 그녀가 물었다.

"네," 그가 말했다. "9월에 여우사냥을 하러요."

그녀는 듣고 있지 않았다. 그녀의 시선은 그에게 머물러 있었다. 그녀가 그를 다른 무엇인가와 연관 짓고 있다고 그는 느꼈다. 그것이 그를 불편하게 했다. 그녀는 마치 그가 그 자신이 아닌 다른 누군가인 것처럼 그를 바라보고 있었다. 그는 샐리가 전화상으로 그를 묘사할 때 느꼈었던 불편함을 다시 느꼈다.

"나는 알아요," 그가 얼굴 근육을 긴장시키며 말했다. "나는 그림 속의 모자를 들고 있는 프랑스 남자 같아요."

"모자를 들고 있다고?" 그녀가 물었다.

"그리고 점점 살이 쪄 가죠." 그가 덧붙였다.

"……모자를 들고 있는…… 누가 모자를 들고 있다는 거야?" 엘리너가 눈을 뜨며 말했다.

그녀는 어리둥절해하면서 주위를 둘러보았다. 그녀가 마지막으로 기억하는 것은—그것은 바로 잠깐 전의 일인 듯했다—밀리가 교회에 있는 촛불에 대해 말하고 있던 것이었으므로, 무슨 일인가 일어났음에 틀림없었다. 밀리와 휴가 저기 있었는데, 지금은 가고 없군. 공백—나른하게 늘어선 촛불의 황금빛으로 채워진 공백과 그녀가 무어라고 이름 붙일 수 없는 어떤 느낌으로 남아 있었다.

그녀는 완전히 잠에서 깨어났다.

"무슨 말도 되지 않는 이야기를 하고 있는 거지?" 그녀가 말했다. "노스는 모자를 들고 있지 않아! 그리고 뚱뚱하지도 않아!" 그녀가 덧붙였다. "전혀 그렇지 않아, 전혀 그렇지 않지." 그녀는 그의 무릎을 애정 어린 손길로 토닥이며 되풀이했다.

그녀는 무척 행복했다. 대부분의 잠은 사람들의 마음에 꿈을 남겨두었다. 잠에서 깨어나도 어떤 장면이나 형상이 남아 있었다. 그러나 이번 잠은, 이 잠깐 동안의 최면 같은 잠은―꿈결에 촛불이 일렁거리고 길게 늘어져 있었다―그녀에게 어떤 느낌 외에는 아무것도 남기지 않았다. 꿈이 아니라 느낌만 남아 있었다.

"그는 모자를 들고 있지 않아." 그녀가 되풀이했다.

두 사람 모두 그녀를 보고 웃었다.

"언니는 꿈을 꾸고 있었어요." 매기가 말했다.

"내가 그랬다고?" 그녀가 말했다. 대화에 깊은 틈이 새겨져 있었다, 그것은 사실이었다. 그녀는 그들이 무슨 이야기를 하고 있었는지 기억나지 않았다. 매기는 남아 있었지만, 밀리와 휴는 가고 없었다.

"단지 잠깐 졸았을 뿐이야." 그녀가 말했다. "그런데 너는 무엇을 할 예정이야, 노스? 너의 계획은 뭐지?" 그녀가 다소 서둘러 말했다.

"그가 다시 돌아가도록 내버려 둘 수 없어, 매기." 그녀가 말했다. "그 끔찍한 농장으로는 안 돼."

그녀는 지극히 분별력 있어 보이기를 바랐다. 한편으로는 그녀가 잠을 자고 있지 않았다고 입증하기 위해서였고, 다른 한편으로는 아직도 그녀에게 남아 있는 그 유난히 행복한 느낌을 지키기 위해서였다. 다른 사람들이 알아차리지 못하게 숨겨둔다면 그 느낌이 지속될 거라고 그녀는 느꼈다.

"너는 저축을 충분히 했지, 그러지 않았니?" 그녀가 큰 소리로 물었다.

"충분히 저축을 했냐고요?" 그가 말했다. 어째서 졸고 있던 사람들은 언제나 자신들이 아주 말짱하게 깨어 있다는 것을 입증하려고 할까? 그는 의아했다. "한 사오천 돼요." 그가 대충 덧붙였다.

"그래, 그것이면 충분해." 그녀가 고집스럽게 계속했다. "오 퍼센트, 육 퍼센트—" 그녀는 머릿속으로 계산을 하려고 애썼다. 그녀는 매기에게 도움을 청했다. "사오천—그게 얼마나 될까, 매기? 살아가기엔 충분할 거야, 그렇지 않아?"

"사오천이라……." 매기가 되풀이했다.

"오륙 퍼센트면……." 엘리너가 끼어들었다. 그녀는 한창 때도 결코 머릿속으로 계산을 할 수 없었다. 그러나 어떤 이유에서인지 매사를 사실화하는 것이 그녀에게 매우 중요해 보였다. 그녀는 가방을 열고 편지 한 통을 찾은 다음 몽당연필을 꺼냈다.

"자—그 위에다가 계산을 해봐." 그녀가 말했다. 매기가 그 종이를 받아서 마치 시험해보듯 연필로 몇 개의 줄을 그었다. 노스가 그녀의 어깨 너머로 들여다보았다. 그녀가 엘리너 앞에서 그 문제를 풀고 있는 것인가—그녀가 그의 삶, 그가 필요로 하는 것들을 고려하고 있는 것인가? 아니었다. 그는 보았다. 그녀는 분명히 하얀 조끼를 입고 반대쪽에 서 있는 덩치 큰 남자의 캐리커처를 그리고 있었다. 그것은 우스꽝스러운 일이었다. 그는 살짝 어처구니가 없다고 느꼈다.

"그렇게 바보같이 굴지 말아요." 그가 말했다.

"저 사람은 내 오빠야." 그녀가 조끼를 입은 남자 쪽으로 고개를 끄덕이며 말했다. "그는 코끼리를 태워주러 우리를 데려가곤 했어……." 그녀는 조끼에 장식을 더했다.

"그리고 우리는 매우 이치에 맞아." 엘리너가 주장했다.

"네가 영국에서 살고 싶다면, 노스―네가 원한다면―"

그가 그녀의 말을 끊었다.

"나는 내가 원하는 것이 무엇인지 모르겠어요." 그가 말했다.

"오, 알겠다!" 그녀가 말했다. 그녀의 행복한 느낌이, 그녀의 터무니없이 고양된 느낌이, 그녀에게 되돌아왔다. 그녀에게는 그들 모두가 그들 앞에 미래가 펼쳐져 있는 젊은이들로 보였다. 아무것도 정해진 것이 없었다. 알려진 것은 아무것도 없었다. 인생은 그들 앞에 열려 있고 아무런 구속이 없었다.

"이상하지 않니?" 그녀가 외쳤다. "기묘하지 않아? 그래서 인생이 영원한―뭐라고 해야 할까―기적인 것이 아닐까?…… 내 말은," 그가 어리둥절해하는 것처럼 보였기 때문에 그녀는 설명을 하려고 노력했다. "사람들은 노년은 이런 것이라고 말하지. 하지만 그렇지 않아. 그건 달라, 아주 다르지. 내가 어린아이였을 때도 그랬고, 내가 어린 소녀였을 때에도 그랬어. 끊임없이 영원한 발견이었지, 내 인생은. 하나의 기적이었어." 그녀는 말을 멈췄다. 그녀는 다시 장황하게 말하고 있었다. 그녀는 꿈을 꾸고 난 후에 다소 어지럽다고 느꼈다.

"저기 페기가 있군!" 그녀는 자신을 무엇인가 단단한 것에 연결할 수 있다는 기쁨에 소리쳤다. "그녀를 봐! 책을 읽고 있군!"

춤이 시작되었을 때 책장 옆에 고립된 페기는 될수록 책장에 가깝게 물러섰다. 혼자 있음을 무마하려고 그녀는 책을 한 권 꺼내 들었다. 그것은 초록색 가죽으로 장정되어 있었고, 그녀가 손에 들고 살펴보았을 때 알게 된 사실이지만, 작은 별이 금박으로 장식되어 있었다. 잘됐군, 책장을 넘기면서 그녀는 생각했다. 내가 장정에 감탄하고 있는 것처럼 보일 테니까⋯⋯. 하지만 장정에 감탄하면서 여기 서 있을 수는 없어, 그녀는 생각했다. 그녀는 책을 펼쳤다. 내가 생각하고 있는 것이 나올 거야, 책장을 펼치면서 그녀는 생각했다. 아무데나 펼친 책은 언제나 그랬다.

"우주의 평범함에 나는 경악하고 구역질이 났다." 그녀는 읽었다. 바로 그것이었다. 정확해. 그녀는 계속 읽어나갔다. "세상만사의 불결함에 나는 혐오감에 가득 찬다." 그녀는 눈을 들었다. 사람들이 그녀의 발끝을 밟고 지나가고 있었다. "인류의 진부함에 나는 망연자실해진다."[17] 그녀는 책을 덮어서 선반 위에 되돌려놓았다.

정확해, 그녀가 말했다.

그녀는 손목에 찬 시계를 돌려 살그머니 들여다보았다. 시간이 흐르고 있었다. 한 시간은 육십 분이지, 그녀는 혼잣말을 했다. 두 시간은 백이십 분이야. 나는 얼마나 오랫동안 여기에 머물러 있어야 하지? 가도 될까? 그녀는 엘리너가 손짓을 하는 것을 보았다. 그녀는 선반 위에 책을 되돌려놓았다. 그녀는 그들에게로 걸어갔다.

"이리 와, 페기. 이리 와서 우리와 이야기하자." 엘리너가 손짓을 하며 외쳤다.

"몇 시인지 아세요, 엘리너 고모?" 페기가 그들 쪽으로 다가가며 말했다. 그녀는 자신의 시계를 가리켰다. "떠나야 할 시간이 되었다고 생각하지 않으세요?" 그녀가 말했다.

"시간을 잊고 있었어." 엘리너가 말했다.

"하지만 고모는 내일 몹시 피곤하실 거예요," 페기가 그녀 곁에

17 기 드 모파상(Guy de Maupassant, 1850~1893)의 단편 「물 위에서」에서의 인용문.

서서 단호하게 말했다.

"정말 의사 같군!" 노스가 빈정거렸다. "건강, 건강, 건강!" 그가 소리쳤다. "하지만 건강 그 자체가 목적은 아니지." 그녀를 올려다보며 그가 말했다.

그녀는 그를 무시했다.

"끝까지 계실 작정이세요?" 그녀가 엘리너에게 물었다. "파티는 밤새 계속될 거예요." 그녀는 축음기의 음악에 맞춰 빙글빙글 돌며 춤추는 사람들을 마치 어떤 동물이 서서히 다가오는 격렬한 고통 속에 죽어가고 있는 것처럼 바라보았다.

"하지만 우린 한창 즐거워하고 있어." 엘리너가 말했다. "와서 너도 즐기렴."

그녀가 옆의 바닥을 가리켰다. 페기는 그녀 곁에 바닥에 앉았다. 엘리너가 한 말은 생각에 잠기거나, 골똘히 생각하거나, 분석하는 것을 그만두라는 뜻임을 그녀는 알고 있었다. 그 순간을 즐겨라―하지만 그것이 가능할까? 바닥에 앉으면서 발 주위로 치마를 당기며 그녀는 물었다. 엘리너가 허리를 구부려 그녀의 어깨를 톡톡 두드렸다.

"자, 이야기 좀 해줘," 그녀가 너무 우울해 보였기에 엘리너는 그녀를 대화로 끌어들이며 말했다. "너는 의사니까―이런 것들을 알 거야―꿈은 무엇을 의미하지?"

페기는 웃었다. 또 엘리너다운 질문이었다. 둘 더하기 둘은 넷인가―그리고 우주의 본질은 무엇이지?

"나는 정확하게 꿈을 말하는 건 아니야," 엘리너가 말을 이었다. "느낌들―사람이 잠을 잘 때 생기는 느낌들이라던가?"

"우리 다정한 넬 고모," 그녀를 올려다보며 페기가 말했다. "제가 고모에게 얼마나 자주 말씀드렸던가요? 의사들은 신체에 대해 극히 일부밖에 알지 못해요. 마음에 대해서는 정말 아무것도 몰라요." 그녀는 다시 아래쪽을 바라보았다.

"내가 늘 그들은 사기꾼들이라고 말했잖아요!" 노스가 소리쳤다.

"정말 유감이야!" 엘리너가 말했다. "나는 네가 설명해줄 수 있기를 바랐는데 —" 그녀가 허리를 구부렸다. 페기는 그녀의 뺨이 상기된 것을 알아차렸다. 그녀가 흥분했군. 그런데 도대체 무엇 때문에 흥분한다는 말인가?

"설명하라니 — 무엇을요?" 그녀가 물었다.

"오, 아무것도 아니야." 엘리너가 말했다. 내가 그녀를 무안하게 했군, 페기는 생각했다.

페기는 그녀를 다시 바라보았다. 그녀의 눈빛이 빛나고 있었다. 그녀의 뺨은 붉게 상기되어 있었다. 아니면 인도로의 항해 중에 그을려서 그럴 뿐일까? 그리고 그녀의 이마에는 정맥이 도드라져 솟아 있었다. 그러나 도대체 무엇 때문에 흥분한다는 말인가? 그녀는 등을 벽에 기댔다. 바닥에 앉은 자리에서 그녀는 기묘하게도 사람들의 발 모양을 볼 수 있었다. 이쪽을 향한 발들, 저쪽을 향한 발들, 에나멜 가죽구두들, 공단 슬리퍼들, 비단 스타킹과 양말들. 발들은 폭스 트롯의 춤곡에 맞춰 리드미컬하게, 끊임없이 춤을 추고 있었다. 그리고 칵테일과 차는 어떤가요, 그가 내게 말했지, 그가 내게 말했지 — 그 가락은 계속해서 반복되는 것 같았다. 그리고 목소리들이 계속 그녀의 머리 위로 들려왔다. 이어지지 않는 대화들이 기묘하게 불쑥불쑥 그녀에게 와닿았다…… 노포크 아래 지방에 있는 내 시동생이 배를 한 척 갖고 있는데…… 오, 완전한 실패죠, 네, 동의해요……. 사람들은 파티에서 엉뚱한 말들을 한다. 그리고 그녀 곁에서 매기가 이야기하고 있었다. 노스가 이야기하고 있었다. 엘리너가 이야기하고 있었다. 갑자기 엘리너가 손을 내뻗었다.

"저기 레니가 있네!" 그녀가 말하고 있었다. "레니, 내가 절대로 만나지 못하는 레니, 내가 사랑하는 레니……. 이리 와서 우리와 함께 얘기해요, 레니." 그리고 한 쌍의 무도용 신발이 페기의 시야를 가로질러 와서 그녀의 앞에서 멈췄다. 그가 엘리너 곁에 앉았다. 그녀는 그의 옆모습 윤곽만을 볼 수 있었다. 코가 크고 턱이 홀쭉했다. 그리고 칵테일과 차는 어떤가요, 그가 내게 말했지, 그가 내게 말했지. 음악이 울려 퍼졌다. 사람들이 쌍을 이루어 춤을 추며 지나갔다. 그러나 그녀의 위쪽 의자에 앉아 있는 작은 무리는 이야기를 하고 있었다. 그들은 웃고 있었다.

"당신이 나와 의견이 같을 거라는 것을 알고 있어요……." 엘리너가 말하고 있었다. 페기는 반쯤 감은 눈으로 레니가 그녀에게로 몸을 돌리는 것을 볼 수 있었다. 그녀는 그의 홀쭉한 뺨과 커다란 코를 보았다. 그는 손톱을 아주 짧게 깎았군. 그녀는 알아차렸다.

"당신이 무엇을 말하느냐에 달렸죠……." 그가 말했다.

"우리가 무슨 얘기를 하고 있던 중이었지?" 엘리너는 생각했다. 그녀가 벌써 잊었군, 페기는 추측했다.

"……모든 것이 더욱 좋게 바뀌어왔다는 것이었지," 그녀는 엘리너의 목소리를 들었다.

"언니가 소녀였던 시절 이후로 말이죠?" 그것은 매기의 목소리라고 그녀는 생각했다.

그때 가장자리에 분홍색 리본이 달린 치마를 입은 사람의 목소리가 갑자기 끼어들었다. "……나는 어떻게 그런지는 모르겠지만 더위가 예전만큼 나에게 영향을 미치지는 않아요……." 그녀는 올려다보았다. 드레스에는 열다섯 개의 분홍색 리본이 정교하게 수놓아져 있었다. 그리고 그 위에 있는 것은 미리엄 패리쉬의 성자 같은, 양 같은 자그마한 머리가 아닌가?

"내 말은, 우리 자체가 변해왔다는 거예요." 엘리너가 말하고 있었다. "우리는 더욱 행복하고 — 더 자유로……"

'행복'이라던가 '자유'라는 말로 그녀는 무엇을 의미하려는 거지? 다시 벽에 몸을 기대면서 페기는 자문했다.

"레니와 매기를 봐요." 그녀는 엘리너가 말하는 것을 들었다. 그러고 나서 그녀는 말을 멈췄다. 잠시 후 그녀는 다시 말을 이었다.

"기억해요? 레니? 공습이 있던 날 밤을? 내가 처음으로 니콜라스를 만났던 날…… 우리가 지하실에 앉아 있던 때를?…… 아래층으로 내려가면서 나는 혼자 말했어요. 저것이 행복한 결혼이라고……" 다시 말이 멈추었다. "나는 혼자 말했지요," 그녀가 말을 이었다. 그리고 페기는 그녀의 손이 레니의 무릎 위에 놓이는 것을 보았다. "만약 내가 젊었을 때 레니를 알았다면……" 그녀가 말을 멈추었다. 그랬다면 자신이 그와 사랑에 빠졌을 것이라고 말하려는 건가? 페기는 궁금했다. 다시 음악이 끼어들었다…… 그가 내게 말했죠, 그가 내게 말했죠…….

"아니, 결코……" 그녀는 엘리너가 말하는 것을 들었다. "아니, 결코……" 그녀는 결코 사랑에 빠진 적이 없었으며, 결코 결혼하기를 원했던 적이 없었다고 말하고 있는 것인가? 페기는 궁금했다. 그들이 웃고 있었다.

"고모는 꼭 열여덟 살 소녀 같아 보여요!" 그녀는 노스가 말하는 것을 들었다.

"나도 그렇게 느낀단다!" 엘리너가 소리쳤다. 하지만 고모는 내일 아침이면 녹초가 되어버릴걸요, 페기는 그녀를 바라보면서 생각했다. 그녀는 상기되어 있었고 이마에 정맥이 두드러지게 솟아 있었다.

"내가 느끼기에는……" 그녀가 말을 멈췄다. 그녀는 손을 머리에 얹었다. "마치 내가 다른 세상에 있는 것 같아! 무척 행복해!" 그녀가 소리쳤다.

"허튼소리, 엘리너, 허튼소리예요." 레니가 말했다.

그가 그렇게 말할 거라고 생각했지, 페기가 기묘한 만족감을 느끼며 속으로 말했다. 그녀는 그가 고모의 무릎 반대편에 앉아 있는 동안 그의 옆모습을 볼 수 있었다. 프랑스인들은 논리적이야, 그들은 이성적이지, 그녀는 생각했다. 그렇다고 해도, 만약 엘리너 고모가 즐거워하기만 한다면 고모가 좀 감격하도록 내버려두면 왜 안 되는 거지? 그녀는 덧붙였다.

"허튼소리? 허튼소리라니 무슨 말이죠?" 엘리너가 묻고 있었다. 그녀는 몸을 앞으로 기울였다. 그녀는 마치 그가 말하기를 바라는 것처럼 손을 들어 올렸다.

"늘 다른 세상에 대해 말씀하시는 것 말이에요." 그가 말했다. "어째서 이 세상에 대해서는 말하지 않는 거죠?"

"하지만 나는 이 세상을 뜻하는 것이에요!" 그녀가 말했다. "내 말은, 이 세상에서 행복하다는 거죠—살아 있는 사람들과 함께하는 행복 말이에요." 그녀는 마치 온갖 사람들, 젊은이들, 노인들, 춤추는 사람들, 이야기하는 사람들, 연분홍 리본을 달고 있는 미리엄과 터번을 두르고 있는 인도인 모두를 감싸 안으려는 것처럼 손을 펼쳐 흔들었다. 페기는 다시 벽에 등을 기댔다. 이 세상에서의 행복, 살아 있는 사람들과 함께하는 행복이라니! 그녀는 생각했다.

음악이 멈추었다. 축음기에 음반을 올려놓고 있던 젊은 남자가 걸어 나갔다. 짝을 지어 있던 사람들이 서로 떨어져서 사람들을 헤치고 문을 빠져나갔다. 그들은 아마도 음식을 먹거나, 물결처럼 뒤뜰로 흘러나가서 검게 그을린 딱딱한 의자에 앉을 것이다. 그녀의 마음에 새겨지듯 반복해서 울리던 음악이 멎었다. 잠잠함이, 정적이 찾아왔다. 그녀는 멀리서 들려오는 런던의 밤소리를 들었다. 경적이 울리고 강 위에서 사이렌이 울려 퍼졌다. 먼 곳에서 나는 소리들은 이 세상과는 무관한 다른 세상들이 있음을 알려주는 소리였다. 깊은 밤 어두운 심연 속에서 열심히 일하고 수고하는 사람들이 있음을 알려주는 그 소리들은 그녀로 하여금 엘리너의 말을 되뇌게 했다. 이 세상에서의 행복, 살아 있는 사람들과 함께 하는 행복. 그러나 고통이 넘쳐나는 이 세상에서 사람들은 어떻게 '행복'할 수 있을까? 그녀는 자신에게 물었다. 거리 모퉁이마다 걸려 있는 벽보 하나하나에 죽음이 있었다. 아니면 더 끔찍하게도 폭정, 잔인함, 고문, 문명의 몰락, 자유의 종말이 있었다. 여기 있는 우리는 고작 나뭇잎 한 장 아래 은신하고 있을 뿐이야, 곧 파멸할 거야, 그녀는 생각했다. 그런데 엘리너는 이 세상이 더 좋아졌다고 말하고 있어. 수백만 명의 사람들 중에서 두 사람이 '행복'하다고 해서. 그녀의 눈길은 바닥에 고정되어 있었다. 바닥은 이제 어느 치맛자락에서 찢겨 떨어진 모슬린 천 조각을 제외하고는 텅 비어 있었다. 그런데 나는 어째서 이 모든 것을 알아차리는 거지? 그녀는 생각했다. 그녀는 자세를 바꾸었다. 왜 나는 생각을 해야 하는 걸까? 그녀는 생각하고 싶지 않았다. 그녀는 기차 차량에 있는 차양처럼 끌어당겨서 빛을 차단하고 마음을 덮어버리는 것이 있었으면 좋겠다고 생각했다. 야간 여행 중에 내려놓는 푸른색 차양 말이야. 그녀는 생각했다. 생각한다는 것은 고문이었다. 왜 생각을 단념하고서 표류하다가 꿈꾸지 않는가? 그러나 이 세상의 고통이 ─ 그녀는 생각했다 ─ 내게 생각을 강요하지. 아니면 이것이 짐짓 그런 척하는 것일 뿐인가? 피 흘리는 자신의 심장을 가리키고 있는 이의 그럴 듯한 태도 속에서 그녀는 그녀 자신을 보고 있는 것이 아닐까? 실제로는 나와 같은 이들을 사랑하지 않으면서도, 이 세상의 무수한 고통이 그 자신에게 고통인 사람. 그녀는 생각했다. 그녀는 다시 루비가 흩뿌려진 듯한 보도와 극장 문 앞에 몰려든 사람들의 얼굴을 보았다. 냉담하고 수동적인 얼굴들, 값싼 향락거리로 취한 사람들의 얼굴들, 그들 자신이 될 용기도 없이 옷을 차려입고 흉내 내며 그런 척할 수밖에 없는 이들. 짝을 지은 한 쌍에게 시선을 고정하며 그녀는 생각했다. 그리고 여기, 이 방에는⋯⋯. 그러나 나는 생각하지 않을 거야, 그녀는 되풀이했다. 그녀는 억지로라도 마음을 텅 비우고 뒤로 물러나 앉아서 어떤 일이 일어나더라도 조용히, 너그러이 받아들일 참이었다.

　그녀는 귀를 기울였다. 단편적인 말소리들이 머리 위로 들려왔다. "⋯⋯하이게이트에 있는 아파트에는 욕실이 있어," 사람들이 말하고 있었다. "⋯⋯당신 어머니⋯⋯ 딕비⋯⋯. 맞아요, 크로스비는 아직 살아 있지⋯⋯." 가족 간의 잡담이었다. 사람들은 그것을 즐기고 있었다. 하지만 어떻게 내가 그걸 즐길 수 있지? 그녀는 자신에게 말했다. 그녀는 너무 피곤했다. 눈 주변의 피부가 당겼다. 머리에 테가 둘린 듯 꽉 조여왔다. 그녀는 자신이 시골의 어둠 속에 있다고 생각하려고 애썼다. 그러나 불가능했다. 사람들이 웃고 있었다. 사람들의 웃음소리에 노여워하며 그녀는 눈을 떴다.

　레니가 웃고 있었다. 그는 손에 종이 한 장을 들고 있었다. 그는 고개를 뒤로 젖히고 입을 크게 벌린 모습이었다. 거기서 하! 하! 하! 하는 소리가 터져 나왔다. 저게 웃음소리야, 그녀는 자신에게 말했다. 사람들이 즐거워지면 내는 소리지.

그녀는 그를 바라보았다. 그녀 자신도 모르게 근육이 실룩거리기 시작했다. 그녀도 웃지 않을 수 없었다. 그녀가 손을 뻗자 레니가 그녀에게 그 종이를 건네주었다. 종이는 접혀 있었다. 그들은 게임을 하고 있는 중이었다. 그들 각자가 그림의 서로 다른 부분을 그렸던 것이다. 맨 위에는 곱슬곱슬한 머리를 한 알렉산드라 여왕 같아 보이는 여자의 머리가 있었다. 그다음엔 새의 목, 호랑이의 몸, 그리고 어린아이의 바지가 입혀진 튼튼한 코끼리 다리로 그림이 완성되어 있었다.

"내가 그걸 그렸어 ─ 내가 그것을 그렸지!" 레니가 기다란 리본 자락이 달려 있는 다리를 가리키면서 말했다. 그녀는 웃고, 웃고 또 웃었다. 그녀는 웃지 않을 수 없었다.

"천 척의 배를 진수시킨 그 얼굴!"[18] 노스가 그 괴물의 다른 부분을 가리키며 말했다. 그들은 모두 다시 웃었다. 그녀는 웃음을 멈추었다. 그녀의 입술이 부드럽게 펴졌다. 그러나 그녀의 웃음은 그녀에게 신기한 효능을 가져왔다. 그녀는 느긋해졌고 확장되었다. 그녀는 어느 장소, 아니 어떤 존재의 상태를 느꼈다. 느꼈다기보다는 진정한 웃음, 진정한 행복이 있고 이 조각난 세상이 온전한 하나로 존재하는 상태, 온전하고 자유로운 상태를 보았다. 그러나 그녀가 어떻게 그것을 말로 할 수 있을까?

"여길 보세요……" 그녀가 말을 시작했다. 그녀는 매우 중요하다고 여겨지는 어떤 것을 표현하고 싶었다. 사람들이 온전하고

─────────

18 영국 극작가 크리스토퍼 말로(Christopher Marlowe, 1564~1593)의 극 「닥터 파우스투스」에서 트로이의 헬렌을 지칭한 구절

자유로운 세상에 대해서…… 그러나 그들은 웃고 있었다. 그녀는 진지했다. "여길 보세요……" 그녀는 다시 말을 꺼냈다.

엘리너가 웃음을 멈추었다.

"페기가 무엇인가 말하고 싶어해." 그녀가 말했다. 다른 사람들이 이야기를 멈췄다. 그러나 그들은 잘못된 순간에 멈춰버렸다. 막상 말할 때가 되자 그녀는 할 말이 없었다. 그렇지만 그녀는 말을 해야만 했다.

"여기," 그녀가 다시 입을 열었다. "여기 여러분이 모두 있네요—노스에 대해 이야기하면서요—" 그가 놀라서 그녀를 올려다보았다. 그것은 그녀가 말하고자 했던 것이 아니었다. 그러나 이제 시작했으니, 그녀는 말을 이어가야 했다. 마치 입 벌리고 있는 새들처럼 그들의 얼굴이 입을 벌리고 그녀를 바라보고 있었다. "……그가 어떻게 살려고 하는지, 어디에서 살려고 하는지," 그녀는 계속했다. "……하지만 그게 무슨 소용이지요, 그렇게 말하는 요점이 뭐지요?"

그녀는 오빠를 바라보았다. 적대감이 그녀를 사로잡았다. 그는 여전히 미소를 짓고 있었지만, 그의 미소는 그녀가 그를 바라보고 있는 동안 슬그머니 사라졌다.

"무슨 소용이지?" 그녀가 그를 마주 쳐다보면서 말했다. "오빠는 결혼을 하겠지. 아이들을 갖겠지. 그러고 나면 무엇을 할 거지? 돈을 벌어야지. 돈을 벌기 위해 시시한 책들을 쓰겠지……."

그녀는 잘못하고 있었다. 그녀는 개인적이지 않은 것을 말할 생각이었으나, 개인적인 이야기를 하고 있었다. 그러나 이미 엎질러진 물이었다. 이제 그녀는 허우적거려야 했다.

"오빠는 시시한 책을 한 권 쓰겠지, 그러고 나서 또 다른 시시한 책을 쓰겠지." 그녀가 심술궂게 말했다. "사는 대신에…… 다르게, 다르게 사는 대신에."

그녀는 말을 멈췄다. 여전히 그 이상이 남아 있었지만 그녀는 그것을 다 파악하지 못했다. 그녀는 자신이 말하고자 했던 것을 아주 단편적으로 표출했고, 오빠를 화나게 했다. 그러나 그것은 여전히 그녀 앞에 머물러 있었다. 그녀가 보았던 그것, 그녀가 말하지 못한 그것이 남아 있었다. 그러나 그녀가 뒤로 물러나 벽에 등을 털썩 기댔을 때 그녀는 어떤 억압에서 풀려난다고 느꼈다. 심장이 심하게 고동쳤다. 이마에 핏줄이 두드러지게 솟았다. 그녀가 그것을 말하지는 않았지만, 말하려고 노력했다. 이제 그녀는 쉴 수 있었다. 이제 그녀는 자신을 해칠 능력이 없는 그들의 비웃음의 그늘에서 벗어나 시골로 향하는 자신을 상상할 수 있었다. 그녀의 눈이 반쯤 감겼다. 자신이 저녁 녘의 테라스에 있는 것처럼 생각되었다. 부엉이가 위로, 아래로, 다시 위로, 아래로 날아다녔다. 산울타리의 어둠 속에서 새의 하얀 날개가 보였다. 그리고 그녀는 시골사람들이 노래 부르고 길 위를 굴러가는 바퀴의 덜커덩거리는 소리를 들었다.

그러다가 점차로 흐릿하던 것이 뚜렷해졌다. 맞은편에 있는 책장의 윤곽이 보였다. 바닥 위의 모슬린 천조각도 보였다. 그리고 엄지발가락에 난 혹이 보이도록 꽉 조이는 신발을 신은 커다란 두 발이 그녀 앞에 멈춰 선 것이 보였다.

잠시 동안 아무도 움직이지 않았다. 아무도 말을 하지 않았다. 페기는 가만히 앉아 있었다. 그녀는 움직이고 싶지도, 말하고 싶지도 않았다. 그녀는 쉬고, 기대고, 꿈꾸고 싶었다. 그녀는 심한 피로를 느꼈다. 그때 더 많은 발이, 그리고 검은색 치맛자락이 멈춰섰다.

"다들 저녁 식사하러 내려가지 않을 거예요?" 킬킬 웃는 소리로 누군가 말했다. 그녀는 올려다보았다. 밀리 고모였다. 그 옆에 그녀의 남편이 함께 있었다.

"아래층에 식사가 준비되어 있어요." 휴가 말했다. "저녁 식사가 아래층에 준비되어 있어요." 그리고 그들은 지나갔다.

"저들은 얼마나 유복해졌는지!" 그들을 보고 웃으며 말한 것은 노스의 목소리였다.

"아, 하지만 그들은 사람들에게 정말 친절해……." 엘리너가 이의를 제기했다. 또 저 가족의식이로군, 페기는 생각했다.

그때 그녀가 기대고 은신하던 무릎이 움직였다.

"우리도 내려가야겠다." 엘리너가 말했다. 기다려요, 기다려요, 페기는 그녀에게 간청하고 싶었다. 그녀에게 물어보고 싶었던 것이 있었다. 아무도 그녀를 공격하지 않았고 아무도 그녀를 비웃지 않았기에 그녀는 자신의 돌발적인 감정의 폭발에 무엇인가 덧붙이고 싶었다. 그러나 소용없었다. 무릎이 곧추 펴졌고 붉은 망토가 길게 늘어졌다. 엘리너가 일어섰던 것이다. 그녀는 가방인지 손수건인지를 찾고 있었다. 그녀는 앉았던 의자의 쿠션 속을 뒤지고 있었다. 언제나처럼 그녀는 무엇인가를 잃어버렸던 것이다.

"실수투성이 늙은이라 미안해요." 그녀가 사과했다. 그녀는 쿠션을 털었다. 동전들이 마루로 굴러떨어졌다. 6펜스 동전 하나가 모로 서서 카펫 위로 굴러가다가 바닥 위에 한 켤레의 은색 구두까지 이르러 옆으로 쓰러졌다.

"저기!" 엘리너가 소리쳤다. "저기! ……그런데 저건 키티네! 그렇지 않아?" 그녀가 소리쳤다.

페기는 올려다보았다. 곱슬곱슬한 하얀 머리를 하고 머리에 뭔가 반짝이는 것을 꽂고 있는 말쑥하게 나이 든 여자가 마치 방금 도착해서는 마침 그 자리에 없는 여주인을 찾고 있는 것처럼 주변을 둘러보며 문가에 서 있었다. 6펜스짜리 동전이 쓰러진 곳은 바로 그녀의 발치였다.

"키티!" 엘리너가 되풀이했다. 그녀는 두 손을 펼치고 그녀에게로 다가갔다. 그들은 모두 일어섰다. 페기도 일어섰다. 그래, 이제 다 끝났어. 다 부서졌어, 그녀는 느꼈다. 무엇인가 모아지자마자 깨진 것이다. 그녀는 슬픔을 느꼈다. 이제 그럼 조각들을 주워 모아서 새로운 어떤 것을, 어떤 다른 것을 만들어야 해. 그녀는 생각하면서 방을 가로질러 가서 그 외국인, 그녀가 브라운이라고 불렀던 남자와 합류했다. 그의 진짜 이름은 니콜라스 폼자르프스키였다.

"저 숙녀는 누구지요?" 니콜라스가 그녀에게 물었다. "마치 세상 전부가 자기 것인 양 등장한 저 숙녀는요?"

"키티 래스웨이드예요." 페기가 말했다. 그녀가 문간에 서 있었기 때문에 그들은 지나갈 수 없었다.

"내가 너무 늦지 않았는지 모르겠어." 그들은 명확하고 권위 있는 음색으로 그녀가 말하는 것을 들었다. "발레를 보고 왔거든."

저기 키티지, 그렇지? 노스는 그녀를 바라보면서 혼잣말을 했다. 그녀는 그에게 약간 불쾌감을 주는 체격 좋고 남성적인 듯싶은 노부인들 중 하나였다. 내 기억에 그녀는 우리의 총독들 중 한 사람의 부인이었는데, 인도의 총독이었던가? 그는 생각했다. 그녀가 거기 서 있을 때 그는 그녀가 총독 관저의 예의를 갖추는 모습을 그려볼 수 있었다. "여기 앉아요. 저기 앉아요. 그리고 당신, 젊은이, 바라건대 운동을 많이 하겠지요?" 그는 그런 유형을 알고 있었다. 그녀는 짧고 곧은 코와 넓은 미간에 푸른 눈을 지니고 있었다. 80년대에 그녀라면 딱 맞는 승마복을 입고, 수탉의 깃털이 꽂힌 작은 모자를 쓰고서 무척 멋져 보였을 것이라고 그는 생각했다. 아마 그녀는 전속 부관과의 연애 사건을 거쳤겠지. 그러고 나서는 정착을 하고 거만해져서 그녀의 과거에 대한 이야기들을 했겠지. 그는 귀를 기울였다.

"아, 하지만 그는 니진스키에 비하면 어림도 없어!" 그녀가 말하고 있었다.

그녀가 할 법한 말이라고 그는 생각했다. 그는 책장의 책들을 살펴보았다. 그는 한 권을 꺼내 거꾸로 들었다. 시시한 책 한 권, 그리고 또 한 권의 시시한 책 ―폐기의 빈정거림이 다시 생각났다. 그 말들은 표면적인 의미와는 어울리지 않게 비수가 되어 꽂혔다. 그녀는 마치 그를 경멸하듯이 그렇게 폭력적으로 그를 공격했었다. 그녀는 마치 울음을 터뜨릴 것처럼 보였었다. 그는 그 작은 책을 펼쳤다. 라틴어 책이군, 그렇지? 그는 한 문장을 떼어 내어 그의 마음속에서 헤엄치도록 내버려 두었다. 거기에 아름답지만 의미 없는 말들, 그러나 운율을 맞춘 말들이 놓여 있었다―날이 새지 않는 깊은 밤을 잠만 자야 하나니.[19] 그는 문장의 끝에 있는 긴 음절을 표시하라던 자신의 스승의 말이 기억났다. 그 어휘들이 떠다녔다. 그러나 그 말들이 막 의미를 내주려고 했을 때, 문가에서 어떤 움직임이 있었다. 나이 든 패트릭이 천천히 걸어 올라와서 총독의 미망인에게 정중하게 팔을 내밀었다. 그리고 그들은 오래된 의식을 거행하는 듯한 기이한 태도로 아래층으로 내려갔다. 다른 사람들도 그들을 뒤따르기 시작했다. 젊은 세대가 나이 든 세대의 자취를 따르고 있군. 노스는 책을 책장 선반 위

---

19 고대 로마의 시인 가이우스 발레리우스 카툴루스의 싯구. "nox est perpetua una dormienda."

에 도로 올려놓고 뒤따르면서 혼자 말했다. 단지 그들도 그리 젊지 않을 뿐. 그는 생각했다. 페기―페기의 머리에도 흰 머리가 있었다―그녀가 서른일곱이지, 서른여덟이던가?

"즐거워, 펙?" 그들이 뒤쳐져서 다른 사람들을 따라가고 있는 동안 그가 말했다. 그는 그녀를 향해 막연한 적대감을 가지고 있었다. 그는 그녀가 신랄하고 회의적이며, 모든 사람들, 특히 그 자신에 대해 몹시 비판적인 사람이라고 여겼다.

"먼저 가요, 패트릭." 그들은 래스웨이드 부인의 친절하고 커다란 목소리가 울려 퍼지는 것을 들었다. "이 층계들은 적합하지 않아요……" 아마도 류머티즘을 앓고 있을 다리를 내딛으면서 그녀가 말을 멈췄다. "늙은이들에게는……" 그녀는 계단 한 단을 더 내려가는 동안 또 한 번 멈췄다. "민달팽이를 죽이며 축축한 풀밭에 무릎을 꿇고 있었던 늙은이들에게는."

노스가 페기를 보고 웃었다. 그는 그 문장이 그렇게 끝을 맺으리라고는 예상하지 않았다. 그러나 총독의 미망인이라면―그는 생각했다―언제나 정원이 있어서, 언제나 민달팽이들을 죽이겠지. 페기도 미소를 지었다. 그러나 그는 그녀와 함께 있는 것이 거북하게 느껴졌다. 그녀는 그를 공격했었다. 그렇지만 그들은 나란히 서 있었다.

"윌리엄 화트니를 보았어?" 그녀가 그를 돌아보며 말했다.

"아니!" 그가 소리쳤다. "그가 아직 살아 있어? 구레나룻이 있던 그 늙고 하얀 바다코끼리가?"

"그래―바로 저 사람이야." 그녀가 말했다. 문간에 하얀 조끼를 입은 노인이 서 있었다.

"그 늙은 엉터리 거북이." 그가 말했다. 그들은 그들 사이의 거리감과 적대감을 메우기 위해 어린아이적의 은어와 어린아이적의 기억으로 되돌아가야 했다.

"기억해……?" 그가 말하기 시작했다.

"그 소동이 있던 날 밤 말이야?" 그녀가 말했다. "내가 밧줄을 타고 창문을 빠져나갔던 그날 밤."

"그리고 우리는 로마 군대의 야영지에서 야영을 했었지." 그가 말했다.

"그 끔찍한 작은 깡패가 고자질하지 않았다면 우린 발각되지 않았을 거야." 그녀가 한 계단 내려가며 말했다.

"분홍색 눈을 가진 작은 짐승." 노스가 말했다.

다른 사람들이 움직이기를 기다리며 앞이 막힌 채 나란히 서 있는 동안 그들은 달리 할 말을 생각해낼 수 없었다. 그리고 그는 사과 창고에서, 그리고 장미 덤불 옆을 함께 걸어서 오르내리면서, 그녀에게 자신이 쓴 시를 읽어주곤 했던 것을 기억했다. 그런데 이제 그들은 서로에게 할 말이 아무것도 없었다.

"페리." 한 계단을 더 내려가면서 그가 말했다. 그날 아침 집으로 돌아오는 그들을 보고 일러바쳤던 분홍색 눈을 가진 소년의 이름이 갑자기 떠올랐던 것이다.

"앨프리드였어." 그녀가 덧붙였다.

그녀는 여전히 그에 관해 어떤 것들을 알고 있다고 그는 생각했다. 그들은 아직도 매우 깊은 어떤 것을 공유하고 있었다. 그것이 바로 그녀가 다른 사람들 앞에서 자신이 '시시한 책들을 쓰는 것'에 관해 했던 말이 그의 감정을 상하게 했던 이유였다고 그는 생각했다. 그들의 과거가 그의 현재를 비난하는 것이었다. 그는 그녀를 힐끗 쳐다보았다.

빌어먹을 여자들, 그는 생각했다. 그들은 정말 가혹하고 정말 상상력이 없어. 그들의 캐묻기 좋아하는 마음에 저주가 내리기를. 그들의 '교육'이란 게 뭘 이루기는 했나? 여성을 비판적이고 트집만 잡으려들게 만들었을 뿐이야. 장황하게 떠들고 더듬거린다 해도 나이 먹은 엘리너가 언제라도 페기보다 수십 배의 가치가 있어. 그녀는 이것도 아니고 저것도 아니야. 그녀를 바라보면서 그는 생각했다. 그녀는 유행을 따르는 것도 아니고 거기서 벗어나 있는 것도 아니야.

그녀는 그가 그녀를 바라보다가 시선을 돌리는 것을 느꼈다. 그가 그녀의 결점을 찾고 있다는 것을 그녀는 알아차렸다. 그녀의 손? 그녀의 옷? 아니야, 내가 그를 비난했기 때문이야. 그녀는 생각했다. 그래, 이제 내가 호되게 비난을 받게 되겠지. 그녀는 계단 한 단을 더 내려가며 생각했다. 이제 나는 그가 '시시한 책들을' 쓰게 될 거라고 말했던 것에 대한 대가를 치르게 될 거야. 대답을 얻기까지 십 분에서 십오 분 정도 걸리겠지. 그러고도 그것은 요점을 벗어났지만 아주 불쾌한 어떤 것일 거야. 그녀는 생각했다. 남자들의 허영심이란 이루 헤아릴 수가 없어. 그녀는 기다렸다. 그가 그녀를 다시 쳐다보았다. 그리고 지금 그는 나를 그 소녀, 그가 말을 걸고 있던 것을 내가 보았던 그 소녀와 비교하고 있어. 그녀는 생각했다. 그리고 그 사랑스럽고 매정한 얼굴이 그녀에게 다시 떠올랐다. 그는 붉은 입술의 그 소녀에게 자신을 매어두고 단조롭게 일만 하는 사람이 될 거야. 그는 그래야만 하겠지, 그리고 난 그럴 수 없어. 그녀는 생각했다. 아니, 나는 항상 죄의식을 지니고 있었어. 나는 그 대가를 치르게 될 거야, 나는 그 대가를 치르게 될 거야, 로마 군대의 야영지에서도 나는 나 자신에게 계속해서 말했어. 그녀는 생각했다. 그녀는 아이들을 갖지 않을 것이고, 그는 어린 깁스들을, 더 많은 어린 깁스들을 낳겠지.

변호사의 사무실 문가에서 안을 들여다보며 그녀는 생각했다. 만일 그녀가 누군가 다른 남자를 찾아 올해 말에 그를 떠나지 않는다면 말이지……. 그 변호사의 이름이 알릿지임을 그녀는 알아보았다. 그러나 나는 더 이상 눈여겨보지 않을 거야. 나 자신을 즐길 거야. 그녀는 갑자기 생각했다. 그녀는 그의 팔에 손을 올려놓았다.

"오늘 밤 누구 즐거운 사람을 만났어?" 그녀가 말했다.

그가 그 소녀와 함께 있는 것을 그녀가 보았다고 그는 짐작했다.

"어떤 아가씨." 그는 짧게 말했다.

"나도 봤어." 그녀가 말했다.

그녀는 시선을 돌렸다.

"나는 그녀가 사랑스럽다고 생각했어." 그녀가 계단에 걸려 있는 부리가 긴 새를 그린 유채화를 주의 깊게 관찰하면서 말했다.

"그녀를 데리고 너를 만나러 갈까?" 그가 물었다.

그도 그녀의 의견에 신경을 쓰고 있었다. 그런 것일까? 그녀의 손은 아직도 그의 팔 위에 있었다. 소매 아래 무엇인가 단단하고 팽팽한 것이 그녀에게 느껴졌다. 그의 살이 주는 감촉은 인간이라는 존재들은 서로 가깝고도 멀어서 누군가가 고통 받는 데 일조하려고 했다 하더라도 그들이 서로에게 의존하고 있음을 그녀에게 상기시켰다. 그의 팔과 맞닿아 있는 감촉은 그녀의 마음속에 너무도 강렬한 감정의 소용돌이를 일으켜서 그녀는 노스! 노스! 노스! 라고 외치고 싶은 충동을 거의 억누를 수가 없었다. 그러나 나는 또다시 나를 웃음거리로 만들 수는 없어. 그녀는 자신에게 말했다.

"저녁 여섯 시 이후면 언제라도." 그녀가 조심스럽게 계단 한 단을 더 내려가며 큰 소리로 말했다. 그들은 계단의 맨 아래에 이르러 있었다.

왁자지껄한 목소리들이 저녁 식사가 차려진 방의 문 뒤에서 들려왔다. 그녀는 그의 팔에서 자신의 손을 거두었다. 문이 활짝 열렸다.

"숟가락! 숟가락! 숟가락!" 델리아가 마치 그 안에 있는 누군가에게 아직도 열변을 토하고 있는 것처럼 과장된 몸짓으로 팔을 흔들며 소리쳤다. 그녀는 조카와 질녀의 모습을 보았다. "좀 도와주렴, 노스. 숟가락을 가져다 줘!" 그녀가 그를 향해 손을 뻗으며 외쳤다.

"총독의 미망인을 위해 숟가락을!" 노스가 그녀의 태도를 따라 극적인 몸짓을 흉내 내면서 외쳤다.

"부엌에 있어, 지하실에!" 델리아가 부엌으로 가는 계단을 향해 팔을 흔들면서 소리쳤다. "이리 와, 페기. 이리 와." 그녀는 페기의 손을 잡으며 말했다. "우린 모두 저녁을 먹으려고 앉아 있단다." 그녀는 사람들이 저녁을 먹고 있는 방으로 뛰어들 듯 들어갔다. 그 방은 사람들로 붐볐다. 사람들이 바닥에, 의자에, 사무실용 걸상에 앉아 있었다. 긴 사무용 책상들과 타자기용 작은 책상들이 배치되어 있었다. 책상들은 꽃으로 장식되어 있었고 꽃들이 흩뿌려져 있었다. 카네이션, 장미, 데이지 꽃들이 뒤죽박죽으로 내던져져 있었다. "바닥에 앉아, 어디든지 앉아." 델리아가 손을 마구 흔들면서 말했다.

"숟가락이 오고 있어요." 그녀가 그릇째로 수프를 마시고 있는 래스웨이드 부인에게 말했다. "하지만 난 숟가락이 필요하지 않아." 키티가 말했다. 그녀는 그릇을 기울여서 수프를 마셨다.

"그래요, 언니는 원하지 않겠지만," 델리아가 말했다. "다른 사람들은 필요로 해요."

노스가 숟가락 한 다발을 가져왔고 그녀가 그에게서 건네받았다.

"자, 누가 숟가락을 원하고 누가 원하지 않죠?" 그녀가 숟가락 다발을 흔들면서 말했다. 어떤 사람들은 원할 것이고 어떤 사람들은 원하지 않겠지. 그녀는 생각했다.

그녀와 같은 부류의 사람들은 숟가락을 원하지 않을 거라고 그녀는 생각했다. 그러나 다른 사람들 ―잉글랜드 사람들― 은 원하지. 그녀는 평생 사람들을 두고 그렇게 구분지어 왔다.

"숟가락? 숟가락?" 그녀는 만족해하며 혼잡한 방에서 주변을 둘러보며 말했다. 모든 부류의 사람들이 거기 있다고 그녀는 생각했다. 그것이 언제나 그녀가 추구하는 바였다. 사람들을 뒤섞어 놓고 잉글랜드식 생활방식의 불합리한 관습들을 제거하는 것. 그리고 오늘 밤 그것을 해냈다고 그녀는 생각했다. 그곳에는 귀족들과 평민들이 있었고 정장을 한 사람들과 그렇지 않은 사람들이 있었고 그릇째 마시는 사람들과 수프가 식어가도록 숟가락을 가져다 주기를 기다리는 사람들이 있었다.

"숟가락 하나 줘." 그녀의 남편이 그녀를 바라보며 말했다.

그녀는 코를 찡그렸다. 그가 천 번째로 그녀의 꿈을 좌절시켰기 때문이었다. 거친 반역자와 결혼한다고 생각하면서, 그녀는 가장 국왕을 존중하고 대영제국을 찬양하는 시골 신사와 결혼을 했던 것이다. 그리고 부분적으로는 바로 그 이유 때문에 ―그는 지금도 아주 당당한 풍채를 지닌 남자였기 때문이었다. "고모부께 숟가락을 갖다드리렴." 그녀는 건조하게 말하고는 노스에게 숟가락 다발을 들려 보냈다. 그리고 난 후 그녀는 소풍 온 아이처럼 수프를 꿀꺽꿀꺽 삼키고 있는 키티 옆에 앉았다. 그녀가 빈 그릇을 꽃들 사이에 내려놓았다.

"가엾은 꽃들," 그녀는 식탁보 위에 놓여 있는 카네이션 한 송이를 집어 들어 입술에 갖다 대면서 말했다. "이 꽃들은 시들어버릴 거야, 델리아—물을 줘야 해."

"요즘은 장미가 싸요." 델리아가 말했다. "옥스퍼드 거리에 있는 손수레상에서는 한 다발에 2펜스씩이에요." 그녀가 말했다. 그녀는 붉은 장미 한 송이를 집어 불빛 아래에 들어 올렸다. 장미는 줄기 잎맥이 드러나 보였으며 반투명하게 반짝였다.

"잉글랜드는 참으로 부유한 나라지!" 꽃을 다시 내려놓으며 그녀가 말했다. 그녀는 자신의 수프 그릇을 집어 들었다.

"내가 늘 당신에게 말했잖아." 패트릭이 입을 닦으면서 말했다. "전 세계에서 유일하게 문명화된 나라라고." 그가 덧붙였다.

"나는 우리가 붕괴 직전이라고 생각했어요." 키티가 말했다. "오늘 밤 코번트 가든에서는 그다지 그래 보이지는 않았지만." 그녀가 덧붙였다.

"아, 하지만 그건 사실이오." 그가 자신의 생각을 계속 이어가면서 한숨을 지었다. "이렇게 말하면 실례가 되겠지만, 당신들에 비하면 우리는 야만인들이지요."

"더블린 성을 수복하기 전에는 그는 행복하지 않을걸요."[20] 델리아가 그를 비꼬았다.

"당신은 당신들의 자유를 즐기지 않나요?" 키티가 털이 텁수룩

---

20 더블린 성은 1204년 이래 아일랜드 자유국이 수립된 1922년까지 아일랜드를 통치한 영국 총독의 거처이자 행정부의 중심부였다. 1916년 부활절 봉기와 뒤이은 아일랜드의 독립전쟁으로 영국은 1921년 영국-아일랜드 조약을 체결하여 북아일랜드를 제외한 나머지 지역의 자치권을 인정한다. 1922년 아일랜드 자치국(현재의 아일랜드 공화국의 전신)이 수립되었으며 더블린 성은 새로운 독립국가 아일랜드로 귀속되었다.

한 구스베리 같은 얼굴을 하고 있는 그 기이한 노인네를 바라보며 말했다. 그러나 그의 풍채는 당당했다.

"내게는 우리의 이 새로운 자유가 예전의 노예 상태보다도 훨씬 더 못한 것처럼 보인답니다." 이쑤시개를 만지작거리며 패트릭이 말했다.

언제나처럼 정치, 정치와 돈이로군. 마지막 남은 숟가락을 들고 방을 돌면서 그들의 이야기를 넘겨듣고 있던 노스는 생각했다.

"그 모든 투쟁이 아무 보람도 없었다고 내게 말할 작정은 아니겠지요, 패트릭?" 키티가 말했다.

"아일랜드에 오셔서 직접 보시지요, 부인." 그가 무뚝뚝하게 말했다.

"너무 일러요—뭐라고 말을 하기에는 아직 일러요." 델리아가 말했다.

그녀의 남편이 마치 사냥 시절이 끝나버린 늙은 사냥개처럼 슬프고 맑은 눈으로 그녀를 지나쳐 바라보고 있었다. 그러나 그들은 오랫동안 꼼짝하지 않고 있을 수는 없었다. "숟가락을 들고 있는 이 친구는 누구지?" 그가 그들 뒤에 서서 기다리고 있는 노스에게 시선을 두면서 말했다.

"노스예요," 델리아가 말했다. "이리 와서 우리 옆에 앉아, 노스."

"안녕하시오." 패트릭이 말했다. 그들은 이미 인사를 나누었지만, 그는 어느새 잊어버렸던 것이다.

"뭐, 모리스의 아들?" 키티가 갑작스럽게 고개를 돌리면서 말했다. 그녀는 정중하게 악수를 했다. 그는 자리에 앉아서 수프를 한 모금 마셨다.

"그는 막 아프리카에서 돌아왔어요. 그는 그곳 농장에 있었죠"

델리아가 말했다.

"그래, 이 늙은 나라가 주는 인상은 어떤가?" 패트릭이 다정하게 그를 향해 몸을 기울이면서 말했다.

"매우 혼잡하군요." 그는 방을 둘러보면서 말했다. "그리고 모두들 돈과 정치에 대해서 이야기하는군요." 그가 덧붙였다. 그것은 그가 으레 하는 말이었다. 그는 벌써 이 말을 스무 번은 했었다.

"아프리카에 있었다고?" 래스웨이드 부인이 말했다. "왜 농장을 그만두게 되었지?" 그녀가 물었다. 그녀는 그의 눈을 똑바로 바라보면서 그가 예상한 그대로의 말투로 이야기했다. 그가 호감을 갖기에는 지나치게 고압적이었다. 그게 당신과 무슨 상관이죠, 노부인? 그는 생각했다.

"그것으로 충분했기 때문이죠." 그가 큰 소리로 말했다.

"농부가 되기 위해서라면 난 무엇이든 했을 텐데!" 그녀가 소리쳤다. 조금 뜻밖이라고 노스는 생각했다. 그녀의 눈도 그랬다. 그녀는 코안경을 썼어야 했는데 쓰지 않고 있었다.

"하지만 내가 젊었을 때에는," 그녀가 다소 격렬하게 말했다―그녀의 손은 뭉툭한 편이었고 피부도 거칠었다. 그러나 그녀가 정원을 가꾼다는 것을 그는 기억했다―"그것은 허락되지 않았어."

"아니었지요." 패트릭이 말했다. "그리고 내 신조는 이겁니다." 그가 포크로 탁자를 두드리면서 말을 계속했다. "모든 것이 예전대로 돌아갈 수 있다면 우리 모두는 정말 기쁠 겁니다, 정말 기쁠 겁니다. 전쟁[21]이 우리에게 무엇을 했지요? 한 가지를 들자면 나를 파멸시켰지요." 그는 우울하게 고개를 옆으로 저었다.

21 아일랜드 독립전쟁(1919~1921).

"그런 말을 듣게 되어 유감이군요." 키티가 말했다. "하지만 나 자신에 관해 말한다면, 지난날들은 괴롭고, 사악하고, 잔인한 세월이었어요……" 그녀의 눈이 열정으로 파랗게 타올랐다.

그 전속 부관은 어떻게 되었나요, 그리고 수탉의 깃털이 달린 모자는요? 노스는 혼자 물었다.

"너는 내 말에 동의하지, 델리아?" 키티가 그녀에게 몸을 돌리며 말했다.

그러나 델리아는 그녀를 가로질러 옆 탁자에 있는 어떤 사람과 아일랜드식의 단조로운 가락을 다소 과장하며 이야기를 하고 있는 중이었다. 내가 이 방을 기억하고 있지? 키티는 생각했다. 어느 회합과 논쟁, 그런데 무엇에 관해서였더라? 군사력……"친애하는 키티," 패트릭이 커다란 앞발로 그녀의 손을 가볍게 두드리면서 끼어들었다. "그게 바로 내가 당신에게 말하고 있던 것의 또 다른 사례라오. 이제 이 부인들은 투표권을 얻었지요."[22] 그는 노스를 돌아보며 말했다. "그들이 조금이라도 더 좋아진 건가?"

키티는 잠시 몹시 화가 난 것처럼 보였다. 그러다가 그녀는 미소를 지었다.

"우린 논쟁을 벌이지 않을 거예요, 오랜 친구 양반," 그녀는 그의 손을 가볍게 토닥이면서 말했다.

"그리고 아일랜드 사람들에게도 그건 마찬가지라오." 그는 계속 말을 이었다. 그가 마치 숨이 차 헐떡이는 말처럼 자신에게 익숙해진 생각들을 맴돌며 밟아 탈곡하는 데 열중하고 있는 것을 노스는 보았다. "그들은 다시 제국에 합류한다면 기뻐할 거요, 내

---

22 여성참정권 운동의 지속으로 1918년 일정 재산을 지닌 30세 이상의 여성이나 재산을 소유한 남성과 결혼한 여성에게 투표권을 부여하는 인민대표법The Representation of the People Act이 의회를 통과했으며, 1928년 평등선거권Equal Franchise Act의 의회 통과로 21세 이상의 여성에게 남성과 동등한 선거권이 부여되었다.

장담하지요. 나는," 그가 노스에게 말했다. "삼백 년 동안 제국의 국왕과 그 나라를 섬겨온 가문 출신이지."[23]

"영국인 정착민들이었지." 델리아가 다시 수프로 고개를 돌리면서 짤막하게 말했다. 그들이 자기들끼리 있을 때 다투게 되는 문제가 바로 저것이라고 노스는 생각했다.

"우리는 이 나라에서 삼백 년을 내려왔다오." 나이 든 패트릭은 맴돌듯 길게 말을 덧붙였다. 그는 노스의 팔에 손을 얹고서 말을 이었다. "나 같은 늙은이, 나 같은 구닥다리 늙은이를 놀라게 하는 것은 말이지―"

"말도 안 되는 소리예요, 패트릭." 델리아가 끼어들었다. "나는 당신이 지금보다 젊어 보이는 것을 본 적이 없어요. 쉰 살이나 되어 보일까, 그렇지 않니, 노스?"

그러나 패트릭은 고개를 저었다.

"내가 다시 일흔 살로 보일 수는 없을 거야." 그는 간단히 말했다. "……그런데 나 같은 늙은이를 놀라게 하는 것은 말이지," 그가 노스의 팔을 토닥거리며 말을 이었다. "그처럼 좋은 느낌을 지니고 있다는 거야," 그가 핀으로 고정되어 있는 벽보를 향해 약간 막연하게 고개를 끄덕였다―"그리고 멋진 물건들도,"―그는 어쩌면 꽃들을 지칭하는 것일지도 몰랐다. 그러나 그는 말하면서 고개를 무심결에 끄덕이고 있었다―"이 친구들은 무엇 때문에 서로를 쏘아대고 싶어 하는 거지?[24] 나는 어떤 단체에도 가입하지 않아. 나는 이런 것들에 서명하지 않지"―그가 그 벽보를 가

---

23 영국계 아일랜드 신교도 세력은 16세기와 17세기에 아일랜드로 이주한 잉글랜드와 스코틀랜드 정착민의 후손이다.

24 아일랜드 독립전쟁과 아일랜드 자치국 수립 이후 자치국 정부와 영국-아일랜드 조약에 반대하는 아일랜드 공화국(1916년 부활절 봉기 시 수립된 아일랜드 공화국) 지지자 사이에 벌어진 아일랜드 내전(1922~1923).

리켰다—"이런 것을 뭐라고 부르지? 성명서들—나는 그저 내 친구 마이크에게 간다네, 혹은 패트일 수도 있어—그들은 모두 내 좋은 친구들이야, 그리고 우리는—"

그는 몸을 구부려 자신의 발을 꼬집었다.

"세상에, 이 신발들이라니!" 그가 불평했다.

"꽉 조이나요?" 키티가 말했다. "벗어버려요."

이 가여운 노인네는 왜 여기에 불려와 있는 것일까? 노스는 궁금했다. 저렇게 꽉 끼는 신발을 신은 채로 말이지? 그는 분명히 자신의 개들에게 이야기하고 있었다. 그가 다시 시선을 들어 올려 자신이 하고 있던 말의 취지를 기억해내려고 애쓰는 동안 그의 눈에는 마치 넓고 푸른 소택지 위로 반원을 그리며 날아오르는 새들을 바라보는 사냥꾼의 눈에 떠오를 법한 표정이 실려 있었다. 그러나 그들은 조준을 벗어나 버렸다. 그는 자신이 어디까지 이야기했는지 기억할 수 없었다. "……우리는 탁자에 둘러앉아서," 그가 말했다. "대화로 나누지." 마치 엔진이 꺼진 것처럼 그의 눈길이 유순하고 공허해졌다. 그리고 그의 두뇌의 지력도 소리 없이 미끄러졌다.

"잉글랜드 사람들도 이야기를 합니다." 노스가 건성으로 말했다. 패트릭이 고개를 끄덕이고는 한 무리의 젊은 사람들을 막연하게 바라보았다. 그러나 그는 다른 사람들이 하는 말에는 흥미가 없었다. 그의 마음은 더 이상 그 구역을 벗어나 확장될 수 없었다. 그의 몸은 아직도 훌륭하게 균형 잡혀 있었지만, 노쇠한 것은 그의 지력이었다. 그는 똑같은 이야기를 전부 다시 할 것이었다. 그리고 나서는 이빨을 쑤시면서 앞을 응시하며 앉아 있을 것이다. 지금 그는 엄지손가락과 손가락 사이에 느슨하게 장미 한 송이를 쥔 채, 꽃을 바라보지도 않고 앉아 있었다. 마치 그의 지력이 미끄러져 내려가는 듯했다……. 그러나 델리아가 끼어들었다.

"노스는 가서 자기 친구들과 이야기를 나눠야 해요." 그녀가 말했다. 많은 아내들처럼 그녀도 그녀의 남편이 지루한 사람이 되어버렸을 때를 알아차린 것이라고 노스는 생각했다. 그는 자리에서 일어섰다.

"소개를 받을 때까지 기다리지 마." 델리아가 손을 흔들면서 말했다. "뭐든 네가 하고 싶은 대로 하렴 — 네가 하고 싶은 대로." 그녀의 남편은 들고 있던 꽃으로 탁자를 치면서 그녀의 말을 따라 했다.

노스는 자리를 떠날 수 있게 되어서 기뻤다. 그러나 이제 그는 어디로 갈 것인가? 방을 둘러보면서 그는 자신이 이방인이라는 것을 다시 느꼈다. 여기 있는 사람들은 다들 서로를 알고 있었다. 그는 젊은 남자들과 여자들로 이루어진 작은 무리 바깥쪽에 서 있었다. 그들은 서로를 세례명과 별명으로 부르고 있었다. 계속 무리의 외곽에 머무르면서 그들의 이야기를 듣는 동안 그가 느낀 것은 그들 한 사람 한 사람은 이미 이 작은 무리의 일부라는 것이었다. 그는 그들이 하고 있는 이야기를 듣고 싶었다. 그러나 자신이 끌려 들어가고 싶지는 않았다. 그는 귀를 기울였다. 그들은 논쟁 중에 있었다. 정치와 돈, 그는 자신에게 말했다. 돈과 정치. 그것은 썩 편리한 구절이었다. 그러나 그는 이미 달아오른 그 논쟁을 이해할 수 없었다. 이렇게 외롭다고 느껴본 적은 없다고 그는 생각했다. 군중 속의 고독이라는 상투적인 경구는 진실이었다. 언덕들과 나무들은 사람을 받아들이지만 인간들은 사람을 배척하기 때문이었다. 그는 등을 돌리고 패트릭이 어떤 이유에서인가 '성명서'라고 불렀던 벡스힐에 있는 쓸 만한 부동산에 관한 세부사항을 읽는 척했다. '모든 침실마다 설치된 수도시설.' 그는 읽었다. 그는 단편적으로 이야기를 듣고 있었다. 저것은 옥스퍼드 말투군, 저것은 해로우이고. 학교와 대학에 다니면서 익히게 된 말투들을 알아차리면서 그는 계속해서 듣고 있었다. 그가 듣기에는 그들이 여전히 멀리뛰기에서 우승한 손아래 존스에 대해 사사로운 농담을 하거나 폭시 노친네, 혹은 무엇이든지간에 교장의 이름에 대한 농담을 주고받고 있는 것 같았다. 이들 젊은 이들이 정치에 대해 이야기하고 있는 것을 듣는 것은 마치 사립학교에 다니는 어린 학생들의 이야기를 듣는 것과도 같았다. "내가 옳아…… 네가 틀렸어." 그들 나이에 나는 참호에 있었지, 사람들이 죽는 것을 보았어, 그는 생각했다. 그러나 그것이 좋은 교육이었을까? 그는 몸무게를 한쪽 다리에서 다른 다리로 옮겨 실었다. 그들 나이에 나는 백인이 사는 곳에서 60마일이나 떨어져 있는 농장에서 혼자 양떼를 관리하고 있었어, 그는 생각했다. 그러나 그것이 좋은 교육이었을까? 그들의 논쟁을 반쯤 흘려듣고 그들의 몸짓을 바라보며 그들의 은어를 포착하면서, 그는 어쨌든 그들이 모두 똑같은 부류라는 생각을 했다. 어깨 너머로 쳐다보면서 그는 고등학교와 대학에 대해 그들을 어림짐작해 보았다. 그러나 청소부들the Sweeps과 재봉사들the Sewer-men, 침모들the Seamstresses과 부두노동자들the Stevedores은 어디에 있는 거지? 그는 S자로 시작하는 직업의 목록을 만들면서 생각했다. 무분별한 다양성을 추구하는 델리아의 자부심에도 불구하고 여기에는 단지—사람들을 바라보면서 그는 생각했다—신사들Dons과 공작부인들Duchesses만 있었다. D자로 시작하는 다른 말들은 뭐가 있지? 그 벽보를 다시 찬찬히 살펴보면서 그는 자신에게 물었다—창녀들Drabs과 게으름뱅이들Drones?

그는 돌아섰다. 평상복을 입고 콧잔등에 주근깨가 있는 어느 잘생긴 소년이 그를 바라보고 있었다. 주의하지 않는다면 그도 역시 빠져들게 될 것이었다. 어느 단체에 가입하거나, 패트릭이 '성명서'라고 부르는 것에 서명을 하는 것보다 더 쉬운 일은 없을 것이다. 그러나 그는 단체에 가입하거나 성명서에 서명하는 것을 믿지 않았다. 그는 일 에이커의 삼분의 이나 되는 정원과 침실마다 수도시설을 갖춘 멋진 주택으로 되돌아갔다. 사람들은 세낸 홀에서 만나겠지. 벽보를 읽는 척하며 그는 생각했다. 그리고 그들 중 한 명이 연단 위에 섰다. 야단스럽게 손을 흔드는 몸짓에 이어 두 손을 꼭 맞잡은 몸짓이 이어졌다. 그리고 목소리가 조그만 체구로부터 기묘하게 분리되어 나와 확성기로 엄청나게 확대된 채 홀 안을 쩌렁쩌렁 울리며 퍼져 나가고 있었다. 정의! 자유! 잠시 동안, 물론 사람들의 무릎 사이에 앉아서, 꽉 찬 사람들 사이에 꼼짝없이 고정된 채, 어떤 물결이, 근사한 감동적인 떨림이 살갗 위로 일었다. 그러나 다음 날 아침이면—그는 부동산 중개업자의 벽보를 다시 힐끗 보면서 혼자 말했다—참새 한 마리라도 먹일 만한 어떤 이념도, 문구도 없을 것이다. 저들은, 일 년에 이삼백 파운드의 수입이 있는 이 멋진 젊은이들은 자유와 정의라는 말로 무엇을 말하고자 하는가? 그는 물었다. 무언가가 잘못되었어. 그는 생각했다. 말과 실제 사이에는 차이가, 혼란이 있었다. 만약 그들이 세상을 변혁하고자 한다면, 어째서 저기, 저 중심에서, 그들 자신부터 시작하지 않는단 말인가? 그는 생각했다. 그는 돌아서서 하얀 조끼를 입고 있는 나이 든 남자에게로 곧장 다가갔다.

"안녕하세요!" 그는 손을 내밀면서 말했다.

그는 에드워드 숙부였다. 그는 몸통을 다 잡아먹히고 날개와 껍데기만 남은 곤충과 같은 모습을 하고 있었다.

"네가 돌아온 것을 보니 정말 기쁘구나, 노스." 에드워드가 다정하게 악수를 하면서 말했다.

"정말 기뻐." 그가 되풀이했다. 그는 소심했다. 그는 호리호리하고 여윈 모습이었다. 그의 얼굴은 마치 수많은 섬세한 도구들로 조각되고 새겨진 후 서리 내린 밤에 밖에 남겨졌다가 얼어버린 듯한 모습이었다. 그는 성가신 듯 재갈을 씹는 말처럼 고개를 뒤로 젖히고 있었다. 그러나 그는 입에 물린 재갈에 더 이상 괴로워하지 않는 푸른 눈의 늙은 말이었다. 그의 동작은 감정이 아니라 습관에 기인한 것이었다. 지난 수년 동안 그는 무엇을 하고 있었을까? 서로를 훑어보며 거기 서 있는 동안 노스는 궁금했다. 소포클레스를 편집했을까? 오늘날 소포클레스를 편집한다고 해서 무슨 일이 일어날까? 두 볼이 움푹 패여 껍데기만 남은 이들 노인네들이 도대체 무엇을 한다는 말인가?

"살이 쪘구나." 에드워드가 그를 위아래로 훑어보며 말했다. "살이 쪘구나." 그가 다시 말했다.

그의 태도에는 미묘하게 존중을 표하는 데가 있었다. 학자인 에드워드가 군인인 노스에게 경의를 표했다. 그랬다. 그러나 그들은 대화를 나누기가 어렵다는 것을 발견했다. 그에게는 뭔가 억눌린 듯한 분위기가 있다고 노스는 생각했다. 그는 왁자지껄함 속에서도 결국 무엇인가를 유지하고 있었다.

"자리에 앉을까?" 에드워드가 마치 흥미로운 것에 대해 진지하게 그와 이야기를 나누기를 바라는 것처럼 말했다. 그들은 조용한 장소를 찾기 위해 주변을 둘러보았다. 나는 늙은 아일랜드 품종의 개에게 말을 걸고 총을 들면서 시간을 낭비하지는 않았어. 노스는 그와 함께 앉아 이야기를 나눌 수 있는 조용한 자리가 혹시 그 방에 있는지 찾아보려고 주변을 둘러보면서 생각했다. 그러나 방 구석진 곳 엘리너 옆에 사무실 걸상 두 개만이 비어 있을 뿐이었다.

그녀가 그들을 보고 불렀다. "오, 저기 에드워드가 있네! 내가 뭔가 물어볼 것이 있었는데……" 그녀가 말하기 시작했다.

이 충동적이고 바보스러운 나이 든 여자로 인해 교장 선생님과의 면담이 중단되다니 다행스러운 일이었다. 그녀는 손수건을 들고 있었다.

"내가 매듭을 묶어놓았어." 그녀가 말하고 있었다. 정말 그녀의 손수건에는 매듭이 지어져 있었다.

"자, 내가 무엇 때문에 매듭을 묶어놓았더라?" 그녀가 올려다보면서 말했다.

"매듭을 묶어놓는 것은 좋은 습관이지." 에드워드가 그녀 옆의 의자에 다소 뻣뻣하게 앉으면서 예의 바르고 또박또박 끊어지는 말투로 말했다. "하지만 동시에 충고할 만한 것은……." 그가 말을 멈추었다. 저런 것이 내가 그에게서 좋아하는 점이야, 다른 의자에 앉으면서 노스는 생각했다. 그는 그 문장의 반을 끝맺지 않은 채 남겨두었던 것이다.

"내가 기억하려고 했던 거야―" 엘리너가 머리숱이 많은 흰머리에 손을 얹으며 말했다. 그러다가 그녀는 말을 멈추었다. 자신의 누이가 왜 손수건에 매듭을 묶어놓았을까를 기억해내기를 놀라울 만큼 차분하게 기다리고 있는 에드워드를 훔쳐보면서 노스는 생각했다. 무엇이 그를 그토록 침착하고 그렇게 조각된 것처럼 반듯해 보이게 하는 것일까? 그에게는 무엇인가 궁극적인 것이 있었다. 그는 문장의 반을 끝맺지 않은 채 남겨두었다. 그는 정치와 돈에 대해서 걱정하지 않아 왔던 거야. 그는 생각했다. 그에게는 무엇인가 봉인된 것, 공인된 것이 있었다. 시와 과거, 그것일까? 그러나 그가 시선을 에드워드에게 고정시키고 있을 때, 에드워드는 그의 누이에게 미소를 보냈다.

"자, 넬?" 그가 말했다.

그것은 조용하고, 관용이 넘치는 미소였다.

엘리너가 여전히 매듭에 대해서 곰곰이 생각하고 있었기 때문에 노스가 끼어들었다. "저는 케이프에서 숙부를 열렬히 숭배하는 어떤 사람을 만났어요, 에드워드 숙부." 그가 말했다. 그의 이름이 떠올랐다—"아버스넛." 그가 말했다.

"R. K.?" 에드워드가 말했다. 그리고 그는 손을 머리로 들어 올리며 미소를 지었다. 그 칭찬이 그를 기쁘게 했다. 그는 허영심이 강했고 신경질적이었다. 그는—노스는 그를 몰래 바라보면서 또 다른 인상을 받았다—명성을 얻었다. 권위 있는 사람들이 그렇듯 부드럽게 반짝이는 겉치레로 온통 윤기가 났다. 왜냐하면 그는 지금—무엇이지? 노스는 기억할 수 없었다. 교수인가? 교사인가? 스스로 더 이상 편안해질 수 없을 만큼 확고한 태도가 굳어버린 사람. 그래도 R. K. 아버스넛은 자신이 누구보다도 에드워드에게 많은 은혜를 입었다고 감격에 차서 말했었다.

"그가 누구보다도 숙부에게 많은 도움을 받았다고 말하더군요." 그가 큰 소리로 말했다.

에드워드는 그 칭찬을 일축했지만 기분이 좋았다. 그가 손을 머리에 얹는 방식을 노스는 기억했다. 그리고 엘리너는 그를 '닉스'라고 불렀다. 그녀는 그를 보고 웃었다. 그녀는 모리스와 같은 실패자들을 더 좋아했다. 손에 손수건을 쥔 채 앉아서 그녀는 얄궂게, 은밀하게, 어떤 기억에 대해 웃고 있었다.

"그럼 너의 계획은 뭐지?" 에드워드가 말했다. "너는 휴가를 가질 만해."

그의 태도에는 혁혁한 공로를 세운 옛 학생이 학교로 돌아온 것을 환영하는 교장선생님처럼 치켜세워 주는 듯한 데가 있다고 노스는 생각했다. 그러나 그는 진심이었다. 그는 진심이 아닌 것을 말하지는 않아. 노스는 생각했다. 그리고 그것 또한 경계할 만했다. 그들은 아무 말이 없었다.

"델리아가 오늘 밤에 정말 멋진 사람들을 많이 끌어모았지?" 에드워드가 엘리너를 돌아보면서 말했다. 그들은 서로 다른 무리를 바라보며 앉아 있었다. 그의 맑고 푸른 눈은 친근하지만 냉소적으로 그 장면을 훑어보고 있었다. 그러나 그는 무엇을 생각하고 있는 것일까, 노스는 자문했다. 저 가면 뒤에 무엇인가가 있어, 그는 생각했다. 무엇인가 그를 이 혼란으로부터 깨끗하게 지켜주는 것. 과거? 시? 에드워드의 뚜렷한 옆모습을 바라보며 그는 생각했다. 그것은 그가 기억하고 있던 것보다 한결 반듯했다.

"나는 전에 읽었던 고전들을 다시 공부하고 싶어요." 그가 불쑥 말했다. "많이 읽어봤다는 건 아니에요." 교장 선생님을 두려워하며 그가 바보스럽게 덧붙였다.

에드워드는 듣고 있는 것 같지 않았다. 그는 안경을 들어 올렸다가 다시 내려놓으면서 그 기묘하게 어수선한 광경을 바라보고 있었다. 그는 턱을 들어 올린 채 머리를 의자 등받이에 기대고 있었다. 혼잡한 사람들, 소음, 나이프와 포크들이 쨍그랑거리는 소리가 대화를 불필요하게 만들었다. 노스는 다시 그를 훔쳐보았다. 과거와 시—그는 자신에게 말했다—그것이 내가 이야기하고 싶은 것이야, 그는 생각했다. 그는 큰 소리로 그렇게 말하고 싶었다. 그러나 의자 등받이에 머리를 갸웃이 기대고 있는 에드워드는 너무 반듯하고 독특했으며, 흑백이 너무 분명했고 너무 직선적이어서 그에게 쉽사리 질문을 던질 수 없었다.

지금 그는 아프리카에 대해 이야기하고 있었다. 그리고 노스는 과거와 시에 대해서 이야기하기를 원했다. 그것은 저기 저 멋진 머릿속에, 백발이 된 그리스 소년의 두상 같은 저 머릿속에 든 채 잠겨 있다고 그는 생각했다. 과거와 시. 그렇다면 왜 그것을 열지 않는가? 왜 공유하지 않는가? 그는 무엇이 문제인가? 아프리카와 그곳의 형편에 대해서 통상적인 지성을 가진 영국인들이 하는 질문들에 대답을 하면서 그는 생각했다. 왜 그는 흘려보내지 않는가? 왜 그는 욕실 샤워의 줄을 잡아당기지 못하는가? 왜 모든 것을 잠가두고 얼려서 보존해 두는가? 왜냐하면 그는 사제이기 때문에, 신비를 찾아 떠도는 사람이라서. 그의 냉담함을 느끼면서 그는 생각했다. 아름다운 말들의 수호자.

그러나 에드워드가 그에게 말하고 있었다.

"우린 날짜를 정해야만 해," 그가 말하고 있었다. "다음 가을에." 그는 이번에도 진심이었다.

"그래요," 노스가 큰 소리로 말했다. "기꺼이⋯⋯. 가을에⋯⋯." 그리고 그는 나무덩굴로 그늘진 방들, 살금살금 걷는 집사들, 포도주를 따라놓은 병, 그리고 훌륭한 여송연이 담긴 상자를 건네는 사람이 있는 집을 자기 앞에 떠올렸다.

누군지 알 수 없는 젊은 청년들이 쟁반을 들고 돌아오더니 그들에게 여러 가지 먹을거리를 보여주었다.

"정말 친절하군요!" 엘리너가 잔을 들며 말했다. 그도 노르스름한 액체가 담긴 잔을 집어 들었다. 클라레 컵[25] 종류일 거라고

25 적포도주에 브랜디, 탄산수, 레몬, 설탕을 섞어 차게 한 음료.

그는 생각했다. 기포가 표면까지 올라와 터지고 있었다. 그는 기포가 솟구쳐 올라와 터지는 것을 지켜보았다.

"저 예쁜 아가씨는 누구지?" 에드워드가 고개를 갸웃하면서 말했다. "저기, 저 구석에서 젊은이와 이야기를 하며 서 있는?"

그는 온화하고 점잖았다.

"저들이 참 사랑스럽지 않아?" 엘리너가 말했다. "바로 내가 생각하고 있던 거야…… 모두 하나같이 젊어 보이네. 저기 매기의 딸이로군…… 그런데 키티와 이야기하고 있는 사람은 누구지?"

"저건 미들턴이야." 에드워드가 말했다. "생각 안 나? 전에 분명 만난 적이 있을 텐데."

그들은 편안하게 앉아서 이야기를 주고받고 있었다. 하루의 일을 끝내고 휴식을 취하며 햇볕을 쪼는 방적공과 유모 같다고 그는 생각했다. 각자 자신의 영역에서, 과일을 손에 든 채, 너그럽고 확신에 차 있는 엘리너와 에드워드.

그는 노란 액체에서 기포가 솟아오르는 것을 지켜보았다. 그들은 그래도 괜찮다고 그는 생각했다. 그들은 그들의 시절을 이미 살아냈다. 그러나 그는, 그의 세대는 그렇지 않았다. 그에게 삶이란 제트기를(그는 기포가 솟아오르는 것을 바라보고 있었다), 샘을, 힘차게 솟구치는 분수의 분출을 본 딴 것이었다. 또 하나의 삶, 다른 삶. 회당과 쩌렁쩌렁 울리는 확성기가 아니라, 호화롭게 성장을 하고 무리, 단체, 회합에 속해 지도자들의 뒤를 따라 발을 맞춰 행진하는 것이 아니라. 아니지, 내면에서 시작해, 겉모양은 악마나 가져가라고 해, 잘생긴 이마에 나약한 턱을 가진 어느 젊은 청년을 올려다보면서 그는 생각했다. 검은 셔츠도, 녹색 셔츠도, 붉은 셔츠[26]도 아니야—언제나 대중의 눈앞에서 사칭하고 있을 뿐이지. 그것은 모두 허튼소리일 뿐이야. 어째서 장벽을 허물고 단순해지지 않는가? 그러나 세상은, 한 덩어리의 젤리, 한 뭉치였던 세상은 쌀로 만든 푸딩의 세계, 하얀 침대보의 세계가 되겠지. 그는 생각했다. 매기가 비웃었던 남자, 노스 파지터의 상징물과 징표들을, 모자를 들고 있는 프랑스 남자를 지키기를, 그러나 동시에 뻗어 나가서 인류의 의식에 새로운 물결을 만들고, 공기방울과 흐름, 흐름과 공기방울이 되기를—나 자신과 세계가 함께—축원하며 그는 잔을 들었다. 익명으로, 그는 투명하고 노란 액체를 바라보며 말했다. 그러나 나는 무슨 말을 하려는 거지? 그는 의아했다—나, 의례를 의심하고 종교는 죽었다고 보는 나, 적합하지 않은, 저 남자가 말했듯이, 어디에도 어울리지 않는 내가? 그는 생각을 멈추었다. 그의 손에는 잔이 들려있었고 그의 마음속에는 한 구절이 있었다. 그리고 그는 다른 문장들을 만들어내고 싶었다. 그러나 내가 어떻게 할 수 있다는 말인가? 그는 생각했다—그는 손에 실크 손수건을 들고 앉아 있는 엘리너를 바라보았다—내 삶에서, 다른 사람들의 삶에서 무엇이 단단한 것인지, 무엇이 진실한 것인지 내가 알지 못하면서?

"런콘의 아들이야." 엘리너가 불쑥 소리쳤다. "내가 사는 아파트 문지기의 아들이지." 그녀는 설명했다. 그녀가 손수건의 매듭을 풀었다.

26 '검은 셔츠'는 1930년대 오즈월드 모슬리가 주도했던 영국파시스트연맹British Union of Fascists을 칭하는 말. '녹색 셔츠'는 1930년대 존 하그레이브가 주도했던 영국과 북아일랜드 사회신용당Social Credit Party of Britain and Northern Ireland을 칭하는 말. '붉은 셔츠'는 1860년대 이탈리아의 정치가 주세페 가리발디가 주도한 리소르지멘토Risorigmento 운동의 지지자를 칭하는 말.

"네가 사는 아파트 문지기의 아들이라." 에드워드가 되풀이했다. 그의 눈은 마치 겨울 해가 머물러 있는 들판 같아. 노스는 올려다보면서 생각했다. 온기 없이 창백한 아름다움을 남기고 있는 겨울 해.

"수위라고 부르는 모양이야." 그녀가 말했다.

"나는 그 말이 정말 싫어!" 에드워드가 몸서리를 치며 말했다. "문지기라는 좋은 우리말이 있는데, 안 그래?"

"내 말이 그거야." 엘리너가 말했다. "내가 사는 아파트 문지기의 아들…… 그런데 그는, 그들은, 그를 대학에 보내고 싶어 해. 그래서 내가 말했지. 내가 오빠를 만나면 물어보겠다고—"

"물론이야, 물론이야." 에드워드가 친절하게 말했다.

괜찮군. 노스는 혼잣말을 했다. 그것은 자연스럽게 말하고 있을 때의 사람 목소리였다. 물론이야, 물론이야. 그는 따라했다.

"그가 대학에 가고 싶어 한다는 거지?" 에드워드가 말을 이었다. "그는 어떤 시험을 통과했는데, 응?"

그는 어떤 시험을 통과했는데, 응? 노스가 따라했다. 그는 그 말도 따라했지만, 마치 그가 배우이자 비평가인 것처럼 비판적으로 반복했다. 그는 듣고 있었지만 논평도 하고 있었다. 그는 기포가 더 천천히 하나씩 하나씩 올라오고 있는 엷은 노란색 액체를 관찰했다. 엘리너는 그가 어떤 시험을 통과했는지 알지 못했다. 그런데 내가 무슨 생각을 하고 있었지? 노스는 자문했다. 그는 자신이 정글 한복판에 있다고 느꼈다. 어둠 한가운데에서 빛을 향해 길을 내면서. 그러나 그에게는 토막 난 문장들과 몇 개의 단어들만이 준비되어 있을 뿐이었다. 그것으로 인간의 몸뚱이들과, 인간의 의지와 목소리들이라는 가시덤불을 헤쳐 나가야 한다. 그 가시덤불은 그를 굽어보며 그의 손발을 묶고 그의 눈을 가리고…….그는 귀를 기울였다.

"글쎄, 그럼 그에게 나를 만나러 오라고 얘기해." 에드워드가 무뚝뚝하게 말했다.

"하지만 그건 오빠에게 너무 무리한 요구를 하는 것 아닐까, 에드워드?" 엘리너가 이의를 제기했다.

"그게 내 소관이야." 에드워드가 말했다.

역시 적절한 어조야. 노스는 생각했다. 껍질이 입혀지지 않았지carapaced — '호화로운 복장을 입히다caparison'와 '갑각류의 등껍질carapace'라는 두 단어가 그의 마음속에서 충돌하면서 있지도 않은 새 단어를 만들어냈다. 클라레 컵을 한 모금 마시면서 그는 덧붙였다. 내가 말하고자 하는 것은, 저 아래에 샘이, 달콤한 나무 열매가 있다는 거야. 우리 모두의 안에 있는 열매, 샘. 에드워드 안에도, 엘리너 안에도. 그런데 왜 우리 자신을 머리끝까지 치장을 하는 거지? 그는 올려다보았다.

체격이 큰 어느 남자가 그들 앞에 멈춰 섰다. 그는 몸을 숙여 아주 정중하게 엘리너에게 손을 내밀었다. 그의 하얀 조끼가 너무도 당당한 몸집을 감싸고 있어서 그는 몸을 숙여야 했다. "이런," 그는 체구에 비해서 이상하리만큼 부드러운 어조로 말하고 있었다. "그러면 더없이 좋겠지만, 나는 내일 아침 열 시에 회의가 있어요." 그들이 그에게 앉아서 같이 얘기하자고 권하고 있었다. 그는 그들 앞에서 작은 발로 종종거리며 춤추듯이 이리저리 움직였다.

"그만둬요!" 그를 올려다보며 엘리너가 미소를 지으며 말했다. 그녀가 소녀였을 때 오빠의 친구들과 함께 있을 때 짓던 대로의 미소라고 노스는 생각했다. 그렇다면 엘리너는 왜 그들 중 한 사람과 결혼하지 않았을까? 그는 궁금했다. 왜 우리는 의미 있는 것은 모두 감춰야 할까? 그는 자문했다.

"그리고 내 국장들을 기다리다 지치게 하라고요? 내 자리의 가치만큼이나!" 그 오래된 친구는 그렇게 말하면서 훈련받은 코끼리처럼 민첩하게 발꿈치로 빙그르 돌았다.

"그가 그리스 연극을 연기했던 것이 정말 오래전 같지?" 에드워드가 말했다. "……토가를 입고서." 그는 싱긋 웃으며 덧붙였다. 그의 시선은 그 대단한 철도국 고관의 균형 잡힌 모습을 따라가고 있었다. 그는 이 세상의 완벽한 사람이 지닐 법한 민첩함으로 사람들 사이를 헤치고 문을 향해 걸어갔다.

"저 사람은 치퍼필드야, 대단한 철도국 고관이지." 그가 노스에게 설명했다. "정말 뛰어난 친구야." 그는 말을 이었다. "철로 수화물 운반인의 아들이었어." 그는 문장 사이사이에 잠깐씩 말을 멈췄다. "그 모든 것을 그는 혼자 힘으로 해냈어…… 정말 멋진 집을…… 완벽하게 복원했지……. 내 생각에는 이백 혹은 삼백 에이커는 될 거야……. 그가 소유한 사냥터도 있지……. 내게 자신의 독서를 지도해달라고 요청했어……. 그리고 거장의 작품들을 사더군."

"그리고 거장의 작품들을 산다고요." 노스가 되풀이했다. 능숙하게 구사된 자잘한 문장들이 성기지만 정확하게 탑을 쌓아 올리는 것 같았다. 그리고 그 탑에는 애정이 서린 묘한 비웃음기가 흐르고 있었다.

"모조품들 말이야?" 엘리너가 웃었다.

"글쎄, 거기까지 얘기할 필요는 없지." 에드워드가 싱긋 웃었다. 그러고 나서 그들은 말이 없었다. 그 탑은 서서히 맴돌다 없어졌다. 치퍼필드는 문을 지나 사라졌다.

"정말 좋은 술이야." 그의 머리 너머로 엘리너가 말했다. 노스는 그의 머리 높이에서 그녀가 잔을 그녀의 무릎 위로 들고 있는 것을 볼 수 있었다. 술잔 표면 위에 얇은 녹색 이파리가 떠 있었다. "취하는 것이 아니었으면 좋겠는데?" 그녀가 잔을 들어 올리며 말했다.

노스는 자신의 잔을 다시 집어 들었다. 내가 마지막으로 내 술잔을 보고 있을 때 무슨 생각을 하고 있었지? 그는 자문했다. 마치 두 가지 생각이 충돌을 일으켜 다른 생각들이 통과하지 못하도록 막아놓기라도 한 것처럼 장애물이 그의 이마 속에서 형성되어 있었다. 그의 마음은 텅 비어 있었다. 그는 술잔을 양옆으로 흔들었다. 그는 어두운 숲속 한가운데에 있었다.

"그래서 노스……" 그 자신의 이름이 불리자 그는 깜짝 놀라 깨어났다. 말하고 있는 사람은 에드워드였다. 그는 몸을 앞으로 내밀었다. "……고전을 다시 읽겠다고?" 에드워드가 말을 계속했다. "네가 그렇게 말하니 기쁘구나. 나이 든 친구들 중에는 많단다. 하지만 젊은 세대는," 그가 말을 멈추었다. "……그걸 원하지 않는 것 같아."

"어리석게도!" 엘리너가 말했다. "나는 얼마 전에 그 책들 중 한 권을 읽고 있었어…… 네가 번역한 책 말이야. 그게 뭐였더라?" 그녀는 말을 멈췄다. 그녀는 이름을 제대로 기억해 본 적이 없었다. "어떤 소녀에 관한 것이었는데……."

"안티고네?" 에드워드가 추측했다.

"맞아! 안티고네!" 그녀가 소리쳤다. "그리고 나는 혼자 생각했지. 바로 네가 말하는 것을, 에드워드―얼마나 진실하고―얼마나 아름다운지……."

그녀는 계속하기가 두려운 듯이 입을 다물었다.

에드워드가 고개를 끄덕였다. 그는 가만히 있었다. 그러더니 갑자기 머리를 뒤로 젖히고 그리스어로 무엇인가 말했다. "οὗτοι συνέχθειν, άλλα συμφιλειγεφυν."[27]

노스가 올려다보았다.

"번역해주세요." 그가 말했다.

에드워드는 고개를 저었다. "중요한 건 언어야." 그가 말했다.

그러고는 그가 입을 다물었다. 소용없어, 노스는 생각했다. 그는 자신이 하고 싶은 말을 할 수 없는 거야. 두려워하는 거지. 그들은 모두 두려워하고 있어. 비웃음을 사는 것을, 자신들을 드러내 보이는 것을 두려워해. 잘생긴 이마와 나약한 턱을 지닌 젊은 남자가 지나치게 힘차게 몸짓을 하고 있는 것을 바라보며 그는 생각했다. 그도 두려워하고 있어. 우리는 모두 서로를 두려워하지. 그는 생각했다. 무엇을 두려워하지? 비판을, 비웃음을, 다르게 생각하는 사람들을……. 내가 농부라서 그는 나를 두려워하지 (그리고 그는 그의 둥근 얼굴과 튀어나온 광대뼈와 작은 갈색 눈을 다시 보았다). 그리고 나는 그가 영리하기 때문에 그를 두려워하지. 그는 머리카락이 이미 뒤로 물러나고 있는 넓은 이마를 바라보았다. 그는 생각했다. 우리를 갈라놓는 것은 바로 이거야. 두려움.

그는 자세를 바꿨다. 그는 자리에서 일어나서 그에게 말을 걸고 싶었다. 델리아가 말했었다. "소개받을 때까지 기다리지 마." 그러나 모르는 사람에게 말을 걸고 이렇게 말하기는 어려웠다. "내 이마 한가운데에 있는 이 매듭이 뭐죠? 그걸 풀어 봐요."라고 말하기는 어려웠다. 그는 이미 충분히 혼자서 생각했다. 혼자서

---

27 "내 본성은 증오에 합류하는 것이 아니라 사랑을 하는 것입니다." 소포클레스의 비극 『안티고네』에서 안티고네가 크레온에게 하는 말.

생각한 탓에 이마 한가운데에 매듭이 지어졌다. 혼자 하는 생각은 어떤 장면들로, 어이없는 장면들로 이어졌다. 그 남자는 떠나고 있었다. 그는 노력해야 했다. 그러나 그는 망설였다. 그는 거부감이 일었지만 매료되었고, 매료되면서도 거부감을 느꼈다. 그는 일어서기 시작했다. 그러나 그가 일어서기 전에 누군가가 포크로 탁자 위를 내려쳤다.

구석에 있는 탁자 앞에 앉아 있던 덩치 큰 남자가 포크로 탁자를 두드리고 있었다. 그는 마치 사람들의 관심을 끌어 연설을 하려고 하는 것처럼 몸을 앞으로 기울였다. 페기가 브라운이라고 불렀던 사람이었다. 다른 사람들은 그를 니콜라스라고 불렀다. 그의 실제 이름을 그는 알지 못했다. 그는 약간 취한 것 같았다.

"신사 숙녀 여러분!" 그가 말했다. "신사 숙녀 여러분!" 그가 처음보다 조금 더 큰 소리로 되풀이했다.

"뭐야? 연설인가?" 에드워드가 놀리는 투로 말했다. 그는 의자를 반쯤 돌려놓고, 마치 외국 훈장처럼 검은 비단 리본에 달려 있는 안경을 들어 올렸다.

사람들은 접시와 유리잔을 들고 부산스럽게 움직이고 있었다. 그들은 바닥에 놓인 쿠션에 발이 걸려 휘청거리고 있었다. 한 소녀가 고꾸라졌다.

"다쳤나요?" 어느 젊은 남자가 손을 뻗으며 말했다.

아니, 그녀는 다치지 않았다. 그러나 그 소동으로 사람들의 주의가 연설에서 멀어졌다. 웅성거리는 말소리가 마치 설탕 위에 몰려든 파리 떼 소리처럼 부산스럽게 커졌다. 니콜라스는 다시 자리에 앉았다. 그는 분명히 자신의 반지에 박힌 붉은 보석에 집중하고 있는 것처럼 보였다. 혹은 흐트러진 꽃들, 희고 창백한 꽃들, 엷고 반투명한 꽃들, 노란 꽃술이 보이도록 만개한 진홍색 꽃들에 대해서. 꽃잎이 떨어져 탁자 위에 놓인 값싼 컵들과 빌린 나이프와 포크들 사이에 흩뿌려져 있었다. 그때 그가 일어섰다.

"신사 숙녀 여러분!" 그가 입을 열었다. 다시 그는 포크로 탁자를 쳤다. 잠시 잠잠해졌다. 로즈는 방을 가로질러 당당하게 걸어갔다.

"연설을 하려는 건가요, 그래요?" 그녀가 물었다. "어서 해요, 난 연설 듣는 것을 좋아해요." 그녀는 마치 군인처럼 손을 둥글게 말아 귀에 갖다 대고 그의 옆에 서 있었다. 다시 사람들이 다시 웅성거리기 시작했다.

"조용!" 그녀가 소리쳤다. 그녀는 나이프를 집어 들더니 탁자를 가볍게 두드렸다.

"조용! 조용!" 그녀는 다시 두드렸다.

마틴이 방을 가로질러왔다.

"무엇 때문에 로즈가 소란을 피우는 거지?" 그가 물었다.

"난 조용히 하라고 말하고 있는 거야!" 들고 있는 나이프를 그의 얼굴을 향해 휘두르면서 그녀가 말했다. "이 신사분께서 연설을 하고 싶어해!"

그러나 그는 이미 자리에 앉은 채 침착하게 자기 반지를 들여다보고 있었다.

"정말 꼭 닮지 않았어?" 마틴은 로즈의 어깨에 손을 얹고 마치 자신의 말에 확신을 구하려는 것처럼 엘리너를 돌아보면서 말했다. "파지터 기병대의 파지터 숙부를?"

"정말 난 자랑스러워!" 로즈가 들고 있던 나이프를 그의 얼굴 앞에 휘두르며 말했다. "나는 내 가족이 자랑스러워, 내 나라가 자랑스럽고. 자랑스럽다니까……."

"너의 성별도?" 그가 그녀를 가로막으며 말했다.

"물론이야." 그녀는 단호하게 말했다. "그러는 오빠는?" 그녀는 그의 어깨를 두드리면서 말을 이었다. "오빠 자신에 대해 자부심을 느껴? 그래?"

"다투지 마, 애들아, 다투지 마!" 엘리너가 자기 의자를 좀 더 가까이 기울이면서 말했다. "저들은 언제나 다툰다니까," 그녀가 말했다. "언제나…… 언제나……"

"쟤는 성미가 불같아," 마틴이 바닥에 쭈그려 앉아 로즈를 올려다보면서 말했다. "머리를 이마 위로 모두 넘기고는……"

"……분홍색 원피스를 입고." 로즈가 덧붙였다. 그녀는 나이프를 곧추세워 들고 자리에 털썩 주저앉았다. "분홍색 원피스, 분홍색 원피스." 그녀는 마치 그 말이 어떤 기억을 되살리는 것처럼 되풀이했다.

"니콜라스, 당신 연설을 계속해요." 엘리너가 그에게로 고개를 돌리면서 말했다. 그가 고개를 저었다.

"우리 분홍색 원피스에 대해서나 이야기합시다." 그가 미소를 지었다.

"……우리가 어렸을 때 애버콘 테라스에 있는 거실에서였어," 로즈가 말했다. "기억해?" 그녀가 마틴을 바라보았다. 그가 고개를 끄덕였다.

"애버콘 테라스에 있는 거실에서……" 델리아가 말했다. 그녀는 클라레 컵이 담긴 커다란 병을 들고서 탁자 사이로 다니고 있었다. 그녀가 그들 앞에서 멈추었다. "애버콘 테라스!" 그녀가 잔을 채우면서 외쳤다. 그녀는 머리를 뒤로 젖혔다. 잠깐 동안 그녀는 놀라울 만큼 젊고, 멋지고, 반항적으로 보였다.

"그곳은 지옥이었어!" 그녀가 외쳤다. "그곳은 지옥이었어!" 그녀가 되풀이했다.

"오, 델리아 누나……." 마틴이 자신의 잔이 채워지도록 내밀면서 항의했다.

"지옥이었어." 그녀가 아일랜드 억양을 버리고 말했다. 사뭇 간결하게 말하면서 그녀는 음료를 부었다.

"언니는 알고 있지?" 그녀가 엘리너를 바라보며 말했다. "패딩턴에 갈 때 언제나 그 사람에게 말하지, '다른 길로 돌아서 가요!'"

"그 정도면 충분해……." 마틴이 그녀의 말을 제지했다. 그의 잔은 가득 채워졌다. "나도 역시 싫었어……." 그가 말하기 시작했다.

그러나 이때 키티 래스웨이드가 그들에게로 다가왔다. 그녀는 술잔이 마치 크리스마스트리를 장식할 방울인 것처럼 앞쪽으로 들고 있었다.

"지금 마틴이 싫어한다는 게 무엇이지?" 그녀가 그를 마주보면서 말했다.

어느 예의 바른 신사가 금박을 입힌 작은 의자를 앞으로 밀어주자 그녀는 그 위에 앉았다.

"그는 언제나 무언가를 싫어하는 사람이지." 그녀는 잔이 채워지도록 앞으로 내밀며 말했다.

"우리와 함께 저녁 식사를 하던 날 밤, 마틴, 네가 싫어했던 것이 무엇이었지?" 그녀가 그에게 물었다. "네가 나를 얼마나 화나게 했었는지 기억하고 있어……."

그녀는 그를 보고 미소를 지었다. 그는 통통해졌다. 얼굴이 불그스레하고 살이 쪘으며 머리를 식당의 종업원처럼 뒤로 빗어 넘기고 있었다.

"싫어했다고? 나는 누구도 싫어한 적이 없어." 그가 항의했다.

"내 마음은 사랑으로 가득하고, 내 마음은 친절로 가득해요."
그는 그녀를 향해 잔을 흔들어 보이며 웃었다.

"말도 안 돼." 키티가 말했다. "젊었을 때, 넌 모든 것을…… 증오했었어!" 그녀가 손을 앞으로 내뻗었다. "내 집…… 내 친구들……." 그녀는 조그맣게 한숨을 쉬며 말을 멈추었다. 그녀는 다시 줄지어 들어서는 남자들, 엄지손가락과 나머지 손가락 사이에 드레스 자락을 살짝 잡고 있는 여자들을 다시 떠올렸다. 지금 그녀는 북부에서 혼자 살고 있었다.

"……그리고 난 지금이 더 좋다고 말하겠어." 그녀는 반쯤은 혼잣말로 덧붙였다. "장작을 패 주는 소년 하나만 데리고 있지."

잠시 침묵이 흘렀다.

"이제 그가 연설을 시작하게 하자." 엘리너가 말했다.

"그래, 연설을 시작해요!" 로즈가 말했다. 그녀는 다시 탁자 위를 나이프로 두드렸다. 그는 다시 반쯤 몸을 일으켰다.

"연설을 하려는 건가, 저이가?" 키티가 그녀 옆으로 의자를 끌어당겨 앉은 에드워드를 돌아보며 말했다.

"연설이 이제 하나의 예술로 실행되고 있는 유일한 곳은……" 에드워드가 말을 시작했다. 그러다가 그는 말을 멈추고 의자를 좀 더 가까이 끌어당기고는 자신의 안경을 매만졌다. "……바로 교회야." 그가 덧붙였다.

이것이 바로 내가 그와 결혼하지 않은 이유야. 키티가 혼자 말했다. 그 목소리, 그 거만한 목소리 덕에 모든 것이 되살아났어! 반쯤 잎을 떨군 나무. 비가 내렸어. 대학생들이 방문하고 종이 울렸지. 그리고 그녀와 그녀의 어머니…….

그러나 니콜라스가 일어났다. 그는 셔츠 앞자락이 부풀 만큼 깊은 숨을 들이쉬었다. 한 손으로 그는 시곗줄을 만지작거리며 다른 손을 연설하는 자세로 내뻗었다.

"신사 숙녀 여러분!" 그가 다시 말을 시작했다. "오늘 밤 즐거워하고 있는 모든 사람들의 이름으로⋯⋯."

"큰 소리로 얘기해요! 큰 소리로 얘기해요!" 창가에 서 있던 젊은이들이 소리쳤다.

("그는 외국인이지?" 키티가 엘리너에게 속삭였다.)

"⋯⋯오늘 밤 즐거워하고 있는 모든 사람들의 이름으로," 그는 더 크게 다시 말했다. "우리의 주인장과 안주인에게 감사드리고 싶습니다⋯⋯."

"오, 내게 감사할 건 없어요!" 델리아가 빈 병을 들고 그들 곁을 지나가며 말했다.

다시 연설은 땅으로 꺼져들고 말았다. 그는 외국인임에 틀림없어, 자의식이 없으니 말이야. 키티는 혼자 생각했다. 그는 포도주 잔을 들고 미소를 지으면서 거기 서 있었다.

"계속해요, 계속해요." 그녀가 그를 독려했다. "그들을 신경 쓰지 말고." 그녀는 연설을 듣고 싶었다. 파티장에서 연설은 쓸모 있는 것이었다. 그것은 파티에 활기를 부여하고 마무리하기도 했다. 그녀는 잔으로 탁자 위를 두드렸다.

"정말 친절한 말이지만," 델리아가 말하면서 그를 지나가려 했지만 그의 손이 그녀의 팔을 잡았다. "나에게 감사할 건 없어요."

"하지만 델리아," 그가 그녀의 팔을 잡은 채 간청했다. "이건 당신이 무엇을 원하는가에 관한 것이 아니에요. 이것은 우리가 무엇을 원하는가에 관한 거지요. 그리고 이건 적절합니다." 그는 손을 흔들면서 말을 이었다. "우리의 마음이 감사로 가득 찰 때⋯⋯."

이제 그가 본격적으로 시작할 거야. 키티는 생각했다. 그는 분명히 연설가일 거야. 대부분의 외국인들이 그렇지.

"······우리의 마음이 감사로 가득 찰 때," 그는 손가락 하나를 만지며 되풀이했다.

"무엇 때문에?" 어떤 목소리가 불쑥 끼어들었다.

니콜라스는 다시 말을 멈추었다.

("저 얼굴이 검은 남자가 누구지?" 키티가 엘리너에게 속삭였다. "저녁 내내 궁금했어."

"레니." 엘리너가 속삭였다. "레니." 그녀가 되풀이했다.)

"무엇에 대해서냐고요?" 니콜리스가 말했다. "그게 바로 내가 여러분에게 말하려는 겁니다······." 그는 잠시 말을 멈추고 다시 조끼 앞자락이 부풀도록 깊은 숨을 들이쉬었다. 그의 눈이 빛났다. 그는 자발적이면서도 숨겨진 자비로 충만한 것처럼 보였다. 그러나 이때 갑자기 탁자 모서리 위로 머리 하나가 쑥 올라왔다. 손 하나가 꽃잎 한 줌을 쓸어내렸다. 그리고 목소리가 들려왔다.

"붉은 로즈, 가시 돋친 로즈, 용감한 로즈, 황갈색 로즈!" 꽃잎이 부채꼴을 이루며 뿌려졌다. 의자 끝에 앉아 있던 뚱뚱하고 나이 든 여자 위로였다. 그녀가 놀라서 올려다보았다. 꽃잎들이 그녀에게로 떨어져 내렸던 것이다. 그녀는 자기 몸의 튀어나온 곳 위로 내려앉은 꽃잎들을 쓸어 모았다. "고마워요! 고마워요!" 그녀가 소리쳤다. 그러고 나서 그녀는 꽃 한 송이들 집어 들고 탁자 모서리 위를 힘차게 쳤다. "하지만 나는 연설을 듣고 싶어요!" 그녀가 니콜라스를 바라보며 말했다.

"아니에요, 아니에요." 그가 말했다. "지금은 연설을 할 때가 아니에요." 그리고 그는 다시 자리에 앉았다.

"자, 그럼 마십시다." 마틴이 말했다. 그가 잔을 들어 올렸다. "파지터 기병대의 파지터!" 그가 말했다. "그녀를 위해 건배!" 그가 잔을 탁 소리가 나게 탁자 위에 내려놓았다.

"오, 여러분이 모두 건강을 비는 축배를 든다면," 키티가 말했다. "나도 마시겠어요. 로즈, 너의 건강을 위해. 로즈는 정말 멋진 친구야." 그녀는 잔을 들어 올리며 말했다. "하지만 로즈가 틀렸어." 그녀가 덧붙였다. "무력은 언제나 잘못된 거야─내 말에 동의하지 않아, 에드워드?" 그녀가 그의 무릎을 두드렸다. 나는 전쟁에 대해서 이미 잊어버렸어. 그녀는 반쯤 혼잣말로 중얼거렸다. "그렇지만," 그녀가 큰 소리로 말했다. "로즈는 자신의 신념에 대한 용기를 가지고 있어. 로즈는 감옥에 갔었지. 그녀에게 건배!" 그녀는 술을 마셨다.

"언니에게도, 키티." 로즈가 그녀에게 고개를 숙이며 말했다.

"그녀가 그의 유리창을 깨뜨렸지." 마틴이 그녀를 놀렸다. "그러고는 그가 다른 사람들의 유리창을 깨뜨리는 걸 도와줬지. 네 훈장은 어디 있지, 로즈?"

"벽난로 위 마분지 상자 속에." 로즈가 말했다. "이젠 오빠가 나를 부추길 수는 없을걸, 내 좋은 친구여."

"하지만 나는 네가 니콜라스가 연설을 마치도록 했더라면 좋았겠다." 엘리너가 말했다.

천장 아래로 또 다른 춤을 알리는 전주곡이 약하게 멀리서 울려왔다. 젊은이들은 각자의 잔에 남아 있던 것을 황급히 마시고는 일어나서 위층으로 떠나가기 시작했다. 곧 위층에서 쿵쿵대는 발소리가 리드미컬하고 육중하게 들려왔다.

"또 다른 춤인가?" 엘리너가 말했다. 왈츠였다.

"우리가 젊었을 때," 그녀가 키티를 바라보며 말했다. "우리는 춤을 추곤 했지……." 음악 소리가 그녀의 말을 받아서 되풀이하는 것 같았다. 젊었을 때 나는 춤을 추곤 했지—나는 춤을 추곤 했지…….

"내가 그걸 얼마나 싫어했는지!" 키티가 자신의 짧고 여기저기 찔린 자국이 있는 손가락들을 바라보며 말했다. "더 이상 젊지 않다는 것이 얼마나 근사한 일이야!" 그녀가 말했다. "사람들이 뭐라고 생각하는지 신경 쓰지 않아도 되니 얼마나 근사한지! 이제 원하는 대로 살 수 있어." 그녀가 덧붙였다. "……일흔이 되면 말이지."

그녀가 말을 멈추었다. 그녀는 마치 무엇인가를 기억해낸 것처럼 눈썹을 치켜 올렸다. "다시 살 수 없다는 것은 유감스러운 일이야." 그녀가 말했다. 그러나 그녀는 말을 중단했다.

"결국 우리는 연설을 듣지 못하는 건가요, 저—?" 그녀가 니콜라스를 바라보며 말했다. 그의 이름을 그녀는 알지 못했다. 그는 꽃잎들을 손으로 휘저으면서 자애롭게 앞을 바라보며 앉아 있었다.

"무슨 소용이 있지요?" 그가 말했다. "아무도 듣고 싶어 하지 않는데." 그들은 위층에서 나는 발걸음 소리와 반복되는 음악 소리에 귀를 기울였다. 내가 젊었을 때 나는 춤을 추곤 했지, 내가 젊었을 때 모든 남자들이 나를 사랑했지……. 엘리너에게는 그 음악 소리가 이렇게 되풀이되는 것처럼 들렸다.

"하지만 나는 연설을 원해요!" 키티가 권위적인 태도로 말했다. 진심이었다. 그녀는 무엇인가를, 활력을 주고 마무리해줄 어떤 것을 원했다—그것이 무엇인지 그녀는 거의 알지 못했다. 그러나 과거는 아니었다. 추억도 아니었다. 현재, 그리고 미래. 그것이 그녀가 원하는 것이었다.

"페기가 저기 있군!" 엘리너가 주위를 둘러보면서 말했다. 그녀는 탁자 모서리에 앉아서 햄 샌드위치를 먹고 있었다.

"이리 와, 페기!" 그녀가 큰 소리로 불렀다. "이리 와서 우리와 이야기해!"

"젊은 세대를 대표해서 말해봐, 페기." 래스웨이드 부인이 악수를 하면서 말했다.

"하지만 저는 젊은 세대가 아니에요." 페기가 말했다. "게다가 저는 이미 제 연설을 했어요." 그녀가 말했다. "위층에서 제 자신을 바보로 만들었지요." 그녀는 엘리너의 발치에 풀썩 주저앉으며 말했다.

"그럼, 노스……." 엘리너가 그녀 옆에 바닥에 앉아 있는 노스의 머리 가리마를 내려다보며 말했다.

"그래, 노스." 페기가 고모의 무릎을 가로질러 그를 바라보며 말했다. "노스는 우리가 오로지 돈과 정치에 대해서만 얘기한다고 말하죠." 그녀가 덧붙였다. "우리가 무엇을 해야 하는지 말해봐." 그가 흠칫했다. 그는 음악 소리와 목소리들에 멍해져서 졸음에 빠져 있었던 것이다. 우리가 무엇을 해야 하는가? 그는 잠에서 깨어나면서 자문했다. 우리는 무엇을 해야 하는가?

그가 앉은 자세로 몸을 일으켰다. 그는 페기의 얼굴이 자신을 바라보고 있는 것을 보았다. 지금 그녀는 미소를 짓고 있었다. 그녀의 얼굴은 명랑해 보였다. 초상화 속의 할머니가 떠오르는 모습이었다. 그러나 그는 그 얼굴에서 위층에서 보았던 얼굴을 보았다. 금방이라도 울음을 터뜨릴 것처럼 상기된 채 찡그린 얼굴. 진실한 것은 그녀의 말이 아니라 얼굴이었다. 그러나 그녀의 말만이 그에게 와닿았다—다르게 산다는 것—다르게. 그는 잠시 가만히 있었다. 이것은 용기를 필요로 하는 것이야, 그는 자신에게 말했다. 진실을 말한다는 것은. 그녀는 듣고 있었다. 나이 든 사람들은 벌써 자신들의 문제에 대해 잡담을 하고 있었다.

"……그곳은 아담하고 멋진 집이야." 키티가 말하는 중이었다. "어느 늙고 미친 여자가 거기 살았었지…… 와서 나와 함께 거기서 지내야 해, 넬. 봄에는……."

페기가 먹고 있던 햄 샌드위치 너머로 그를 바라보고 있었다.

"네가 말한 것이 맞아." 그가 불쑥 말했다. "……정말 맞아." 그는 그녀가 의도했던 것이 맞노라고 자신의 말을 수정했다. 그녀가 한 말이 아니라, 그녀가 느낀 것이 옳았다. 그는 지금 그녀가 느낀 것을 느꼈다. 그것은 그에 관한 것이 아니었다. 그것은 다른 사람들에 관한 것, 다른 세상에 관한 것이었다. 새로운 세계…….

나이 먹은 고모들과 숙부들이 그의 머리 너머로 잡담을 하고 있었다.

"내가 옥스퍼드에 있을 때 무척 좋아했던 사람의 이름이 뭐였죠?" 래스웨이드 부인이 말하고 있었다. 그는 그녀가 은빛 나는 몸을 에드워드에게로 굽히고 있는 것을 볼 수 있었다.

"당신이 옥스퍼드에서 좋아했던 사람?" 에드워드가 되풀이하고 있었다. "나는 당신이 옥스퍼드에 있던 그 누구도 좋아하지 않았다고 생각했는데……." 그리고 그들이 웃었다.

그러나 페기가 기다리고 있었다. 그녀가 그를 지켜보고 있었다. 그는 다시 공기방울이 올라오는 술잔을 보았다. 그는 그의 이마에 있는 매듭이 다시 죄어드는 것을 느꼈다. 그는 그를 대신해서 생각해주고 그를 대신해서 대답해줄 무한히 현명하고 훌륭한 누군가가 있었으면 좋겠다고 생각했다. 그러나 이마가 벗겨지고 있던 그 젊은이는 사라지고 없었다.

"……다르게 사는 것…… 다르게." 그가 되풀이해 말했다. 그것은 그녀가 했던 말이었다. 그 말은 그의 의도에 전적으로 부합하지 않았지만 그는 그 말들을 사용해야 했다. 이제 나 역시 나를 바보로 만들었군. 마치 칼로 도려내는 듯한 불쾌한 느낌이 잔물결처럼 그의 등을 타고 퍼지는 동안 그는 생각했다. 그는 벽에 등을 기댔다.

"맞아, 롭슨이었어!" 래스웨이드 부인이 소리쳤다. 트럼펫 소리 같은 그녀의 목소리가 그의 머리 위로 울려 퍼졌다.

"이렇게 잊어버리다니!" 그녀가 말을 이었다. "물론―롭슨이야. 그것이 그의 이름이야. 그리고 내가 좋아했던 소녀는―넬리? 의사가 되려고 했던 그 소녀?"

"죽었어, 내가 알기론." 에드워드가 말했다.

"죽었다고, 그녀가―죽었다니―" 래스웨이드 부인이 말했다. 그녀는 잠시 말을 멈추었다. "자, 네가 연설을 했으면 좋겠다." 그녀가 몸을 돌려 노스를 내려다보며 말했다.

그는 몸을 뒤로 뺐다. 난 더 이상 연설을 하지 않을 거야. 그는 생각했다. 그는 여전히 손에 잔을 들고 있었다. 잔에는 옅은 노란 액체가 절반쯤 남아 있었다. 기포가 더는 올라오지 않았다. 포도주는 맑고 잔잔했다. 정적과 고독, 그는 혼자 생각했다. 침묵과 고독…… 유일하게 그 속에서만 이제 마음이 자유로울 뿐이다.

침묵과 고독, 그는 되풀이했다. 침묵과 고독. 그의 눈이 저절로 반쯤 감겼다. 그는 피곤하고 졸렸다. 사람들은 얘기하고 또 얘기했다. 그는 자신을 분리시키고 끌어내어 자신이 수평선 위로 언덕이 이어진 푸른 초원 위 드넓은 공간에 누워 있다고 상상할 것이다. 그는 다리를 쭉 뻗었다. 풀을 뜯어 먹는 양떼가 있었다. 천천히 풀을 뜯으며 뻣뻣한 한 발을 먼저 내디디고 다른 발을 옮기는 양떼. 그리고 중얼거리는 소리―중얼거리는 소리. 그는 그들이 무슨 말을 하고 있는지 알 수 없었다. 반쯤 뜬 눈으로 그는 꽃을 들고 있는 손들을 보았다 — 가느다란 손들, 섬세한 손들이었다. 그러나 그 손은 누구의 것도 아니었다. 그리고 손에 쥔 것이 꽃들이었던가? 아니면 산이었던가? 자주색 그늘이 진 푸른 산? 그때 꽃잎이 떨어졌다. 분홍, 노랑, 자주색이 어린 하얀 꽃잎들이 떨어졌다. 꽃잎이 떨어지고 떨어져서 모든 것을 덮어버리네. 그가 중얼거렸다. 그리고 포도주 잔의 다리, 접시의 가장자리, 그리고 물그릇이 있었다. 그 손들은 계속해서 꽃을 따고 있었다. 하얀 장미 한 송이, 노란 장미 한 송이, 그리고 꽃잎에 자주색 주름이 있는 장미 한 송이였다. 여러 겹의, 여러 색깔의 꽃들이 그릇 가장자리에 축 늘어진 채 있었다. 그리고 꽃잎이 떨어졌다. 강물 위에 노란 꽃잎, 자주색 꽃잎이, 조그만 조각배들과 작은 배들이 떠 있었다. 그리고 그는 조각배를 타고, 꽃잎을 타고 강을 따라 떠다니며 흘러서 침묵 속으로, 고독 속으로…… 고독은 최악의 고문이었다. 마치 어느 목소리가 내뱉기라도 한 것처럼 그 말들이 그에게 되살아났다. 인간들은 괴롭힐 수 있어…….

"일어나, 노스…… 우리는 네 연설을 듣고 싶어." 어떤 목소리가 그를 방해했다. 키티의 불그스레하고 잘생긴 얼굴이 그를 위에서 내려다보고 있었다.

"매기!" 그는 몸을 일으키면서 소리쳤다. 거기 앉아서 꽃잎을 물속에 담그고 있던 사람은 매기였다. "그래, 매기가 말할 차례야." 니콜라스가 그녀의 무릎에 손을 얹으며 말했다.

"말해봐, 말해봐!" 레니가 그녀를 독려했다.

그러나 그녀는 고개를 저었다. 웃음이 그녀를 덮치고 그녀를 흔들었다. 그녀는 마치 그녀를 굽히고 일어나게 하는 바깥의 어떤 상냥한 영혼에 사로잡히기라도 한 듯 고개를 뒤로 젖히고 웃었다. 마치 바람에 흔들리고 구부러지는 나무 같다고 노스는 생각했다. 우상은 안 돼, 우상은 안 돼, 우상은 안 돼. 그녀의 웃음이 마치 나무에 수없이 매달린 많은 종처럼 울리는 듯했다. 그리고 그도 웃었다.

그들의 웃음이 멎었다. 위층에서 춤을 추는 발소리가 쿵쿵 울렸다. 강 쪽에서 경적 소리가 울렸다. 멀리서 화물차가 거리를 따라 요란스럽게 달려 내려갔다. 소리가 밀려들고 진동했다. 무엇인가 풀려난 것처럼 보였다. 마치 그날의 삶이 이제 막 시작되려는 듯했다. 그리고 런던의 새벽을 맞이하는 것은 이 합창, 이 외침, 이 지저귐, 이 부산함이었다.

키티가 니콜라스를 돌아보았다.

"그런데 당신이 하려던 연설은 무엇에 관한 것이었나요, 저…… 당신의 이름을 몰라 죄송합니다만?" 그녀가 말했다.

"……도중에 중단된 것 말이에요."

"제 연설이요?" 그가 웃었다. "그것은 기적이 될 뻔했던 것이죠!" 그가 말했다. "걸작이라는 말이에요! 하지만 번번이 중단되는데 어떻게 연설을 하겠어요? 이렇게 시작하지요. 우리 감사를 드립시다, 내가 말해요. 그러면 델리아가 말하지요, 나에게 감사하지 말아요. 나는 다시 시작하지요. 누군가, 누군가에게 감사를 드립시다, 내가 말해요…… 그러면 레니가 말하지요, 무엇에 대해서요? 나는 다시 시작합니다. 그리고 보게 되죠―곤하게 잠든 엘리너를요." (그는 그녀를 가리켰다.) "그러니 무슨 소용이 있나요?"

"오, 하지만 소용이 있어요―" 키티가 말을 시작했다.

그녀는 여전히 무언가를―무언가 활기를 주는 것, 무언가 마무리해주는 것을 원했다. 그것이 무엇인지 그녀도 알지 못했다.

그리고 밤이 깊어가고 있었다. 그녀는 떠나야 했다.

"제게만 말해보세요, 무슨 말을 하려고 했던 거죠? 저 —"그녀가 그에게 물었다.

"내가 무슨 말을 하려고 했었냐고요? 내가 말하려고 했던 것은 —"그는 말을 멈추고 손을 폈다. 그는 손가락을 하나씩 하나씩 만지작거렸다.

"먼저 우리 주인장과 안주인에게 감사의 말을 하려고 했어요. 그다음에는 이 집에 대해서 감사하고 —"그는 부동산 업자의 벽보들이 붙어 있는 그 방을 빙 둘러 손을 흔들었다. "—연인들, 창작가들, 선의를 가진 남자들과 여자들을 품어준 이 집이요. 그리고 마지막에는 —"그는 잔을 집어 들었다. "인류를 위해 잔을 들려고 했지요. 인류를 위해," 그는 입술로 잔을 들어 올리며 말을 이었다. "지금은 요람에 있는 인류가 자라서 성숙하기를! 신사 숙녀 여러분!"그는 반쯤 일어서서 조끼를 부풀리며 외쳤다. "그것을 위해 건배!"

그는 잔을 탁자 위에 탁 소리가 나게 내려놓았다. 잔이 깨졌다.

"오늘 밤 열세 번째로 잔이 깨졌어요!"[28] 델리아가 다가와 그들 앞에 서며 말했다. "하지만 신경 쓸 것 없어요—신경 쓰지 말아요. 아주 싸구려예요—유리잔 말이에요."

"뭐가 그렇게 싸다는 거지?"엘리너가 중얼거렸다. 그녀는 눈을 반쯤 떴다. 그런데 여기가 어디지? 어느 방이지? 수많은 방들 중에 어디에 있는 거지? 언제나 방이 여럿 있었고, 언제나 사람들이 많이 있었다. 언제나 처음부터……. 그녀는 들고 있던 동전

---

28 서양에서 숫자 열셋은 통상 불운의 징표로 여겨진다. 한편 유대교에서 열세 번째 해는 유태인 소년의 성년이 시작하는 해로 여겨지며 유대교식 결혼에서 깨진 유리는 다산을 상징한다.

을 손에 꼭 쥐었다. 그리고 그녀는 다시 행복으로 충만해졌다. 이 것—이 강렬한 감각 (그녀는 잠에서 깨어나고 있었다)은 살아남고 다른 것, 단단한 물체—그녀는 잉크로 부식된 바다코끼리를 보았다—는 사라졌기 때문인가? 그녀는 눈을 크게 떴다. 여기 그녀가 있었다. 살아서, 이 방에, 살아 있는 다른 사람들과 함께. 그녀는 사람들의 머리가 원을 이루고 있는 것을 보았다. 처음에는 누가 누구인지 알 수 없었다. 그러다가 곧 그녀는 그들을 알아보았다. 저기는 로즈, 저기는 마틴, 저기는 모리스. 그는 머리에 머리카락이 거의 없었다. 그의 얼굴이 유별나게 창백했다.

그녀가 주위를 돌아보았을 때 그들 모두 기이하게 창백한 얼굴이었다. 전깃불의 광채는 사라졌고 식탁보는 더 하얗게 보였다. 노스의 머리에는—그는 바닥에 그녀의 발치에 앉아 있었다—하얗게 테가 둘러져 있었다. 그의 셔츠 앞자락이 약간 구겨져 있었다.

그는 손으로 무릎을 감싸고 깍지를 낀 채 에드워드의 발치에 바닥에 앉아 있었다. 그리고 그가 갑자기 고개를 들어 마치 무엇인가에 대해 하소연하는 것처럼 그를 올려다보았다.

"에드워드 숙부." 그녀는 그가 말하는 것을 들었다. "제게 말씀해주세요……."

그는 마치 이야기를 들려달라고 조르는 어린아이 같았다.

"제게 말씀해주세요." 그는 다시 고개를 젖히며 반복했다. "숙부는 학자잖아요. 고전들에 대해서 지금 이야기해주세요. 에스킬러스, 소포클레스, 핀다로스."

에드워드는 그에게로 몸을 수그렸다.

"그리고 코러스에 대해서요." 노스가 다시 고개를 움직였다. 그녀는 그들 쪽으로 몸을 기울였다. "코러스—" 노스가 되풀이했다.

"애야," 그녀는 에드워드가 아래쪽에 있는 그를 향해 다정하게 웃으며 말하는 것을 들었다. "내게 묻지 마라. 나는 그것에 조예가 깊지 않아. 그렇지 않아, 만약 내가 내 뜻대로 했다면"—그는 말을 멈추고 손을 이마로 가져갔다—"나는 되었어야 해……." 갑작스럽게 터져 나온 웃음소리가 그의 말을 삼켜버렸다. 그녀는 그 문장의 마지막을 알아들을 수 없었다. 그가 뭐라고 했지? 그는 뭐가 되고 싶었던 거지? 그녀는 그의 애기를 놓쳐버렸다.

분명히 다른 삶이 있을 거야. 그녀는 화가 나서 의자에 깊숙이 가라앉듯 앉으며 생각했다. 꿈속에서가 아니라, 지금 여기에, 살아 있는 사람들과 함께 있는 이 방 안에. 그녀는 마치 머리카락을 뒤로 휘날리며 벼랑 끝에 서 있는 것처럼 느껴졌다. 그녀가 막 놓쳐버린 무엇인가를 움켜잡으려는 찰나였다. 분명히 다른 삶이 있을 거야, 지금 여기에. 그녀는 되풀이했다. 이 삶은 너무 짧고 너무 부서져 버렸어. 우리는 아무것도 알지 못해, 심지어 우리 자신에 대해서도. 그녀는 생각했다. 우리는 단지 이제 막 이해하기 시작한 거야, 여기저기에서. 로즈가 손을 오목하게 말아 귀에 갖다 대었던 것처럼 그녀는 두 손을 무릎 위에 오목하게 말았다. 그녀는 두 손을 오목하게 하고 있었다. 그녀는 지금 이 순간을 담고 싶다고 느꼈다. 이 순간을 머물게 하고, 과거와 현재와 미래로 더욱더 가득 채우고 싶었다. 이 순간이 이해와 더불어 완전해지고, 환해지고, 깊어져서 빛날 때까지.

"에드워드," 그녀는 그의 주의를 끌려고 애쓰면서 말문을 열었다. 그러나 그는 그녀의 말을 듣고 있지 않았다. 그는 노스에게 옛날 대학 시절의 이야기를 들려주고 있었다. 소용없어. 그녀는 두 손을 펴면서 생각했다. 떨어질 거야, 떨어질 게 분명해. 그러고 나면? 그녀는 생각했다. 그녀에게도 끝없는 밤이 계속될 터였다. 끝없는 어둠이. 그녀는 마치 그녀 앞에 아주 길고 어두운 터널이 열리는 것을 보는 것처럼 그녀의 앞을 바라보았다. 그러나 어둠을 생각하고 있던 차에, 무엇인가 그녀를 어리둥절하게 했다. 실제로는 날이 밝고 있었다. 차양들이 환했다.

방 안에 동요가 일었다.

에드워드가 그녀를 돌아보았다.

"쟤들이 누구지?" 그가 문 쪽을 가리키면서 그녀에게 물었다.

그녀가 바라보았다. 두 어린아이가 문간에 서 있었다. 델리아가 마치 그들을 격려하는 것처럼 그들의 어깨에 손을 얹고 있었다. 그녀가 뭔가 먹을 것을 주려고 그들을 탁자로 데리고 갔다. 그들은 어색하고 서툴러 보였다.

엘리너는 그들의 손과 옷차림과 귀의 모양을 쳐다보았다. "관리인의 아이들인 게로군." 그녀가 말했다. 그랬다. 델리아가 그들을 위해 케이크 조각을 자르고 있었다. 케이크 조각들은 그녀 친구들의 아이들에게 주려고 잘랐을 법한 크기보다 컸다. 아이들은 케이크 조각을 받아 들고 마치 싸우기라도 하려는 것처럼 묘하게 굳은 표정으로 케이크를 바라보고 있었다. 그러나 그들은 아마도 겁에 질렸을 것이다. 그녀가 그들을 지하실에서 거실로 데려왔기 때문이었다.

"어서 먹으렴!" 델리아가 그들을 가볍게 토닥거리며 말했다.

그들은 주변을 엄숙하게 둘러보며 천천히 우적우적 먹기 시작했다.

"어이, 꼬마들!" 마틴이 그들에게 손짓을 하며 외쳤다. 그들은 엄숙하게 그를 쳐다보았다.

"너흰 이름이 없니?" 그가 말했다. 그들은 아무 말 없이 먹고만 있었다. 그가 주머니 속을 더듬거리기 시작했다.

"말해봐!" 그가 말했다. "말해봐!"

"어린 세대들은," 페기가 말했다. "말하고 싶어 하지 않아요."

그들이 이제 그녀에게로 시선을 돌렸다. 그러나 그들은 계속 우적우적 먹고 있었다. "내일은 학교에 가지 않니?" 그녀가 말했다. 그들은 고개를 가로저었다.

"좋아!" 마틴이 말했다. 그는 손에 동전들을 들고 있었다. 엄지손가락과 손가락 사이에 동전을 쥐고 있었다. "자, 노래를 불러봐, 6펜스 줄게!" 그가 말했다.

"그래, 학교에서 뭐라도 배웠지?" 페기가 물었다.

그들은 그녀를 쳐다보았으나 여전히 말이 없었다. 그들이 먹기를 멈췄다. 그들은 작은 무리의 한가운데에 있었다. 그들은 잠시 어른들을 둘러보고 나서 서로를 팔꿈치로 살짝 밀고는 노래를 부르기 시작했다.

> Etho passo tanno hai,
>
> Fai donk to du do,
>
> Mai to, kai to, lai to see
>
> Toh dom to tuh do —

실제로 그렇게 들렸다. 한마디도 알아들을 수 없었다. 그 뒤틀린 소리는 마치 어떤 음조를 따르는 것처럼 오르락내리락 하더니 멈추었다.

그들은 손을 뒷짐 진 채 서 있었다. 그러다가 동시에 충동적으로 그들은 다음 소절을 시작했다.

Fanno to par, etto to mar,

Timin tudo, tido,

Fall to gar in, minto to par,

Eido, tedo, meido —

그들은 두 번째 소절을 첫 번째보다 더 열성적으로 불렀다. 리듬은 요동치는 것 같았고 알아들을 수 없는 말들이 마구 내달려 거의 비명에 가까웠다. 어른들은 웃어야 할지 울어야 할지 알 수 없었다. 그들의 목소리는 매우 귀에 거슬렸다. 억양이 몹시 듣기 흉했다.

그들이 다시 부르기 시작했다.

Chree to gay ei,

Geeray didax······

그러고 나서 그들은 멈추었다. 한 소절의 중간에서인 것 같았다. 그들은 말없이 이를 드러내고 웃으며 바닥을 내려다보고 서 있었다. 아무도 무슨 말을 해야 할지 몰랐다. 그들이 만들어낸 시끄러운 소리에는 몹시 불쾌한 데가 있었다. 그것은 아주 새되고 아주 거슬렸으며, 아무런 의미도 없었다. 그때 나이 든 패트릭이 천천히 걸어갔다.

"아, 아주 잘했어, 정말 훌륭해. 고맙구나, 얘들아," 그가 이쑤시개를 만지작거리며 그 나름대로 상냥하게 말했다. 아이들이 그를 보고 싱긋 웃었다. 그러고 나서 그들은 살금살금 물러나기 시작했다. 그들이 옆걸음으로 마틴 옆을 지나칠 때, 그는 그들의 손에 동전을 살짝 쥐여주었다. 그러자 그들은 문을 향해 급히 돌진했다.

"도대체 무슨 노래를 한 거지?" 휴 깁스가 말했다. "고백하건대, 나는 단 한 마디도 이해할 수 없었어." 그는 커다란 하얀 조끼 양쪽에 손을 대고 있었다.

"내 생각에는 코크니 사투리[29] 같은데," 패트릭이 말했다. "학교에서 쟤네들에게 가르치는 것 말이야."

"하지만 그건……" 엘리너가 말을 시작했다. 그녀는 말을 멈추었다. 그것이 무엇이었지? 저기 서 있을 때 그들은 아주 위엄 있어 보였어. 그런데도 그들은 이렇게 거슬리는 시끄러운 소리를 냈지. 그들의 얼굴과 목소리는 놀랍게 대조적이었다. 그 전체를 묘사할 어휘 하나를 찾아내기란 불가능했다. "아름답지?" 그녀가 매기를 돌아보며 의문스러운 기색으로 말했다.

"어이없을 정도지!" 매기가 말했다.

그러나 엘리너는 그들이 같은 것을 생각하고 있는지 확신할 수 없었다.

그녀는 장갑과 가방, 그리고 두세 개의 동전을 모아들고 일어섰다. 방은 묘한 창백한 빛으로 가득 찼다. 사물들이 잠에서 깨어나거나, 변장을 벗고 일상생활의 근엄함을 취하는 것 같았다. 그 방은 부동산 업자의 사무실로 쓰일 준비를 갖춰가고 있었다. 식탁들은 사무실 책상이 되어가고 식탁 다리들도 책상 다리가 되었다. 그러나 여전히 접시들과 유리잔들, 장미와 백합, 카네이션들로 어질러져 있었다.

"이제 갈 시간이야." 그녀가 방을 가로질러 가면서 말했다. 델리아가 창가에 가 있었다. 그녀가 커튼을 열어젖혔다.

"새벽이야!" 그녀가 다소 신파조로 외쳤다.

29 런던 이스트 엔드 지역의 토박이 말투.

광장 건너 집들의 형체가 드러났다. 차양이 모두 내려져 있었다. 아침녘의 창백함 속에 집들은 여전히 깊이 잠들어 있는 듯했다.

"새벽이군!" 니콜라스가 일어나서 기지개를 켜며 말했다. 그도 창가로 가로질러 걸어갔다. 레니가 그를 따라갔다.

"자 이제 연설의 결론을 말해야지." 그가 창가에 그와 함께 서서 말했다. "새벽 — 새로운 날 —"

그가 나무들을, 지붕들을, 하늘을 가리켰다.

"아니," 니콜라스가 커튼을 젖힌 채 말했다. "자네가 잘못 생각한 거야. 연설의 결론은 없어 — 결론은 없어!" 그는 팔을 벌리면서 소리쳤다. "연설이 없었으니까."

"하지만 새벽이 밝았다네." 레니가 하늘을 가리키며 말했다.

그것은 사실이었다. 태양이 떠올랐다. 굴뚝 사이의 하늘이 유난히 푸르렀다.

"나는 자러 가야겠어." 잠시 잠자코 있던 니콜라스가 말했다. 그가 돌아섰다.

"사라는 어디 있지?" 그가 주변을 돌아보며 말했다. 그녀는 머리를 탁자에 기댄 채 구석에서 몸을 구부린 채로 분명히 잠들어 있었다.

"동생을 깨워요, 막달레나." 그는 매기를 돌아보면서 말했다. 매기도 그녀를 바라보았다. 그녀는 탁자에서 꽃 한 송이를 집어 사라에게 던졌다. 그녀가 눈을 반쯤 떴다. "시간이 됐어." 매기가 그녀의 어깨를 건드리며 말했다. "시간이 됐어?" 그녀가 한숨을 쉬었다. 그녀는 하품을 하고 기지개를 켰다. 그녀는 마치 니콜라스를 다시 시야로 불러들이려는 것처럼 그녀의 시선을 그에게 고정했다. 그러더니 그녀가 빙그레 웃음을 지었다.

"니콜라스!" 그녀가 외쳤다.

"사라!" 그가 대답했다. 그들은 서로를 보며 미소를 지었다. 그러고 나서 그는 그녀가 일어서는 것을 도와주었고 그녀는 언니에게 기대어 불안정하게 균형을 잡고는 눈을 비볐다.

"정말 이상해," 그녀가 주변을 돌아보면서 중얼거렸다. "……정말 이상해……."

지저분한 접시, 빈 포도주 잔들, 꽃잎과 빵 부스러기가 있었다. 뒤섞인 빛을 받아 그것들은 평범하면서도 비현실적으로 보였다. 창백하지만 선명해 보였다. 그리고 창문을 등지고 한 무리로 모여선 나이 든 형제자매들이 있었다.

"봐, 매기!" 그녀가 언니를 돌아보면서 속삭였다. "봐!" 그녀는 창가에 서 있는 파지터 일가를 가리켰다.

창가에 있는 무리, 검은색과 흰색의 야회복을 입은 남자들, 진홍색과 금색과 은색의 옷을 입은 여자들은 마치 돌에 새겨지기라도 한 듯 잠시 동안 석상과도 같아 보였다. 그들의 옷자락이 단단한 조각상의 주름처럼 드리워져 있었다. 이윽고 그들이 움직였다. 그들은 자세를 바꾸었고 이야기하기 시작했다.

"데려다줄까, 넬?" 키티 래스웨이드가 말하고 있었다. "차를 기다리게 했거든."

엘리너는 대답하지 않았다. 그녀는 광장 건너편의 차양이 드리워진 집들을 바라보고 있었다. 유리창들이 금빛으로 물들어 있었다. 모든 것이 깨끗하게 닦여서 신선하고 순결하게 보였다. 비둘기들이 나무 꼭대기 위를 이리저리 날고 있었다.

"차가 있는데……." 키티가 다시 말했다.

"들어봐……." 엘리너가 손을 들면서 말했다. 위층에서 사람들이 축음기에 "국왕폐하 만세"[30]를 틀어놓고 있었다. 그러나 그녀가 말한 것은 비둘기 소리였다. 비둘기들이 나지막이 노래하고 있었다.

"산비둘기들이야, 그렇지?" 키티가 말했다. 그녀는 머리를 한쪽으로 기울여 귀 기울였다. 두 마리를 잡아, 태피, 두 마리를 잡아…… 잡…… 비둘기들이 나지막이 노래하고 있었다.

"산비둘기?" 에드워드가 손을 귀에 갖다 대면서 말했다.

"저기 나무 꼭대기에." 키티가 말했다. 초록색이 도는 파란 새들이 부리로 쪼기도 하고 꾸르륵거리기도 하면서 가지 위를 이리저리 날아다니고 있었다.

모리스는 조끼에서 부스러기들을 털어냈다.

"우리 같은 늙은이들이 이 시간까지 깨어 있다니!" 그가 말했다. "나는 해가 떠오르는 것을 본 적이 없어, 그때 이후로…… 그때 이후로……."

"아, 하지만 우리가 젊었을 때에는," 나이 든 패트릭이 그의 어깨를 치면서 말했다. "밤을 새는 것을 아무렇지도 않게 생각했지! 코번트 가든에 가서 어떤 숙녀에게 주려고 장미를 사던 생각이 나는군……."

델리아는 마치 어떤 연애담이, 그녀 자신의 것이든 다른 사람의 것이든, 떠오른 것처럼 미소를 지었다.

"그리고 나는……." 엘리너가 입을 열었다. 그녀는 말을 멈추었다. 그녀는 빈 우유 항아리와 떨어지는 나뭇잎들을 떠올렸다. 그러고 보면 그때는 가을이었다. 지금은 여름이었다. 하늘은 옅은 푸른색이었다. 지붕들이 푸른 하늘을 배경으로 자주색을 띠었다.

30 영국 국가 〈God save the King〉.

굴뚝들은 선연한 붉은 벽돌색이었다. 영묘한 평온함과 단순함의 기운이 모든 것 위에 내려앉았다.

"지하철이 모두 끊겼을 텐데. 버스들도 모두." 그녀가 돌아서며 말했다. "우린 어떻게 집에 가지?"

"걸어가면 되지." 로즈가 말했다. "걷기는 우리에게 전혀 해롭지 않아."

"이렇게 멋진 여름날 아침에는 해롭지 않지." 마틴이 말했다.

미풍이 광장을 건너 불어왔다. 정적 속에서 그들은 나뭇가지들이 바스락거리는 소리를 들을 수 있었다. 나뭇가지들이 바람결에 살짝 일었다가 떨어지며 초록빛의 파장을 대기 속에 흔들어 일렁이게 했다.

그때 문이 활짝 열렸다. 쌍쌍이 짝을 지어 헝클어진 차림으로 흥겨워하며 몰려 들어와서 외투와 모자를 찾고 작별인사를 했다.

"와주셔서 정말 고마워요!" 델리아가 그들을 향해 손을 뻗으면서 소리쳤다.

"고마워요 ─ 와주셔서 고마워요!" 그녀가 외쳤다.

"그리고 매기의 이 꽃다발 좀 봐!" 매기가 그녀에게 내민 형형색색의 꽃다발을 받아 들며 그녀가 말했다.

"꽃들을 얼마나 아름답게 엮었는지!" 그녀가 말했다. "봐, 엘리너 언니!" 그녀가 언니를 돌아보았다.

그러나 엘리너는 그들을 등지고 돌아서 있었다. 그녀는 천천히 광장으로 미끄러져 들어오는 택시를 바라보고 있었다. 그것은 두 집 아래에 있는 어느 집 앞에서 멈추었다.

"정말 사랑스럽지?" 델리아가 안고 있던 꽃들을 내밀며 말했다.

엘리너가 흠칫 놀랐다.

"장미들? 그래……." 그녀가 말했다. 그러나 그녀는 그 택시를 바라보고 있었다. 한 젊은 남자가 내려 운전수에게 요금을 지불했다. 그러자 트위드 직물로 된 여행복 차림의 여자가 그의 뒤를 따랐다. 그가 문에 현관 열쇠를 끼워 넣었다. "저기," 그가 문을 열고 그들이 잠시 문간에 서 있는 동안 엘리너가 중얼거렸다. "저기!" 그들 뒤로 쾅 하고 문이 닫혔을 때 그녀가 되풀이했다.

그러고 나서 그녀는 방 안으로 돌아섰다. "그리고 이제는?" 그녀가 마지막 남은 포도주 한 모금을 마시고 있는 모리스를 바라보며 말했다. "그리고 이제는?" 그녀는 그에게 두 손을 내밀면서 물었다.

태양이 떠올랐다. 집들 너머 하늘은 지극한 아름다움과 소박함, 그리고 평화로운 기운을 품고 있었다.

"그녀가 그토록 사랑했고 또 미워했던" 모든 것의 역사
— 버지니아 울프의 『세월』과 채 소진되지 않는 삶의 아름다움

    1937년 발표된 『세월』은 1880년 빅토리아조 후반부터 1930년대 당시에 이르기까지 영국의 사회문화적 현상을 재현하는 버지니아 울프의 소설이다. 「1880년」을 첫 장으로 하여 「현재」에 이르기까지 50여 년의 기간을 포괄하는 『세월』은 1882년에 출생한 울프 자신의 삶과 그 궤적을 거의 같이한다. 1933년 『세월』 집필 과정 중 울프가 자신의 일기에 기술한 바에 따르면, 『세월』은 "역사, 정치, 페미니즘, 예술, 문학, 간단히 말해 [울프]가 알고 있는 것, 느끼는 것, 비웃는 것, 경멸하는 것, 좋아하는 것, 예찬하는 것, 증오하는 것," 그 모든 것에 관한 소설이다. 처음에 『세월』은 울프가 여성주의 문학사와 미학이론을 펼친 에세이 『자기만의 방』의 연작으로 구상되었다. 그러나 6년이 넘는 기간 동안 집필과 수정을 거치면서 『세월』은 여성과 삶, 개인과 사회, 예술과 일상, 가부장제와 제국주의, 계급과 성, 전쟁과 민족주의, 과거와 현재를 아우르는 대작이 되었다.

    『세월』에서 구체적인 연도별(1880년, 1891년, 1907년, 1908년, 1910년, 1911년, 1913년, 1914년, 1917년, 1918년, 현재)로 구성된

11개의 장은 직선적인 시간의 흐름을 따르고 있다. 그중 첫 번째 장인 「1880년」과 마지막 장 「현재」가 분량에 있어서 가장 길다. 울프는 「1880년」에서 팍스 브리태니카를 구가했던 빅토리아 시대 말기의 영국 사회와 문화를 해부하고 이를 때로는 세밀화처럼 섬세하게, 때로는 캐리커처처럼 대담하게 그려낸다. 『세월』을 출간하고 나서 2년 뒤에 발표한 자전적 에세이인 『과거의 스케치』에서 울프는 "만약 내가 우리가 살았던 대로의 1900년 즈음의 한 달 정도를 따로 떼어낼 수 있다면, 나는 빅토리아 시대의 삶의 한 조각을 추출하여, 마치 우리가 유리덮개 아래로 개미나 꿀벌들의 양태를 관찰하는 것처럼," 보여주고 싶다고 하며 빅토리아 시대 후기의 삶에 대한 임상적 관심을 드러낸 바 있다. 한편 가장 긴 분량을 차지하는 마지막 장인 「현재」는 "여기 그리고 지금"[1] 영국의 상황에 대한 울프의 지대한 관심을 엿보게 한다. 1932년 혹은 1933년으로 추정되는 「현재」를 통해 울프는 파시즘의 위협이 도사리는 1930년대 영국의 현재를 짚어낸다. 『세월』은 빅토리아 시대를 뒤로하고 20세기에 접어든 영국 사회가 겪은 역사적 사건들을 직·간접적으로 내포한다. 여성 참정권 운동, 아일랜드 민족주의의 발흥과 아일랜드 자치법의 발효, 제1차 세계대전, 민족주의적 애국주의 정서의 확산, 여성 교육과 직업의 변화, 동성애 혐오와 반유태주의, 1930년대 영국 내 파시즘의 부상, 반전운동 등 근대사의 부침을 구성하는 굵직굵직한 역사적 사건들은 여러 세대에 걸친 소설 속 인물들의 삶을 구성하는 동인이다. 『세월』은 빅토리아 시대라는 과거는 역사의 뒤편으로 물러났지만, 그 시대가 남긴 유산은 수십 년의 시간을 가로질러, 수많은 역사적 사건을 겪으면서 20세기 「현재」를 살아가는 다양한

1   "여기 그리고 지금"은 『세월』 집필 도중 울프가 사용한 가제 중 하나이다.

삶 속에 침윤되어 있음을 보여준다.

　직선적인 시간의 흐름을 따르고 있지만, 울프는 『세월』을 통해 다발적이고 파편적인 일상으로 경험되는 역사성을 고스란히 포착하고자 한다. 『세월』에서 일상으로 체험되는 매 순간의 역사는 인과관계로 가지런히 꿰어진 구슬다발이 아니라 바람을 타고 하늘을 날고 있는 일련의 풍선처럼 자유롭고 불규칙하게 그려진다. 『세월』은 연대기적인 형식을 따름으로써 기존의 울프 작품과는 달리 시간을 사실주의적으로 다루는 듯 보인다. 그러나 단선적 시간의 흐름은 느슨하고 자유롭게 구성되고, 수많은 인물들과 물건, 구문 등이 시간의 흐름 속에 떠올랐다 사라지고 다시 떠오르는 반복과 변주를 통해 다중성과 동시성, 추상성을 『세월』 속 시간에 부여한다. 또한 울프는 첨예한 시대적 갈등과 과제를 예리하게 해부하며 '우리'는 누구인가를 치열하게 모색한다. 그 결과 『세월』에는 울프 자신의 삶과 그 궤적을 같이하는 영국의 문화와 삶이 고스란히 담겼다. 그 역사를 직시하는 울프의 시선은 풍자와 비판, 조소와 연민, 애정과 희구를 모두 아우른다. 『세월』에는 중심점을 이루는 '나'도 없고 내적인 '의식의 흐름'도 없다. 이로써 울프가 일기에 기록했듯이, 『세월』은 내면화로 이어지는 서사적 충동을 억제하고 독특한 "탈개인적"인 특질을 구현한다.

　울프는 『세월』의 첫 장을 집필하는 데 각별히 공을 들인 것으로 보인다. 「1880년」은 애버콘 테라스를 중심으로 1880년 어느 봄날을 살아가는 런던의 중산층 가족 파지터 일가의 모습을 확대경으로 보여주듯이 세밀하게 제시한다. 소설에 등장하는 첫 번째 인물은 대영제국의 변방이자 영국 왕가의 보석이라 불린 식민지 인도에 주둔했던 퇴역 군인 아벨 파지터 대령이다. 세계 곳곳에서 제국 팽창의 선두에 섰던 아벨 대령은 이제 퇴역 군인이

나 전직 식민지 공직자들로 이루어진 모임에 참석하거나 은밀하게 정부인 미라를 방문하는 것으로 오후를 보낸다. 미라의 거처를 드나드는 모습이 남의 눈에 띨까 저어하면서도 슬며시 미라의 목덜미를 쓰다듬는 아벨의 손은 손가락 두 개의 마디가 잘려나가고 없다. 아벨의 기형적인 손은 인도 반란 진압시의 폭력을 상기시키는 동시에, 기약 없이 오랜 병석에 누워 있는 아내 로즈의 죽음을 은밀히 바라는 그의 속내만큼이나 그로테스크하다.

스물 초반부터 열 살여에 이르는 파지터 가의 칠남매는 부모의 존재감이 자아내는 병적인 징후들, 즉 지나간 과거의 폭력과 영광, 은밀한 욕망과 위선, 죽음의 경계에서 꺼져 가는 삶을 놓지 않으려는 집착 아래 무기력하게 갇혀 있다. 오후 무렵 차와 다과를 나누는 빅토리아 가정의 의례를 지키느라 밀리가 좀처럼 끓지 않는 물주전자를 두고 실랑이를 한다면, 델리아는 아일랜드 민족운동가 파넬을 연모하며 애버콘 테라스를 벗어날 날을, 어머니의 죽음을 절실히 꿈꾼다. 상상 속의 전투놀이를 벌이며 몰래 집을 벗어나 용감하게 혼자 거리에 나섰던 어린 로즈는 가로등 아래 갑자기 모습을 드러낸 음흉한 남자의 행태에 놀라 잠결에 가위에 눌린다. 위압적인 아버지가 자리한 거실과 삶과 죽음의 경계에 있는 어머니의 침실 사이 복도를 오가는 아이들에게 애버콘 테라스는 숨 막히는 감옥과도 같다. 후일 막내아들 마틴은 아버지를 기억하며 애버콘 테라스를 혐오스러운 가족제도의 본산이었다고 회고한다.

위선과 집착, 관습과 위압, 동경과 이상이 혼재된 애버콘 테라스는 1880년 빅토리아 시대 말기 영국의 축소판이다. 제국주의에 대한 낭만화와 그 이면의 폭력성, 억압적인 가부장제와 폐쇄적인 가족제도, 성차별과 성폭력, 계급제도, 반유태주의 등은 파지터 일가의 일상에 고스란히 새겨져 있다. 이러한 징후들이 무겁게 짓누르는 애버콘 테라스에 거주하는 이들은 관성에 이끌리거나 무기력에 압도되거나 혹은 절박하게 벗어나기를 열망한다. 이들을 바라보는 울프의 시선은 환부를 지목하고 해부를 집도하는 칼날처럼 예리한 동시에, 이 시절을 살아낸 이들을 보듬고 지나간 이들을 기억하는 애틋함을 담고 있다. 어느 비 오는 봄날 저녁 마침내 도래한 어머니의 임종을 지켜보면서도 무감각했던 델리아는 장례를 치르면서 불현듯 죽음과 맞닿은 삶을 벅차게 마주한다.

그녀는 무덤 안을 내려다보았다. 거기에, 그 관 안에 어머니가 누워 있었다. 그녀가 그토록 사랑했고 또 미워했던 여자. 눈이 부셨다. 그녀는 기절할까 봐 두려웠다. 그러나 그녀는 지켜보아야만 했다. 그리고 느껴야만 했다. 그녀에게 주어진 마지막 기회였다. 흙더미가 관 위로 떨어졌다. 견고하게 빛나는 관의 표면 위로 자갈 세 개가 떨어졌다. 흙과 자갈이 떨어지는 동안 그녀는 영원한 어떤 것에 대한 느낌, 죽음과 혼합된 삶, 생명이 되는 죽음의 느낌에 사로잡혔다. 지켜보고 있는 동안 그녀는 참새들이 점점 더 빠르게 지저귀는 소리를 들었고 먼 곳으로부터 점점 더 크게 들려오는 바퀴 소리를 들었기 때문이었다. 삶이 점점 더 가까이 다가오고 있었다……(111쪽)

달이 바뀌고 계절이 바뀌고 해가 바뀌면서 무심히 시간이 지난다. 애버콘 테라스에 살던 아들들은 그 이전 세대가 그랬듯이 옥스퍼드 대학의 학자가 되고 변호사가 되어 런던 법정에 서고 군인이 되어 아프리카로 떠난다. 딸들은 지주의 아내가 되기도 하고, 아일랜드 민족운동에 가담하기도 하고, 정부 청사에 돌을 던지고 투옥된 여성 참정권 운동가가 되기도 하고, 혼자 남은 늙은 아버지를 돌보며 노동계층의 복지 개선에 헌신하는 맏딸의 삶을 이어가기도 한다. 이들의 손아래 사촌자매 매기와 사라는 부모가 연이어 갑작스럽게 사망한 뒤 템스 강 건너 작은 셋집에서 가난하고 고립된 생활을 이어간다. 파지터 가의 아버지들과 어머니들의 죽음으로 빅토리아 시대의 삶은 종지부를 찍지만, 이들의 아이들은 제각기 지나간 시대의 유산을 떠안고 강렬하게 저항하거나, 냉소적으로 거부하기도 하고, 유순하게 순응하거나 차분하게 새로운 날을 기다리기도 하며 자신들의 삶을 살아간다.

이처럼 울프는 같은 시기를 살아가는 여러 인물들의 서로 다른 삶의 편린을 그리며 이들의 삶이 때때로 교차하는 지점을 포착한다. 「1913년」은 소설의 중반부에 해당하는 장이다. 아벨이 사망하고 애버콘 테라스가 처분된 후 엘리너는 원하는 대로의 삶을 추구할 자유를 얻게 된다. 새로운 날에 대한 엘리너의 기대와 그에 상응하는 불안은 다음과 같은 구절에서 잘 드러난다. "그녀의 삶은 이제 시작된 것이었다. 아니야, 나는 또 다른 집을 구할 생각은 없어, 또 다른 집은 아니야 (…) 배가 부드럽게 바다를 헤쳐 가고, 기차가 선로를 따라 좌우로 흔들리는 듯한 느낌이 다시 들었다. 모든 것은 영원히 계속될 수 없는 법이지. 그녀는 생각했다. 모든 건 지나가고 모든 건 변하지 (…) 그런데 우리는 어디로 가고 있지? 어디로? 어디로?"(266쪽). 뜻밖에도 과거의 삶의 방식이 끝났음을 가장 고통스럽게 받아들이는 이는 삼십여 년 가까이 파지터 가의 하녀로 마지막까지 엘리너와 함께 애버콘 테라스에서 살아왔던 크로스비이다. 크로스비는 눈물을 글썽이며 파지터 가족이 기르던 늙은 개 로버를 데리고 파지터 가족이 버린 자질구레한 소품들을 소중하게 안고 런던 외곽 리치몬드의 셋집으로 이사한 후 빈곤과 고독과 노쇠에 시달린다. 정도의 차이는 있지만 파지터 일가의 딸 매기와 사라, 그리고 파지터 가족의 하녀였던 크로스비가 처한 가난과 고독은 전 시대의 삶의 방식이 지난 후 경제적 토대가 없는 여성의 삶이 처하게 되는 현실을 잘 보여준다.

울프는 『세월』에서 직선적인 시간의 흐름을 느슨하게 따르면서도 계절의 흐름처럼 순환하는 반복되는 모티브, 그리고 반복 속의 차이가 만들어내는 변주를 통해 사실주의적 서사에 깊은 시적인 울림을 자아낸다. 「1914년」의 마지막 장면과 「1917년」의 첫 장면은 1914년부터 1917년까지 전 유럽을 휩쓸었던 제1차 세계대전이 야기한 충격과 전쟁이 파괴한 평온을 극적으로 제시한다. 「1914년」은 런던 시즌이 본격적으로 시작된 초여름 하루 동안 런던 일상의 다양한 면모를 그려낸다. 수많은 발걸음이 오가는 세인트 폴 성당 앞 광장, 음식 냄새와 대화 소리가 가득한 번잡한 스테이크 하우스, 행인과 버스와 화물차가 뒤섞인 거리, 하이드 파크를 산책하고 물놀이를 하는 이들, 연못가 나무 그늘 아래에 호젓하게 자리 잡은 이들이 나누는 내밀하고 친근한 대화가 초여름의 오후 나절을 가득 채운다. 저녁 무렵에는 다양한 나이대의 남녀가 런던 사교계의 격식 차린 만찬에서 정치, 외교, 발레, 경마, 패션, 가족에 이르기까지 다양한 화제로 밤늦게까지 대화를 나눈다. 울프는 각양각색의 순간과 장소에서 경험되는 도시 일상의 활기를 손에 잡히듯 그려낼 뿐 아니라 그 순간을 함께 나누고 싶은 바람과 이와는 대조적으로 군중 속에서 두드러지는 소외감 등을 섬세하게 포착한다. 「1914년」은 만찬을 열고 자정 무렵 손님들을 보내고 서둘러 밤 기차로 시골 영지로 돌아온 키티가 이른 초여름 아침의 대지와 혼연일체가 되는 편안하고도 고조된 정서로 끝을 맺는다.

그녀는 인생의 장년기였고 활기가 있었다. 그녀는 계속 성큼성큼 걸었다. 길은 급한 오르막으로 이어졌다. 밑창이 두꺼운 신발로 땅을 디디자 그녀의 근육은 강하고도 유연하게 느껴졌다. 그녀는 꽃을 내던졌다. 더 높이 올라갈수록 나무가 드문드문해졌다. 두 그루의 벌거숭이 나무 둥치 사이로 갑자기 놀라울 만큼 푸른 하늘이 보였다. 정상에 이른 것이었다. 바람이 잠잠해졌다. 시골의 정경이 그녀 주위 사방으로 드넓게 펼쳐져 있었다. 그녀의 몸은 줄어들고 눈은 커지는 듯했다. 그녀는 땅에 몸을 던지듯 드러누워서 저 멀리 어디에선가 바다에 닿을 때까지 파도 치듯 오르락내리락하며 멀리 멀리 이어지는 대지를 내려다보았다. 이 높이에서 내려다보면 대지는 개간되지 않은 채, 사람이 살지도 않고, 마을도 집들도 없이, 스스로, 홀로 존재하는 듯했다. 쐐기 모양의 어두운 그늘과 밝게 빛이 드는 드넓은 곳이 나란히 있었다. 그녀가 바라보자 빛이 움직이고 어둠이 움직였다. 빛과 그림자가 언덕을 넘고 계곡을 넘어 여행을 계속하고 있었다. 깊은 속삭임이 그녀의 귓가에 들려왔다―다름 아닌 대지가 홀로 합창을 하며 스스로에게 노래하고 있었다. 그녀는 귀 기울이며 거기 누워 있었다. 그녀는 행복했다, 아주 완전히. 시간이 멈춰 있었다.(346~347쪽)

그러나 바로 이어지는 「1917년」의 첫 장면은 만물이 꽁꽁 얼어붙은 한겨울의 풍경이다.

몹시 추운 겨울 밤이었다. 너무도 조용해서 공기마저도 얼어붙은 듯했다. 달도 없어서 대기는 유리 같은 고요함으로 얼어붙은 채 영국 전역에 펼쳐져 있었다. 연못과 도랑도 모두 얼어붙었고 도로마다 웅덩이가 유리 눈알처럼 반짝이며 얼어있었다. 포장된 보도에는 서리가 얼어붙어 미끄러운 혹처럼 솟아있었다. 어둠이 유리창마다 내려앉았고 마을은 탁 트인 시골과 하나가 되어버렸다. 하늘로 쏘아 올린 탐조등이 이곳저곳 마치 뭉게구름을 음미하려는 듯이 멈춰 서는 것을 빼면 불빛이라고는 전혀 없었다.(348쪽)

전시임을 짐작케 하는 탐조등 불빛으로 독자는 공습과 폭격이 진행되고 있는 전쟁 중임을 알게 된다. 제1차 세계대전이 막바지로 치닫는 와중 캄캄한 어둠 속에 얼어붙은 이 풍경은 전쟁이 발발하기 직전의 런던 도심의 활기, 살아 숨 쉬는 듯한 시골 대지의 평화로움과 극명한 대조를 이룬다. 그러나 「1917년」에서도 소설 속 여러 인물들은 저녁식사를 함께하기 위해 모이고 낯선 이방인을 만나고 대화를 나눈다. 갑자기 울리는 경보 소리에 지하실로 피신한 이들은 담요로 몸을 감싸 추위를 달래며 나무 상자를 탁자 삼아 포도주를 함께 마시고 소박한 저녁식사를 나눈다. 총성과 공습 폭격 소리가 머리 위에서 울리는 동안에 이들은 징집되어 전쟁터로 떠나는 조카를 환송한 이야기를 전하고 가족이 함께했던 어릴 적 과거를 회상하고, 전쟁이 끝나기를, 새로운 세상이 도래하기를 기원하며 잔을 든다. 이 작은 모임을 이루는 인물들은 전쟁과 파괴에 대한 격분에 찬 레니(매기의 프랑스인 남편), 그럼에도 세상이 더 낫게 개선되리라는 강한 믿음을 설파하는 니콜라스(폴란드에서 망명한 유태인), 처음 만난 이방인 니콜라스에게 "언제 우리는 자유로워질까요? 언제 우리는 동굴 안의 불구자들처럼이 아니라 모험을 즐기며, 온전하게, 살 수 있을까요?"(371쪽)라고 속내를 나누고 싶어 하는 엘리너, 혼란과 흥분 속에서도 냉철함을 잃지 않고 아기를 재우고 양말을 기우는 매기, 그리고 이들 모두와 함께 자리하면서도 혼자만의 세계에 빠져들곤 하는 사라이다. 공습이 지난 뒤 푸르스름하게 얼어붙은 거리에서 이들은 다시 제각기 흩어지지만, 캄캄하고 몹시 추운 겨울 밤, 포격과 공습이 오고 가는 런던 시내의 낡은 집 지하실에서 이들 각양각색인 인물들이 나누는 위태롭고도 흥겨운 모임은 소설 속에서 가장 인상적인 파티 장면 중 하나를 만들어낸다.

『세월』의 마지막 장 「현재」는 파지터 일가의 "지금, 여기"의 삶을 진단한다. 세대가 바뀌고 세월이 지나면서 제국주의적 가부장제는 상징적으로 와해되고, 영국의 제국주의에 저항하는 아일랜드 민족주의가 정치적으로 부상하고, 여성 참정권 운동이 활성화되고, 전쟁이 종식되었다. 그러나 1930년대의 어느 하루는 여전히 제국주의적 가부장제, 대영제국의 변방과 중심이라는 이원적인 구도, 자본주의 계급구조, 인종주의로 얼룩지고 또 다른 전쟁의 위협 아래 불안정한 일상의 삶일 뿐이다. 아프리카에서 갓 돌아온 노스는 "돈과 정치만" 거론하는 런던의 사교계가 낯설고, 페기는 의사가 되어 전문직 여성의 삶을 살고 있지만 늘 일에 지쳐 있는 문명 회의론자이다. 여전히 궁핍한 셋집에서 공동욕실에 기름때를 남기는 유태인과 이웃하여 살고 있다는 사라의 말에 노스는 혐오감에 몸을 떨며 깊이 탄식하고, 빈민가 거리와 건물 곳곳에 영국 파시스트 연맹의 표기가 그려져 있다. 아일랜드의 독립을 지지하고자 집을 떠났던 델리아는 누구보다도 친영국적인 아일랜드인 지주와 결혼했고, 삶은 기적이라고 믿는 엘리너의 낙

관주의는 파시즘의 위협 아래 위태롭다. 그럼에도 불구하고 파지
터 일가는 어느 한여름 밤 둘씩, 넷씩, 그리고 모두 함께 모인다.
그들은 서로를 다독이기도, 힐난하기도 하고, 놀리기도 하고 위
로하기도 한다. 삼삼오오 함께 웃고 이야기를 나누다가 누군가는
잠이 들기도 한다. 소설 속에서 삼 대째에 이르는 파지터 일가가
재회하는 이 만남들은 여전히 아집과 편견, 차이와 갈등을 안고
있다. 그러나 젊은이들과 노인들, 춤추는 사람들과 이야기하는
사람들, 터번을 두르고 있는 인도인과 몰락한 가문의 문장을 달
고 있는 폴란드인 등 각양각색의 사람들이 함께 모여 우스꽝스
러운 그림 놀이에 진정한 웃음을 터뜨릴 때, 냉소적인 회의주의
자 페기조차도 "이 조각난 세상이 온전한 하나로 존재하는 상태,
온전하고 자유로운 상태"일 가능성을 본다. 자신도 모르게 졸다
가 깨다가 하던 엘리너는 새벽빛이 밝아올 무렵 불현듯 "지금 이
순간을 담고 싶다고," "이 순간을 머물게 하고 과거와 현재와 미
래로 더욱 더 가득 채우고" 싶다고 느낀다.

  울프는 엘리너가 바라는 과거와 현재와 미래로 가득 찬 그 순
간을 열린 결말로 남겨놓는다. 새벽 무렵 파지터 일가의 가족 모
임에 건물 관리인의 아이들이 불려와 아무도 이해하지 못하는
수수께끼 같은 노래를 부른다. 새되고 시끄러운 노래 소리에 모
두들 당황하고 어색해하는 가운데, 엘리너만이 "아름답지?"라
고 말한다. 새로운 날이 밝고 모였던 이들이 다시 거리로 나서 흩
어지면서 소설은 끝이 난다. 초고 수정 단계에서 삽입된 어린아
이들의 노래는 독자들을 어리둥절하게 한다. 그러나 돌이켜보면
『세월』은 이 낯선 아이들의 노래만큼이나 낯설고 쉽게 의미화되
지 않는 여러 소리들을 담아왔다. 거리 행상인이 먼 데서 외치는
소리, 거리 악사가 연주하는 트럼본 소리, 도싯셔 지방의 억센 사

투리, 무도회에서 흘러나오는 대중가요의 노랫말, 쇠락한 주택가 골목에서 어울려 노는 아이들이 외치는 소리, 공원과 거리를 걷는 사람들이 혼자 중얼거리는 말, 무심히 책을 펼치고 군데군데 읽어보는 구절들, 저녁 만찬에서 부분부분 끊어지며 이어지는 대화들은 수수께끼 같은 아이들의 노래처럼 모두 『세월』이 그려내는 삶의 일부이다. 울프는 『세월』에서 가족사의 기록이라는 방식을 통해 일상성으로 경험되는 역사를 기록하고 해부하고자 하였지만, 동시에 역사이자 일상인 삶을 파편화하고 다중화함으로써 역사/삶의 의미는 채 소진되지 않음을 보여준다. 또한 아이들의 노래가 전달하는 불협화음, 의미로 구현되지 않는 노랫말은 불현듯 독자들에게 언어의 물질성을 환기한다. 노랫말의 낯선 언어, 노랫가락의 불규칙은 오로지 의문문으로 남겨지는 엘리너의 말과 함께 완결되지 않은 채 비결정체로 남는 『세월』 속 삶과 역사에 대한 은유이자, 울프가 『세월』에서 시도한 새로운 언어에 대한 은유라고도 볼 수 있을 것이다.

원본은 2012년 Anna Snaith가 편집하고 주석을 단 Cambridge 판의 『The Years』(케임브리지 대학교 출판부 출간)를 사용했으며, 같은 판본의 주석을 참조했다.

김영주

버지니아 울프 연보

1882년   1월 25일, 런던 켄싱턴에서 출생.

1895년   5월 5일, 어머니 사망, 이해 여름에 신경증 증세 보임.

1899년   '한밤중의 모임Midnight Society'을 통해 리튼 스트레이치, 레너드 울프, 클라이브 벨 등과 친교를 맺음.

1904년   아버지, 레슬리 스티븐 사망. 5월 10일, 두 번째 신경증 증세 보임. 이 층 창문에서 투신자살을 시도하나 미수에 그침. 10월, 스티븐 가의 네 남매, 토비, 바네사, 버지니아, 에이드리안은 아버지의 빅토리아 시대를 상징하는 하이드 파크 게이트를 떠나 블룸즈버리로 이사함. 12월 14일, 서평이 『가디언*The Guardian*』에 무명으로 실림.

1905년   3월 1일, 네 남매가 블룸즈버리에서 파티를 열면서 이후 '블룸즈버리 그룹Bloomsbury Group'이라는 예술가들의 사교적인 모임을 탄생시킴. 정신 질환 앓음. 네 남매가 함께 대륙 여행을 함. 근로자들을 위한 야간 대학에서 가르침. 『타임스*The Times*』의 문예 부록에 글을 실음.

1906년   오빠인 토비가 함께했던 그리스 여행에서 돌아온 후 장티푸스로 사망.

1907년   블룸즈버리 그룹을 통해 덩컨 그랜트, J. M. 케인스, 데스몬드 매카시 등과 친교를 맺음.

1908년	후에 『출항 The Voyage Out』으로 개명된 『멜림브로지어』를 백 장가량 씀.
1909년	리튼 스트레이치가 구혼했으나, 결혼이 성사되지 않음.
1910년	1월 10일, 변장을 하고 에티오피아 황제 일행이라 사칭하고 전함 드래드노트 호에 탔다가 신문 기삿거리가 됨. 7~8월, 요양소에서 휴양. 11~12월, 여성 해방 운동에 참가.
1911년	4월, 『멜림브로지어』를 8장까지 씀.
1912년	1월 11일, 레너드 울프가 구혼함. 5월 29일, 구혼을 받아들여 8월 10일 결혼.
1913년	1월, 전문가로부터 아기를 낳는 것이 건강에 좋지 않다는 진단 결과를 들음. 7월, 『출항』 완성. 9월 9일, 수면제 백 알을 먹고 자살 기도.
1914년	8월 4일, 제1차 세계대전 발발. 리치몬드의 호가스 하우스로 이사.
1915년	최초의 장편소설 『출항』을 이복 오빠가 경영하는 덕워스 출판사에서 출간.
1917년	수동 인쇄기를 구입하여 7월에 부부가 각기 이야기 한 편씩을 실은 『두 편의 이야기 Two Stories』를 출간.
1918년	3월, 두 번째 장편 『밤과 낮 Night and Day』 탈고. 몽크스 하우스를 빌려 서재로 사용.
1920년	7월, 단편 「씌어지지 않은 소설 An Unwritten Novel」 발표. 10월, 단편 「단단한 물체들 Solid Objects」 발표, 『제이콥의 방 Jacob's Room』 집필.
1921년	3월, 실험적 단편집 『월요일 아니면 화요일 Monday or Tuesday』을 호가스 출판사에서 출간. 「유령의 집 A Haunted House」, 「현악 사중주 The String Quartet」, 「어떤 연구회 A Society」, 「청색과 녹색 Blue and Green」

등이 수록됨. 11월 14일, 세 번째 장편 『제이콥의 방』 완성.

1922년   심장병과 결핵 진단을 받음. 9월에 단편 「본드 가의 댈러웨이 부인Mrs Dalloway in Bond Street」을 씀. 10월 27일, 『제이콥의 방』 출간.

1923년   진행 중인 장편 『댈러웨이 부인Mrs Dalloway』을 『시간들The Hours』로 가칭함.

1924년   5월, 케임브리지의 '이단자회'에서 현대 소설에 대해 강연. 그 원고를 정리한 『베넷 씨와 브라운 부인Mr Bennet and Mrs Brown』을 10월 30일에 출간. 『댈러웨이 부인』 완성.

1925년   5월, 『댈러웨이 부인』 출간. 장편 『등대로To the Light-house』 구상, 장편 『올랜도Orlando』 계획.

1927년   1월 14일, 『등대로』 출간. 5월에 단편 「새 옷The New Dress」 발표.

1928년   1월, 단편 「슬레이터네 핀은 끝이 무뎌Slater's Pins Have No Points」 발표. 3월, 『올랜도』 탈고. 4월에 페미나Femina상 수상 소식 들음.

1929년   3월, 강연 내용을 보필한 『여성과 소설Woman and Fiction』 완성. 10월에 『여성과 소설』을 『자기만의 방A Room of One's Own』으로 개명하여 출간. 12월에 단편 「거울 속의 여인: 반영The Lady in the Looking-Glass: A Reflection」 발표.

1931년   『파도The Waves』 출간.

1933년   1월, 『플러쉬Flush』 탈고.

1937년   3월 15일, 장편 『세월The Years』 출간.

1938년   1월 9일, 『3기니Three Guineas』 완성. 4월, 단편 「공작부인과 보석상The Dutchess and the Jeweller」 발표, 20년

전의 단편 「라뺑과 라삐노바Lappin and Lapinova」 개필.

1939년	리버풀 대학에서 명예박사 학위를 수여하려 했으나 사양함. 9월, 독일의 침공, 런던에 첫 공습이 있었음.
1940년	8~9월, 런던에 거의 매일 공습이 있었음. 10월 7일, 런던 집이 불탐.
1941년	2월, 『막간Between the Acts』 완성. 3월 28일 오전 11시 경, 우즈 강가의 둑으로 산책을 나간 채 돌아오지 않음. 강가에 지팡이가, 진흙 바닥에 신발 자국이 있었음. 이틀 뒤에 시체 발견. 오랫동안의 정신 집중에서 갑자기 해방된 데서 오는 허탈감과 재차 신경 발작과 환청이 올 것에 대한 공포 등이 자살 원인이라고 추측함. 7월 17일, 유작 『막간』 출간.

옮긴이 **김영주**

연세대학교 영문과 및 동 대학원 졸업. Texas A&M University에서 박사학위. 주요 논문으로 「영국소설에 나타난 문화지리학적 상상력: 카주오 이시구로의 『지난날의 잔재』와 그레이엄 스위프트의 『워터랜드』를 중심으로」「"가슴 속의 이 빛이": 버지니아 울프와 고딕미학의 현대적 변용」「잔혹과 매혹의 상상력: 앤젤라 카터의 동화 다시 쓰기」 등이 있으며 저서로 『영국문학의 아이콘: 영국신사와 영국성』『20세기 영국소설의 이해 II』(공저) 『여성의 몸: 시각, 쟁점, 역사』(공저) 등이 있다. 현재 서강대학교 영미어문전공 교수.

버지니아 울프 전집 9
세월 The Years

1판 1쇄 발행	2019년 6월 24일
1판 2쇄 발행	2021년 4월 30일
지은이	버지니아 울프
옮긴이	김영주
펴낸이	임양묵
펴낸곳	솔출판사
편집장	윤진희
편집	최찬미 윤정빈
디자인	오주희
마케팅	이원지
제작관리	박정윤
주소	서울시 마포구 와우산로29가길 80(서교동)
전화	02-332-1526
팩시밀리	02-332-1529
홈페이지	www.solbook.co.kr
이메일	solbook@solbook.co.kr
출판등록	1990년 9월 15일 제10-420호

ISBN	979-11-6020-084-3	(04840)
	979-11-6020-072-0	(세트)